后金王朝

之崛起的王者

王志国 著

HOUJIN WANGCHAO

王志国关外三朝长篇系列

辽宁人民出版社

图书在版编目（CIP）数据

后金王朝之崛起的王者 / 王志国著. — 沈阳 : 辽宁人民出版社, 2019.1

ISBN 978-7-205-09451-5

Ⅰ. ①后… Ⅱ. ①王… Ⅲ. ①长篇历史小说–中国–当代 Ⅳ. ①I247.5

中国版本图书馆CIP数据核字(2018)第248183号

出版发行：辽宁人民出版社

地址：沈阳市和平区十一纬路25号　邮编：110003

电话：024-23284321（邮　购）　024-23284324（发行部）

传真：024-23284191（发行部）　024-23284304（办公室）

http://www.lnpph.com.cn

印　　刷：辽宁新华印务有限公司

幅面尺寸：185mm × 260mm

印　　张：19

字　　数：400千字

出版时间：2019年1月第1版

印刷时间：2019年1月第1次印刷

责任编辑：赵维宁

封面设计：留白文化

版式设计：徐春迎

责任校对：刘宝华

书　　号：ISBN 978-7-205-09451-5

定　　价：68.00元

前言

在我们美丽祖国的东北部，有一座大山叫作长白山，它就像一根硕大的人参，把根须牢牢地扎在黑土地里；它又好比一只巨大的纺锤，坐落在辽阔的东北边疆。它北起黑龙江省的完达山北麓，南延至辽宁省千山余脉的老铁山，东临黄海和朝鲜半岛，西边抵达科尔沁草原，全长1300多千米，最宽处400千米，面积28万多平方千米，是我国东北地区最大的山脉。

这座贯穿辽宁、吉林和黑龙江三省东部的巨大山脉，历史上曾经叫过不咸山、单单大岭、珊延大岭、徙太山、纵太山、纵白山和太白山，到辽金时期才被称为长白山，这个名字一直沿用至今。

广义的长白山，是我国东北地区东北部山地和丘陵的总称，它呈东北西南走向，由多列平行褶皱的断层山脉和盆地、谷地组成。它的最西列为吉林省境内的大黑山和向北延伸至黑龙江省的大青山；中列北起黑龙江省的张广才岭，到吉林省境内分为两支，西支至吉林哈达岭，东支经吉林威虎岭向南延伸至千山山脉；东列北起黑龙江省的完达山、老爷岭到达长白山的主峰地区，是为长白山的主脉，也就是狭义的长白山。长白山在我国境内的最高峰为白云峰，海拔2691米，是我国东北地区第一高峰。

长白山在历史上就与“三山五岳”齐名，它不仅是华夏的一座风景名山，而且是东北的一座文化神山。也不知从什么时候开始，在当地的人民中间，就形成了一个美好的传说。相传天上有一位仙子叫织女，她是西王母的外孙女，居住在天河之东。她奉命为天上织彩霞、织云锦、织楼阁、织星辰、织天宫仙人的衣物。织女心灵手巧，无所不能织。她织造的三界山川地理图，就悬挂在玉帝身后的大殿上。她为西王母织造的九州百鸟朝凤袄，成为昆仑瑶池的镇池之宝。

美丽善良的织女一次下界游玩时，邂逅了贫穷憨厚的少年牛郎，并与他一见倾心，结为夫妇。这件事情震动了天庭，气坏了玉皇大帝。西王母亲自驾临锦绣宫，在百般劝解和威逼恫吓均无效的情况下，她顺手抄起神梭向织女打去。织女闪身躲过，没有打中，这只神梭就飞到下界去了。

这一下事情闹大了！原来这锦绣宫乃紫微大帝所建，织女的神梭是镇宫之宝，原本由混沌初分之际的一块灵石打磨而成。这只神梭落地以后，立即化为绵延千里的一座大山。而且神梭织过的那些天地奇珍、三界瑰宝，也统统随之落地生根，在人间成长起来。这凭空降落的一座神山，整日里霞光笼罩，紫气蒸腾，不仅常闻虎啸猿啼，而且常见龙飞凤舞。不久织女也来到人间，与牛郎在这里生儿育女，过起了无忧无虑的生活，后来留下织女峰和牛郎渡等遗迹。因而后世有许多仙人慕名而来，他们穿着白衣，驾着仙鹤，来来往往，络绎不绝，让周边的山民们感到神奇和向往。

有神山必有圣水，长白山有个举世闻名的天池。传说当年西王母抛下神梭砸到下界之时，人间立刻山摇地动、海啸河崩，凶猛的地火如同万条恶龙呼啸而出，直上九霄，烧得灵霄宝殿摇摇欲坠，弄得天宫到处烟雾飞腾。玉皇大帝惊慌失措，急命四大天王扳倒天河灭火。火是暂时被浇灭了，但那些天河之水却再也收不回去，被永远地留在了人间，形成了天底下最高最美的一块湖泊。西王母因之恼怒至极，常来这里作法撒气，届时往往乌云蔽日，风雨大作，因而天池之上少有晴天。还有那些随着天河之水下界的蛟龙，因为无法回到天庭，便整日里挟风带雨，奔腾咆哮，发泄着心中的不满，形成了远近闻名的长白山瀑布。只有那些天河水怪暗自高兴，它们摆脱了天条的束缚，在天池里获得了自由，偶尔便钻出水面来展示尊容，给世人留下不解之谜。

长白山上历经千年化之不尽的冰雪，赋予了天池周边山地丰富的水源，使这里成为许多河流的发源地。西流松花江从这里出发，经安图、敦化、吉林、榆树，在扶余与嫩江汇合，形成松花江主干流，流向东北方向的黑龙江，然后注入鄂霍次克海。牡丹江发源于长白山主脉西北的牡丹岭，流经吉林敦化，黑龙江宁安、海林和林口等地，在依兰县城西注入松花江。鸭绿江发源于长白山天池，干流经过吉林、辽宁两省，在辽宁省东港市附近注入黄海北部的西朝鲜湾。图们江发源于长白山主脉的东南部，向东流入日本海。辽河的东源头也在长白山地区，它发源于吉林省中部的哈达岭，向北流经辽源，在辽宁省昌图县与西源头汇合，然后经过铁岭、开原、抚顺、沈阳等辽宁腹地，沿途吸纳清河、柴河、柳河、泛河、绕阳河等许多支流，在盘锦市注入渤海。此外，长白山还是浑江、浑河、太子河等许多河流的发源地。

奇特的火山地貌、丰富的水利资源以及独特的气候地理条件，使长白山地区成为物种的天堂。在这里，有嶙峋怪异的高山峡谷，有独具特色的原始森林，有肥得流油的黑土地，有湖泊密布的天堂草原。在这里，有长白杜鹃、东北山参和白罂粟等天下少有的奇花异草，有东北虎、丹顶鹤和梅花鹿等世上罕见的珍禽异兽。在这里，还有取之不尽的药材资源和金银铜铁等地下宝藏。难怪山里的人们都说："何止人参、貂皮和鹿茸角，长白山遍地都是宝！"

神山圣水孕育了长白山地区特有的渔猎文化，丰富的农牧资源养育了这里一代又一代的先民。这里自古以来就有人类居住，历史上秽貊、肃慎、鲜卑、扶余、沃沮、高句丽和契丹等许多古代少数民族，都曾经在这里繁衍生息，有的还在这里发展壮大，建立了自己的政权。秽貊人在公元前就建立了扶余国，先后存在七百多年。慕容氏鲜卑人建立的前燕、后燕和北燕，拓跋氏鲜卑人建立的北魏，都曾经统一过东北地区。还有契丹人建立的大辽国，女真人建立的大金国，他们虽然都曾经割据一方，有的甚至饮马黄河剑指长江流域，但他们大多隶属于中原王朝，他们都是中华民族大家庭的成员，他们都是龙的传人。他们从长白山地区崛起，把长城内外作为自己的舞台，演出了许多威武雄壮的活剧，留下了许多动人的故事，不少故事至今仍然脍炙人口。他们雄踞关东而又窥伺中原的梦想，造成了南北民族之间无数次激烈的碰撞，从而使五千多年的中国历史跌宕起伏、丰富多彩。

女真人与长白山有着不解之缘。无论被称作肃慎、挹娄、勿吉、靺鞨其中哪一个名字，还是在任何一个历史时期，长白山一直是他们从事渔猎活动的地方。几千年来，他们的部族虽然几度兴衰，被迫四处迁徙和流浪，但他们最终没有离开过长白山，也没有离开过松花江流域，他们一直是长白山地区住民的主体。他们可以在别处沉沦或者失败，却能够在这里复兴和崛起，并且一次又一次地走向辉煌。历史上长白山既是大金帝国的起始点，也是大清王朝的发祥地，可以说是女真这个民族的摇篮。

元末明初，作为女真人的一支，努尔哈赤的先祖及先祖的后代子孙，正是在这里受到朝廷的册封而屈身守分，以待天时；又是在这里韬光养晦，积蓄力量，进而趁明王朝后期极度腐败又内忧外患之机，先后统一了内部，接着占领了东北，建立起强大的后金王朝，为进一步夺取全国政权奠定了基础。那么，他们是如何生存、发展和壮大的，又是怎样审时度势、逐渐崛起的呢？今天，我们的故事就从这里开始，也从这里展开。

目录

第一回

打冤家强敌逢劲旅　寻祸首爱侣结良缘

广袤千里的长白山神秘幽深，无奇不有，山山水水到处都蕴含着美丽的传说。就说这天池西北的那片大山吧！方圆百里，层峦叠翠，一座座山峰形状奇特，那山顶穿过白云，覆盖着冰雪，极似一朵朵盛开着的白色牡丹花，因而被称为牡丹岭。据说这牡丹岭乃是织女神梭点化所致，有人看见牡丹仙子们常来常往，就住在祥云缭绕的山巅上，所以那座最高的山峰又叫牡丹峰。

距离牡丹峰西边不算太远，有一座山峦叫作布库里山。那山峦绵延起伏，林草丰茂，山上溪流淙淙，山下湖波荡漾。群山如众星捧月一般，簇拥着一座锥形的山峰。那山峰陡峭挺拔，突兀而立，山腰上飘荡着棉絮般的白云，远远地看上去，就像戴着一顶羊皮帽子，因此被叫作帽儿山。

这帽儿山虽说不高，却怪石林立，森林茂密，毒蛇猛兽极多，极少有人上去。据说这山顶上平坦宽阔，还有一座庙宇，不知什么年代由何人所修。有人看见一个黑衣黑裤的黑老太婆，经常骑着一头黑毛驴往山上走，嘴里还不时哼着一首好听的歌谣："帽儿山，通天庭，此地当会出英雄。出英雄，斩狼虫，朗朗青天替大明。"那歌声时断时续，婉转低回，竟在整个山林中荡漾，人们听了皆感到莫名其妙。

那时候的布库里山区人烟稀少，周边只有两个村子。山南的村子叫作布胡里，山北的村子叫作梨皮峪。两个村子相距二十多里路，中间隔着一座帽儿山。山的东南面是一片蔚蓝的湖泊，名字叫作布尔胡里。湖水波平如镜，岸边长着一些芦苇和水草。山的正东和东北面全是茂密的森林，遮天盖地，沟壑纵横。山的西面是一片稍显低缓的山岗，长着一些灌木和野草。在灌木和野草中间，有一条弯弯曲曲的道路，像条蛇一样由此伸向远方。

布胡里村和梨皮峪不但是近邻，而且还是同源。南村族人姓完颜，北村族人姓夹温。他们同为女真人，都是从龙山走出来的肃慎人的后裔，按说应该和睦相处，友好往来。但不知从何年何月开始，也不知是听了哪个萨满的鬼话，说山南的族人是黄帝的后代，山北的村民是蚩尤的子孙，两个村的先祖是生死对头，而两个村的族人就成了世代冤家。

由于有了这个传说，两个村的族人们虽然都以渔猎为生，但是他们的风俗却完全不一样。北村的族人从衣着、服饰到草堂、山寨，甚至包括渔猎用的工具，到处都有牛头、牛角和牛的形象。而南村呢？龙和蛇则是他们的图腾，家家户户的神龛上都供着龙，房屋的横梁和立柱上全刻着龙，连刀枪上都有龙的图案。

也正是由于这个传说，多少年来，两村的族人们始终怀着敌视的心理。他们平素虽然也有些往来，比如说换一些猎物的皮毛和生活用具，或在夏秋季节比赛一下骑马、射箭和摔跤等，小孩子们也常常在山西的那片草场上玩耍，但是两村一直都把对方当作敌人，多少年来一直不通婚。两村青年男女谁若是私下交好，就要按族规被烧死祭祖。更有甚者，每逢当年的五月初五前后五天，都要进行“打冤家”的活动。届时双方的青壮男人都要上阵，真刀真枪在山西面的那片草场上进行生死搏斗，而女人则要送饭送水提供后勤支援。这种“打冤家”活动无异于一场真正的战争，每年都有许多人被打死打伤，导致家破人亡。然而这种活动非但没有停止，而且愈演愈烈，一直延续下来。因为大家都明白，谁若是打赢了，将会顺利一年，族人们都会交上好运，部族会因此兴旺发达。如果打输了，失败的阴云就会笼罩着整个村落，族人们会因此交上背运，这一年干什么事情都别扭，三百六十五个日夜翻不过身来，只好憋足力气，明年再战。

布胡里村居住着三百多户人家，在长白山区也算是个较大的村落。这个村的村主叫作甘睦尔，族人们皆称其为“大人”。甘睦尔这位“大人”生得瘦小枯干，面皮蜡黄，长胳膊，小短腿，刀条脸上两只小眼睛，眯缝起来就像一条线。他还长着一个蒜头鼻，一张雷公嘴，上边一道塌鼻梁，两边配着争风耳。别看这位“大人”其貌不扬，却是山南村第一条好汉。他不但身轻似燕，敏若猿猴，登山爬岭如履平地，能在森林中像松鼠一样飞腾跳跃，而且箭法精准，百发百中，伸手猎物，如唠家常。因而他被称为“塞北神猴”，在周围百八十里范围内很有名气。

甘睦尔“大人”不仅武艺出众，而且头脑灵活，疏财仗义，他的古道热肠极受族人尊重。他特别善于骑马、驯马，更喜欢贩马，常常往来于山区和草原之间。他的妻子乌兰，就是有一次在贩马的路上，他见义勇为，拔刀相助，从强盗手中救下来的一位蒙古族少女。乌兰姑娘健壮而美丽，为他生了三个如花似玉的女儿。如今大女儿恩古伦、二女儿正古伦均已出嫁，只有十六岁的小女儿佛古伦还未婚。尽管村中提亲的媒婆已经踏破了门槛，但佛古伦往往话还没有听完，就一口回绝了。父亲甘睦尔以为她心气高，托人给她介绍了好几个部落酋长的儿子，但她仍然一个劲儿地摇头，就是不同意。大家都感到莫名其妙，却不知她心中早就有人了，那就是梨皮峪村的乌拉特。

山北梨皮峪村只有二百来户人家，与布胡里村相比，户数和人口都要少得多，但是这个村的民风却十分强悍，一如他们的所谓远祖蚩尤那样，极其英勇善战，有一股天不怕、地不怕，动辄就拼命的劲头儿。他们以牛为图腾，也有着牛一样坚韧的性格。在与布胡里村的械斗中，他们虽然败多胜少，但是永远不服输，而且部族内相当团结。

梨皮峪的村主叫作布拉泰，这个人生得高大魁梧，虎背熊腰，两只胳膊有千斤的力气，一颗铁头能撞断巨石，战场上有万夫不当之勇。他若是站在山北大眼珠子一瞪，满脸的络腮胡须全部奓开，这一嗓子喊出去，连山南都听得见，震得山林八方回响，惊得野兽四散奔逃，连飞鸟都吓得飞向蓝天。他只身斗过猛虎，在巨石上摔死过黑熊，是牡丹岭山区最好的猎手，人称“长白铁塔”，毛病是气性大、心眼小，脑袋里谋略少了一点儿，好像缺根弦。

别看布拉泰傻大黑粗，他的儿子却长得一表人才。这位少村主名叫乌拉特，是布拉泰的独生子。他虽然只有十七岁，却已经长成一个雄壮的青年。这位少村主细高个子，长挂脸儿，两道眉毛又黑又重，一双大眼睛炯炯有神，白净的脸盘上神情冷峻，行走起来健步如飞。他不仅武艺高强，而且很有头脑，是牡丹岭山区有名的勇士。他比佛古伦大一岁，也早就到了婚娶的年龄，村里的姑娘们梦寐以求，但他统统正眼不搭，不屑一顾。他有自己的意中人，那就是山南的佛古伦。

还是在童年时期，乌拉特和佛古伦就非常熟悉了。虽然两个村的大人们打得你死我活，却没有斩断孩子们纯真的友谊。他们在放牛、放羊的时候，经常在山西那片草场上相遇，有时也在一起采蘑菇、摘木耳、挖人参。在长期的接触当中，乌拉特非常喜欢山南这位美丽的小姑娘，经常呵护她、照顾她。而佛古伦呢？也十分尊敬山北这位小哥哥，没少给乌拉特缝补剐破的袍子。随着年龄的增长，他们互相之间的好感与日俱增，逐渐发生了微妙的变化。在乌拉特看来，美丽善良的佛古伦，就是长白山里的杜鹃花，是那样清纯和圣洁，连天上的仙女见了她都会黯然失色，他早已决定要说服父亲和族人，今生非她不娶。而在佛古伦的眼里，英俊勇敢的乌拉特就是长白山里的雄鹰，是个顶天立地的男子汉，自己已下定决心非他不嫁。两个人虽然都没有把话说破，但这颗情爱的种子早已扎根在他们的心里，他们早就心有灵犀，情同一体。他们梦想着有朝一日冲破牢笼，做一对长白山里的神仙伴侣。

都说苍天有眼，眷顾有情之人，这话还真就不假。不久，这样的机遇还真就来了！端午节前两天的早晨，眼瞅着“打冤家”的时刻就要到了，山北的男人们磨枪备刀，女人们蒸馍备酒，早早就做好了搏斗的准备。去年他们村打输了，人人都憋着一口气，下决心今年一定要打赢，此时一齐聚在村西头，等候着村主布拉泰的命令。他们一个个伸腰踢腿，眼睛血红，紧张得如同搭在弦上的羽箭，彼此连喘气声都听得清清楚楚。

而山南这边呢却被动极了！原来在一个多月之前，甘睦尔带人到科尔沁草原贩马，计算着手拿把掐，准能在四月底前赶回来，不耽误今年“打冤家”的事。没承想半路上遭遇了风雨和匪盗，好歹算是把骡马都赶回来了，却耽误了回家的时间。尽管他急得昼夜兼程，但是在五月初三之前还是没有能赶到家。

大战在即，群龙无首，山南的族人们急得如同热锅上的蚂蚁，大家都聚在村西头翘首张望。几个武艺高超的年轻人想抻头主事，吵吵嚷嚷，七嘴八舌，但是他们隔着锅台上不去炕，张罗得倒是挺欢，响应者寥寥无几。甘睦尔只有三个女儿，此时也只好全部披挂上阵。佛古伦因为年轻，更是责无旁贷地冲在前面。她今天蹬双黑皮靴，骑匹枣红马，头扎水红头巾，肩披绿色战袍，一身戎装，英姿飒爽，显得比平日更加俊美，惹得许多后生怀揣小鹿，目不转睛地看。佛古伦抖开长鞭，“叭”的一声爆响，才吓得他们一吐舌头，转过神来。佛古伦随即派出一小队人马，迎出十里，在父亲的来路上接应。

且说山北这边，村主布拉泰率领着数百名精壮的勇士，人人舞刀弄枪，信心十足，正准备向山南这边进发，忽有一探子前来报告：“启禀村主大人，有好事了！山南的甘睦尔不知为何，正赶着一队骡马，从岭西往咱们这边走来。骡马倒是不少，看样子有数百头，可赶脚的马夫却只有十几个，我们何不趁机劫下，可以发笔横财！”

众人一听皆喜形于色，一个个摩拳擦掌，跃跃欲试。布拉泰闻听心中高兴，大嘴叉子一咧，正想下令，这时乌拉特跨前一步，抢先说道：“这‘打冤家’之事祖上传下，自有规矩。多少年来都是两村对垒，明争明斗，凭的是实力，靠的是勇气，岂可以趁人不备，暗下黑手？这恐怕不是我村族人的作为。何况赶马归来，尚未到家，表明南村并没有准备就绪，我们就这样发起攻击，恐怕不妥，还请父亲三思。”

布拉泰听了爱子之言，有些犹豫。这时候他的弟弟布拉尼站出来说话了：“俗话说好运若当头，神鬼都发愁哇！这是多么好的机会呀！是天上掉馅饼的好事啊！试想这些年两村对阵，我们赢过几回？人家人多势众啊！再者说了，祖宗留下了这个风俗，说过不准偷袭的事了吗？我们怎么就不能使用了？如果还像每年那么打，咱们有把握战胜人家吗？现在甘睦尔贩马归来，人单势孤，活该他撞在咱们的枪尖上，我们为什么不打呀？若是杀死了这个老猴精，南村就是一盘散沙。三姑娘佛古伦她再英雄，也不过是个女流之辈。到时候兄长振臂一呼，山南山北还不都是我们的了？那时你就是咱们帽儿山的海外天子、混世魔王！还犹豫什么呀？快下命令吧！冲上去杀他个片甲不留！”布拉尼尖嘴猴腮，罗锅八相，一对老鼠眼，满口大黄牙，出气贼臭，主意贼馊，人称“虎拉稀”，是布拉泰的狗头军师。

听了弟弟的一番话，布拉泰不再迟疑，他回过头来对乌拉特说：“我儿所言虽是在理，但今天却顾不得那么多了！这老猴精自寻死路，没准备好是他们活该！”说着右手一挥，眼珠子一瞪，“勇士们！给我上！杀死这个老猴精！给逝去的族人们报仇哇！”这一嗓子喊出去如同炸雷，震得四处山林嗡嗡直响，惊得野鸟纷纷乱飞。北村的勇士们嗷的一声怪叫，一齐向村西扑去。乌拉特见状摇了摇头，也只好跟随在父亲的身后。

前文我们已经说过，布库里这地方四面皆山，东又临水，只是西边地势稍缓，有一条出山的大道。山南山北的人若想出去，此处是必经之路。甘睦尔率领的族人马不停蹄，昼夜赶路，试图抢回在路上耽误的时间。昨天晚上他们还盘算着，一定要在初三这天的天亮之前赶回村里，担心如果晚了会遭到北村的攻击。但是紧赶慢赶，还是迟了一个多时辰。现在天已经亮了，才到帽儿山西北的松树林，大伙儿累得实在不行了，就提出来稍事休息。甘睦尔虽然考虑到此处离北村太近，有些危险，但是他觉得布拉泰不会这么阴毒，怎么会趁人不备下手？于是便一口答应下来。

没想到大伙儿刚刚坐下，这口气还没有喘匀乎，忽听得惊天动地一声怒吼，紧接着蹄声隆隆，如同闷雷。不一会儿就闻人喊马嘶，杀声阵阵，那气势如同惊涛骇浪。山北梨皮峪的勇士们好比夏日的山洪，忽然一下子就冲了过来。那一个个狰狞的面孔如狼似虎，那一把把闪亮的弯刀反射着寒光，吓得山南的马夫们顿时瘫软在地，不知所措。

倏忽之间，风云突变，担心的事情到底发生了！甘睦尔捶胸顿足，懊恼至极，后悔不该在这里休息。但此时情况紧急，容不得他多想，于是他脱口而出，命令身后的马夫头领诺达里："我留在后边掩护，你带领他们赶着骡马快走！我们在村西头会合！”

诺达里有些迟疑，他不忍心把村主“大人”扔下先走。甘睦尔冷笑着说："放心吧！你快走！他们抓不到我！能活捉我的人，还没有出生呢！我要好好玩玩布拉泰这头蠢驴！”说着立即转过身来，隐藏在大树之后。

这时候北村的勇士们已冲上前来，距离不过一百步了。甘睦尔一声怪笑："小兔崽子们！来吧！来送死吧！明年的今天就是你们的周年！”说着拿起那把神弓，“嗖、嗖、嗖、嗖、嗖”一连数箭，冲在前头的几名北村的勇士如同被放倒的树桩，一瞬间“扑通、扑通”全部倒下，为本次“打冤家”活动捐躯了！

村主布拉泰人高马大，目标明显，一枝羽箭“嗖”地飞来，直奔他的脑门儿而去，吓得他一缩脖儿，牛皮头盔上的红色簪缨应声而落。就在他一愣神的工夫，甘睦尔的神箭又到了，“嘭”的一声，射在他的右肩膀上，疼得布拉泰一咧嘴，随即“嗨”的一声大叫，一歪头用嘴把羽箭拔出，甩在地上。北村的勇士们见村主受伤，一时放慢了脚步。诺达里趁机连声吆喝，率领着马夫们赶着骡马，钻入南边的林中去了。

布拉泰见状气得哇哇怪叫。十几年来每次打斗，自己都吃亏在甘睦尔的神箭之上。但今天这个老猴精单人独马，说什么也不能放过他。自己身边数百号人马，难道还斗不过他？于是他大喝一声："该死的老猴精！今天你的末日到了！勇士们！给我上！抓住这个老猴子！扒了他的皮！给死去的族人们报仇哇！"说完纵马舞刀，拨打雕翎，第一个冲了上去。

北村的勇士们见村主一马当先，这时也一声呐喊，跟了上去。乌拉特怕父亲有失，两腿一夹，那匹大白马"唰"地蹿出，跑在了布拉泰的侧前方。甘睦尔虽然频频放箭，但是乌拉特的那杆长枪像长了眼睛，纷纷将其拨落在地上。眼瞅着北村的人马将到跟前，布拉泰的那把大砍刀闪着寒光，高高举起向他劈来。只听"唰"的一声，一棵瓦盆粗的松树被拦腰斩断，一股疾风扑面而来，掀掉了甘睦尔头上的毡帽，吓得他出了一身冷汗。一个人面对几百号人，而且还有布拉泰这样的凶神，他再也不敢逞能了！他明白若不是布拉泰想抓活的，自己方才不被劈成两半，也得让北村的人射成血葫芦。于是他脚尖点地，飞身上马，向松林的南面落荒而逃。

此时山南的勇士们摩拳擦掌，心急如焚，正在村西头列队等候，忽然之间听到杀声震天，情知不妙。佛古伦闻听不再迟疑，立即率领人马循声冲去。刚刚跑出不远，就见诺达里带人赶着骡马飞奔而来，还未跑到跟前，即带着哭腔喊道："三姑娘！我先回来了！大人还在断后！接应的人马已经上去了，怕是寡不敌众啊！老大人有危险了！您赶快去吧！"说完竟然从马上折了下来，摔倒在地上。佛古伦一听急了，啪啪几鞭，那匹枣红马箭似的冲了出去。

刚刚跑近山西那片松林，就见迎面一匹铁青马如阵飓风，"唰"地从松林中飞了出来。后边不远处，北村的勇士们喊声如雷，箭似飞蝗。当先一匹白马如一道闪电，跑在最前面，正是梨皮峪少村主乌拉特。紧跟着的那匹黑马上面，布拉泰张牙舞爪，哇哇怪叫，如同一个吃人的恶魔。

佛古伦一边策马飞奔一边细看，那匹铁青马虽然是父亲的坐骑，但它的身上除了一副褡裢，并没有父亲的身影。她心中一凛，泪水夺眶而出："父亲在哪里呢？难道他已经遇难了吗？"正在悲痛之中，忽听身后二姐喊道："小妹勿急！父亲在那儿呢！"

佛古伦循声一望，果见父亲腾挪闪跳，像只猿猴，正在松枝树杈间飞跑。北村的勇士们虽然紧追不舍，矢石如雨，但由于甘睦尔身轻似燕，一会儿蹬里藏身，一会儿就地翻滚，一会儿跳上树杈，一会儿又飞上树梢，所以始终无法抓住他。气得布拉泰改口下令："射死他！射死他！射死这个老猴精！可千万不能让他跑喽！"尽管北村的勇士们穷追猛打，使尽全力，也只是让甘睦尔中了两箭，并不致命。而接应他的那十几个壮士，却早已魂归天国，到那边"打冤家"去了。

山南的壮士们见村主大人危在旦夕，一齐发声喊就冲了上去，立即与北村的人们战在一起，一时刀枪乱舞，血肉横飞。混战之中，乌拉特头脑清醒，眼尖马快，他始终紧盯着在松树间飞跑的甘睦尔，并留心保护父亲的安全。父子俩一前一后，紧追不舍。眼见得甘睦尔精疲力尽，动作放慢，生命危在旦夕。

佛古伦一见怒从心起，“嘿”的一声，那匹枣红马如道火光，从斜刺里“唰”地冲了过去。她手中的那杆丈八长鞭如毒蛇吐芯子，立即缠在了“长白铁塔”的脖颈之上。一瞬间的工夫，布拉泰就从马上被拽了下来，“啪嚓”一声摔在地上。也是布拉泰的身子太重了！这一下他被摔断了左腿和肋骨，疼得在地上打滚乱叫。

北村的勇士们皆大惊失色，怒不可遏，大伙儿“呼啦”一下子就围了上来。但他们知道这员女将的厉害，她的长鞭取人性命如玩游戏，她的飞刀断人臂膀从未失手。他们虽然恼怒却不敢上前，于是就一齐放箭。上百枝箭瞬间一齐飞去，任你是神仙也难逃一死。佛古伦身边的十几个壮士立即倒下。

乌拉特此时正在追赶甘睦尔，忽听身后响声有异，急忙扭头观看，不禁大吃一惊。他刚想去救受伤倒地的父亲，却见佛古伦又身处险境。于是他毫不迟疑，迅速挥舞长枪拨打雕翎，把佛古伦挡在了自己的身后，佛古伦幸而没有受伤。但此时佛古伦身后的壮士们放箭了！他们眼睛都红了，可不管你什么乌拉特。佛古伦脑后没长眼睛，她帮不上乌拉特。这样乌拉特就被夹在两军中间，两边的人都拿弓箭射他，他顾得了身前管不了背后。尽管佛古伦发现之后，曾挥舞长鞭拨落数箭，可乌拉特还是身被数创，血流不止。山南的壮士们蜂拥而上，企图将他活捉。乌拉特情急之中，慌不择路，向东落荒而逃。北村的勇士们见甘睦尔的接应已到，自己这边老少两个村主皆已受伤，于是在慌乱之中舍命救起布拉泰，狼狈地逃回北村去了。

死里逃生的甘睦尔余怒未息，带领着山南的壮士们一阵猛追，打得北村的人们落花流水，屁滚尿流，缩进村寨里不敢出来了。诺达里和正古伦盯着乌拉特紧追不舍，发现他并未逃往北村，而是跑向东边去了。原来乌拉特人虽受伤，但是他的马快。那匹大白马不知犯啥病了，竟然迷失方向，驮着他一劲儿向东边狂奔。山南的壮士们追赶不上，又见乌拉特已身受重伤，估计性命难保，于是在胡乱放了一通长箭之后，便打马回村去了。

这一场械斗，山南的布胡里村反败为胜，虽然伤亡了十几个人，但是保全了贩来的骡马，还打伤了布拉泰父子，令北村受到重创。全村人皆大欢喜，一边纷纷来到甘睦尔家探望，一边杀牛宰羊，大摆宴席，通宵庆贺。

而北村这边呢？村主布拉泰腰腿受伤，流血过多，已几次昏迷，少村主乌拉特下落不明，生死未卜，村里还死伤了三十多个勇士。族人们皆满腔悲愤，怒火冲天。布拉尼在危难之中挑起重任，一方面请出老萨满，为布拉泰治伤；一方面撒出人去，寻找乌拉特。同时安排人马，严防死守。因为“打冤家”还有四天时间，他担心山南的人们趁机来袭。一时全村皆笼罩在哀伤与悲壮的气氛之中，连妇女和小孩儿都把牙齿咬得咯嘣咯嘣直响。

甘睦尔旅途劳累，又经历一场恶战，再加上喝了不少烈酒，饭后不一会儿就睡着了。恩古伦和正古伦两位姐姐的孩子还小，也早就各回各家去了。佛古伦送走所有的客人，已经是夜半三更了。她冲洗了一下，便和衣躺在土炕之上。不知是炕烧得太热了，还是她心中有事，她辗转反侧，许久都无法入眠。

她两眼望着屋顶想着白天的事，心中有许多疙瘩解不开。她不明白两村到底有什么深仇大恨，非要年复一年地打下去。她问过父亲，没有得到明确的答复，只是说祖祖辈辈都这么过来的，谁敢停谁又能停下来？她曾经乞求过萨满罂姑，希望能出面制止这种械斗，但罂姑说那是上苍的意志，是凡人无法改变的。她不知道黄帝和蚩尤是不是死对头，但她知道，山南山北都是女真人，大家都是龙的传人，是从龙山走出来的华胥女祖的后代，这一点连山北的人们都承认，但为什么还要继续打下去呢？这种械斗要打到什么时候呢？今天又有那么多的人死亡了，他们的生命就这样白白地丢掉了，这值得吗？想到这里，她的心里就一阵一阵地发疼，眼泪不禁夺眶而出。

佛古伦擦干眼泪，眼前不禁又浮起乌拉特的身影，那个白马银枪的雄壮青年。她知道乌拉特钟情于她，但她不明白，乌拉特为什么要追杀她的父亲？而当她面临危险的时候，他却又反过来保护她，自己却身中数箭，生死不明。如今他在哪里呢？想到这里，佛古伦心乱如麻。她再也躺不下去了，于是披上衣服，信步走了出来。

当晚，一弯上弦月挂在西天，白日里喧闹的山林此时一片静寂。坐落在山洼里的布胡里村，像一个躺在母亲怀里的孩子，静静地睡熟了。佛古伦刚刚走出院门，就发现一只大鸟从头顶上飞过，好像是奔东边的方向去了，她不由自主地跟着拐向东边。走出不太远，她又发现那只鸟就落在前边的树梢上，好像在等她。她照直走了过去，那只大鸟又飞起来，似乎是在为她引路。她感到十分好奇，于是就继续跟着走。就这样，一鸟一人走走停停，停停走走，不知不觉之间竟然走出了村子，拐进了山林，来到了布尔胡里湖泊旁边的草地上。那只大鸟突然不见了，眼前是黑黝黝的山峰和白亮亮的水，岸边是一些奇形怪状的老树。那些树有的像人，有的像兽，有的像妖，有的像鬼，一株株张牙舞爪，张着黑乎乎的大口，看得佛古伦心里发毛，头皮发麻，她不禁握紧了腰间的佩刀。

夜晚的布尔胡里湖一片安静，周边的山林里没有一丝风，连水中的鱼也好像睡熟了，一点儿动静都没有。放眼望去，湖面上一片朦胧，什么都隐约可见，又什么都看不清楚，好像藏着无穷的秘密。只有水中那个弯弯的月亮，像是一把金色的镰刀，与天上的那一把遥相呼应，让人产生无尽的遐想。

佛古伦正在聚精会神地欣赏着湖边的月色，忽然耳边传来一阵阵轻微的沙沙声，那声音时断时续、时强时弱，稍停一下又马上传来。佛古伦侧耳细听，断定不但确实有声音，而且还越来越近了！深更半夜的，在这山林里、湖水边，会有什么呢？难道是毒蛇野兽？还是什么别的东西？她一边暗暗猜测，一边凝神细听。但她没有害怕，也没有移动脚步，只是更紧地握住了腰刀，做好了随时搏斗的准备。

不一会儿，那声音在距离她两丈远的地方停住了，显然是已经发现了她，紧接着一个微弱的声音传来："你、你、你是什、什么人，能救、救救我吗？"

佛古伦闻听心中一震，她听出这是一个男子的声音，这个人就躺在她前面不远的草地上。她不由自主地往前走了两步，借着月光定睛细看，不禁大吃一惊："啊！怎么会是你？你怎么在这里呀？"她看清这个人就是乌拉特。而乌拉特此时也看准了她，刚说一句："是三妹呀？"就顺势撑起上身，靠在旁边的一棵大柳树上。

佛古伦本能地拔出腰刀，"嗖"的一个箭步蹿到树下，将腰刀高高举起。她明白，眼前的这个男人，是布胡里村全体族人的仇敌，是犯下杀人重罪的祸首。近些年来，他伤害了多少村中的男子，抢去了多少村中的财物。今天他又领头追杀她的父亲，险些要了父亲的性命。他该杀！早就该杀！今天冤家路窄，自己决不能放过他！但她转念一想，这个男子不正是自己喜欢的人吗？自己不正是决心要嫁给他吗？何况他并没有伤到自己的父亲，而且还舍身保护了自己，这说明他的心里有自己呀！于是她高举着的腰刀又慢慢放了下来。

乌拉特看出了佛古伦的心思，于是声音颤抖地说："我知、知道你恨我，恨我伤害了山南那么多的人，恨我追、追杀你父亲，但那是族规难违，身不由己呀！你、你不也、伤了我、我的父亲吗？我早知道这、这样打下去，不一定哪、哪一天会、会被打、打死，而且会死、死得很、很惨！那样还不、不如现、现在就死、死在你、你的刀下。今天我、我身中六、六箭，自知性、性命不保，但、但是我不、不甘心。你、你是我今、今生最喜、喜欢的姑娘，也是我临死、死前最想见的人！见你一面，我就死、死而无、无憾了！来吧！三妹！动手吧！我心满意足了！"说罢平静地闭上了眼睛，好像在等待一个幸福时刻的来临。

"净说傻话！我怎么会杀了你？尽管我们都无力阻止两村的械斗，而且还要被迫参与厮杀，但是我们却心心相通，又怎么会去伤害对方？如同你今天为我挡箭，现在我也要救你回村！"佛古伦说着走上前去，弯下腰把乌拉特背起来，稍加思索，便向山林深处走去。

走了好一会儿，佛古伦累得满头大汗，把乌拉特背到一个小山洞里。这是一个极其隐蔽的地方，洞口不但被悬空而下的水帘遮住，而且还长着茂密的灌木和蒿草。洞口虽小，但里面却很宽敞。佛古伦放下乌拉特，用火镰点燃洞中的干柴，小小的山洞顿时亮起来。乌拉特发现，洞里面有两张石桌、四只石凳和一口小铁锅，石洞的地面中央砌着一处野灶，石桌上堆放着一些坛坛罐罐和药草，石壁上刻满狼虫虎豹等各种野兽的图案，还有一些不认识的符号。对着洞口紧里边有一片光滑的石壁，像一面黑色的镜子，镜子的正中雕刻着一位戎装的女神，那女神笑容可掬，高举着火把，仿佛在向二人招手。

“这里是罂姑萨满熬制神药和摆放祭品的地方，除了她和我，没有第三个人知道。看你这伤势，一时半会儿也回不去，就暂且在这里疗伤吧！怎么样？”说着不等乌拉特回答，佛古伦即刻扶着他躺在一堆干草之上，先用石碗接些泉水，取出救急药粉给他服下，然后又帮助他清洗伤口，敷上草药。

做完这一切，佛古伦已累得通身是汗，而乌拉特却昏昏沉沉地睡着了。还好，由于乌拉特身披牛皮铁甲，他的前胸和后背虽然中了几箭，但是仅伤及皮肉。胳膊和腿上虽然射得较深，但是箭头早已拔出，看样子乌拉特已经自己处理过，现在又刚刚敷上草药，绝对不会有生命危险。佛古伦观察了一会儿，见乌拉特面色微红，呼吸平稳，于是便接些清水放在洞内，又踩灭了地上的残火，然后才匆匆地离去，她要赶回去给乌拉特弄些吃的。此时那弯残月已经滑入西山，天空中只有些星星眨着眼睛，调皮地向她微笑，好像窥透了她心中的秘密。

次日早饭以后，大姐、二姐忙着服侍受伤的父亲，佛古伦借口出村巡哨，防备梨皮峪人前来偷袭，又顺路来到了那个山洞。此时乌拉特已经醒了，正靠在石壁上向洞口张望，脸上一副焦急的神情。见佛古伦走进来，乌拉特脱口而出：“哎呀！你终于来了！这半宿顶十年哪！可真是想死我了！没发生什么事吧？”他挣扎着侧过身来，一把就攥住了她的手。

佛古伦的脸“腾”的就红了！两个人自从长大以来，还没有拉过手。她有些含羞地说：“想什么呀？有什么想的？你不是想我，是想吃的了吧？”她嗔怪地甩开他的那只手，取出带来的米酒和蒸馍，还有一篮半干的红枣。她一边看着乌拉特狼吞虎咽，一边给他用米酒擦洗伤口，换上新带来的草药，再用桦树皮包扎起来。做完这些事，乌拉特也已经吃饱喝足，嘴里头一个劲儿地说感谢。

佛古伦瞪他一眼说：“谢什么呀？我是不想看着你这样死！等到明年‘打冤家’时，你再使劲追我爹，看我不一鞭子抽死你！”说完一转身扭头就走了，吓得乌拉特倒抽一口凉气。

就这样一连数日，佛古伦都来山洞看望乌拉特，给他及时换药，并带来食物和干果。乌拉特年轻体壮，精力旺盛，再加上心情愉悦，伤势很快地好起来。恰巧这段时间甘睦尔在家养伤，两个姐姐忙着自己的家事，村中的大事小情都交给佛古伦打理，所以她能自主地安排时间，偷偷地到小山洞与乌拉特相会，而且至今尚未被发觉。

一晃半月有余，乌拉特的箭伤明显好转，红肿早已消退，伤口开始结痂，于是他便想回到梨皮峪，但又有点儿舍不得佛古伦。这一段时间的朝夕相处，他们俨然就是一对小夫妻，这个小小的山洞就是他们的家。他真想永远地留在这个地方，他觉得这里就是人间的天堂。

这一晚月光如水，松涛阵阵，湖边偶尔传来青蛙的对唱，草地上不时送来野花的清香，山洞旁不知是什么虫子在叫。小山洞里有些闷热，乌拉特的胸膛里更热得像烧起烈火。这半个多月的亲密接触，让他更加喜爱这位刚直美丽的姑娘，想起来就令他心旌摇曳，激动不已。所以当佛古伦再次给他换药的时候，他再也控制不住自己的感情，一伸手就把佛古伦搂在怀里，长满胡须的嘴唇在那牡丹花一样的脸蛋上狂吻，两只小蒲扇一样的大手在那柔软光滑的脊背上游走，嘴里还喃喃地说："亲爱的三妹！我太喜欢你了！嫁给我做妻子，我们成亲吧！"他的舌头寻找到她的香唇，一下子就顺利地伸进她的嘴里。她本能地"啊"了一声，浑身一抖，接着两个人就成了一个整体。

佛古伦被乌拉特紧紧地抱着，感到他的臂膀像钢铁般坚硬，他的心跳如战鼓般擂响，那浑身隆起的肌肉若块块火炭在燃烧，那种强大的气场让她有些眩晕。她也喜欢这个男人，觉得他是个真正的男子汉。她也想嫁给他，与他做一对神仙伴侣。但是此时此刻，难道自己就这样交给他吗？连个起码的仪式都没有，自己多年来那些美好的憧憬全破灭了，是不是有些荒唐啊？

她几次想推开他，但她觉得周身酥软，四肢连一点儿力气都没有，那两条胳膊不听使唤，根本就没有拒绝的意思。她想摆脱他的热吻，可是她的舌头不争气，似乎还在主动迎合他，竟然与人家紧紧地黏在一起。她想说："我们是冤家，是不可能的！"但是还没等她说出来，他好像就明白了她的心思："我们不是冤家！我们是亲人！是天底下最亲的人！"她想说："我们这样做触犯族规，是会被族人烧死的！"他似乎猜到了她的担心，于是更紧地抱住了她，那宽阔的胸膛就像一座大山："我不怕！我宁可被烧死，也要同你在一起！"于是她被彻底地融化了，就消失在那座大山里。

第二回

吞朱果仙姑得贵子　遭横祸萨满救娇儿

不知是谁先脱掉了所有的衣服，也不知是谁先躺在了那堆干草之上，反正他们的身体像蛇一样缠绕在一起，在朦胧的月色中蠕动。佛古伦的心中紧张而又惊惧，像一只小白兔一样蜷曲在乌拉特的怀里。她有时觉得自己就像一块木板，漂浮在茫茫的大海上，一排排巨浪猛烈地冲击着她，一会儿把她推向浪尖，一会儿又把她摔进浪谷。她有时又觉得自己像架篷车，被猛推着跑在崎岖的山路上，她的腰和腿被颠簸得又酸又痛。忽然，她听到"咯叭"一声脆响，如同巨大的车轮辗断了一根松枝，她的下体一阵撕裂般的疼痛，疼得她倒抽一口凉气，紧接着周身一阵痉挛，一种又酥又麻的感觉从那里传到脚尖，又迅速地蔓延到全身。她逐渐感到身心通泰，四肢像翅膀一样飞起来，晕晕乎乎、飘飘荡荡之中，她觉得仿佛来到了帽儿山的白云之上。

夜深人静，月上中天。那皎洁的清辉从水帘和蒿草的缝隙中泻入，在地面上留下一片片斑驳的亮点，给这个小山洞带来一丝神秘和朦胧。湖边上盛开的野花尚未睡着，不断地散发出诱人的芳香。那堆金黄色的干草温暖而又柔软，那些石桌、石凳和坛坛罐罐都闪耀着热情的目光。尤其是石壁上的那尊女神，她的笑容是那样酣畅、灿烂和怡然，让此时此刻的这个小山洞，仿佛成了人间的天堂。雨住风停，干草堆上的两个人紧紧地抱在一起，如同一尊奇特的雕塑。他们谁都没有说话，觉得一切语言都是多余的。他们在静静地倾听着彼此的心跳，好像在进行着无声的交流。他们谁都不愿意松开，他们甚至想永远都这样抱在一起。

忽然，一声接着一声好听的蛙鸣，唤醒了这对沉醉中的男女。佛古伦首先站起来，很快穿好了衣服。她用双手抚摸着乌拉特的脸庞，情意绵绵地说："今晚虽然没有正式的婚礼，但是这里有天神做证，这个小山洞就是我们的新房了！从此以后我就是你的新娘。亲爱的乌拉特！我的夫君！今后你无论走到哪里，我的心会永远同你在一起！"

乌拉特拥抱着佛古伦的身体，动情地说："今晚你我融为一体，我们就是一家人了！我们不是什么仇敌，再不要搞什么'打冤家'！我们要让两村的人们和睦相处，我们要成为长白山里的神仙伴侣！佛古伦，亲爱的三妹！我的妻子！我的新娘！我真舍不得你走！我真想就这样永远地和你在一起！"

佛古伦理了一下鬓边的长发，有些无奈地说："我也舍不得离开你！但是今天太晚了！我必须尽早赶回去。你的战马已经跑丢了，明天我还要想法送你回村！"说完一狠心转过身子，风一样地飘了出去，转眼消失在山林里。

次日天刚大黑，佛古伦就悄悄地来到了山洞。两个人又是一番缠绵，她才把乌拉特带到山西。临别时，两个人约好了见面的暗号，并争取每个月的初五那天，都在小山洞见上一面。一晃两个多月过去了，南北二村相安无事，两个人的约会也在偷偷地进行。

自从与乌拉特有了肌肤之亲，佛古伦的心上像开了一朵花，成天把笑容挂在脸上，连走路都哼唱着好听的歌，干什么活儿都像一阵风似的，弄得父亲和姐姐们都有些莫名其妙。不过最近有件事让她心烦了，那就是经常胃不舒服，吃什么都觉得恶心，还直往上泛酸水。她自己没和家里人说，但父亲和姐姐们都发现了，问她是怎么回事。她回答说不知道，是不是吃什么东西不对劲儿了，或者是被冷风吹着了。两个姐姐虽说投来诧异的目光，但是谁也没有太在意。她的秘密瞒过了几乎所有的人，却没有逃过老萨满罂姑的眼睛。

老萨满罂姑是个五十多岁的女人，虽然满头银发，却肤白如雪，而且明目皓齿，体态苗条，走起路来如风吹杨柳，既俊美又飘逸，看得出年轻时一定是个极其漂亮的女子，就是现在走在布胡里村的大街上，也同样吸引着所有男人的目光。

据说罂姑是完达山南边村里的人，因为生得貌美，十五岁时被本村的酋长看中，强行将她抢入家中，想纳为小妾。但是罂姑有自己的意中之人，那就是本村的贫苦少年松子阿哥。两个人青梅竹马，长大后情意相投，早就梦想着结为夫妇。因此罂姑银牙咬碎，以死抗争。松子阿哥则悲愤满腔，痛不欲生。

新婚之夜，松子阿哥趁着酋长酒醉，从后墙跳入，把罂姑从虎口中救出。二人骑马向南逃往长白山，不幸被酋长管家派出来的人马追上，松子阿哥被当场射死，罂姑则于悲愤之中跳下悬崖。不料却被悬崖之中的一棵老树挂住，没有死成。恰巧那天一个黑衣黑裤的黑老太婆骑匹黑毛驴由此路过，把她救了下来并带到帽儿山。从此她便拜这个老太婆为师，出家当了尼姑。二十五年前她奉师命下山，救治流行性瘟疫，完事之后便留在布胡里村做了萨满。

罂姑为人善良，常给村里的人们治病，帮助大家排忧解难。谁家若是有个大事小情，她总是张罗在头里，因而受到族人们普遍的尊重，大伙儿都把她奉为神使。十二年前，佛古伦的母亲乌兰去世，扔下四岁的小女儿无人照管，甘睦尔便请罂姑帮忙照料。十几年来，她始终把佛古伦当成自己的女儿，佛古伦也把她看作自己的妈妈，有什么心事都愿意跟她说。

佛古伦钟情于乌拉特，从一开始罂姑就已经察觉，并多次暗中相助。她从自己的悲惨遭遇中生发出怜悯之心，一心想成全这对年轻人。因此当佛古伦经常呕吐向她求医的时候，她便微笑着说："孩子，你的毛病不是风寒湿热，也不是饮食不周引起，一定还有别的原因。你近来是不是有什么事情瞒着我？你只有告诉我实情，我才能对症下药，否则我将无法帮你。"

佛古伦脸一红，装作无事似的说道："没有哇！真的没有！我若是有什么事情，怎么会瞒着罂姑妈妈？"

罂姑听后正色说道："你这个孩子！还在跟我撒谎！你以为我不知道吗？打冤家的那天晚上，你到哪里去了？为什么到四更才回来？这以后每个月的初五那天，你晚上都出去干了些什么？你最近胃肠不适，那是有喜的征兆，你要瞒到什么时候啊？要瞒到肚子大起来吗？这件事你谁都能瞒得过，但你骗得了我吗？你还记得'打冤家'的那天晚上，给你带路的鸟吗？那可是我驯养的白鹤呀！还有那个小山洞，你不知道是谁的吗？"

佛古伦没等完全听完，就连忙"扑通"一声跪下了，"对不起呀！罂姑妈妈！是我错了！是我不该瞒着你，谢谢您在暗中帮助我。但我实在羞于启齿，也不懂得自己是否有喜了。这件事情一旦传出，必然满村风雨，父亲和族人们岂能放过我？事已至此，怎么办哪？请罂姑妈妈给女儿出个主意吧！"

"哎！罪过呀罪过！本来是天造地设的一对，就应该光明正大地结为夫妻，怎么就摊上这么个年代，生在这么一个鬼地方啊！怎么办？不要怕！我的孩子！我已经有了主意了，你只需按我说的去做，就可以了！保你母子平安无事。"说着与佛古伦耳语低言数句，不一会儿，两个人的脸上都露出了会意的笑容。

三天以后的一个中午，天气炎热，四野无风，火辣辣的太阳当头照着，烤得人们都有些喘不过气来，连树木和花草都打蔫儿了，只有树上的知了还在一声接一声地叫着，叫得佛古伦心里发烦，周身燥热。于是她走出家门，邀请两个姐姐共同去湖中洗澡。两个姐姐自从结婚以后，三姐妹就很少一起出去玩了。今天小妹热情相邀，两个姐姐高兴万分，欣然应允。三个人有说有笑，不大一会儿就来到湖边。

秋日里的布尔胡里湖碧绿清澄，透澈得如同镶在大山里的一块宝镜。那蔚蓝的水洗一般的天空，那洁白的棉絮一般的浮云，那苍翠的宝石一般的山峦，那墨绿的幔帐一般的森林，全都平静地倒映在那片湖泊里，好像水中还有一个同样的世界。只有当那湖中的鱼蹿出水面的时候，才打破了天地之间的界限。随着一瞬间水花的逝去，那水波逐渐蔓延开来，方才还平静的湖面即刻变成了一幅抖动的彩绸，让人极易生出感慨和遐想。

姐妹们先是洗了把脸，感觉那湖水滑滑的、腻腻的，像新挤下的母羊的乳液，带着一股清新的野草的香味。紧接着她们又脱下靴子洗脚丫，感觉那湖水暖暖的、柔柔的，像是母亲乌兰那双美丽的手。惬意和温馨唤醒了她们童年的回忆，她们好像突然变成了三个没有长大的孩子，很快跳进水中尽情地嬉戏起来。

三姐妹洗完了头发又洗身子，洗完了身子又打水仗，正在玩得高兴之时，忽然听得天空中一声鸟叫，一只白色的大鸟“唰”地从三个人的头顶上飞过。那扇动的翅膀带来一股凉风，让玩耍中的姐妹们顿时冷静下来。但是由于阳光刺眼，那只鸟又飞得太快，她们都没看清是只什么鸟，只看见那只鸟儿长嘴一张，把一件什么东西丢在了湖边草地上，然后欢叫着向东方飞走了。

三姐妹下湖洗澡，她们的衣服就放在草地上。方才那只大鸟丢下的东西，显然就落在她们的衣服上了。出于好奇，她们无心洗澡了，于是匆匆跳上岸来，她们要看看那是一件什么东西。

大姐恩古伦动作麻利而且眼尖，她第一个跳上岸来，随即高声叫道：“哎呀！二妹、三妹快来看哪！三妹的衣服上有个东西呢！挺好看的哪！”

二姐正古伦急步向前，一伸手捡起那件东西，左看看，右瞧瞧，然后摇摇头说道：“该不是那只大鸟的鸟蛋吧？不像啊！鸟蛋也没有这样色的呀！”

小妹佛古伦是最后一个上岸来的，她看见二姐确实从自己的衣服上捡起一件东西。那东西约摸有鸡蛋大小，圆圆的，红红的，光光的，滑滑的，通体泛着柔和的光泽，散放出一股诱人的香味。说是鸟蛋吧？没见过这样的。说是水果吧？不知是啥东西。两个姐姐看在眼里，喜在心上，传来传去，爱不释手。佛古伦拿过来，感觉那东西模样像果，细腻如玉，嫩得冒水，红得可爱，闻着芳香扑鼻，听着嘤嘤有声。佛古伦喜爱非常，把它贴在腮边把玩。没想到那东西竟像长了腿一般，“嗖”的一下滑入她的口中去了。惊得大姐二姐同声高呼：“哎呀！怎么吃了呀？快吐出来！快吐出来！”小妹佛古伦也急得直跺脚，一劲儿掐住喉咙往外哕。

可是一切都晚了！那东西甘甜酥软，入口就化，早已进入佛古伦的肚子里。大姐和二姐都感到奇怪，为什么自己也曾贴在嘴边，那东西却完好无损，怎么一到小妹那儿就进肚了呢？她们回家后讲给父亲听，甘睦尔也感到十分神奇，但是谁也没有特别在意。

然而新奇的事情接连发生了！吞下这枚朱果之后，佛古伦竟然连续三天不吃不喝，不但一点儿也没饿，而且还满面红光，倍有精神，连恶心和呕吐的毛病都好了。村里的人们听说以后，一传十，十传百，都觉得这是一件奇闻，但是议论一段也就过去了。

可是佛古伦这边没有过去，她的故事还在继续。自从吞下这枚朱果，她的肚子一天比一天大起来。大姐和二姐都明白，三妹子这是有喜了，于是一齐去告诉她们的父亲。甘睦尔闻之大吃一惊，自己的女儿尚未出嫁，哪里来的喜呀？这不是天大的笑话吗？然而事实在那儿明摆着，女儿的肚子确实是大了，而且这几天如同雨后的蘑菇，有迅速发展之势。爷儿四个无可奈何，只好去请教萨满嚣姑。

老萨满嚣姑问明情由，随即向甘睦尔深施一礼，然后才一本正经地说道："尊贵的村主大人，这件事非同小可！不是本使一看过就能立即说清了的，我们还是问问天庭吧！"嚣姑的意思是要作法请神。甘睦尔闻听大喜："那太好了！那我们就听听神的指示吧！我也好放心了！"

经过三天的充分准备，作法的一应物件全部就绪。在甘睦尔家那宽大的院子中间，用木杆和木板搭起了一座法坛，法坛的后边挂起了黑色的幔帐，幔帐的前边是一排供桌，供桌的上面摆放着猪、牛、羊三牲和一些果品。法坛的正中央是一个很大的香案，香案上依次摆着九只香炉，香炉里插着九炷长香。那袅袅上升的香烟聚在天空，竟然形成了一块很大的彩云，让前来围观的族人们暗暗称奇。

卯时三刻，东方的太阳刚刚露脸，沐浴已毕的老萨满嚣姑带着四个女伴当登上法坛，从黑色的幔帐后边走了出来。随着一阵锣鼓和唢呐声响起，四名女伴当分列东南西北四个方位，而嚣姑萨满则站在了香案的正中间。只见那嚣姑头上戴着一顶高高的帽子，帽子上插着两根绿色的鸟翎，身上穿着青色的鹿皮袍子，袍子的中间扎着红色的腰带，腰带上挂满金黄色的铜铃。她的脚上穿着一双白色的鹿皮靴，皮靴的腰身上也挂着许多铜铃。她左手擎着一面羊皮鼓，右手举着一杆牛皮鞭。白净的脸上不施脂粉，那模样俊得像南海的观音。鬓边的白发上系着飘带，还缀着两朵野花，又像是深山里修行的巫神。那四个女伴当皆一律穿着黑色皮衣，头上戴着彩色面具。那面具上的神情分为喜怒哀乐，好像庙里的四大天王。她们的腰带上也都挂着铜铃，手里擎着皮杖和小鼓。村里的族人们见过许多请神的场面，但是今天仍然感到十分新奇，一个个抻着脖子往前挤。

这时只见嚣姑萨满右手一抖，"叭"的一声鞭响，随之抖起肩膀，扭动腰肢，左手用五指叩击皮鼓，右手擎着长鞭翩翩起舞。那腰间和腿上的铜铃晃动，随着韵律有节奏地响起，与皮鼓合奏成一曲独特的音乐。那四个女伴当则摇头晃脑，手舞足蹈，往来走动，如醉如痴。那音乐声忽紧忽慢，忽急忽缓，忽高忽低，似有似无。有时像惊涛骇浪，有时如小溪潺潺，有时若狂飙骤至，有时同细雨和风，全在嚣姑一人掌控，听得人们头皮发麻，目瞪口呆。

约摸过去一刻钟的工夫，正当众人全神贯注之际，那音乐声戛然而止。嚣姑萨满素面朝天，以鞭杆点地，请甘睦尔家人前来进香，向天庭表奏所请之事。待四人上香礼毕，她则放下鞭鼓，手擎三炷长香，遥向空中三拜九叩，口中念念有词，语速越来越快，神态似同疯癫。众人虽然并不知道她说的是什么，但却都明白，她是在同天神对话。

瞿姑念叨了好大一会儿，突然嘴冒白沫，两眼一翻，“扑通”一声，跌坐在香案后边的靠椅之上，随之大叫一声：“甘睦尔全家听宣！”分明是一个沙哑的老年男子的声音，甘睦尔知是天神到了，急忙率领三个女儿跪在地上。

少顷，又听那男声接着说道：“甘睦尔！你好福气！你的三女儿佛古伦虽在凡尘，但她本是昆仑山瑶池的仙姑玉女，只因为擅自拔灵芝仙草，才被西王母贬到人间。如今她业行已满，即将归天。念她在人间多行善事，西王母特差白鹤童子赏她一枚朱果，让她食后怀胎，在世上留根生子。这孩子本是神仙转世，将来必是位大英雄，望汝等好生待他，不可怠慢。天宫事冗，无暇多言。嗨呀呀！吾去也！”众人只听瞿姑大叫一声，恢复原态，那沙哑的男性声音亦随之消失，表明天神已经走了。

甘睦尔和族人们一听，这才如梦方醒。怪不得佛古伦貌美如花，武艺出众，敢情人家不是凡人，是仙姑下凡哪！她不经意间吞下朱果，竟然怀上了一位天神，这是布胡里村的荣幸啊！全村人皆欢欣鼓舞，奔走相告。甘睦尔的心里更是乐开了花。这回他算彻底明白了，自己长得这么丑，却生了一个这么好的女儿，原来是神的恩赐呀！佛古伦则即刻身价倍增，村中的女人们里三层、外三层，如同众星捧月一般，把她搀回后堂去了。自此族人们皆对佛古伦刮目相看，家里人更是对她呵护备至。只有她自己心里明白，瞿姑萨满的妙计成功了！可叹老人家的一片苦心哪！

光阴似箭，日月如梭，转眼就到了次年的春天。正当燕舞莺啼、花红柳绿之时，佛古伦生下一个大胖小子。这孩子降生那天，说也奇怪，村中的骡马一齐长叫，天空中有数百只苍鹰飞来，村里人益发相信这是天神转世，纷纷携带礼物前来祝贺。这孩子生得宽额大耳，浓眉重眼，头发油黑，大手大脚，哭声极其响亮，乐得甘睦尔一家皆喜笑颜开。老萨满瞿姑第一个赶来祝贺：“村主大人喜得外孙，族中大业后继有人，此乃阖村之幸、部族之福啊！”

甘睦尔乐得眼睛眯成了一条线，那张雷公嘴弯成了一个月牙儿。他接过瞿姑的话来说：“孩子降生我家，神使功不可没。您是通晓天机之人，就烦您给孩子起个名字吧！”

瞿姑萨满微微一笑，谦逊地摆着手说：“天生贵子，可喜可贺！帮忙责无旁贷，功劳却不敢当。既蒙大人厚意，本使不能不从。依我看来，这孩子既是天神转世，就不能再随你们完颜家族的姓了，应该在尘世之中选一个最为尊贵的姓氏。万物之中，以金为贵，我看就姓爱新觉罗为好。至于名字嘛！我们这个部族世居布库里山下，就叫作布库里雍顺吧！图个和谐与顺利，怎么样？”随即送给孩子一副银锁，挂在脖子上。

“布库里雍顺，好名字呀！爱新觉罗，这个姓也尊贵！”甘睦尔闻言大喜，佛古伦听了也乐得合不拢嘴。喜讯传到村中各户，族人们家家喜笑颜开。人们皆反复念叨着“布库里雍顺”的名字，希望能跟着沾沾喜气。

暑去秋来，光明荏苒，转眼就是一年。小雍顺在家人的呵护下茁壮成长。这孩子不但生得十分结实，而且反应极快，小模样越长越俊不说，小嘴巴甜得就像抹了蜜糖，成天围着母亲“额娘、额娘”地叫着，乐得佛古伦如同真的做了神仙。见了甘睦尔则一口一个“达达”（祖父之意），还一个劲儿地点头行礼，高兴得甘睦尔成天笑容满面，早早地就张罗着办周岁庆典。

到了正日子那一天，甘睦尔家大摆宴席，遍请亲朋好友，还特地请来了戏班子唱“大脚戏”。本村的族人几乎全部到场，就连科尔沁草原的索乎王爷都到了，还带来了许多礼物。甘睦尔家车来人往，宾客盈门，一时热闹非常。

佛古伦这天打扮得格外漂亮。她身穿一件湖蓝色的紧腰长袍，外罩一件洁白的兔毛马甲，头戴一顶乳白色的貂皮软帽，旁边还插着三根凤尾翎，脚蹬一双白色的鹿皮靴，手里还拿着一方红色的香帕。粉嫩的脸蛋好比帽儿山里的桃花，清亮的大眼睛如同布尔胡里的秋水。她抱着小雍顺参加完所有的仪式，又给远来的客人挨桌敬了酒。看着宴会已经进入高潮，趁着无人注意之机，便把孩子交给老萨满瞿姑，自己悄悄地溜出院门，飞也似的跑到屋后林中去了。

原来自从她与乌拉特在小山洞里成就了好事，两个人按照事先的约定，就经常在那里见面。一年多来两个人你亲我爱，如胶似漆，俨然似一对两地分居的夫妻。他们虽仍无力阻止每年一度的“打冤家”，但是却以种种借口，连续两次都没有参加了。他们已经谋划好，等孩子长到两周岁以后，就带着他共同远走高飞，离开这个是非之地。今天在仪式之后，选在甘睦尔家屋后的小树林中见面，是两个人事先就约好了的。

看到心上人匆匆赶来，久等的乌拉特抑制不住内心的冲动，一把将佛古伦搂在怀里，狂热地亲吻着她的面颊，使劲儿地抚摸着她的肩背，嘴里还在百忙之中急切地说道：“怎么不把孩子带来呀？让我也看看咱们的儿子呀？我都快想疯了！儿子都一周岁了，我这个当爹的居然连一面也没见着！我心里难受啊！”说着竟然流下泪来。

佛古伦挣脱他的拥抱，替他擦去脸上的眼泪，安慰道：“再忍耐一些时日吧！现在还不是我们忘乎所以的时候！那样会坏了大事的！”她也亲吻着他的嘴唇，抚摸着他的肩臂，发现他的脸庞明显地消瘦了，白净的两颊钻出了许多新的胡楂儿，不觉一阵阵感到心疼。她温顺地躺在他的怀里，像一只美丽的小羊羔。他紧紧地拥抱着她，顺势坐在大树旁的草地上。他们忘情地亲热着，好像这里就是两个人的世界。

其实他们大错而特错了，而且错得一塌糊涂，无可挽回，让之前的一切努力皆付于流水。俗话说：“人过有影，雁过有声。”佛古伦和乌拉特往来已久，至今未被发现，二人自觉平安无事，岂不知他们的行踪，早就被一个人瞧在眼里，并暗暗地记在心上，这个人就是布胡里村的萧延武。

说起这个萧延武，在山南村也是个响当当的人物。他不属于本部落的完颜家族，他是从科尔沁那边过来的契丹人，是十五年前甘睦尔在贩马时结识的朋友，后来就投奔到这里居住。萧延武孤身一人，是个外来的光棍汉。

但是这个光棍汉可不简单，他虽然还不到四十岁，却早已武艺精熟，功夫独到，尤以相马、驯马著称。他也因此得到甘睦尔的青睐，在村中颇有一些地位。要说论心术武功，在整个山南村除了甘睦尔，他没服过任何人。他这个人生得细腰窄臂，长胳膊大腿，一张长挂脸，两道八字眉毛，脸上一根胡须也没有，却密布着深深的麻坑。他这个人与人见面，总是先点头后微笑，一对老鼠眼滴溜乱转，嘴里甜得像抹了蜜糖似的，但是肚子里却没有什么好主意。他还有一大嗜好，那就是见到漂亮女人迈不动步，有事没事嬉皮笑脸、动手动脚，往往吓得人家转身就跑。时间久了，村里的人知道了他的品性，便称其为“笑面虎”。

“笑面虎”来到布胡里村之后，先是看上了老萨满罂姑。那时候罂姑才三十多岁，白衣粉面，风姿绰约，那长相一如她的名字，就像长白山里的一朵罂粟花。可罂姑是谁呀？那是神的使者，有着超人的法力和智慧。所以尽管他绞尽脑汁，招法用绝，几次趁着夜深人静，摸到罂姑住处，企图趁机下手，没承想不是让飞刀击中，就是被猎狗咬伤，回回高兴而去，带伤而归。有一次他已经撬开罂姑的屋门，摸到罂姑的寝室，透过那道薄如蝉翼的纱帐，他已经看到罂姑那白皙丰满的大腿，以及那微微隆起的酥胸和曲线优美的香臀，紧张得他瞪大了眼睛，屏住呼吸，连哈喇子都流了下来。看到罂姑没有动静，他正要撩开纱帐扑上去的时候，不知被什么东西“咯噔”一口，立刻就叨瞎了他的一只眼睛，疼得他嗷嗷怪叫落荒而逃，从此就再也不敢打罂姑的主意了，“笑面虎”也就成了“独眼龙”。

“笑面虎”虽然瞎了一只眼睛，但是眼瞎心没死，他又把目光盯上了村主的女儿。要说甘睦尔的这三个女儿，那是一个比一个漂亮，号称帽儿山下的三朵牡丹花，在方圆百里都声名赫赫。可是大姑娘、二姑娘都知道他的人品，谁也不理睬他，先后嫁给了本村两个诚实忠厚的少年，弄得他虽然煞费苦心，但是竹篮打水。佛古伦长大了，出落得比两个姐姐还要俊美，于是他的独眼又瞄准了三姑娘。他想自己若是能娶到佛古伦，说不定就能成为甘睦尔家的上门女婿。过几年那老猴精年岁大了，这布胡里村的“大人”还不是自己的？他每每想着想着，心里就甜蜜无比，有几次竟然在梦里笑出声来。

“笑面虎”使尽浑身解数讨好佛古伦，可这位高傲的三姑娘就是正眼不搭，有几次还在人前斥责他，这让他恼羞成怒，恨意顿生，气得他在背后破口大骂：“小丫头片子！你等着！你不嫁给我，我让你没好！早晚我要撕碎了你！看你还浪不浪？”他早就听说佛古伦与北村的乌拉特走得近，后来又发现在“打冤家”过程中，乌拉特竟然冒死为她挡箭，他觉得这里边一定有问题。于是便借口去追寻乌拉特，多次到村东的山林中查找，希望能发现一些有用的线索。

然而“笑面虎”却收效甚微，他只找到了乌拉特的那匹战马。那匹大白马由于受伤，已在林中死亡数日，身体早被野兽掏空。后来他又多次悄悄地跟踪佛古伦，怀疑她是去与乌拉特相会，但是跟着跟着就不见了，不知道那丫头钻到哪里去了。“笑面虎”没有灰心，继续蹲守。有一天晚上他在湖边不远，似乎听到了有人说话的声音。他顺着声音传来的方向悄悄前行，已经摸到了那个小山洞的旁边，正在侧耳细听，忽然黑暗中有一只大鸟飞来，“咣当”一声，就向他的额头上叨了一口，他立即感到天旋地转，“扑通”一下就摔倒在地上，半晌没能爬起来。他摸摸自己的额头，居然被啄出一个鸡蛋大小的包来，差不远就叨瞎了他的独眼，吓得他再也不敢到湖边去了。

时隔不久，就听说佛古伦吞下朱果，怀上天神，这更让“笑面虎”疑窦丛生。他不相信佛古伦是什么仙姑，是仙姑怎么会食人间烟火？他更不相信女人吃个野果就能有喜，那世上还要男人干什么呀？他听说过伏羲和女娲成亲的故事，这才传下了华夏民族。如果吞朱果就能生育，当年女娲为什么不用？于是他下定决心暗中监视，一定要弄个水落石出！说不定到时候一箭双雕，美人和村主一起到手啊！

好些日子他啥都不干，眼睛就没离开过甘睦尔的家，尤其是注意佛古伦的行踪。今天这个庆生宴会上，佛古伦借故走脱，别人没有注意，却被他看在眼里。佛古伦到屋后小树林与乌拉特相会，两个人的所有活动和对话，他都看得明明白白，听了个清清楚楚。他躲在一排木栅之后，看着乌拉特拥吻这怀中的美人，嘴里还念叨着自己的儿子，他不禁妒火中烧，气冲云天，恨不得立即冲上前去，把乌拉特撕为两半，再立即占有了这个小美人。“小贱货！跟我人模狗样装正经。跑到这里来干好事！真是色胆包天！不知羞耻！”他一边恨恨地骂着，一边脑筋飞转，突然一拍额头，心中大喜：“这不正是扳倒甘睦尔、夺取小美人的好机会吗？我何不……”

于是“笑面虎”飞也似的跑回前院，在来宾的主桌旁边一站，大喝一声：“别喝了！别喝了！还喝什么呀？还庆祝什么呀？你们都受骗了！”

众人一听皆大惊失色，不知发生了什么事情，偌大的院子里即刻鸦雀无声。甘睦尔见状厉声喝道：“我说‘笑面虎’啊！你想干什么呀？”

“干什么？你的宝贝女儿干了些什么，你还不知道吗？还在这里装模作样？说什么你女儿是个仙姑，说什么吞朱果怀了天神，都是胡扯！大伙儿都被这老猴精骗了！好可笑哇！”哈哈哈哈哈，一阵怪笑之后，院子里即刻如水进油锅，一瞬间就炸了营了。

甘睦尔一听勃然大怒："'笑面虎'你胡说八道！满嘴喷粪！你今天是喝了老虎尿了？还是吃了豹子胆了？敢在这里胡说？来人哪！给我乱棒打出去！扔到山里头喂狼！"十几个壮汉立即冲了上来。

"笑面虎"闻听冷笑着说道："村主大人息怒！不用你拿大棒赶我！我这就带你们出去。知道你的宝贝女儿去哪儿了吗？现在她正与乌拉特相会，就在你们家屋后的小树林里。你那个野来的宝贝孙子，就是乌拉特的孽种！不信的话，你们现在就跟我走！"说罢飞步蹿出。院子里的人们出于好奇，"呼啦"一下子全跟了出去。甘睦尔环视前后左右，确实没看见佛古伦，于是便带着两个女儿，尾随着众人走了出来。

也许是该着这天出事！古语不说过色胆包天、当事者迷吗？这话一点儿不假。佛古伦这天偷偷出来，背着这么多人与乌拉特在屋外会面，这本来就极其危险。如果按照她原来的想法，两个人见上一面，说几句话就走，也许什么事情都不会发生。可是当乌拉特紧紧地抱住她，亲吻她的时候，感情就逐渐代替了理智。她虽然害怕被别人看见，但她实在无法拒绝乌拉特的热吻。她一次又一次地推开他，一次又一次地被他拥在怀里。乌拉特就像中了魔一样，紧紧地搂着她："我看不见自己的儿子，还不能好好好地稀罕一下自己的女人吗？我不怕！谁愿意看见谁看见！"他抱住佛古伦不松手，两个人亲热的工夫太长了！

两个人还在情意绵绵，你恩我爱，恰好被"笑面虎"带人逮个正着。村里的壮汉们全都看见了乌拉特，果然与佛古伦抱在一起，"笑面虎"所言句句不虚，于是仇人相见，分外眼红，"呼啦"一下子就冲了上去。乌拉特虽然英勇无畏，但他一怕伤害了佛古伦，二也确实是寡不敌众，很快就被五花大绑，拥向前边大院。

甘睦尔见状无话可说，不禁心口发热，血往上涌，只觉得喉咙一咸，"噗！"一大口鲜血吐出，两眼一黑就倒在了院子当中。族人们急忙连捶带喊，半晌他方才苏醒，但已经是满眼泪水。当着所有来宾和族人们的面，他站起来问自己的女儿："'笑面虎'所言是真的吗？小雍顺到底是谁的孩子？"

望着被打得昏昏沉沉、已是遍体鳞伤的乌拉特，佛古伦悲愤满腔、百感交集。事已至此，她不能再瞒着自己的父亲了，她要当着全村人述说自己的衷曲。于是她撩起长袍，"扑通"一声跪下，哽咽着说道："亲爱的父亲，对不住了！女儿不孝，给您闯祸了！也让全村的人蒙羞了！实话告诉你吧！小雍顺是我的孩子，也是乌拉特的孩子，我们俩在几年前就好上了！同是这长白山里的女真人，我们为什么不能结为夫妻？怎么就不能有自己的孩子？是因为'打冤家'那件事吗？山南和山北算什么冤家？两村有什么血海深仇？大家为什么要听那没影的鬼话？"

佛古伦说着说着，泪水夺眶而出，"这么多年来，有多少精壮的男人被打死了！

丢下他们的父母和妻儿，他们死得值吗？不值！太不值了！简直轻如鸿毛，愚昧可笑！奉劝大家以后不要再打了！两村的人们和睦相处、亲如一家多好啊！这不是祖先所期望的吗？”

说到这里，佛古伦话锋一转："女儿知道我今天触犯了族规，犯下死罪，我不求您老人家的宽恕，但我求您和族人们放过乌拉特。他是一个独生子，杀了他，就等于杀了他们全家呀！也求求你们放过小雍顺，他还是个不到两岁的孩子。他虽然不是什么天神转世，但他却是无辜的呀！"说罢连连磕头，泪如雨下。村里的许多女人眼睛湿润，纷纷哀伤地低下了头。特别是那些刚刚死过男人的家属，已经呜呜地哭出声来。

还没等甘睦尔表态说话，"笑面虎"见状独眼一瞪，冷笑着说："做下这等丑事，还敢巧言令色、蛊惑人心？三姑娘的脸皮真厚！令在下十分佩服。不过你要清楚，你犯下的可是弥天大罪，就是族人们想放过你，列祖列宗会饶恕你吗？村主大人执掌本村事务三十多年，历来通情达理，办事公道。前有车，后有辙，千年的族规不可违，犯下的罪过不能饶！不然以后何以服人、何以治村呀！"

院子里立刻有人附和着说："对呀！对！千年的族规不可违，犯下的罪过不能饶哇！村主大人，您就看着办吧！"

面对各位来宾和村里所有的族人，甘睦尔热泪盈眶，心如刀剜。他两手长伸，仰望苍天，双膝跪地，哭着大呼："祖宗在上，天神容禀！都是我溺爱小女，管教不严，才出现这等蠢事呀！这都是我的过错！我的过错呀！晚辈明白，先祖立下的规矩不能更改，我作为村主岂能护短徇私？佛古伦哪！我的孩子！你从小就死了亲娘，吃了不少的苦，是为父对不住你呀！莫怪为父无情，是你咎由自取！你自己酿下的苦酒，你就自己去喝吧！谁能救得了你？"说罢哽咽连声，痛苦地闭上了眼睛。而恩古伦和正古伦，此时早已瘫软在地，哭成了泪人。

乌拉特此时苏醒过来，闻言大呼："好汉做事好汉当，这件事是我逼着她干的，与佛古伦无关，请求村主大人饶了她吧！她可是你的亲闺女呀！"话还没有说完，即被"笑面虎"一棒打倒。随后十几个壮汉一齐动手，将乌拉特与佛古伦推上柴堆，泼上野猪油。"笑面虎"仰望长空，放声冷笑："自作孽，不可活！你们见鬼去吧！"说着高举火把，扔向柴堆。大火"嘭"的一声烧起，立即将两个人吞噬了。火光中，人们看见乌拉特和佛古伦紧紧地靠在一起。

望着冲天而起的大火，族人们一时默默无言。甘睦尔心痛欲裂，早已昏倒在地。而"笑面虎"却乐得手舞足蹈，连蹦带跳。他带领着数十人奔向后院，一边跑一边高喊着："快找那个小兔崽子！一起烧死他！免得留下后患！"人们"呼啦"一下子冲了过去。

“笑面虎”的话音刚落，忽然间一个大火球子从天而降，紧接着“咔嚓”一个炸雷，就在这帮人的头顶上炸响。一瞬间狂风骤起，瓢泼大雨从天而降，刮得人们站不住脚，浇得人们睁不开眼。不一会儿雨住风停，族人们惊异地发现，柴堆上的乌拉特与佛古伦都不见了，而“笑面虎”却直挺挺地躺在那堆灰泥之上。人们走近一看，“笑面虎”身上的衣服一根线都没剩，青紫的皮肤上布满天书一般的蝌蚪文，显然他被炸雷殛死了，变成了一只没毛的死虎。村里的其他人则完好无损，人们不禁有些后怕，个个都倒吸了一口凉气：“苍天有眼，善恶有报哇！这还了得？”

转眼之间天象突变，惊得甘睦尔不知所措，有些茫然。愣怔片刻，他突然发了疯一样跑向后院。小雍顺呢？怎么样了？我的孙子！你在哪儿呢？他找遍了所有的屋子，可小雍顺连影子都没有了！

原来在“笑面虎”带领着人们去捉奸的时候，老萨满罂姑就感到情况不妙，恐怕要出大事了！她明白这种事情的严重性，小雍顺有可能性命不保！于是她飞也似的跑到后院，抱着小雍顺来到穆丹河（今牡丹江上游）边。她决心要救下这个孩子，给佛古伦留下一条根。可是急切之间，到哪里去找船呢？耳听得大院那边电闪雷鸣，风雨大作，怕是“笑面虎”等人要追过来了！情急之中，罂姑突然发现，从上游那边漂来一根巨木，在河湾堵头刮住了。她三步并作两步飞跑过去，不禁大喜过望。原来这是一段粗大的树桩，树桩的中间还有一个很大的树洞，像是一艘天然形成的小船儿。罂姑把孩子放进树洞，那孩子居然一点儿没哭，而且还咯咯地笑起来。

罂姑心里一酸，险些掉下泪来：“苦命的孩子！你还乐呢！你的父母遭此大难，你在此已经性命不保。我虽然能够救你出来，却无法带着养你。你就坐上这艘独木孤船，顺水逃命去吧！当死之人活不成，大命之人不会死！天神保佑！阿弥陀佛！”说完右手用力一推，那树桩立即顺流而下，转眼之间就不见了。

老萨满罂姑从此离开了布胡里村，不知道她去了哪里。后来有人看见她带着佛古伦，跟着那位黑衣黑裤的黑老太婆走了，从此再也没有回来。而乌拉特呢？由于他在烈火中保护佛古伦，自己被烧得面目全非。幸亏那场神奇的雷雨救了他，一阵大风把他刮回了梨皮峪。布拉泰夫妇见儿子被烧成了这副模样，急火攻心，不久病死，乌拉特做了山北的村主。他和甘睦尔一家的恩怨虽然有所化解，但“打冤家”这件事却一直未停，以后又延续了许多年。

第二回

来宝地神童成少主　建新城老女嫁痴男

我们在引言部分已经说过，发源于长白山地区的牡丹江，流经吉林省敦化市和黑龙江省的宁安、牡丹江、海林、林口和依兰等县（市），在依兰县城西注入松花江，全长有 1400 多里。中途流过世界上最大的高山堰塞湖——镜泊湖，并由此分为南段和北段。

牡丹江这个名字，是清代以后才有的称呼。在我国历史上，牡丹江的南段河道曾被叫作穆丹、木丹和牡丹河，是因为它发源于长白山的穆丹哈达（满语意为“弯曲的山岭”）地区。它的北段河道曾被叫作忽汗水、瑚尔哈、呼尔哈、虎尔哈、富尔翰和胡里改江，其实都是同一名称的音转，导致叫法不同而已。

在这条大河注入松花江附近，有一个神奇的地方，被后来的人们称为依兰哈喇（满语意为“三姓”）。此地三山聚首，四水交汇。小兴安岭、张广才岭和完达山脉从西北、西南和东北三个方向飞来，在这里会面。混同江（即今松花江南源）、胡里改江（今牡丹江下游）、倭肯河与巴兰河，分别发源于长白山天池、长白山牡丹岭、完达山西麓和小兴安岭余脉五花顶子山，也在这里汇合。它们在这里形成松花江干流，然后向东北方向流去，在同江市东北部与黑龙江合流之后，注入鄂霍次克海。

山水交融使依兰哈喇这个地方得天独厚，历史悠久。此地不仅天蓝地美，山清水秀，而且林丰草茂，土质肥沃，到处有奇花异草，遍地是美味山珍，历来就是人类的天堂。东胡、秽貊、肃慎、鲜卑、扶余、高句丽和契丹等古代少数民族，都曾经在此处游猎并居住。他们大多是在这里起步、成长和壮大，然后建立起地方割据政权，从而成为北方的王者。

天然的屏障和偏僻的位置，使这里多年来远离战火，成为关东地区的一块世外桃源。我们的故事适逢 13 世纪中叶，那时候外边的世界正在发生翻天覆地的变化，强大的蒙古铁骑如同飓风一样横扫欧亚大陆，迅速地摧毁了西辽、西夏、金国和南宋王朝，建立起疆域辽阔的蒙古帝国。而此时此地，却看不到战争的金戈铁马，也没有被毁坏的村庄和逃难的流民。这里的人们依旧过着恬静和安宁的生活，好像外边发生的事情与这里无关。

独特的区位和秀丽的山水，使这里成为一块风水宝地。据说当年北宋的亡国之君徽、钦二帝，就曾经长期被关押在这里。金国统治者命他们挖坑伐木，在这里盖起半地穴式的房子，并划出十五公顷土地让他们耕种。“昏德公”赵佶和“重昏侯”赵桓这两个一昏再昏的家伙，在这里受尽凌辱，不堪虐待，几次企图寻死。同时被俘的朝中大臣、司天监郭安对二人说道：“启禀二圣陛下，我们来此北狩，实乃因祸得福，胜于大定府（今内蒙古宁城）和上京（今黑龙江阿城）多矣！何故郁郁而寡欢也？”

宋钦宗赵桓有气无力地说：“朕和太上皇皆为中原大国之君，如今竟流落到这般田地，被金人当作牛马驱使，且时常以鞭、脚相加，真是生不如死，还有何乐之可说也？”

郭安停下木犁伸手一指：“两位陛下请看，此地三山聚会，四水合流，乃藏龙卧虎之地，鸾凤腾飞之所，阳气极盛，运势绝佳。金人不谙风水，才把我们囚在这里，两位陛下在此栖身，恰如麒麟暂避荒丘，早晚必上高山，蛟龙之卧浅滩，势必东流入海也！二圣在此得山川之灵气，必应在中原之子孙。则如此我大宋江山当可中兴，二圣回归故土亦指日可待矣！”

徽、钦二帝听了郭安的话虽然半信半疑，却像溺水之人抓到了一根稻草，夜行之人看到了一点火光，给了他们继续生存下去的希望。这两个昏庸的家伙最后虽然都美梦破灭，死在了北国，但他们的寿命都不算短。赵佶在金国待了十年，死的时候五十四岁。而赵桓居然活到五十七岁，光在此地就住了二十三年。这与在位的那些锦衣玉食的皇帝相比，简直就是个奇迹。而南宋政权建立之后，果然又维系了一百五十多年，比金国要多存在近半个世纪。郭安的话是真是假无法考证，但此处风水极佳却是一点儿不虚。

依兰哈喇这个地方虽好，但是由于地处边远，却是地广人稀。当时方圆几十里之内，只在张广才岭的北麓有一个小山村。这个小山村共有一百多户人家，分别住在临近的三个小山坳里。这三处的居民分别姓葛依克勒、胡什哈里和卢业勒，他们都是肃慎人的后裔，同属于一个女真人的部族。此地人烟这般稀少，三姓的族人又住得这样近，按理说应该和睦相处，亲如一家。但是由于三姓之人都想当村主，而一家当上了另两家绝对不服，因此多年来一直不和。虽然没有像“打冤家”那样成为仇敌，但也是吵吵闹闹，常有摩擦。弄得小小的山村鸡争鹅斗，昼夜不宁，连妇女和孩子也都旗帜鲜明，分为三大阵营。

然而有一个人却是个例外，她既不是三姓之中的任何一姓，也不同任何一姓住在一起。她是老萨满达乌伦在二十多年前，从乱坟岗里捡回来的一个汉族女孩，复姓百里，名叫灵芝，如今已经三十二岁了，独自住在村外不远的一个山洞里，村里人都叫她灵芝姑娘。

据灵芝姑娘自己讲，她的曾祖父叫作百里无痕，是北宋朝廷户部的一个小官员，因为通晓女真人和蒙古人的语言，在靖康之变时，随同徽、钦二帝被掳到北国当通司（翻译），后来因无法回到中原，就在当地娶了一个女真人姑娘做妻子。徽、钦二帝死后，他们的随从人员被驱散，百里无痕就在当地开起了一个小学馆，靠教授孩子们读书度日。灵芝姑娘的祖父和父亲继承了这一职业，她还记得小的时候，家里常有一百多个学生，小学馆办得非常红火。直到二十多年前的那场瘟疫，夺去了她所有亲人的生命，她也被邻居用炕席卷起，扔在了山后的乱坟岗里。

也不知道是什么原因，得上瘟疫的她不但没死，而且逃过了野狼和饿狗的攻击，竟然奇迹般活了下来。据老萨满达乌伦后来讲，她那天晚上做了一个梦，梦中师父从帽儿山来到了依兰哈喇，亲切地抚摸着她的脸颊，让她天明之后到后山去救一个人，去救一个给后世带来巨变的人。说完师父就消失了，急得她一个劲儿大喊："师父！师父！"醒来却是一梦。

虽然只是一梦，但老萨满深信不疑。她遵照师父的话来到后山，果然在乱坟岗里找到了一个七八岁模样的女孩。那女孩虽然昏昏沉沉，面皮青紫，浑身上下皆是红色的瘢痕，但是显然没死，还在紧一口、慢一口地捯气。老萨满毫不犹豫地把她救了回来，安置在村外不远的一个山洞里。在老萨满达乌伦的精心照料下，这个名叫百里灵芝的女孩逐渐恢复了健康，成了这个小山村的一名新成员。这一老一少相依为命，转眼就过去了二十多年。

由于从小生活在书香门第，灵芝姑娘从会说话就学认字，会走路就跟着父亲到学馆读书，因而她到七八岁的时候，已经认识了许多汉字，会背诵许多唐诗宋词，对我国古代的经史子集也有一些了解。来到依兰哈喇这个地方以后，她又跟着老萨满达乌伦学习了佛教和萨满教的一些知识，掌握了作法请神、行医治病等技能。她不但成了老萨满的一个好帮手，而且还是村中所有孩子的塾师，她已经融入三姓族人之中。

灵芝姑娘人如其名，她的模样就像灵芝仙草一样，打冷眼儿看着没有鲜花那般娇媚可爱，但是越看越耐看，越看越顺眼，有一种内在的、朴实的、憨厚的美。她的双手特别灵巧，会用兽皮缝制漂亮的衣服，会用羊毛织成暖和的帽子，会用鸟翎编成美丽的外套，会用木材建造坚实的住房，村里的许多姑娘都拜她为师。她的心地还特别善良，谁家有什么大事小情，只要是用得着的，她都会主动前去帮忙，而且分文不取。谁家的大人或者孩子病了，她会一直精心医治，直到痊愈为止。因而她受到了全村男女老少的尊重，每一姓都把她视为知心人。

灵芝姑娘的善良纯朴和聪明能干，赢得了许多男人的心。十几年来，不断地有人向她求婚，老萨满达乌伦也希望她早日成家，但都被她婉言谢绝了。不是她觉得人家不好，也不是她一个也没有看上，她就是一点儿出嫁的心情都没有。每当有人提亲的时候，她的头脑中很快就闪过一个念头，接着冥冥之中就好像有一个声音传来，驱使她马上做出拒绝的表示，她自己也不知为什么。她多次向自己的恩人兼养母老萨满求教，老萨满达乌伦望着她意味深长地说："人生百岁，万事随缘。我的孩子，你的缘分还没有到啊！这也许是神的旨意，该不是在让你等什么人吧？！"灵芝姑娘听后，似懂非懂地摇了摇头。

不过灵芝姑娘的缘分还真的很快就到了！那是阳春三月的一个傍晚，忙乎了一整天的灵芝姑娘觉得有点儿累，就早早地躺到炕上睡下了。蒙眬之中，她觉得自己还没有睡着，就有一个穿着黑衣黑裤的黑老太婆来到她的身边。那老太婆告诉她说，明天上午辰时末、巳时初龙蛇交会之时，江上会漂来一件稀世珍宝，念你慧根深厚，行善多年，特来知会于你，自然福报深深，受益无穷，切记切记！说完如风儿一般悄然离去。灵芝姑娘感到奇怪，醒来却是一梦。她起身推窗一望，外边晚风轻吹，花香阵阵，一轮明月刚刚升上东天，那老太婆的话言犹在耳，令她感到十分新奇。

虽然仅仅是夜间一梦，但是灵芝姑娘却放不下了。早饭以后，她给学生们留下题目，安排自习，自己就拿起木盆，装作去洗衣服，急匆匆赶到江边去了。

三月里的胡里改江一槽春水，千里生香。从大山里奔腾而来的激流到这里放缓，像一条弯弯曲曲的飘带。那江面上打着漩涡，漂浮着一层好看的野花瓣，像是那飘带上彩色的图案。江岸上一排排奇形怪状的柳树，刚刚展开嫩绿的新叶。带着新叶的那些柔软的柳条，一个个伸出温柔的小手，轻轻地抚摸着那色彩斑斓的水面，像是在亲吻着久别情人的面颊，有一种说不出来的情意。树上的小鸟在喳喳地叫着，时而呼地飞起，似乎在与天空中南来的大雁遥相呼应。忽然，有几条很大的鱼从水中跃起，它们蹿起来有数尺之高，瞬间又"唰"地落入水中。那溅起的水花和啪啪的水声，仿佛在向树林和飞鸟宣告，它们才是这条大河的主人。

灵芝姑娘心中有事，她无意观赏这江边的春色，放下木盆就逆流而上，沿着江边向前走了好几里路，并没看见有什么木船通过。眼见得太阳升起老高了，辰巳交会的时间已过，哪有什么漂来的稀世珍宝啊？她开始怀疑昨晚梦境的真实性，刚想转过身子往回走，忽然"唰"的一声响起，一群白鹤从头顶上飞过。伴随着长空中那好听的叫声，她发现从南边漂来一艘木船，正在沿着江边顺流而下，不觉眼前一亮，三步并作两步飞跑过去。

跑到跟前她才看清楚，这哪里是一艘木船呀？原来是一段粗大的树桩，树桩的中间有一个很大的树洞，树洞里半躺半坐着一个两三岁的孩子，那孩子的身边围站着好几只白鹤，白鹤们的脚下堆放着好些干果和树籽。此时，那段树桩碰到一棵伸向江心的大柳树，被刮停在一个小水湾里，正在打着旋儿。那几只白鹤仍然静静地站在那里，好像是那个孩子的仆人。

灵芝姑娘就站在大柳树下，眼前的这一幕让她感到十分新奇。她觉得这虽然不是什么稀世珍宝，但绝对可以称得上旷世奇观。她都长这么大了，还从来没看见也没听说过这样的事情。这么小的孩子坐着这样的“木船”，居然在惊涛骇浪中穿山越岭，顺流而下，平安地到达这里，这不能不说是一个奇迹！他是从哪里来的呢？他的父母亲是什么样的人呢？他们为什么要这样做呢？还有，那些白鹤为什么要保护他，还给他准备了那么多的食物呢？

灵芝姑娘带着满腔的疑问打量着这个孩子，这个孩子也眨巴着黑亮的大眼睛看着她，胖胖的小脸上洋溢出些许笑容。她发现这孩子穿着鹿皮做的皮衣皮裤，头上戴一顶貂绒软帽，脚上着一双虎头软靴，帽子和袖口上都绣有龙的图案，很显然这是个大户人家的小公子。她已经看明白这是一个娇贵的小男孩，可他为什么流落到这大江里呢？难道真是什么稀世珍宝？她想到这里又摇了摇头。

不管他是什么来路了，这么小的孩子继续漂下去，随时都有生命危险！先救下来再说吧！想到此处灵芝姑娘快步向前，攀住大柳树探下身子，一伸手把那孩子抱了起来，又迅速地回到江岸之上。说也奇怪，那孩子被她抱走之后，树桩上那几只白鹤好像完成了护送任务，一个个扇起翅膀欢叫数声，在她和那孩子的头顶上转了好多圈，然后才一起向北边飞去。

灵芝姑娘抱着那孩子向村里走去。那孩子十分乖巧，不但不哭不闹，而且把头拱在灵芝姑娘的怀里，一个劲儿地磨蹭，蹭得她的胸脯痒痒的、麻麻的，一股股异样的暖流瞬间溢满全身，也让她的脸“腾”地红了起来，有些不知所措。她以为这孩子饿了，于是一边加快脚步，一边用手拍着那孩子说：“饿了吧？不着急！我们马上就到家了！到家里就有吃的了！”

不料那孩子突然张口说话了：“我不饿！我在船上吃了好多干果！都是那些白鹤送给我的，它们对我可好了！肯定是额娘派来的！现在我有点儿想额娘了！你长得太像我的额娘了，我就叫你额娘好吗？我叫布库里雍顺，家人都叫我小雍顺，你叫什么呀？今后我好称呼你呀！”

小小年纪一口气说了这么多的话，而且见了生人一点儿都不胆怯，这让灵芝姑娘暗暗称奇，也让她的脸更红了！她连忙说道：“说什么呢？你这孩子！那可叫不得！我自己还没有成家呢！怎么能叫额娘呢？我虽然比你大很多，但也只能以姐弟相称。我姓百里，名叫灵芝。小雍顺，今后你就叫我灵芝姐姐吧！”

“好咧！灵芝姐姐！这名字真好听！”那孩子不但嘴巴极甜，而且很会亲热。他的身子往上一蹿，小脸蛋直往灵芝姑娘的香腮上贴，亲密得好像一对亲生母子，弄得她浑身热血沸腾，心里像开了一朵花，好像她真的捡到了什么奇珍异宝。

灵芝姑娘把孩子抱回了依兰哈喇，村里不少人都来围观。听了灵芝姑娘讲述的前后经过，大家都感到十分神奇，甚至不可思议，立即七嘴八舌地议论起来，聚集的人们越来越多。有的说："这胡里改江的上游都是山地，水深流急，弯道极多，就是个大男人也必死无疑！别说是个小孩子！"有的说："这条大江多少年都没有人敢行船了！正经的水手和船工都没有人敢下水，他一个小孩子还坐个树桩，咋活的呢？他的爹娘心咋这么狠呢？"还有的说："这孩子居然有白鹤护卫，还为他采食，难道他是神仙吗？"

众人正在议论纷纷之时，老萨满达乌伦从外面走了进来。她看见大伙儿围着灵芝，灵芝的怀里头还抱着个孩子，先是猛然一愣，不知道发生了什么事。等到她看清了这个孩子的容貌，大吃一惊：这孩子怎么如此面熟？难道在哪里见过吗？她搜索着自己的记忆，但实在是想不起来了！及至灵芝姑娘说了事情的来龙去脉，她才明白这是捡来的一个弃儿。但她没有像众人那样感到惊异，她知道天地之大，无奇不有，这也许是上苍的恩赐。

老萨满达乌伦抱过那孩子，亲吻着他的小脸蛋儿，突然眼前一亮。她的眼睛盯住了那孩子脖颈上挂着的一副银锁。她摘下那副银锁反复观看，喃喃自语："这不是师妹的东西吗？怎么会戴在这孩子的身上？难道他是师妹的孩子吗？不可能啊！"

老萨满达乌伦的神态和话语，把大伙儿都弄糊涂了！人们你看看我，我看看你，都不明白她说的是什么。灵芝姑娘望着那孩子，又瞧瞧老萨满的表情，心中一片疑惑：难道这孩子与恩师还有什么渊源？这也太神奇了吧！

其实这件事情还真的很神奇！原来老萨满达乌伦是罂姑萨满的师姐，当年两个人在帽儿山跟随黑老太婆学艺之时，她见过这副银锁，知道这是师妹罂姑的东西。罂姑还流着眼泪告诉过她，这副银锁是母亲当年留给她的，生下她不久，母亲就去世了。银锁的正面镌有"长命百岁、吉庆永昌"八个小字，背面还刻着罂姑的名字。一点儿错处也没有，千真万确是师妹的东西！师妹远在千里之外，这个孩子带着银锁来到这里，其中一定有着离奇曲折的故事，自己必须要搞明白。

老萨满达乌伦打开银锁，发现银锁里面藏着一张薄薄的羊皮，那张羊皮上面用朱笔写着许多小字。她从头到尾看了数遍，一下子全明白了！她把那张小小的羊皮递给灵芝姑娘，让大伙儿传阅，随即热泪盈眶地说："天哪！这真是人间的奇迹呀！原来这孩子姓爱新觉罗，名字叫布库里雍顺。他是天上的仙姑吞朱果而生、昆仑山的天神转世而来呀！"

在场的人们传看了这张羊皮书简，顷刻间全惊呆了，一时议论纷纷："哎呀，我的妈呀！这是多远哪？离咱这里一千多里地呀！怪不得这孩子能漂过来，敢情人家是天神转世呀！""那当然了！人家的母亲是仙姑玉女嘛！不然怎么能吞朱果就怀胎？""我说嘛！那些白鹤怎么护卫着他？给他打食吃？灵禽晓仙机呀！""这银锁是翾姑萨满的东西，可见她也不是一般的人哪！包括咱们这里的老萨满，她们都是通天的人呢！可了不得！”

老萨满达乌伦从众人手中接过那张羊皮书简，重新放进银锁里，这才趁机说道：“这孩子千里迢迢来到此地，看来这是上天的旨意呀！天神降临，山河生辉，此乃我等三姓人家的光荣，也是诸神对我们的恩赐呀！别看布库里雍顺现在还小，但他秉承天庭的旨意，必将造福于这块灵山宝地！我等何不顺天应人，奉他来做这三姓的村主，这不是一件皆大欢喜的好事吗？”

此时人们越聚越多，大家都为神仙降临而欢欣鼓舞。听了老萨满达乌伦的话，不觉深有同感。几个上了年纪的三姓老者走上前来，异口同声地说：“我们赞同老萨满的提议，就奉这位小神童为村主，也省得群龙无首，互相争斗，不知他本人意向如何？小小年纪能否挑起这副重担？”

几位村中老者的话刚一说完，人们的目光便“唰”的一下投向年幼的布库里雍顺。大家都觉得这个孩子虽说是个神童，但是只有两三岁呀！如果他没听懂老者们说的话，或者说他回答不出个所以然来，那么这件事情也许就撂下了。

出乎在场所有人的意料，小小的布库里雍顺不仅听懂了大家的意思，而且回答得有模有样、有板有眼：“我尊重各位乡邻的意愿，愿意在这里住下来，并为大家效力！但是我年纪还小，有许多事情弄不明白，这就要靠我的灵芝姐姐了！大家意下如何？”这个小家伙把脑袋瓜贴在灵芝姑娘的脸上，大眼睛忽闪忽闪地看着众人。他不但表明了自己的态度，还将了在场的三姓族人们一军，令许多大人皆自愧不如。

几位老者听了小雍顺的话大为震惊，他们想不到这孩子小小年纪，居然如此老成，真不愧是位神童啊！肯定就是天神转世，此外不可能有别的解释。至于小雍顺提出来的请求，三姓族人们皆表示赞成。十几年来，大家耳闻目睹灵芝姑娘所做的一切，对她的聪明才智众皆钦服，只因为她是个独身女子，才没有推举她做村主。如今听小雍顺这么一说，几个老者都感到很有道理，目前这已是最好的办法了！再加上老萨满达乌伦崇高的威望，于是几个人到人群中一撺掇，不一会儿同时走上前来恭敬地说：“老萨满您是神的使者，灵芝姑娘您是这大山里的贵人，有您两位引路，我们一致同意奉这孩子为村主，希望他能让全村和谐幸福，并带领我们走向天堂！”说罢率领众人跪下，向小村主布库里雍顺施礼。

老萨满达乌伦高兴异常，争斗了许多年的三姓人家终于和好了！族人们有了自己的村主，许多事情就可以坐下来共同商量。三天以后，三姓的族人们齐聚在灵芝姑娘的小窑洞前，举行了隆重的村主即位庆典。在老萨满达乌伦作法请神、奏报天庭之后，一时艳阳高照，彩霞满天，伴随着阵阵香风吹过，有上百只喜鹊飞来道贺，令在场之人无不称奇。

从此以后，布库里雍顺在依兰哈喇住了下来，成了这里的小主人。村里的人们常到灵芝姑娘的小山洞议事，大家都极为尊重他。但由于他年纪太小，好多事情都由灵芝姑娘拿主意，倒也处理得井井有条，公道合理，令三姓的族人们都十分佩服。

且说小雍顺来到这里以后，就住在灵芝姑娘的小山洞里。两个人虽然以姐弟相称，但在内心深处，灵芝一直把他当成自己的孩子看待，从吃饭、穿衣、睡觉、玩耍到家里家外，处处精心照料着他。而小雍顺呢？也把灵芝当成了自己的妈妈。无论黑夜还是白天，他几乎是寸步不离地跟着她，简直就是她的一个影子。尤其是到了晚上，这孩子必须同灵芝睡在一起，还必须让灵芝搂着他，否则他就睡不着觉。他还经常在梦中哭醒找妈妈，小人儿鼻涕眼泪地蹭了灵芝一脸。有几次还竟然双手抓住灵芝的胸脯要吃奶，羞得灵芝无可奈何，只好熬些稀粥或煮点儿羊奶给他吃。

灵芝姑娘不但在生活上细心照料小雍顺，而且还亲自教他习文练武。小雍顺自从来了以后，就跟着灵芝姑娘进了塾学班，同比他大好几岁的孩子在一起学习。灵芝姑娘从小在学馆长大，文学、武学和医学都有一定的基础。来到三姓这个地方以后，又得到老萨满达乌伦的亲自调教和指点，这三方面都有很大的提高。尤其是她的轻功、拳法和暗器，村中的男人们几乎都不是她的对手，这也是她多年来单身独住却平安无事的原因之一。

小雍顺三岁以后，灵芝姑娘就给他抻胳膊拽腿活动筋骨，让他练习一些基本功。稍大一点儿了，便开始教他拳脚招数和轻功身法。也许是有些父母亲的遗传因素，小雍顺不仅聪明过人，反应极快，学什么会什么，而且非常勤奋，肯于吃苦，有一股子不达目的就不罢休的劲头儿。灵芝姑娘若是新教给他一个招式，他不学会了就不去吃饭，也不睡觉，多疼多累从来不哭。

在灵芝姑娘的精心培养下，小雍顺不但长得非常结实，而且功夫也进步很快。在他七八岁的时候，已经能轻易战胜同班里十五六岁的男孩子，还敢与村里的成年男子过招。灵芝姑娘见他好学上进，又让他拜村中三姓族人的高手为师。几年的工夫下来，他的弓箭、刀枪和拳脚功夫，都已经练得十分精熟，更兼他天生神力，村中已没有人是他的对手。十四岁那年他进山打猎，两只老虎被他痛打一顿逃走，一头黑熊被他活捉。不久有巨蟒进村袭击牛羊，被他拎起来活活摔死。

依兰哈喇这个地方出了个大英雄，消息像阵风一样在周边传开了！一些散居的猎户和渔民闻听村主是天神转世，纷纷慕名来投，小小的山村几年间人口骤增，几乎比原来扩大了一倍。村里的族人们一片和谐，山民们的生活蒸蒸日上。

一日晚上，灵芝姑娘对小雍顺说："村里的住民增加了这么多，这几个小山坳已有些容纳不下了！眼见得每日都有投奔的人来，我们又不能拒之门外，应当想一个妥善的办法了！"

小雍顺听后眉毛一扬，干脆地说："那有什么办法？来了就住下呗！难道我们会愁吃愁穿？"

"这你就说错了！我的村主大人！俗话说，人无远虑必有近忧哇！目前我们小村是一片和顺，人丁兴旺，既不愁吃，也不愁穿，过的是太平的日子，但是从长远来看，一个部族若想在乱世中生存下去，最终靠的都是实力。现在我们的村庄既无木栅，又无围墙，住得十分分散而又无险可守，一旦有什么变故，就会被打得落花流水，无处可藏。这一点同周围的那些村寨相比，我们是远远的不如人家呀！"灵芝姑娘担忧地说。

"那怎么办？我的灵芝姐姐？你是不是有什么好主意了？快说与我听啊！"小雍顺虽然已经长成一个雄壮的少年，但仍像小时候一样，竟然伸手去搂灵芝姑娘的腰肢，伸过头去要贴她的脸蛋。

灵芝嗔怪地轻轻一掌，"都多大了？还没个正经的样子？这件事我寻思了好多天了，还真的有一个好主意。我知道有一个地方，在江的西边，离这里不算太远，原来就有一座鄂多里城，在辽金时期曾经十分兴旺，后来被蒙古军队焚毁了。我小时候随父亲去过，现在遗址和地基应该还在。那地方依山傍水，地势险要，既有旱路又有水路，既有山林又有平原，进可以攻，取周围百里之村寨，退可以守，凭借天险保平安。我的意思是在那里营建新城，让村里的族人们全搬过去，那可是惠及子孙的宏图伟业呀！"

"哎呀！我的灵芝姐姐！这真是个好主意！你怎么不早说呢？"布库里雍顺调皮地在灵芝脸上亲了一口，次日便带领着人马前去踏勘。村里的三老们一见皆非常赞成，很快的全村就动起手来。石头和木材等物皆就地取材，山土和石灰也运距不远。在灵芝姑娘和小雍顺的指挥下，男女老少齐上阵，仅用一年多的时间，一座雄壮美观而又牢固坚实的新城就在废墟上拔地而起。

新建的鄂多里城按照灵芝的设计，分为三进格局。外城东西二百丈，南北一百丈，城墙一人半高，全用巨木和夯土围成。中城东西一百二十丈，南北六十丈，城高一丈，全用巨石垒砌而成。内城东西二十丈，南北十丈，城高两丈。并在外城和中城之间、中城和内城之间，留下了宽阔的道路，兴建了许多住房。新城的四周修有角楼，外城和中城正中央皆修有箭楼。外城和中城之间住村民，内城住村中三老、萨满和村主。整个新城布局合理、防守严密，简直就是一座铜墙铁壁。

新城竣工之后，适逢八月中秋，老萨满达乌伦选择了一个黄道吉日，作法请神，带领着布库里雍顺和所有的族人，给当地的山神、树神、河神和土地神祭祀已毕，这才高高兴兴地搬进新居。全村人杀牛宰羊，摆酒庆贺，一连热闹了好多天。其间村中三老提议，大家既然已经搬到这里，今后就不要再叫什么三姓村了，要叫鄂多里新城。而咱们的头领小雍顺呢？也要叫城主。新城主闻听心中大喜，即刻撒出人马去送请帖，遍邀百里之内的村寨之主，到九月九日那天，都来鄂多里新城做客，城中亦立即开始准备。

半个多月的时间转眼即到。九月九日那天上午，风和日丽，万里无云。江流蓝如玉带，群山一片斑斓。刚交巳时三刻，方圆百里十四个村寨的头领们陆续都到了。新城主布库里雍顺率领城中十老及数百名精壮少年，列队到城外迎接。一时敲锣打鼓，彩旗飘扬，江边热闹非凡。

布库里雍顺按照灵芝姑娘的指点，与来宾们一一行抱见礼。豹子冲的村主斡离末首先贺道："久闻城主少年英雄，乃是天神转世。今日一见，果然不凡。小小年纪就创下这么大一片家业，令老夫肃然起敬。六十六张狼皮，不成敬意。东西不多，取个六六大顺之吉，还请笑纳！"斡离末是个六十多岁的老者，白发苍苍，慈眉善目，在这方圆百里之内很有人脉。

紧接着松树屯、橡子山、桦林寨、姜家河、巴兰峪等十一个村寨的头领走上前来，依次献上人参、毛皮、木耳、红蘑、鹿肉、柞酒和苦茶等礼品。布库里雍顺满脸笑容，一一收下，并再次向他们表示感谢。

金鸡岭的寨主耶吉浑两手空空，什么都没拿。他皮笑肉不笑地对布库里雍顺说："对不起了！亲爱的城主！在下来得匆忙，没有携带什么礼物，实在有些不恭。斗胆借您的弓箭一用，看一会儿能不能打点儿什么东西。"

众人一听，皆感到有些好笑。城中的十老们颇感不快，以为这是在戏耍本家，他们都把目光投向城主，不知城主当如何回答。不料布库里雍顺声色未动，只是淡淡一笑："寨主客气了！来了就是贵客，还带什么东西呀？请便！"

话音未落，忽听"唰"的一声传来，天空中有一群大雁从头顶上飞过，他们排着整齐的队形，欢叫着向南方飞去。说时迟，那时快，在众人抬头仰望之时，那位金鸡岭的寨主耶吉浑已经绰箭在手，瞬间发出。"啪"的一声，一只大雁落在地上，箭头从那只大雁的脖子上穿过。

耶吉浑顺手绰起那只大雁，微笑着对布库里雍顺说道："些小野物，权当下酒之菜，就算作我给城主的贺礼吧！"

众人见了一片惊呼："哎呀！真是神箭手！当年的四郎主宗弼也不过如此！了不起呀！"耶吉浑听了得意扬扬，向布库里雍顺投去高傲的一瞥，信口答道："哪里！哪里！雕虫小技！比天神转世的小英雄可差远了！"耶吉浑是方圆百里之内有名的神箭手，绰号"野鸡臀"，箭法虽然高超，人品却差了点儿，这大山里的人们妇孺皆知。

众人看得清清楚楚，"野鸡臀"哪里是借物献礼，分明是示强逞能，向鄂多里城主挑衅。来客们多数愤愤不平，觉得"野鸡臀"如此无礼，做得有点儿太过分了！

但也有的抱着双胛嘿嘿冷笑，心想你这个小城主不是天神转世吗？看你这个茬儿怎么个接法。

布库里雍顺仍然不动声色，他微笑着接过那只大雁，似乎有些惋惜地说："往来万里奔波，心中常恋北国，没想到却死在回家的路上，我等怎能再忍心剥它，用来下酒？还是埋了吧！"说完顺手递给身后之人，引领着众位来宾向城门口走去。

今天鄂多里新城布置得既喜庆又庄严，让所有外来之人皆感到耳目一新。只见城墙之上旌旗猎猎，持枪的士兵精神抖擞，箭楼上八盏红灯笼迎风摆动，城门口佩刀的勇士成燕翅儿排开，沿路的房屋皆披红挂绿，两旁的族人们俱夹道欢迎。及至将到中城门口，只听布库里雍顺一声口哨，嘴里不知又说了句什么，众人只见一群白鹤"呼啦"一下子从空中飞来，又一瞬间落在中城门口。它们排成整齐的两队，一边欢叫着一边翩翩起舞，有一只稍显大些的丹顶鹤，还亲昵地站在布库里雍顺的身边，频频地点头示意，好像是在与新城主交谈。这些白鹤舞蹈了好大一会儿，又排成一列横队向来宾行礼，然后才随着布库里雍顺的一声轻呼，"呱呱"鸣叫着一齐飞走了。

这一场面让所有人都看得目瞪口呆，半晌也没有人说一句话。十四个村寨的来宾们无不惊愕，包括"野鸡臀"在内皆暗自佩服。松树屯的村主吴金哥双手抱拳，诚挚地说道："无怪乎鄂多里城天地和谐，人畜两旺，原来是得到三界神仙护佑，八方生灵相助。城主真乃是大德之人、大智之人，令我等钦佩之至！"众人立即随声附和："城主能役灵禽，真乃神仙转世，是我方族人之福也！"遂跟着布库里雍顺走进新城。

布库里雍顺一边引领着来宾参观新城，一边暗自好笑。他从小就待在罂姑萨满的身边，常跟着那只白鹤在一起玩。来到三姓这个地方以后，他又同灵芝姑娘一起饲养了许多白鹤。他能听懂白鹤的叫声，白鹤也能明白他的意思，那些白鹤成了他最好的朋友。今天的这出白鹤迎宾，竟然迷倒了这么多人，让他心中高兴不已。

十四个村寨的来宾们参观完内外三城，一个个皆赞不绝口。布库里雍顺领他们步入内城大厅，宴会正式开始。他首先亲自给各位斟满好酒，然后站起来说道："小村营建新城，今日正式乔迁。承蒙各位前辈赏光，本村族人皆荣幸之至。值此动乱之秋，不惟天灾不断，人祸也亦频来，尚须左邻右舍们团结同心，互相帮助，方能共渡难关。在下邀请各位，愿结生死同盟，有福同享，有难同当，仅此而已，别无他图。"说罢端起碗来一饮而尽。众人亦纷纷随声附和，一时你争我讲，热闹非常。

酒过三巡，菜过五味，宴会进入高潮。这时候黑狐峪的寨主粘巴迈站起来说道："俗话讲无酒不成席，无歌难助兴。你们鄂多里这个地方，连白鹤都会跳舞，何不找些个美人儿来唱唱跳跳，给我们助助兴啊！"

那些喝得红头涨脸的来宾们立即附和："是呀！是呀！给找个美女唱唱歌呀！那才过瘾哪！"随后就是一阵大笑。

还没等布库里雍顺说话，恶虎山的村主胡比朝先站起来嚷道："灵芝姑娘是三江口的百灵鸟，这方圆百里谁不知道啊！她还是个大姑娘，听说越长越嫩了，出来让我们瞧瞧啊！啊？这可比那些什么白鹤强多喽！怎么样？小城主？"

"对呀！对呀！请灵芝姑娘出来唱歌！"又是一阵吵吵嚷嚷。

布库里雍顺有些迟疑。他知道一旦灵芝姐姐出来，这些个酒后失态色胆包天的家伙，说不定会上前动手动脚，整出什么不雅的事来。客人是自己请来的，到时候怎么收场？如果吵闹起来，岂非弄巧成拙，违背初衷？

正在布库里雍顺为难之际，忽然身后门帘儿一挑，灵芝姑娘大大方方地走了出来，她双手一拱，环视众人说道："列位来宾，大家都是当地的英雄，本地的好汉，难得来到新城一聚，小女子本应该献歌一首，舞蹈一回，以助雅兴。不过我这里有个提议，大家不妨做个游戏。谁若是玩赢了，别说一首了，十首八首都行，若是玩不赢，想听我的歌，那是牛犊钻障子——没门儿！你还不够资格！怎么样，敢玩吗，列位英雄？"

"嘿嘿！小娘儿们细皮嫩肉，说话倒挺牙碜！有什么不敢玩的！""老子他娘的刀山火海都不怕，还怕什么游戏？""你就说玩什么吧？我们跟你走！""你就准备唱歌吧！我要听个够！"十四个村寨的头领们七嘴八舌，跃跃欲试。

"那好吧！你们都跟我走！"灵芝姑娘转身下楼，带领大家走到内城的后院，指着大墙边拴着的两排牛马说道："你们听说过'横推八匹马、倒拽九条牛'吗？我们今天的游戏就是玩这个！大家都是英雄，你们谁先来？"说着已命人牵过战马，驭手们已经举起鞭子。

望着那八匹滚瓜溜圆的战马和那根大盆粗细的巨木，十四个村寨的头领们都有些蒙了！要想顶住这根巨木，让那八匹骏马拉它不动谈何容易？弄不好那根巨木滚动，会闹个人仰马翻，甚至有生命危险，因而一时无人吱声。

望着灵芝姑娘那轻蔑的目光，恶虎山的村主胡比朝先有些耐不住了。他袖子一挽走上前去："我先试试！我先整一半，先挂上四匹马，看看怎么样？"他按照灵芝姑娘的指点，用肚皮顶住巨木，运上气，使足劲。没想到那驭手鞭子一举，四匹马稍一用力，那根巨木"啪"的一声就被拽走，胡比朝先弄了个大前趴，戗的满脸都是血，疼得哇哇怪叫。

胡比朝先身高体壮，力大如牛，靠这一身蛮劲儿称霸恶虎山，轻易无人敢去惹他。今天他都不行，谁还敢比画？其他的头领们谁也不上前了。

灵芝姑娘淡淡一笑："横推八匹马没人敢玩了，那么倒拽九条牛呢？谁来试试？"

"我试试！我先来三条牛！""野鸡臀"觉得自己身长力大不含糊，第一个走上前去。没想到他使尽了吃奶的力气，还是被那三条牛拽得满后院跑，若不是他及时撒手，肯定会弄个狗抢屎，那可就真的撅起"野鸡臀"了！众人见了一阵大笑，再也无人吱声。

两个游戏谁也没玩赢，灵芝姑娘正想着离开，黑狐峪的寨主粘巴迈说话了："我说灵芝姑娘！我们这两位兄弟是没玩赢，但谁又能玩得赢呢？这横推八匹马、倒拽九条牛都是听说，谁见过呢？能让我们开开眼吗？"众人一听皆恍然大悟："对呀对呀！让我们开开眼嘛！你该不是在游戏我们吧？"

"不是游戏你们！这是我时常玩的游戏！为的是早晚活动一下筋骨！"布库里雍顺分开众人，走上前去。他依照规则先推八匹马，后拽九条牛，竟然面不改色，气不常出，像小孩子在玩打木棍一样，倒把那些牛马累得汗流浃背。

在场的人全惊呆了！他们都为这少年的神力而折服！这哪是个一般的人哪？分明就是个天神！恐怕我们这些人加在一起，也不一定是他的对手！于是一个一个走上前去，纷纷与布库里雍顺行抱见礼，并回到楼上继续喝酒，与鄂多里新城签订盟约。十四个村寨的头领们异口同声，推举布库里雍顺为联盟的盟主，并一齐跪下拜见盟主大人。

联盟建立以后，灵芝姑娘又帮助布库里雍顺组建起一支人马，承担起保护十四个村寨平安的重任。他们有敌共御，有难同担，村寨间和谐相处，各部落蒸蒸日上，整个三山四水地区迅速繁荣起来。

各村寨的首领们有感于盟主的功德，纷纷带人上门提亲，有几个还主动要把自己的女儿嫁给他。但布库里雍顺皆不为所动。他有自己的心上人，那就是他的灵芝姐姐。十几年来，他始终同她住在一起，并且睡在一铺炕上。在他十岁以后，灵芝姑娘曾经让他单住，但他死活不肯，说离开了姐姐睡不着觉。后来灵芝自己也习惯了，一天看不见他心里就没着没落，啥也干不下去。夜晚听不到他的呼噜声，她能睁着眼睛一直瞪到天亮。她明白自己已经离不开他了，他也离不开她，两个人的心灵早已成为一个整体。

族人们对两个人的心思一清二楚，皆想成全这门亲事，于是他们共推城中三老前去做媒。布库里雍顺一听满心欢喜，他立即高兴地说："我自打来到咱们这里，就一直同灵芝姐姐住在一起。刚来时我还小，姐姐就如同额娘一样，处处细心照料我，给我做吃的、做穿的，还带着我玩。晚上我把被褥尿湿了，就睡在姐姐的肚皮上，她怕溻着我。十几年来，我一直同她睡在一铺炕上，她是我在这个世界上最亲的人，也是我最喜欢最尊敬的女人，没有她我根本就活不下去！除了她，我不会娶任何女人！"三老一听大喜。

可是到了灵芝那里，话就不一样了。没等几位老者把话说完，她就抢过来说："谢谢几位前辈的美意！我明白列位此行的目的了，也知道城主的心情。但我只是他的姐姐，他也只是我的弟弟，我们如同父母所生的一奶同胞，怎么可以成婚呢？何况我比他大了三十岁，这于情于理都说不过去呀！我感到此事有些不妥！大家还是请回吧！"几位老者一听皆瞠目结舌，无言以对。

这时候门帘一挑，老萨满达乌伦走了进来。她笑着对灵芝说："有什么不妥的？我看不但合情合理，而且大得人心！你好好想想，你叫百里灵芝，他姓爱新觉罗，你们是什么亲生姐弟？一点儿血缘关系都没有！你再想想，小城主是怎么来的？不是你从江边抱回来的吗？为什么这个人不是别个偏偏是你？你为什么多年来一直不嫁？三界之中，万事随缘，这不就是缘分吗？再者说了，你敢说心里没有他吗？你现在能够离开他吗？假如他娶了别的女人来，你还能够活下去吗？你是比他大三十岁，但年龄能是障碍吗？你有没有发现他虽然只有十六岁，却长成了一个顶天立地的男子汉吗？而你虽然已经四十多岁，但不是越活越年轻了吗？你没有感到自己比当年还俊俏、还漂亮了吗？天有日月星，人活精气神。我看你们俩是天造地设的一对！是前无古人后无来者的神仙伴侣！"

老萨满达乌伦的一番话，说得几位老者眉飞色舞、频频点头，最后竟然"啪啪"地鼓起掌来，说得灵芝姑娘满脸通红、心旌摇动，再也无话可言，只好默默地点头应允。族人们闻听皆高兴万分，城中一片欢腾。

老萨满达乌伦和城中三老张张罗罗，为二人举办了隆重的婚礼，届时周边十四个村寨的头领们皆来道贺，婚礼办得热闹非常。

新婚之夜，月朗风轻，喧闹了一天的鄂多里新城一片安静。送走了所有的宾客，推开新房的木门，同居了十四年终于结为夫妻的一对男女，立即紧紧地抱在一起。他们忘情地抚摸着对方的身体，热烈地亲吻着对方的脸颊，倾听着对方咚咚的心跳，吐露着彼此挚爱的心声。他们就这样静静地站着，紧紧地拥抱着对方的身体。良久，才双双倒在土炕上。

今晚的灵芝姑娘显得格外漂亮和美丽，那披散的长发衬着鲜花一样的面颊，明亮的双眸流露出烈火一样的情意，洁白的玉体生发出诱人的光泽，扭动的身躯就像一块干渴的土地。那娇羞的神态如同一个十七八岁的少女，奔放的热情仿佛一个久旷的佳丽。在这位昔日可爱的小弟弟面前，她放下了所有的矜持和自尊，似乎是一座憋了许久而骤然喷发的火山。

而布库里雍顺呢？这个昔日里调皮幼稚的顽童，今晚却变成了一个雄壮高大的骑士。他那有力的双臂如同钢筋般坚硬，他那隆起的肌肉好比生铁般结实，他的胸膛像大山一样宽广，他的冲击若豹子一般猛烈。在灵芝姑娘那一阵紧似一阵的欢叫声中，他好大一会儿才瘫软在那片白光里。

忽然，夜空中有一大片流星雨飞过，好像天上有一群神仙提着灯笼在跑。外城内立即有人欢呼起来："城主新婚，神仙道贺，是吉兆哇！"在一阵阵锣鼓的欢庆声中，两个人完成了第二次交合。

此时月光如水，松涛阵阵，温馨的小屋里弥漫着体香、花香和乳香，仿佛这里就是人间的天堂。

第四回

殉贤妻英雄留佳话　保燕王豪杰立大功

自从布库里雍顺与灵芝姑娘成亲之后，好事接二连三。先是老爷岭北麓女真人的白水部落来投，前后三批共迁来二百多户一千余人，再加上百里之内陆续搬来的零村散户，一年的工夫不到，竟然涌进来三百多户两千多人一万多头牛马。由于新城已经容纳不下，于是布库里雍顺与灵芝和城中三老一起商议，在江的对岸又营建了一座新城，予以妥善安置。由于新城就建在江边不远，故而因江得名，就叫作胡里改城。

新城竣工还不到一年，就有朝廷的钦差前来宣旨。原来此时已是公元 1260 年，雄才大略的蒙古藩王忽必烈当上了蒙古的大汗。在平定四方以后，他听从谋臣刘秉忠的建议，对东北地区的女真人进行招抚，设立水达达路。这水达达路隶属于辽阳行省，辖区南起图们江，东至日本海，北达外兴安岭和库页岛，西与开平路接壤，几乎涵盖了整个长白山、松花江和黑龙江流域。朝廷在水达达路的范围内，设立了五个军民万户府，来强化对这一地区的统治。

这五个军民万户府是：斡朵里（鄂多里的音转）万户府（在今黑龙江省依兰县牡丹江西马大村附近）、胡里改万户府（在今黑龙江省依兰县城附近牡丹江东）、脱斡怜万户府（在今黑龙江省桦川县东北万里河古城）、桃温万户府（在今黑龙江省汤原县双河古城）、孛苦江万户府（在今黑龙江省富锦市西南古城）。布库里雍顺被封为斡朵里万户府的万户长，成了蒙古政权的一位地方军政长官，担负起了守护边疆的重任。

布库里雍顺被朝廷封为万户长还不到俩月，灵芝就为他生了个结结实实的大胖小子。这件事不仅让小城主乐不可支，同时也让族人们高兴万分，全城皆沉浸在一片喜庆之中。在以后数十年间，布库里雍顺家庭美满，斡朵里辖区平稳和谐，到处呈现出繁荣兴旺的景象。

灵芝与布库里雍顺共同生育了两儿一女，在她八十四岁那年无疾而终。临别之时，她拉着布库里雍顺的手说："亲爱的小雍顺，我的夫君！为妻就要走了，先在那边等你。想我百里灵芝一生，没有做出什么惊天动地的大事，但是也没有愧对任何人。我这辈子最高兴最快乐最自豪最骄傲的一件事，就是嫁给你！我们共同生活了五十二年，做夫妇也有三十八年，我知足了！我走以后，你要带好儿女，管好辖区，千万不要为我伤心！我的灵魂会一直陪在你的身边，永远同你在一起！下辈子、下下辈子，无论几生几世，我都会一直等你，与你永远做夫妻！”说完微笑着瞑目而逝。

灵芝一生不仅聪明能干，勤劳朴实，而且心地善良，乐于助人，是这方圆百里之内有名的女菩萨。她的去世，让斡朵里的族人们如丧考妣，悲痛万分，纷纷携儿带女前来吊唁，同这位有着传奇人生的女人告别，整个辖区都笼罩在哀伤的气氛之中。

作为灵芝最亲近的人，她的丈夫布库里雍顺更是心如刀绞、悲痛欲绝。他跪倒在灵芝的灵前呼天喊地，涕泪交流，几次哭晕过去。他连续三天不吃不喝，不躺不睡，目光呆滞，几近疯癫，只是靠在灵芝的灵柩前流泪。灵芝这一生，在他的身上扮演了太多的角色，有时候是他的妈妈，有时候是他的姐姐，有时候是他的老师，有时候是他的妻子，有时候还是他的玩伴和朋友。他不敢设想没有灵芝的日子，他将怎么活下去。他一直守护在灵芝的灵前，并亲自带头挖土，把她葬在江边的那棵大柳树下，那个他们俩第一次相遇的地方。

灵芝安葬以后，布库里雍顺的精神崩溃了。他不论白天黑夜总往江边跑，嘴里头始终念叨着灵芝的名字。他曾经想以酒浇愁，用以冲淡自己对妻子的怀念。可是不行！他不论睁眼闭眼，满脑子都是灵芝的身影，一会儿是那个在江边初遇的美女，一会儿是那个千娇百媚的贤妻，一会儿是那个满脸严厉的大姐，一会儿又是那个循循善诱的恩师。他深陷在感情的旋涡中不能自拔，十几天以后就形容枯槁，好像变了一个人，已经不能视事。城中三老无奈，只好共尊他的长子鄂多喜为城主，共同商议日常事务。

布库里雍顺精神恍惚，迅速消瘦，一个钢筋铁骨的壮汉，很快变成了步履蹒跚的老者。他的头发全白了，行走也已经十分困难。在灵芝去世百日那天，他一个人来到江边的墓地，默默地烧了许多的纸钱，又自言自语说了许多的话。然后他靠在墓碑之上，嘴里边哼唱着灵芝教给他的那首歌："八月里来好风光，长白杜鹃美又香。一朝霜至花容去，你携芳魂在何方？在何方？”声音越来越小，最后靠在墓碑上去世了。他的亲人和族人遵照他的遗愿，把他与灵芝合葬在一起。据说二人后来成了胡里改江的水神，有人看见他们携手在江边漫步。那棵大柳树越发枝繁叶茂，经常有许多白鹤在树下聚集。直到努尔哈赤去世的时候，它才轰然折断倒下，跌入江中去了。

有句老话叫什么来着？好人无长寿，赖汉子活百年。布库里雍顺一世英雄，泽被乡里，五十多岁就英年早逝，而黑狐峪的寨主粘巴迈和恶虎山的村主胡比朝先还活着。这两个心术不正的家伙，一个蔫巴坏，一个称霸一方。布库里雍顺在世的时候，他们慑于盟主的神威和勇略，不敢轻举妄动，几十年来一只老老实实，但对于鄂多里新城的繁荣兴旺，早已妒忌得要死，眼馋得要命，对于盟主和万户长的权势，更是垂涎三尺，昼思夜想。如今见布库里雍顺已死，其子鄂多喜忠厚老实，才能平平，便感到机会来了。于是他们暗中密谋，一方面挑拨城中三姓族人闹事，一方面与辖区外的兀狄哈（野人女真）部相勾结，准备悄悄起事。

当年除夕之夜，鄂多里新城的族人们早已睡着，这些早有准备的坏家伙们内外勾结，举起了屠刀。三姓之中的内鬼放起大火，打开城门，粘巴迈和胡比朝先带领着野人女真一拥而入。他们轻车熟路，直入内城，杀死了熟睡中的鄂多喜一家十一口，只有九岁的幼子范嗏侥幸逃生。

原来那天范嗏玩得太累了，晚饭时没有正经吃东西，半夜的时候觉得有点儿饿，喊了两声没有动静，他知道父母都喝了不少的酒，于是便自己到厨房找吃的。他刚刚唤醒了厨工火儿阿，碗中那块烤肉还没有吃到嘴，就看到外边火光冲天，把窗户纸映得通红。不一会儿就人声鼎沸，脚步声如滚滚的闷雷，吓得他不知所措。

少顷，厨工火儿阿跑进来说："坏了！出大事了！万户老爷那边屋里冲进去不少杀手，我看见有粘巴迈和胡比朝先，怕是凶多吉少！小少爷，你快躲起来吧！"匆忙之中无处藏身，他只好搬起一口大缸，把范嗏扣在空缸里。然后又乘那帮歹徒大吃大喝、欢庆胜利之机，悄悄地备好两匹快马，与范嗏溜出内城的北便门，趁着天还没大亮逃走了。

山野茫茫，到处都是陷阱，江湖险恶，哪里可以安身呢？九岁的范嗏忽然想起，祖父在世的时候，曾经搭救过一个豪侠义士秃不里，帮他洗净了冤屈，惩处了仇人，还向朝廷保举他做了官。秃不里感恩戴德，每年都携重礼前来探望，听说他现在做了奚关（今吉林省珲春市附近）总管，于是两个人奔往珲春河口。

秃不里热情地接待了他们，听完范嗏述说全家的遭遇，立即义愤填膺，怒火万丈。他"扑通"一声跪在地上，面朝北方连叩九头，然后眼含热泪地说："老大人待我恩重如山，秃不里今生没齿难忘！如今全家遭此横祸，我必为您报仇雪恨！"说罢起身折箭为誓，然后安排主仆二人住了下来。

范嗏在奚关住下以后，一方面亲写奏章，通过秃不里代为转达，向朝廷申报衷曲，一方面派火儿阿返回故里，悄悄地知会和召集族人。然而虽经秃不里多方斡旋，但由于此时元朝王室正忙着争夺皇位，此事一拖就是几年。秃不里虽然手握军权，但是不敢轻举妄动。直到元朝延祐三年（1316），仁宗皇帝才看到了范嗏的奏章，这才下旨命他承袭父职，担任斡朵里万户府的万户长。此时范嗏已经十八岁了，娶了一位当地的朝鲜族姑娘权氏做妻子。

不久，承袭了父职的范嗏双喜临门。经过三年精心的准备，范嗏率领着三百多户共两千多族人，驱赶着一万多头牛马，从珲春河口回到了鄂多里老家。此时"鸢巴坏”和“胡比朝先”均已去世，十四个村寨的头领们见老盟主的孙子回来了，还带着朝廷的诏书和万户长的印信，于是纷纷前来拜见。盘踞新城的那帮歹徒和野人女真见势不妙，悄悄地逃走了。

范嗏回到老家以后，整修城垣，收拢部众，凡事多听取各村寨头领的意见，对过去的恩怨既往不咎，很快就赢得了人心，树立起威望，鄂多里新城重新兴旺起来。

范嗏活到四十三岁去世了，他的儿子挥厚承袭了万户长一职。挥厚人如其名，生得憨厚老实，平时言语不多，但待人极其诚恳。他的才能虽然差了点儿，却得到其妻耶乌居的全力相助，因而辖区内还算平稳。

耶乌居乃蒙古族人，是奚关总管秃不里的表妹。她生得身高体壮，端庄质朴，说话瓮声瓮气，办事嘁里咔嚓，论打斗十几个男人都不是她的对手，讲心眼儿还比谁来得都快，各村寨的头领们全都服她。

洪武二年（1369）的秋天，耶乌居回科尔沁草原省亲，回来时路过铁岭龙首山，就住在山上的龙兴寺里，夜晚梦见一条巨蟒破窗而入，绕屋飞腾，后来变成了一条黑龙扑到她的怀里，吓得她惊叫一声坐起，心里咚咚狂跳，腹中隐约有声。回来不久即怀有身孕，一年之后生下一子。这孩子浓眉大眼，浑身赤红，大手大脚，鼻直口阔，竟有十斤之重。挥厚夫妻喜不自禁，给他起了一个蒙古族名字——猛哥帖木儿。

猛哥帖木儿半年会走路，十个月会说话，小家伙长得极其结实。从两三岁开始，耶乌居就教他习文练武。但是他对习文不感兴趣，对练武却非常痴迷。到十二三岁的时候，他已练得拳脚精通，箭法独到，尤其善使一口浑铁大砍刀。十四岁那年春天，他随母亲回乡省亲路过黄龙府（今吉林省农安县附近），恰逢当地比武选将，他竟然拉坏了四狼主宗弼的铁弓，回来的路上又活捉了一只老虎，从此在斡朵里地区声名大振。

明洪武十七年（1384）斡朵里万户长挥厚去世，猛哥帖木儿承袭父职。为了帮助自己的儿子稳定局势，耶乌居违心地嫁给了挥厚的弟弟包奇，后来又为他生了三个儿子。在耶乌居和包奇的全力支持下，猛哥帖木儿很快控制了所有的村寨，斡朵里辖区内一片稳定。

此时元朝虽已灭亡，但蒙古贵族的残余势力还在，他们野心不死，经常南下骚扰明朝边境。明太祖朱元璋为稳定边陲，除在辽东、蓟州、宣府、大同、太原、延绥、宁夏、固原和甘肃设立九边，驻重兵镇守之外，还专门派出特使，到东北地区各万户府进行宣召抚慰，与他们结成抗拒残元势力的同盟，同时钦命自己的儿子秦王守陕西，晋王守山西，燕王镇守关外到辽东一带。

燕王朱棣生于元朝至正二十年（1360），是朱元璋的第四个儿子。他从小即在马皇后的亲自调教下习文练武，长大后武艺高强，胸怀大志，身长八尺，龙行虎步，谈吐高远，声若洪钟。他来到封地以后，恰好元帅徐达在此地镇守，于是就拜徐达为师。不久，由父皇朱元璋亲自做媒，他又迎娶了徐达的女儿徐氏为王妃。徐达的雄才伟略尽人皆知，咱就不在此处赘述。单说这位徐氏王妃，从小熟读经史，长大腹有良谋，且温婉贤淑，宽和大度，是当时有名的“女诸生”。在徐达父女的帮助下，朱棣的文韬武略迅速提高，还训练出一支精良的军队，令残元的将士们闻风丧胆。

一日徐氏对朱棣说道：“我朝立国虽已二十多年，然残元势力仍未剪除。目前虽说盘踞漠北，不敢轻易犯边，但早晚必为后患。今大王秣马厉兵，雄踞燕北，何不主动出击，建不世之功也？”朱棣闻言大喜，正在整军备战，忽闻残元旧将乃儿不花入境南侵，骚扰大同关。晋王朱棡奉命迎敌，踯躅于大漠之南不敢进兵，却被乃儿不花雪夜突袭，损失惨重，险些丧命，被迫撤回大同关。太祖朱元璋勃然大怒，即命朱棣领军迎敌，务必将其全部歼灭。

燕王朱棣奉旨出征，率所部人马两万出关，直奔大光顶子山。王妃徐氏恐燕王有失，除命大将傅友德随军之外，又派出两队飞骑传檄斡朵里万户府和胡里改万户府，请他们出兵助战。

时值明洪武二十三年（1390）一月，正是北方最冷的季节。那一年的雪还下得特别大，许多牛羊被冻死。居住在黑龙江流域的兀狄哈（野人女真）趁机南下，沿路烧杀抢劫，欺村占寨，脱斡怜、孛苦江和桃温三个万户府几乎被掠夺一空。斡朵里和胡里改两部亦面临严重威胁。猛哥帖木儿和阿哈出两人正在商议南迁之事，燕王府的信使到了。

看过王妃徐氏的书信，阿哈出感到有些为难。他是胡里改部的第三代万户长，与挥厚同辈并且是亲戚，为人正直仗义且心地善良，就是有点儿胆子太小，此次南迁就是他首先提出来的。当着两位明朝信使的面，他对猛哥帖木儿说：“征剿残元旧部，那是朝廷的大事，你我边塞小部，怎能参与得了？我们这里千八百号的人马，能顶什么呀？还不是人家嘴边上的鱼肉？何况天象骤变，人祸频来，部族正欲南迁，怎能派兵远征？我们愿出两名向导引路，不知贵使意下如何？”

阿哈出的话还没有说完，猛哥帖木儿即抢过来说：“部族事小，国家事大，南迁能缓，歼敌要紧！我们不能因私废公，因小失大。前辈的话有些不妥，应该更正！在下认为两者可以兼顾，小侄愿领一军前去助战，就烦您老人家带领族人南迁，我们在珲春河口相会，您看如何？”

阿哈出闻言还想再说句什么，这时只见门帘一挑，一个英姿飒爽的少年勇士走了出来：“阿玛不必再说了！兄长言之有理！我们深受国家厚恩，焉有临阵退缩之理？你老人家年高体弱，孩儿愿意代您出征！”语言铿锵，掷地有声。众人视之，乃是阿哈出的三女儿黑木格。

说起这位黑木格，还真是女真民族中的传奇人物。她的父亲阿哈出娶了挥厚的妹妹，先是生了三个儿子，接着又生了两个女儿，这五个孩子都长得白白净净，一表人才。尤其是大女儿真木格和二女儿其木格，那是胡里改部的两朵鲜花，人人见了人人夸。没想到这三女儿一降生，就把阿哈出夫妻俩吓坏了！这孩子的皮肤通体油黑发亮，只有两只眼睛里各露出来一小块白儿，简直就像个黑色的小猪崽，气得阿哈出顺手抱起来，立马就想扔出去。是他的妻子一把手夺了下来："白的咋地了？黑的咋地了？还不都是咱的女儿？将来还说不定借谁的光呢！"

黑木格不仅生得黑，而且长得瘦，扔在肉缸里都不长膘，可是身体却非常结实，走起路来像一阵风似的，一点儿声音都没有。她干什么都悄手蹑脚的，生怕惹大人们生气，她知道父亲不喜欢她。

在她六岁那年，门口走过一个游方的道士。阿哈出那天不知怎么就来了雅兴，把那个道士请了进来，给他的几个孩子打卦看相。那道士接过阿哈出手中的铜钱，一双眼睛挨个踅摸着这六个孩子，一言不发，观察良久，突然"扑通"一声跪下了，弄得阿哈出陡然一愣："仙师这是怎么了？快起来！有什么话你是说呀！干吗要行此大礼？"

那道士把铜钱还给阿哈出，然后说道："恭喜大人！贺喜大人！您的这几个孩子不寻常啊！他们都将锦衣玉食、福伴终生啊！有一位还在一人之下、万人之上！"

"啊！"那道士的话让阿哈出大吃一惊，"那么这一位是谁呢？仙师能告诉我吗？"

几个大孩子听了这番话皆喜形于色，一个个都往前凑，只有黑木格蔫不登地猫在后面。她明白这个人上之人，不是哥哥就是姐姐，怎么说也轮不到她呀！

没想到那道士分开前排的哥哥姐姐，一伸手把她从后边拉了出来："大命的孩子！不凡的长相！将来你必能功在国家、名扬四海，享尽人间富贵！"说罢竟然跪了下来，给黑木格深施一礼，弄得在场之人皆莫名其妙。

虽然阿哈出对那道士的话并未在意，但他的妻子往心里去了。她见女儿聪明伶俐，身轻似燕，是练武的好材料，于是把她送到长白山岫云洞，拜在莲花圣母的门下学艺。黑木格在岫云洞待了九年，一身轻功练得出神入化。她能在清波中漫步，在树梢上行走。一杆神鞭指哪打哪，百发百中。十把飞刀神出鬼没，出手制敌。她在去年初秋才下山回家，立即就被部落中的一群少女迷上了，纷纷要跟她练武学艺。阿哈出顺其自然，就拨给她一些战马和兵器，组成了一支"黑鹰马队"，天天练得热火朝天。

当着两位明朝信使和猛哥帖木儿的面，自己的女儿都这样讲了，阿哈出也不好再说什么。于是他和猛哥帖木儿正式分工，准备带着两部的族人南迁。猛哥帖木儿则与黑木格一起，率领着人马离开三江口，按照明使指引的方向出发了。

且说燕王朱棣率领的明朝大军一路北行，在达尔诺里湖（在今内蒙古赤峰市附近）北与乃儿不花的人马相遇。明军将士虽然极度疲劳，人困马乏，但由于燕王朱棣一马当先，冲在前面，众将士遂如一群饿虎，嗷嗷地叫着就扑了过去。乃儿不花没想到明军来得这样快，冲得这样猛，一时措手不及，乱了阵脚。明军将士们趁势砍杀，乃儿不花率部仓皇逃走。

燕王朱棣挥军想追，大将傅友德劝道："如今天色已晚，将士们又饿又累。况前方道路不熟，若追下去恐于我军不利。"朱棣闻之有理，遂下令择地安营扎寨，待次日进行决战。

没想到次日撒出数路人马，到东南西北四个方向搜索，均没有发现敌军的行踪，一连三日，皆无收获。燕王朱棣心中焦急，正在营中踱步，忽有一小校来报，说傅友德将军在营北巡视，发现了残元将士的人马，已率部紧紧咬住追了过去，请燕王赶快跟进，聚歼顽敌。朱棣心中大喜，急令大将张信领五千人马出左路，大将谢贵领五千人马出右路，从东西两侧包抄敌军，自己率中路五千人马随后跟进。

燕王朱棣和他的将士们万万没有想到，他们都上了敌人的当了！原来元将乃儿不花见明军道路不熟，正在犹豫，就设下了这样一个诱敌之计。他趁天色昏暗、风雪交加之时，派出一小队人马在明营北面游弋，故意让明军发觉，引诱其大队人马向北追击。自己则亲率本部主力两万多人马，悄悄地尾随在明军的身后。待燕王率领的殿后人马与其主力大军拉开距离之后，突然从西、北、东三个方向发起攻击，将燕王朱棣的五千人马团团围住。

燕王朱棣正在挥军猛进，忽闻战鼓咚咚、杀声震天，元军将士们挥舞着雪亮的马刀，从四面八方飞奔而来。他们挟风带雪，嗷嗷怪叫，如同从天而降的一群怪兽，让正在行进中的明军猝不及防，一时死伤惨重。燕王朱棣见军情突变，情知中计了，但他久经沙场，临战不慌，急令将士们收拢人马，以背靠背，只管放箭。自己则纵马提枪，来到军前，想伺机杀开一条血路，带领将士们冲出包围。

但是燕王想得太乐观了！此时因北风呼啸，大雪飘飞，天地浑然一体，眼前一片迷蒙。明军将士们虽然万箭齐发，但是收效甚微。那些元军的将士面带狞笑，好像一群恶魔，转眼间就已经冲到了跟前，一时血肉横飞，鬼哭狼嚎。

燕王朱棣见状一声长啸，拍马舞枪就冲了上去。他以枪代棒，横抡竖挑，转眼间就有十几员敌将死在他的马下。身后的数十名亲兵侍卫见王爷如此勇猛，亦即紧随其后，如狼似虎，这支队伍如同一股铁流，眼瞅着即将冲开一个缺口，跳出了敌军的包围圈。

可是意外发生了！正当燕王朱棣一马当先，举枪连挑两员敌将的时候，忽听"哗啦啦”一声巨响，他只觉得身下一沉，瞬间连人带马掉进了陷马坑里。那坑足有一人多深，坑沿口全是冰雪。燕王朱棣以枪拄地，纵马连跳三次，竟然挣扎不出，急得他瞬间出了一身冷汗。

此时忽听一人在风雪中哈哈大笑："朱棣小儿！你也有今日！我知道你金贵！是朱元璋和马大脚的心肝宝贝！今日活捉了你，明天我就拿你做人质，跟你那猪爹去换长城以北的土地！小的们！给我撒网抓猪！"

朱棣拭目一看，是乃儿不花骑马站在坑沿之上大笑，笑得那脸上的五官都变了形了！再回头看自己身后的那些亲兵侍卫，有几个还在殊死拼杀，看样子大多数都殉国了。随着乃儿不花的一声吆喝，元军将士们抖开大网，"唰"的一声抛了下来，眼见得就要落在燕王朱棣的头上。

燕王朱棣镇守北平，闲暇之时也常进山游猎。他知道这是那种捕捉猛禽和恶兽的大网，全用丝线编织经桐油浸泡而成，人扯不开，刀剁不断。看来今日只好束手就擒了！想不到我朱棣驰骋半生，竟然落得这般下场！不由得一阵阵心寒彻骨，他痛苦地闭上了眼睛。

就在燕王朱棣陷入绝境、正准备咬舌自尽之时，忽听得惊天动地一声怒吼："呔！大胆蟊贼！勿伤我主！"如炸雷般在头顶上震响，吓得元军将士们皆一愣神，那张大网抛歪了落在坑沿上。燕王朱棣抬头一看，只见一将绿袍皮甲，长髯飘飘，坐下一匹枣红马，手擎一把大砍刀，突如天神一般凌空而降。那来将马快刀沉，招法快极，刹那间就劈死七八名元军将士。乃儿不花见状大呼："射死他！射死他！赶快射死他！"可没等他话音落地，那来将的大砍刀就到了！吓得他急忙举棒来迎。没想到他那根五十八斤重的大铁棒，竟被那口大砍刀轻易磕飞，"当啷"一声飞出老远，又"扑哧"一声插在地上，像春天里新栽下的一根树桩。乃儿不花双手发麻，胸口发热，差点儿就吐出血来，吓得他伏在马背上落荒而逃。

燕王朱棣绝处逢生，心中大喜，一时马借人力，人借马威，他以长枪拄定坑沿，竟然"嘿"的一声跳了出来。此时那名来将正带着部众追杀元兵元将，竟如风卷残云，杀得敌军落花流水，没命地向北逃窜。

且说那名元将乃儿不花，被半路杀来的那员明将打得骨痛筋麻，正在庆幸捡了一条性命，率领着他的残兵败将一路北逃，没承想忽然间一阵飓风袭来，雪糁雪粒打得他有些睁不开眼睛。待等那阵大风过后，他突然发现身边的将士们都不见了！却有一彪人马如同黑色闪电，"唰"的一下向他飞来。吓得他本能地绰起弓箭，"嗖、嗖、嗖"一连三箭，向领头的那匹黑马射去。射完后一点儿动静都没有，他正在怀疑是否射空，扭头观看，陡然间似觉脖子一紧，立时眼冒金星，"扑通"一声被拽离战马，摔在地上。黑木格收起长鞭，顺手捡起一块狼粪塞进乃儿不花的嘴里，将其五花大绑，押回明军大营去了。

原来黑木格随同猛哥帖木儿，奉徐氏之命前来助战，按照约定的地点昼夜兼程，这一日紧赶慢赶，恰好赶上了燕王朱棣同元军激战。猛哥帖木儿率领他的一千名生力军一阵砍杀，救下燕王朱棣，又去追杀其他的元军。而黑木格眼尖马快，她见乃儿不花拼命北逃，便跟在后边紧追不舍。一路上寻机瞅空就袭击逃命的元军，最后又趁风雪大作之时，活捉了敌酋乃儿不花。

这一战明军反败为胜，还活捉了敌酋乃儿不花，令本次出征大获成功，这让燕王朱棣兴奋不已。他明白自己不但打了胜仗，而且还捡了一条性命，多亏了斡朵里和胡里改这支援军，多亏了猛哥帖木儿和黑木格。于是他下令在军营中大摆宴席，召集众将摆酒庆贺。

三碗酒过后，燕王朱棣对猛哥帖木儿说："将军面如重枣，目似朗星，一身绿袍皮甲，五绺长髯飘飘，真有当年关王爷风骨，又具我朝开平王（常遇春）神威，实乃当下之英雄也！本王欲请你到北平行辕为将，不知意下如何？"

猛哥帖木儿闻言站起行礼，然后说道："末将生在边陲，长在山野，虽粗通刀枪弓马，但不谙官场礼仪，怕是不适应军中的规矩。何况在下尚有数千族人，情同骨肉，如何舍得？末将愿携部众，为国家守护边陲。王爷尽管召唤，我随时准备赴汤蹈火！"言语之中，情真意切，几乎落下泪来，遂将碗中酒一干而尽。

众将闻之皆十分感动，燕王朱棣听后也频频点头赞许。大家纷纷起身离座，给这两位女真英雄祝酒。猛哥帖木儿是来者不拒，有敬必回，能够看得出是个海量。而那位黑木格却滴酒不沾，只是端着一碗茶水，微笑着向众将致意。

燕王朱棣不解其故，于是侧过头来问道："将军身轻似燕，快捷如风，在万马军中活捉贼将敌酋，真乃当世之巾帼英雄也！恐七尺男儿也将汗颜，如何却不饮酒？难道是这军中之酒难入口吗？"

众将都明白这是燕王开个玩笑，但黑木格却"呼"地站了起来，正色说道："燕王此言差矣！不是您军中之酒难以入口，而是末将不想喝酒。我军虽然打了一个胜仗，却丝毫也麻痹不得！现下我们不仅处在冰天雪地之中，而且还待在狼窝狗圈之旁，敌人随时都有可能向我军发动偷袭。如今兄长猛哥已经代我向诸位敬过了，王爷和大家尽管喝好！我却要保卫大帐的安全，所以滴酒未进，尚请各位海涵。等哪日宽松方便之时，末将再陪众位畅饮，恐怕燕王您还不是我的对手呢！"说罢一拱手笑着坐下。

众将闻之，一片赞许之声。这时大将傅友德借着给燕王敬酒，走到跟前附耳说道："此女武功奇绝，身手不凡，在万马军中取上将之首，直如探囊取物。且秉性刚烈，直言快语，如不被殿下所用，恐将来反受其害也！请您思之虑之！"燕王朱棣听后颔首，傅友德方微笑着转身离去。

当晚席散，众将告辞。猛哥帖木儿由于喝了不少，也回到帐中歇息去了。只有黑木格留下没走，她要带着她的黑鹰马队，保护中军大帐的安全。燕王朱棣十分感动，便邀请她到帐中喝茶。

两人边喝边聊，不觉已过三更。燕王朱棣以酒盖脸，故意笑着说道："本王驰骋沙场多年，看见过许多的精兵猛将，但从未遇到你这样的军中女杰，不仅功夫独到，而且忠心耿耿。今日战场上你斩将擒贼，既是上天对你的眷顾，也是你我二人的缘分。以后我还要南征北战，你能像今天和今夜这样，永远跟着我、保护我吗？"

黑木格听了燕王朱棣的话，感到有些意外。她本次代父出征，一是为了响应朝廷的召唤，二是想检验一下自己的身手。既然今天大功告成，明天官军就要班师，那么她也就准备起程，跟随猛哥帖木儿回家去了。对于燕王朱棣提出的问题，她一时感到有些突然，不知道怎样回答才好。

急切之间，黑木格突然想起了师父的话。下山之前，她曾经问过师父，自己将来的归宿怎样？如果行非所愿，那么她宁可不下山，永远侍奉师父。莲花圣母抚摸着她的头，微笑着说道："孩子！你根基很深，前程远大，是个能为国家和百姓做大事的人，怎么能永远陪伴我这把老骨头？记住，能够捉住你的那个人，就是你可以托付终生的人！你就跟着他、去陪伴他吧！这就是你的归宿。"

想到此处，黑木格半开玩笑似的说道："那我要看看您的本事了！有没有资格让我跟着你。我们现在就玩个游戏，如果你能在这寝帐之内抓住我，我就永远跟着你！"

"此话当真？你不后悔？"燕王朱棣环视左右，见寝帐就一丈见方这么大的一块地方，她能跑到哪里去？自己从小习武，身手敏捷，难道还抓不住她？于是笑着答应下来。

可是尽管燕王朱棣使尽浑身解数，就是碰不到黑木格。那小丫头一会儿像条泥鳅，在燕王的前后左右裆前胯下游来游去。一会儿又像只猿猴，绕着那张大床飞腾跳跃，刚才瞅着就在眼前，伸手一抓，却跑到身后去了。一会儿又像个鬼魂，让燕王朱棣连影子都看不到了！急得他心焦火燎，累得他通身是汗，心想照这么整下去，我没个抓住她了！这哪是人哪？纯粹是个妖精！想着想着，他忽然心生一计，向前一扑，就势大叫一声，"扑通"一下摔倒在地上了！

黑木格见燕王摔倒，以为他是在开玩笑，可是她连喊数声，竟然一点儿动静都没有。她想这下子可坏事了！燕王喝了那么多的酒，本来就头晕脑涨的，又跟她折腾了这么老半天，肯定是昏过去了！说不定还有生命危险！都怪自己！玩什么游戏呀？这下子闯大祸了！功不但白立了，还不得被杀头啊？吓得她黑脸变白，花容失色，连忙跪在燕王的身边连声呼唤，眼泪就滴在燕王的脸上。

没想到燕王朱棣一个翻身，一下子把黑木格压倒在身下，“这回我终于抓住你了！看你还往哪里跑？”说着话两根铁臂牢牢地箍住黑木格的胳膊，像座大山一样骑在她的身上。

“你坏！你坏！你可真是坏死了！当了王爷还骗人！有这么玩的吗？”气得黑木格柳眉倒竖，杏眼圆睁，喘着粗气一劲儿地叫骂。

两个火热的躯体就这样抱着，还有不出事的吗？俗话说，酒壮英雄胆，色乱美人心。燕王朱棣喝了那么多的酒，本意就想留住黑木格，如今见她黑脸通红，气喘吁吁，散乱的秀发衬托着端正的五官，隆起的胸脯展示出姣好的躯体，居然是一个眉清目秀的美人儿！如何还控制得住自己的冲动？那张大脸毫不犹豫地就贴了上去，在那黑牡丹一样娇嫩的脸蛋上一阵狂吻，长长的胡须散落在黑木格的脖颈之上，弄得她又酥又痒又难受。她开始时还摆动头颅极力挣扎，后来她想起了师父的话，莫非就应在此人身上？于是她扭动身躯开始配合，两个人很快就进入了高潮。

燕王朱棣凝视着黑木格的身体，觉得她真是太美了！她的身躯又黑又亮，简直就是块闪光的墨玉。她的身材健壮修长，仿佛就是个天竺的神女。她的腰肢极有弹性，如同修炼千年的灵蛇。她的四肢有力而柔软，通体散发出诱人的汗香。看得朱棣情动神迷，再一次扑了上去。她既不像王妃徐氏那样温柔似水，也不像侍妾权氏那样缠绵妩媚。她是那样的激情火辣、活力四射。两个人云雨数度方才歇手，此时已是天明。

早饭后燕王朱棣升帐，当即宣布大军班师。猛哥帖木儿率部与阿哈出会合去了，黑木格则随着队伍来到北平。燕王朱棣领着她拜见王妃徐氏，徐氏一见高兴地说：“妹妹武艺出众，人品又好，今后有你在大王身边，他在出征之时，我也就放心了！”燕王朱棣见王妃满意，方正式把黑木格留在身边，既当侍卫，又做侍妾，被称为“三王妃”。

黑木格来到燕王朱棣身边以后，跟随他数次出征。明朝建文元年（1399）七月，“靖难之役”发生，黑木格率领她的黑鹰马队夜袭雄州，与燕王朱棣里应外合，打败了耿炳文的三十万大军。次年五月，又在白沟河阵前连斩五将，险些将其主帅李景隆活捉，致使其六十万大军一败涂地。黑木格在朱棣夺取皇位的战争之中立下大功，极受朱棣宠爱，在他为帝后即正式立为皇妃。永乐五年（1407）徐皇后去世，朱棣为追念亡妻，再也没有立后，后宫实际上由黑木格主持，被尊称为“三皇后”，当然这都是后话了。

且说猛哥帖木儿率部赶往珲春河口，在率宾水（即今黑龙江省内绥芬河）即遇到了阿哈出。原来阿哈出虽与猛哥帖木儿相约去珲春河，但走到这里以后，发现此地水草肥美，森林茂密，遂在此地居住下来，并诚心挽留斡朵里部在此同住。猛哥帖木儿一考虑两部住得过近，多有不便，二考虑自己的姑母和叔叔都在珲春河附近，于是便率领族人迁往斡木河（珲春河之南今朝鲜会宁一带）一带游牧，一住就是十年。

明建文四年（1402）夏天，燕王朱棣率军攻进南京，在百官的拥戴下登皇帝位。胡里改部的万户长阿哈出闻讯大喜，当即派出信使知会猛哥帖木儿，约他共同去京觐见。猛哥帖木儿览后说道："我为朝廷万户，奉命镇守边陲，若无皇上旨意，怎可轻易擅离？"遂没有应约与阿哈出同行。

阿哈出赴京觐见虽未奉诏，但他如今身为国丈，以贺喜之名拜见皇上，朱棣也就没说什么。为了东北边疆的稳定，在次日早朝之上，他还下旨册封阿哈出为建州卫指挥使，阿哈出有些不解其意。朱棣当即对朝臣们说道："我朝如今天下一统，虽然是接替蒙古人治理国家，但依照父皇本意，一不可沿袭元朝的旧制，二不可使用辽金的称谓。我朝是中原大国，一切均应仿照盛唐的传统，造就一个多民族的和谐盛世。胡里改部如今居住的率宾水（今绥芬河）一带，原是唐朝所属渤海国的建州故地。朕封你为建州卫指挥使，那是一个地区的军政长官，实际上等于一镇诸侯哇！为了荣宗耀祖，彰显于天下，朕就赐你姓李，名善成，你看如何？"阿哈出闻言大喜，这才领旨谢恩。散朝之后，朱棣又赐给他纯银印信、钑花玉带和金银绸缎等物，并亲自置酒相待。

席间，朱棣问起猛哥帖木儿的近况，打听他为什么不来觐见，阿哈出以实言相告。朱棣闻之感叹地说："这才是朝廷良将、国家栋梁啊！身为皇亲国戚，且又立过大功，在名利面前不为所趋，心系边陲而忠于职守，真难能可贵之人也！朕倒是有点儿想他了！"

次日早朝，朱棣当即下诏，命户部侍郎邢枢为钦差大臣，到东北边疆去抚慰各部，发放敕书（朝廷发的一种可以入关经商的文书），开放马市，设置卫所，鼓励女真人与汉人交易。同时委派千户王教化为特使，前往斡木河地区，请猛哥帖木儿入京觐见。

王教化一行历尽坎坷，千里跋涉，于永乐元年（1403）的秋天来到斡木河，终于见到了猛哥帖木儿。他这才知道，猛哥帖木儿率部镇守边陲是何其不易，又是多么忠诚。原来在此十年之间，朝鲜国王李成桂慕其神勇，曾数次下诏，册封猛哥帖木儿为"上万户"，即上将军之意，请他为朝鲜国镇守北疆，但均被猛哥帖木儿婉言谢绝了。有一次李成桂亲自来请，猛哥帖木儿用自酿的米酒和家做的打糕招待他，歉意地对他说："我既为明廷万户，自当为国家守边，又怎肯贪图名利，到贵国为官呢？自古闻忠臣不事二主，此事断乎不可为也！但我愿为边疆的安宁出力，毕竟贵邦也是天朝的属国嘛！”李成桂闻之十分敬佩，从此与猛哥帖木儿成为挚友。

永乐三年（1405）春天，猛哥帖木儿命其弟凡察留守老营，自领长子阿古偕一百多名族人，赶着二十多辆马车，带着人参、貂皮、鹿茸、大珠等贵重礼品入京觐见。看到阔别多年的猛哥帖木儿，明成祖朱棣高兴异常。他毫不隐讳地对大臣们说：“这位不仅是关东的义士、守边的忠臣，还是朕的救命恩人哪！若非他当年出手相救，朕早就魂留塞北、客死他乡了！”说着竟然走下御座，与猛哥帖木儿抱臂相见。

猛哥帖木儿眼噙热泪，跪拜而言曰：“陛下乃圣明之君，必然得天佑神助！末将受朝廷厚恩，理当为国家尽忠，职责之内，何功之有？”说话之间，情深意诚，朝堂之上，谦恭有礼。站在群臣之中，高出别人半头，虽然轻声细语，却震得厅堂回响。加上那副仪表风姿，真乃关王爷再世，慕容霸重生。看得成祖喜形于色，瞧得百官尽皆敬服。成祖当即传旨，册封猛哥帖木儿为建州卫都指挥使，赐官服印信、钑花玉带，赏金银财宝、绸缎布帛，并把自己的一副嵌金银甲送给他，命他率部迁回建州故地，随时准备带兵出征，消灭残元势力。

当时的蒙古残元势力分为三部，即西部的瓦剌、东部的兀良哈和中北部的鞑靼，其中以鞑靼部势力最强。三部互相勾结，时而归顺，时而反叛，经常骚扰明朝的边境。从永乐八年（1410）到永乐二十年（1422），明成祖朱棣曾经五次御驾亲征，每次都命猛哥帖木儿随军助战。在击败鞑靼可汗本雅失里及其大将阿鲁台的战役中，猛哥帖木儿率先出战，所向无敌，立下大功。永乐十年（1412）春天，猛哥帖木儿入京觐见，明成祖朱棣为了表彰他的功绩，特地下诏增设建州左卫，封他为建州左卫指挥使，命他率部迁往凤州（今吉林省梅河口市山城镇附近）地区，防范鞑靼和兀良哈部南侵。永乐二十一年（1423）成祖北征完胜之后，他又奉命率部迁回斡木河，继续为朝廷戍边。此时胡里改部的首领阿哈出及其长子释家奴先后病死，阿哈出的长孙李满住承袭指挥使一职，率部从凤州迁往婆猪江（今吉林浑江）地区居住。猛哥帖木儿带领这位外甥一起，为国家守护边疆。成祖朱棣去世之后，他还多次进京朝贡。明宣德元年（1426），皇帝朱瞻基为表彰他的功绩，封他为都督佥事（明朝中央军事长官副职、从三品）。宣德八年（1433）二月又封他为右都督（正二品），可谓功勋赫赫，名满关东。

第五回

交侫友二督皆遇难　得贤孙左卫又复兴

还是永乐八年（1410）那次出征归来，猛哥帖木儿路过开原马市，结识了一个叫作杨木答兀的人。那时这个十六七岁的少年因为酗酒闹事，正在与一群当地人恶斗，被打得头破血流。猛哥帖木儿喝退众人，问明情由，念他是同族之人，又从海西千里迢迢来到此地，不仅替他还上了酒饭钱，还介绍他到军营当兵，为国家效力。

杨木答兀从军以后，由于作战勇敢，屡立战功，不断得到提拔重用，二十年以后，竟然当上了辽东卫所的一个千户长，而且还驻扎在开原附近。这个家伙旧地重游，岁数长了，脾性没改，仍然到处酗酒滋事，打架斗殴，时而抢劫百姓财物，人们纷纷到官府告他。但这个家伙依仗自己是卫所军官，手下有着千八百号人马，根本不把地方官放在眼里。开原知府裴松无奈，只好知会奴尔干都司并奏报朝廷，请示缉拿法办。

杨木答兀闻讯以后，不由怒火冲天。此时恰巧他家乡有一伙儿酒友来访，这些野人女真不怕事大，当夜在酒足饭饱之后，他们火烧府衙，抢走财物，携带着杨木答兀的家眷和亲友，连夜逃往珲春河方向去了，企图聚众谋反。

此事传到朝廷，宣宗皇帝震怒，立即下旨给奴尔干都司和辽东各卫所，全力缉拿追剿。杨木答兀率众逃进深山，无处可去，眼见得缺衣少食，行将饿死。万般无奈之中，他想起了自己的恩公、就驻扎在不远的猛哥帖木儿。于是他立即前往斡木河，希望这位大恩人再次救他。

不料猛哥帖木儿的态度与他预想的不同。这位声名赫赫的皇亲国戚，威镇关东的建州左卫都指挥使，虽然出面接待了他，而且置酒相待，却面沉似水，语若寒冰："当年我们在开原马市相遇，那时候你还是个不太懂事的孩子。我看你身子还强壮，有股子敢打敢拼的劲头儿，所以推荐你去从军打仗，希望你能改掉臭毛病，谋个好前程。如今这么多年过去了，你都当了国家的命官了，怎么还是这个熊样子？居然干出这等混账透顶的事情来？如今圣旨已到，各地都在搜剿，你让我怎么救你？我能抗旨不遵吗？"

杨木答兀闻言不快，他一摔酒碗，"呼"地站起来说："是我一时糊涂，铸下如此大错，自知罪责难逃。我之所以来这里找你，一因为你是皇亲国戚，朝廷的重臣，连当今的皇上都是你的孙辈，你能帮得了我，罩得住我！二因为你乃辽东女真的领袖，素怀忠义，名满江湖，族人们都在仰望着你，你不给我们做主，谁来做主？别人管用吗？三因为天高皇帝远，这里你为王。我若能在你这里栖身，谁敢前来搜剿？他又搜得着吗？帮不帮我，就是你一句话了！”

猛哥帖木儿也站起来说：“老夫年过花甲，驰骋沙场多年，这做官和为人的道理还是懂的。如你所言，我是皇亲国戚，朝廷的重臣，也是辽东女真的领袖，族人心目中的英雄，你说得都没错！正因为如此，我才知道，‘四海之内，莫非王土。率土之滨，莫非王臣。’无论汉族人、蒙古人还是女真人，大家都是龙的传人，都是华夏民族的一部分。无论你、我、他，还是别的什么人，我们都是皇帝的臣民，都应该遵守国家的法度，这样国家才会安定团结，百姓才能安居乐业。如果都像你那样，随意杀人放火，抢夺钱财，国家不就乱套了吗？人们不就受难了吗？如今社稷稳定，海内升平，法制严谨，天网恢恢。有功可获彰表，犯罪必须处罚，你能逃得了吗？所以，作为国家的一级地方官员，我既不能隐藏你，也不能私放你。你现在只有一条出路，那就是赶快投案自首，向朝廷认罪伏法，澄清事实，讲清衷曲，或者可以留条活命。今天你来找我，就是相信我，因此我就徇私枉法一回，放你回去，不会立即抓你。我能帮你的，只有这些了！你认真考虑，好自为之吧！”说罢起身送客。

杨木答兀悻悻地回到躲藏之处，垂头丧气地与家人学说，他的妻子和儿女倒是非常清醒。她们认为猛哥帖木儿是个好人，让他去投案自首并没有错，对抗到底只有死路一条。杨木答兀有些犹豫，就去找那几个野人女真喝闷酒。

那几个家伙一听就炸了：“什么？你要去投案自首？你的脑袋让驴踢了还是进了洗脚水了？那不是找死吗？皇上能放过你吗？”“整出个这么大的事情来，你还想活？做梦去吧！”“猛哥帖木儿是个什么人？是皇上的大红人儿！人家想立功！拿你当觐见礼哪！”

“那怎么办？事到如今了，还能真造反吗？就我们这几头烂蒜，行吗？”杨木答兀沮丧地说。

“什么叫行吗？不行也得行！没有退路了！”这拨野人女真的首领胡答剌说道，“与其束手就擒，不如鱼死网破！我听说朝廷以辽东指挥同知裴俊为使，正率领人马朝这里赶来，现已离此不远了！我这就去召集人马，你这边只需……”他对杨木答兀附耳低言数句，脸上露出狞笑。杨木答兀听后频频点头，一拳头狠狠地砸在桌子上，震得茶壶茶碗跳起来老高。

次日上午，杨木答兀派人给猛哥帖木儿送信。信中说，昨天听了大人的一番话，他已经决定投案自首，只是家人和亲友们还有些担心，能否请大人屈尊过去一趟，向众人晓以大义，做出承诺，确保家人和亲友的安全。现在人马已带到离城十里外的槐树岭，就等着过来投案自首了。

猛哥帖木儿览信后就要出发，这时其弟凡察过来劝道："那杨木答兀杀人放火，犯下大罪，昨天就应该扣下监押，等待裴俊将军过来时带走。今天他发信让你前去，说不定里边有什么阴谋。我观此人獐头鼠目，眼露凶光，脑后有反骨，皮笑肉不笑，绝非良善之辈，是开原卫所有名的'五步蛇'。近年来他又与野人女真混在一起，经常同鞑靼部取得联系，怕是又筹划什么坏事了！兄长可要当心啊！"

猛哥帖木儿听后一笑："当心什么？是他们那帮人吗？掐巴掐巴还不够我一把的！想我一生驰骋沙场，什么样的恶人猛将没有见过？还不都是我的刀下之鬼？他们，他们不过是一些癞皮狗！能奈我何。为了朝廷的大业，也为了少杀些无辜的人，我还是去一趟吧！"说完走出辕门，翻身上马，长子阿古忙带领十几个士兵跟了过去。

猛哥帖木儿英雄一生，这回他是上了大当了！他来到十里之外的槐树岭之后，果见杨木答兀的人马都在这里。这些家人和亲友们听了他的一番话，一个个都十分高兴。杨木答兀更是欢喜异常，又是进好茶，又是上水果，极尽殷勤献媚之能事，非要留下他的恩公吃过饭再走。猛哥帖木儿推却不过，勉强坐在桌旁喝了三杯酒。没承想这三杯酒下肚之后，他立即头昏脑涨，眼冒金星，四肢无力，腹中像刀剜一样疼痛。他明白自己中毒了，于是拍案而起大呼曰："杨木答兀！好你、你个五步蛇！你、你往酒里放、放什、什么了！"话刚说完，"噗"的一大口鲜血吐出，"扑通"一声，像座山一样倒在地上抽搐不止。长子阿古同时遇难。

杨木答兀一声冷笑："你什么呀？你中毒了！你中了我的妙计了！亲爱的大人！我的恩公！你到阴曹地府抓我去吧！还好，有你的儿子做伴，不算孤单，你们爷儿俩先在这里躺着吧！我就不奉陪了！我得上你们家取钱去了！听说你老人家的孙女还不错！顺便捎着？哈哈哈哈哈哈！"

杨木答兀一声令下，将猛哥帖木儿带来的士兵全部斩首，然后立即翻身上马，饿狼般带人向斡木河营地猛扑过去。

可是杨木答兀还是去晚了！那边的胡答剌带着人马提前动手，已经完活儿了！原来那工夫正是中午，斡木河营地的城门、寨门和屋门都开着，建州左卫的族人们多数都在吃饭，一点儿防备都没有。胡答剌率领八百多名野人女真一拥而入，直扑猛哥帖木儿家的那座木楼。他们见钱就抢，见人就剁，不一会儿的工夫，就杀死了三十多人，洗劫了所有的财物。部落里的族人们不知道发生了什么事，一时不知如何是好。猛哥帖木儿的弟弟凡察带人前去阻挠，被砍成重伤逃走。次子董山当时只有十五岁，虽然奋起抵抗，砍伤数人，终因寡不敌众，被胡答剌等人生擒活捉。杨木答兀到来之时，胡答剌正带人押着董山往外走。

杨木答兀一见有些懊恼："咱们不是说好了一齐动手的吗？你倒干得痛快！好东

西都让你拿走了吧？真不仗义！这个小崽子就归我了吧？我立马就剁了他，免得留下后患！”说着拽过董山就想动手。胡答剌见状嘿嘿冷笑：“我的千户大人！这可使不得！你别看这位小崽子还是个孩子，他可是真正的皇亲国戚，是指挥使大人的嫡生儿子，绝对不能杀！说不定他就是我的摇钱树啊！”说罢伸手一拦，推开杨木答兀，带着董山向北边逃去。杨木答兀杀人越货，犯下滔天大罪，却又鸡飞蛋打，两手空空，气得他跳脚大骂：“胡答剌你个王八犊子！我骂死你家八辈子祖宗！等让我抓住了你，非把你大卸八块点天灯不可！”随即亦带领家人向北逃去。

待等朝廷特使、辽东指挥同知裴俊来到斡木河，那已是十天以后的事了！指挥使大人全家遇难，整个建州左卫群龙无首，营地里仍然是一片哭声，裴俊见状亦潸然泪下。猛哥帖木儿一生忠义，功勋卓著，到晚年竟落得这般下场，让明军将士无不痛心疾首。裴俊请来近在珲春河口的李满住，与族人们一起，埋葬了猛哥帖木儿父子及其家人，然后表奏朝廷。自己仍率军驻扎斡木河，派人寻找杨木答兀及其同伙的下落。

且说凡察虽然身受重伤，但他心急如火。在得知兄长遇难、董山被掳、家人被害和裴俊到来之后，他不是急着回去安葬兄长、处理族中事务，而是在处理完伤口之后，吊着还在流血的断臂，急匆匆地赶往京城去了。他在朝堂之上声泪俱下，哭诉了惨剧发生的经过。宣宗皇帝闻报大惊，一时悲从心起，热泪夺眶而出：“右都督一生忠勇，功劳盖世，不仅威镇辽东，而且名满华夏，年过花甲了依然恪尽职守，忠心耿耿，毫无骄矜之色，是一位难得的良将、罕见的勋臣哪！谁料想竟然遭到暗算，命丧边陲，真是让朕心痛欲裂呀！”说着由于过度伤感，险些栽倒在御座之上。满朝文武也是一片饮泣之声。

少顷，大学士陈循出班奏道：“陛下失去一位重臣，自当哀伤不已。国家去世一代名将，臣等也是心痛万分。为今之计，是应该迅速稳定辽东局势，以抚慰各族边民之心，还请陛下尽早定夺。”接着吏部尚书杨溥、工部尚书吴中亦纷纷启奏，建议追剿恶徒，严惩罪魁，安抚建州左卫，稳定东北边疆。

宣宗皇帝朱瞻基听罢众臣之言，立即下旨：“着令辽东指挥使司派出人马，追剿潜逃恶寇，务须一网打尽，予以严惩，以慰边疆兵民之心。鉴于右都督猛哥帖木儿全家遇难，敕封建州左卫指挥佥事凡察为建州左卫都指挥使。以户部主事王可仁为钦差大臣，代朕赴边吊唁遇害官兵，抚恤伤亡者家属，赠与财产金帛，助其恢复元气。”散朝后又留下凡察好生抚慰，赐予新的印信、官袍、钑花玉带等物。凡察心中暗喜，迅速地返回辽东去了。

再说杀人罪犯杨木答兀跟随着野人女真一路北逃，在胡答剌的老巢完达山北麓隐藏起来。他们昼伏夜出，四处抢劫，官兵虽数度围剿，但仍然没有抓到。董山生死未卜，让建州左卫的族人们挂念万分。凡察虽然不提不念，但李满住却有些坐不住了！原来他娶了阿古的遗孀金哥为妻，金哥的枕边风一天三遍，催促李满住找回董山，为公爹和前夫报仇。

李满住一是顶不住娇妻的压力，二也看不下凡察的作为，于是他通过毛怜卫指挥哈儿秃从中联络，花重金从胡答剌的手中赎回董山。这一年多董山受尽凌辱，那帮贼徒恶鬼把他当牲畜对待，饿了让他吃屎，渴了让他喝尿，还经常拿他当马骑。他数十次想一头撞死，但一想到大仇未报，又坚强地活了下来。杨木答兀几次想杀死他，都因为惧怕胡答剌反目为仇没敢下手。因为胡答剌早就放出话来："董山是我的摇钱树，我要拿他换钱花。谁若敢背后打他的主意，我立马就剁了他！"这次他拿到了一千两白银，才把董山放了回来。

董山虽然被放了回来，但是已经没有人样了！瘦得皮包骨头不说，头发胡须都长有一尺多长，活像一个野人和疯子，还有些精神失常，说话颠三倒四。凡察带人来过一次，看望一下就走了。亏得嫂嫂金哥悉心照料，他才慢慢地恢复过来，但是暂时还无法视事。

明朝正统三年（1438），李满住由于与凡察不和，几次因为一些小事发生争执，遂在金哥的怂恿下率部南迁，在浑河上游苏克素浒河流域安下身来。此时董山的身体已经痊愈，十八岁的他长得高大魁梧、一表人才，练得武艺精熟、身强力壮。嫂子金哥很喜欢他，本来是要带他一起走的。但是董山死活不肯，他说要留下来为父亲守灵。他多次请求带领人马，去寻找杨木答兀的下落，然而得不到凡察的支持。于是他只好暗中联络族人，等待时机。

古语说苍天有眼，善恶有报，机会还真就来了！明朝正统五年（1440）六月，朝廷下旨，责令建州左卫南迁至苏克素浒河流域，与建州卫的李满住部呈掎角之势，防范蒙古鞑靼部南侵。凡察得令之后，即命各寨整理车辆人马，准备出发。董山拆除木楼、打点行装的时候，从猛哥帖木儿居室的夹皮墙里，意外地发现了三件宝物，即父亲的那封纯银印信、成祖皇帝御赐的镶金银甲和一套官服玉带。这可是皇封的珍贵遗物，是指挥使权力的象征啊！董山的心里乐开了花，他当即带上这些东西，一口气跑到京城去了。

董山来到京城几经辗转，找到了他的姑母黑木格。这位当年的"三皇后"，如今已经六十多岁了，但仍然身轻体健，精神矍铄。见到猛哥帖木儿的这些遗物，她的眼泪立即夺眶而出，哽咽着说："兄长当年何等英雄神武，一生忠义正直，没想到竟然不得善终，家人也落得这般下场！"娘儿两个抱头痛哭，又唠了许多的家常话，然后才把董山引见给英宗皇帝。她意味深长地说："这才是唯一的功臣之后，兄长的嫡亲骨肉啊！如今他是右都督的一棵独苗了！他才是建州左卫指挥使正宗的继承人啊！”英宗听了频频点头，内心里却感到有些为难，毕竟他只有十四岁呀！

次日朝堂之上，英宗皇帝把他的顾虑说了出来：“这建州左卫就那么大块地方那点儿人马，已经有一位指挥使了，那凡察也是父皇封的，持有朝廷颁发的印信，可谓名正言顺。但现在右都督的儿子来了，他还活着，他也拿来了官服和印信，还是成祖皇帝钦封的呢！按理说是唯一合法的继承人。可是一个地方也不能封俩指挥使呀！怎么办？请各位爱卿帮朕拿个主意吧！”

大臣们听后议论纷纷，其说不一。这时候大学士杨士奇出班奏道：“启禀陛下，此事不难。按理说建州左卫只应当有一个指挥使，但再设一个又有何妨？想当年太祖皇帝广设卫所，安抚各族，目的不就是为了稳定边疆吗？凡察将军虽是现任的指挥使，也是先帝册封的，但董山却是右都督嫡亲的儿子，是老英雄唯一的一条根了！出于对已故去的老英雄的追念，激励辽东各部族忠心报国，拱卫边疆，也是对伤亡的女真人家属亲友的抚慰，微臣提议，可以将建州左卫一分为二，让董山和凡察各掌一部，这不就一举两得了吗？”群臣听后皆纷纷点头。

英宗皇帝听罢大喜：“杨爱卿之言甚是，与朕不谋而合。就由杨爱卿拟旨，将建州左卫一分为二，在建州左卫中析出建州右卫。由董山任建州左卫都指挥使，凡察任建州右卫都指挥使，皆在辽东苏克素浒河流域驻扎，以防备蒙古鞑靼部南侵。着令刑部主事高时罗即准备去辽东宣旨，不得有误！”群臣谢恩已毕，英宗退朝。

董山如愿以偿地当上了建州左卫都指挥使，不但让他自己高兴万分，而且在辽东女真族人中大得人心。出于对猛哥帖木儿为人的尊重和怀念，人们纷纷从四面八方投奔而来，使建州左卫这边的实力迅速壮大。就是那些被分拨到右卫的族人，也都认为董山这边才是正宗，于是也陆续地搬迁到左卫。再加上李满住和金哥与董山的关系原来就好，此时更是亲如一家。董山借机招兵买马，积草屯粮，一时名声大振。不久又娶了李满住的女儿春哥，可谓志得意满，眼前一片通途。

然而事实却恰恰相反。董山虽然长得酷似乃父，一举一动也颇有老大人猛哥帖木儿的风采，但是由于他从小不爱读书，只喜欢舞枪弄棒，充其量只是个四肢发达、头脑简单的粗莽汉子。由于他经常打架斗殴，惹祸生事，因此小的时候没少挨揍。猛哥帖木儿一点儿都不喜欢他，什么事情也不告诉他，只把全部希望寄托在长子阿古的身上。父子俩不幸遇难之后，长嫂金哥出于怜悯，没少关心他、照料他、帮助他，希望他重振老大人的家业。如今官是当上了，但是官升脾气长，臭毛病不但一点儿没改，反而变本加厉了！

董山自从当上建州左卫都指挥使之后，一门心思想着为父兄报仇。他一方面撒出大量人马，四处打听杨木答兀的下落，一方面投入大量金钱，托人查找胡答剌等野人女真的行踪。只要发现一点儿蛛丝马迹，他就立即带人猛扑过去，哪怕是跟那伙恶徒有一点儿瓜葛，他都会一刀砍死毫不留情。三年多来他跑遍关东，被他擅杀的也有数百人之多。

明正统九年（1444）秋天，杨木答兀一伙在穆棱河北被董山抓住。董山当即将他们打断双腿，割去舌尖，一直押解到斡木河附近的槐树岭。董山命人在父兄殉难之处挖下深坑，将杨木答兀全家不论老小共四十九口，全部推入坑内，放火烧死。一边烧着一边还恨恨地骂道："我咒你们家八辈子祖宗不得好死！你不是五步蛇吗？这回我让你大蛇小蛇公蛇母蛇一窝端！我让你彻底去根儿！"围观之人尽皆胆寒。

对于董山滥杀无辜和私自处置杨木答兀，地方官府和朝廷虽然大为不满，但是考虑到他为报杀父之仇，发泄心中的滔天大恨，英宗皇帝最终还是原谅了他，并于次年擢升他和李满住为都督佥事。

董山若是见好就收也就罢了，朝廷绝不会再追究他。没想到他把朝廷的姑息看成了软弱，认为他是海外天子谁也管不了了，因而在犯罪的道路上越走越远。他开始带队抢劫，欺侮弱小部落，甚至在抚顺关马市上横冲直撞，抢夺商家的财物。明朝的守边官兵上前阻拦他，他竟然狂妄地说："我的姑母是皇上的曾祖母，连皇上都是我的孙子辈，这关东的江山有一半是我父亲打下来的！朝廷都不能把我怎么样，你们算个什么东西？纯粹是一群看门的狗！给我让开！"说着"啪啪"几鞭，狠狠地抽在那几名军官的脸上，然后大摇大摆地带人走了。

对于董山的胡作非为，朝廷看在老英雄猛哥帖木儿的面子上，一忍再忍。英宗对朝臣们说："右都督功高盖世，是我们朱家的恩人，成祖皇帝临终之时，还一再嘱咐，不要忘记他的厚恩，让朝廷一定要善待他的后人。董山粗莽无知，我看训斥一下也就是了！"于是派出钦差，传旨责备，令董山写出悔过奏章。但是董山阳奉阴违，根本没把朝廷的警告放在心上，稍微收敛了一段之后，不久又是照样复出，还时常骚扰朝鲜边境。英宗去世，宪宗即位以后，董山自以为是三朝老臣，越发骄横无比，目中无人，连常规性的进京朝贡都不再去了。

这还不说，他为了巩固自己在辽东的地位，竟然与蒙古残元势力勾勾搭搭，图谋不轨。明朝天顺八年（1464）正月，鞑靼的加思兰、孛罗忽和满都鲁三部趁新皇登位、朝野尚不稳定之机，阴谋对明朝的西北边境发起攻击，希望建州三卫在辽东出兵策应，以牵制朝廷的兵力。他们派使者给董山送信，相约在三月份共同举事。

当时建州右卫的指挥使凡察早已去世，接替他的是其长孙纳朗哈。纳朗哈才能平庸，无所作为，部族势力较弱。建州卫李满住那边倒是人强马壮，但他老迈昏庸，是非不分，又是董山的岳父，部族中事务多是依赖董山。因此建州女真名义上是三家，实际上都由董山一个人说了算。董山成了建州女真人的领袖，这也是他野心膨胀的原因之一。

董山接到鞑靼部的书信之后，不久即会同另外两部，多次出兵骚扰明朝边境，袭击抚顺关马市，抢劫边民财物，砍杀守边士兵。从成化元年（1465）到成化三年（1467）初，董山率部出击数十次，打死打伤兵民十余万人，弄得辽东地区人心惶惶，鸡犬不宁，边境的报急文书雪片一般飞往京城。宪宗皇帝勃然大怒，即刻就想出兵征剿。宰相李贤冷笑着说："就让他们再胡作几天吧！等我们收拾了西北的鞑靼，再来对付他们不迟。"

成化三年（1467）秋天，朝廷下旨，封董山为右都督，请他入京觐见。董山接旨后高兴异常，立即摆酒庆贺。他抑制不住内心的喜悦，笑着举杯对众人说："我昨天晚上偶得一梦，梦见自己头生双角，然后落在大河之中。今早又有喜鹊登枝叫个不停，果然就有喜事来临了！看来人若交好运，神都挡不住啊！"说罢与李满住、纳朗哈等人一碰而尽。

董山的次子妥义谟此时在座，听了父亲的话有些忧虑地说："阿玛昨夜之梦恐非吉兆。晚辈以为，角字的结构上边是刀，下边是用，头生双角，乃头用双刀之意，所以这次觐见还是不去的好。"

董山闻听心中一凛，吓得脸色都有些变了。他知道这个二儿子虽有些迂腐，但对易经卦术方面却有些造诣，刚才这番话也有些道理，莫非朝廷要对自己下手？联想到近几年来自己的作为，他有些害怕了！手一哆嗦，那杯酒"啪嚓"一声掉在地上。

宣旨的钦差大臣陈文连忙站起来说："哎呀呀呀！二公子此言不妥！不妥！不妥呀！老臣熟读易经，精通卦术，对解梦也略知一二。这头生双角是什么呀？是成龙之兆！那么龙入水中呢？是飞黄腾达呀！何况今早喜鹊登枝，报的就是喜讯嘛！入京面君，加官晋爵，这是天大的好事呀！李满住大人，您说是不是呀？"

李满住此时嘴里正嚼着一只鸡腿，他听后含混不清地说："小孩子知道什么呀？念几天书就胡诌白咧！入京觐见咋不是好事呢？是好事！别人想去还去不上呢！何况不去行吗？那不是抗旨不遵吗？"

纳朗哈刚喝下一杯烈酒，这时也接着说道："右都督那是什么官衔呀？那是统兵的大帅！朝廷的二品大员呀！这么多年来，只有咱们的先祖猛哥帖木儿才有此殊荣！大人能得此封，那可是朝廷的恩宠啊！"

"对呀！对呀！这才对呀！临来之时，皇上还一再提到您祖上的恩德。如今您拥兵数万，威镇边陲，是朝廷的栋梁啊！"钦差陈文发现董山生疑，一再起身敬酒，态度殷勤至极。董山推辞不过，当晚喝得酩酊大醉。次子妥义谟怕父亲出事，守在寝室外一夜未眠。

次日早饭后起程，李满住父子和纳朗哈都来送行。董山把他们拉到一边，叮嘱他们收拢人马，千万小心，一旦发现风吹草动，立即率人马退入山林，然后再迁回斡木河老营。说完一步三回头，极不情愿地跟随着钦差的队伍，骑上马朝西方奔去。李满住率众人伫立良久，直到连董山的影子都看不到了，才一个个转身黯然离去。

没想到董山等人全中了朝廷的圈套，死神正一步一步地向他们走来。按照兵部尚书彭时的谋划，当董山等人来到辽河岸边，一行人弃马上船，那条大木船走到河心的时候，钦差大臣陈文突然宣布朝廷圣旨："将反贼董山拿下！就地正法！"言毕六个辽西大汉一拥而上，刀枪并举，一齐往董山身上招呼。董山虽然勇猛，但他措手不及，顷刻间被砍成了肉酱。他的那颗头颅应了前夜之梦，被扔到河心里顺水漂走了。

几乎就在董山被杀的同时，建州三卫那边也大祸临头了！明军大将赵辅和李秉奉彭时之命，率领三万精骑突然合击建州左卫，董山之子妥罗和妥义谟见众寡悬殊，立即带领族人逃进山林。明军冲进建州左卫，屠杀老幼病残者一千一百多人，烟筒山下当即血流成河。

与此同时，朝鲜国王李瑈奉宪宗皇帝圣旨，派遣大将康纯率领精兵一万，突然袭击建州卫婆猪江（今浑江）营寨，李满住父子及其族人共三百八十多口被杀。建州右卫纳朗哈等人虽然幸免一死，但也被扔进了广宁卫大牢，同时被抓的还有一百五十多人。明军杀人抢劫之后，又放了数把大火，把建州三卫的营寨烧成了一片废墟。

建州女真经过这场浩劫，元气大伤，以后近一百年间也没有能恢复过来。虽然后来明廷又采取了抚慰的政策，于成化五年（1469）秋天下旨，册封董山长子妥罗为建州左卫指挥同知，但由于妥罗软弱无能，另两卫一蹶不振，建州女真一直规规矩矩，默默无闻。

妥罗从受封袭职到正德元年（1506）去世，四十年间曾经五次进京朝贡，弘治年间还被晋为一品都督。妥罗去世之后，其子脱原保承袭父职，也曾多次入京觐见。虽然一直同朝廷保持着密切的关系，但是也没有什么发展和作为，他们这一支脉从此逐渐衰落了。

俗话说，东方不亮西方亮，太阳落了有月亮。董山的嫡传正支萎靡不振，他的另一支脉却悄然兴起。董山有三个儿子，长子妥罗，次子妥义谟，三子锡宝齐篇古。锡宝齐篇古又称为失保奇或石报奇，"篇古"二字在满语中乃"幼子"之意。因为在董山去世的时候，失保奇还是个幼子，只有五岁，族人们便称他为失保奇篇古。长大以后，由于叫顺了嘴了，人们仍称他为锡宝齐篇古。

成化三年（1467）老营遭洗劫的时候，锡宝齐篇古由于年幼，由二哥妥义谟背着逃进呼兰哈达（今吉林省烟筒山）山林。十岁的时候作为人质，同二哥一起被解往京城。二哥妥义谟忧愤而死，他却健康地活了下来。长大后的锡宝齐篇古身材魁伟，相貌出众，虽是沉默寡言，却气质不凡，颇有祖父当年的风度。一个偶然的机会，他认识了宪宗的宠妃万贞儿。这位权倾朝野的万贵妃十分喜欢锡宝齐篇古，多次召他去宫中赴宴，并把他推荐给宪宗皇帝朱见深。成化十七年（1481）秋天，十九岁的锡宝齐篇古经万贵妃保举，被朝廷封为建州左卫都督，并于三年之后回到辽东。

锡宝齐篇古虽然名为建州左卫都督，但是当时的都指挥使是大哥妥罗，他虽有封爵但无实权，因此回到辽东以后，只能在一边过自己的平安日子。除了跟随大哥进京朝贡，他基本上不参与政事。

锡宝齐篇古只有一子，名叫福满。福满人如其名，生得天庭饱满，一脸福相，从小即深得父母的宠爱。嘉靖元年（1522）春天，锡宝齐篇古去世，福满袭父职任建州左卫都督，时已三十四岁。

福满袭职以后，率家人搬迁到赫图阿拉（在今辽宁省新宾满族自治县），开始了以种养为主的农耕生活。这时候的建州左卫已经衰落，名为都督、实为平民的福满胸怀大志，一刻也没有忘记父亲的遗教，始终想着振兴爱新觉罗家族的伟业。他悉心地教育子女，悄悄地积蓄力量，一步一步地实现自己既定的目标。

福满都督有六个儿子、两个女儿，一个个皆身怀绝技，武艺高强，尤以第四子觉昌安最为出众。觉昌安熟读诗书，深通韬略，又善于交际，胆识过人。六个儿子长大以后，福满都督请示朝廷恩准，在赫图阿拉城的周围又修建起六座城堡，距离在五至二十里之间。他让六个儿子各据一城，管辖附近的村寨。六个儿子环父而居，如同众星捧月一般拱卫着赫图阿拉城，一时内外和谐，名声大噪，被称为“宁古塔贝勒。”

“宁古塔”这三个字，在满语中是“六个”的意思。“贝勒”这一称谓，原为女真贵族的称号，最初的意思是指“大人”或者“酋长”，后来成为清朝仅次于亲王或郡王的一个封爵。宁古塔贝勒在建州女真中脱颖而出，崭露头角，逐渐成为方圆百里之内较为强大的一个部落。

宁古塔贝勒声名鹊起，让周边的许多酋长心神不安，纷纷想方设法进行挑衅，最先发难的是栋鄂部的酋长王兀堂。他时常派出骑兵入境骚扰，抢夺族人的财物和牛马。福满都督心中焦虑，急忙请六个儿子入城议事。

众人议论一番之后，大多数人主张针锋相对，与之决战。福满也感到只能靠打了，此外也没有别的办法。这时候觉昌安站出来说：“栋鄂部的行为虽然可恨，但他们也是建州左卫的一支。当年他们随着先祖从斡木河西迁，中途走到栋鄂河（今辽宁省桓仁满族自治县境内岱龙江）边，见那里水草肥美，便安营扎寨住了下来，一晃就是一百多年。如今他们有一城九寨数万人口，凭实力而言，我们根本不是对手。何况他们与我部原本一家，为什么非要刀兵相见呢？古人讲上兵伐谋，我们为什么不能智取？”他向父亲和兄弟们说出了自己的想法，众人皆交口称赞。

原来在建州左卫北面不远，有一个强大的部落叫作哈达部。哈达部是海西女真四部之一，居住在哈达岭西南的哈达河（今辽宁省西丰县小清河）流域，人口有数万之众，军力十分强盛。其酋长王台好大喜功，盛气凌人，最喜欢听阿谀逢迎之言，是个胸襟不宽又贪财好利之人，觉昌安早就对他了解得一清二楚。

在觉昌安的亲自谋划下，经过数次奔走交谈，送去了许多金银珠宝，觉昌安的三哥索长阿与王台成功联姻，索长阿的儿子娶了王台的女儿，两个部落成了儿女亲家。不久，东边的栋鄂部又来骚扰，觉昌安向王台借兵一万，率领着兄弟五人，将栋鄂部的人马杀得大败，一直追到栋鄂河边，迫使栋鄂部向建州左卫屈服，从此宁古塔贝勒名声大振。

觉昌安虽然排行第四，但是在宁古塔贝勒中很有威望。福满都督去世以后，兄弟们自然而然地围拢在他的周围，他成了族人们公认的核心人物。他由此搬进了赫图阿拉城，担负起父兄们委托的重任。

觉昌安育有五子三女，从小即对他们精心调教，长大以后皆弓马娴熟，武艺出众。其长子礼敦善于骑射，百步穿杨的功夫名满关东。次子额尔衮一杆神枪，出神入化，人不能敌。三子界堪手使双刀，能攻善守，招法精奇。四子塔克世天生神力，有万夫不当之勇。五子塔察篇古身轻似燕，矫健异常，手发金镖百发百中，神鬼皆愁。三个女儿不仅都生得如花似玉，而且俱身怀绝技。她们手中的那杆丈八神鞭，取上将之首如探囊取物。子女成人以后，觉昌安学习父亲的做法，让他们每个人去掌管一个村寨，训练一支人马，平日里组织族人打猎、捕鱼和种地，有事的时候带领着人马冲锋陷阵，以此培养他们独当一面的能力。

与此同时，觉昌安还时刻关心和帮助其他的兄弟，经常带领他们去拜访明朝的辽东巡抚和辽东总兵，与他们一起到科尔沁草原去贩马，到抚顺关马市和开原府马市去交易。由于他们与官府的关系极好，因此每年都获得几十道“敕书”。他们带着这些敕书往来于关内关外，用毛皮、人参等特产换回来许多丝绸、铁器和农具，大大地推动了本部落经济的发展。宁古塔贝勒的城堡和村寨蒸蒸日上，一片繁荣和兴旺，令周围的许多部落酋长刮目相看。

但是也有两个村寨的酋长心中不服，一个是黑风寨的董加虎，一个是九道沟的色硕纳。这两个村寨距离赫图阿拉都不算太远，每个村都有二三百户人家，他们都是隶属于建州左卫的一个部落。

说起这位黑风寨的酋长董加虎，他可不是个一般的人物。这家伙身高过丈，腰阔十围，面如锅底，眼若铜铃，络腮胡须挓里挓挲好像钢针，那张阔口咧开如同血盆一样。据说他一顿吃过十斤生肉，喝过十坛烈酒。这家伙站在那里像尊铁塔，骑在高头大马上像跨个毛驴，大胳膊大腿天生神力，喊一嗓子能传出五里开外。

这位董加虎不仅人高马大，而且武艺高强。别看他五大三粗，但是一点儿不笨。他能身披铁甲力搏九牛，把这九头牛全部摔倒，他却脸不变色气不长出。有一年进山打猎遇到二虎，他竟然徒手相搏如戏家猫，把这两个兽王生擒活捉。他手使一根浑铁大棒，足足有一百六十多斤重，挥舞起来呼呼生风，瓦盆粗的松树一棒轻松打断。与人打斗之时不用武器，往往抓起来就扔，就像抛个皮球一样。他还钢筋铁骨，皮糙肉厚，中枝箭就像扎根小刺，根本就不在乎。他凭着一身武力称霸全村，横行辽东，被人称为关东第一条好汉。有一年秋天建州左卫各部落比武，觉昌安的五个儿子一起上阵，都不是他的对手。

但是这位董加虎有个毛病，就是天生海量，饮酒无度，喝多了酒胡作乱闹。他在本寨里老老实实，怕他的老妈揍他，就专门去祸害别的村寨，不是掀翻了人家的房子，就是打死人家的耕牛。到宁古塔贝勒那里也没少折腾，还放出狠话来要撵走觉昌安，住进赫图阿拉城，一度气焰非常嚣张。

对于治服董加虎这样的滚刀肉，觉昌安微微一笑，成竹在胸。他把建州左卫的酋长们全部请来，当着大家的面与董加虎打赌，三天之内要抓住他三次，放他三次。觉昌安采用猎人捕捉猛兽的办法，分别用挖陷阱、罩大网和下踩闸等手段，把董加虎收拾得老老实实、服服帖帖，从此归顺了赫图阿拉，成了觉昌安帐下的一员猛将。

至于九道沟的酋长色硕纳，他与董加虎可不一样。这个人生的高挑精瘦，刀条窄脸，一双小眼睛滴溜溜乱转，满肚子都是鬼主意。他虽然自己武功平常，但九个儿子却个个如狼似虎，打起架来不要命。凭借着这一帮凶猛无比的家伙，三年前他赶走了原来的酋长取而代之，在村寨里横行霸道，族人们谁也不敢惹他。有几次醉酒之后，他还扬言要会会觉昌安，与宁古塔贝勒决一死战。

对于这样一个不知天高地厚的家伙，觉昌安没有采取强硬的手段。他悄悄地撒出人去，渗透到九道沟的村中，告诉九道沟的族人，谁若是愿意投奔赫图阿拉城，每户赠送两条耕牛一匹好马，外加种子、住房和农具。由于九道沟与赫图阿拉距离较近，人们不堪忍受色硕纳父子的欺侮，不断地有人投奔过来。没到一年的工夫，九道沟的族人竟然搬走了十之七八，令色硕纳父子瞠目结舌，无可奈何。在这种情况下，觉昌安又及时派出媒婆，与九道沟村的色硕纳家联姻，把他的三个侄女嫁给了色硕纳的三个儿子。从此两部和好，色硕纳父子对觉昌安俯首听命。

收拾了这两个村寨之后，觉昌安的威望更加高涨，他成了建州左卫实际上的领袖。不但方圆百里之内的女真族人们都认可他，就连明朝在辽东的官员也都刮目相看。明朝隆庆四年（1570），朝廷为稳定辽东局势，敕封觉昌安为建州左卫都指挥使。他这才名正言顺地继承了祖宗的基业，他决心将这一基业发扬光大。

第六回
查反王责归广宁卫　揍色狼祸起费阿拉

且说大明朝自成祖皇帝以来，虽然没少发动对蒙古残元势力的战争，但是始终没能获得完胜。那些蒙古贵族觊觎中原的野心不死，时而归顺，时而反叛，时而藏身于漠北，时而啸聚于边关，去年在西部杀人抢劫，今年又在中部放火屠城，还不忘挑唆女真人在辽东闹事。弄得明朝的守边将士疲于奔命，手忙脚乱，焦头烂额，应接不暇。这不，辽东的女真人这边刚刚安定下来，西部的蒙古人那边又滋事了！数万蒙古骑兵突然出现在甘肃、陕西和山西沿线，边关的报急文书如雪片一般向京城飞来。

隆庆四年（1570）春天的一日早朝，穆宗皇帝朱载垕刚刚坐下，喊堂太监的话音尚未落地，下边的大臣们就争先恐后，奏报不停。

先是内阁首辅、大学士高拱说："启禀陛下，不得了了！出大事了！鞑靼俺答部出尔反尔，出兵扰边。目前他们已经占据了河套，先头部队已到大同关了！"

接着是大学士张居正奏报，说今年黄河水大，冰凌过后已出现多处决口，需要马上动工维修，否则到汛期就麻烦了！工程需要白银一百万两。

第三个奏报的是吏部给事中石星，他竟然喋喋不休地列举了穆宗的九大过失，并据此提出了六条奏议，旗帜鲜明，言辞犀利，让穆宗感到十分难堪。

"够了！够了！不要再说了！"气得穆宗一拍御案，忽地站起来说，"怎么搞成了这个样子？你们都是吃干饭的吗？朕就一个多月没上朝，怎么就堆了这么多的事？下次廷议再无进展，你们就都辞官回家去吧！朕这里不要窝囊废！"群臣听罢愕然，一个个目瞪口呆，不知如何是好。

穆宗见群臣不再言语，接连打了几个哈欠，就想起身退朝，因为他实在太累了！昨天喝了两顿花酒，弄得头昏脑涨，夜晚服下春药，又连驭了四个宫嫔，早已筋疲力尽，哪还有心情听这些破事，若不是大学士张居正带人跪请，他才懒得来呢！

穆宗皇帝刚想转身，就听大学士兼司天监高仪奏道："陛下勿急！臣有要事奏报！此事关系重大，涉及到江山社稷，务必请您听完了再走！"

穆宗有些不耐烦了，"有话就说！有屁快放！早干什么去啦？真是庸才多事！"

这时高仪才端起笏板，跪地奏道："微臣近日夜观天象，见紫微宫中有些混乱。帝星虽然比较明亮，但帝座旁边似有外星侵入，且煞气逼人，十分威猛，恐于陛下和国家不利呀！”

“啊！”穆宗闻听此言，心中咯噔一下子，连忙问道，“此话当真？能否影响朕的江山？当应在何方何人身上？是云南的苗王还是鞑靼的俺答？快说呀！”

高仪闻之不慌不忙说道：“以微臣占卜推之，当不在二人身上。苗王虽然素有异志，帐下兵多将广，但他生性鲁莽，缺谋少断，不日必生内乱，因此不足为虑。俺答虽然武勇，却是好利之徒。陛下若以财物诱之，当可以息兵罢战，也成不了什么大气候。”

穆宗听后着急地说：“既然不是苗王，也不是俺答，那他到底是什么人哪？也没听说过别处有作乱的呀！”

高仪复又叩头说道：“微臣已留心观测多日，发现这股煞气来自东北边塞，从方位上说，反王应藏在辽东异族。目前虽然仍在蛰伏之中，但是其危害不可小觑。诚请陛下早布天罗，及早防范。”

穆宗听罢心惊肉跳，恐慌不安，一时竟不知如何是好。群臣也皆议论纷纷，交头接耳，急切之间亦拿不出什么好办法来。穆宗环视众卿，有些着急，两只手不停地在龙案上搓动。

大学士张居正出班奏道：“天命之君，必有神助。社稷安否，其根在民。陛下不必忧虑，德政可解千灾。依臣看来，星相这种东西，未必就是真的。但我们宁可信其有，不可信其无，只须及早采取防范措施便是！”

穆宗听后心情稍安，随即又接着问道：“听方才张爱卿所言，好像你已经成竹在胸。有什么化解的妙策良方，只管讲来便是。”

张居正闻听接着奏道：“残元势力的瓦剌、鞑靼和兀良哈三部，目前以鞑靼俺答部实力最强，时常扰我山西、河北边境。陛下可调抗倭名将戚继光移镇蓟州，总领河北、山西一带军务。西北名将王崇古足智多谋、英勇善战，可擢其为兵部侍郎兼宣大总督，提领甘肃、宁夏和延绥一带军务。如此一来，西、北两部边疆可无忧矣！”

穆宗听罢心中高兴，忙催着问道：“那么辽东呢？不是说反王藏在辽东吗？”

张居正接着不慌不忙地说道：“至于说辽东异族嘛！尚须未雨绸缪，及早防范。辽东的异族主要是女真人，他们多年在长白山一带活动，拥有一股很大的力量。目前女真各部虽已臣服，陛下又敕封了觉昌安为建州左卫都指挥使，从大局上看来是稳定的，但建州右卫王杲和哈达部王台等人，皆雄心勃勃，素有异志，叛乱随时都有可能发生，应当尽早提防才是。依臣之见，当择一良将镇守广宁卫，屯重兵于辽阳、抚顺和沈阳等地，严密监视各部动向，及时采取相应措施，如有异常，立即剪除。如此一来，即或有反贼和草莽出现，也必能将其绞杀于襁褓之中矣！”

穆宗一听转忧为喜，立即抬起头来高声说道："张爱卿之言说得极是！与朕之心意不谋而合。如今沿海一带倭寇已平，北方异族就成为心头大患！因之调戚继光北御鞑靼，擢王崇古镇守延绥，皆为良策。但不知辽东一带军务，当以何人总揽为宜？此地不是要出反王的吗？用好此人可是干系重大呀！"

此时内阁首辅高拱出班奏道："臣这里倒是有一个不错的人选，这个人就是辽东副总兵李成梁。嘉靖四十四年（1565）都察御史李辅巡按辽东，发现他胸怀大志，谈吐不凡，当即修书把他推荐给微臣，还是陛下恩准，于隆庆元年（1567）一次早朝，特地准许他承袭祖业，任其为险山参将，那时候他还是一个普通的生员。听说这几年屡立战功，是个文武全才的将领。微臣斗胆把他推荐给陛下，不知圣意若何？"

穆宗听了高拱的话，低着头思索了一阵子，他实在想不起这个人了！于是把目光投向群臣，希望能听听群僚的意见。但是朝臣们对李成梁多数不熟悉，就连当过吏部尚书的杨博，也心中无数，说不出个所以然来。穆宗见状有些失望，就想宣布退朝，他想下次再议。

这时候张居正又出班奏道："微臣与李成梁虽未谋面，但对此人的情况却早有留心。此人祖籍陇西，祖上在隋唐动乱之时流落到朝鲜，洪武年间内附回国，即在辽东居住。其高祖李英因积武功，曾任我朝铁岭卫指挥佥事，后代子孙尽袭此爵，始终为朝廷效力，这是一个忠心耿耿的武将世家。"

张居正说到此处停顿了一下，他见穆宗和群臣都在静听，这才接着说道："李成梁字汝器，号引城，生于嘉靖五年（1526）六月，从小即聪明勤奋，博览群书，身手矫健，武功高强。长大后尤爱踏勘山川地理，钻研兵书战策，是一个胸怀大志的青年才俊，在关东诸生之中颇有声望。只是因为家贫，连进京递补的盘缠都筹不上，所以直到四十岁了，却仍然是个生员。蒙陛下格外恩准，他才得袭军职。臣赞同高拱大人的建议，此人英毅骁健，熟悉辽东，镇守边陲，必可建功，诚请陛下定夺。"

穆宗闻听大喜，心中块垒顿消。他高兴地说："如此说来，就依两位爱卿之见，着即由内阁草诏，擢升戚继光为兵部都督佥事授神机营副将，即日移节蓟州，总领幽云一带军务；擢升王崇古为兵部侍郎授宣大总督，提领陕甘一带军务。以上二人应全力防范蒙古残元各部，务必御敌于国门之外。另擢升李成梁为辽东都督佥事授辽东总兵官，移节广宁卫，总领辽东一带军务，严密监视异族动向。一旦发现可疑之事和可疑之人，当毫不犹豫立即剪除，并斩草除根，以绝后患，必要时可以先斩后奏。伏望辽东巡抚和镇守太监全力配合，必须把反王诛杀在摇篮之中，绝不能让他得生存、成气候。如有疏漏，诛灭九族！"

穆宗一拍御案，声震朝堂，冰冷的目光从众人头顶上掠过，吓得大臣们"唰"

的一下全跪下了。高拱、张居正和高仪三人忙叩头谢恩，口称："微臣遵旨！马上去办！"还没等他们抬起头来，穆宗已经哈欠连声，跌跌撞撞地转入后堂去了。

先不说高拱、张居正和高仪等内阁朝臣如何拟旨，也不说戚继光和王崇古何时赴任，镇守北部边关一事，且说这位辽东总兵官李成梁接到圣旨，来到广宁行辕以后，即刻大修戎备，选拔将校，招收家丁乡勇，训练出一支精兵铁骑。这支精兵铁骑虽然人数不多，只有五千人马，但是却由李成梁亲自统率，其部下将领不是他的子侄，就是他的亲友，士兵们也多数是他的家丁和同乡。这支铁骑不仅纪律严明，而且装备精良。每名骑兵皆配有一杆三眼神铳、两把六尺马刀和一百粒广宁飞石。上阵之时，李成梁一马当先，其部下紧随其后，在刀光火影之中，如阵飓风般冲入敌阵，简直是所向披靡，不可阻挡。隆庆五年（1571）五月，大败残元插汉儿部于盘山驿（今辽宁省盘山县内）。次年三月，又在海棠山（在今辽宁省阜新市）南阻击土蛮部，歼敌八百余骑。万历元年（1573）春天，残元朵颜部来犯。李成梁布下口袋，诱敌深入，在镇静堡（今辽宁省黑山县白长门）村北予以围歼，又将残敌追出二百里开外。自此，"李家军"名声大振，残元势力再也不敢轻易来犯。

在蒙古人这边稍微稳定之后，李成梁又把目光瞄准了女真人。当时在整个辽东地区，除了建州三卫之外，还有海西女真和东海女真，加在一起有数十万之众。这些女真人分布在白长山地区、松花江流域和黑龙江流域，地域既广大，成分又复杂，极其难以统驭和管理，经常生事和扰边。因此自打明朝建国以来，这一直是朝廷的一块心病。

海西女真又叫扈伦四部，他们的先人大部分居住在松花江的大屈折处，以及今哈尔滨以东的阿什河流域。由于元代把松花江的大屈折处称为"海西"，因此时人便称其为"海西女真"。明朝中叶以后，海西女真各部先后南迁，因其各自的落脚地不同，裂变为哈达、乌拉、辉发和叶赫四大部族，即历史上所说的"海西女真四部"。

哈达部的先人最初居住在扈伦河（今黑龙江呼兰河）畔，后来迁移到哈达河（今辽宁省西丰县小清河）一带游牧，故称其为哈达部。

乌拉部原来居住在松花江下游，后来迁移到乌拉河（今吉林省永吉县乌拉街附近）一带筑城居住，因而称其为乌拉部。

辉发部原来也居住在松花江下游，曾与乌拉部的族人毗邻，后来迁移至辉发河附近定居，其位置大约在今吉林省辉南一带，所以叫作辉发部。

叶赫部原来居住在今呼兰河以北，后来南迁至叶赫河（今上游叫寇河，下游称清河）流域，故而称为叶赫部。

在海西四部当中，哈达部和叶赫部一度较为强大，他们都曾与建州左卫联姻，最后又都被建州女真所灭。

东海女真的居住地较远，也比较分散。他们大多数在黑龙江以北、库页岛上和乌苏里江一带游牧，有的史书称其为“野人女真”或“七姓野人”。东海女真也泛指居住在辽东边远地区的女真人，后来他们陆续南迁，与居住在长白山一带的女真部族相融合。也有一部分继续留在了边疆地区，清朝建国以后，演变成了鄂伦春、鄂温克和赫哲人，但他们仍然是中华民族大家庭中的一部分。

历史翻到了明朝万历元年（1573）的中秋佳节，这一天塞北风和日丽，位于辽东苏克素浒河畔的建州老营内一片欢腾。费阿拉城堡内到处张灯结彩，喜气洋洋。仆人们正忙着杀牛宰羊，蒸馍备酒，主人们则群聚在大门之外，喜迎嘉宾，真个是你来我往，热闹非常。原来这一天是建州左卫都指挥使觉昌安大人的生日，老营的族人们在庆祝他的四十八岁寿辰，不仅十里八村的寨主、村主都来了，就连百里之外的酋长也都闻风而至。一时门前车水马龙，人流汇聚。院子里香气弥漫，礼物堆积如山。

这一日客人们大碗喝酒，大块吃肉，猜拳行令，你吵我嚷，热闹足足有大半天了，许多人都已经酒足饭饱，进入了半醉的状态，宴会即将进入尾声。觉昌安大人正准备再说几句道谢的话，然后就起身收杯，这时就听叶赫部大人清佳努站起来说：“尊贵的觉昌安大人，您的酒我们已经喝好了！你备的肉我们也已吃饱了！但我们仍然余兴未尽。光吃光喝有什么意思呢？不如找几个美人儿唱唱歌、跳跳舞，那才既饱眼又醒酒呢！大家说怎么样？”

在座的各部落大人均已经喝得晕头涨脑，闻听清佳努之言，一齐“嗷”的一声喊了起来：“好哇！好哇！这个主意好！酒肉就不要了！赶快上美人儿吧！”不知是哪个家伙还蒙头蒙脑地高叫一声：“若是有两个美人儿坐在我的腿上，我还能喝五坛！”

觉昌安见状站起身来，双手一拱笑着说道：“本人庆祝寿辰，各位前来道贺，都是至近的兄弟，理应当尽兴才是！但是清佳努大人提出的这件事，本人事先没有准备。仓促之间，到哪里去找美人儿呀？还请各位兄台见谅才是！”

还没等觉昌安大人坐下，清佳努就嬉皮笑脸地说：“我的指挥使大人，您这就不对了！这方圆二百里之内，谁不知道你们建州左卫山清水秀，美女如云哪！还用准备什么呀？那不是现成的吗？”说着话用手一指二楼亭台上站着的两个少女，“简直美如天仙嘛！嫩得能掐出水来呢！”说完两眼放光，目不转睛，竟然连涎水都流了下来。

众人把目光投向二楼，果然看见栏杆边站着两位少女。只见她二人皆白衣绿裙，蛾眉秀目，满头乌云用蓝绸绾在头顶，一副玉体着件纱裙裹住腰身，真的是肤如凝脂，面若桃花，亭亭玉立，宛若天人，正在掩着口向大家微笑，好像一对孪生姐妹。这些酋长大人们一下子看得呆了！方才还吵吵嚷嚷的大客厅，一时安静下来。

觉昌安抬头一看就乐了，“哎呀呀！我说各位大人！这是我的两个小孙女，她们只有十二三岁，还是两个孩子呀！请各位就不要打趣我了！好吗？”原来这两个孩子是觉昌安的长子礼敦的女儿，也是老大人的掌上明珠，他不想让她们抛头露面。

可是叶赫部大人清佳努不依不饶，他扭过头来大声嚷道：“我说指挥使大人，请您就不要再装孬了！十二三岁还小哇？在我们那里就该嫁人了！再说了，谁不知道咱们女真家的娃子，会说话就会唱歌，会走路就会骑马？！何况这二人天姿国色，分明就是一对仙女嘛！快下来让我们开开眼吧！怎么样啊？啊？你们大伙儿愿意不愿意呀？”清佳努把那张大扁脸转向众人，比比画画的像在煽动。

“愿意！愿意！愿意！快下来吧！让我们开开眼嘛！”这些酋长大人们喝得红头涨脸，酒气熏天，一起吵吵嚷嚷跟着起哄。

觉昌安见状望了望自己的几个儿子，觉得不好驳回众人的面子，冷了今天这个喜庆的场面，于是他苦笑着吩咐身边的第四子塔克世：“去把你的两个小侄女叫下来吧！就给他们唱一曲，走两步，走个过场！你看这种场面，还有什么办法？”塔克世应声而去。

两个少女面带羞涩，脸起红云，手挽着手从二楼走了下来。伴随着一缕好闻的香风飘过，她们已经双双轻盈地站在客厅正中，就好像从天上来到人间。众人屏息静气，目不转睛，一个个如同傻了一般。只见那两个少女虽说只有十二三岁，但却都生得身材高挑、凸凹有致，举止优美，貌若天仙。两个人先是侧身一礼，然后便轻启朱唇，慢展歌喉，手拉手肩并肩地唱起来。那歌声一会儿若高山流水，一会儿似小溪叮咚，一会儿像风入山林，一会儿如珠落玉盘，真乃人间妙曲、天籁啊！令众人赞赏不已，啧啧称奇。

两个少女唱了两曲之后，然后便载歌载舞，旋转起来。她们时分时合，忽高忽低，一会儿像苍鹰翱翔，一会儿像彩蝶飞舞。二人配合默契，如影随形，玉臂轻舒，天足婉转。细腰在歌声中款扭，酥胸在俯仰时微露。移动之中翩若飞鸿，顾盼之间含情脉脉。把个众人看得目瞪口呆，如醉如痴。那位叶赫部大人清佳努，竟然摇头晃脑，跟着哼唧起来。

此时此刻，主桌旁边的图伦城主尼堪外兰，就更加坐不住了！他有一个著名的绰号叫作“图伦邪主”，平生最好女色。他不仅睡遍了自己城堡内有些姿色的女人，还时常到弱小村寨诱骗或抢掠。这时候见到两个如花似玉的少女，简直连魂都丢了！他先是两眼直勾勾地看着，哈喇子都洇湿了他的长袍。紧接着他便身不由己，在酒桌旁边站了起来，左手端着半碗残酒，右手抓着一块鹿肉，趺趺撞撞地走到客厅中间，非要给两位少女敬酒，嘴里还嘟嘟囔囔地嚷着：“喝！小美人儿！喝！”已经口齿不清，语无伦次。

两个少女见了急忙躲闪，吓得花容失色，跑到一边。那尼堪外兰酒已半醉，色胆包天，竟然在众目睽睽之下，伸手拽住一位少女的衣袖，一把将那位少女揽在怀里，伸过自己胡子拉碴、臭气熏天的嘴巴，去亲吻那位少女鲜花一般的脸蛋，被那位少女一个急劲儿推开。

此时觉昌安的几个儿子早已气得七窍生烟，恨不得一齐下手把尼堪外兰弄死。那两个少女的父亲礼敦已经拔剑在手，怒不可遏，只是碍着父亲的脸面暂时没有发作。觉昌安虽然知道这些酋长都是粗人，酒后变态越格是常有的事，但也觉得今天这个场面有点儿太过分了！于是他站起来高声喝道："图伦城主不得无礼！今天你的酒喝高了！我们改日再叙，今天的宴会到此结束。小的们，给我打帘子送客！"他的本意是想息事宁人，毕竟来的都是客嘛！

但是尼堪外兰不知好歹，他非但不就高下驴，到此收场，反而认为是觉昌安不给面子，让他下不来台。加上叶赫、哈达等部落的酋长在一旁阴阳怪气，一个劲儿拱火，于是他恼羞成怒，冷笑连声，趁着那两个少女不注意，一个冷不防，硬是把那块鹿肉塞在一个少女的嘴里，并把左手那碗酒向另一个少女灌去。那位少女右手一抬，尼堪外兰手中的酒碗"啪嚓"一声掉在地上，摔得粉碎，众人一见，皆大惊失色。

尼堪外兰一蹦老高，正待发作，忽然门帘一挑，一个壮美少年从外间"嗖"地跨入。他就势左手抓住尼堪外兰的脖颈，右手揪住尼堪外兰的腰带，"嘿"的一声高高举起，朗声喝道："你一个小小的图伦城主，万八千人的头儿，喝点儿黄汤就忘乎所以！难道你就没有妻子儿女、兄弟姐妹吗？这里是堂堂的建州老营，指挥使大人的府第，怎能容许你在此胡作非为？你若再敢动手动脚，信不信我马上就摔死你！"

那图伦城主尼堪外兰虽被高高举在半空，四肢挓挲着只有挣扎的份儿，但他有几坛老酒在肚中壮胆，因此嘴上并不服输。他呼哧带喘地大声嚷道："哪里钻出来的野小子？有人养没人教的东西！怎么这般没大没小？爷爷我是指挥使请来的客人，你也敢动我？赶快把我放下！否则我让你祸灭九族，不得好死！"

"哼？瞎牛子落在过梁上，玩意儿不大，架子不小！癞蛤蟆打哈欠，模样不咋地，口气倒挺大！我倒看看你有多大的能耐！"此时从主桌旁忽地站起一个人来，像阵风一样，"嗖"的就来到了那少年的身边，右手抡圆了"啪嚓"一个大嘴巴，立即扇得尼堪外兰嘴斜眼歪、鼻孔蹿血，"你算个什么东西？也敢在这里大言不惭？你也不打听打听，这两个孩子是谁？她们是我家没过门的儿媳妇！有我王杲坐在这里，你还敢放肆？我看你是活腻歪了吧？阿台我儿，把他放下来，让他磕头赔罪！"

王杲方才这几句话外加一巴掌，把在场所有人的酒都震醒了！包括清佳努和王台在内，谁也不敢再咋咋呼呼、吵吵嚷嚷，大厅里一时鸦雀无声。人们都明白，王杲是谁呀？他是当今女真人的大英雄啊！从祖上说，人家王杲同觉昌安一样，都是老英雄布库里雍顺的后代。觉昌安是右都督猛哥帖木儿的第四代孙，王杲是建州右卫都指挥使凡察的第四代孙，在整个关东地区都有着崇高的威望。从现实说，王杲从小熟读诗书，同时刻苦习武，长大后精通北方六族语言，胸藏文韬武略，尤其是胆识过人。他凭着一身好本事，率领部众发奋图强，在苏克素浒河畔的古勒山上修起古城和营寨，在山下派兵设卡，掐住辽东女真各部通往抚顺关的咽喉要道，不仅控制了整个地区的贸易，而且还让各个部落听命于他，他成了辽东女真实际上的领袖，被拥戴为建州右卫的大都督。他曾多次带领女真族的勇士们冲破关卡，到抚顺关和开原府马市去贸易，也曾数次除掉刁难他们的明朝官员，是唯一敢和朝廷叫板的人。他一出面说话，这场面基本上就可以摆平了！因此人们都站起身来，准备退场。

不知尼堪外兰是真的心中有底，还是他今天真喝蒙了！建州右卫大都督王杲的一巴掌，不但没有震住他，反而让他怒火万丈。他一挺身子高声骂道："我不是东西，你就是东西吗？吃了大伙儿多少黑钱，还有脸在这儿说三道四？你今天敢下手打我，咱们明天走着瞧！我是武大郎卖棉花，人囊货软，但是有硬的！我虽然治不了你，可是有人治得了你！信不信你会死得很惨？"

王杲闻听怒不可遏，"唰"的一下抽出腰刀，就想把尼堪外兰剁了！觉昌安一见事情不好，急忙出手拦住。那少年见状气急败坏，一脚踹开客厅的大门，双臂较力，"嘿"的一声抛出，一下子把尼堪外兰摔出去两丈多远。只听得"啪嚓"一声，尼堪外兰像口死猪一样摔在地上，哼唧了几声就不动了。

觉昌安奔出门去见还有气，忙招呼老萨满赶快抢救，并嘱咐尼堪外兰的从人，将其拉回图伦城去好生将养。众人见事不好，悄没声息的不一会儿都走了。王杲父子虽然打了人，但纯粹是为了给自己出气，觉昌安也不好再说什么。一场寿宴闹得不欢而散，但是时间长了，人们慢慢地也就淡忘了。

别人也许都忘了，但是尼堪外兰没有忘，也忘不了。王杲的那一巴掌，扇掉了他的三颗门牙，至今还咽在他的肚子里。阿台的猛劲儿一摔，让他折了四根肋骨，在火炕上躺了半年才爬起来。他在疼痛之中暗暗发誓："王杲你这个老王八蛋！你等着！我若不报仇雪恨，就不是爹生娘养的！"他把牙齿咬得咯嘣咯嘣直响，慢慢地寻找着报仇的机会。

没想到机会还真就来了！次年三月，也就是万历二年（1574）的春天，建州右卫大都督王杲的小女儿出嫁，图们堡主索拉图派出队伍去迎亲，因为过边门时没给明军哨官塞份子钱，受到守边官兵的刁难，索拉图的儿子和迎亲的人马全被扣在哨卡里。王杲的部将来力红闻讯前去要人，与守边的明军将士发生争执，双方从对吵、对骂发展到对打。来力红一怒之下，将五个守边士兵抓回大寨，关押起来，想以此换回迎亲的队伍。

明军守边备御使裴成祖得到消息，集合邻近明军三百多人，来到建州右卫的大寨，企图强行带走被抓的士兵。来力红据理力争，提出交换，否则绝不放人。裴成祖依仗自己是朝廷命官、边关守将，根本没把这些女真人放在眼里。他一边破口大骂，一边耀武扬威，硬往里闯，一连砍翻了好几名来力红的部下。来力红忍无可忍，勃然大怒，一声长长的呼哨，上千名女真人舞枪弄刀，飞奔而来，立即把裴成祖等人围在垓心，一个个五花大绑，像捆粽子一样，把明军将士扔进了大营。

把守抚顺关的明军千总王勋接到报告，大惊失色，“真是反了天了！难道这帮人想造反不成？”他一边急命把总刘承亦带兵驰援，一边就近抓来数百名女真人当人质，一齐押着向出事地点走去。

王杲听到消息，立即带领三千人马迅速赶来，双方在来力红大寨之前发生混战。明军寡不敌众，一退再退，最后被逼在一个小山坳里。万般无奈之中，刘承亦下令拿被抓来的人质开刀，一连杀死了数十名手无寸铁的女真人，用以进行恫吓。王杲在盛怒之中丧失理智，将俘获的裴成祖和刘承亦等明军将士开膛剜心，悬首示众，并率领数千部众攻打关门。吓得抚顺关守将崔明进几乎晕倒，急调人马前来增援，事情已闹得难以收拾。

那图伦城主尼堪外兰听到这个消息，如同骑毛驴吃豆包，简直乐颠馅儿了！他毫不犹豫地骑上快马，星夜兼程直奔广宁卫，向辽东总兵官李成梁报信去了。他相信自己这次会时来运转，不仅大仇得报，借官兵之手除掉王杲父子，出了胸中这口恶气，还可能因此立功受奖，说不定弄个建州卫的首领当当。那自己可就是癞蛤蟆上灵霄——一步登天了！他想着想着，抑制不住内心的喜悦，竟然偷偷地笑出声来。

说起尼堪外兰这个人，还真就不一般。实际上他不叫这个名字，他叫布库禄。“尼堪”在满语中是“汉人”的意思，而“外兰”这两个字，可以理解为“通司”或者“秘书”。布库禄这个人虽然诡诈奸猾，品性极差，但是头脑却很聪明。他明白在四周强大的建州三卫和哈达、叶赫等部落的包围之中，自己那个万八千人的图伦小城，只能算一个弹丸之地，根本就不堪一击。为了在强手如林的博弈中站稳脚跟，他必须借助外力去寻找靠山，而这个最大的靠山就是朝廷。

于是在尼堪外兰当上城主的那一天起，他就不顾一切地去巴结明朝的官员。广宁卫的“镇守三司”和抚顺城的游击将军，都是他重点行贿的对象。李成梁刚就任辽东总兵那一年，他一次就送去五十匹好马、五十斤人参、数十张貂皮、十来架鹿茸和四名美女，受到李成梁的热情接待。当然李成梁看中的不仅是他的东西，而是他的特殊身份和地位。他也心甘情愿地给李成梁当耳朵、做眼线，刺探情报，传递消息，并以此在女真人中间狐假虎威、趾高气扬。人们当面叫他尼堪外兰，那是恭敬的话，背后则称他为“汉人的奴仆、官府的走狗”。

这位尼堪外兰来到广宁卫，一进总兵府的二门就大喊大叫：“快去告诉总兵大人！出大事了！王杲父子反了！他们聚集了上万人马，正在攻打关门呢！”

其实李成梁在尼堪外兰到来之前，就已经接到了抚顺关的快报，正在考虑如何处置这件事。他知道朝廷对待女真人历来是既镇压又安抚，并不能彻底剪除。如果这个分寸把握不好，一旦事情闹大，被追责任吃大亏的肯定是自己。他正在踌躇是否发兵，听到尼堪外兰一劲儿喊“反了！反了”，不觉眼前一亮。原来自打他担任总兵官这四年多来，大小胜仗也打了二十几场，蒙古残元势力的土蛮部和朵颜部，现都已被他赶到了漠北，朝廷为此也多次褒奖。但唯有一件事对他不满意，那就是让他查剿辽东反王，至今还一点儿头绪都没有，这让他一直心头沉重、寝食不安。

老皇帝朱载垕归天以后，小皇帝朱翊钧即位。小皇帝虽然只有十几岁，对这件事还不甚明白，但内阁首辅却心亮如灯，盯得很紧。张居正大人一年三次派员询问，让李成梁一直战战兢兢。只是辽东这一段比较安定，始终没给他立功的机会。方才听尼堪外兰添油加醋这么一说，李成梁突然预感到自己的好运终于来了！你说你王杲这个家伙，本来随母姓喜塔喇氏，名叫阿古，却偏偏自立为建州右卫的都督，还叫什么王杲，在辽东女真之中称王称霸。那王杲是你该叫的吗？“王”字就不用说了，大家都明白，“杲”字呢？那是明亮的太阳！这不是触犯了皇家的大忌讳吗？

还有，听说你王杲多年来一直为非作歹，杀害过不少朝廷的官兵。你若是蔫不登地眯着也就算了，朝廷也许会放过你。可你竟然兴兵作乱，攻打边关！你这是作死呀！这就怪不得我了！好了！你就是反王了！我正好拿你向朝廷交差！想到这里，李成梁杀气顿生，微微一笑，着实把尼堪外兰夸奖了一番。然后立即下令，调集广宁四卫五万人马，连夜出发，由尼堪外兰带路，直接向王杲的老巢古勒山城扑去！

第七回

李成梁发兵败王杲　小罕子擒敌救外公

这古勒城是建州右卫的王城，其位置在今天辽宁省新宾满族自治县上夹河镇古楼村至胜利村一带，距建州左卫的老营费阿拉只数十里。西北面离哈达部、叶赫部很近，东北面距辉发部和建州卫也都不远，古勒城位居其中，就修建在古勒山上。

古勒山的地形很独特，它是一座东西走向的断山，东、北、南三面环山，西面临水，山顶平坦宽阔，整个形状像一条静卧在平原上的巨龙，因此当地人也叫它龙头山。古勒山的龙头在西，头抵苏克素浒河（今称苏子河），山北又有五龙河注入，古来就有六龙戏水之说。当年王杲的父亲多贝勒率部族游牧至此，立即看中了这块宝地，下令在此安营扎寨，居住下来。王杲担任部落首领之后，这才大兴土木，招兵买马，在这里修建起一座王城。

据有关资料记载，贝勒王城当年建造得十分宏伟坚固。它修有内外两城，内城周长八十丈，外城周长四百多丈，城外还有木栅营寨和防卫平台二十多处。城高接近八丈，宽度超过一丈，周围还修有堑壕，布有鹿砦，可谓高峻陡峭，易守难攻。

为了与古勒山城互相策应，王杲又率领部众在古勒城的西面，隔河不远修建了一座沙济城。两座古城像一把巨大的钳子，掐住了苏克素浒河（今苏子河）上的水道，等于锁住了女真各部通往抚顺关马市的咽喉。王杲据此交通之利，招兵买马，收取路捐，很快聚敛了大量的钱财，并使各部均屈从于他的权威之下，他成了辽东女真的无冕之王。王杲也因此扬扬得意，踌躇满志。不过两城竣工之日，当时就有一位风水大师对他说过："此地六龙戏水，附近当有王者兴起。但是一龙断头在前，却非吉祥之兆。因此古勒山城虽高踞于平川之上，却终非王者久居之所。奉劝大人另择良址，此地不可久留啊！"王杲听后微微一笑，并未在意。他岂肯放弃这条黄金水道？轻易离开这块发财的宝地？不曾想祸事还真的就来了！

明朝五万大军兵临城下，王杲很快就得到了消息，急召部下商议对策。大将来力红有勇有谋，首先说道："明军气势汹汹，人马又是我们的五倍，以城中现有兵力和粮草武器，恐怕很难与之对敌。如果依城固守，王城早晚要破。到时候玉石俱焚，岂非得不偿失？依末将看来，我们不如扬长避短，与之周旋。我带五千精壮人马守城，大人率其余各部及军民人等，趁明军尚未合围之前，迅速撤入山林。留得青山在，不怕没柴烧，明军走了我们再回来，请大人斟酌。"众将闻之纷纷赞同，一致请求王杲先走。

听罢众人之请，王杲一言不发。他习惯地拿出铜钱占了一卦，结果卦象大凶。他又连占两卦，皆是如此。众将见了大惊失色，他却泰然自若，站起来说："大战在即，凶多吉少！看来我们建州右卫的劫数到了！值此生死存亡的关头，我岂能抛下众位自己逃命，弃祖上王城于敌手？任部族亲人被屠戮？这岂是我王杲所为？请来力红将军带领族人先走，我要在此与敌人血战到底！"

众将闻之皆流泪跪请："不可呀！大人！建州右卫只要您在，部族就有复兴之日！我等皆战死亦含笑九泉！大人快走吧！"

"不要再说啦！我王杲上敬皇天下敬后土，不能对不起我的兄弟，更不能丢下我的族人！明军是冲着我来的，你们尽可以相机逃命，以后自会有再见之日！"他环视着诸将和自己的三个儿子阿台、阿亥和王太，"你们跟随着来力红将军，掩护着族人们先走！不要再迟疑了！还有你们两个，"他右手指着过来串亲的努尔哈赤和舒尔哈齐两兄弟说，"也随着族人一齐走！告诉你们的爷爷，不要掺和古勒山城这里的事，否则也会大难临头的！"

十五岁的努尔哈赤紧紧拉着弟弟的手说："我们为什么要走？我们不能走！我们要保护外祖父，我要同您在一起！"

王杲闻之眼噙热泪："可你还是个孩子呀！难道你就不怕吗？"

"不怕！不怕！一点儿都不怕！"努尔哈赤挺起胸膛大声说道，"在孙儿的眼里，那就是一群豺狼！而我呢？是咱女真人的猎手！有猎手怕豺狼的吗？"

"说得好！这才是我王杲的外孙哪！恐怕咱辽东女真人未来的希望，就寄托在你的身上了！"王杲说完，旋风般率众将走出房门，安排防卫去了。

且说李成梁率领着五万明军，有尼堪外兰带路，很快就接近了古勒山城。李成梁骑着高头大马，绕城一周，详细观察了一下山城的地势，然后就命火炮营架起土炮，从正南和东北两个方向，向古勒山城发起猛攻。四十多尊土炮同时开火，立时炸得山城内房倒屋塌，硝烟四起，隐约间传来阵阵哭喊之声。炮声过后，明军听城内并无动静，立即架起云梯，争先恐后，向城上爬去。上千架云梯搭上城墙，几万名士兵嗷嗷怪叫，那场面令人震撼，慑人心胆。李成梁一身戎装，骑着战马，在数十名战将的簇拥之中立于门旗之下，手捋着胡须微微冷笑："王杲哇！王杲！我看你还能狂到哪里去？你的末日到了！"

没想到李成梁的话音未落，城墙上忽然一阵呐喊，上万名建州女真不知从哪里钻了出来，滚木礌石如暴风骤雨，倏忽之间从天而降，砸得云梯上的明军纷纷落下，打得他们骨断筋折，哭爹喊娘，惨叫之声不绝于耳，明军的这一波进攻遭到失败。

李成梁屹立在门旗影里纹丝没动，他接过马弁递过来的一碗热茶，右手向身旁一招，立时就有四名偏将蹿了出去。不大一会儿，炮声又起。那一声声带着火光的巨响，震得大地微微发颤，惊得昏鸦四处乱飞。硝烟之中旗幡招展，明军的又一波进攻开始了！十几名偏将扯着破锣一样的嗓子，高声大喊："活捉反王，赏金千两！杀死王杲，封官晋爵！给我冲啊！"明军士兵齐堆打团，像一群被驱赶着的牛羊，又一次向山城扑来。

王杲和来力红等人隐身在堞口之后，见明军扑来并不着急。待等到大部分明军全聚集到城墙之下，许多人已经爬上云梯，有部分士兵即将登上城头的时候，王杲突然跃起一声呐喊，城头上矢石如雨，刀剑齐下，爬到半路的明军立时像秋天的落叶一样，随着狂风就飘了下来。偏将于志文、秦得倚舞着马刀，高喊着："不准撤！不要跑！再给我上！"话音未落，就被王杲和来力红每人一箭，穿了个透心凉，"扑通、扑通"两声，栽倒在城墙之下。打旗的明军士兵见状掉头就跑，被努尔哈赤一个飞石，"啪嚓"一声打了个前趴，倒在地上不动了。明军如落潮一般又退了下来，城墙下的尸体堆积如山。

几名败阵的偏将跌跌撞撞，跪倒在李成梁的马前，吓得战战兢兢，不敢言语。阵前的战将们见两攻受挫，心生忌惮，也无人再敢出马请战。李成梁见状心中恼怒，面露愠色，正待发作，忽有士兵来报，说建州左卫都指挥使觉昌安父子求见，急令快请。

原来李成梁兵发古勒山城，虽然王杲未曾知会左邻右舍，但作为儿女亲家，觉昌安闻讯后还是坐不住了！他明白这次王杲凶多吉少，官军是动了真格的了！说不定建州右卫会被彻底剿灭。几个儿子听说后吵吵嚷嚷，都主张出兵相救，他知道那是白白送死。就自己这几千人马，不但救不了王杲，还会连整个左卫都搭进去。然而唇亡齿寒，利益攸关，自己又不能坐视不管。于是他决定直趋军前，劝王杲负荆请罪，开城投降，或者可免一死。四子塔克世救岳父心切，一起飞骑前往。

父子二人到阵前行礼已毕，觉昌安趋前一步开口说道："启禀大帅，王杲冲撞官兵，行为不端，有悖国家法度，理当受到惩处，在下心领神会。但古勒山城城高墙固，王杲等人又骁勇异常，如果强攻硬取，恐怕损失惨重。在下斗胆请求入城劝降，不知大帅尊意若何？"塔克世在一旁也请求同往。明军将领们闻之交头接耳，议论纷纷，多数都表示赞同，他们一齐向总兵官投来征询的目光。

李成梁听了觉昌安的话，也觉得劝降可行。在当前进攻受挫、别无良策的情况下，这未尝不是一个好的办法。但他思虑长远，心机很深，没有立即表态。他喝下一碗清茶，仰望着天上的流云，权衡着眼前的利弊。他觉得此番兴师动众，全军已喊出擒拿反王，如果不能取得完胜，自己将无法向朝廷交代。他耳听着身后的松涛，左手慢慢地捋着长须，右手的马鞭在长靴上轻轻地磕动。此时此刻，他好像不是一个统领着千军万马在阵前厮杀的统帅，而是一个充满闲情逸致与人结伴春游的书生。他那张坚毅如铁毫无表情的脸，让人捉摸不透他此刻正想着什么，弄得觉昌安父子满腹狐疑，心神不安。

忽然间天上流云飞动，身边旌旗猎猎，骤起的南风把松林吹得哗哗作响，山城下已卷起阵阵扬尘。李成梁一捋长须哈哈大笑："天意呀！天意！天助我也！反王死期已到，还招降干什么呀？现在即或他束手就擒都晚了！都是他自己胡作的哟！来人哪！传令下去，给我放火箭，用火攻，烧死他们！烧焦他们！哈！哈！哈！哈！哈！哈！"李成梁的笑声古怪瘆人，觉昌安听了后直打冷战，心里头发紧，他明白王杲这会算彻底完了！

觉昌安的预料一点儿也没错。随着李成梁一声令下，明军的上万枝火箭"唰"地飞出，风助火势，满天飞花，一瞬间全落在城头之上，古勒城内如同打翻了老君的炼丹炉，立刻烧起冲天大火。燃起的房屋被烧得"啪啪"作响，肆虐的浓烟呛得人们涕泪横流。城内的人们不知所措，乱跑乱叫，墙上的士兵们也自顾不暇，乱成一团。明军趁机发起进攻，喊杀之声如惊涛骇浪。

王杲立身于垛口之旁，见明军纷纷登上云梯，有的已经接近城头，而自己的士兵大多已失去了抵抗能力，不禁老泪纵横，仰天长叹。他明白大势已去，城池必破。自己死不打紧，岂能连累众人？何况还有老人和孩子呀！于是他果断地一挥手，大喊一声："撤！"就带着将士们跑下城楼。

城里到处烈火熊熊，局面已经无法收拾。士兵们被呛得抱头乱跑，身后已有明军杀来。来力红见状不由分说，立即对阿台、阿亥和努尔哈赤等人喊道："你们保护着大人往西跑，乘快船走水路，从那里逃出去！我带着其他人往东跑，把明军引过去！"

王杲望着这个与自己同生共死二十多年的战将，眼含热泪一把抓住来力红的肩膀："王城即将被破，族人惨遭屠杀。兄弟们都将战死，兄长我岂能独生？我要与王城共存亡！"阿台、阿亥和王太也一齐喊道："我们要与大家共同战死！"

来力红闻听此言，"扑通"一声跪下了，"大人糊涂哇！战死容易，报仇何难？算我求您了！您快走吧！给咱建州右卫留条根吧！你总不能让孩子们都死在这儿吧？"

努尔哈赤跟在外祖父的身后，一点儿也没有惊慌，他感到来力红说得有道理，这时也跟着劝道："来将军说得甚是！只要人尚在，才能报大仇！躲过这一劫，我们还有出头之日呀！"

王杲还在迟疑，他不忍心丢下部众，自己逃生。这时有一群士兵跑过来大声喊道："不好了！大人快走！明军杀过来了！"来力红抬头一看，见不远处旌旗飞动，大队明军已经冲了过来。事急不容多想，来力红霍地站起，趁王杲不备，一掌将王杲打昏，然后对努尔哈赤兄弟大声喊道："快保护着大人向西！其余的兄弟们，跟我来！"他一边说着话，一边三下两下扒掉王杲的黄色战袍，"唰"的一下披在自己的身上，打马率众向东边奔去。

这时候明军已经杀了过来，尼堪外兰一马当先充当向导。浓烟之中他发现一哨人马向东跑去，急忙大声喊道："抓住那个穿黄袍的！他就是王杲！"明军将士们都想立功，闻听此言人人奋勇，个个争先，"嗷"的一声就冲了过去。不大一会儿，来力红就死在明军的乱箭之下。

躲在浓烟中墙角处的阿台见有机可乘，立即背起王杲向西逃去。阿亥和王太在前边带路，努尔哈赤和舒尔哈齐跟在阿台身边断后。他们随着奔跑的人流走街串巷，很快就混出了西城门。明军的官兵虽然在满街搜捕，但是由于浓烟漫漫，局面混乱，他们又是几个穿着便装的小孩子，明军把他们当成了逃难的百姓，因而侥幸脱险。前边就是苏克素浒河的码头了，那里备有好几条快船，几个人都暗暗地松了一口气。

正当阿台停下脚步，哥儿仨搀着王杲，即将登上船头的时候，忽然间柳林中一声锣响，明朝的官兵像从地底下钻出来一样，"唰"的一下就横在码头前面，把王杲一行人围在了中间，吓得这小哥几个冷汗顿出，差点儿瘫在地上。

这时就听一人高声喝道："小兔崽子！哪里逃走？！我奉大帅之命等候多时了！赶快束手就擒，否则剁成肉酱！"几百名士兵舞枪弄刀，杀气腾腾，跟着那名领头的将官齐声呐喊，惊得刚来的水鸟"唰"地飞去，吓得王太几乎哭出声来。

面对这种突如其来的场面，阿台显得有些手足无措，直愣愣地站在那里一言不发，只是在眼睛里喷出愤怒的烈火。阿亥这个愣头青攥紧手中的短刀，就要冲上前去拼命。舒尔哈齐则紧紧靠在哥哥的身边，努尔哈赤感到他的身子在微微颤抖。

这时候那个明军将官走上前来，用长枪指点着王杲微微冷笑："这是什么人？为什么自己不走，却要你们背着？该不是那个反王王杲吧？王杲！王杲！你醒醒！我来接你了！"

没想到这位明军将官破锣似的一嗓子，居然把王杲给喊醒了！他揉揉眼睛忽地坐起来："谁没大没小的？王杲也是你叫的吗？"他脑袋昏昏沉沉，脖颈十分酸痛，一阵阵天旋地转，两只眼金花乱飞，尚不知道身在何处和发生了什么。

那位明军将官一听就乐了，"呀呵？大帅还真是神机妙算！该着我牛开江升官发财呀！弟兄们，给我上！抓住反王献给皇上，每个人能赏一百两银子！"说着一阵仰天大笑，笑得差点儿背过气去。

明军士兵们一拥而上，眼看就要扑到王杲的跟前。说时迟，那时快，只听"唰"的一声轻响，一个人影儿"嗖"地飞到了那位将官的身后，一把闪光的短刀"啪"

的一下，就顶在了那位将官的咽喉。那将官欲待挣扎，又感到右臂突然钻心一般的疼痛，手中那杆长枪“啪嚓”一声掉在地上。原来是自己的手腕已被来人拧在了身后，他现在是熊瞎子掉陷阱，一点儿也动弹不得了！一霎时在场之人全愣住了！

这时只听那来人轻声喝道：“让你的士兵滚开！放我的同伴上船！否则我马上一刀就捅死你！让你到阴曹地府发财去吧！”说话间手腕轻移，割破表皮，那将官马上杀猪一般大叫起来。

“好汉饶命！别杀我！我放你们走便是！”那将官吓得浑身发抖，张口结舌，“快、快、快让开呀？！让王、王杲大、大人上船！出、出了事我担、担着！快呀！快呀！”

此时王杲已经清醒，他见明将被努尔哈赤逼在那里，立即热泪盈眶，高声喊道：“外孙哪！我的好外孙！我若是走了你怎么办？外祖父年岁大了！我跟他们走！你领着他们哥儿四个逃命去吧！”

努尔哈赤亦眼噙泪花，“外祖父！您快走吧！李成梁不会放过您的！再不走就来不及了！不用担心我！外孙我自有求生的办法！阿台！你赶快扶着外祖父走啊！快呀！”说话间右手用力，那牛开江又疼得大叫起来，明军士兵们极不情愿地向后退去。

此时阿台见情况紧急，不容迟疑，忙搀着王杲带着弟弟，“嗖、嗖”几步跨上快船。舒尔哈齐在岸边解开缆绳，兄弟三人绰起木桨，同心协力，小船箭一般向远处驶去。

明军士兵眼睁睁地看着王杲父子逃走了，到手的赏银就这样不翼而飞，他们把怒气都集中到努尔哈赤兄弟的身上，一个个咬牙切齿地围了上来，他们要活捉这剩下的小兄弟俩，也好对总兵大人有个交代。

明军士兵们的举动神情，全被努尔哈赤看在眼里。他让舒尔哈齐解下腰带，把那明军将官的双手捆绑起来，另一头牵在自己的手里，然后朗声对众人说道：“明军士兵你们听着！一个个都给我站好喽！谁也不准轻举妄动！你们的将军在我的手里，我要带着他走一程。谁若是敢上前舞枪弄刀，我立马就一刀捅死他！他不叫牛开江吗？我叫他脑袋开瓢！我要喝他的脑浆！”吓得牛开江面如土色，把一泡尿全撒在了裤裆里，急忙喊道：“谁、谁、谁也别动啊！听、听他、他的！都他别、别上前！你、你、你们大、大伙儿的赏、赏银，我、我、我自、自个儿掏吧！”边说话边点头形同哀求，看样子差点儿哭出声来。

努尔哈赤见快船已经走远，明军根本就追不上了，这才向舒尔哈齐一使眼色，兄弟俩紧跑几步，纵身一跳，双双地跨上了一匹战马，牵着牛开江向西跑去。那些明军士兵呆立半晌才如梦方醒，“嗷”的一声跟了上去，不远不近地随在后面。

努尔哈赤牵着牛开江跑了一段，感觉到这样做不是办法，迟早会被明军追上，到那时就不太好脱身了。转过一片小树林，他忽然灵机一动，跳下马来，把牛开江绑在树上，蒙上双眼，然后笑着说道："念你还算听话，今天我就饶你一命，不再喝你的脑浆了！你给我在这里老实地待着！小爷我却是要走了！再见！牛开江将军！"说完一纵身跳上战马，飞也似的向西边奔去。

且说那些明军士兵追赶上来，没有发现两个女真族少年，却见他们的将官牛开江在那里大喊大叫。众人忙替他解开腰带，摘下眼罩，他这才一蹦老高，破口大骂："这两个小王八犊子！我抓住他们非碎尸万段不可！"恰好这时李成梁担心此处出岔儿，又派一路骑兵前来接应。于是他们立即兵合一处，快马加鞭向西边追去。

努尔哈赤留下牛开江一条活命，带着弟弟舒尔哈齐一路狂奔，约摸跑出去有三四十里路了，前边横躺着一条小河，河水清冽，波平如镜，两岸绿草如茵。兄弟俩跳下战马，捧着河水喝了个饱，刚想在大树下喘口气，忽听得一阵阵马蹄声响，刚才来的方向烟尘蔽天。努尔哈赤心中一惊，脱口而出："坏了！明军追上来了！这回恐怕不单是那帮人了！而是一大队骑兵，听声音至少在二百骑以上。如果追上前来，咱哥俩肯定不是对手，那后边的事就麻烦了！怎么办呢？"急切之中，努尔哈赤四下观察，脑筋飞转。他的目光停留在一棵大柳树之上，立刻眼前一亮。

原来这颗大柳树生得粗壮魁伟，足有三四丈高，上面枝丫纵横，树冠庞大，新发出来的柳叶密密麻麻，油光嫩绿。像是一片天然的幔帐，隐藏一两个人应该是没有问题的。想到这里，努尔哈赤用腰带蒙住战马的双眼，随即狠抽一鞭。那匹战马嘶叫着四蹄狂奔，蒙头蒙脑地向西方蹿去。

努尔哈赤听东边蹄声渐近，急喊一声："快上树！"拉起舒尔哈齐就向大柳树奔去。兄弟俩如同猴子一样，一前一后，"噌、噌、噌、噌"几下子就爬到树杈之上。嘿！努尔哈赤一看就乐了，树杈上居然有一个很大的树洞，足以能藏下一个人的身体。他一把手将舒尔哈齐推了进去，暗示弟弟切莫出声，然后自己又"噌、噌"向上爬去。努尔哈赤刚爬到第二层树杈之上，明军的追兵就到了！几百名骑兵黑压压一片，就站在离大柳树不远的地方。努尔哈赤不敢动了！他只好闭上眼睛默默祈祷："天老爷保佑！土地神成全！我努尔哈赤若能不死，必当四时供奉，祭祀有年！"说着默祷数遍，他明白只能凭命由天了！

且说牛开江怒气冲冲，领着骑兵大队追到小河边上，见西北方向似有烟尘飞起，正要率众人打马追赶，忽有一名士兵高声叫道："将军请看！那边大柳树之上，好像有个人影，他们会不会藏在那里？"

牛开江等人闻听此言，不约而同地扭头观看。还没等他们看清怎么回事，空中忽有一大群乌鸦飞来，遮天盖地，"唰"地从他们的头顶上掠过，"呼啦"一下子全落在了那棵大柳树之上。此时牛开江正在仰着脑袋张望，忽然“啪唧”一声，一大块乌鸦屎不偏不倚，正好落在他的嘴里，一不小心就咽了下去，把他恶心得哇哇直吐，差一点儿连肠子都呕了出来，惹得明军士兵们一阵大笑。牛开江恼羞成怒，破口大骂：“哪个瞎犊子信口胡咧咧？树上哪有人哪？人在哪儿呢？如果人在树上，乌鸦能落上去吗？你可把老子坑苦了！快追吧！跑了那两个造反的蟊贼，看大帅不都砍了你们！”说罢领人向西边追去。

努尔哈赤眼见着明军跑远了，这才长长地舒了一口气。他望着这些落在树上的乌鸦，不禁油然而生敬意。是它们在关键时刻突然降临，用它们的身体遮挡住自己，才救了自己和弟弟的性命啊！于是他双手合十高声说道：“各位虽非珍禽，却是林中益鸟。今日救命之恩，在下永世不忘！将来若有出头之日，定当给予重重报答。”努尔哈赤连说两遍，又深施一礼，那些乌鸦才欢叫数声，围绕着大柳树又飞行数圈，像是还礼，然后才“呼啦”一下向南飞去。

眼见红轮西坠，晚风骤起，林中的飞鸟陆续归巢，荒原上时而传来几声狼叫。努尔哈赤知道黑夜在荒原上极其危险，弄不好会成为野兽们的美餐，看来只有在大树上过夜了。好在临出来的时候，他在慌忙中揣起两块面饼，这时候正好就派上了用场。他和舒尔哈齐就着鲜嫩的柳叶，每人啃下一块。然后兄弟俩就抱在一起，在柳树洞里眯着了。

这一夜努尔哈赤搂着弟弟似睡非睡，昏昏沉沉，做了许多梦。他开始时梦见外祖父王杲被李成梁捉住，正在五花大绑地押往广宁卫。紧接着梦见李成梁来到费阿拉，正在横眉立目地大声训斥，而自己的爷爷觉昌安则一劲儿低声下气，跪在地上为自己求情。最后他梦见了自己的妈妈。妈妈抚摸着他的头，轻轻地给他盖上被子，他顿时感到暖和了许多，仿佛就依偎在妈妈的怀里。他想妈妈了，他忆起了童年时候的许多事。他哭了，泪水就滴在妈妈的腿上。

他还清楚地记得，他就出生在那个叫作赫图阿拉的地方，一个不大的农家小院，紧靠西头的那间草房里。他出生的那天彤云密布，狂风呼啸，窗户纸被刮得哗哗直响。在母亲痛苦的呻吟声中，他随着瓢泼大雨来到人间。说也奇怪，从他降生以后的第一声啼哭开始，风就渐渐地停了，雨也慢慢地住了，满天的乌云也不知跑到哪里去了。万丈阳光突然射进山坳，让这个农家小院立刻生动起来。牧人们争先恐后前来道喜，院里院外挤满了欢乐的人群。

得到了这个盼望已久的大儿子，父亲塔克世乐得合不拢嘴，他高兴地请觉昌安给自己的孙子起名字。老萨满这时候接过来说：“尊贵的城主大人！方才神灵谕我，您的孙子贵不可言。您知道我们这个地方叫作赫图阿拉，意思就是横岗，但却未必知道，横岗就是龙岗，是一块难得的风水宝地！方才降雨的时候，我看见双龙在山岗上飞翔，火鸾在狂风中起舞。您的孙子一出生就云开风住，依我看来，他的名字就叫努尔哈赤吧！这可是天意呀！”

“好啊！这个名字好！就叫努尔哈赤！”觉昌安闻之高兴地说，“我们女真人历史上曾经称帝立国，纵横天下，后来被蒙古人打败了！也许我们这个部族阴而复晴的希望，就寄托在他的身上啊！”

“努尔哈赤！努尔哈赤！好名字啊！好名字！”族人们欢欣鼓舞，奔走相告。因为信奉萨满教的民族有许多人都懂回鹘语，族人们都明白，在古代回鹘语中，“努尔”是“光明”的意思，而“哈赤”二字呢？则代表着“圣裔”或“使者”。老城主大人的这个孙子，既然是“光明的圣裔”或是“光明的使者”，就一定会给族人带来幸福和希望。

起初，作为父亲塔克世的长子，努尔哈赤曾经有过一段幸福的童年。由于家里拥有许多仆人和牛马，他生下来以后就不愁吃、不愁穿，会说话就有人教他读书认字，会走路就有人领他诵经习武。尤其是他的母亲喜塔喇氏非常宠爱他，让他如同生活在蜜罐里。

然而好景不长，努尔哈赤的境遇就渐渐发生了改变。先是喜塔喇氏在他之后，又生下了舒尔哈齐、雅尔哈齐两个儿子和一个女儿，母亲忙不过来，只好把努尔哈赤交给奶娘照管。同时，努尔哈赤的庶母李佳氏也生下一个儿子，取名穆尔哈齐。刚到中年的塔克世，就有四个儿子和两个女儿，不免得意扬扬，踌躇满志，不再把大儿子努尔哈赤放在心上，努尔哈赤的境遇一天不如一天。

努尔哈赤十岁那年，不幸的事情发生了！他的母亲喜塔喇氏因病去世，这个重大的变故从根本上改变了努尔哈赤的生活，使他不得不在继母的阴影下度日。继母纳喇氏是个虽然有些姿色却狠毒刻薄的女人，看不上他和他的两个弟弟，经常骂他、打他、歧视他、虐待他，使他衣不保暖、食不果腹。父亲塔克世由于受到继母的挑唆，也逐渐从带搭不理到冷若冰霜，动不动就粗暴地训斥他，有时还动手殴打他。这一切给童年的努尔哈赤带来了巨大的心灵创伤，因此他常常到外祖父家里去。王杲那豪爽、正直、勇敢和刚毅的性格，对他的一生都产生了极为重要的影响。

努尔哈赤在这样的家庭环境中长大，让他养成了刻苦自立、多思善变的性格。他虽然失去了父爱和母爱，却得到爷爷和外祖父特别的呵护。尤其是两个好心仆人对他的关怀和培养，更让他终生不能忘怀，他们可以说是他后来宏图大业的启蒙恩师。

这两个人其中的一个，是他的奶娘秀姑。这是一个从关内逃难过来的汉族女人，那时候有三十多岁，中等身材，面孔黑黑的，体格壮壮的，干什么活都特别麻利，而且奶水非常充足。据她自己后来说，她的老家在山东，是一个猎户人家的女儿。

有一次因为丈夫打下一只豹子，被当地恶霸抢去，父亲和丈夫追讨不成，反被恶徒们双双打死。她告状没人理，伸冤无人听，一气之下深夜潜入恶宅，将恶霸父子一齐杀掉，然后一把火烧了宅院，把孩子托付给亲戚寄养，便一口气跑到关东来了。是老大人觉昌安收留了她，让她在老营做些粗活。后来努尔哈赤降生，觉昌安见她干净勤快，就破例让她做了奶娘。

由于母亲喜塔喇氏不久又生下了弟弟舒尔哈齐，只好把他托付给奶娘全天喂养。秀姑很喜欢努尔哈赤这个孩子，把他视为亲生骨肉。她要带孩子，还要做饭，每天都忙得不可开交。白天她干活的时候，就把孩子放在柴房里。孩子哭闹，她就经常喂他一些米汤或稀粥。有时也嚼些干饭就着唾液，一口一口地喂他吃，因为她要省些奶水去喂养努尔哈赤的弟弟。孩子的衣服破了，她便找些碎布来胡乱缝上给他穿。孩子晚上尿了褥垫，她怕溻着或者凉着孩子，就把他放在自己的肚皮上睡。努尔哈赤就是这样，像一个普通庄户人家的孩子一样慢慢地长大了。孩子会说话的时候，学的第一句就是汉语，会叫的第一声是喊她妈妈。秀姑听了心里头甜甜的，脸上也洋溢出青春的活力和幸福的笑容。

努尔哈赤长到四岁，秀姑便按照觉昌安的吩咐教他习武。在她烧火做饭的时候，她让孩子拿着两根筷子，自己手执两根柴棍，教他学习舞剑的技法。晚饭后娘儿俩坐在厨房前边的石凳上，她教孩子用石头子击打前边的一只小篮子。晚上入睡前，她教孩子练些站桩、踢腿和导气等基本功。当孩子长到五岁，步子站得稳了，她便在柴房的后院悄悄地放上一只大笸箩，里面装满沙子，她让孩子的双脚在笸箩沿上转圈行走，走一圈就抓出一把沙子，告诉他只要抓出十笸箩沙子，他的腿上轻功就练成了。努尔哈赤初学时经常掉下来，但他又总是顽强地爬上去，从来不哭不闹。由于努尔哈赤意志坚强，耐力又好，在他十来岁时，轻功已练得十分了得，穿山越岭如履平地，腾挪闪跳悄然无声。他能轻而易举追上飞奔的战马，毫不费力蹿上老营的城墙，让秀姑和爷爷看在眼里，喜在心上。

在努尔哈赤八岁的时候，爷爷觉昌安领他去见一个人，让他拜师学艺。努尔哈赤认得这个人，就是马场里养马的老头儿徐亚发。这个老头儿五十多岁，满脸络腮胡须，头发白多黑少，脸上皱纹又多又深，就像刀刻的一样。虽然一副饱经沧桑的神情，但是身板却极其硬朗。他的双手指大骨突，斑驳虬劲，像是千年古松的劲枝，又如同深山苍鹰的利爪。他的两眼时常眯缝着，好似两条细线，可是一旦睁开，就会放出电火一样的光芒。由于他平时不爱说话，人们都戏称他为“徐哑巴”。

努尔哈赤遵照爷爷的话叩头施礼，恭恭敬敬地喊了三声师父，徐哑巴一声也没有答应，只是告诉他，每天早晨和晚上都要来，并且规定了具体的时辰，缺席和迟到都要受到责罚。觉昌安听后拿出一根长长的竹板，递给徐哑巴说：“他若是偷懒，你就给我打他！一定要把他教出个人样来！”徐哑巴仍然一声没吭。

自此努尔哈赤就跟着徐哑巴习文练武，早晚都准时到马场来。小小年纪他每天都要往返几次，跑上几十里。早晨要骑马射箭，晚上要读书习字，白天还要回去练轻功。虽然那几年他每天都累得筋疲力尽，但那却是他少年时期一段最美好的时光，使他以后每当回忆起来，就兴奋得激动不已。

原来这位徐哑巴不只带努尔哈赤一个徒弟，他的身边还有二十几个十多岁的孩子，白天跟着他铡草喂马，晚上便跟着他睡在马厩里，有空的时候也跟着他练骑马射箭。他们大多数都比努尔哈赤的年龄稍大，经常结伙儿去打雀、捕鱼、掏鸟蛋，有时也到山林里去打猎。由于努尔哈赤憨厚老实，不爱说话，小伙伴们都习惯地叫他“老憨儿”或者“小罕子”，时间长了，连老师徐哑巴也这样叫他。有时候小罕子也把从厨房带出来的食物分给大家吃，小伙伴们的关系处得极好，其中有个叫安费扬古和一个叫额亦都的，是小罕子的挚友。后来这些人都成了他的生死兄弟，是跟着他靠“十三副铠甲”起家的功臣。

这位徐哑巴看似老迈粗俗，实则不然。他不仅满腹经纶，精通诸子百家、四书五经，而且马术独到，箭法娴熟，尤擅长兵书战策。这建州老营三千多匹军马，就没有一匹他驯不服的。在一百五十步开外拈弓搭箭，他箭箭全能命中靶心，这让小罕子和伙伴们佩服得五体投地。为了让孩子们循序渐进，他给孩子们做了些轻弓小弩，先练二十步之内，然后再练五十步、一百步。先练习射些大物死物粗壮之物，然后再练射些小物活物细微之物。

几年的工夫下来，小伙伴们都成了优秀的射手，而尤以小罕子练得最棒。也许因为他有轻功在身，骑在马上能运用自如，身子如同粘在马背上一样。正骑反骑立身骑侧身骑无鞍裸骑无一不精，俯身仰身骑二马驭双车蹬里藏身飞身上马样样叫响。也许由于天生神力，他的箭法也练得极为出色。到十二三岁时，他已能拉开三百斤以上的硬弓，准确射中一百步以外的目标。小伙伴们都羡慕他、佩服他，尊小罕子为他们的头儿。但是徐哑巴从来不夸他，有两次还因为他有事来晚了，用竹板子狠狠地抽打了他，使他的小手心肿了好多天，让秀姑见了心疼不已。

不过徐哑巴也有对小罕子的偏爱之处，他经常悄悄地单独教小罕子读兵书、演阵法，还把祖传的一本《兵法实录》送给小罕子。有一天晚上众人走后，徐哑巴将小罕子留在了自己的小屋，抚摸着小罕子的头顶慈爱地说：“小罕子，你跟着我也有五年了，有些话我也该告诉你了。我乃本朝老千岁徐达的后人，是老人家的第十一世孙。我祖上这一支脉一直没有做官，多年来都在老家濠州（今安徽凤阳）种田为生。我父亲因为不满奸贼严嵩买官卖官，祸害天下，进京密奏，被老贼怀恨在心，挑唆昏君嘉靖皇帝，反诬我家蓄兵造反，派锦衣卫抄家拘捕，令我家父兄多人惨死狱中。我由于那次出门在外捡条性命，无奈流落关东。幸得老大人收留了我，待我不薄，我才在此居住下来。近日内阁首辅张居正大人派人捎信来，说是要给我家平反昭雪，我就要回到老家去了，以后恐怕再难见面。你年龄虽小，却是个胸怀大志的人，又练了一身的本事，将来必会有所作为。记住我说的话，小罕子，不管你以后干什么，都要以天下苍生为重，以忠义善良为立身之本，否则你将功败垂成，身败名裂。”一番话说得小罕子连连点头，泪流满面。他跪在师父面前饮泣连声，久久不愿离去，是徐哑巴拉着他的手，一直送他回到家门。第二天徐哑巴就不辞而别，不久连奶娘秀姑也走了，这让努尔哈赤连续难受了好多天，他一想起来就泪流不止。

第八回
逢沙暴暂栖科尔沁　打豺狼告别大草原

清晨时“嘎噢”一声鹰叫，让努尔哈赤从蒙眬中惊醒。他揉揉眼睛，发现泪水已经洇湿了他的面颊，而阳光也已经照在他们的身上。他推醒了熟睡的弟弟，两个人一前一后跳下树来。放眼四顾，茫茫荒原，到哪里去呢？向东肯定是不行了，那里是外祖父逃走的方向，明军肯定在四处搜捕。往南呢？那边是明军的防区，也一定凶多吉少。虽然自己的家就在那边，但他知道并不安全，也不想给爷爷和父亲添麻烦。北边虽然可去，但是努尔哈赤明白，哈达部和叶赫部历来与建州不和，去了无异于羊入虎口。向西吧！过了龙首山不远就是草原，也许会有自己的藏身之地，逃过这一段再说吧！于是努尔哈赤拉起弟弟的手，毫无目标地向西走去。

兄弟俩走着走着，忽然头顶上又是“嘎噢”一声，一只巨大的苍鹰从天空中飞过。努尔哈赤认得它，就是早晨叫醒他的那只苍鹰。于是他友好地打了一个口哨，向那只苍鹰表示敬意。说也奇怪，那只苍鹰飞去的方向，竟然都是好走的路，而且它又飞飞停停，飞得很慢。当努尔哈赤兄弟俩没有跟上来的时候，它便在天空中打旋儿，好像在等待他们。当努尔哈赤兄弟俩跟上来了，它才又欢快地向前方飞去。努尔哈赤觉得有趣，于是便拉着弟弟的手，顺着那只苍鹰前进的方向，一路向西北走去。

兄弟俩跌跌撞撞地走到傍晚，前边出现了一片小树林，顺着小树林向北望去，可以见到一片绵延的山岗。天要黑了，兄弟俩实在是走不动了！为了躲避明军可能的追杀，他们尽量挑选那些没有村落的地方走，因此除了沿路揪些野菜和树叶充饥，他们已经两天多没有吃饭了，肚子早已饿得前腔贴后腔，弟弟难过得几乎要哭出声来。努尔哈赤也焦急万分，束手无策。在这茫茫的荒原、昏黑的夜晚，到哪里去找吃的呢？

努尔哈赤正在发愁，忽然眼前一亮。原来那只苍鹰就蹲在前边的树杈上，那双眼睛像两盏灯一样望着他，嘴里还叼着一只野兔。看见努尔哈赤走上前来，那只苍鹰“噗”的一松嘴扔下野兔，然后“唰”的一声飞走了，转眼就消失在夜幕中。

努尔哈赤一见喜出望外，他弯腰捡起那只野兔，用短刀“唰唰”几下剥去毛皮，拿出随身携带的火镰，点燃了一堆干枯的树枝，然后用一根青木棍穿起野兔，旋转着在火上烤起来，那浓郁的香味馋得弟弟直流口水，令努尔哈赤的肚子咕咕乱叫。

待等烤熟以后，他把那些好肉都撕下来送给弟弟，自己只择些内脏、嚼些筋骨充饥。吃完以后，他又用双手拔些干草，让弟弟坐在干草上休息。一想到十一岁的弟弟跟着他颠沛流离，他的心里就像刀割一般难受。

夜逐渐深下来，努尔哈赤与弟弟相拥而坐，似睡非睡。快到天亮的时候，他做了一个奇怪的梦。梦中一个白发老者告诉他："我是这龙首山上的山神，今奉昊天大帝之命，护送你经过在下的辖区。我已派空灵使者为你引路，你就放心地跟着它走吧！"努尔哈赤似信非信，正待发问，那白发老者已转身离去。努尔哈赤骤然醒来，见满天星斗，哪有什么山神到来？知道方才又是一梦。但那老者的话语如在耳边，何况真有苍鹰带路，不由他不相信。"难道真是上苍助我？看来我努尔哈赤大难不死，当有后福哇！"想到这里，他慌忙跪下身来，向远处黑黝黝的山峰拜了三拜，虔诚地说："多谢山神厚爱，助我走出荒原。倘若我有出头之日，定当重修庙宇，再塑金身，世世代代不忘您的大恩！"说着站起身来，见东方三星挂起，天已渐亮，遂拽起弟弟，继续西行。

几天以后的一个下午，努尔哈赤兄弟俩一路奔波，随着那苍鹰走出荒原，穿过林海，眼前是一片高低不平的草地，脚下有一些低矮的灌木和蒿草。兄弟俩停下脚步，取出在林中采集的干果和松蘑来吃。未及吃完，就见风起，身边已卷起轻微的沙尘。努尔哈赤放眼西望，忽见很远的天际有一根黑黄色的云柱，似在不断地移动和翻滚。那云柱通天彻地，气势汹汹，正在恶狠狠地向这边扑来，那可怕的响声如山崩海啸，那吓人的景象似地覆天翻。

努尔哈赤见状说声："不好！"急忙拉起弟弟转身想跑，但是已经来不及了！那凶狠的沙暴转眼就来到了他们的面前，一瞬间就把他们吞噬了！兄弟俩一下子就被卷到了半天空，什么也听不见，什么也看不见。努尔哈赤开始时还试图拽住弟弟的双手，但是很快就发觉无济于事了！他感到有一股大力在拼命地撕扯他的身体，有千万条鞭子在狠狠地抽打他的胸背和四肢。他被稀里糊涂地抛在半空，又忽忽悠悠地飘出好远，最后重重地摔在地上，接着就什么都不知道了。

当努尔哈赤醒来的时候，他发现自己躺在一间帐篷里，浑身火烧火燎地疼得要死，脑袋里嗡嗡乱叫，像是里边有一群蜂子在唱，耳朵里还是风声在怒吼。他试着活动一下身体，结果发现除了眼珠以外，已经什么都不会动了！他没有发现弟弟的身影，也没有听到弟弟的声音，他知道弟弟凶多吉少，一股巨大的悲哀立即涌上心头。他只觉得眼前一黑，就又什么都不知道了。

昏迷之中，努尔哈赤又见到了自己的妈妈。妈妈似乎更衰老了，她的脸上布满了皱纹，头发也已花白，那双秀美无比的眼睛也没有了往日的光泽，只是那两只手依然柔软和温暖。妈妈抚摸着儿子的头，爱怜地哭着说："努尔哈赤！我的孩子！你这草原的雄鹰，光明的使者，怎么成了这副样子呀？你要坚强起来呀！”

努尔哈赤感到特别委屈，他也不知道自己怎么会变成了这个样子！他大声喊道：“妈妈！妈妈！儿子不是这样的！这都是李成梁给害的！妈妈，你在哪里呀？我怎么看不见你了呀？”他一边喊一边放声大哭。妈妈用手掌为他擦着眼泪，她的双眸也噙满了泪花。他用手去拉妈妈的衣袖，但妈妈转眼又不见了！他一着急就醒了，才知道这是个梦。但又不像是梦，因为自己确实满脸泪水，而身边真有一位老妈妈。这位老妈妈也有一张布满皱纹的脸，而那只柔软的温暖的手掌，正在抚摸着他的额头。

“孩子！不要悲伤，不要害怕！一切灾难都会过去，你的身体会好起来的。这里就是你的家，我就是你的老妈妈。安心休养吧！长生天会眷顾你的，过往的神灵会保佑你的！”那老妈妈说着双手合十，弯腰礼拜，样子十分慈爱和虔诚。

“他醒了？阿妈？”一句甜美的声音之后，有张俊美的脸庞出现在他的面前。这是一位十三四岁模样的美丽少女，脸蛋红润得像山里的樱花，满头的黑发梳成了一根粗大的辫子，蓝色的长袍凸显出苗条的身材，大大的眼睛闪动着和善的光泽，健康的躯体散发出青春的活力。此刻她正靠在母亲的身边望着他，脸上一副关切的神情。

见努尔哈赤有些疑惑，老妈妈笑着告诉他：“孩子，放心吧！别动！这是我的闺女喜春儿，是她把你从河滩上救回来的，孩子，你捡了一条命啊！”说完让喜春儿端来奶茶，一勺一勺地喂他。努尔哈赤虽然此时特别想弟弟，希望尽快找到他的下落，但他实在是太饿了！他一连喝下两碗奶茶，感到眼皮有些发沉，迷迷糊糊地就睡着了。

当努尔哈赤再一次醒来的时候，他感到浑身轻松多了，胳膊和腿虽然仍旧有些疼痛，但已能靠着床头坐起来。他四下打量着这间帐篷，发现除了两块地毡、一张木桌和几件堆放整齐的破衣服，几乎就什么都没有了，毡房里显得很空荡。但是地中间那几块石头上面，却支着一口黑色的铁锅。随着灶下那跳动的余火，铁锅内不断有蒸汽升起，使帐篷里溢满了奶茶的芳香。

努尔哈赤掀开单被，想下床走一走。这一掀单被不要紧，却把他惊呆了！原来自己浑身上下只裹着一条红色的织巾。除了私密部位被遮掩之外，其余的全部裸露无遗。努尔哈赤感到诧异：自己的衣服到哪里去了呢？他只记得被卷入了沙暴，那衣服呢？怎么会突然就没了呢？

努尔哈赤正寻思间，忽然帐篷口门帘一挑，喜春儿带着阳光走了进来，慌得努尔哈赤连忙把单被盖上。喜春儿一见“扑哧”笑了，“你还害羞哪？前天我在河滩上看到你，那会儿你身上什么衣服都没有！浑身都是血道子，显然是被沙暴摔下来的。

身上穿的衣服呀，早被刀子一样的风沙吃光了！我只好解下头巾把你围起，然后扶到马上驮回家来。”

努尔哈赤闻听急忙问道：“你在河滩上碰到了我，那么看见另外一个人了吗？他比我小一点儿，是我的弟弟，我必须要找到他呀！”

喜春儿听后说道：“那天我在河滩上遇见了你，没有看见别的人，说不定他已经得救了呢！你先好起来再说，然后我再帮你慢慢地去找。放心吧！吉人天助。你都平安无事，他也肯定有惊无险。”

喜春儿一边说着话，一边盛起一碗奶茶，又放了些炒面冲好，递给努尔哈赤说道：“请问你是从哪里来的？你叫什么名字呀？多大年纪啦？能告诉我吗？”

努尔哈赤双手接过奶茶，望着小姑娘那张俊美的脸，觉得面对这位天使一般的小恩人，自己应该毫无保留地告诉她，不然他的良心会不安的。但他转念一想，自己是朝廷要捉拿的人犯，不应该去连累无辜的人，特别是对自己有恩的人，他想等身体好起来就走。于是他把奶茶放在床边，红着脸对喜春儿撒了个谎：“我家住在铁岭东边的哈达部落，因为和弟弟出来放羊，走迷了路，不知怎么就遇上了这可恶的沙暴，阴差阳错的就被刮到了这里。多谢你救了我呀！小妹妹！我肯定比你大，今年都十五岁了，是大人了！你就叫我老憨儿吧！这是什么地方啊？离抚顺关有多远？”

喜春儿又端起奶茶递给他：“快喝吧！放凉喽就膻了！你会不习惯的。”看着努尔哈赤喝起奶茶，喜春儿告诉他：“这里是科尔沁草原，紧挨着科尔沁沙漠，沙尘暴的天气挺多的。风暴过后，天上掉下个人呀马呀牛呀羊呀和东西器物，是常有的事，但是从来都没有活着的。你真是命大呀！那天我若不去河边饮马，兴许就看不见你了！你可能就没命啦！天气多凉啊！你身上什么衣服都没有。别说遇见狼群了，过一宿也能把你给冻坏了！关键是你那工夫人事不知呀！”

喜春儿说到此处，眼圈一红：“老憨儿，你比我大两岁，今后你就是哥哥了！家里就我和阿妈两个人，你就放心地住下吧！等养好了身体我就帮你找弟弟，行吗？”

两个人正说着话，老妈妈进来了，见兄妹俩唠得挺欢，很是高兴。她把一个旧包袱放在床上，笑着对努尔哈赤说：“我从邻居家里要来几件旧衣服，虽然很破了，但还算干净，缝缝补补还能将就。孩子，你就先对付着穿吧！”说罢娘儿俩拿起针线忙乎起来。努尔哈赤连说感谢，眼睛里已经噙满了泪花。

七天以后努尔哈赤的身体如愿康复，心病却一天重似一天。弟弟舒尔哈齐生死难料，让他坐卧不宁、寝食难安。他在喜春儿的陪伴下骑着快马，一连许多天四处寻找，几乎走遍了整个科尔沁草原，也没有发现弟弟的踪迹。他感到万念俱灰，悲痛欲绝，胸中一阵阵抓心挖肝般难受。如今外祖父生死未卜，弟弟又下落不明，自己应该怎么办呢？回老营吧？也许李成梁早就布下人马，张开大网在等着他，绝对不能回去！他不想连累自己的亲人。找阿台吧？不知道眼下他在哪里，如果误打误撞，说不定会落入明军的陷阱。他明白乱世之中，人心叵测，有谁是能够相信的人呢？因之一阵阵长吁短叹，愁眉不展。好在老妈妈和喜春儿母女俩心地善良，热情挽留，还答应时时帮他打探消息，寻找弟弟，他只好在这里暂住下来，等情势好转了再待机而动。

白天他帮助喜春儿去给牧主放羊，顺便拾些烧火的干柴。晚上他帮助娘俩打草籽、织苫子，干些擀毛毡之类的零活。日子长了，他知道这家姓佟，是从关内逃难过来的。娘儿俩本来是奔着喜春儿的舅舅来的，没想到来这儿以后，不知道贩马的舅舅去了哪里。娘儿俩无依无靠，连返程的路费都没有了，一时衣食无着，几陷绝境。是周围的牧民们见娘儿俩可怜，便你出几根木杆我拿几块毡子，帮她们好歹支起一间帐篷，又帮助喜春儿在牧主那里找了份放羊的活儿。老妈妈则去牧主府里洗衣服，娘儿俩才算安顿下来。佟妈妈本想再过两年攒些盘缠，就带女儿回老家找户人家。如今见老憨儿无依无靠，心地善良，身体强壮又忠厚老实，便又换了一番心思。她待努尔哈赤似同亲生，喜春儿也一口一个老憨儿哥哥。一家三口虽然辛苦，却苦中有乐，小小的帐篷里时常溢满笑声。只是努尔哈赤因为心中有事，一旦静下来便坐卧不宁。傍晚的时候，他常常伫立在大柳树下，呆呆地望着东方出神。睡觉的时候，他常常在梦中惊醒，醒了之后一身冷汗，就如失魂落魄一般，再也无法入眠。

有一天晚上他躺下不久，似睡非睡，还没有完全入眠，忽然看见外祖父来到他的床前。王杲披头散发，衣衫破烂，两眼红如烂桃，浑身血迹斑斑，仰着头颅用沙哑的嗓音高喊："努尔哈赤呀！我的外孙！你在哪里呀？外祖父遭人暗害，身陷囹圄，你可要为我报仇哇！"说着一纵身子向他扑来，惊得努尔哈赤忽地坐起，胸腔之内一阵剧烈地疼痛，疼得他几乎直不起腰来，随后瞬间消失。他想这下子可坏了！因为妈妈生前说过，亲人之间是有心灵感应的。外祖父在梦中突然出现，那么就一定是出大事了！说不定灾祸哪一天就会向他袭来，从此更加郁郁寡欢，小心翼翼。

然而一晃小半年过去了，什么事情也没有发生。由于得到努尔哈赤的帮助，喜春儿放羊的数量从一百只增加到三百只，佟妈妈揽回来的零活儿也增加了一倍。三口人的关系处得越来越亲密，小日子也过得越来越充实。光阴就这样一天一天地平安过去，谁也没想到灾祸会突然到来。

那一天秋高气爽，金风飒飒，草原上七彩斑斓，天空中五颜六色，空气中弥漫着好闻的草香、花香和奶香。努尔哈赤和喜春儿把羊群赶到小河边上，让羊儿啃食着柔嫩的青草，两个人则同时坐在一棵老榆树下。喜春儿怀里揣着线团，她要赶在入冬之前，给老憨儿哥哥织件毛衣，一边麻利地织着毛活儿，一边看着努尔哈赤悄悄地笑，脸蛋上还不时飞起两片红晕。努尔哈赤则捡起脚边的小石子，一颗又一颗地砸向河边的枯树桩，好像那就是李成梁的脑袋。那树桩离他俩有三十多步远，但努尔哈赤却能颗颗命中，而且一颗比一颗力道凶狠，直打得那枯树桩碎木乱飞，龇牙咧嘴，惹得喜春儿拍手阵阵喝彩。

喜春儿好听的喝彩声没有惊动老实的羊群，它们都还在安详地吃草，但却招来了两个畜生，牧主家的管家库布和家丁忽木云。原来他们去王府纳完月供回来，见香风阵阵，秋色迷人，便骑着马到河边闲逛。听见这边传来银铃般的笑声，不禁策马过来观看。这一看不打紧，两个人立马都惊呆了！

原来在那片白云般的羊群旁边，在那条小河旁的老榆树下，正并排坐着两个人，一个黑黑瘦瘦的少年和一个白白净净的少女。那少年平常得不能再平常，那少女却美丽的不能更美丽。只见她玉石一般的脖颈，容长的脸盘，柳叶一样的眉毛，一双大大的眼睛，满头的黑发如披散的墨玉，粉嫩的脸蛋像春天的桃花，破旧的衣服遮不住秀美的身材，微隆的胸部展示出青春的活力。两个人目不转睛半晌无语，竟然连口水都流了下来。那库布不禁脱口而出："哎呀我的妈呀！科尔沁咋还有这么好看的姑娘呢？难道是花神下凡了吗？"

两个人跳下马来走上前去，那狗腿子忽木云抢前一步高声喝道："喂！喂！喂！我说你是谁家的姑娘？又是给谁放羊？这么美的鲜花怎么插在了牛粪上？这么俊的脸蛋怎么干这种粗活？真是'嗑瓜子嗑出个臭虫来，白瞎了这个仁儿'了！太可惜了呀！跟着你大爷我到王府去吧！给咱王爷做个小夫人，岂不是一步登天？怎么样？跟我走吧！"说着走上前来嬉皮笑脸，抓耳挠腮，就要对喜春儿动手动脚。吓得喜春儿花容失色，一扭身倒在努尔哈赤的怀里。

努尔哈赤拍拍手掌站起身来，把喜春儿挡在自己的身后，生气地说："你二人好没道理！哪有像你们这样来提亲的？也不问人家同意不同意，就上来动手动脚，真是不知深浅！"

"呀呵？这是谁家的野种？跑到这里来装大瓣蒜？你也不打听打听我是谁？"那牧主的管家库布勃然大怒，张嘴就骂。在这科尔沁草原上，王爷就是皇帝，他们就是钦差，而贫苦的牧民呢？则被当作会说话的牛马。他们横行惯了，相中了谁家的草场，圈了就占，看上了谁家的姑娘，抢去就睡，哪个敢说半个不字？否则轻了说剁手剁脚，重了则砍头活埋。如今见喜春儿美若天仙，他灵机一动，就打起了坏主意。他想如果把这个姑娘献给王爷，说不定自己会封官得赏。如果能到王府去办差，那还不是一步登天？！他想着想着差点儿就乐出声来。没承想冒出来这么个黑小子，竟然敢出面挡驾！真是反了天了！

“小子！给我让开！不然我先剁了你！”库布“嗖”地跨前一步，一把推开努尔哈赤，又一伸手把喜春儿揽在怀里，“小美人儿！别听他的，跟我到王府那里享福去！”那狗腿子忽木云也过来帮忙。两个人架起喜春儿抬腿就跑。急得喜春儿一边挣扎一边大喊：“老憨儿哥哥！老憨儿哥哥！快救我呀！我不去呀！”

喜春儿的哭喊声让努尔哈赤热血上涌，怒不可遏。他一个箭步“唰”地挡在了库布的面前，高声喝道：“快放下我的妹妹！否则我就不客气了！”

那库布闻听一声冷笑：“嘿嘿？小子！还想对我不客气？我看你是活得不耐烦了！敢拦你大爷我的路？你去死吧！”说着已经拔出腰刀，“唰”的一下向努尔哈赤劈来。

努尔哈赤不慌不忙，扭转头让过刀锋，一伸手抓住那库布的右腕，稍一用力，只听“嘎叭”“当啷”两声，库布的手腕被扭断，那把腰刀飞出好远，落在一块石头之上，疼得库布狼嚎鬼叫，跳脚大骂。

那家丁忽木云见状从后面偷袭，伸手来打，拳头直奔努尔哈赤的后心，急得喜春儿连忙大喊：“老憨儿哥哥小心后面！”努尔哈赤置若罔闻，并未在意，待等忽木云的拳头带着一股疾风，行将打在他的背上，根本无法变招的时候，努尔哈赤忽然间“嗖”的一个侧转，一伸手将忽木云的拳头接住，然后顺势轻轻一拉，忽木云收势不住，“噗”的一个狗抢屎摔在地上，啃了一嘴稀泥，嘿哟吼叫地起不来了。

喜春儿一头扎在努尔哈赤的怀里，哭着说：“老憨儿哥哥！我绝不去王府！那里就是个人间地狱，好多女孩子都死在那里了！我哪儿都不去！我要跟你在一起！”情急之中，喜春儿说出了藏在心里许久的话。其实她早就喜欢上老憨儿哥哥了，早已把他当成了自家人，而且要永远做一家人，她要嫁给老憨儿哥哥做妻子！

再说那库布和忽木云双双被打，两个人并不服气。他们从来没遇到过这样的茬儿，以为刚才是没有留心，才被那黑小子占了便宜。如今见两人抱在一块儿，根本没把他们放在眼里，更是气上加气。仗着王府的势力和有些武艺，两个人一齐绰起腰刀，“嗷”的一声向努尔哈赤扑来，那恶狠狠的嘴脸吓得喜春儿面如土色。

努尔哈赤把喜春儿推到一边，自己腾身一跃，竟然如苍鹰般凌空而起，突然就落在了那二人的身后。还没等那二人回过神来，努尔哈赤的双脚已经顺势飞出，狠狠地踹在二人的后背之上，立刻把二人踹出三丈开外，双双趴在小河沟里，像是正在喝水的癞蛤蟆。那两把腰刀飞出老远，各自插在河滩之上，刀柄还在微微地颤抖。努尔哈赤拍拍双手，叫声：“妹子！今个儿咱们就早点儿回去吧！”说完赶着羊群，头也不回地走了。

那库布和忽木云摔得鼻青脸肿，满身稀泥，想起来追又不敢去，想这样走又不甘心，真是恼恨交加，又气又急。那库布强撑着爬上马背，冲着努尔哈赤心虚地叫喊："小子你等着！看我不剥了你的皮！砸碎你的骨头喂老鹰！"两个人嗨哟吼叫，恨恨而去。

努尔哈赤和喜春儿赶着羊群往回走，他们感到天色尚早，羊儿还没有吃饱，回去无法向牧主交代，于是换了一处草场又停了下来。努尔哈赤余怒未消，喜春儿却有些害怕了。她拉着努尔哈赤的衣袖始终没有松手，小声地说："老憨儿哥哥，这下子可要麻烦了！这两个家伙绝对不会善罢甘休，肯定会报复我们的！"

努尔哈赤弯腰捡起一颗石子，手儿一扬，狠狠地打在一块黑石之上，立时把那块黑石砸成两半，飞起的石屑像燃烧的火花。他愤愤地说："这种流氓恶棍就是欠打！我恨不得一拳就打死他们！妹妹莫怕！有哥哥在，他们不敢把你怎么样的！"俨然一副男子汉大丈夫的气概，说得喜春儿把头埋在他的怀里，甜蜜地笑了。

待兄妹俩晚上放牧回来，佟妈妈已经把奶茶烧开，馍馍蒸好，正准备招呼二人吃饭，听喜春儿这么一说，立刻吓得呆了！手中的木勺"啪"的一声掉在地上，半晌也没有说出话来。喜春儿见状忙给妈妈捶着背说："阿妈您怎么啦？哪里不舒服吗？快说话呀！"边说边扶着佟妈妈坐下来，努尔哈赤见状有些不知所措。

少顷，佟妈妈才缓过气来，着急地说道："孩子！你们俩闯大祸了！这里咱肯定待不住了！快点儿收拾一下，赶紧走吧！不然就可能来不及了！"喜春儿听妈妈一说，也觉得事态严重，忙帮助佟妈妈开始拾掇。倒是努尔哈赤还在迟疑，觉得他们亏理，咱怕什么？我倒要看看他们能把我怎么样？他坐在帐篷里纹丝没动，只是不停地擦拭着他的那把短刀。

不大一会儿，佟妈妈就把几件破旧的衣服收拾好了，连同炊具和一点儿粮食，都装在两个马褡子里。然后她拿出一个小蓝布包，打开层层裹着的旧布，取出一对精致的白银手镯，托在手心里对他们俩说："老憨儿、喜春儿，你们俩过来！这件东西虽然不值几个钱，却是当年我出嫁的时候，喜春儿的姥姥送给我的，多年来我一直都珍藏着，从来都没舍得戴。如今喜春儿长大了，也该出嫁了，妈有句话想跟你们俩说。老憨儿，妈看出来你是一个有出息的孩子，今天我就把喜春儿托付给你，你带上她赶快走吧！说不定一会儿王府的人就该到了！"

喜春儿一听心中狂跳，脸色绯红，她虽然满心欢喜，但因为事情突然，还是有些羞赧。偷眼观察努尔哈赤，却见他"呼"地站起来说："妈妈此言不妥，恕孩儿难以从命。她可是我的妹子呀！一家人怎么能成婚呢？"

佟妈妈不容分说，拉着两个人的手走出帐篷，斩钉截铁地说："这怎么不可能了？她又不是你的亲妹子，有什么不妥的？今天妈就做主了！给你们俩订婚！"说着让二人在大柳树旁跪下，对着月亮磕头。然后又把银手镯递给他俩一人一只，说："这是你们俩订婚的信物，妈祝你们不管贫富，终生相守，像这白银一样纯洁坚定！”

老人家心意真诚，由不得二人不从。两个人拜过月亮，又拜妈妈，刚要夫妻对拜，忽见不远处灯笼火把，亮成一片，马蹄声里人语嘈杂，似有许多人马朝这里涌来。佟妈妈一见情况不好，“祸事终于来了！你俩赶快上马！”说着把两具马褡子放上马背，催促二人快走。两个孩子拽住佟妈妈的胳膊不走，喜春儿哭着说：“妈妈我绝不离开你！死活都跟你在一块儿！”努尔哈赤也诚恳地说：“祸是我惹的，我跟他们走！看他们能把我怎么样？！”

眼见得灯笼火把越来越近，伴随着急促的马蹄声响，王府的兵丁已经喊杀过来。佟妈妈见二人依然不走，不觉气急，一个巴掌扇在喜春儿的脸上：“你怎么这样不懂事？三个人就这么一匹马，怎么走啊？能一齐走得了吗？你想让老憨儿也跟咱娘俩一齐死吗？你们俩走了就没事了！我一个老婆子怕什么呀？！”言罢不由分说，强行将喜春儿推上马背。

说话间那库布已带着人马跑到跟前，他吊着受伤的右腕，在火光中一阵狞笑：“小子！该死的贼皮！我早就看出你不是个好东西！原来你就是王杲的外孙，朝廷的要犯！现在反王已经落网，正在押往广宁的途中，我看你还能跑到哪里去？来人哪！给我拿下！正好抓住喽一块儿会审！”王府的兵丁们舞枪弄刀，闻声而上。有几个人则抛出了套马的绳索，佟妈妈等三人危在旦夕。

原来那库布和忽木云上午挨了一顿胖揍，气得七窍生烟，几乎发疯。因为在这方圆数百里的科尔沁草原，谁敢动他们一根毫毛？何况是一个小小的放羊的奴仆？二人打听到喜春儿家的住址之后，顾不得肢体的疼痛，一路连滚带爬地赶到王府，急想进去报告，却被守门的亲兵拦住：“王爷正在接待朝廷的特使，吩咐谁都不能进去！”库布一再说明有重要情况禀报，但那亲兵就是不允，后来根本就不再理他。库布和忽木云二人无奈，只好先找个地方喝茶治伤，等待时机。

直到太阳偏西，忽木云才打探回来，说那两个明使喝得酩酊大醉，才被王爷送走。库布闻之“腾”地站起身来，快步跑到王府。到得内院二门，见王爷被两个侍卫搀着，尚未进去。库布急得大声喊道：“王爷您老慢走！奴才有事禀报！”未及侍卫阻拦，他已经跪在王爷的面前，一五一十地述说了一遍。

那王爷索木图本是明朝册封的科尔沁部都督，虽已喝得半醉，头脑尚且清醒，听说有个貌若天仙的姑娘，不觉心中一动，撩起眼皮来一招手：“你且进来说话。”随即领着库布走进了内室，两个女仆忙上来捏肩捶腿，一个女仆端上一碗热茶。

那库布趴在地上，贪婪地吸吮着奶茶的香气，偷眼斜睨着那女仆的肥臀，添油加醋地把喜春儿如何美丽，那黑脸少年如何凶蛮又细细说了一遍。初时那索木图王爷饮罢奶茶，两眼微闭，似已睡着，但当他听说那黑脸少年功夫如何怪异、拳脚如何厉害之时，立即睁开醉眼，忙令人取过一张画像问道："库布你给我看清楚，你见过这个人吗？我科尔沁草原万家奴仆，十万牧民，还从未听说有如此厉害的人物！把你们俩打成这样，难道是他吗？是他来了吗？"

那库布抬头一看，见画像上的这个人黑黑瘦瘦，长长的头发，眉宇间似乎藏着一股杀气，两眼放射出电火一样的目光，惊得他倒吸一口凉气。他左端详右端详，感到能有七八分像，忙磕头禀报，右手一指："就是他！就是他！衣服虽然不一样，但是神情一点儿都不差！我看就是他！就是他打的我！"

索木图闻之喜出望外，"是他就好！是他就太好了！我说这两天左眼皮直跳，敢情我该发财了！人若是走运了，连神鬼都挡不住哇！"

原来自打那天在码头被救之后，王杲便带着儿子们钻进了山林，后来见明军频繁搜捕，就领着小儿子王太投奔了哈达部，而阿台和阿亥却被他打发去了漠北。人在落难之中，他多了一个心眼，怕被李成梁一锅端掉，那自己可就被斩草除根了！他不甘心就这样失败，他相信一定会东山再起。即或阿台和阿亥不行，努尔哈赤也一定行。他隐隐觉得这个外孙不同寻常，但不知他如今落在何方。

因为有多年的情谊和姻亲关系，哈达部的首领王台初时对他还算不错，后来经不住李成梁的威逼利诱，竟然设酒宴灌醉王杲，将其五花大绑献给了明军。李成梁抓获了王杲之后，将其押在广宁卫，又四处搜捕余党。当他得知是努尔哈赤出手相救，王杲父子才安然逃脱，气得拍案怒吼，当即就杀了牛开江，然后又下令画其图像，张网缉拿，向沿边各州、府、县及相关部族，都下发了海捕文书，派出了追逃特使。上午这两个明朝特使，就是李成梁派出来的。他们告诉索木图，若抓住努尔哈赤，赏黄金一千两、彩绢一千匹，还要奏请皇上给予加官晋爵。

因此索木图听库布这么一说，立时心花怒放，眉开眼笑。他一把拽起库布拍着肩膀说道："管家带来喜讯，真是天助我也！拿住那黑脸的反贼，再把那美人儿带回来，我重重地赏你！升你做王府的管家，给你一千两银子！我这王府里的丫头，你任意挑一个，抱回去做老婆！"一番话乐得库布淫心荡漾，两眼放光，一个劲儿地给王爷磕头。索木图当即令他带三百名亲兵前去缉拿，自己则在府中吸烟品茶，静候佳音。

且说努尔哈赤见情势危急，顾不得多说。他一把将佟妈妈和喜春儿推进帐篷。顺手抽出腋下短刀，一个转身，寒光闪过，那几根套马绳"唰、唰"两声，像几条死蛇一样落在地上。接着他又蹲下身来，"啪、啪、啪"一阵扫堂腿，冲在前头的几个兵丁应声倒地，摔得蒙头蒙脑。

趁着王府的兵丁们惊魂未定的一怔之间，努尔哈赤一个箭步蹿到库布的面前，用短刀指着库布高声喝道："无耻的恶徒，王府的走狗！快让你的人马退下！不然我就活剥了你！”

那库布虽然心中害怕，但是仗着身边人多，边往后缩边喊道：“看到了吗？就是他！就是这个黑小子！他就是朝廷的要犯！都给我上啊！抓住这小子！王爷有重赏！”

那帮王府的兵丁们闻听此言，不知厉害，“呼啦”一下子就围了上来，刀枪棍棒斧槊钩叉，一齐往努尔哈赤的身上招呼。努尔哈赤不慌不忙，“腾”地跳起，在闪烁的火光中腾挪躲闪，在杂乱的人群中穿缝游走，既像松林中吹过的轻风，又像污水中油滑的泥鳅。他时而跳到人群外的树影之中，时而走在那些兵丁的脑瓜顶上，令这些抓他的人无可奈何。但他并不想出手伤人，他知道这些人多是无辜的，虽然可恨但不该死。他只用那双眼睛搜寻着库布，想把这家伙拿住，然后再胁迫他喝退众人。

不料那库布狡猾得很，他知道自己不是对手，便趁着兵丁们一拥而上的当口，拉着王府的亲兵头领带人推倒了帐篷，抓住了喜春儿和佟妈妈。等到努尔哈赤发现的时候，喜春儿已经被口塞白布绑在马上，佟妈妈则被两个凶神恶煞的兵丁架着胳膊，推靠在大柳树前。库布奸笑着大声说道：“该死的囚犯！天杀的反贼！你还打吗？这个小美人儿一会儿就送到王爷的床上！至于你嘛！只要顺顺当当地跟着我走，大爷我暂时就不杀你！留你还是宰你，得交给李总兵定夺。你若再敢动手，看见了吗？我马上就烧死这个老婆子！”说完拿起火把，就去燎佟妈妈的头发。

努尔哈赤怒火冲天，急得大喊：“你混蛋！你这个不懂人语的禽兽！灭绝人性的豺狼！李成梁抓的是我，你抓我妈妈斗什么气？这件事与她们娘俩无关！你放了妈妈和我的妹子，我马上跟你们走！”

喜春儿听了努尔哈赤的话，急得直在马上摇头蹬腿。佟妈妈见状高声喊道：“老憨儿！我的孩子！别信那恶狗胡说的鬼话！你就是投案自首，王府也不会放过我们的！妈知道你是个命大的孩子，老天一定会保佑你的！快带上喜春儿一起走，你们俩好好过日子！将来一旦有出头之日，别忘了你来过科尔沁草原，这里曾经有个佟妈妈！永别了！老憨儿！永别了！我的女儿！咱们来世再见！”说完伸头向火把扑去，急得努尔哈赤“噌”地跃起，一下子挡在佟妈妈的面前。怎奈烈火无情，它已经燎着了佟妈妈的头发，烧着了佟妈妈的衣服。努尔哈赤也被困在大火中间，一筹莫展。

就在这万分危急的时刻，忽听得天空“嘎叭”一声炸雷，吓得所有的人都打了一个寒战。紧接着一阵狂风吹来，刮得人们睁不开眼睛站不住脚。随着电闪雷鸣，大雨如注，一瞬间将那些火把全浇灭了！还没等库布等人醒过神来，又一道刺眼的强光闪过，一个大火球子在人们的头顶上爆响，差点儿把兵丁们的耳朵震聋。待等雨住风停，强光过后，人们发现库布和忽木云已被殛死。浑身让电火烧得几近发焦，而佟妈妈、喜春儿和努尔哈赤，却不知都到哪里去了。

第九回

拜活佛古刹得绝技　奔幽州小镇过难关

不说王府的兵丁们垂头丧气，如何回去禀报之事。且说那场神奇的风雨来临之时，努尔哈赤只觉得身不由己，胳膊似被两人架起，忽忽悠悠，任其起落，就像那次遇见沙暴一样。他试图睁开眼睛，但是四周漆黑一片，什么也看不见。他曾想侧耳静听，然而风声呼呼，什么也听不见。不知过了多长时间，也不知到了什么地方，他感到自己的双脚已经踩实，四肢已能活动自如，头脑也似乎非常清醒，这让他感到跟上次不一样。他好奇地睁开双眼，看见佟妈妈和喜春儿也在自己的身边。喜春儿身上的绳索不翼而飞，正在轻声呼唤着躺在地上的佟妈妈。

努尔哈赤正想说话，忽听不远处有一个声音传来："阿弥陀佛！努尔哈赤！你的厄运未了，磨难还要继续。因之你当潜心向佛，耐心修炼，等待时机。切记你尚须韬光养晦，将来一定有出头之日。"

努尔哈赤循声望去，只见西南方一座敖包之下，隐约站着一位黑老太婆，旁边还有一头黑毛驴。努尔哈赤恍然大悟，方才在危难之中，一定是这位黑老太婆救了他们。他相信大千世界，奥妙无穷，可她是哪路神仙，或者何方高人呢？她为什么要搭救自己呢？努尔哈赤不及细想，连忙跪在地上叩头感谢。待等他抬起头来，那位黑老太婆已经不见了。

努尔哈赤无暇旁顾，连忙转过头来去看佟妈妈，却见喜春儿已经泪流满面。原来在帐篷之内时，佟妈妈被恶徒库布扎了一刀，由于工夫大了流血过多，老人家已经不省人事了。可在这荒郊野外的，一无医，二无药，到哪里去找救治的人呢？情急之下，努尔哈赤只好背起佟妈妈，领着喜春儿，向刚才黑老太婆消失的方向，摸索而去。

天快亮时，他们来到了一座寺院。高大的山门上镶着琉璃彩瓦，"岫云寺"三个金字熠熠生辉。漫长的石阶弯弯曲曲，彰显寺院的宏大，高耸的宝殿巍然屹立，宣示庙堂的威严。努尔哈赤抬眼望去，只见晨曦下古松旁，两个小沙弥正在清扫。他们全神贯注，专心致志，好像没发现有人过来。

努尔哈赤放下佟妈妈，毕恭毕敬地近前施礼："打扰了，小师父！我们这里有位老妈妈生命垂危，烦请宝刹能够出手相救，先行谢过了！"那边喜春儿早已跪了下来。慌得一个小沙弥连忙上前扶起："施主何须大礼？折杀小和尚了！出家人以慈悲为怀，救人一命，胜造七级浮屠。我这就去禀报师父，请随我来！”说罢领头便走。努尔哈赤背起佟妈妈，穿过两层大殿，来到后院东侧一间寮房，却见那方丈多吉活佛已经立在门口。

原来这岫云寺坐落在海棠山，位于医巫闾山主脉的北面，也就是现在的阜新市境内，与内蒙古的库伦、奈曼和敖汉旗毗邻。距科尔沁草原却已有四百多里。海棠山虽然不算什么天下名山，岫云寺也不是什么佛门宝刹，但是它在元代中后期就已经很有名气了，原因就在于它是关东第一座黄教寺庙，历代方丈都是从藏区过来的老喇嘛活佛。这位现任方丈多吉活佛，乃格鲁派大师宗喀巴的第四代弟子，是三世班禅罗桑丹珠大师的得意高足，十年之前奉师命从日喀则来到海棠山，担任岫云寺的法台（即方丈）。他佛学精湛，修为高深，深受关东各地寺庙高僧大德的尊重，与许多高僧大德常有往来。昨日医巫闾山的青岩洞主黑老太婆与他论禅，忽然心血来潮起身便走，说我先去救人性命，剩下的事情就交给你了！活佛闻之已知就里。因此当今早努尔哈赤背着佟妈妈前来治伤，也早在他的意料之中了。

待多吉活佛瞧过佟妈妈的脉象，当即叹口气说：“阿弥陀佛！人生自有天命，万事不可强求，一切都有定数。老施主因为伤势过重，已不可治。但她一生行善积德，当有正果。”遂劝两个孩子不要悲伤，赶快沐浴更衣，准备后事吧！

喜春儿和努尔哈赤听了如闻晴天霹雳，一时心如刀割，全都晕了过去。半晌两个人才苏醒过来，在小沙弥的帮助之下，为佟妈妈沐浴整容，替换衣裳。活佛亲自为佟妈妈诵经超度，不一会儿，佟妈妈的面色由苍白转向红润，脸含微笑安详地魂归天国。二人依活佛指点，把佟妈妈的遗体葬在一棵高大的海棠树下，并在大树后边的岩石之上，雕刻了佟妈妈的画像以示纪念。

说也神奇，后来这颗海棠树长得特别繁茂，粉白色的花朵尤其引人注目，那鲜红色的果实让人倍觉可亲。山里的人们心生敬重，从来没有人伤它碰它，它的果实全部落到地下。许多年以后，围绕着它生成了一大片海棠林。这周边的石壁上，也雕琢了大量的石刻，像是一座浑然天成的庙宇。而原来佟妈妈的那尊石刻，不知何时竟然变成了慈眉善目的绿度母，让世人暗暗称奇。不过这就是大清朝建国以后的事了，是不是与努尔哈赤有关，就不得而知了。

就这样，努尔哈赤和喜春儿便在海棠山住了下来。喜春儿会洗衣服做饭，就到后院去帮厨，有时也做些缝补之类的零活。努尔哈赤则跟着多吉活佛诵经学法，日子长了，似觉有些乏味。一日早课，努尔哈赤跟着众僧学习《俱舍论》，诵完《般若波罗蜜多心经》，正准备起身去吃斋饭，活佛招手示意让他到内堂，问他下一步有何打算。

努尔哈赤望着活佛颤声答道：“外祖父突遭不测，亲兄弟下落不明，官军正四处搜捕，虽有家却不能回。我现在只能浪迹天涯，还能有什么打算？”言语之间心灰意冷，情绪极其低落。他见活佛并未吱声，以为寺院不想留他了，就又接着说道：“明军三天两头就来骚扰，如果宝刹感到不便，我们兄妹俩即刻起身，再寻落脚之处，请大师不必为难。”

多吉活佛笑着说道：“阿弥陀佛，吾心天知。老憨儿你误会我了！你是青岩洞主请来的贵客，又是有大根基之人，寺院怎么会赶你走呢？你来看！”说着打开一个长长的卷轴，原来是用羊皮绘制的一张《九州山川地理图》。努尔哈赤跟着徐哑巴学过历史和文化，知道天下很大，中国也很大，眼前是一份全国地图，那上面用细笔和颜料工整地标注着各州、府、县的村庄道路，以及山峦河流湖泊的位置。但努尔哈赤不解其意，他不明白多吉活佛为什么让他看这个。

见努尔哈赤有些疑惑，多吉活佛接着说道：“人生无常，吉凶难料。男子汉大丈夫生于天地之间，自当悲天悯人，以拯救天下众生为己任。只有放眼中华，心盛黎庶，积仁德于万世，播恩泽于四海，方不枉生来一世。岂可因一时恩怨、些小挫折、血脉亲情和繁杂琐事所缠扰？我听青岩洞主说你是个可造之才，当随我苦其心志，劳其筋骨，壮其体魄，以资大业。”说完微微一笑。

努尔哈赤听罢恍然大悟，急忙叩头表示感谢，从此对诵经礼佛不再厌倦。活佛又教他学习《孙子兵法》和《阃外春秋》等书，见他进步日臻，高兴异常。

一日得到活佛允许，努尔哈赤跟随着喜春儿去山上摘杏采蘑。由于多日难得单独相处，两个人的心情都特别愉快。他们有说有笑，边做边聊，不大一会儿，两个背篓就装得满满的了。由于时间尚早，两个人又去佟妈妈的墓前祭拜，与老人家说了好长一会儿的话。刚刚下得坡来转过隘口，忽然间一阵疾风吹来，吹得树枝树叶“哗哗”作响，险些把二人弄个趔趄。

“真是怪了！都夏天了，咋还有这么大的风啊？！”努尔哈赤有些奇怪。他一伸手拉住喜春儿，站稳脚步刚一回头，不禁吓出一身冷汗。只见一只吊睛白额大老虎张牙舞爪，“嗖”的一下向他们扑来。努尔哈赤和喜春儿躲闪不及，双双吓得趴在地上。那只大老虎腾空而过，将两个背篓撞得稀里哗啦，蘑菇和鲜杏子撒了一地，却救了二人两条命。

努尔哈赤和喜春儿惊魂未定，那只大老虎又转身扑来。喜春儿吓得瘫在地上，动弹不得。努尔哈赤虽然有些功夫，但他为了保护喜春儿，不敢大胆与老虎周旋，只能在原地腾挪闪跳，遮遮挡挡。打斗之中，那老虎的右后腿被努尔哈赤短刀所伤，鲜血溅了努尔哈赤一脸。

那老虎疼痛难忍，恼羞成怒，虽然受伤但并未转身，却突然一个倒蹬，铁棍一样的尾巴向努尔哈赤扫去。只听得“啪嚓”“扑哧”两声，努尔哈赤的右腕被击中，那把短刀“唰”地飞出，顺势插在松树之上。努尔哈赤感到一阵钻心的疼痛，有些立足不稳，眼前金星乱飞，脑袋也有点儿眩晕。喜春儿被吓得“妈呀”一声，抖如筛糠。但那只大老虎毫不客气，愤怒地一声咆哮，又转身扑了过来。

就在这千钧一发的时刻，忽听得松林中一声断喝：“虎痴！不得无礼！还不退下！不可伤他！”那老虎闻听此言，竟然服服帖帖，乖乖听话，突然收住脚步，喘着粗气，跑到旁边蹲了下来，好像一只温顺的大猫。

努尔哈赤惊异之余，抬头看去，又是那位黑衣黑裤的黑老太婆，披着黑斗篷，骑着黑毛驴，手拿一根黑色的木棍，正在拨弄那只老虎的头，笑盈盈地说：“我告诉你虎痴，你可以每日陪他玩耍，但是绝对不可以伤他，记住了吗？”那只大老虎竟然孩子般点了点头，好像还有点儿不好意思了。努尔哈赤觉得十分好玩，但等他拉起喜春儿再抬头看时，那位黑老太婆又不见了。

说来有趣，那位黑老太婆虽然走了，但是那只老虎并没有走，它仍然温顺地蹲在那里，两眼放射出柔和的目光，全没有了方才凶神恶煞的样子。努尔哈赤虽然感到奇怪，但是他也不敢再停留了！他细心地捡起撒落的蘑菇和鲜杏，搀着喜春儿向山下走去。那只大老虎竟然友好地跟着他们，一直护送到山门之内，然后才一瘸一拐地走了。

回到寺庙之后，努尔哈赤和多吉活佛说起此事，多吉活佛一点儿也没有感到吃惊。他望着努尔哈赤双手合十：“阿弥陀佛！造化呀造化！施主福运非浅，屡有菩萨相助。那虎痴乃是青岩洞主亲手调教，你怎么能是它的对手？不过这下可好了！它成了你的朋友了！将来你自当受益匪浅。”努尔哈赤听后仍觉诧异，但他没有再问。

然而更令他诧异的是，过几日他又上山，那只老虎竟然在山门之外等着他，而且一路领着他走，这让努尔哈赤大惑不解。他想反正活佛今天也没交代什么紧要之事，不如就跟着这只老虎，看它到底要干什么。他跟着那只老虎穿山越岭，转弯抹角，走了很远的路。山是越走越高，林子是越来越密，渐渐地他已感到有些吃力了。每当此时，那只大老虎便会停下来等他，一副十分友好的样子。就这样，他跟着那只老虎一直走到海棠山的腹地，在一个背风向阳的石洞前停下来。

努尔哈赤蹲在石洞前的小溪边刚洗把脸，忽然听到一声长长的虎啸，没等回音落下，就见四只小老虎从石洞中欢叫着跑了出来，“呼啦”一下子围在虎妈妈的跟前，一个个摇头摆尾，摩肩擦背，撒娇撒欢，十分可爱。那只大老虎则用舌头挨个舔过，然后领着这些小家伙在努尔哈赤面前坐了下来，像是一家人在迎接一位远来的嘉宾。

努尔哈赤既觉离奇，又觉有趣。他是在山林中长大的狩猎高手，见过各种各样的飞禽走兽，但是从没见过这样通人性的动物。心想既然它们这样友善，自己也应该有所表示呀！于是他对着大小五只老虎拱手一礼，然后顺着小溪向山上走去。不大一会儿，他射下几只山鸡回来，扔给几只老虎，权当上门之礼。那几只小老虎见了并不上前，只是用征询的目光望着妈妈。待等那只大老虎用前爪挨个摸过，用鼻子挨个嗅过之后，它们才一哄而上，撕咬起来。

这一日努尔哈赤同老虎们玩了大半天，那只大老虎领着他去了四五处好玩的地方。小老虎们则陪着他采了许多蘑菇和水果，还同他在小溪边摔打追逐，嬉闹了一个多时辰。努尔哈赤长这么大，还从来没这样开心地同野兽们玩耍，他感到十分刺激和新奇，直到傍晚了才恋恋不舍地离去，那只大老虎又一直把他送到庙门口。一来二去，他与老虎们混得熟了，竟能明白彼此的意思和肢体语言，成了十分要好的朋友。

一晃又过了半年。一日清晨刚下完小雪，努尔哈赤被多吉活佛唤去，伸手递给他一个黑色的盒子，里边是九颗酒盅儿大小的红色药丸。努尔哈赤不解其意，活佛对他说道："这是一盒九宫大力丸，是用豹筋、虎胆、熊掌、驼蹄、鹿茸、狗宝、牛黄、马肾和海棠山的大黑蚂蚁配制而成。你每隔三天在睡前服上一颗，晨起后再按照盒中图示练习功法，一月后自当功力猛进。你以前虽经高人指点，轻功技法和刀枪弓马都还不错，但是力道稍差。服用此药，练习此法，可以助你成功。你身负大任，切莫偷懒，日后自当受益无穷。"

努尔哈赤听后千恩万谢，每日遵照活佛的叮嘱，刻苦练功，从不间断。那些虎友上门找他来玩，他试着用所学功法与之周旋，自觉周身力气大长，尤以两臂更加明显，竟能轻易抓举大虎，令他欣喜万分。

冬去春来，树梢放绿。一日太阳刚冒头儿，努尔哈赤晨练归来，就见一位小喇嘛急匆匆地走来，边走边喊："老憨儿哥哥！活佛回藏去了！临走时让我送封信给你。"说完拿出一封没有弇口的书信。

努尔哈赤接过书信没有立即就看，却着急地问道："活佛什么时候走的？怎么就没得见上一面？"

那小喇嘛扎西喘着气说道："你也知道活佛的功力，走虽是才走，怕是你也追不上了！师父既是留下书信，他就没想着再见你，你还是看信吧！"

努尔哈赤跑出庙门，登上山崖向西方张望，哪里还有活佛的影子？只见一片彩云向远方飘去。他不禁满腹惆怅，只好拿出信来观看。只见活佛在信中写道："努尔哈赤，我的徒儿！师父虽是第一次称呼你的名字，但我早就知道你的根源了！十一年前恩师派我来到关东，半年多前你临危逃难来到此山，终于成就了我们的一段师徒因缘，也完成了我们黄教师门的一个夙愿。如今老衲受青岩洞主之托，所应之事均已办妥，就遵师遗命回藏去了。临行之时，百感交集，恐致不舍，不见为好。但是为师嘱你，本寺非汝久居之地，汝可携喜春儿再赴他乡。官府虽然到处抓你，但却有更安全的地方。你明白佛灯虽亮、座下也黑的道理吗？走的时候，你把那张《九州山川地理图》带上，日后对你和你的子孙大有用处。另外，寺中护山神犬黄龙颇有灵性，是我从藏区带过来的，也一并赠送给你。它会忠心保护你的安全，助你成就宏图大业。别了！我的徒儿！天下虽大，佛法无边。人生虽短，灵魂久长。不要感伤，切莫流泪，也许我们还有见面之时，那时候黄教就传遍中华了！阿弥陀佛！为师至嘱。”

努尔哈赤读罢多遍，似觉活佛就站在他的面前，令他不由得眼含热泪，哽咽多时。几个月来，活佛待他情比高山，恩同大海，不仅谆谆教他学文，而且刻苦教他习武，让他悟性大长，心智陡增。虽未正式拜师，但却情同父子。努尔哈赤遥望西方，叩头致谢，几番大礼，方才起身。

努尔哈赤走进山门，正想回住处去收拾东西，却见寺中僧人都来相送，喜春儿也已打点停当，笑盈盈地立在大殿门前。那只大黄狗如同猛虎一般，正雄赳赳地站在她的身后，原来活佛早已吩咐就绪。努尔哈赤又是一阵心酸，眼泪差点儿就掉了下来。

努尔哈赤和喜春儿带着黄龙，告别了寺院中各位喇嘛，又去山上拜祭过佟妈妈，给她点燃了九炷长香，跟老人家说了许多话，然后两个人才洒泪离开。道路迢迢，山野茫茫，应该到哪里去呢？两个人的心中一片迷茫。

正在两个人驻足十字路口，犹豫着不知向何处去的时候，忽见那只大老虎不紧不慢地走在前面，还不时地回头张望，好像在为他们引路。多日的接触和交流，努尔哈赤已知它甚有灵性，说不定是受了青岩洞主或是活佛的派遣，于是便友好地挥了挥手，跟着它走。那黄龙摇摇摆摆，紧随其后，还不时竖起耳朵警惕地搜巡，好像一个极负责任的侍卫，令努尔哈赤感到有些好笑。

时近中午，将出山林，那老虎便不再向前行走。它蹲在路边一棵老树旁，一声不响，双目一直望着努尔哈赤，好像蕴含着无限的深情。努尔哈赤走上前去，抚摸着它右后腿上的那块伤疤，向它歉意地点了点头，然后俯下身来，与那只大老虎吻颈告别。那只大老虎摆动着硕大的头颅，在努尔哈赤的怀里拱蹭良久，然后才恋恋不舍地放开。

努尔哈赤和喜春儿与大老虎招手告别，向南走去。两个人转过山口，回头一看，那只大老虎还站在路边，向这边张望，这让努尔哈赤感动不已。喜春儿情不自禁地说道：“老虎虽为猛兽，但是也有真情。有人虽着人冠，却是不如禽兽。天底下这些古怪的事情，谁又能说得清啊？！”二人感叹不已。

按照努尔哈赤记忆中地图上标注的方向，前边就应当进入幽州地界了。幽州是明朝北边的疆土，李成梁的辽东总兵府就设在幽州所属的广宁卫。怎么办？到广宁去那不是飞蛾扑火、自投罗网吗？努尔哈赤有些迟疑。但他忽然间又心中一动，他想起了多吉活佛说过的话，“佛灯虽亮、座下也黑”，“沙暴中心、也许无风”啊！对！越是危险的地方就越安全。李成梁想不到我敢上他的身边去，我就偏要到那里去！寻找机会我还可以杀了他，为外祖父和亲友们报仇！想到这里，努尔哈赤豁然开朗，浑身是劲儿，不知不觉之间就加快了脚步，弄得喜春儿和黄龙一阵小跑。

刚过晌午，两个人来到了边陲小镇——镇静堡（今辽宁省黑山县白厂门镇）。由于走得又饥又渴，刚要进堡子找个地方吃点儿什么，却见那路边大杨树下，有个卖吃食的小摊。一个穿着黑衣黑裤的黑老太婆，正在招呼着卖豆腐脑儿，旁边有几个路过的人在埋头吃喝。那黑老太婆手里摇着杨柳枝不断地吆喝，一头黑毛驴就拴在大杨树旁。

努尔哈赤和喜春儿看着都觉得眼熟，好像是那位两次搭救过他们的黑老太婆。但是天下之大无奇不有，相似的人多了去了，他们不敢贸然相认，更不敢随意搭话。努尔哈赤有心移动脚步，但肚子已饿得咕咕乱叫。喜春儿见状连忙说道：“老憨儿哥哥，我这里还有些零钱，咱们就买些豆腐脑儿充饥吧！你看如何？”说着掏出几枚铜钱，递与那位黑老太婆。

那位黑老太婆接过铜钱，笑吟吟地舀了两大碗豆腐脑儿，一碗递与喜春儿，另一碗递给努尔哈赤。她望着努尔哈赤，似是不经意地说道：“我说孩子，这天气炎热，极易口渴，要不要放些香醋和辣子调味？”

努尔哈赤原来在建州老营的时候，从小跟着秀姑养成的习惯，最爱吃香醋和辣子，但自从逃难出来以后，已经好长时间没有吃过了。如今听黑老太婆一说，当然求之不得，于是高兴地说：“多谢婆婆好心！那就多放一些吧！”

那位黑老太婆闻言说声：“好咧！”当即从身后取出一个玻璃瓶，用小木勺从里面舀出些红色的粉末，又浇上一些醋汁，撒上一些香菜叶，那碗豆腐脑儿立时香气四溢，辣味扑鼻。“孩子！快吃吧！吃过了就没事了！既能解饿又保平安。”那老太婆似是很随意地说道。

努尔哈赤端起陶碗，稀里呼噜，狼吞虎咽，顷刻间将那碗豆腐脑儿吃得精光，连一个香菜叶都没有剩下。喜春儿此时才喝了不多一点儿，见努尔哈赤吃得香甜，便把自己那碗递了过来：“老憨儿哥哥，你都吃了吧！我倒不怎么得意这股味。我这里还有几枚干果，将就着是可以充饥的。”努尔哈赤知道妹妹是心疼自己，很想推辞，可他实在是太饿了，几口下去又是一扫而光。

两个人吃完豆腐脑儿转身还碗，却发现那个卖吃食的小摊已经不见了。努尔哈赤四下观看，哪里还有黑老太婆的身影，连那头黑毛驴也不知去向。两个人好生奇怪，只好把那只陶碗揣在怀里往前走，想遇到那老太婆时再还给她。

兄妹俩刚走出三四百步，拐过一个弯，就见前面的漫山漫岗之上，横着一道边墙，边墙的正中有一座土楼，土楼的下边有一道明军的哨卡，十几个持枪佩刀的士兵，正站在哨卡两旁，逐个盘查着过往的行人。这时只听一个千户模样的军官高声喊道："都给我仔细点儿！可千万别让反贼漏网啊！否则小心你们的脑袋，总兵大人可在卫所候着呢！"那些士兵得令后不敢怠慢，一个个连搜带问，盘查得十分严格，稍不顺心就对行人又打又骂。

努尔哈赤跟着待查的长队排在后面，开始的时候并未在意。可过了一会儿抬头一望，却不由得大吃一惊。原来那哨卡旁边的木板之上，挂着一幅很大的画像。画像上的那个人黑黑瘦瘦，长发大眼，两耳有轮，眉心有痣，隆起的鼻子像一道山梁，入鬓的眉毛又黑又重，一张阔口下边，是那铁似的宽宽的下巴。细看起来不是别人，正是自己呀！下边还有"朝廷钦犯努尔哈赤"八个大字，字的上面打着红叉。一个百户长模样的小军官手拿铜锣，时而敲一下就大喊一声："抓住活的赏白银万两，杀死反贼的赏白银五千！"

努尔哈赤见情况不妙，就想转身逃跑。但他伸头一看，前边只有两个人就轮到自己了，如果跑的话风险太大。何况自己的身后还有喜春儿，把她扔下来怎么办？还不得让明军给糟蹋了哇？他不敢想下去。跑不成了就顶上去！是死是活凭命由天，顾不得那么多了！努尔哈赤昂首挺胸走上前去，一双眼睛睁得大大的，做好了随时搏斗的准备。

没想到那哨卡旁边的两名士兵连看都没好好看他一眼，就伸手一推说："你过去吧！"然后就算过关了。喜春儿和黄龙也都顺顺当当走了过来，没费一点儿口舌。

然而跟在黄龙后边的那个人就没有这么幸运了！那位黑黑瘦瘦的高个子青年刚进哨卡，立即被那个明军千户揪住："你给我站住！该着我发财了！我看你就是反贼努尔哈赤！"随即不容分说，几个士兵一拥而上，将其五花大绑，押往卫所去了。

努尔哈赤见状，心中的一块石头方才落地，不免又为那位黑脸青年的命运担忧。不料这时喜春儿过来拉住努尔哈赤的左手，刚喊出一声老憨儿哥哥，就吓得连忙撒手道歉："对不起呀！认错人了！"转身又向来路跑去。

喜春儿一边往回跑，一边心中纳闷儿，眼前这个身材高挑、面目清秀、白白净净的少年，也不是老憨儿哥哥呀！可这身上穿的衣服一点儿也不差呀！还是我和阿妈为他缝的呢！何况我还一直拉着他的袖子，始终跟在他的后面，怎么人就突然不见了呢？难不成真的见鬼了？

喜春儿满脸疑惑又四下踆巡，跟前并未发现穿同样衣服的人。她依旧回转身抬头一看，那位白脸少年仍然怔怔地望着她，一副迷惑不解的神情。

这时，努尔哈赤见喜春儿突然松开她的手又走来走去，感到十分奇怪。于是他走过来轻声问道："我说妹子！你怎么了？你直瞅我干什么呀？难道不认识我吗？"

喜春儿闻听努尔哈赤之言立马站住了，但是仍然疑惑地说："我还真的就不认识你了！你是老憨儿哥哥吗？听方才说话的声音倒是你，可你怎么就变成这副模样了呢？"努尔哈赤摸摸自己的头发和脸庞，也感到有些奇怪。

两个人走到一个僻静处，喜春儿拿出随身携带的小镜子，一边递给努尔哈赤一边说道："你自己看看吧！咋突然变得这么好看了呢？但我瞅着别扭！我还是喜欢原来样子的老憨儿哥哥！"

努尔哈赤接过小镜子对面一照，不禁大惊失色："哎呀我的妈呀！怪不得妹子不认识我了，怎么就变成这副模样了呢？可我真是你的老憨儿哥哥呀！"这到底是怎么一回事呢？难道是方才那位黑老太婆做的手脚？

努尔哈赤猛然想起，自己吃完豆腐脑儿以后，便感到脸上火烧火燎，他以为是辣子放得多了，并未在意。现在他突然明白了！这位黑老太婆三番两次救他，一定是世外高人，说不定就是那位活菩萨青岩洞主。他喝了老人家的豆腐脑儿，让他容颜大变，由此逃过了明军的盘查，这是他的救命恩人哪！

努尔哈赤这么一说，喜春儿似乎也明白了："我说怎么那样面熟呢？敢情她救过咱们两次。刚才我们喝完豆腐脑儿，老人家就忽然不见了，连碗都没收。"说到这里，两个人不约而同地去怀里一摸，更加诧异万分！怀里哪有什么大陶碗呀？原来是光灿灿的两锭大银子！这下子两个人全明白了！立时高兴万分！有如此高人相助，日后必逢凶化吉。努尔哈赤对未来充满了信心，喜春儿则对老憨儿哥哥深信不疑。两个人挽着胳膊，牵着黄龙进堡子去了。

这镇静堡虽然是个不大的村镇，但因为地处边关，堡子里驻扎着一千多明军，连屯耕的家属算在内，也有几千人。再加上离此不远的团山堡，有一个闻名辽东的马市，边境贸易十分活跃，因此蒙汉边民，熙熙攘攘，商流通畅，热闹非常。

努尔哈赤和喜春儿买了一包烧饼，正想坐在路边小摊上喝碗热茶，忽听见前面不远处人声嘈杂，街上的人们都纷纷向那里跑去。年轻人好奇心重，两个人放下茶碗，揣起烧饼，随着人流就跟了过来。

走出不远，就见路东一座高大的青砖门楼里面，有一个很大的校场。校场内靠南边的一排木桩之上，捆绑着十几个黑黑瘦瘦的青年男子，他们正在被一队明军士兵轮番鞭打，校场内不断发出撕心裂肺的惨叫。木桩的旁边还站着两只壮硕的黑里带黄的大狗，它们龇着锋利的牙齿，伸着长长的舌头，嘴里发出断断续续的可怕的呼噜声。几个明军的千户、百户模样的军官，此时正站在北面的将台之上，比比画画的似乎在议论着什么。

努尔哈赤的目光扫过，一眼就看出在那些被打的男人中间，有一个是他刚见过的青年猎户。那人虽然被打得遍体鳞伤，浑身是血，却高昂着头颅，一声不吭，脸上反露出轻蔑的微笑。

原来李成梁虽然通过利诱王台，抓住了王杲，并将其解送北京，自己也因此受到朝廷的嘉奖，被破例地晋为太子太保，但由于时间不长，司天监又多次奏报，说紫微宫中仍然有异，那颗入侵的外星非但未去，反而更加明亮。首辅张居正因此疑心，王杲虽被处以磔刑，但他恐怕不是真正的反王，那个可怕的人物仍然逍遥法外。万历皇帝因而十分生气，下旨申斥李成梁办事不力，责令他迅速剪除，以绝后患。那圣旨中的措辞十分严厉，仿佛透露出阵阵杀机，令他想起来就脊背发冷，不寒而栗。为此，李成梁近来撒下了大批人马，明显加大了搜捕盘查的力度。从几个漏网的王杲余党来看，他对阿台、阿亥兄弟并不担心。他觉得这兄弟二人虽然勇武，但欠谋略，并不具备其父的雄心壮志。而那个觉昌安的孙子努尔哈赤，却让他想起来就忧心忡忡，一种不祥的预感立即就笼罩在他的心头。

根据部下将士报告，就是这个努尔哈赤，在苏克素浒河边面对数百明军，竟然制服了牛开江这员骁将，轻易救走王杲又全身而退，然后消失得无影无踪。不久在科尔沁草原突然露面，却又打伤了蒙古的兵丁而逃脱了索木图王爷的追捕。种种迹象表明，这是个有勇有谋难以对付的家伙，看似孤独无助却左右逢源，吉星高照。从那双电光石火般的眼睛来看，这个黑黑瘦瘦的长发少年更加可怕。李成梁隐隐感到，这家伙极有可能就是真正的反王！因此他下令画影图形，严格缉查。但由于近日来盘查无功、搜捕无果，朝廷又一再发文催促。那个与他一起镇守辽东的内府太监殷天雨，三天两头阴阳怪气，出言讥讽，因而他的心情一直就非常焦虑。

这一日李成梁见天气晴好，他便亲率三百名士兵出府巡边。离开广宁卫后先到义州卫，然后便沿着柳条边缓缓前行。中午时分一行人马抵达镇静堡，李成梁便下令在千户所休息，顺便向驻地明军询问一下缉查情况。

那明军千户刘炳炎说："启禀大帅！末将谨遵严令，一直昼夜盘查，未敢有半点疏忽。稍有可疑之处即行拘捕，目前已抓住十几个人。这些人模样看着都有点儿像努尔哈赤，但无一人承认自己是反贼。因此既不能认定，又不敢放走，正想派飞骑向您禀报。今日幸得大帅亲自到此，就请您定夺明断。"

李成梁坐在千户所内的虎帐之中，毫无表情地听了千户刘炳炎的报告，听完之后半晌一言未发，良久站起身来一挥手，说："给我打！给我狠狠地打！宁可打死一千，也别放走一个！我就不信抓不住他！"他明白这些人中间肯定没有努尔哈赤，但他必须这样做。这样一可以对上交差，二可以震慑百姓，看谁敢窝藏反贼？！慢慢地就会把努尔哈赤逼出来。他为自己的想法扬扬得意，于是在那些人的惨叫声中大块吃肉、大碗喝酒。

不料这时跟在努尔哈赤身后的黄龙闹事了！这家伙见校场内有两只大黑狗，其中一只还是母狗，不知突然间动了什么杂念，竟然“噌”的一下蹿出，一直跑到那只母狗的身后，还伸过头去吻颈示好。那只母狗虽然此时遵照主人的指使，正在履行职责，对那些挨打的人实施威慑，心理上并无嬉戏的想法，但它一斜眼的工夫，发现身边来的这个家伙身强体壮，高大魁伟，一身金毛凸显身份尊贵，那威风劲儿好像一头雄狮。再看那双大眼睛明亮深邃，不怒自威，此刻却流露出脉脉柔情，那神态和动作均十分英俊潇洒。那只母狗见了不由怦然心动，天下怎么还有如此漂亮雄壮的公狗？比我的那个伙伴可强多了！于是它立即停止狂叫，与黄龙四目相对片刻，然后吻颈嬉戏起来。

在如此大庭广众之下，那黄龙和母狗竟干出这般行径，可把旁边那只黑色的公狗气得不轻。它想你是哪里来的野小子？竟敢当面调戏我的爱侣？也太目中无狗了吧？我若不狠狠地教训你一下，这口气怎么咽得下去？今后还怎么在人前为狗？于是还没等校场上的士兵出声吆喝，立即“唰”的一下冲上前去，对准黄龙的咽喉张口就咬。

这两只黑狗都是明军巡边的猎犬，个个长得像牛犊子似的，不但极为壮硕，而且十分善斗，那黑色公狗这一嘴若是咬上，那还得了？还不得当时就把黄龙的脖子咬断哪？！黄龙此时正在调情，与那只母狗玩得高兴。两只狗显然是一见钟情，它们的好感与时俱增，大有迅速发展下去的可能。

对于黑色公狗的突然袭击，黄龙虽然猝不及防，但它是谁呀？它是西藏日喀则草原上的獒王，海棠山岫云寺的护山神犬！其实从一开始它就提高了警惕，一直用眼睛的余光瞟着那只黑色的公狗，这时见那只公狗猛扑过来，略一摆头已轻松躲过。还没等那只公狗转过身来，随即闪电一般俯冲过去，一下子就把那只黑狗扑倒在地，两只前腿狠狠地按住那只黑狗的胸口，利爪如弯刀般已抓进那只黑狗的肉里，然后一嘴向那黑狗的咽喉咬去。

事情发生得太突然了！不仅那只黑色的母狗呆呆发怔，不知所措，就连在场的明军士兵也都愣在那儿，说不出话来。待等他们回过神来，看清那只黑色的公狗可能会被咬死，才“嗷”的一声同时大喊，挥舞着刀枪冲了过来，手中的家伙一齐往黄龙身上招呼。吓得喜春儿面如土色，一时竟不知说什么才好，只是用手指紧紧掐住努尔哈赤的胳膊，抖个不停。

努尔哈赤见状急忙大喊：“黄龙！快跑！黄龙！快跑！”

黄龙其实根本没想咬死那只黑色的公狗，只是想吓唬吓唬这个暗下黑手搞突然袭击的家伙，不然有十只黑狗也早就没命了！它只是想告诉那家伙，天外有天，狗上有狗。对于日喀则草原上的獒王来说，以一当十、以一当百都是小菜一碟，咬死个把对手又算什么？此时听到主人呼唤，立即“唰”的一下子如道闪电，飞也似的向努尔哈赤身边跑去。

努尔哈赤领着喜春儿、带着黄龙转身就跑，那十几个场上的明军士兵抬腿就追。校场上一时人声鼎沸，乱成一团。明军士兵虽然人多势众，道路极熟，但是因为人们四散奔逃，堵塞了几条主要的街路，所以尽管距离不远，却始终没有追上。待等追出街口一看，那条大黄狗和两个年轻人都不见了，无奈只好悻悻而归。

第十回

救仇人栖身军马场　揍骚狐亡命死囚营

李成梁酒没喝足，饭没吃好，闻听外边大乱，一时怒气冲天。他劈头盖脸一顿臭骂，吓得千户刘炳炎战战兢兢，磕头如捣蒜。他手下的亲兵们一顿皮鞭，打得校场上的十几个士兵哭爹喊娘，跪地求饶。骂也骂了，打也打了，李成梁仍未解气。他命刘炳炎将疑犯带到广宁卫羁押，待以后再慢慢审问，自己则带着人马离开卫所。但他不再向东巡视，而是拐向闾山北麓打猎去了。

原来李成梁爱好打猎，每当他处理完手边军务，稍有空闲，便会带上几名亲兵，进山转悠，而且多数都捕获不菲。这一日他心情不爽，便想借打猎排忧解闷。一行人离开大路，钻进山林。不一会儿就见树木渐密、花草渐多，当是猎物出没之所，于是便屏息静气，四下搜寻起来。

过了天仙观不远，一名亲兵忽然轻声说道："大人请看！左前方莫不是只山羊？"一边说着一边伸手指给李成梁看。李成梁闻之抬眼望去，果见一大一小两只山羊正在密林边啃草，它们低着头全神贯注，样子十分悠闲自在，好像根本没有发现他们。李成梁拈弓搭箭，看得较准，"嗖"的一箭射去，那只大山羊应声倒地。亲兵们见之齐声喊道："中了！中了！射中了！大人真是神箭！"边呼叫着边向前跑去。没想到眼瞅着就要抓住了，那只受伤的山羊却突然爬起来，带着小羊一阵狂奔。待等众人追到跟前之时，那两只山羊已经双双跳下悬崖去了。

李成梁进山打猎多年，只要出手，从不落空，也从来没遇到过这种情况，今天中而复失，不免让他有些尴尬。于是他对亲兵们自嘲地说道："我看这只大的是只母羊，原本就没想射死它，只想抓个活的回去喂养。没想到它们这般刚烈，竟然自己跳崖了！真是有福不会享啊！这就怨不得我了！愿它们早点儿转世吧！阿弥陀佛！"

亲兵们闻之又是一阵恭维："大人真是菩萨心肠，是这万物的再生父母啊！""大人金口玉言，那山羊死而无憾！""哎呀！多好的机会呀！是那山羊母子俩时乖运蹇，没有享福的命啊！"李成梁虽然觉得这些话不伦不类，口是心非，但是听着倒也舒服，方才的一丝不快也随之而去。

一行人走出不远，就看见有一群猴子在树杈上玩耍。它们一个个蹦蹦跳跳，嬉戏打闹，滑稽可爱，妙趣横生。见李成梁率亲兵们走过来，它们不但不躲不闪，反而抛掷松塔向行人挑衅。李成梁打猎从来不碰猴子，他认为猴子与人同宗，不能物伤其类。因此尽管猴子们无理取闹，他也不理它们，亲兵们见总兵大人如此，谁还敢无事生非？也都嘻嘻哈哈地逗趣走过。

没想到猴子们得寸进尺，故意整事。在李成梁骑着马通过一棵大松树下，为躲避一根侧枝略一低头的时候，一个年长的猴子竟然伸出手臂，一把将他的帅盔给摘了下来，并且戴在自己的头上，比比画画，做着鬼脸。亲兵们一见全都火了，挺枪就要向那只猴子刺去。李成梁大度地一挥手，笑着说道："猴子们通人性，也不过就是玩玩。算了！算了！不必在意！"

可是下边的事却让李成梁不得不在意了！就在他仰起头来望着那只年长的猴子，招手示意讨要头盔的时候，一只蹲在高枝上的年幼的猴子，居然对着李成梁撒起尿来，那温热的尿液随同碎金似的阳光，穿过层层枝叶落在李成梁的脸上，就像伏天里海边上下的小雨，又腥又臭，又咸又臊。李成梁不禁勃然大怒："本帅今天真是晦气，应了古来留下的那句老话，大白天的让猴子给要了！给我打！弄死这帮可恶的家伙！"

亲兵们得令发一声喊，几乎是同时拿起武器，向这些树上的猴子们掷去。然而由于树高林密，猴子们一声呼哨，顷刻间跑得无影无踪。那些亲兵们的武器非但没有击中猎物，还有几把佩刀被猴子们绰在手里拿跑了，气得李成梁七窍生烟。

可气的事情刚刚过去，可怕的事情又来了！原来李成梁被猴子戏耍，丢了帅盔，心中便隐隐有些不快。他自小相信鬼神，十分在意因果报应和预兆命运之类。他觉得"丢冠"暗喻"丢官"，"失盔"音近"吃亏"。今天的种种征兆表明，似乎不太吉利，因此他便想早点儿回去，换个好日子再来。没想到一转念之间，忽听前边树林中一阵"嘚嘚"的蹄响，两头马鹿如闪电般飞身而过，李成梁瞬间猎兴又起。他平生除了爱猎猛兽，借以彰示武勇，就是愿意追捕野鹿，来寄托自己的情怀。他觉得与这种快如疾风的走兽在森林中驰骋，仿佛有一种逐鹿天下的快感。此时他刚刚被猴子要了，正憋着一肚子的气无处可撒，于是便顾不得招呼亲兵了，自己一个人快马加鞭，咬牙切齿地向那两头马鹿追去。

眼见得距离越来越近了，看样子不会超过一百五十步了！以他的膂力和箭法，射中这两头马鹿手拿把掐，没有一点儿问题。但是他并不急于放箭，他要的就是紧紧地跟住它们，追垮它们，累得它们筋疲力尽，然后生擒活捉。他深知胯下这匹御赐良马的脚力，他渴望获得这种快感，他喜欢玩这种猫捉老鼠的游戏。

李成梁稳住战马，又追赶了一阵子，他看到前边的那两头马鹿已经步子散乱，摇摇晃晃，显然已经体力不支了。又回头一望，见后边的亲兵们一个也没有跟上来，不禁心中有些得意。自己已经过天命之年了，身体还依然这般硬朗，此乃上天赐给本人的福分哪！他端坐马上仰天长啸，心中残存的那点儿不快瞬间一扫而光。

李成梁高兴地望着那两头马鹿，见它们已经停下脚步回头张望，四只大眼睛同时流露出绝望的神情，不禁心中一阵狂喜。他自言自语地又像是对那两头马鹿说道：“可怜的小家伙，别害怕！跟着我回去吧！我不会伤害你们的！广宁卫的鹿苑里，你们的伙伴多着呢！那儿有吃有喝，可比这里享福多喽！”

李成梁一边说着话，一边跳下马来，顺手从马褡里掏出两根绳索，微笑着向那两头马鹿走去。他的神情太过专注，眼睛只顾盯着前边了。走着走着忽然觉得脖子上一凉，一根绳索一样的东西带着一股大力，“啪”的一下将他搂头打倒在地，摔得他好一阵头晕眼花。待等他揉揉眼睛坐起来一看，不禁吓得灵魂出窍，“妈呀”一声重新倒在地上，身体哆嗦成一团。

原来在他的对面，有一条一丈多长，身子有大碗口粗细的巨蟒，正张着血盆大口，吐着一尺多长鲜红的芯子，瞪着两只鸡蛋大的眼睛望着他，那股说不出的难闻的气味迎面喷来，呛得他直想作呕。再看身后那匹宝马良驹，早没有了往常生龙活虎的样子，已经像堆烂泥一样瘫在地上，嘴里时而发出悲哀的叫声。

李成梁来广宁任总兵已经六年，过去只听说过闾山有蟒，但他从来没有遇见过。他虽贵为总兵，武艺高强，多谋善断，身经百战，在万马军中镇定自若，见血雨腥风如饮茶闲聊，但他平生最怕蟒和蛇，一想起这种爬行动物他就发根奓起，两腿发软。平时看到一条小蛇，他就怕得不行！何况今天碰到这样一个大家伙？一时手足无措，周身颤抖。

过了一会儿，李成梁定了一下神，见那条巨蟒暂时尚无攻击之意，遂拔出佩剑挡在身前，然后挪动躯体向后蹭去，他想寻机逃跑。不料那条巨蟒相当警觉，见他身子挪动，以为将要反击，立即“唰”地一抖身子，将那个大脑袋抬起有五尺多高，然后风一样向他扑来，那粗大而又冰凉的身躯即将盘上他的胸膛，而那根刀一样锋利的芯子已经触到了他的额头。吓得李成梁周身瘫软，闭目等死。

就在这生死攸关的时刻，就在李成梁完全绝望的当口，他忽然听到“啪”的一声闷响，紧接着那条巨蟒惨叫一声，竟然离开了他的身体，疼得在他的身边翻滚。难得的良机、求生的欲望让李成梁陡生力气，一个侧翻，顺势靠在一棵大松树上。

还没等他坐稳，那条巨蟒在疼痛中已经缓过神来，它大概认定李成梁就是打它的凶手，不然自己的脑袋怎么会突然中弹？只有他在自己的身边啊！于是那条巨蟒挟仇带恨，又一次腾空飞起，长长的身体像一根粗大的皮鞭，“唰”地悠起向李成梁横扫过来，立时把挡在他前面的一棵茶杯口粗的小树拦腰砸断，眼瞅着就要落在李成梁的身上。

以这条蟒蛇的体量和力道，莫说是李成梁的血肉之躯了，就是条大犍牛也会被它压死。这若是打在他的腰上，定会把他的腰椎打断，如果落在他的头上，说不定会让他脑浆迸裂。李成梁不敢去想，但是跑显然来不及了！他哀伤地在心里长叹一声：“本想建功立业，谁料我命休矣！汝器（李成梁的字）作何孽事，竟然遭此报应？”随即又一次闭目等死。

然而幸运之神再次降临，让李成梁大难不死，有惊无险。就在他情知必死的时候，忽然又听到“啪”的一声闷响，那条巨蟒在他的眼前应声落地，不知被什么物件击中，满头是血，疼得在地上翻滚，那狂摆的尾巴差点儿碰到他的腿上。李成梁惊得目瞪口呆，形同变傻。待等到他又听得“啪”的一声响过，那条巨蟒已经逃得无影无踪，不知跑到哪里去了！只在林地里留下了一大片杂乱血迹。

吓得半死的李成梁虽然胸中狂跳，浑身酥软，四肢一点儿也动弹不得，但他的脑袋清醒，心里明白。他知道自己是被人搭救了，可是只闻其声，不见其人，不知对方是哪路高手，何方神圣，竟然有这般手段？！他嘴里喘着粗气四下张望，发现一个俊美少年迎面走来。那少年眉清目秀，面似银盘，身材高挑，脚步轻盈，长长的头发随便披在肩上，破旧的衣服穿着却十分合体。李成梁正在细细地打量，那少年已经走到跟前，轻声问道：“老将军，您没事吧？伤到哪里没有？要不要我扶您起来？”

面对着那少年一连串的问话，李成梁虽然听得清楚、看得明白，但他只觉得心慌气短，舌头不听使唤，怎么着急也说不出话来，无奈之中他只好困难地摇了摇头，表示不必了！他要靠在大树上休息片刻，恢复一下。

努尔哈赤明白这个人是被蟒蛇吓昏了，又被毒气所熏，造成暂时性的身体功能失控，并没有真正受伤，过一会儿就会有所缓解。于是他拉起那匹战马，扶正它的鞍韂，又捡起丢在地上的佩剑，然后用宽大的树叶去崖边接来一些泉水，双手捧与李成梁喝。

李成梁喝下一些泉水，感到心中不再狂跳，周身也比方才好多了，他感激地朝那少年点了点头。这时候他才发现，在那位少年的身后，还有一位美丽的少女和一条雄壮的大狗。那少女衣衫破旧却非常洁净，面貌姣好却非常清纯，朴素的衣着掩不住秀美的身材，柔和的目光流露出心中的善良，让他觉得似曾相识。他搜索记忆，脑筋飞转，突然想起来了：她酷似自己的掌上明珠、已故的十二岁的爱女铁春儿！十年前铁春儿因病夭折，难过得他几乎痛不欲生，也由此让他投笔从戎，开始了他的军旅生涯。近日来铁春儿常在梦里出现，难道是她在冥冥之中救了自己？

李成梁在心里想着，嘴里就不由自主地说了出来：“是你救了我吗？我的孩子！”

努尔哈赤见李成梁已能说出话来，十分高兴，立即接过来说：“是的！是我救了你！是我们一起救了你！”

努尔哈赤的回答让李成梁心中一震，他的意识立刻从回忆中回到现实。他抹了一把额头上的冷汗，山风吹来，他感到脊背一片冰凉，头脑也更加清醒起来。四肢的自如随之让他恢复了自信，随即他站起来正色问道："你知道我是什么人吗？为什么贸然出手救我？"

努尔哈赤摇摇头说："不知道，但能看出您是一位了不起的人，看面相和气质就与众不同，让人尊重。山中有难，只要遇上了，不管是谁都要救的，请您不必介意。"

对于努尔哈赤的如此回答，李成梁显然感到非常满意，他开始对这位俊美少年产生了好感。于是他挂好佩剑，整理了一下衣衫，牵着马缰又接着问道："你们家住哪里？叫什么名字？在这大山里干什么呀？"他的眼睛紧盯着喜春儿，希望她来回答。

但是喜春儿羞羞答答，脸色绯红，只把头埋在努尔哈赤的身后一言不发。努尔哈赤略一思索告诉李成梁："我们是河北沧州人，我叫小罕子，她叫喜兰儿，是我的妹妹。三个月前，我们兄妹俩到义州卫来寻亲，不想舅舅已经搬走了，至今下落不明。我们在此无亲无故，衣食无着，只好进山找些野菜、野果充饥，采些草药、打些猎物换钱，想攒些盘缠后再寻生路。不想在这大山之中遇见了您，真是我俩的福分哪！"

李成梁听了心中高兴，随之赞道："你倒是好身手哇！你用什么武器赶走了巨蟒？能告诉我吗？"

努尔哈赤听了憨厚一笑，立即从地上捡起一块石头说道："我自小就放羊，一个人要放很多的羊。羊不听话，四处乱跑，我便用小石子圈它们。日子久了，打得准了些。刚才我就是用三颗石子，打跑了那个大家伙，不过这不是我的功夫好，而是您的造化大。我就是不出手，您也会安然无恙。吉人自有天助，那蟒蛇是绝对伤不到您的！"

努尔哈赤的话虽然口是心非，但是李成梁听着心里舒坦。他觉得今天自己逢凶化吉，说不定真的就是天意！那么自己同这二人可能就有些缘分。既然是恩人嘛，说什么也得谢谢才是呀！他正在想着如何表达的时候，后边的亲兵们跟上来了。一名参将气喘吁吁地说道："大帅您的马也太快了！简直是在飞呀，我们怎么着急也追不上您啊！"

李成梁立即绷起面孔，装作什么事情也没有发生一样，抬手往左前方一指："把那两头马鹿抬回去吧！它们已被我撵瘫了，要送进鹿苑好生喂养！"说着又把头转向努尔哈赤和喜春儿："小罕子！喜兰儿！你们这俩孩子跟我走吧！进城里坐坐。"说完翻身上马，头前走了，好像招呼多年的亲随或自己的孩子一样，令所有在场之人皆感到有些莫名其妙。

一个多时辰以后，一行人马到达了广宁卫。嘿！这广宁城可是个大地方，不仅驻有辽东总兵府，还有镇守太监府和辽东巡抚衙门，是当时东北的政治、军事、经济和文化中心。它西倚医巫闾山如天然屏障，东控辽河平原似一夫当关，是北拒辽东蒙古、南连宁锦京津的战略要地。广宁城城高墙固，壕宽水深，设施完备，防卫森严。仅城中四卫就驻有两万多人马，加上屯田的家属在内，就有十万多人。如果算上城内的居民和周边的农户，广宁城当时的人口应当有五万户二十万之众。况且城内街路笔直，店铺林立，官衙和民居错落有致，楼宇和古塔参差其间，车马往来不绝，人流熙熙攘攘，显得十分热闹和繁华。努尔哈赤和喜春儿从来没到过这么大的城市，他们尾随着队伍边走边看，眼睛都有些不够用了。

也不知道过了几趟街，穿过了几条路，反正过了鼓楼向东南走出不远，这支从北门进城的队伍停了下来。前头的李成梁翻身下马，有亲兵接过缰绳将马牵走，然后就带着亲兵们走进院子，拐过一个月亮门就不见了。

努尔哈赤和喜春儿来到门口，抬头一看，高大的青砖门楼上雕梁画柱、翘脊飞檐，门楣上有一方牌匾，上书五个烫金大字“辽东总兵府”。下边有一个正门两个侧门，那红松漆成的门槛足有二尺来高。门口蹲着的两尊石狮龇牙咧嘴，十分威风。门口右侧竖着一杆大旗，上面一个大大的“明”字，随着南风的吹拂哗哗作响。正门口两侧有四个魁梧的辽西大汉，身着戎装，手按腰刀，身子一动不动，好像同活人一样的雕塑。走到门口，努尔哈赤刚想抬腿跟进去，那守门的士兵伸手一挡，拦住了他：“你是什么人？敢擅闯总兵辕门？还不退下！”

努尔哈赤连忙说道：“是队伍前头的那个人让我们跟来的，不信你去问他！”

“大胆！真是不知深浅！”那士兵严厉斥责，“你知道前边的那个人是谁吗？他是总兵大人！是你随便能叫的吗？你编造假话小心治罪！”

努尔哈赤闻之气愤，一再好言争辩，可那士兵态度强硬，就是不允，甚至伸手要打。正争吵间，就见院子里走出一位将官模样的人，他面无表情地对努尔哈赤说道：“你是叫小罕子吗？大人有令，安排你到军马场去喂马。你的妹妹也一同过去，给烧个饭、帮助干点儿零活儿啥的，可以安下身来，有口饭吃。愿意干，你们就留下。不愿意，这里有几个铜钱，拿去做盘缠就走人吧！”说完扔过一个小布袋，讥讽似的眼神看着他俩。

直到此时，努尔哈赤才算彻底明白，原来他救下的这个人竟然是自己的仇人，杀害外祖父和亲友的辽东总兵李成梁！他心中这个悔呀、这个恨哪！满口牙齿咬得“咯嘣、咯嘣”直响。他悔不该在山林中救下这个狗官，让巨蟒缠死喽多好哇！他恨不得一步飞进府衙，将李成梁当即碎尸万段！他心里想着复仇，眼睛喷着怒火，那名将官后边说什么他根本没听见。还是喜春儿扯动他的衣袖，向他复述了一遍他才明白。

努尔哈赤心中搞不清楚，李成梁为什么就变卦了呢？在山里时不是说得好好的，让他俩进城坐坐的吗？怎么现在连大门都不让进了呢？难道当大官的人都这样薄情寡义、出尔反尔吗？怎么办？是走还是留？想起外祖父和亲友们的被害，想起古勒山城的那起大火，想起李成梁那凶残阴险和多疑善变的丑恶嘴脸，他的意志一下子坚定下来。对！不能走！我绝对不能走！这对我来说是个机会，我要留下来为亲人报仇！除掉这个两手沾满女真人鲜血的家伙！想到这里，他把那袋铜钱又扔给了对面的将官："代我谢谢大人！铜钱我们不要！我们要的是好好活着，不被当作牛马就好了！"

那名将官接住布袋轻蔑一笑："既然不要钱，那就去养马吧！记住要管住自己的嘴！"说完从怀里掏出一封公函，交给努尔哈赤，然后摇头晃脑地走了。

努尔哈赤兄妹俩拿着总兵府的那封公函，边走边打听，过了城西又走出好远，才找到了建在闾山脚下的军马场。那时候由于广宁卫是军事重地，周边驻有许多人马，所以军械营、甲仗库、铁工坊、草料场、冶炼队、煎盐军等一应俱全。闾山脚下的这个军马场，是当时辽东地区最大的战马驯养中心，饲养着从各地挑选而来的一万多匹好马。李成梁把努尔哈赤兄妹安排在这里，不知出于何种考虑，但肯定不是报恩和答谢，估计是怕他被蟒蛇袭击的丑事传开吧？！因为这里是封闭管理。

到了军马场努尔哈赤经人指点，把那封公函交给了马场总管马少胡。马少胡给他俩分派了活计，又领他们进了一间破旧的草棚："这里就是你们的住处了！吃饭的时候会有人叫你们。"说着话的时候，一双邪淫的眼睛老往喜春儿身上溜，看得喜春儿心里直发毛。

至此兄妹俩就暂时在这里安顿下来。一间四处漏风的屋子，两张活头撼脑的板床，环境是够艰苦的了！但对于努尔哈赤来说，心中倒是很高兴。他觉得仇人近在咫尺，雪恨大有可能，因此极为亢奋。喜春儿就不用说了，一是她已经过惯了苦日子，挨点儿累受点儿罪不算什么。二是她在哪儿都无所谓，只要同老憨儿哥哥在一起，她的心里就像盛开着一朵花，成天都笑得合不拢嘴。

喂养百八十匹战马，对于努尔哈赤来说是小菜一碟，他干的轻松加愉快，很快就赢得了大家的尊重，同伴们都很喜欢这个新来的小罕子。努尔哈赤也和大伙儿处得很好，诸般都很遂心。只是对于喜春儿妹妹，他却一直惦记得不行。白天一分开，他的心里就打鼓，生怕会出什么事。

没想到时隔不久，喜春儿这边还真就出事了！原来这军马场做饭的是一对老夫妇，男的叫作巴图海，女的叫什么名字就不知道了，人们都喊她巴婶儿。努尔哈赤听人说，闾山脚下的这块荒地，原是他们家的房宅和果园，六年前被李成梁派兵强占了去。两位老人无处可去又衣食无着，就被迫留下来给马夫们做饭。老夫妇俩朴实厚道，正直善良，见喜春儿这姑娘不但美丽温婉，而且勤劳孝顺，因此非常喜爱，把她当成亲闺女一样看待。开始的时候，努尔哈赤每天有空就来看她，经常帮助干这干那，与老夫妇处得亲如一家，喜春儿的心情也就十分舒畅。

谁承想背后有一双贼溜溜的眼睛，早就把喜春儿给盯上了！这个人不是别人，就是军马场的总管马少胡。这位马少胡长得瘦高个，刀条脸，两只豆角眼睛，一对老鼠胡须，长胳膊大腿虾米腰，一见人就点头哈腰嘻嘻假笑，露出满槽大黄牙，喷出一股泔水味。这个人原本是广宁城里的一个小混混，因为巴结上辽东镇守太监殷天雨，四年前谋取了这个肥差，从此在军马场为所欲为，横行霸道。马少胡这家伙不仅十分贪财，而且极为好色。他管下的马夫们都得给他上钱，不上钱他就刁难人家。军马场里的马夫家属，稍有点儿姿色的都得陪他睡觉，否则他就横加迫害。轻则打你个半死，重则给你送进大牢。因此军马场的马夫们对他又怕又恨，背后都叫他“马骚狐”。

喜春儿自从来到军马场以后，“马骚狐”就没睡过一宿好觉。一想起那苗条的身段和姣好的面容，他就心旌摇曳，几同丢魂。无论白天还是黑夜，他满脑子都是喜春儿那张好看的脸。这小丫头片子长得也太美了！简直就是闾山里初绽的桃花，嫩得不掐就能出水。那些马夫的娘们儿跟她比，纯粹就是白菜帮子！喜春儿那微微隆起的胸部、细细而柔软的腰肢、丰满而又浑圆的屁股、粉白而且细嫩的两腮，还有那双湖水般清澈的大眼睛，无一处不让他着迷。真是哪儿都长绝了！绝对是广宁城里，不！是整个辽东地区一流的美人儿！比李总兵的老婆宿夫人还要俊百倍！我非把你搞到手不可！想着想着，好像喜春儿就依偎在他的怀里，向着他撒娇和媚笑，欢喜得他连哈喇子都流下来了！伸手抱住就是一顿猛啃。啃着啃着他觉得有点儿不对劲儿，弄得满嘴都是细毛。难道是这位小美人儿的头发？他睁开眼睛一看，不由得恼羞成怒！哪有什么丫头片子小美人儿呀？他抱着啃的是自己养的那条花母狗！气得他伸腿“咣当”一脚，那条花母狗委屈得惨叫一声，一瘸一拐地逃跑了。

“马骚狐”从此如同疯癫，目光呆滞，叨叨咕咕，心里想的嘴里念的都是喜春儿。由于晚上喜春儿同她的哥哥住在一起，又有那条藏犬黄龙形影不离，因此在夜间一直没有机会下手，于是他便在白天下功夫，有事没事总往伙房那边跑，见了喜春儿就嬉皮笑脸，没话逗话，前钻后跳，动手动脚。但由于碍着巴图海老夫妇在场，喜春儿又是一身正气，冷若寒冰，因此他虽然馋得抓耳挠腮，不能自制，却始终没有机会得逞。

一日晚上，月挂林梢，空旷的军马场内一片宁静，简陋的草棚里充满温馨，和煦的晚风阵阵吹过，不时送来浓郁的花香和草香。忙累了一天的努尔哈赤，躺下不久就进入了梦乡。睡梦中，他觉得自己好像来到了天上，看到了先祖，看到了母亲，看到了外祖父，看到了部族中许多曾经熟悉的人，他们都在天河边悠闲地散步，脸上皆流露出惬意的神情。他们的脚下开着各种各样的鲜花，那鲜花美极了！美得他简直目不暇接。那鲜花太香了，香得他闻了后有些眩晕。

突然，在天河边一棵繁茂的大树下面，他看到了佟妈妈。佟妈妈满面红光，身披彩霞，微笑着向他招手。他和喜春儿连忙跑向前去，想给佟妈妈磕头施礼。可是他的两条腿不听使唤，怎么着急也无法跑到佟妈妈的身边。佟妈妈慈爱地走向前来，为他和喜春儿主持婚礼。他俩拜完了天地又拜高堂，拜完了高堂就夫妻对拜。他的手里拉着一条红绸带，领着喜春儿走进洞房。在那挂满红绸、贴满喜字的小屋里，他揭开了喜春儿脸上的红盖头，喜春儿一下子就扑到了他的怀里。激动得他情不自禁，憋了许久的话语突然迸发："喜春儿妹妹！哥哥好喜欢你！"

突如其来的一声高喊，让努尔哈赤从梦中惊醒，醒来的他伸手一摸，不禁大吃一惊！原来喜春儿真的就躺在自己的怀里！急得他"噌"地坐起来说："哎呀！我的喜春儿妹妹！你怎么不在自个儿的床上睡，到我这里来干什么呀？吓了我一跳！"

喜春儿见努尔哈赤突然惊醒，有点儿不好意思地说："往常我躺下一会儿就睡着，今天却说什么也不行了！听着你熟睡的呼噜声，我是越想越害怕，越来越感觉冷，于是就钻进你被窝里来了！你这里好暖和哟！"

努尔哈赤十分喜欢又非常心疼这个比他小两岁的妹妹，于是爱怜地搂住喜春儿的肩膀，歉疚地说："亲爱的妹妹！哥哥对不住你呀！为了我咱的妈妈被害了，为了我你颠沛流离，吃了多少苦，受了多少罪呀！哥哥一生都会珍爱你、保护你！我们一定会有出头之日的！困难是暂时的，有哥哥在身边，你怕什么呀？"

喜春儿把头靠在努尔哈赤的胸膛上，喃喃地说："老憨儿哥哥！阿妈去世以后，你就是我唯一的亲人了！只要能跟着你，上刀山我不怕死，吃黄连我不怕苦。只要每天都能看到你，我就是时时都生活在蜜罐里。我不是既怕这又怕那，而是怕出什么意外呀！怕我对不住我的哥哥！这几天那'马骚狐'总去调戏我，还时不时动手动脚的，幸亏有巴叔巴婶护着我，才没有出什么事。现在我一想起他那色迷迷的目光心就乱蹦，真要是哪一天他碰了我的身子，你说我还活不活呀？老憨儿哥哥！你就要了我吧！妈都跟咱俩说了，我早晚都是你的人！你现在就要了我，我就什么都不怕了！"

喜春儿把香腮贴在努尔哈赤的胸膛上，听着他那有节奏的咚咚的心跳，缓缓地吐露着自己的心曲，这让努尔哈赤陡生敬意，感动万分。他伸手捧住那张俊美无比又百看不厌的脸，发现她的双目已经噙满了泪花，小巧而红润的嘴唇在微微抖动。他忘情地紧紧地搂抱着她，感觉到她那温热的身体在轻轻地颤抖。透过胸前那两块醉人的柔软，他感到了那颗跳动的心。强烈的爱欲和青春的热血在瞬间迸发，他一翻身把她压在自己的身下。喜春儿一点儿也没有感到突然，她的双手搂着他的脊背，幸福地闭上了眼睛。她放松了自己的身体，等待着那个神圣时刻的来临，她感到了他的结实和强大。

忽然窗外“哗啦”一声，好像有个人影“嗖”地闪过，门口的黄龙一声咆哮，“唰”的一下就蹿了出去。这一连串的响声在寂静的夜里震心刺耳，让热吻中的一对男女立时冷静下来。努尔哈赤两步跳出门外，发现外边什么动静也没有，但是皎洁的月光似乎有些清冷，远处的山峰如同蹲着的怪兽，树林后草垛旁，仿佛游荡着无数的鬼魂，它们都在瞪着眼睛朝他冷笑。他拍了拍黄龙的头，像是对喜春儿，又像是对自己说：“身处险境，如履薄冰，随时都会有生命危险，眼下还不是我们结婚成家、享受人生的时候啊！放心睡觉吧！什么事情都会过去，明天早晨太阳会照样高高地升起。”

次日清晨，努尔哈赤早早地就去喂养军马，喜春儿照例去伙房干活儿。也许是该着出事，那天恰好广宁逢集，巴老爹要赶着车去城里买菜，巴婶儿便想搭车进城，买些针头线脑和零星碎布，好给马夫们缝补衣裳。老夫妇临走的时候，把粮食、蔬菜和油盐酱醋等一应物品全交代好了，叮嘱喜春儿自己做顿午饭，然后便放心地进城去了。

那马场总管“马骚狐”看在眼里，乐在心上。他见马夫们已经纷纷上岗，伙房那边肯定没有别人了，于是便蹑手蹑脚地悄悄溜了进去。进得门来，他发现伙房内蒸汽弥漫，灶火熊熊，朦胧之中好像人间仙境。而那个在灶前烧火、面若桃花的娇美身躯，则如同这仙境中的美丽女神。

“马骚狐”看着喜春儿那可爱的样子，不由得心跳加快，热血沸腾。他再也无法控制自己的淫欲，三步两步跑上前去，一把抱住喜春儿的后腰，那长着鼠须的臭嘴便向喜春儿的脸蛋蹭去。那脸蛋实在太诱人了，好像熟得极透的水蜜桃，让“马骚狐”涎水直流。

“马骚狐”这一粗莽的举动，把喜春儿吓了一跳。凭直觉，她知道肯定不是老憨儿哥哥。老憨儿哥哥尽管对她特别好，打心眼里头喜欢她，并且佟妈妈在去世之前，已经做主把她许配给他，但他对她一直都特别尊重，从来都没有过越格的行为。即或昨天晚上她主动睡到了他的床上，他都没有破她的身子。今天这个家伙一上来就搂腰亲嘴，肯定不是什么好东西！喜春儿本能地两肘一挣，推开来人，转过身去一看，不由得柳眉倒竖，杏眼圆睁：“‘马骚狐’！你这个人面兽心的东西！快给我滚出去！滚出去！不然我可要动手了！”一边大声喊叫，一边将烧火棍高高举起。

那“马骚狐”一见恼羞成怒：“你这个下三滥的小丫头片子！不知道好歹的东西！

还真拿自己当名门闺秀了？大爷我稀罕你是瞧得起你！别黄狗坐轿——不识抬举！今天你若是顺从了我，日后自有你大大的好处！你就不用干粗活了，我天天好酒好肉供着你！怎么样？来吧！别装了！跟谁不是跟哪？昨天晚上你不是挺贱的吗？上赶着往你哥身底下钻！怎么样？受不了了吧？大爷我的功夫好着呢！保证你一个时辰欲仙欲死！到时候你可别再来求我！”说着前钻后跳，抓耳挠腮，一把抱住喜春儿就往柴堆上推。喜春儿急得高声大喊，连蹬带踹，无奈身小力薄，怎是那“马骚狐”的对手？只听得“扑通”一声，她仰面朝天被推倒在柴堆之上。

那“马骚狐”甩掉外衣，一阵狞笑，上前一把撕开喜春儿的夹袄，喜春儿胸前的那对玉乳，立刻像两只小白兔一样蹦了出来。看得“马骚狐”两眼发直，周身发抖，他淌着哈喇子刚想扑上去，忽听得身后“哗啦”一声，门被撞开。随着一阵疾风吹过，一条大黄狗如道金光应声而至，一下子把“马骚狐”扑了个大前趴，连下颏子都已经戗出血来。

那“马骚狐”也是练过武的，如今见身后遭到攻击，立即一个鲤鱼打挺“啪”地跃起，顺手绰起地上的腰刀，劈头盖脸地向黄龙砍去。他一边举刀砍去一边气得破口大骂：“都是你这个畜生！一次又一次的坏了我的好事！我今天就剁死你，给你抽筋扒皮点天灯！”

没承想那条大黄狗也不简单！尽管“马骚狐”的刀法又快又狠，但是仍然让他扑了个空。原来那黄龙虽然只是条藏獒，与人交战的时候确实不多，但败在它爪下的猎犬却不在少数。它眼疾爪快，动作敏捷，扑若猛虎，躲似游龙，见“马骚狐”的腰刀劈来，稍一纵身躲过，未等“马骚狐”收势改招，立即后腿用力，前身跃起，张开血盆大口，“唰”地向马骚狐的裆下掏去！这一口若是叨上，不得给“马骚狐”去根儿呀？吓得他“妈呀”一声惨叫，急忙跳出三尺开外，躲过一劫，但是已惊出了一身冷汗。

这边一人一狗战成平手，那边喜春儿却吓得哆嗦成一团，不知道如何是好。这工夫只听得一声断喝：“黄龙退下！待我降他！”随后声落人到，一个英俊少年如股疾风，“嗖”的一声就飞了进来，人落在地上一点儿声音都没有。喜春儿抬眼观看，正是自己的老憨儿哥哥，不禁“哇”的一声哭出声来：“老憨儿哥哥！你咋才来呀？快来救救你的妹妹呀！‘马骚狐’这个坏蛋！他欺负我！”喜春儿用手指着“马骚狐”，一边抽泣一边说道。

努尔哈赤上前扶起喜春儿，帮助她穿好衣服，然后转过身来高声怒斥：“毫无廉耻的东西！猪狗不如的败类！你也配当个官？你也叫个人？你家没有妻子儿女、兄弟姐妹呀？我的妹子才多大呀？论年龄她应该是你孙女了！你怎么就下得去手？难道你是畜生吗？”

见努尔哈赤一个小小的马夫，竟敢对他损损刮刮、说三道四，“马骚狐”不禁勃然大怒，气冲斗牛。他厚颜无耻地说：“我说小罕子！你算个什么东西？竟敢满嘴喷粪，辱骂本官？我下手怎么啦？我下手是瞧得起她！她早晚不得两腿一劈嫁出去吗？便宜了谁也不如跟着我呀！跟了我她就是享福去了！别人还求之不得呢！给我让开！”边说边用手推开努尔哈赤，伸手就来拽喜春儿。

努尔哈赤见状伸臂去挡，把喜春儿挡在自己的身后。没想到那“马骚狐”欺人太甚，愈发嚣张，伸手一个大嘴巴扇了过来：“别给脸不要脸！我今天就要硬抢了，你说怎么地吧？大爷我今天不但要抢走她，而且还要立马睡了她！”就完拽起喜春儿就走。喜春儿绝望地失声哭喊：“我不去呀！快救我！老憨儿哥哥快救我！”

努尔哈赤热血上涌，气堵咽喉，眼喷烈火，怒不可遏。他虽然不愿惹事，但他实在控制不住愤怒的情绪，他不能眼瞅着喜春儿落入虎口，不然怎么对得起佟妈妈？于是他飞步向前，一边拉住自己的妹妹喜春儿，一边就势飞起一脚，照准“马骚狐”的后背踢去。努尔哈赤这一脚挟仇带恨，用足了力气，竟然把那“马骚狐”从伙房的小窗户踢出，一下子摔出五丈开外。“马骚狐”的身体就像一个硕大的软锤，“啪嚓”一声砸在一排酱缸之上，居然把一口特号的酱缸砸成了几瓣，黑黄色的黏稠的液体立即糊满了他的全身，使“马骚狐”简直成了一只从粪坑里爬出来的癞蛤蟆。

闻声赶来的马场卫兵们不明就里，七手八脚地把“马骚狐”搀扶起来。“马骚狐”疼得龇牙咧嘴，嗨哟吼叫，好半天才说出话来，而且有些语无伦次、含混不清，好像嘴里含着一只屎壳郎。

原来努尔哈赤这一脚踢得太重了！摔断了他的三根肋骨和一根腿骨，门牙也不知怎么还掉了两颗，连嘴唇都弄豁了！他费力地指着努尔哈赤，上气不接下气地哭叫：“快、快、快，抓住小罕子！都是他干、干的好事！把他给我送进死、死、死囚牢里去！不对！是死囚营！立马弄、弄、弄死他！”十几个马场卫兵不容分说，扭住努尔哈赤就往外走。

这时候巴图海老夫妇已经赶了回来，见喜春儿蓬头垢面、衣服散乱、满脸委屈、只是啼哭，问什么都说不清楚，忙转身拉住努尔哈赤问道：“小罕子！我的孩子！这是怎么啦？他们凭什么抓你呀？”

还没等努尔哈赤回答，那“马骚狐”就瞪眼骂道：“咋回事？都是你们俩干、干、干的好事！早给、给我留、留点方便，大爷我早、早就得手了！都怨、怨你们俩老、老浑球！我早就看你、你俩不、不顺眼、眼了！说不定是反、反贼同伙，等我、我、我慢慢地再、再、再收拾你、你们！”说完疼得“扑通”一声瘫倒在地上。

努尔哈赤见喜春儿追了出来，泪流满面，于是他像是对喜春儿，又像是对“马骚狐”等人高声喝道：“好妹子！不要哭！也不要怕！你哥哥我没犯什么罪，他们也不能把我怎么样！我们是李总兵分派来的，不怕别人诬陷。你就好好地跟着老爹和巴婶儿待着，谁若是再敢动你一根头发，我回来扒了他的皮！”说完大踏步走了出去。

眼瞅着心爱的老憨儿哥哥被卫兵们押走，喜春儿心疼得晕了过去，但是她又毫无办法，只能把一腔思念埋在心底。没有了老憨儿哥哥在自己身边，她觉得百无聊赖，心神不宁。无奈之中，她只好白天拼命地干活，以转移和排遣忧伤的情绪，晚上她便带着黄龙，与巴老爹夫妇住在一起。好在那黄龙忠诚得很，每天每夜都同她形影不离。再加上“马骚狐”摔成重伤，一时半会儿都爬不起来，别人也没敢再来惹是生非。

第十一回

斗牤牛死囚施绝技　比弓箭老憨展奇功

努尔哈赤被关进了死囚营。这里是广宁城西北面的一个采石场，羁押着被总兵府抓来的认为有罪的嫌犯。因为凡是进来的人几乎没有活着出去的，所以这里又被称为死囚营。这死囚营共关押着五六百人，由一个明军千户率领其部下看守。这些囚犯们白天被摘下木枷和脚镣，去采石场干活，晚上则被重新戴上枷具，关进牢房。囚犯们吃的是猪食、马料、野菜、树叶之类的东西，夜间睡的就是一堆乱草。囚犯们个个蓬头垢面，黑瘦憔悴，像是一群会说话的牲口。

就在努尔哈赤进来的第三天，早晨刚刚打开牢门，看守的士兵们就抬来了两大箩筐黑面馒头，还有一篓咸菜，同时还抱来了一大堆破旧的衣裳，吆喝着让囚犯们吃饭穿衣。

努尔哈赤见了有些奇怪，每天都是稀粥烂饭馊菜汤，今儿个是怎么了？又上馒头又给咸菜，还抱来这些旧衣服，难不成是李总兵发善心了？他正要开口发问，却见囚犯们都耷拉着脑袋唉声叹气，一个动坑的都没有，顿觉更加诧异。这时就听有一人高声喝道："不就是让上路吗？老子二十年后又是一条好汉！吃呀！干吗不吃呀？黄泉路上别做饿死鬼！"

努尔哈赤心中一凛，循声望去，见那说话者不是别人，正是那日在镇静堡哨卡被抓走的青年猎户，一种负疚感不禁油然而生。那天如果不是因为自己，这位青年猎户怎么会无辜被抓？他忽然觉得那些黑瘦的青年都是在替自己受罪，而且还会不明不白的死去。于是他冲动地走上前去，"说得好！大哥哥！人生在世，凭命由天。生有何欢？死又何惧？小兄弟我愿意陪伴你们！要死的话，我第一个先去！不过我就不明白了，抬来一筐馒头，抱来一堆衣服，怎么就是送咱们上路呢？"

那青年猎户不屑地说："你是新来的吧？别问了！省点儿精神吧！一会儿你就知道了！你也是够冤的了，刚来就赶上这一拨！不过没关系，早晚得上路，早死早托生。多吃点儿吧！这辈子没下顿了！"说完一手抓起四五个馒头，大吃大嚼起来

努尔哈赤这几天真是饿坏了！他不管三七二十一，也顾不得馒头牙碜，咸菜变味了。一连吃了十多个馒头、两大把咸菜，然后又喝了两大碗凉水，这才感到真的有些饱了。

早饭以后，囚犯们被迫换上衣服，列队出监。努尔哈赤这才看明白，这些破衣

烂裳、旧衣旧帽还有那些假辫子，是明军的官兵刻意弄来的，这些囚犯穿上以后全变成了地地道道的女真人。至于为什么这样做，没有人能说清楚。囚犯们只知道每次被赶过来上路的，都要穿成这样，这令努尔哈赤百思不得其解。

走出牢房以后，囚犯们被摘掉了木枷和脚镣，用两条长长的绳索串连着绑起，像是一群待宰的牛羊，被驱赶着走进一个大大的空场。努尔哈赤抬头四顾，见这片空场长宽各有两箭之地，四周用石块儿垒起六七尺高的围墙，围城的四角修有塔楼，有明军士兵在上面把守。空场的正西面，靠墙竖起一大排粗壮的木桩，木桩上挂着许多绳索。空场的正东面靠着半山坡，墙上分台阶式修有一大片看台，看样子能坐下五六千观众。看台的中间筑有两层箭楼，好像是一个点将台，此时二十几个明军士兵雁翅儿排开，已在那里持枪守卫。箭楼和塔楼上都插满旌旗，随风招展。四面的围墙上则站满士兵，如临大敌。

努尔哈赤他们是从南门进来的，南门的木栅栏极其粗壮，用两排铁索连着，门口有许多士兵把守。看起来这个地方是轻易进不来的，但是进来了很难出去。到底是干什么用的呢？是练兵的大校场呢？还是杀人的法场？努尔哈赤一时看不明白。

努尔哈赤正思虑间，忽闻一阵鼓响，看台上一时人声鼎沸，在场的明军士兵一齐敬礼。他抬头一望，只见上百员战将盔明甲亮，几十面旌旗猎猎作响，太子太保、辽东总兵官李成梁在众人的簇拥下登上箭楼，居中就座，广宁卫的其他官员在两侧作陪。点将台上就绪以后，一员偏将骑着快马，手持黄旗，飞也似的从北侧跑向箭楼，高声报告："启禀大帅，演练准备完毕，请您训示！"

李成梁闻之略一颔首，台上一名亲兵统领立即宣布："大帅有令，演练开始！"喧闹中的看台立即安静下来，全场鸦雀无声。人们都瞪大眼睛看着场内，期望着惊心动魄的场面出现。

随着一声清晰的锣响，努尔哈赤还没明白怎么回事，他们这群囚犯就被带走了十个。这十个人很快被用绳索捆在西面的木桩之上，看样子马上就要行刑，但是旁边没有持刀的刽子手。努尔哈赤正在纳闷儿，随着捆人的士兵退出，"噹、噹、噹、噹、噹"一阵锣响，北墙上的一个侧门突然被打开，十几头壮硕无比的牤牛呼啸而出。它们在场内纵横狂奔，哞哞怪叫，等看清木桩上所绑的囚犯之后，便如闪电般直冲过来。人们只听到"扑哧、扑哧"数声响过之后，那些锋利的牛角全部插进囚犯们的胸膛和肚子里。顷刻之间，十名囚犯胸开肚裂，死于非命。飞溅出来的血水喷了牤牛们一身，掉出来的肠子耷拉在木桩之旁。那些牤牛见对手如此不堪一击，一个个立即失去了兴趣，很快就安静下来。明军的士兵们及时出现，给它们喂些精料，然后又赶了回去。

刚才的这一幕虽然只在一瞬之间，却足以惊心动魄，让人不寒而栗。看台上的人们立即交头接耳议论起来，许多人吓得面如土色。努尔哈赤虽然从小进山打猎，又生在武官之家，见多了打打杀杀，习惯了腥风血雨，但对这样的杀人场面，却从来没有见过，甚至没有听过，因此不免感到十分震撼。作为一个女真人，他突然明白了李成梁的全部用意，一股怒火"腾"地烧起。他痛恨李成梁竟然这样仇视自己的族人，他恨不得立即冲上前去，将这个杀人恶魔碎尸万段！

原来李成梁平生勇武好斗，又深谋远虑。他除了爱好打猎、比武之外，也喜欢研究兵书战策，演练斗阵之法。去年他翻阅一本无名氏编著的《古今战例》，忽然眼前一亮。如今残元势力虽已衰微，但女真部族正在崛起，将来必成心腹大患，一场大战迟早要来。自己何不学习田单的"火牛阵法"，以备我未来的战时之用？他为自己的这一感悟而击节叫好，立即下令从民间连买带抢，搜集了一千头壮硕无比的大牤牛，以女真人为靶子进行训练。他先命将士们找来女真人的服装，里边装上粮食和草料，让饥饿已久的牤牛进行攻击。过一阶段以后，就用活人进行演练，这些死囚营里的嫌疑犯自然就成了他的试验品。他认为如果这一千头牛训练好了，战时可以顶上万大军，让女真人闻风丧胆。不过方才这一场他觉得没意思，连一个反抗的都没有，激发不出牤牛的斗志。他觉得被那帮牛追撵着顶死，那才够刺激，也才能达到训练的目的。

第二拨十个囚犯被绑上木桩之后，又一批牤牛咆哮而出。这一次看台上不再平静，几十名将官已经站起来，探头探脑。囚犯们的队伍中也出现了一阵阵骚动，有两个大概已把屎尿屙在了裤裆里，随风散发出一阵阵臭味和骚味。当那些凶狠的牤牛冲向木桩，将死的囚犯们发出凄惨叫声的时候，努尔哈赤痛苦地闭上了眼睛。他实在无法忍受这种凶残的屠杀，他的怒火把周身的骨节烧得"咯嘣、咯嘣"直响。

就在努尔哈赤闭眼承受煎熬的时候，忽听得场地内"嘿"的一声怒吼，如同炸雷在晴空中滚过，惊得努尔哈赤立即睁眼观看，只见被绑在木桩上的一名囚犯猛地抖开绳索，快步飞奔，向凶狠的牤牛冲了过去。只见他在牛群中左冲右突，手脚并用，翩若惊鸿，矫若游龙。牤牛伤不到他，却被他连踢带打，气得哞哞乱叫。有四五头已被他绊倒，剩下的那些则被他追着转圈跑，完全丧失了进攻能力。再看那些木桩上的囚犯，早已被顶死，鲜血和肠子流了满地。这一场死了九人活下来一人。李成梁虽感有些意外，但他兴趣大增，认为这才贴近实战，命人赶快安排下一场。

努尔哈赤作为第三拨囚犯之一，被绑到了木桩之上。他方才由于看过两场，基本上弄清了牤牛们进攻的路数。此时他又看了看捆绑自己的麻绳，轻轻地抖了抖肩膀，感觉到心中有底。他自从在海棠山服过"九宫大力丸"，练过"九宫大力身法"，便觉得臂力大增，跟老虎们玩耍的时候，常常把它们轻松地举过头顶。前些日子在军马场挪石槽，有一个数百斤重的大家伙，五六个马夫都搬不动，却被他一只手轻轻地抓起，惊得马夫们目瞪口呆。他认为凭借自己的功夫和力气，对付那些傻乎乎的牤牛们没有问题。因此当他被绑上木桩的时候，就暗暗下定了决心，绝不能让这拨囚犯有一个人死亡。及至他低头一看，地面上竟然有许多鸡蛋大的河卵石，就更让他喜形于色，信心百倍。

所以就在那通锣声响过，石墙上的侧门被突然打开，十几头牤牛蜂拥而出之际，努尔哈赤"嘿"的一声，肩膀一晃，竟然把那根木桩连根拔起，绳索也被他扭成了数截。就在那些牤牛怪叫着冲上前来的时候，努尔哈赤俯下身来，两手飞动，那些鸡蛋大的河卵石带着强大的功力，暴雨般地抛出，准确地砸在那些傻大黑粗的家伙头上，打得它们蒙头转向，鬼哭狼嚎，那凄惨的叫声令全场震惊。大概这些家伙下场多次，吃惯了美味，还从来没遇到过这样的主儿。挨顿暴打之后，这些眼冒金星的家伙"牛"劲儿上来了，又一次发起了猛烈的进攻。有几头特壮的大牤牛似乎看明白了，敌人是紧靠一边的那个家伙，于是它们组团进攻，一齐向努尔哈赤冲了过来。

又是一阵飞石打过之后，牤牛们个个鼻青脸肿，头上流血。进攻的速度明显慢了下来，有几头已在旁边观望，只有那几头硕大的家伙还不甘心，在努尔哈赤的前边围了个半圆，一个个瞪眼喘气，蓄势待发。努尔哈赤见状飞步向前，一伸手抓住了那个领头大牤牛的犄角。那头大牤牛俯下身来，以后腿蹬地，鼓足全身力气奋力顶出。它想一下子把这个白白净净的少年顶死，然后就立即享用这顿美餐。

然而这头大牤牛想错了！它今天算是遇到真正的对手了！尽管它用尽了全身的力气，累得周身痉挛，臭屁嘟嘟，对面的那个人硬是纹丝不动。就在它稍一懈神的一刹那，努尔哈赤双膀较力，两臂一错，只听得"咔嚓、咔嚓"两声，两只牛角生生被他硬掰了下来，疼得那头大牤牛轰然倒地，翻身打滚，惨叫不止。

努尔哈赤把两只牛角抛向天空，洒落的血水在阳光之下七彩斑斓，形成两条美丽的弧线，好像场地上突然升起两道彩虹，瞬间消失在蓝天里，让人产生无尽的遐想。

在场的观众全都看呆了！那十几头牤牛也有些傻了！没等这些家伙缓过神来，努尔哈赤冲上前去，如法炮制，转瞬间就有四头大牤牛被他掰掉犄角，摔倒在地。剩下的牤牛们见同伴惨败，不敢再战，吓得绕着场地乱跑，一个个哞哞乱叫，屁滚尿流，只顾自个儿逃生去了！看来这些家伙一点儿不傻。

但是努尔哈赤不想放过它们！他虽然知道它们身为畜生，受人利用，但它们是非不分，凶狠残暴，也太可恨了！它们顶死了多少无辜的人哪！为了那些屈死的冤魂，为了给自己的族人出气，他必须全部打倒它们！弄死它们！让它们的主人心有余悸！于是他施展轻功，追撵着牤牛，一会儿站在牛背之上，用铁拳猛击牛的后脑，一会儿贴在牛的身侧，用脚尖猛踢牛的裆部。不大一会儿的工夫，十几头大牤牛除死的以外，全部被他摔倒在地，瘫倒在石场里呻吟，使这里仿佛成了一个屠宰场。

全场的观众都看傻了！许多人不相信这是真的，待揉过眼睛之后，才爆发出雷鸣般的欢呼声。第二场那位生存的青年猎户巴厍尔走上前来，与努尔哈赤拥抱在一起，大声说："小兄弟！大英雄！真是好样的！"幸存的囚犯们围上来高呼："小罕子！巴厍尔！""巴厍尔！小罕子！"一时人声鼎沸，惊天动地。

太子太保、辽东总兵官李成梁坐不住了！他虽然自幼习武，骁勇善战，也见过许多军中的猛将、绿林的高手，但他从来没见过有如此神力又轻功高超的人。他虽然损失了许多牤牛，但他更爱勇猛的战将。他深知"三军易得、一将难求"，自己的身边如有这样的勇士，今后他的大军就可以所向披靡了！他可以更好地建功立业，甚至独步天下。想到这里，李成梁眉开眼笑，拍案而起："快把那位壮士叫过来，我要问话！"

当传令的士兵把努尔哈赤带到跟前，还没等说话的时候，他一眼就认出："你不是小罕子吗？你不在军马场，怎么跑到死囚营去了？你的妹妹呢？"李成梁一直惦记着那个女孩，那个酷似他爱女的俊美的姑娘。

努尔哈赤如此这般一说，李成梁勃然大怒："马少胡这条老狗！真是恶习不改、老病难医！仗着与镇守太监府有些瓜葛，竟然连我派去的人他都敢碰，真是吃了熊心豹子胆了！来人哪！把他给我劁喽！省得他留着那个玩意儿到处惹事！"一名传令的士兵应声而去。

少顷李成梁接着说道："小罕子！没想到你年纪轻轻，竟然有如此功力，真是人才难得！今后你就不要到马场去了，留在我的府里当亲兵。把你的妹子喜兰儿也接来吧！我一看见她就喜欢，她长得好像我的女儿呀！"

努尔哈赤闻听暗喜，满口答应下来，并且当即行礼致谢。他想我若是进了总兵府，就有了接近仇人的机会，就能够报仇雪恨，实现自己的心愿。而李成梁同样高兴，他今天意外地得到了两员大将，不由得心花怒放。尤其是小罕子年轻质朴，还在山林中救过自己的命，说不定与自己今生有缘，能助自己成就宏图大业。他绝对想不到，也无法将朝廷的钦犯努尔哈赤，与这个操山东口音的小罕子联系在一起。有谁知道，努尔哈赤的一口山东话，是他从小就跟秀姑学的呢！

自此努尔哈赤走进了辽东总兵衙门，当上了李成梁的一名亲兵侍卫。妹妹喜春儿则被安排在后院做侍女，与十几个小姐妹一起，在花园里干些零活，连同伺候府上的家眷。那名青年猎户巴厍尔也被李成梁特赦，放在总兵府门口站岗听差。

一晃儿就是小半年，兄妹俩虽然平安无事，也能经常见面，但努尔哈赤却是心如火焚。一方面仇人就在眼前，自己却无法下手，因为他要保证喜春儿妹妹的安全，他得寻找恰当的时机，做到万无一失；另一方面，他想起外祖父和亲友的死，弟弟舒尔哈齐下落不明，爷爷和父亲在家里度日如年，多吉活佛说过的话无法落实，心中就一阵阵刀剜似的难受。他不知道自己路在何方，什么时候才有出头之日。

一日吃过晚饭以后，见总兵李成梁没在府上，问过亲兵营统领又说没事，努尔哈赤便叫上喜春儿妹妹，两个人手拉着手去广宁城街上散心。

说起来兄妹俩进城都这么长时间了，还从来没有一起出来过，因此喜春儿的兴致很高。两个人先去城东北看过崇兴寺双塔，去城南看过道观水月居，又来到城西热闹的街市。喜春儿给老憨儿哥哥买些毛线，她要抽空给哥哥织几双厚厚的袜子。努尔哈赤则给妹妹买了两把牛角梳子，扯了两块花布，外加两个肚兜和十尺头绳。妹妹进了总兵府大院，也该穿得稍微体面一些了。好在他们俩有黑老太婆赠送的两锭大银子，买这点儿东西还是绰绰有余的。

两个人游游逛逛，来到鼓楼北面之时，已是万家灯火，许多卖吃食的小摊都摆了出来，吆喝声、叫卖声此伏彼起，热闹非常。努尔哈赤刚刚拣个木凳坐下，想领着妹妹吃碗酸辣粉，忽听得南边不远处吵吵嚷嚷，人声鼎沸，灯笼火把照耀得如同白昼，街上的人流都向那边涌去。少年人好奇心重，努尔哈赤三吞两咽吃下那碗酸辣粉，便拉着喜春儿向南奔去。

还没等走到跟前，远远地就看见两排士兵骑着高头大马，举着灯笼火把，拥着两辆巨大的驼车正在行走。那辆前边的驼车上，扎着一个与真人无异的纸人，身上绑着绳索，背后插着法标。努尔哈赤不看则已，一看心里“咯噔”一下子！这扎的不是外祖父王杲吗？他一时悲愤交加，血往上涌，差一点儿晕倒在鼓楼旁边，是喜春儿一把扶住了他。

这时就听见后边那辆驼车之上，有人用扩音喇叭高声喊道：“女真反贼王杲，已在京城受剐！今奉皇上圣旨，全国大庆七天！全城军民人等，都请快来观看！”说完“嗵、嗵、嗵”一阵锣响，接着又喊。招惹得整趟大街人流如潮，拥挤不堪。

那天晚上努尔哈赤精神恍惚，跌跌撞撞，也不知道自己是怎么回去的。他的心中只剩下一个念头：复仇！复仇！复仇！他一定要杀了李成梁，为外祖父和亲友们复仇，不然他实在活不下去了！那天晚上他是流着热泪在喜春儿的拍打下才入睡的。

入睡以后，努尔哈赤做了许多的梦。先是梦见了外祖父王杲，在京城一个叫什么蒿街的地方，被两个穿红衣的刽子手一刀一刀地剐死，剐得外祖父只剩下一副骨架了，能看得见心脏和肝肺还在跳动；接着梦见了祖父觉昌安和父亲塔克世，两个人一齐用手指着他大骂：“努尔哈赤！你这个混蛋！你还是建州卫的男人吗？为什么不杀了李成梁？”“杀了李成梁！”“杀了李成梁！”老营的族人们一齐呐喊；不一会儿他又梦见了多吉活佛，活佛微笑着问他：“阿弥陀佛！那张《九州山川地理图》你带着吗？别忘了常拿出来看看，你可要胸怀大志呀！”见他点头，活佛又告诉他：“总兵府还有一张《辽东防务部署图》，你可寻机找来观看，日后对你大有好处。”说完活佛就不见了，急得努尔哈赤只想哭。

最后他梦见了那位神秘的黑老太婆，老太婆坐在他的床边，轻轻地抚摸着他的头，慈爱地说：“努尔哈赤！勇敢的孩子！不要光想着复仇！报仇事小，国家事大，你要拯救黎民，造福天下呀！”努尔哈赤含泪点头。忽然那黑老太婆又不见了，坐在床边的竟然是自己的妈妈！他立刻着急地喊出：“妈妈！妈妈！你怎么在这里呀？想死儿子啦！”他用手去摸妈妈的脸，扑了个空。他不由“哇”的一声哭起来，一个急劲儿就醒了！出了一身的透汗。睁眼一看，哪有什么妈妈呀？坐在自己床边的是喜春儿妹妹！刚才的一切全都是梦！

虽然刚才的一切全是梦，但是梦中的场景记忆犹新，让努尔哈赤的头脑开始清醒，他明白这是神灵和先人在点拨自己。果然，次日早晨一掀被子，发现床上飘起一张黄纸帖儿，上面写着：“报仇事小，国家事大。拯救黎民，造福天下。”正是梦中黑老太婆说过的那四句话。努尔哈赤惊诧不已，遂对梦境深信不疑。

转眼间新年就要到了，广宁城里到处张灯结彩，喜气洋洋，家家户户都贴起了红对联，大街小巷洋溢着肉香和酒香，总兵府上下更是忙得不可开交。各卫、所的统兵将领，各路人马的高级将校以及亲兵侍卫，个个摩拳擦掌，跃跃欲试，人人都想取得个好成绩，甚至博个头彩。因此这些日子大校场内人满为患，将领们均临阵磨枪，练功的人们比平常多出几倍。

原来每到年末，总兵府都要召开比武大会。凡是在比赛中进入前一百名的，都有机会获得一份不菲的奖赏。而在比赛中进入前十名的将官，则会立即得到提拔重用，并且获得一份大奖。这份大奖的内容比较独特诱人，就是每位获奖的将官，都有资格挑选一位帅府的丫鬟做妾。

这辽东的军民人等众所周知，帅府里的丫鬟个个美若天仙，她们都是府里每年从各地挑选出来的绝色。李成梁想通过这个办法发现人才，笼络军心，强化武备，提高战力。丫鬟们大多来自于贫困人家，她们则希望借此机会找个好归宿，从此脱离苦海。将官们既能展示其武艺，又能抱得美人归，自然是争先恐后，趋之若鹜。

努尔哈赤因为一心想着复仇，本来打算韬光养晦，不去参加这场比赛。但由于喜春儿是备选之人，又是帅府丫鬟侍女里边最美的姑娘，如果他不参加，喜春儿就会被别人带走。想起自己对佟妈妈的承诺，看着喜春儿那张美丽而流着眼泪的脸庞，无奈之中他答应参赛，而且表示要夺取第一名，喜春儿才破涕为笑。

比武那天虽然有三百多名将官上场，但在上午的兵刃、拳脚和举重的比赛中，大多数都被淘汰了。等到过晌后申时比赛箭法的时候，仅仅剩下十三位将官，但努尔哈赤与巴库尔均赫然在列。

靶标放在大校场之内一百五十步开外的一个个木桩之上，十三名选手每人各发十箭，按成绩的好坏每次淘汰三人。三轮比赛下来，只剩下四个人了，但四个人的成绩相同，均是箭无虚发，箭箭命中靶心。

李成梁今天特别高兴，他没想到今年的比赛成绩如此之好，将官们的武功和技艺均明显提升，自己的手下真是人才辈出，群英荟萃。他见这四个人的箭法均十分出色，一时难分上下，于是便提出不要再射死靶了，让他们骑上战马射活靶，检验一下他们的实战能力如何。

按照总兵官李成梁的建议，靶场立即安排了四名选手射铜铃。规定选手们要在一百步距离开外，打马飞过点将台并连发三箭，箭箭命中铜铃才算合格。这一绝技是李成梁的长项，当年他就是凭这一招，在抚顺关的一场比武大赛中技压群雄，不仅一下子从参将提为副总兵，而且还得到了巾帼女杰宿银花的芳心，当场献上一束鲜花，并从此成了他的夫人。因此在他到广宁卫任职以后，就把这“一马三铃”作为每年比赛的压轴项目。可惜的是没有几个人获得成功，李成梁也就因此扬扬自得。

努尔哈赤等四名选手依命而行，他们每个人依次骑着战马飞奔而过，到得点将台前再拈弓搭箭，去射那一百步之外被士兵高高抛起的铜铃。那铜铃虽然有鸡蛋大小，但由于距离较远，那天又有北风，时而刮起阵阵烟尘，因而那铜铃被抛起后飘忽错落，实在有些难以看清，射击的难度太大了！

第一名选手打马飞过，射中了两枚铜铃，失手一箭。第二名选手只射中一箭，另两箭都射偏了。这一轮比赛下来，只剩下努尔哈赤和巴库尔两个人。二人均三发命中，干净利落，场上爆发出一阵阵喝彩之声。李成梁手下的将官们虽然眼气，但他们心中却十分佩服。

比赛进行到这个程度，努尔哈赤本来不想再较真了！他十分佩服巴库尔这位铁打的蒙古汉子，想与他结为知心换命的朋友。但是望着台上喜春儿那张好看的脸，以及那充满期待的眼神，他马上明白了自己必须要赢，他不能让别人带走自己的妹妹，他不能辜负了佟妈妈。他的想法不知怎的竟与李成梁不谋而合。这位总兵官侧过头去，与坐在他旁边的宿夫人对视了一下，两人一齐颔首，这才下令追加项目继续比赛，一定要决出高低上下。

后加的这轮比赛把铜铃改成了铜钱，仍然是同等距离、一马三箭，难度显然就更大了！然而出人意料的是，两个人居然都射中了！只是努尔哈赤射出去的三支箭，那箭头都是从铜钱的方孔中穿出去的，整整齐齐地排成一条直线，插在对面的木桩之上，十分好看，精彩绝伦。而巴库尔射出去的三支箭，虽然全射中了，但将三枚铜钱全部射豁，显然他的箭头击中了铜钱的边缘。

努尔哈赤毫无争议地取得了第一名，这让喜春儿乐开了花，却让李成梁心生嫉妒。他表面上不动声色，下令按照比武大会的程序，奖励今天表现较好的前一百名选手，每人赐予一把镔铁钢刀；重奖获胜的前十三名选手，每人赠予一副精钢铁甲；然后允许获胜的前十名将官，每人去看台上挑选一名丫鬟或侍女为妻。当将官们依次走向看台，将那些花枝招展的姑娘们领走的时候，大校场内欢声雷动，震耳欲聋。

当努尔哈赤牵着喜春儿的玉手，兄妹俩双双走向点将台的时候，观众们情不自禁地发出欢呼之声，他们呼喊着“小罕子”和“喜兰儿”的名字表示祝贺。喜春儿的脸上溢满笑容，她的眼睛里噙满幸福的泪花。努尔哈赤也心如所愿，他虽然不在乎什么第一名，但是喜春儿妹妹没被别人领走，他自然也高兴万分！

然而就在两个人给李成梁夫妇行完大礼，准备退场时候，这位辽东总兵官却突然发话了：“我说小罕子，你且慢走！你比赛得了第一名，这无可非议。但咱们的规定是既然得了第一，就要选择一位美女为妻。而你却领走了自己的妹子，这算怎么回事呀？是不是不合乎咱们定的规矩呀？啊？！”

努尔哈赤一听瞠目结舌，一时不知说什么才好。那些李成梁手下的将官们本来就眼气，这时就一起跟着起哄：“对呀！对呀！这也不合乎规矩呀！”“还是重比一下吧！”“再比就比马上搏击，那才叫真本事，还不一定谁赢呢！”但他们只是瞎嚷嚷，谁也不敢站出来，因为他们明白根本就不是对手。

这时候李成梁又站起来说话了：“我说小罕子！本帅佩服你的武艺出众，是我从军以来见过的第一流好手，你可愿意同本帅比试一下吗？”说着已经走下台来。

坐在点将台上的宿夫人闻之一愣。她望了望满脸春风的李成梁，又瞧了瞧面若桃花的喜春儿，好像突然间明白了什么。但是她不动声色，粲然一笑：“好啊！大人的这个主意好！我倒真想看看这位小罕子，你到底有多大的本事，能保证领走你的妹妹呀？”

努尔哈赤连忙回答：“启禀夫人！末将怎敢与大帅比武？岂非螳臂当车，自不量力，班门弄斧，不知高低，还请大帅见谅，此事万万不可！”

李成梁这时已经走下将台，他绾起袖子，顺手绰起一张硬弓，微笑着向努尔哈赤说道：“我说小罕子！你如果推辞不比，便是瞧不起本帅，那你的这个第一名可就不算数了！第一名就是我，我马上就把喜兰儿领走！你不后悔？”说罢抬头向满身戎装的宿夫人望了一眼，脸上露出诡异的一笑。

这位总兵官虽然像是在开玩笑，却把努尔哈赤兄妹吓得不轻。他们明白在辽东这一亩三分地上，李成梁的话一言九鼎，他说得出来兴许就做得出来。何况他那双眼睛老是色眯眯地盯着喜春儿，已吓得她浑身发抖。万般无奈之中，努尔哈赤只好答应比试。

按照李成梁的指令，两个人要比一次死靶和一次活靶。他命人将靶标放在二百步开外，“嗖、嗖、嗖、嗖、嗖”一口气连发五箭，箭箭命中靶标。将士们不禁齐声喝彩：“大帅神箭！当世无双！”“李广在世！燕王重生！”欢呼声此伏彼起，如同惊涛骇浪。

在震耳欲聋的喧闹声中，努尔哈赤从容地走向前去。他拣起了一张五百斤的硬弓，也不慌不忙地连发五箭。验靶的士兵将靶标拿起来一看，那五支箭竟然全扎在红心之上，紧紧地抱在一起，如朵绽开的梅花，令众将官见了不由暗暗吃惊，也使李成梁相形见绌。

第二轮李成梁命人在点将台旁边放起三只鸽子，当它们飞到正顶之时，突然连发三箭，那三只鸽子均应声落地，被穿透肚腹死亡，将士们又是一阵欢呼。

轮到努尔哈赤上场了，他并未使用弓箭，只是在校场的地面上顺手捡起三颗石子，在那三只鸽子飞起之后，手儿一扬，三石齐发，那三只鸽子应声落地。验靶的士兵跑过去一看，立马乐了！原来都是活的！细细观之，努尔哈赤发出的石子像有眼睛，全打在那三只鸽子的尾巴之上。这三个可怜的小家伙虽然吓得魂飞魄散，但是均利手利脚，眼睛湛亮，只是受惊过度暂时飞不起来，向人们投来悲哀而又无奈的目光。

李成梁见之哈哈大笑：“壮哉小罕子！真乃奇才也！我辽东大营得此好手，是皇上之福、国家之幸！本帅当为你置酒道贺！”说罢左手拉着努尔哈赤，右手领着喜春儿走上点将台，与宿夫人见面，并转过身来向将士们宣布：“小罕子是当之无愧的高手，名副其实的第一！本帅佩服！从即日起，他就是我的贴身侍卫，领取相当于千户的俸银，待等经过大战之后，再奏请朝廷论功行赏，提拔重用。至于说这位喜兰儿嘛……”

“至于说这位喜兰儿嘛！”宿夫人抢过话头，对李成梁轻声说道，“不仅容貌出众，而且心灵手巧，刚来时我就喜欢上她了！既然她是小罕子的妹妹，那就留在帅府做我的干女儿吧！大人，您看怎样？”

“好啊！太好了！夫人说得极是！从今以后，喜兰儿就是我们的干女儿，哪个人敢动她一根头发，马少胡就是他的下场！我立马就下令劓了他！”李成梁脸子一沉，高声喝道。

此话一出，满场肃然，将士们诺诺连声，无人敢笑。李成梁遂命回府大摆宴席，以示庆贺。

不久，残元土蛮部趁风雪来临之时，纠集数万人马突袭沈阳卫和铁岭卫，副总兵隋守玉派人告急。李成梁当即发兵驰援，他命努尔哈赤率两千精骑出辽河，过沈水，从南面进行包抄；命巴库尔率两千精骑出彰武，奔蒲河，在敌人的西北面设伏；

他自率主力两万大军直趋沈阳卫，在平虏堡、白旗堡（今均属沈阳市）与土蛮部先头部队相遇。李成梁率领他的广宁铁骑奋勇出击，敌军败北，仓皇逃窜。逃至沈水之南，又被努尔哈赤带兵截住厮杀。努尔哈赤一马当先，突入敌阵，只一个照面，就生擒敌酋巴延帖木儿，迫使其部下五千余人投降，从而解除了沈阳之围。土蛮部的其他人马闻听首领被捉，立即四散奔逃。李成梁率部乘胜追击，将这伙败兵打得落花流水，从此不敢轻易来犯。

李成梁表奏朝廷，受到嘉奖，万历皇帝特地派钦差宣旨，赐给他一条犀牛玉带，这在明朝的边将中，是从来没有过的殊荣。至于努尔哈赤临阵擒敌、立下大功之事，他连提都没提，据说都记在他自己的功劳簿上了。

第十二回

赴京城老憨开眼界　察红痣小命陷魔窟

努尔哈赤当上了李成梁的贴身侍卫，自己暗自高兴了许多天。他以为这下子终于有机会近距离接触李成梁，可以实现自己报仇的夙愿了！然而到实际操作的时候，事情却远远没有他想象的那样简单，从而让他顾虑重重，不便动手，一次又一次地放弃了本应成事的良机。

一是他虽然算作李成梁的贴身侍卫，李成梁处理军务的时候，他确实是走到哪里就跟到哪里，但是他们一起担当侍卫的是四个人，并非是单独他自己一个。而且那三个人皆是李成梁从铁岭老家带出来的家族兄弟，不仅非常忠实可靠，而且人人武艺高强，让他几次想动手都没有得逞。

二是李成梁不但非常精明谨慎，而且说得上是疑心过重。他虽然经常带着四名贴身侍卫，但是从不与侍卫们同桌用饭，也不让侍卫们走进自己睡觉的屋子。努尔哈赤跟了李成梁那么长的时间，却始终搞不清他在哪里睡觉。李成梁外出视察军务，通常是前呼后拥内外好几层侍卫。加之他本人武艺高强，那把御赐的折铁钢刀一直带在身上，也让努尔哈赤有所顾忌。那把宝刀削铁如泥，锋利无比。蒙古人的俺答部和土蛮部几次派人行刺，均功败垂成，最终都是死在李成梁的那把折铁钢刀之下。

三是自打进了总兵府以后，努尔哈赤就同喜春儿分开了，两个人食宿均不在一起，连见面的机会都少多了。努尔哈赤既要顺利得手，又要平安带走喜春儿，这就不是一件容易的事了！这需要天赐良机和周密的计划。因此，尽管努尔哈赤心急如焚，却一直没有遇到这样的机会。

一晃又是半年多过去了。这年九月，朝廷传来圣旨，说皇上为了表彰李成梁御辽有功，为他在京城修建了府第。请他携带家眷过去小住，同时顺便回朝廷述职。作为一个镇守边关的外将，这在本朝是多年少有的殊荣，李成梁闻之喜出望外。他一方面召集辽阳、沈阳、开原和抚顺等地的边关守将，重新部署相关军务，叮嘱诸将严密监视女真和蒙古各部动向，有紧急军情立即飞马进京报告，不可有一点儿耽搁，要确保这一段辽东无事。另一方面，李成梁撒下大队人马，去各地搜刮辽东特产，以备进京之用。半个月之后，一切准备就绪。李成梁率领着家眷和随从三百多人，赶着二十几辆装满礼物的马车，浩浩荡荡地向京城出发了。努尔哈赤作为贴身侍卫，是当然的随行人员。喜春儿由于是总兵大人的干女儿，因此也随着家眷同行，乐得她高兴了好些天呢！

努尔哈赤从小生活在辽东地区，见惯了高山、密林、草地和荒原，从来没有领略过平原地区的风采。这一次他从广宁出发，一路上涉凌河、过宁远、越长城、到燕山，见到处风光秀丽，望两侧阡陌成方。东去的河流哺育出片片肥沃的原野，南来的山脉点缀着块块茂密的森林。风轻日朗可观赏北方成熟秋色，天高云淡能饱览京畿无限风光。村庄鳞次栉比足见人烟稠密，集镇车水马龙凸显经贸繁荣。努尔哈赤端坐马上一路走来，不禁心旷神怡，眼界大开，觉得看什么都十分新鲜。

然而，更让他感到新鲜的是，这支从辽东出发的队伍不论到达什么地方，那里的州县官员都远接近送，恭敬之极，不但均备下丰盛的酒宴以礼相待，而且全都有贵重的财物厚意相赠。言谈举止之间，对李成梁可谓尊崇备至，赞誉有加，极尽美化吹捧之能事。但是这位太子太保、辽东总兵官却不以为然，他对官员皆不屑一顾。那种高高在上的姿态，傲然自得的神情，把一个正在得宠的封疆大吏那副目空一切的做派，表达得淋漓尽致，让努尔哈赤觉得十分不舒服。

让努尔哈赤更加费解的是，李成梁进京以后，几乎完全变了一个人。他们这支队伍到达京城的那天，时近黄昏，人马均以相当疲劳，大家都以为会找个客栈休息。没想到李成梁却马不停蹄，连夜去拜访首辅张居正、次辅吕调阳、掌印太监冯保和吏部尚书杨博等人。李成梁见到这些朝廷重臣，不但如同学生拜见老师、儿子对待父亲一样谦恭至极，而且投其所好，给不同的人送上不同的礼品，可谓心细如发，周到非常。

李成梁第一个拜访的是内阁首辅张居正，他对这位只比自己年长一岁的当朝宰相，不仅一口一个老大人，还一进门就长跪不起，诚恳地说："学生李成梁叩见首辅大人，愿老大人鸿运永在，福泰康安！成梁在辽东无一日不在思念首辅大人，无一事不是在遵照恩师的教诲。若无您的提携和帮助，成梁至今仍乃一介儒生。如今一切皆为恩师所赐，成梁不敢有一丝忘怀也！"说着又命侍卫们抬上礼品。

张居正扶起李成梁正色说道："你且快快请起，何须行此大礼？汝为辽东总兵虽我所荐，但那是皇上恩准，众臣廷议，也有辽东巡抚张学颜的一份功劳，我只不过是领头奏议罢了！总兵大人何必放在心上？况汝就职以来，多次击溃残元旧部，又擒拿建州右卫王杲，使辽东地区逐渐安宁，足见汝之才略并不负朝廷重托。汝只须勤于王室、忠心报国便是，本辅就已经无限欣慰，何须千里迢迢带来礼物，这却万万不可！"

李成梁连忙再拜说道："大人误会了！这哪里是什么礼品？这些人参、貂皮、鹿茸、熊掌等物，皆是成梁在军务繁忙之余，自己进山打猎所获，自家食用又怎么吃得过来，用得过来？此番进京顺便带来，只是晚生的一点儿心意，又怎么拿得出手？

恳请大人不要见外！”见张居正含笑点头，这才再拜退出，已经走出大门了，还在拱手施礼。

对于内宫掌印太监冯保，李成梁送的礼品可就大不一样了。他知道冯保爱财如命，所以光金银珠宝就送了五大箱。同时还委托冯保给李太后献上北珠和玛瑙。他知道这位皇帝的生母最喜欢珠宝玉器了，尤其对辽东的玛瑙雕刻情有独钟。冯保悄悄告诉他，有人弹劾他灭王杲时杀戮平民，并且放走反王余党。但是请他放心，自己已在皇帝面前替他遮掩。吓得李成梁冒出一身冷汗，忙再搬上一箱礼品致谢。

等到拜访完次辅吕调阳和吏部尚书杨博以后，时间已近午夜。但是李成梁仍未休息。他吩咐长子如松、次子如柏和帅府两位管家，连夜携带礼品去有关大臣家中打点，这些事完成后已是黎明。

次日清晨，李成梁早早就沐浴更衣，他要上朝见驾，向皇上述职。他们把马匹拴在前门之外，然后便一直步行向北走去。努尔哈赤只觉得过了好几道雄伟高大的城楼，通过了好几次极为严密的盘查，也不知到了什么地方。在太阳升起的时候，他们四个人随着李成梁穿过午门，来到太和殿外。努尔哈赤等四名侍卫被挡在午门之内，皇城的内卫总管只允许李成梁一人在殿外候旨。

此时太阳已经高高升起，那万丈光辉照进皇宫内院，使紫禁城显得金碧辉煌，光彩夺目。那错落有致的殿堂一望无际，在绿树的掩映中紫雾蒸腾，时隐时现，如同仙山琼阁。那雕梁画柱的楼宇翘脊飞檐，在蓝天的衬托下雄伟壮观，直如天上灵霄。上朝的官员们步履匆匆，接踵而来，一个个满脸沧桑，似有无穷心事而左顾右盼。站岗的卫兵们身躯笔直，持枪而立，一排排表情冷漠绝无半点儿笑容。这种宏大的气魄和独特的氛围，让努尔哈赤感到十分新奇和有趣，同时也感到非常压抑和震撼。

他小的时候曾听爷爷觉昌安说过，自己的六世祖猛哥帖木儿去过南京，觐见过明成祖朱棣，是辽东女真人心目中的大英雄，也是努尔哈赤的心中的偶像。他听师父徐哑巴讲过，明太祖朱元璋和他的第四子朱棣，都是雄才大略、文武双全的好皇帝，是他们奠定了大明朝数百年的基业。作为他们的嫡系子孙，住在这个皇宫大院里执掌天下的当朝皇帝，也一定是个很了不起的人，努尔哈赤对他充满了崇拜和景仰。

然而见到明神宗万历皇帝以后，却令努尔哈赤大失所望。那是在李成梁上殿述职以后次日的下午，由于对御辽之事非常满意，再加上几位朝廷重臣纷纷美言，万历皇帝对李成梁大加褒奖，破例答应李成梁去他的新居看望家眷，这令李成梁感激涕零。朝廷对这件事也极为重视，头一天晚上就用净水泼街，撒上黄土，第二天上午又加了三道警卫，附近的老百姓都被撵走了。努尔哈赤和喜春儿由于均是特殊身份，有幸陪同李成梁接驾。

当万历皇帝乘着黄绸龙辇，在大臣和太监们的簇拥之下来到李府的时候，还没等太监打帘子宣唤，李成梁就匍匐在地膝行数步，用颤抖的声音奏道："臣李成梁恭请皇上圣安！祝吾皇万岁！万岁！万万岁！"李成梁的家眷和随行人员也一齐跟着叩头请安，大家口呼万岁，不敢仰视，一个个诚惶诚恐、战战兢兢，像是一群伏在地上的狗。

在一句童声童韵的"请李爱卿平身"的话语之后，努尔哈赤偷眼观看，说话者是一个胖胖墩墩的黄衣少年，长相气质非但没有什么过人之处，反而有些猥琐和臃肿，走起路来摇摇摆摆，大腹便便，与努尔哈赤心中预想的形象大相径庭。他不敢相信，这样一个稚气未脱的孩子，怎么能很好地领导和治理一个国家。

在以后的一段时间里，李成梁被获准在京城小住。他便借此机会拜访朝廷重臣和各路政要，趁机联络感情，京官们也有不少的人回请他。因此李成梁早早晚晚迎来送往，杯觥交错，忙得不可开交，这倒给努尔哈赤带来不少空闲时间。

一日傍晚，李成梁在府中宴客，他便乘机溜了出来，朝皇城西大街那边走去。他早已打听好，外祖父升天的那个地方叫作蒿街，是个少数民族杂居的去处。他一定要到那里祭拜外祖父，这是他一直以来的一个心愿。

走着走着，天色越来越暗了，灯光也越来越少，路越来越偏僻，距离蒿街也就越来越近了。高低不平的房屋蹲在路旁的黑暗里，偶尔有一点儿亮色，像是些准备吃人的野兽。匆匆走过的行人一个个神情怪异，默不作声，如同飘荡在墓地里的鬼魂。刺骨的晚风一阵阵刮来，扬起黄土路上的灰尘，让努尔哈赤感到有些迷蒙和阴冷。

蒿街到了，努尔哈赤找到一个僻静的地方，放下黄纸、香烛和一些祭品酒食，费了好大的劲儿才把纸钱点燃。他摆好那些祭品，拿起一炷长香，对着空中遥遥相祝并喃喃说道："亲爱的外祖父，我最敬重的人！外孙努尔哈赤来看您了！您待族人亲如骨肉，您对外孙恩重如山！您爱憎分明，不畏强暴，刚强正义，视死如归。您是咱女真民族的大英雄！您是咱后生晚辈的好榜样！您死得光明磊落！死得轰轰烈烈！您恨洒苍天大地，仇染白山黑水！但您也死得冤枉！死得遗憾！外孙一定要血刃仇敌，为您报仇！您就在天上安息吧！"说着已是泪流满面，泣不成声。

努尔哈赤双手攒起一个小土堆，把那炷香插在土堆之上，又往火焰上续些纸钱，哽咽着说道："是李成梁烧了咱的家！是李成梁要了您的命！这一桩桩、一件件的血海深仇，外孙我都记着呢！我一定要杀了他！用他的狗头来祭奠您的英灵！外孙我保证说到做到！您就放心吧！"

努尔哈赤的话音刚落，忽然一阵阴风吹来，火光一闪，一个凄凉的声音在附近响起："努尔哈赤！我的外孙！谢谢你来看我！但不要贸然为我报仇！李成梁这个恶徒固然可恨，但他只是朝廷的一只鹰犬！更可恨的是这个罪恶的朱明王朝，是他们不把女真人当人看，他们在利用你的时候就想着要杀你。外祖父我虽然冤屈惨死，但也怨我行事鲁莽咎由自取。现下我们女真各部是一盘散沙，只能是人家砧板上的鱼肉，根本就不是李成梁的对手。你若是现在找他复仇，无异于飞蛾扑火，以卵击石。努尔哈赤，我的外孙！自从被抓后我反思了许多事，现在真是后悔死了！你可千万不能走我的老路。请你记住，不灭掉这个害人的朝廷，我们女真人就永远没有出头之日！眼下你必须韬光养晦，保护自己，积蓄力量，等待时机，切不可因小失大呀！"

王杲的这番话伴随着清凉的晚风，在寂静的夜空中回响，惊得努尔哈赤魂飞魄散，呆愣愣如同傻了一般。待等他回过神来四处查看，天空中星星眨眼，地面上鬼火闪烁，周围并没有人在行走，哪里有什么外祖父的影子？可方才那一声声、一句句分明就是外祖父的声音，急得努尔哈赤失声大喊："外祖父！您在哪里呀？外祖父！您在哪里说话呢？外孙快要想死您了！"

没等努尔哈赤的喊声落地，那凄凉的声音又接着响起："努尔哈赤，我的外孙！你是看不到我的，可我就在你身边。我现在就是一缕不散的幽魂，在这蒿街一带游荡，可以说寸步难行。我也曾经想离开这里，回到故乡，可你不知道，这鬼魂的世界比人间还要黑暗。这里到辽东关卡重重，鬼蜮横行，不花点儿钱疏通根本哪里也去不了！可我哪有钱啊？这下好了！你来了！我终于可以回家了！"

说到这里王杲稍微停顿了一下，看着努尔哈赤频频点头，这才接着说道："你往前走七步，在右边的路沟里有一块头盖骨，我的灵魂就附在那块骨头下面。你把它包起来装在马褡子里，我就可以躲过恶鬼的盘剥，回到昼思夜想的故乡了！谢谢你我的好外孙，请照我说的去做，我们到辽东再聊！"说完不再出声。此时火焰已灭，只有那炷香还在燃烧，随着阵阵晚风忽明忽暗一眨一闪，好像是人的眼睛在说话。

努尔哈赤虽然没有看见外祖父的身体，但他对方才那一番话深信不疑。他依言前行七步，果然在右边的路沟里找到了一块头盖骨。他坚信这一定是外祖父的头骨，于是小心地拂去上面的泥土，恭敬地拜了又拜，然后把它包起来，放在随身的马褡子里，悄悄地赶回驿馆去了。

李成梁在京城盘桓了两个多月，由于担心辽东的军务，他上朝向皇帝辞行。临走之前，万历皇帝对他再三勉励，嘱其务必兢兢业业，不可懈怠，要严密监视辽东女真的动向。特别提醒他据司天监奏报，目前帝星虽然明亮，但仍有外煞暗蕴其中，说明反王并未剪除，要他加倍小心。且目前有彗星从西南向东北方向滑落，恐辽东一带滋生变故。李成梁闻之叩头滴血，诺诺连声，表示将鞠躬尽瘁，死而后已。万历皇帝又加封他为宁远伯，授其子李如松为副总兵、李如柏为参将，父子三人谢恩而去，当即率队返回辽东。

这一次京城之行虽然短短数月，但努尔哈赤好像过了十年，让他一下子就长大了！这一次的所见所闻，不但让他大开眼界，而且让他的灵魂受到了强烈地震撼。他忘不了紫禁城的雄伟，忘不了万历皇帝的平庸，忘不了朝臣们的腐败，忘不了外祖父的教诲，更忘不了李成梁的虚伪和狡诈。他觉得李成梁是个琢磨不透的人，你永远不知道他内心里想的是什么。尤其是李成梁似乎不经意间的两句话，让他在返回辽东的过程中，整整琢磨了一路，也没完全弄懂是什么意思。

一句是临来他们到达山海关的时候，望着雄伟的长城大家嗟叹不已，李成梁则扬起马鞭不屑地说："万里长城算什么呀？它不过如同一根绳索，目的是想捆住敌人，却往往束缚了自己。你们想想看，历史上它可曾挡得住匈奴，挡得住辽兵、金兵，还是挡得住元兵啊？根本就挡不住！真正的长城是什么呀？它建造在人们的心里。它是团结一心千千万万的百姓，它是百折不挠、英勇善战的铁军啊！"

还有一句是在他们离开京城不远，有几名侍卫议论起皇城的宏大、皇帝的威严，均流露出无限仰慕之情的时候，李成梁却接过来说："万里长江东去，大雁秋季南飞，太阳朝升夕落，鲜花谢了又开。人心思变，江山易主，这是亘古以来的法则呀！想当年蒙古铁蹄横扫天下、踏遍中原，建立起规模宏大的元帝国，可是在短短的几十年内，不就落花流水、土崩瓦解了吗？本朝太祖皇帝青年从军，仅仅十几年间，就从一个平民当上了皇帝，不是取代了蒙古人，建立了大明朝吗？！王侯将相本无种，唯有时势造英雄。世上就没有干不成之事，怕的是没有敢想之人哪！"他的这一番感慨不知对谁而发，让随行之人皆百思而不得其解，但努尔哈赤却深深地印在了脑子里。

从京城回来以后，努尔哈赤越发勤快恭谨，也更加得到李成梁的信任。李成梁无论走到哪里，都首先想着把他带到哪里，并且当着许多人的面不止一次地说："喜兰儿是我的干女儿，小罕子就是我的干儿子！这两个孩子都聪明能干，又极其孝顺，比我的那几个亲生儿女都有出息哟！"众人见总兵大人都这样说，也均对努尔哈赤和喜春儿高看一眼，因此努尔哈赤出入总兵府比过去随便多了。

喜春儿自从做了宿夫人的干女儿，也不在院子里干粗活了，而是同几个年龄相仿的女眷在一起读书、识字或者绣花、玩耍，早晚则定时给李成梁请安，陪宿夫人说话，到花园里赏花。居住的条件也有改善，帅府管家给她另找了一间清净的卧室，虽然稍显偏僻了一些，但十分整洁雅致，很少有人打扰，这就给兄妹俩寻机独处带来了方便。

兄妹俩的境遇虽然均大大改善，但是他们时刻也没忘记自己的身份，也时刻没有忘记黑老太婆和多吉活佛的教诲。他们明白，不管李成梁的态度如何亲热，可是一旦知道了他们的身份，那就绝对不会放过他们，而是必然置他们于死地。因此兄妹俩商量好了，只要拿到那张《辽东防务部署图》，他们就设法离开这个魔窟。努尔哈赤还悄悄告诉巴库尔，让他留心甲仗库和军械营的情况，以备急时之用。自从那次比武之后，两个人互相仰慕，早已成了知心换命的好朋友。

这期间努尔哈赤跟随李成梁两次巡边，参加过数次军事会议，还参与了一次追歼土蛮部残敌的战役。尽管努尔哈赤足智多谋，作战英勇，极受李成梁的赏识和重用，但他却一直没有见到那张《辽东防务部署图》，许多将领也说从来没有见过。喜春儿虽然常以女儿身份去内宅给李成梁请安，但也没有看到那张图挂在哪里。

说来也巧，有一天晚饭之后，喜春儿又去给李成梁请安。走进厅堂，内宅侍卫见是喜春儿，问都没问就让她进去了。到得屋内，见灯光昏暗，香烟缭绕，视线蒙胧，房间里有一股似辣还酸的气味。李成梁喝得似醉非醉，正躺在长椅上闭目养神。喜春儿四下打量，见无别人，随即轻手轻脚地沏上一碗香茶，又打来一盆热水，脱去李成梁的虎头长靴和细布袜子，开始给李成梁洗脚。

喜春儿这么一鼓捣，李成梁从蒙胧中清醒。他睁开醉眼见是喜春儿，立即高兴地说："喜春儿我的好闺女，就数你最懂事了！到了明年开春，你也大了，爹就给你找个好人家，再给小罕子找个好媳妇，热热闹闹地把你们兄妹俩的喜事都办喽！让我的干闺女、干儿子都高兴！"原来李成梁见小罕子武艺出众，喜春儿人才难得，便想在感情上笼络他们，为自己效命。而他的这个如意算盘，兄妹俩又何尝不知？只是佯装糊涂罢了。

听了李成梁的话，喜春儿装作害羞的样子，噘着嘴说："我才不出嫁呢！我哪儿也不去，就在府里陪着干爹干娘！我要侍候您老人家一辈子，永远做您的乖女儿！"

喜春儿这几句言不由衷的话，把个半醉的李成梁乐得眉开眼笑，忘乎所以，"说句实话，我的那几个丫头，谁也没有你好！就你最懂事、会疼人！你的这句话爹爱听！"说着话接过喜春儿递过来的香茶喝了一口，嘴里有些含糊不清地说："我有些困了！得回去睡觉！"随后站起来想走，却摇摇晃晃脚步不稳，险些跌倒在长椅之上。喜春儿见状忙上前扶起，搀着李成梁随着他的脚步，拐弯抹角地走进一间内室，帮助他脱掉外衣和鞋袜，盖上薄被。还没等喜春儿把这一切做完，李成梁就已鼾声大起，呼呼入睡。

喜春儿挑亮油灯，四下打量起这间卧室。这是个密闭的、小小的房间，四周都没有窗户，厚厚的板门上包着铁皮，仅有的一个方形的气眼，还被几根粗壮的铁条封住。屋子内除了李成梁的一张床，只有几件最简单的家具。墙上赫然挂着那把御赐的尚方宝剑，衣架上则搭着辽东总兵官的银盔银甲和一件战袍。

喜春儿观察了一番感到有些失望，正想吹熄油灯，转身离去，忽然眼前一亮。只见紧靠李成梁睡觉的那面墙壁之上，隐隐约约地挂着《辽东防务部署图》，由于图的外边罩层纱帘，里边的图案和字迹都看不清楚。喜春儿心中暗喜，急中生智。她脱掉身上那件白色丝绸外衣，捡起放在桌案上的一支毛笔，拉开那幅罩在图上的纱帘，屏息静气地描了起来。

由于喜春儿多次看过多吉活佛赠与的那张《九州山川地理图》，因此她对辽东地区的地形和地貌并不陌生。她只是对哪些地方有行营暗道，哪些地方屯辎重粮草，哪些地方装备雄厚、防卫森严，哪些地方驻有重兵、由何人镇守等有关情况，做了一些必要的记载。她正在全神贯注地抄写，没想到李成梁鼾声骤停，吓得她赶紧收手停住，坐回床边。过了一会儿见没动静，她又倒上一碗凉茶递了过去。李成梁接过之后，咕噜、咕噜一饮而尽，翻过身去又睡着了。喜春儿抓紧机会急忙抄完，又轻轻拉上纱帘，吹灭油灯，然后蹑手蹑脚地退了出来。回到自己的小屋之后，她的心还在咚咚狂跳。

第二天早饭后，努尔哈赤正在大堂口当值，喜春儿路过之时，悄悄地告诉他晚上见。当太阳落山以后，努尔哈赤熟门熟道，去敲小屋那扇房门的时候，喜春儿已经守在门边等候。两个人顾不上说别的，喜春儿拿出那件标完图示的衣服给他看，努尔哈赤高兴万分，他说。好妹子你可立了大功了！将来咱们一定用得着，你可一定要珍藏好，这是活佛特意嘱咐的呀！

喜春儿藏好那件衣服，接着又告诉努尔哈赤："哥我今天发现了一件怪事，不知道你感不感兴趣？"

努尔哈赤见喜春儿神道道的样子，便问她发现了什么怪事。喜春儿接着说道："昨晚我给大人洗脚的时候，发现他左脚心有三颗红痣，每颗都有黄豆粒儿大小，像天上的三星一样整齐地排列着。往回洗脚他都清醒着，不断地跟我说话，我就从来没敢低头细看。昨天晚上他喝多了，有些迷糊，我才看得清清楚楚。老憨儿哥哥，你说这是不是一件怪事呢？"

"这有什么奇怪？我当什么事呢！"努尔哈赤笑道，"你看我的前胸和后背有不少红痣，多得像星星一样都数不清。红痣这个东西许多人身上都有，哪里不能长啊？！真是少见多怪！"

"老憨儿哥哥你这就不对了呀！"喜春儿有点儿不高兴，"我都这么大的人了，当然知道有痣并不稀奇，谁身上都可能有，但是脚心里有红痣你看过吗？难道这不是件奇怪的事吗？"

"脚心里有痣也不奇怪，我说妹子，你先不要生气！"努尔哈赤依旧笑着说道，"我的脚心就有红痣，而且不是三个，有六七个吧！我小的时候也不知道，是秀姑妈妈后来告诉我的，但我自己从来没有看过，也没对外人说过。”

喜春儿听了有些不信，闹着非要看个究竟不可。努尔哈赤无奈，只好乖乖地脱下鞋袜，让喜春儿观看。喜春儿扳过努尔哈赤的左脚，放在自己的腿上，然后端起油灯仔细观察，果见在那拱桥形的脚心中间，确实有七颗比米粒稍大一些的红痣，像天上的北斗七星一样排列在那里。那些红痣均匀完整，个个鼓绷溜圆，红得可爱，像是眨着眼睛在说话。喜春儿一见不由喜出望外："真的有！真的有！果然真的有！老憨儿哥哥一定是大命之人！怪不得每次都逢凶化吉、遇难呈祥，原来有老天在照应啊！"

努尔哈赤顾不得穿鞋了，忙伸手捂住喜春儿的嘴："我说好妹子，你怎么敢乱说呀？这种话说出去，若是被外人听见了，那是会杀头的呀！"

话音未落，就听到“当啷”一声轻响，外边好像有什么动静。喜事儿当即吓得脸色煞白，一声不吭。努尔哈赤飞身蹿出户外查看，见月光朗朗，清风习习，四周并未发现人影。但他凭借着自己超凡的听力，已感到了轻微远去的脚步声，不禁心中一惊，说："坏了！要出事了！妹子，请早做准备吧！把东西都收拾好，这里恐怕要待不下去了！"

努尔哈赤的感觉一点儿没错，这回是真的要出事了！俗话说，屋里说话，墙外有人偷听，路上说话，草窠有人听见，这话是一点儿都不假。当努尔哈赤和喜春儿在屋里说着话的时候，没承想就已经被外人听到了！这个人不是别人，就是总兵府的亲兵营统领李标。

这个李标是李成梁的堂侄，武艺高强，膂力过人，尤以轻功为最，在整个辽东的明军之中没有敌手。他师承长白山青云道长，跟随李成梁已从军多年，在消灭残元势力的战争中屡建战功，被李成梁视为心腹虎将，故而在身边委以要职。

这个李标哪点都挺好，就是偏爱女色。广宁城里有点儿名气的美女，几乎都被他染指。就因为这臭毛病，他没少挨李成梁的责骂。李成梁与宿夫人也想早点儿让他成家，稳住他的心，给他托了不少媒人，介绍了十几位士绅人家的女儿。但他可能是花采多了，觉得哪一朵都不香，因此始终没有婚娶，至今光棍一个。

就在喜春儿刚到帅府那天，他就被喜春儿的美貌惊呆了！他从未见过这般清纯稚嫩如同出水芙蓉一样的姑娘，因而心中一直念念不忘。喜春儿跟着努尔哈赤来到军马场，他曾悄悄地去过多次，企图寻找机会，图谋不轨。没想到不是有那对老夫妇在旁边，就是被总管“马骚狐”撞见，尤其是那条藏犬黄龙，警惕性极高，听觉又特别灵敏，让他根本就着不了边，气得他牙根直痒痒，馋得他两眼直冒金花。

本来在去年年底那场大比武中，他以为必能稳操胜券，光明正大地娶喜春儿为妻，为此他暗暗高兴了好多天，曾经抱着枕头当成喜春儿演练了许多次。没想到老天难遂人愿，凭空杀出了努尔哈赤和巴库尔，他勉勉强强得了个第三名，想娶喜春儿的想法又泡汤了！一气之下他连哪个丫环侍女也没要，他下决心一定要把喜春儿弄到手。他知道哥哥不能娶妹妹，努尔哈赤武艺再高，可以排除在外。至于说那个蒙古黑马巴库尔嘛，他虽然在大比武那天领走了一个蒙古族妹子，但是当天就出钱雇车把她送回科尔沁老家去了，也就是说他根本没要。这样自己还有机会，自己可以向总兵叔父求亲，让叔父答应把喜春儿嫁给他。干女儿配堂侄，几乎是天经地义的呀！

因此，自从喜春儿搬到这间小屋之后，他就常来这里转悠，希望能找个单独相见的机会，向喜春儿表达自己的心愿。他相信烈女怕缠郎，凭借自己的身份、地位和长相，喜春儿一定会答应的。可那位喜春儿冷若冰霜，对他从不正眼观看，有时候在院子里遇见了也是匆匆逃开，像躲瘟神一样。他试着晚上去了许多次，可是那条大黄狗太糟糕了！几乎一刻不离地守在门口，简直就是一个凶恶的门神！稍有点儿动静就连声狂吠，吓得他根本不敢靠近。前天他唆使管家下令，以怕伤害用人为借口，把黄龙关进了猎犬房，所以今晚他才敢放心大胆地蹲在门外。

对于努尔哈赤和喜春儿的对话，开始的时候他什么也没听见。可是后来当喜春儿说起脚心长红痣这件事时，他那会儿正好来到窗前，就全听得清清楚楚、明明白白了！他心想帅府上下，人人都知道总兵大人脚心有三颗红痣，那是大命之人的象征，说不定是天上的星宿下凡。据说李成梁自己早年曾找高人看过，说他有出将入相之命、位极人臣之福，可以给家人带来三世的荣华富贵，因此常在酒后向众人夸耀。如今小罕子却说自己的脚心有七颗红痣，这还了得？难道他比总兵大人还要厉害？有三颗红痣就能出将入相，那么有七颗红痣呢？能干什么呀？难道能当皇上？想到这里，李标的心里"咯噔"一下子，他好像突然明白了什么事，急忙三步并作两步向大堂跑去。

此时李成梁像往常一样，习惯地在晚练之后，靠在长椅上闭目养神，等待喜春儿来给他洗脚。听了李标的密报，他不禁大吃一惊！如果李标所说的情况属实，那可是件惊天动地的大事呀！自己四年来殚精竭虑，撒下大网，费尽心机而终不能如愿，恰如俗语所说，是"只听辘轳把子响，找不着井在哪里"，这个"反王"一直没有抓到，没承想"踏破铁鞋无觅处，得来全不费工夫"，他竟然藏在自己的鼻子底下，这真是莫大的讽刺和天大的笑话呀！如果这件事被皇上和阁僚们知道了，自己肯定罪责难逃，难辞其咎。想到这里，李成梁吓得出了一身冷汗。

可是转念一想，李成梁又觉得不对。那位司天监屡次上奏，说反贼应当出在辽东，抑或就是辽东建州一带的女真人。可这个小罕子是河北人，说的满口山东话，又长得白白净净、文质彬彬，他根本就不是女真人哪！退一万步讲，如果说他就是

“反王”，又怎么敢胆大包天，投到自己的帐下来呢？那不是“屎壳郎进车道辙，自己找屎（死）”吗？是不是李标隔着窗户听错了？还是喜兰儿跟他的哥哥唠嗑时说错了？但是不管怎么样，必须得把小罕子找来，当面问个究竟、弄个明白。于是他当即下令，命李标把小罕子找来问话，并告诉他不要声张。

这个时候努尔哈赤已经回到了自己的住处，躺在床上辗转反侧，心神不宁。努尔哈赤他们这些侍卫睡的是一铺通炕，二十几个人挤在一起，夜晚谁被叫走是常有的事，因此当李标带人过来之时，大家司空见惯，谁也没有在意。但是努尔哈赤的心里却“咯噔”一下子，他猜想到刚才可能被偷听了，说不定被传唤就是这个事。他跟在李标的身后一边走一边想，琢磨着应该如何应对，不知不觉就已经来到了帅府大堂。

李成梁此时已在大堂上正襟危坐，看到侍卫们进来之后，他一言不发，只是摆摆手让李标等人下去，只留努尔哈赤一个人站在大堂中央，好像一个待审的囚犯。好长时间两个人都没有说话，只是用眼睛注视着对方。李成梁的目光冷漠犀利，好像两把锋利的短刀，剥得努尔哈赤体无完肤、心慌意乱。他努力克制自己没有发抖，但是手心、脚心却都已经淌满了汗水。

良久，李成梁突然发话单刀直入：“我说小罕子！听说你的脚心有七颗红痣，能让我看看吗？”

努尔哈赤闻听心中一紧，但在表面上却故作轻松地说：“嘿！我听说大人深更半夜找我，以为有什么要紧的公务，原来是这件事呀！不瞒大人说，我的身上倒是有几个红点子，脚心里哪有什么红痣呀！我小的时候曾经得过天花，七天七夜没有苏醒，阿妈以为我快不行了，就找来一个游方的郎中，说这孩子危在旦夕，你就死马当活马医，试试看吧！治死了我们也无怨无悔。那郎中闻言掏出一根很粗的钢针，在我的左脚心上，连扎了好几针，说是给我放毒血，放完血以后又箍了一些药粉，以后就留下了几个疤痕，不信大人您请看！”说着他立即脱掉鞋袜，抬起脚来让李成梁观看。

努尔哈赤已经好几天没有洗脚了，方才在喜春儿屋里出来之后，他一直担心可能出事。因此，在回来的路上，特意光着脚丫在泥地上踩了几下。这工夫脚心里又淌满了汗水，脱下鞋袜之后又脏又臭，气味熏人。李成梁掩着鼻子看了又看，由于灯光昏暗，视线不好，加之那只脚埋拉巴汰，沾满黑泥，模模糊糊地好像有几颗痣的样子，但是又看不清、叫不准。到底是李标说得不对，还是小罕子在骗他？

李成梁回到坐椅之上，着实寻思了好大一会儿，然后才突然大喝一声：“来人哪！小罕子图谋不轨，意欲行刺，给我拿下！”门外的几个亲兵侍卫如狼似虎，闻声立即冲了进来，三下五除二，把努尔哈赤捆了个结结实实。

努尔哈赤见状失声大喊："小罕子并无过错，大人这是何意呀？"

李成梁拍案大叫："大胆的狂徒！还敢强辩！刚才幸亏我反应极快，不然已遭了你的毒手！给我扔到老虎圈里去！"话音刚落，几名亲兵侍卫七手八脚，抬起努尔哈赤向虎圈走去。不一会儿，就听"啪嚓"一声，侍卫们像扔块兽肉一样，把努尔哈赤抛了进去。

原来李成梁脚心的红痣，在童年时期他的母亲找人看过。当时龙首山的铁冠道长曾经说过："这孩子体相不凡，将来必成大器。脚心生三颗红痣，相书上称为脚踏三星，当有出将入相之命，位极人臣之福。如果脚踏七星，那就更了不得了！古往今来，相传只有汉高祖刘邦曾经有过。你这孩子福大命大造化大，贫道就破例赐字汝器，赐名成梁吧！希望他成为国家栋梁之材。"时隔四十多年了，这几句话李成梁仍然记得清清楚楚。近几年朝廷屡说天象有异，命他在辽东缉拿"反王"，看来并不是空穴来风啊！

李成梁来回踱步思考再三，他觉得自己今天虽然未看清楚，但小罕子的脚心确实可疑。当时他曾经想过让侍卫打盆水来，把小罕子的脚丫子洗干净了，就什么都看清楚了！但是他不能那样做，看清楚了又能怎样？还不如糊涂的好！像这种干系重大的事情，宁可信其有，不可信其无，此人断乎不可留也！如果让他突然走掉，日后真的闹起事来，自己绝对担罪不起，甚至可能会满门抄斩！所以不管真假，也绝对不能放过他。但是仅凭看一下脚丫，就给小罕子贸然定罪，这显然有些不妥。何况小罕子武艺高强，名震辽东，又是自己的贴身侍卫，自己已经表奏朝廷为他请功，如果出尔反尔，突然杀掉，必令朝野生疑，到时候人嘴扎不住，真相必传出，自己仍推不掉窝藏"反王"和欺君之罪。

想来想去，他琢磨出一个欲娶喜春儿，引起小罕子不满，从而导致其行刺的馊主意，下令把小罕子扔在虎圈里。假如老虎吃了小罕子，说明这家伙并不是什么"真命天子"，也不是什么"反王"。自己也就可以把他的妹子娶过来，岂不是人生一大幸事？李成梁一想起喜春儿那俊美的容颜就心旌摇动，他后悔当初怎么就鬼使神差，同意宿夫人收她做干女儿呢？真是大错特错！现在如果真要娶她，宿夫人还不得闹翻天哪？！但是假如老虎不吃小罕子，那麻烦可就大了！自己下一步当如何动作，可得好好思考一番。李成梁顾虑重重，陷入深深的思索之中。

第十三回

被追杀身藏芦苇荡　得解救人回费阿拉

且说总兵府那几名亲兵将努尔哈赤扔进虎圈，不免有些惋惜。俗话说“兔死狐悲、物伤其类”嘛！他们平素与小罕子处得极好，突然之间就发生了这样的事，虽说军令如山，不得不动手，但是回来睡觉时却议论纷纷，他们的话被巴库尔听得清清楚楚。小罕子有难了！他不能坐视不管。即使这会儿小罕子被老虎吃了，他也要救出喜春儿，带小罕子的妹妹逃出去。

想到这里，巴库尔装作解手悄悄爬了起来，穿好衣裤，跨上佩刀，带好随身物品溜出房门。他早就知道喜春儿的住处，用佩刀轻轻地拨开房门，又慢慢地推醒了喜春儿，着实把喜春儿吓了一跳，刚要出声大喊，却被巴库尔伸手捂住嘴巴：“妹子别怕！我是巴库尔大哥！你的小罕子哥哥出事了！现在被李成梁扔在了老虎圈里，不知死活。”

喜春儿闻听此言，眼泪“唰”的一下就涌了出来。老憨儿哥哥历尽千辛万苦，把她带到这里，两个人的境遇刚刚好转，尚未完婚，就怎么会突然遭遇不测？都是自己的过错，看什么脚心的红痣呀？这下子惹出大祸来了！喜春儿悔得肝肠寸断、心如刀割，一时失声痛哭。

巴库尔急忙说道：“妹子别哭了！哭有什么用？咱们还是先到虎圈那里，看看小罕子怎么样了吧！然后再做打算。”喜春儿这才止住啼哭，慌乱之中简单收拾了一下，就跟着巴库尔来到了后园。

这时候已经后半夜了，总兵府大院里除了巡更的士兵，偶尔提着灯笼走过，再也没有别的行人走动。巴库尔带着喜春儿熟门熟道，悄悄地来到了虎圈之外，感到虎圈里似乎一点儿声音也没有。巴库尔飞身跃上墙头往里观看，不由得大感意外，他几乎不敢相信自己的眼睛。

原来虽然过去了一个多时辰了，可是努尔哈赤非但没死，而且安详地坐在虎群中间，静静地对着月光出神。那些庞然大物一个个围坐在他的身旁，像是一群吃饱了微睡的大猫，样子十分温顺可爱。有一个家伙居然紧靠着努尔哈赤与他贴脸，一堆绳索被断成数截，就散落在它的脚下。

听到动静，努尔哈赤站起身来，走到门边。巴库尔忙隔着铁网近身说道：“小罕子弟弟，我是巴库尔！待我弄开门锁，马上放你出来！你不要着急。”说罢跳下墙来，不知用什么物件鼓捣了一下，虎圈的大铁门被打开，悄然推开。

努尔哈赤不慌不忙，回过身去，一一与那些老虎吻颈告别。那些老虎似乎有些不舍，它们纷纷站起身来，一齐拥到虎圈门口，扬着头颅给努尔哈赤送行，但是没有一只老虎发出声音，似乎非常懂事的样子。努尔哈赤恋恋不舍地走出虎圈，挥挥手再也没有回头。月光下巴库尔发现，努尔哈赤的眼中已经噙满了泪水。

从老虎圈里走出来，努尔哈赤见喜春儿也在，立刻紧紧拉住巴库尔的双手，诚恳地对他说道："谢谢巴库尔大哥！我的好兄长！你能深夜冒险救我，想必我的事情你已经知道了！实话告诉你吧！我不是什么河北来的小罕子，而是王杲的外孙努尔哈赤！我是朝廷在抓的逃犯，一个地地道道的女真人！如今我在这里待不下去了，要带着我的妹妹马上逃走。就是你方才不来救我，我也会马上去找她！今天这件事和你没有关系，你切不可因此背上通敌的罪名，趁着现在还没人发现，你可以悄悄地回去。兄弟之情，山高海深，救命之恩，永世不忘，小罕子日后定当报答！"说罢拉着喜春儿纳头便拜。

听了努尔哈赤的一番话，巴库尔一点儿也没有感到惊讶。他也诚挚地对努尔哈赤说道："我早就看出你不是寻常之辈，定然胸怀大志，有所作为。我今天既然出来救你，就没想着再回去。总兵府其实是个狼窝，绝非你我久居之所。我的家里早就没人了，就拿你们俩当亲兄弟、亲妹妹。小罕子兄弟，你到哪里我就到哪里，让我们永远在一起吧！"

努尔哈赤闻之感动地说："兄长既如此说，小弟先行谢过。这样也好，就让我们共同去做一番大事业！我们建州老营不缺好马，缺的是甲仗和兵器。兄长既是同走，就劳烦你去趟甲仗营，想办法盗些铠甲和兵器出来。妹妹你且到虎圈西边的猎犬房，悄悄地把黄龙带上。我得回房间去拿自己的东西。我们半个时辰以后，在东城门口的大杨树下会合。"巴库尔和喜春儿应声而去。

原来自打兄弟俩入住总兵府以后，黄龙就被迫与努尔哈赤分开住了。它先是被关进后花园，与喜春儿的小屋靠在一起，前天由于李标使坏，它又被关进了猎犬房。黄龙被关进猎犬房以后非常难过，它起心往外没瞧起关在它附近的那帮家伙，非常想念自己的主人，因此心情十分忧郁。这两天兄妹俩虽然都来看过它，但黄龙显然特别悲伤，见面时一直嚎叫不止，令努尔哈赤和喜春儿也十分难过。

也许这条藏犬真的很有灵性，出事的这天晚上，它趴在那里瞪大眼睛一直没睡，始终竖着耳朵倾听着外面的动静。当它听到女主人轻轻的呼唤声时，立即毫不犹豫地咬断皮索，撒着欢儿地跑了出来，围着喜春儿又摇头又摆尾，好一阵亲昵。喜春儿拍拍它的头颅，随即悄悄地向东城门奔去。那一队巡更的士兵听到狗叫，过来查看，见没什么异常的情况，便又敲着梆子、打着灯笼过去了。

且说努尔哈赤施展轻功，像阵风一样溜回自己的居室，带上自己所需的东西，又像只鸟一样飞了出去，熟睡中的侍卫们谁也没有发觉。当他和妹妹喜春儿在东城门口那棵大杨树下聚齐以后，却迟迟不见巴库尔的身影。眼瞅着一个时辰就要过去了，两个人急得如同热锅上的蚂蚁，以为巴库尔出了什么意外。

巴库尔这边还真的出了一点儿意外。原来他潜到甲仗营以后，很快就找到了那里的仓廪，他用牛皮口袋装上了十几副铠甲，又装上了十几把带鞘的腰刀，试着挪动了几下，实在太重了！想拿掉一部分，又舍不得丢下，于是他又去马厩盗马，盗马的过程也很顺利。但就在他牵着两匹战马走出仓库的时候，"嘚嘚"的马蹄声被巡更的士兵听见了，那两个家伙见状齐声大喊。喊声惊动了甲仗营的卫兵和工匠，院子里立马乱了起来。

巴库尔见情况紧急，顾不得许多了，"嗖、嗖"两脚踢翻了巡更的士兵，把装有铠甲和兵器的口袋放在马背之上，随即飞身上马，夺门而逃。后面的士兵点起火把，打着灯笼吵吵嚷嚷地循声追来。等巴库尔来到东城门口那棵大杨树下，见到努尔哈赤兄妹之时，还没说上几句话，那伙追兵就已经不远了。

眼见情势十分危急，努尔哈赤领着二人急忙向东城门口跑去。守门的士兵睡眼惺忪，打着哈欠问道："什么人这么早就出城啊？可有总兵府的令牌？"

努尔哈赤立即拱手上前施礼，和气地说："这位兄弟，行个方便。适才有人到帅府行刺，被我等一路追赶，跑到这边来了！我奉大人之命出城追击，后面的人马随即也到，请赶快打开城门！"

那守门的士兵认得努尔哈赤，知道他是李成梁的贴身侍卫，又见后边灯笼火把，追兵已近，因此深信不疑，随即立刻打开城门。努尔哈赤等一行三人两马，箭一样顷刻间飞了出去。

努尔哈赤等三人刚刚出城，甲仗营那伙追兵就到了。听守门的士兵说是小罕子带着二人两马，刚刚出去，手中并没有总兵府的令牌，那名甲仗营的统领情知有异，一面急派人向李成梁报告，一面率领着人马出城追击。

努尔哈赤等三人心急如火，一路疾驰。但由于三人骑着两马，又带着许多甲仗和兵器，因此奔跑的速度越来越慢，而后边的追兵却越来越近了！待等他们跑到三皇岭以东的一座山岗之上，回头一望，见甲仗营的那伙追兵，离他们不过两箭地了！而在后边不太远的地方，火光冲天，蹄声震地，显然是李成梁已闻讯赶来，他的那五千铁甲军出动了！

总兵府的反应如此之快，让努尔哈赤绝对没有想到，他不得不佩服李成梁的临机应变之能和统兵驭人之法。事到临头，容不得多想了，他果断地对巴库尔和喜春儿说道："照这样跑下去，我们仨谁也走不了！更别说带走这些甲仗了。巴库尔大哥！请你带上我的妹妹骑着马先走，我在这里拖延他们一会儿，记住我们到建州老营会齐！”

喜春儿闻言死活不肯走，她哭着说要永远同老憨儿哥哥在一起。巴库尔也表示愿意同生共死，绝对不能先走。努尔哈赤闻之拉下脸来严肃地说：“我们经历了那么多的苦难，谁也不能死！我们还要干一番大事业呢！巴库尔大哥，你必须听我的，快带上妹妹先走，不要再迟疑了！”说完把喜春儿硬推上战马，随后又“唰、唰”两鞭，两匹马箭一般向东奔去。

努尔哈赤环顾一下这片小山岗，见这里地形极好，虽非一夫当关、万夫莫开，却也道路狭窄，易守难攻。于是他带着黄龙埋伏在树丛之中，等追赶的士兵到了五十步之内，才拈弓搭箭，一阵猛射。只听得一阵“扑通、扑通”的声音，十几名追兵顷刻间口袋似的倒了下去。那些没中箭的士兵见状不敢再追，吓得趴在地上，一半会儿不敢起来。等他们听听没有什么动静，又起身追击的时候，再次被努尔哈赤的神箭射了回去。

如此几番阻击，那些甲仗营的士兵始终没能攻上来。努尔哈赤回头一望，见东方的天空已经放白，估摸着巴库尔和喜春儿已经跑远了，而西边的铁甲骑兵眼看着就要来到跟前。事急不容迟疑，努尔哈赤又放出几箭，撂倒了几名跑在前面的骑兵，趁着他们稍微愣神的当口，带着黄龙“嗖”地蹿出，向没有路径的荒郊野地跑去。他知道那些铁甲骑兵必然跟踪追他，这样巴库尔和喜春儿就更加安全了！

努尔哈赤轻功高超，健步如飞。那黄龙紧跟其后，风驰电掣。一人一狗在前面猛跑，数千骑兵在后面紧追，在清晨的辽西大地上形成了一幅绝美的图画，惊得树上的乌鸦呱呱乱叫，引得晨起的苍鹰凌空高翔。李成梁的铁甲骑兵虽然人高马大，体力强健，但是前边的一人一狗矫健灵活，动作敏捷，再加上野地之中到处有坎坷，不利于骑兵快速行走，因此李成梁虽然心急如火，却迟迟没有追上。

追击的队伍赶到中安堡西南，李成梁立马在土岗之上放眼东望，他已看清前面只有一人一狗。从那跳跃的灵巧和矫健的身姿来看，必定是小罕子无疑了！铁甲骑兵跑了三十多里仍未追上，还让他伤亡了一百多名士兵，除了小罕子还能有谁？这家伙“脚踏七星”，猛虎不吃，如今又盗走甲仗，逃向东方，明显是图谋不轨、包藏祸心，必是“反王”无疑了！自己身受皇恩，肩负重任，今天必须要除掉他，以绝后患！“小罕子！你我既成敌对，休怪本帅无情！你的武功再高，也没有我的马快！看我不撵死你！累死你！”想到这里，李成梁大喝一声：“将士们！给我猛追！看他能跑到哪里去！盯住他！追死他！”

骑兵们闻言“嗷”的一声，一个个争先恐后，奋勇向前。

李成梁猜得没错，努尔哈赤还真是多亏了他的这身轻功！不然早就被生擒活捉了！他一边在前边跑，一边在心里感谢他的秀姑妈妈，他的徐哑巴师父，还有多吉活佛。然而时间一长，他的两条腿毕竟赶不上人家的四条腿，自己已经气喘吁吁，而后面的铁甲骑兵却越来越近了！此时天已大亮，北边是有大路可行，但那边视野开阔，自己很快就会被骑兵追上。南边土岗绵延，上边只长些光秃秃的矮小老树，也无藏身之处。情急无奈之中，努尔哈赤别无选择，只好带着黄龙，一头钻进了对面的一片芦苇荡。

那个时候的中安堡西南是一片涝洼塘，辽阔的沼泽地里生长着茂密的芦苇。时值九月份了，一人多高的芦苇已经青中泛黄，晨风吹过，发出"哗啦、哗啦"的响声，好像是汹涌澎湃的海浪。

李成梁骑马站在苇塘西面的土岗之上，右手一挥，五千铁甲骑兵和甲仗营的士兵迅速散开，立刻把芦苇荡围了个水泄不通。亲兵营统领李标高声喊道："小罕子！出来吧！你跑不了了！只要你认罪伏法，大人会饶你不死！"

尽管李标奉命高一声、低一声不断叫喊，已经喊得声嘶力竭、变腔变味，如同一只破旧的风匣，然而苇塘里却一点儿回声也没有。几名性急的将官立功心切，没等李成梁下令，即纵马冲进苇塘。没想到那苇塘看着无水，却极其松软，那几名将官连人带马一下子就陷入烂泥之中，一点儿也动弹不得。将士们费了好大的劲儿，才把他们救上来。

李成梁见状无可奈何，只好前行数步高声喝道："我说小罕子！你给我听着！本帅一直待你不薄，你却为何暗杀于我？真是狼心狗肺，罪该万死！就是我有心放你，恐怕也天地不容！如今你逃进苇塘，无异于自寻死路！千呼万唤不出来，我就让你见阎王！休怪本帅无情，是你首先不义！自作自受，咎由自取！"说罢命将士们撤离苇塘，在西南面放起火来。原来李成梁追击至此，放眼一搭，就已经看好了风向，打定了主意。如果小罕子不出来投降，就将他活活烧死，这样自己对朝野上下，都可以有个交代。

士兵们奉命点燃了岸边的芦苇，一时间浓烟滚滚，火光冲天。李成梁率兵立于高岗之上，驻足观看，只见风助火势，火借风威，不一会儿，偌大的一个苇塘，就被烧成了一片火海，不由手捻长须，哈哈大笑。

且说努尔哈赤凭借着轻功，踩着芦秆连跳带跃，钻入苇塘之中，在一块儿稍显干涸一点儿的地方停了下来。这一小块儿高地虽然也很湿润，脚下尽是些泥水，但是勉强能够立得住脚。那条藏犬黄龙虽然久不下水，但狗是通水性的，它随着主人逃进这片苇塘中心，与努尔哈赤一起，扑倒了一片芦苇坐下来休息。

还没等他们这口气喘匀乎，就听见西北方向人喊马嘶，吵吵嚷嚷，大队明军已经追了上来。李标的那副公鸭嗓和李成梁的那一番话，努尔哈赤都听得清清楚楚。

但他不想出去投降，也不想应声回话。他明白不能暴露自己的位置，否则就会危险万分。他自小学佛，崇信天命，坚信是福不是祸，是祸躲不过，该死难逃生，当生不会死，因此他闭着眼睛，凝神静气，默念佛号，一声不吭。

过了一会儿，没想到明军士兵虽然不喊叫了，但是浓烟却随风飘了过来，呛人的气味让努尔哈赤大吃一惊。他站起身来一看，坏了！只见苇塘三面火起，浓烟一阵强似一阵，西南方向的火舌已经离此不远，灼人的热浪烤得他周身发烫，脸上发疼。

努尔哈赤生自林区，从小跟着爷爷上山打猎，懂得遇见山火和野火自救的办法。他情不自禁地脱口而出："快打火道！"然后便急忙在这片小高地的周围动手，首先在西南方向踩倒了芦苇，让这些芦苇倒在泥水里，使烈火因为有泥水隔着，无法燃烧过来。然后再转着圈踩，往宽里踩。

那条藏犬黄龙聪明绝顶，它立即明白了主人的意图，马上跟着努尔哈赤连扒带踩，一个劲儿忙乎。后来见扒和踩不太顶事，就干脆围着这条火道不停地跑。跑不动了就连爬带滚。他们一人一狗虽然手脚并用，忙个不停，但因为浓烟太重，火势太猛，浓烟和热浪连呛带烤，他们均已经喘不过气来。不一会儿就双双晕倒在烂泥之中，失去了知觉。

再说李成梁立于高岗之上，见风势减弱，浓烟渐消，火焰熄灭，天已大亮。方才还随风起伏的那片芦苇不见了，眼前呈现出一大片黑乎乎的烂泥塘，在晨曦中冒着热气。他料定小罕子已经被烧死，正准备下令撤军，忽听亲兵营统领李标在旁边说道："大人请看！那苇塘中间有片芦苇还在站着，好像没有烧着，小罕子会不会藏在那里？"

李成梁手搭凉棚往东方一看，果见在晨光熹微之中，似有一小片芦苇赫然挺立，在随着微风摇曳，但是下面却什么都看不清楚，他不禁心生疑惑，担心小罕子侥幸逃脱。于是下令将士们使用强弓硬弩，选择最近的地方一齐放箭。但由于距离较远，大多数羽箭皆落在泥水之中，并不知道是否射中，将士们都感到心中没底。

正在这时，忽有一大群乌鸦"唰"地飞来，在众人的头顶上盘旋数圈，然后竟然落在那片没倒的芦苇之上，随即"呱、呱"地欢叫起来。李成梁见之喜上眉梢，疑窦顿解。他高兴地对将士们说："乌鸦虽然体黑貌丑，却是世上良禽，精明得很！如今突然飞来落于苇梢之上，想必是循风闻着香味，到这里来吃死人肉了！这苇丛中断不会有活人存在。若有活人，乌鸦是不会成群落上去的，它们早就飞了！"

众将闻听李成梁之言，不禁齐声赞道："大人神机妙算，心细如发，真乃子牙再世、诸葛重生也！"李成梁闻之沾沾自喜，言不由衷地仰天叹道："可惜了哇小罕子！一员大将就这样灰飞烟灭！徒具盖世武功，又有何用？本帅也算对得着你！你被乌鸦吃了，也算天葬了！天意呀！”言罢下令撤兵。数千名将士掉转马头，风驰电掣地奔向广宁去了。

也不知过了多长时间，被清凉的晨风一吹，努尔哈赤从昏迷中苏醒过来。他挣扎了一下，觉得浑身的骨头节哪儿都疼，皮肉像被烧熟了一样。嗓子眼儿里火辣辣地直痒，胸口憋闷得几乎喘不过气来。他费力地睁开眼睛，发现岸上的明军已经撤走，大片的芦苇也已烧光，只剩下自己身边还有些未倒的枯苇，在晨风吹拂中展示着它的顽强。

努尔哈赤眺望朝阳，暗自庆幸自己大难不死、逢凶化吉，急忙跪下来感谢上天的眷顾和佛祖的保佑。就在他行礼叩头完毕无意旁顾的一瞬间，忽然悲从心起，眼泪“唰”的一下子就流了出来。他的那条藏犬黄龙倒在泥浆之中，嘴角和鼻孔均已流出了许多血水，两眼暗淡无光，浑身抽搐不止。

努尔哈赤慌忙爬过去抱住黄龙，大声呼唤它的名字。怎奈黄龙已经叫不出声来，只是两眼微睁，眼球微转，目光柔柔地看着它的主人，眼角流下两大滴晶莹的泪水，然后嘴巴抽动了几下，像是和它的主人话别，脑袋一歪，躺在努尔哈赤的怀里死去了。

努尔哈赤抱着黄龙捶胸顿足，放声大哭，泪水就洒落在它的身上。黄龙自从在海棠山跟随自己，几年来形影不离，忠心耿耿，多次帮助自己化险为夷，为他做了许多连人都无法完成的事。努尔哈赤早就把它当成了自己的兄弟，或者叫作知心换命的朋友。如今自己心如所愿，侥幸逃生，而这条来自日喀则佛门宝地的藏獒神犬，却永远留在了辽东广宁这块土地上。想到此处，努尔哈赤心如刀割，痛不欲生，他一下子就哭昏在苇塘之中。

昏迷之中，努尔哈赤忽听一个声音传来：“黄龙虽死，忠魂永恒。它虽然故在辽东，但真身已归佛国。努尔哈赤不必悲伤，就请赶快上岸来吧！”

努尔哈赤抬头一望，只见在西南边不远的土坡之上，有一人黑衣黑裤披黑色斗篷，旁边还站着一头黑毛驴，细看正是那位黑老太婆。她的周身上下金光闪烁，正站在那里笑吟吟地望着他。努尔哈赤喜出望外，正待起身，就见那黑老太婆手一扬，不知用的什么法力，他和黄龙均已轻轻落在岸上。

努尔哈赤忙跪行数步，叩谢连声：“老婆婆恩比天高，情比海深，每每在危难时刻搭救于我，努尔哈赤真不知当如何报答您才好！”一边磕头一边泣不成声。

那位老婆婆闻言说道：“这大千世界，天道循环，冥冥之中皆有定数。然国家兴衰，江山更替，从来公道自在人心。顺承民意者昌，逆拂天意者亡，此乃万劫不变的至理。抑恶扬善，救苦救难，匡扶正义，普度众生，本是佛家一贯的宗旨。本尊几次救拔于你，也是顺天应人，寄托天下百姓的意愿。你这一路走来，似乎遭些危难，但也磨练了心志，增强了体魄，于未来的宏图伟业大有利也！伏望你在得势之时，勿为私欲所驱，勿忘天下百姓，一切顺其自然，自会水到渠成。否则天怒人怨，神鬼共诛，到时候谁也救不了你呀！”

努尔哈赤听后连忙答道：“谨遵婆婆教诲，自当知恩图报。晚辈定当铭刻于心，怎敢有半点儿忘怀？但不知下步路在何方，还请婆婆指点迷津。”

那黑老太婆慈爱的一笑，接着说道：“顺承天意，顺乎民心，顺应潮流，顺和部众，最后顺其自然，顺势而起，切不可急于求成，王杲的教训还不够深刻吗？有些话我早就点拨过你，你自己慢慢体会、好自为之吧！如今闾山这一段磨难已经结束。孩子！你也该恢复本来面目了！”说完将手中杨柳枝轻轻一拂。

努尔哈赤只觉得一阵清风吹过，好像有数滴清凉的水珠落到脸上。他感到周身通畅，精神一振，肌体上的痛楚全部消失，头脑比任何时候都清醒，四肢也比以往更有力量。努尔哈赤倍感神奇，抬头一望，发现那位黑老太婆已经不见了，却听得天空中一声响亮，一尊女菩萨脚踏黑龙、手持杨柳枝正在向他微笑。努尔哈赤不禁脱口而出：“观世音菩萨！原来是您！是您救了我呀！我真是有眼无珠，请您莫怪！”他又是一阵叩头致谢，但是观世音菩萨已经乘龙远去。

努尔哈赤这才明白，原来自己数次见过的黑老太婆，多吉活佛告诉他的青岩洞主，竟然都是观世音菩萨的化身。是她老人家一直在关注自己，帮助自己，难怪自己一次又一次逢凶化吉，遇难呈祥。想至此他不禁激动不已，感慨万端。他起身走到水边洗脸，发现那个白白净净的俊美少年不见了，水面上倒映出来的是一张粗犷黑瘦的脸庞。他笑了：“这才是真正的努尔哈赤，地地道道的女真人！否则就那个样子回到老营，爷爷和父亲以及部族中的亲友，他们还会认识我吗？还不得把我赶出来呀！”

努尔哈赤双手挖坑，把黄龙的遗体埋葬在土岗上的一棵老榆树下，并用短刀在树干上刻下“恩公黄龙之墓”六个大字，然后再拜而去。

努尔哈赤昼夜兼程，归心似箭，终于在四天以后回到了建州老营。爷爷觉昌安、父亲塔克世和众位亲友以及族人们皆惊喜不已。爷爷抚摸着他的脸庞，围着他前瞅后看，喃喃地说：“长高了！长壮了！我的孙儿长大了！平安归来了！”说着话时眼睛里已经噙满了泪水。

弟弟舒尔哈齐一看见哥哥归来，立即冲上前去抱头痛哭：“哥哥！哥哥！你可回来了！我还以为你死了呢！成天做噩梦！四年多了我天天想你，夜夜想你，就没睡过一宿好觉！”

努尔哈赤也哽咽着说：“自从在科尔沁我俩分离，我就四处找你，一天也没有忘记你！快告诉我！那天遇到沙暴以后，你是怎么脱险的呢？”

舒尔哈齐破涕为笑："哎呀！别说了！我还真是遇到贵人了！那天沙暴以后，我被飓风刮到了开原城郊，摔了个半死，幸亏一个过路的行商救了我，并把我带到了抚顺关。从此我便隐姓埋名，在他的商铺里当了一名伙计，一待就是四年。这不，我也才回来俩多月呀！"

这时候，在家的弟弟雅尔哈齐和穆尔哈齐也都过来相见。努尔哈赤见弟弟们都长大了，心中特别高兴。他一边与众人一一见面，亲切交谈，诉说着彼此的境况，一边用眼睛四外睃巡，像是在寻找什么人。舒尔哈齐一看就明白了，微笑着说："你是找喜春儿姐姐吧？前天刚到这里，她就返回到辽河边去接你了！怎么没遇到呢？难道是走两岔去了吗？"众人一听，也都十分着急。

正在这时，忽听得一阵马蹄声响，不一会儿，巴库尔带着喜春儿，风风火火地闯了进来。喜春儿一见努尔哈赤，顾不得众人在场了，扑到努尔哈赤的怀里就哭了，"老憨儿哥哥！老憨儿哥哥！你可回来了！人家都急死了！我还以为你怎么样了呢？差一点儿就跳了辽河呀！"说着又抽抽搭搭地哭了起来，把头埋在努尔哈赤的怀里不肯离开，好像生怕别人把她的老憨儿哥哥抢走。

看着喜春儿进门就哭，巴库尔却愣住了！他不明白喜春儿这是发了哪门子神经，竟然扑在这位黑瘦健壮的青年怀里，难道这位是小罕子弟弟？不对呀？小罕子弟弟白白净净，可这位……巴库尔一时感到莫名其妙。

努尔哈赤一抬头，看见巴库尔愣在门口，忙走上前去一把抱住："巴库尔大哥！你辛苦了！把我的妹妹带回来了！谢谢你！我的好兄长！"见巴库尔仍有些呆愣，忙又说道："我是小罕子呀！巴库尔大哥！难道你不认识我了吗？"

"听声音是你！可你怎么变成这副模样了呢！我和喜春儿在辽河边等了你两天呢！也没见你坐船过来呀！可也是，就你这副模样，即便过来了我们也不认识呀！"巴库尔依然诧异地说。

努尔哈赤连忙说道："我到渡口的时候适逢午夜，已经没有船只摆渡了。我又着急回家，于是便在岸边找到了一段枯木，自己游了过来。至于说这副模样嘛！却是一言难尽！"

喜春儿这时候止住啼哭，走了过来，正式把努尔哈赤介绍给巴库尔："巴库尔大哥！这位就是我的老憨儿哥哥！也就是你所认识的小罕子弟弟，这才是他的真面目。要说那副白白净净的面孔，却是大有来头，还是观世音菩萨给的呢！"说完望着努尔哈赤的脸，自豪、骄傲而又幸福地靠在他的胸前。

这回轮到在场的人全糊涂了！于是努尔哈赤坐到炕上，原原本本，一五一十，把自己怎样遭遇风暴，被刮到科尔沁草原，怎样结识了佟妈妈母女，如何被王爷和管家迫害，怎样逃出科尔沁到达海棠山，跟随多吉活佛练功学艺，怎样熟悉了一群老虎，并掌握了它们的语言，怎样在镇静堡边门遇险，得到黑老太婆的帮助过关，怎样阴差阳错救了李成梁，然后又做了他的侍卫，最后又怎样被扔进虎圈，遭到追杀，怎样死里逃生，捡条性命。努尔哈赤从上午说到下午，从下午说到黄昏，听得人们如醉如痴，鸦雀无声。临了他动情地说："这四年我历尽坎坷，一路走来，九死一生，殊非不易！如果没有观世音菩萨和多吉活佛的帮助，我早就死了！如果没有佟妈妈、喜春儿、巴叔、巴婶、巴库尔大哥和藏犬黄龙，我也没有今天！我要感谢菩萨、感谢神灵、感谢上天，感谢一切帮助过我的亲人们！为了实现你们的嘱托，我一定好好地活下去！用我今后生命中的每时每刻，去兑现我曾经许下的誓言！"众人听了皆激动万分，感叹不已。

听说努尔哈赤平安归来，他的那些发小儿和伙伴们接踵而至。安费扬古和额亦都均曾在徐哑巴的手下养马，两个人刚进院就高喊小罕子，一进门就同努尔哈赤抱在了一起，亲热得不得了。大家除了述说各自分别后的境遇，更多的是议论未来的打算。努尔哈赤把巴库尔介绍给大家，向大家展示了二人的超凡武功，令小伙伴们羡慕不已。他和巴库尔带领大家开荒耕地，进山打猎，下河捕鱼，张网抓鸟，有时候也到草原上贩马，去抚顺关赶集。喜春儿则和努尔哈赤的妹妹们在一起，学习纺线织布，缝制衣服，给外出的男人们做饭。在努尔哈赤的带领下，这些人边生产边习武，信心百倍，斗志昂扬，很快形成了一支团结精干的队伍，令觉昌安、塔克世和族人们刮目相看。

回到老营六个月之后，也就是次年的初春，努尔哈赤给李成梁写了一封书信。他在信中说道："尊敬的总兵大人，你还好吧！多日不见，你也许想不到我是谁，或者已经把我忘了吧？我就是那个你想杀没杀了，想追没追上，又想烧没烧死的人，也是你曾经的救命恩人，你身边的那个贴身侍卫。实话告诉你吧！我不是什么沧州来的小罕子，而是建州左卫的努尔哈赤！我是觉昌安的孙子、塔克世的儿子！我是建州右卫都督王杲的外孙！也是你们朝廷通缉的逃犯。"

写到这里，努尔哈赤留了很大一块空白，才在信中接着说道："也许你会怀疑，努尔哈赤怎么会成了那副模样，而且还敢潜到你的帐下，这个问题我不想回答，留下一些空间和时间，让你自己去想吧！谢谢你在危难之际收留了我，给了我一个藏身之处，不仅使我在你的海捕中安然无恙，而且还让我得到了一个历练的机会。三年多来，我们朝夕相处，我在你身上学到了许多东西，让我明白了什么是阴险狡诈、凶狠毒辣和奸滑虚伪，让我懂得了人心叵测和世事的艰辛。"

话至此处，努尔哈赤换行另起："尊敬的总兵大人！我们各自的志向、属性和品格，天知地知，你知我知，勿庸赘言，不必多说。你认识的那个小罕子已被烧死了，如今的努尔哈赤已经回到建州老营，同我的亲友和族人们在一起。你如果愿意发兵追剿，我努尔哈赤随时恭候！说句大话，过去几年你煞费苦心都抓不到我，今后你千军万马仍会往返徒劳！倒是你应该小心一点儿，你的总兵府行辕对我来说没有秘密，你的所作所为我都一清二楚。且不说我的功夫如何，随时随地都能取你的性命，不会像残元的刺客们那样窝囊，就是把你进京时路上说过的那些话奏报给皇帝，相信他也会马上就杀了你！那么多侍卫在场听到了，你能抵赖得了吗？不用锦衣卫详细调查，你就会立即被抓，还当什么太子太保、宁远伯和辽东的总兵官啊？！做你的春秋大梦去吧！到时候你就会被当作辽东的'反王'，你的儿子们都得跟你上刑场，比我外祖父的下场好不到哪里去！说不定朱翊钧也会活剐了你呀！"

写到此处，努尔哈赤显然激愤万分，他的笔由于手在发抖，在黄纸上点了许多点，然后才换行写道："好好斟酌吧！我的总兵大人！何去何从，由你自己选择，努尔哈赤专候回音。不要心存侥幸，小心再遇巨蟒。此信由我的密友专程送达，并无他人知晓，其中深意，想汝尽知。书不尽言，相见有期，书备双札，以为留念。万历七年春日敬上。"

努尔哈赤知道李成梁笃信道教，就委托千山五龙观的一位道友作为信使，把书信密封好送到广宁，直接交到李成梁的手中。李成梁见信以后，先是吃惊，继而愤怒，紧接着就是忧心忡忡，一连许多天都心神不宁，坐立不安，甚至吃不下饭，睡不好觉。努尔哈赤的那封信他记不清看了多少遍，不知道怎样答复这个狂傲的家伙。事情弄到今天这种地步，他思前想后，觉得怎么办都不太妥当。

一开始的时候他曾想立即发兵追剿，但马上感到有三不妥。一不妥是当年抓获王杲纯属侥幸，那是哈达部王台为了升官发财，把王杲灌醉以后绑上送来的。如果王杲藏匿山林，他能轻易抓得到吗？努尔哈赤能不吸取这个教训吗？二不妥是努尔哈赤的勇略绝非王杲可比，他武功卓绝，心思缜密，在广宁待了三年多都安然无恙，没露马脚，如今龙归大海，虎入深山，要想再抓他谈何容易？三不妥是当年发兵古勒城时，就有朝臣密奏他滥杀无辜，败坏朝廷声誉，万历皇帝十分生气，幸亏有冯保等几位好友帮他遮掩，方算过去。如果此番进攻建州，覆巢之下难有完卵，万一抓不住努尔哈赤，又伤及了无辜的百姓，自己怎么向朝廷交代？镇守太监府的那帮家伙，能不给自己上奏吗？一想到殷天雨那副阴阳怪气的嘴脸，他就脊背发凉，手心冒汗。他觉得贸然进攻风险太大，得不偿失。

但是如果不出兵呢？也存在几个方面的问题。一是追击小罕子这件事声名在外，尽人皆知，如果没个明确的说法，朝野上下都会猜疑，这对自己显然不利；二是自己深受皇恩，职责所系，如果知道了反贼的行踪，还仍然无动于衷，按兵不动，这在道理上说不过去，在良心上也要受到谴责；三是小罕子脚踏七星、猛虎不吃这件事，李标和几个侍卫都知道。自己虽是严令他们不说，但是时间长了难免会泄露出去。到时候朝廷知道了，自己落个“窝藏反王”之罪，那可就浑身是嘴也说不清了！

到底应该怎么办呢？万般无奈之中，李成梁只身一人悄悄登上医巫闾山，来到大朝阳三清观去请教慈云道长。慈云道长年高德劭，修为高深。据说他于英宗“土木堡之变”时期，就已经在此出家，算来至少有一百三十岁了，但仍然精神矍铄，耳聪目明。见总兵大人突然造访，慈云道长一点儿也没有感到意外。他一边给李成梁让座倒茶，一边笑着说道：“大人光临本观，心意我已尽知。老朽就送你四句话吧！希望能排解你心头的疑惑。”

慈云道长一边说着话，一边取过纸笔，写下了“懒龙不下雨，潜龙可行云。双手擎二桨，两朝建殊勋”共二十个字，递与李成梁观看。李成梁左看右看，思虑再三，心中仍然踌躇不定，于是他再施一礼，谦虚地说：“晚生愚钝至极，百思而不解其意。烦请大师明示，成梁不胜感激。”

慈云道长端起一杯清茶，仍旧笑着说道：“非是大人不解其意，实乃心中尚有顾虑。孟子说过，民为贵，社稷次之，君为轻。古往今来，贤臣事主，重在顺应历史潮流，符合民众的意愿，能够忠义两全者凤毛麟角。你看殷商的黄飞虎，他是周朝的功臣，却是纣王的叛逆。而著名的汉初三杰，他们是秦朝的叛逆，却是西汉的功臣。可谓毁誉由当世，功罪后人说，百姓的评价是无字的碑呀！老朽以为，只要真心存大道，自然就腹中有良谋。比如唐初的魏徵吧！他既是太子建成的谋臣，又是秦王世民的知己，不是如鱼得水、得心应手吗？所以说顺其自然去，大道自生成啊！世间万事万物，进一步难免会山重水复，退一步却可以柳暗花明！大人何忧虑也？”

李成梁闻之顿悟，连忙跪下叩头致谢：“道长高深，白云沧海。解惑之恩，终生不忘！”遂愉快退去。他明白道长是在喻示，提醒他应当两面周旋，左右逢源，顺应社会历史发展的潮流，这实在是他当前最好的选择。回到家里以后，他跟宿夫人一说，宿夫人立即表示完全赞同。她说：“星相和体相这种东西，虽然不能全信，但也不能不信，它毕竟是几千年以来老祖宗总结出来的东西，具有很强的针对性。比如说大人您亲口对我讲的，在您出生之前，你们家的院子里突然间来了一条金红色的神犬，不吃不喝在你们家房顶上趴了七天七夜，在您降生之后就走了。后来有一位游方的道士说，那是天上的娄金狗下凡，这家的孩子来历神奇，说不定将来会出将入相。当时包括您的家人在内，村里的人们都不相信。结果怎么样？您不是脚踏三星，荣任封疆大吏了吗？如今小罕子脚心有七颗红痣，绝非等闲之辈，说不定‘反王’就应在他的身上。何况他的武功那样出众，你不觉得奇怪吗？他哪来的那么大的力气呀？是常人所能做到吗？是我们说剿就能剿灭的吗？”

说到这里，宿夫人停顿了一下，见李成梁在侧耳静听，这才接着说道：“当然大人食君王俸禄，应当为君王尽忠，但是也不能违背民众的意愿，逆拂历史的潮流。

大人通今博古，想必知道得更加清楚。慈云道长之言，不仅眼光长远，而且深不可测呀！请大人深思。”

宿夫人的一番话，更加坚定了李成梁的信念，于是他立即修书一封，让那位久等的道友带到建州，然后就高高兴兴地打猎去了。

努尔哈赤拆开书信以后，半晌无语，只是呆呆地出神。巴厍尔拿过来左看右看，一连翻弄了好几遍，然后才愤愤地说道：“这李成梁搞的是什么名堂？他这封书信虽然是密封，但里边除了两张白纸，竟然连一个字也没有！什么意思呀？”

喜春儿这时候接过来说：“这封书信不仅里边没有字，连信封上也没有字。难道他是瞧不起我们，不屑与我们沟通吗？有什么了不起的？不就是脚心里有三颗红痣吗？老憨儿哥哥比他还多呢！”

站在一边的安费扬古摆摆手说：“不对！不对！你们俩说得都不对，事情绝对没有那么简单，这里边一定有事，不过我暂时还没想清楚！”

几个人琢磨了好大一会儿，还是努尔哈赤开口说道：“李成梁聪明绝顶，深谋远虑，他留信使待了半个多月，竟回了这样一封信，里边肯定藏有深意。你们想想看，李成梁现在要的是什么？他要的是辽东的稳定，要的是功名利禄，要的是荣华富贵，要的是子荫妻荣。而我们呢？要的是什么呢？是身家的安全，是部族的兴旺，是积蓄力量，是等待时机，同样也需要稳定一个时期。在这一点上，在今后一段时间内，我们双方的利益重合在一起，大家就可以化解冲突，相安无事，就可以让辽东取得相对的安宁，这对双方都有利。所以他发来一封无字的信件，是在告诉我他无话可说，也没有什么要说的，当然也不会对建州用兵。我们这边呢？虽然仇深似海、恨大于天，但是有能力报仇，有能力雪恨吗？显然当前没有，短时间内也不会有。所以我们可以放心地休养生息了！”

巴厍尔和喜春儿听后似懂非懂，安费扬古和额亦都毕竟跟徐哑巴学过一段儿，好像有些听明白了。见大家没有异议，努尔哈赤也封好一件无字的信函，继续说道：“我也照猫画虎，同样回他一封。这叫作无声胜有声，尽在不言中，也防备给旁人留下把柄。”于是再次委托那位道友送出。

不久，从广宁那边传来消息，说亲兵营统领李标等四名侍卫，被李成梁派到草原上去侦察敌情，下落不明，可能是遇到了狼群和沙暴，总兵府还在派人寻找。接着又听说，凡是与努尔哈赤密切接触过的人也都销声匿迹，连“马骚狐”和巴图海夫妇都未能幸免。还有人说李成梁已经奏报朝廷，贴身侍卫小罕子挟私行刺，畏罪逃跑，已被烧死在大苇塘里，此事已送辽东巡抚和镇守太监处备案。努尔哈赤闻之仰天大笑，“老家伙学乖了！他果然与我形成了默契，我们建州女真人的春天来啦！”众人皆兴奋不已。

第十四回

会亲友老营陈良策　备新婚马市遇恶徒

努尔哈赤逃回建州老营之后，李成梁一直忧心忡忡，他一是担心朝廷怪罪，二是害怕女真人闹事，成天愁眉苦脸，寝食不安。宿夫人见状对他说道："小罕子跑回建州老营，如同龙归大海，虎入深山，迟早都会兴风作浪，大人还是严加提防才是！"李成梁觉得夫人言之有理，于是迅速采取了四项措施：一是增派五千人马，修补残旧的边墙，强化宽甸六堡的防卫，使东南方向这道屏障更加牢固，一旦女真人闹事之时，官军就可以两面夹击，令女真各部无路可逃；二是拨出三千铁骑，组成一支巡边的队伍，由次子李如柏亲自率领，沿辽东长城进行巡逻，严密监视女真各部的动向；三是分批分期宴请女真各部的首领，采取封官许愿、威胁利诱等手段，进行分化瓦解；四是撒出大把金银，收买了一百多名女真人当坐探、做眼线，有突发情况随时报告。可谓思虑缜密，用心良苦。

消息传到建州老营，觉昌安忙召集众人议事。他的儿孙、亲友以及周边村寨的首领们都到场了，努尔哈赤带着巴库尔、喜春儿、安费扬古和额亦都也来参加。众人尚未坐定，王杲的两个儿子阿台和阿亥，就风尘仆仆地赶了过来。大家都是亲属，一见面不免皆亲热一番。一晃好几年不见了，哥儿俩都长成了威武雄壮的青年。特别是阿台，简直就是外祖父王杲的影子！那个头、那模样、那身材、那做派都太像了！努尔哈赤一见激动万分，两兄弟刚一进门，三个人就立即抱在了一起。

好大一会儿，三个人才松开臂膀，但是六只手仍然拉在一起。阿台望着努尔哈赤羡慕地说："想不到老憨儿如此精干英武，竟然比我还要高出半头！武艺也进步多了吧？想当年我们被围在西门外渡口，若不是你出手制服了明军的将领，父亲和我们哥仨怎能逃生？你是我们全家的大恩人，也是建州右卫的大恩人哪！真应该好好地谢谢你！"

努尔哈赤端详着阿台，见他身高八尺，虎背熊腰，浓眉重眼，阔口直鼻，一脸卷曲的络腮胡须，两只硕大的争风耳朵，大圆脸盘子又黑又红，胳膊腿长得又粗又壮，一副豪侠直爽、忠诚仗义的神情，两只大手攥得他骨头节发疼，大大的眼睛里已经噙满了泪花。于是他也动情地说道："至近亲属，何须言谢？举手之劳，岂用挂怀？一切都是应该做的，但是没有做好！可惜外祖父他老人家，后来还是遇难了！王台这个狗杂种，真是头顶生疮、脚底流脓，坏透腔了！他一定会不得好死！"话到努尔哈赤有理有据，侃侃而谈，令在场的多数人频频点头，就连觉昌安都露出了满意的微笑，但是他的大伯父礼敦不爱听了："我说小罕子！你当年在城西渡口面对数百明军，能够临危不惧，英勇制敌，大家都佩服你是个少年英雄！可你在广宁卫待了几年，咋还越活越缩缩、越来越胆小了呢？这不是你原来的性格呀？是让李成梁给吓坏了吧？干什么前怕狼后怕虎的？这还能干成什么事呀？"

阿台这时候站起身来，像是对着努尔哈赤，又像是对着大伙儿说道："听说你努尔哈赤平安归来，我们哥儿俩高兴了好多天！本来是盼着能与你联手，共谋建州女真的振兴大业。没想到你缩手缩脚，瞻前顾后，真是让我寒心！你还是不是父亲的外孙？我现在就问你一句话，你到底是干不干吧？给个痛快话！"

努尔哈赤也站起来诚恳地说："我刚刚回到建州老营，许多事情尚未料理，目前还没有举事的想法，也没有什么具体的打算。阿台大人你先别急，我们再仔细商量一下，好吗？"说罢他伸出手去想拉阿台以示亲近，没想到阿台猛一甩手，推开努尔哈赤，"不干拉倒！也无所谓！没有你这个领头雁，我们也能飞出长白山！"说罢转身就走，"啪"的一摔门不辞而别，阿亥随后也气呼呼地跟了出去。弄得各部落的首领们瞠目结舌，不知所措。觉昌安皱皱眉头，没说什么。一场聚会不欢而散，客人们饭没吃酒没喝，一个个垂头丧气地走了，这在建州老营从来没有过。

努尔哈赤回到住所以后一言不发，心情十分忧郁。他不仅为阿台和阿亥的前途和命运担忧，也为建州右卫的族人们感到悲哀。他没想到时过五年，阿台竟变得如此不可理喻，听不进别人的一点儿意见，不免为之感叹不已。

安费扬古见状说道："父亲惨死，弟弟被杀，他们兄弟俩又受了太多的苦难，仇恨的怒火烧昏了他们的头脑，使他们失去了理智，这也能够理解。遗憾的是老营的叔伯们也跟着火上浇油，撺掇起事，这就不仅是可悲，而且有些可怕了！历史上我们女真的先祖们屡遭劫难，不就是这样发生的吗？说不定下一场浩劫已经不远了！"

额亦都接过来说："我们作为晚生后辈无法掌控部落的大局，也制止不了他们的行动，就别跟着再蹚这汪浑水，管好自己的事情就行了！老憨儿你说得很对，眼下还不是我们起事的良机，我们应该做些必要的准备。依我之见，为了消除李成梁的疑虑，避免飞来横祸，我们不妨偃旗息鼓，暂时蛰居下来，集会和练兵全都停止。我同安费扬古商议了一下，打算回到自己的村寨，联络人马，等待时机。反正路途不远，有事再常联系。"

见额亦都和安费扬古说得有理，这时巴库尔也走上前来，对努尔哈赤说道："我已有六年多没回家了，那边还有些亲友和发小儿，最近我常常梦见他们。我也想回到家乡去看看，方便的话再联络一些人马，过年后春暖花开，我再来与你们相会。"说着话的时候，这位铁打的蒙古汉子，眼睛里已经噙满了泪花。

努尔哈赤看着三个志同道合的兄弟，激动得热泪盈眶。一时不知道说什么才好。他跳下土炕走到屋子中间，一伸手与三个人紧紧地抱在一起。四个金刚一样的身躯八条钢铁一般的臂膀，仿佛是一座牢不可破的铁塔，让旁观的喜春儿羡慕不已。

巴库尔、额亦都和安费扬古离开以后，其余的小伙伴们也都一哄而散，各自回家了。努尔哈赤的身边只剩下妹妹喜春儿，一时感到有些冷清和落寞。于是他便带着喜春儿走进山林，边打猎，边游玩，像是一对出来散心的情侣。喜春儿来到这绵延千里的长白山，觉得什么都新鲜，高兴得像只刚刚初飞的小鸟，整天围着努尔哈赤叽叽喳喳，笑个不停，脸上一直洋溢着幸福的神情。而努尔哈赤呢？心情却十分忧郁，他的眉头始终紧锁着，无论如何都高兴不起来，总觉得好像有什么事情就要发生。

人的预感有时候是极其准确的。一日早饭以后，爷爷觉昌安叫住了他，抚摸着他的脸庞缓缓说道："你今年满十九岁了吧？也该成个家了！喜春儿这孩子哪点都不错，是个万里挑一的姑娘，和你是天生的一对。如今她的母亲去世，家里已经没人了，咱们就张罗着把喜事办了吧！你看如何呀？"

见努尔哈赤没有吱声，父亲塔克世点燃一锅旱烟，猛吸一口，然后说道："努尔哈赤，你是我的大儿子，是咱这一支脉的嫡传子孙，将来是要承袭指挥使这一官位的，咱家的未来就寄托在你的身上。所以我和你爷爷的本意，是想给你风风光光地办个婚礼，把这建州三卫各部的酋长、各位城主、寨主以及亲朋好友都请过来，大家好好热闹一场，也给咱们建州老营增个光、露个脸！"

说到这里，塔克世磕掉烟灰，瞧了一眼努尔哈赤然后说道："可是你看眼下这形势，建州女真分崩离析，各部首领离心离德，李成梁到处煽风点火，辽东大地山雨欲来，我们还能那样做、还敢那样做吗？不能了！蔫儿不登地把婚事办完就算了！这一点我想你能够理解。"

说到此处，塔克世似乎有点儿不好意思了，他的眼睛望着别处说道："这几年你不在家，老营的日子一天不如一天了。我这屋里头进项少，开销大，说句丢人的话，手头连五十两银子都拿不出来，别说给你盖新房了，连置办婚宴的钱财都没有。老院子你出生的那个地方还有几间草房，我已经打发人收拾过了，你就将就着住吧！是有点儿委屈你了！你爹无能啊！"

见祖父和父亲均如此说，努尔哈赤默默地点了点头。喜春儿跟了自己这么多年，风风雨雨，历尽艰辛，一路走来，殊非不易。如今她跟随自己来到建州老营，始终同妹妹佛果尔住在一起，她也应该有一个属于自己的家了！不然怎么对得起她！于是他从祖父那里回来之后，便把两位长辈的那番话讲给喜春儿听，一边说着一边感到深深的歉意。

喜春儿听说他们要成亲了，一点儿也没感到害羞。她忽闪着一双大眼睛深情地说："自从当年在科尔沁草原阿妈把我托付给你，我们在大柳树下拜了天地，我就已经是你的人了！我虽然一直叫你老憨儿哥哥，但早已把你当作自己的男人。你虽然始终叫我喜春儿妹妹，但我实际上已经是你的妻子了！我们虽然至今还没有正式睡在一铺炕上，也没有已婚男女之实，但我的一颗心早就给了你，我们的灵魂早已结合成一个整体。我们俩之间的事，我都听你的！我的老憨儿哥哥！你说怎么办就怎么办，你说何时办就何时办！我们俩是一个人啊！"

说到这里，喜春儿眼望着窗外的蓝天，满怀憧憬地说："我在年少的时候，看到别人家的女孩子出嫁，穿着漂漂亮亮的衣服，坐着富丽堂皇的花轿，后面跟着长长的送亲队伍，一路上吹奏着好听的唢呐，那新郎披红挂彩，帽插缨花，骑着高头大马，身边前呼后拥，看着好眼馋，心里好羡慕，梦想着自己有一天也要做一个这样幸福的新娘。毕竟女孩子的一生，这样的出嫁只有一次呀！"

说着说着，喜春儿的眼睛有些湿润了："后来我在草原上遇到了你，看到你赤身裸体躺在沙滩上，当时人事不知，满身伤痕。我第一眼见到你，就仿佛与你有缘，毫不犹豫地上前去救你。当我解下自己的红围巾，去裹住你那裸露的下体的时候，我没有一点儿羞涩感，似乎觉得你就是我的亲人，我们俩在前一世就认识，我们没用太多的沟通就产生了深厚的情意。后来我们俩在一起经历了那么多的事，早就变成了心心相印的一个人。我跟着你连京城都去过了，明朝的皇帝也见过了，八抬的大轿咱坐过了，山珍海味都吃过了，所以人生我也悟透了！女人这一辈子不在于你嫁给什么高官，也不在于你拥有什么富贵，只要你遇上一个心仪的男人，而那个男人也真心喜欢你，那么你的一生就足够了！你就是长在天堂上，活在蜜罐里。就像我跟你，老憨儿哥哥！你是那么喜欢我、呵护我、照顾我、疼爱我，把我当成你的小妹。为了我，你刀山火海无所惧，为了我，你舍得割肉给我吃。你是个顶天立地的男人，也是座厚实博大的高山。靠在你的身上，我觉得是那样温暖和踏实。跟你在一起，吃糠咽菜我都觉得香甜。跟你在一起，担惊受怕仍然感到幸福。自从认识了你，我才感到人间原来如此美好。自从认识了你，我才知道女人原来这般荣光。只要能跟你生儿育女，相守百年，什么婚礼风光不风光，喜事热闹不热闹，我喜春儿不在乎！能拥有你这样一个人，我就一切都知足了！"说着话她把头埋在努尔哈赤的怀里，双手抱住努尔哈赤的肩膀，火热的身体紧紧贴着他，眼睛里闪动着晶莹的泪花。

两个人认识这么多年，喜春儿从来没说过这么多的话，这让努尔哈赤极为感动。他紧紧拥抱着这个与他生死与共的女人，爱抚地摸着她的长发，倾听着她那咚咚的心跳，狂热地亲吻着她的脸颊。他觉得自己欠她太多太多了！应该加倍补偿。他应该给她家庭，给她安静，给她欢乐，给她满足，给她温馨和幸福。

努尔哈赤领着喜春儿，观看了他出生时候的小院。那周围用粗木棒围成的栅栏，那用土坯砌就、茅草苫成的旧居，那用黄土夯就的地面和用木架搭成的粮仓，仍然还是原来的样子。那几间草房虽然已经打扫过了，但是墙皮剥落，旧迹斑驳。房间内除了两铺土炕和一个灶台，四角空空，什么家具都没有，倒显得空旷利落。

努尔哈赤笑着说："房子陈旧简陋，屋内一贫如洗。看来我这位担任指挥使大人的父亲，能够给我的只有这些了！所用的一切都要自己置办，咱俩的生活等于从零开始，委屈你了！未来的新娘，我的喜春儿妹妹！"他的歉疚溢于言表。

然而喜春儿却眉飞色舞，喜气洋洋，一点儿也没有抱怨的意思。她看完了院落看房子，看过了东屋看西屋，然后坐在土炕上高兴地说："我的老憨儿哥哥是个顶天立地的大英雄，是个可以托付终身的男子汉！这里山清水秀，宁静优雅，是个多么好的地方啊！当年老憨儿哥哥在这里出生，现在我们要在这里成亲，这多有纪念意义呀！我看这条件就不错了！还简陋什么呀？陈旧什么呀？不比我和阿妈那顶破帐篷强多了吗？不比闾山军马场那间破草房强多了吗？妹子不怕吃苦，不怕受罪，只要能同老憨儿哥哥在一起，草舍茅屋强如楼堂殿宇，粗茶淡饭胜似海味山珍。将来我俩再生一大群孩子，这里就是人间的天堂啊！"感动得努尔哈赤一把搂过喜春儿，两个人倒在土炕上亲吻了好久。

没有家具可以添置，缺少物品马上去买。钱是没问题的，喜春儿手里的积蓄就足够了！一是那位黑老太婆赠送的两锭大银子，至今尚未用完；二是努尔哈赤当侍卫这些年，领取相当于千户长的薪俸，加在一起也有上百两银子，一直由喜春儿保管着。去马市买东西更没问题，努尔哈赤的手里有二十道敕书，是那次追歼土蛮部的战役之后，李成梁当作奖品赏给他的，一直都没有使用。恰好这几天是马市开放的日子，两个人盘算好要买的东西，准备次日就去抚顺关。

临行之时，努尔哈赤同父亲塔克世打了个招呼，不知继母纳喇氏忽然动了哪根闲肠，非要跟着同去，说是要购买一些急用的东西。努尔哈赤无奈，只好同喜春儿带上纳喇氏和她的侍女小鱼儿，四个人乘坐一辆马车，太阳还没升起就出发了。

那时候的抚顺关不仅是个军事重镇，驻有明朝军队的两万人马，由一名游击将军和两名参将统辖，管理这方圆数百里之内的社会治安，同时又是整个辽东地区的商贸中心，对人民的生产和生活有着重要的影响。抚顺关的马市是由朝廷特意批准设立的，分为官市和民市。但是不论官市和民市，辽东的女真等少数民族如想入市交易，必须持有朝廷发给的敕书方可进入。

官市就设在游击将军衙门附近，由辽东巡抚派官员在此署理。官市每两个月开放一次，届时各地的部落酋长带着贡奉给官府的礼品，到特定的地点进行交割，官署会安排酒食予以接待。临行之时，也会回赠一些甲仗或者兵器。官市是朝廷行使行政权力的地方，各部落必须按时如数上交贡品，否则就是违法和犯罪，朝廷要依据情节进行处罚。

民市设在抚顺关东南二十里外的一个大空场内。这个大空场极为宽敞，南北长约三里，东西宽约四里。空场的周围建有许多商铺，酒馆、客店、浴池、当铺、茶肆和货栈等等一应俱全，生产、生活、民用和军备等物资应有尽有。空场的四角建有塔楼，塔楼上有明军驻守，负责维护马市的秩序。空场内按商品种类划分了许多经营区域，各个区域由宽阔的沙石路分隔开来。因此虽然车水马龙，人流如潮，但是显得杂而不乱，井井有条。

民市每个月开放一次，每一次三至五天。届时辽东地区的各民族居民，都可以到这里来进行交易。但有区别的是，汉民可以随意出入，不受限制，而女真等少数民族，则必须凭敕书方可通行。民市内交易的商品种类数以千计，可谓琳琅满目，五花八门。女真等少数民族带来的多半是牛、马、羊、驼、人参、兽皮、松子、鹿茸、药材等特产，汉民们带来的则是粮、油、茶、酒、布匹、食盐、铁锅、针线、丝绸、兵刃和玉器等生活用品。买卖双方既可以自行商定以物易物，又可以以质论价掏钱购买。因为当时辽东只开放了开原和抚顺关两处马市，因此每逢开集之日，人们往往从四面八方数百里之外赶来，届时人欢马叫，热闹非常，如同在庆祝一个盛大的节日。

喜春儿从来没见过这么宏大的交易场面，因此一进马市，她的眼睛就不够用了，看什么都觉得新鲜，见什么都想问问价。努尔哈赤见喜春儿好奇，有问必答，不厌其烦，还买了一袋瓜子给她吃，让坐在一旁的纳喇氏心生嫉妒，不时投来鄙夷的目光，连坐在身边的小鱼儿都觉得不舒服。

努尔哈赤他们由于来得晚了，好不容易才找到一个摊位，勉强能把马车停好，把带来的货物摆上。他们所处的位置虽然比较偏远，但是由于带来的东西好，价格又要得不高，因此很快就聚集了一大群人，围着那些鹿茸、兽皮和红蘑等物讨价还价，你争我讲，挑肥拣瘦，吵吵嚷嚷。努尔哈赤一时忙得不可开交，喜春儿就在旁边帮忙招呼。纳喇氏开始时还站在旁边助阵，一看见这货摊边上有点儿乱了，就抽身走了出来，一边走还一边叫喊："这狗咬吵吵的是个啥地方啊？烦死人了！我可受不了！我干不了这玩意儿！得去布店买东西了！"说着拉起小鱼儿就走。气得有几个买家当时就炸了："你这个臭婆娘骂谁呀？小时候你妈拿粑粑褯子给你擦嘴来的吗？"追着撵着要打她。幸亏喜春儿在旁边一个劲儿说好话，这才劝住了。

五十张兽皮、十架鹿茸和两大袋红蘑很快就卖完了，努尔哈赤感到肚子里咕咕乱叫，这才知道早过了吃饭的时辰了，于是便带着喜春儿来到路边一家小店，要了三串油炸糕和两大碗豆腐脑儿，靠在马车旁边吃边聊。

喜春儿一看见那碗豆腐脑儿就乐了，她说："哥我昨天晚上做了一个梦，梦见救咱们的那个黑老太婆了，她一个劲儿向我招手，让我到她那里去呢！我说我尚未完婚，还没有完成妈妈的遗愿，怎么能离开老憨儿哥哥呢？那黑老太婆就一个劲儿说我，责备我儿女情长，会误大事，还伸手过来拉我，我一着急就醒了！你说这是咋回事呢？"

努尔哈赤咽下一块炸糕，扑哧一笑："古人说日有所思，夜有所梦，什么梦不做呀？那位黑老太婆是咱们的救命恩人，你是不是又想她了，才做了这个梦呀？"

喜春儿随口答道："没有啊！我最近真的没去想黑老太婆，但我有点儿想妈妈啦！我前几天梦见她，她还打听你来着。可我跟她说话，她就是不理我，不知道是怎么回事，我也没惹妈妈生气呀！来到老营以后，我一直没有忘记她，到山上祭拜过三次呢！"喜春儿说着话，眼圈有些红了，泪珠儿差点儿掉在豆腐脑儿里。

努尔哈赤忙安慰她："夜里做的梦都是反的！妈妈不搭理你，说明她惦记你！别想了，快吃吧！这炸糕凉了就不好吃了！"

喜春儿这才转啼为笑，"哥你这回可别放辣子和香菜了！如果吃完豆腐脑再变副模样，让我到哪里去找你呢？上回在镇静堡都急死我了！"

两个人亲密地说着话，不大一会儿就吃完了。努尔哈赤把马车寄存好，给牲口喂上料，便开始带着喜春儿买东西。他们俩从吃饭用的锅碗瓢盆，到种地用的锹镐锄镰，从成亲要用的枕头被褥，到屋里摆放的箱桌柜橱，一连买了好几大包，都稳稳当当地缚在马车之上。努尔哈赤特地赶到丝绸布店，给喜春儿买了红、蓝、粉、绿等好几种颜色的丝绸，扯了青、白、紫、黄等好几样做里料的布匹。他还细心地走了好几家杂货店，给喜春儿买了大、中、小一套牛角梳子，两个梳妆盒子和三根玉簪。他想好好打扮一下自己的新娘，他觉得这样做才对得起佟妈妈，才对得起五年多来与他共同患难的小妹妹。喜春儿一样一样地比量着，一件一件地细端详，脸上始终洋溢着幸福的微笑，好像她此刻就已经是一位美丽的新娘。

买完这些东西以后，日已偏西。这时候纳喇氏领着小鱼儿，提着东西、打着饱嗝回来了。努尔哈赤抬头看看天色，觉得还有一点儿时间，于是便对三人说道："你们三人逛了大半天了，也够累的，就先坐在车上歇一会儿。我再到卖兵器的那边转一转，看看有没有合适的家伙！"

喜春儿一听连忙说道："老憨儿哥哥，我不在这里歇着，我要跟你去！你走到哪儿，我就跟到哪儿，我与你不分开！"

努尔哈赤笑一笑说："哎呀呀！不就是离开一会儿吗？又不是永远分开！你就别去了！等着我，好吗？"

喜春儿嘴巴一噘，固执地说："不行！我就是要跟着你。我怕你出什么事，在车上我也待不好！"纳喇氏一听嘴角一撇，差点儿咧到耳根子那边去。

努尔哈赤见状脸子一红："喜春儿妹妹你最听话了！我一会儿就回来！能出什么事儿啊？放心吧！快回去！"说着在喜春儿的额头上吻了一下，转身就走了。喜春儿望着努尔哈赤的背影，直到他消失在人群里，才极不情愿地向马车走去。

没想到努尔哈赤那边没出事，喜春儿这边却出事了！努尔哈赤方才的这一吻，竟成了他与喜春儿的永别。原来努尔哈赤停放马车的地方，就在马市北出口的路边上。这个地方人来人往，川流不息。换作别人也许没什么，可这三个美女坐在一块儿，就有点儿太惹眼了！过路的人们无论男女，皆投来专注而又羡慕的目光。

塔克世的妻子纳喇氏虽说年过五旬，但她身材丰满，皮肤白嫩，从小爱美，生性风流，一颦一笑勾魂摄魄，顾盼之间，万种风情。如今虽说是明日黄花，雨后烟柳，却有一种成熟的韵味和风骚的美。她坐在马车上搔首弄姿，东张西望，左手摇着一把旧羽毛扇，右手往嘴里送着瓜子。那斜睨的眼神虽非有意挑逗，但也十分撩人。

再看那位侍女小鱼儿，虽说长得有些瘦小，但是眉清目秀，娇巧玲珑，身体发育得十分匀称，该凸该凹的地方都恰到好处。她紧靠在纳喇氏的身边，小胸脯鼓鼓的，小腰身细细的，虽然看着有些青涩，但是浑身散发出青春的活力，像是一枚刚刚坐胎的花骨朵。据说塔克世准备纳她为妾，她就要当上指挥使夫人了。因此这些日子特别高兴，瓜子型的小脸上红光焕发，透露出一种异样的风采。

最引人注目的还是喜春儿。这位在蒙古草原和辽西长大的山东姑娘，也许集中了这些地方独特的神韵，有一种超乎常人的内涵和气质。她那高挑曼妙的身材，满头披散的秀发，剪裁合体的衣裙，明亮清澈的目光，给人一种既质朴又高洁的美感。而那白里透红的脸庞，端庄精致的五官，细腻白皙的脖颈，似笑非笑的神情，又有一种异乎寻常的魅力。她倚在马车之旁，似靠非靠，像站没站，亭亭玉立，裙摆飘飘，好像长白山里初绽的桃花，又如御花园里含苞的玉兰，让许多过路之人纷纷侧目，如醉如痴。有几个男人看着看着，竟然忘记了走路，与对面过来之人撞在了一起，弄得鼻青脸肿，打得头破血流，惹得许多人上前围观。及至弄清了撞架的原因，这些人又一齐把头掉过来，看到喜春儿那副清纯又令人爱怜的样子，一时皆忘乎所以，目瞪口呆，一场冲突亦在瞬间灰飞烟灭。

俗话说，无巧不成书，也是该着出事。恰好这一天下午，图伦城主尼堪外兰也来到了抚顺关马市。他来马市可不是为了买东西、卖东西，他是专门踅摸美女来的。原来这个建州女真中有名的色狼，蜚声辽东的"图伦邪主"，在自己的城堡中把山村的女人玩够了，就经常来到城里换口味。他换口味跟别的男人又不一样，别的男人大多是去青楼楚馆，找妓女，寻开心。他则认为，那些娼妓都是千人骑、万人压的破烂货，倒找俩钱他都不去。仗着与辽东总兵府关系密切，自己又有俩臭钱，他专门儿寻找那些漂亮的良家妇女下手，把她们弄到客店去开房。据说他每在城里玩过一个女人，就揪下她的一根长头发，拴上一片树叶当书签。如今他已经有九十九个书签了，打算今天就凑够一百个。因此从昨天开始他就磨枪备剑，积攒精神，准备今天玩个痛快。

头晌儿他在城里的春香楼吃过午饭，便带着两个侍卫在城里瞎转悠。可是走过了好几条热闹的街道，仍然一无所获。本来寻思马市这边人流如织，男女混杂，说不定就有出类拔萃的尤物，然而他们转了好几圈，仍然没有一个中意的。他发现这些来赶马市的女人，不是灰头土脸，埋拉巴汰，就是五官不正，歪瓜裂枣。弄得他有点儿垂头丧气："今儿个是啥日子呀？点儿咋就这么背呢？这不是白来了吗？"三个人走出北门正想回去，忽然一名侍卫伸手一指说："城主大人请看，那是什么？一连三朵鲜花呢！"

尼堪外兰循着侍卫的指向抬头一望，即刻眼前一亮："刚才找半天一个没看见，突然间就来了一对半，这玩意儿咋还齐堆打团呢？该着我有艳福啊！我说早晨喜鹊怎么呱呱乱叫，敢情是报喜来了！今天不但过百没问题，而且还能有余头啊！"他心中高兴，纵马向前，看清楚在路边的一辆马车上，是一大二小三个美人。那个年纪大些的他认识，那是建州左卫指挥使塔克世的妻子，另外两个小的不用说了，一定是她的两个侍女。纳喇氏虽然风韵犹存，但是毕竟年已半百，那两个小的鲜嫩可口，倒很中意。于是他双手一拱，近前施礼，笑嘻嘻地说道："嫂夫人在上，请受小弟一拜！敢问你来马市何事？该不是又想我了吧？"原来在十年以前，纳喇氏就曾与尼堪外兰在马市相遇，两个人早已有过一腿，因此说话相当随便。

纳喇氏斜眼一看，扑哧一下乐了，"哎哟哟！我说咋闻着一股骚臭味呢？还寻思是饭馆那边宰杀野狗，狗鞭的气味顺风就飘过来了呢！原来是你呀！大名鼎鼎的图伦邪主！我能有什么事呀？到马市来买东西呗！哪像你呀！整天到处跑骚！怎么样？今天钓着了吗？"

尼堪外兰把玩女人叫作钓鱼，这在建州女真中妇孺皆知。听纳喇氏如此调侃，他竟然厚颜无耻地说："钓着啥呀？不是黑鱼棒子，就是大肚囊刺儿，哪有嫂夫人这样白白靓靓的呀？要不你跟我到客店走一趟？我还真有点儿想你了！反正下雨天打孩子，闲着也是闲着，干啥还不是占手呢？"

"哎哟哟哟！你可别拿我开玩笑！我都这么大的岁数了，可没有年轻时那份儿闲情了！你就见好就收，偷着乐吧！还跟我瞎扯啥呀？再者说了，我们家塔克世可不是好惹的！还不得扒了你的皮呀？"纳喇氏浪笑着说道。

“扒了我的皮不要紧，”尼堪外兰嬉皮笑脸地说，“可千万别去了我的根儿呀！我还留着它与你重温旧梦、再续前缘呢！”

纳喇氏嘴唇一努，浪笑着说：“我这残花败柳、老胳膊老腿的，有啥闹扯头哇？那嫩的不是现成的吗？何必舍肉求笋？”

尼堪外兰有些不解地问道：“这两个小美人儿不是跟您来的吗？难道她们也可……”

纳喇氏眉毛一挑，左手指着小鱼儿说道：“这个丫头眼下是我的侍女，可也快要当小夫人了，你也惹不起！至于说那个嘛！我这庄稼院的老婆子，可不敢使唤人家！人家是老憨儿捡来的天仙，马上要做我的儿媳妇了！这不，回家就成亲，买了这么多的东西呢！”说完又抿嘴一笑，向尼堪外兰抛了个媚眼：“哎哟哟！少陪了！城主大人！我得去如厕了！”说完拉起小鱼儿转身就走了，头也没回。

尼堪外兰是干什么的呀？他号称“图伦邪主”，是玩女人的老手啊！纳喇氏明显是给他腾空，这一点他何尝不知？“够娘儿们！我也算没白疼过你！”尼堪外兰心里头想着，身子却已跳下马来，走上前去，他围着喜春儿转了两圈，然后说道：“哎哟哟！多俊的一个小美人儿！怎么非要嫁给老憨儿呢？他有什么好的啊？长得黑黢溜光，穷得能掉底！连口饱饭都吃不上，这不是一朵鲜花插在牛粪上了吗？多遗憾哪！不如嫁给我吧！当个图伦城里的小夫人，吃香的，喝辣的，穿的绫罗绸缎，住的暖屋高楼，多美呀！我还会把你伺候的舒舒服服的，让你天天乐得像个神仙！怎么样？跟我走吧？！”

且说喜春儿靠在马车旁边，突然间见过来三个男人，一个个贼眉鼠眼，不怀好意，一个劲儿往她身上瞅，恶心得她直起鸡皮疙瘩。特别是那个蜂腰龟背、脸上长着酒糟鼻子的家伙，色眯眯的目光黏黏糊糊，一直盯着她不放，看得她心里直发毛。她很想赶快脱身，去找她的老憨儿哥哥。可这工夫纳喇氏领着小鱼儿先走了，马车上有这么多的东西，她是无论如何也走不开呀！心里不免既害怕又焦急。

就在这个时候，那个酒糟鼻子走了过来，围着她又是抽鼻子，又是挤咕眼儿，紧接着就说出了方才那番混账透顶的话，气得喜春儿柳眉到竖、杏眼圆睁，厉声喝道：“哪里来的贼徒？敢来恶言秽语？光天化日之下，调戏良家妇女，你就不怕遭灾折寿、天打雷劈？告诉你！我是老憨儿哥哥的妻子！你敢碰我一下，他会让你碎尸万段！”

“呀呵？癞蛤蟆打哈欠，好大的口气！不就是努尔哈赤吗？什么老憨儿哥哥呀？叫得可怪甜的！他算个什么东西呀？他不是朝廷的逃犯吗？你不是逃犯的帮凶吗？你以为皇上赦免了他，就是真的饶过他了吗？没有！他现在还是戴罪之人，朝廷随时都可以抓他，让他死无葬身之地！他这次从广宁回来，聚众练武，图谋不轨，以为我不知道吗？我到李总兵那里一个报告，官兵立马就会杀了他！你跟着他干什么呀？那不是自寻死路吗？还是跟着我吧！享不尽的荣华富贵！”说着走上前来，抓住喜春儿的胳膊，拽着就走。

喜春儿急得失声叫喊：“来人哪！快救命啊！有坏蛋抢人了！叔叔、大伯、哥哥、姐姐们！快救救我呀！”可是尽管喜春儿喊得撕心裂肺，旁观的人们却都无动于衷，没有一个人仗义执言出来救她。

尼堪外兰嘿嘿冷笑道：“别喊了！喊什么呀？你就省点儿劲儿吧！一会儿够你受的！谁能管着咱家里的事呀？快跟我回去吧！”说着手上用力，使劲儿拉她。

喜春儿呼救无效，心中急了！她左手抓紧车沿的木樽，趁尼堪外兰不备之机，照准尼堪外兰狠狠一脚。这一脚喜春儿用上了全身的力气，不偏不倚，正好踢在尼堪外兰的裆部，疼得他“妈呀”一声，一屁股坐在沙地之上，喜春儿趁机转身就跑。

那两个侍卫见状一阵狞笑，“小丫头片子！还挺尿性！我看你往哪儿跑？！”他们飞步向前，两面堵截，很快就把喜春儿抓住了。一个瘦狗模样的长脸侍卫拉住她的胳膊，硬往车上拽，眼瞅着即将被拖到马车之上。

喜春儿急得边哭边喊：“老憨儿哥哥快救我呀！老憨儿哥哥快救我呀！你的妹妹有难了！”可是喜春儿喊破了嗓子，努尔哈赤也没有出现。眼见就要被抢走，喜春儿绝望了！她瞅眼不见，照准那侍卫的胳膊上狠狠一口，一下子咬下一块肉来，疼得那侍卫“哇呀”一挣，把喜春儿甩出去一丈多远，头颅摔在车轴头上，鲜血立刻流了下来。喜春儿脑袋一歪，就不动了。

旁观的人们齐声惊呼：“不好了！不好了！出人命了！”多数人怕摊嫌疑，赶紧溜走。尼堪外兰见势不妙，强忍着疼痛爬上马车，带着两个侍卫逃跑了。

第十五回

失爱侣栖身佟家店　得贤妻入赘抚顺关

且说努尔哈赤来到兵器摊区，先到卖长枪的那儿转了转。那些长枪、长矛、画戟、长槊，品种繁多，各式各样，一排排插在木架之上，如同站岗的士兵，挺胸抬头，英姿飒爽。一簇簇大红缨随风飘动，好似盛开的鲜花，争奇斗艳，煞是好看。努尔哈赤拣起几件掂量了一下，感觉这些家伙不是太轻，就是太短，不仅都是木杆铁头，而且看着也不厚重，打把式卖艺耍着玩玩还可以，真正到战场上却不实用。于是他便踱出长武器摊区，想再看看有没有顺手的钢鞭。

刚刚迈出四五步，他突然打了一个趔趄，低头一看，既没沟又没坎，也没有什么绊脚的东西。努尔哈赤感到奇怪，就抬起右脚跺了几下。这一跺不要紧，他顿觉眼冒金星，天旋地转，紧接着左胸口一阵刺痛，疼得他差点儿晕倒。他擦擦额头上的冷汗，叉开双腿稳住神，感觉那疼痛的症状没有了，耳边却传来一阵阵奇怪的声音。透过马市上吵吵嚷嚷的声浪，他似乎觉得有人在喊他的名字。他有点儿不太相信，于是往前走了几步，侧耳细听，真真切切！确实是有人在喊他！听那声调和语气，好像是喜春儿。自己才出来多大会儿啊，难道是妹妹有事要找他？想到这里，努尔哈赤心中一凛，急转身向北门那边跑去。

离北门出口还有很远，他就看见那里围着一大群人。随着阵阵北风吹来，“出人命了！出人命了！快来看哪！”刺耳的惊叫声钻入耳鼓。努尔哈赤闻听心中“咯噔”一下子，慌得他三步并作两步飞奔过去。扒开人群一看，不禁大惊失色！就在自己那辆马车旁边，人们围成了一个圆圈。车上的货物缚得很好，纹丝没动。两匹白马老老实实，还在低头吃草。纳喇氏和小鱼儿都不见了，只有自己的妹妹喜春儿倒在车轮旁边，头发散乱，脸色煞白，两眼微闭，嘴唇青紫，上身穿的那件月白底纱衫的左半边已经被鲜血染成了红色。

妹妹刚才还好好的，说等我回来，怎么突然间就变成这样了？努尔哈赤心中一酸，差点儿晕倒。他急忙跪下身来，把喜春儿抱在怀里，呼喊着：“妹妹！妹妹！喜春儿妹妹！你这是怎么了？快说话呀！”可是任凭努尔哈赤怎样呼唤，他的喜春儿妹妹也没有回答。她的心脏虽然仍在跳动，但是她的头上还在汩汩地流血，那殷红色的血滴，就落在努尔哈赤的腿上，她显然早就昏过去了！

努尔哈赤紧紧地抱着喜春儿的身体，他的嘴唇贴着喜春儿的脸颊，感受着她那熟悉的心跳，呼吸着她那馨香的气息。他相信她不会死，她一定会活过来的。于是他一遍又一遍地呼唤着她的名字，轻轻地揉搓着她的胸口。他的嗓子喊哑了，精神崩溃了，泪水就滴在她的嘴里。

也许是真的心有灵犀，也许是她实在不愿离去，就在努尔哈赤声嘶力竭、即将绝望的时候，喜春儿的眼睛慢慢睁开，她的嘴唇轻轻蠕动："老憨儿哥哥，你来了！你终于来啦！妹妹好想你呀！我等了好久了！你来了就好了！我们再也不分开了！不分开了！"说着把头倚在努尔哈赤的怀里，双臂紧紧地抱住了他。努尔哈赤感到她的胳膊是那样有力，好像生怕他再次跑掉。不大一会儿，喜春儿又昏过去了。

这时候纳喇氏带着小鱼儿回来了，一走进人群她就阴阳怪气，扭动着肥大的屁股吵吵嚷嚷："哎哟哟哟！我的小美人儿！这是怎么了？这新娘子还没当上，怎么就见红了呢？这是喜事呀！"

努尔哈赤悲愤满腔，怒火万丈，厉声斥责道："你还是个人吗？喜春儿都伤成这样了，你还无动于衷，幸灾乐祸，说这种混账的话？告诉我！你们两个干什么去了？妹妹怎么会变成这样？是谁害了她？说出来我马上就去宰了他！"

努尔哈赤眼含怒火，目光如剑，好像马上就要杀人，吓得纳喇氏再也不敢装模作样、胡言乱语了。她深知这位丈夫的长子脾性暴烈，嫉恶如仇，平时就有点儿怕他，如今见喜春儿生命垂危，明白此事干系重大，于是急忙辩白道："我方才和小鱼儿出去如厕，这才多大一会儿呀？怎么就出了这样的事呢？我走的时候她还好好的，我可不知道咋回事呀！"

"你！"努尔哈赤右手指着小鱼儿，"知道不知道？不许撒谎！否则我早晚剁了你！"

吓得小鱼儿"扑通"一声跪下了，"大少爷，你可别吓唬我！我可一直是跟着夫人走的，什么事都不知道啊！"

"不知道！不知道！怎么会一点儿也不知道？分明是在撒谎撂屁，满口假话！告诉你们，我若是查清楚谁骗了我，害了我的妹子，我就扒了他的皮！"努尔哈赤气堵胸腔，声音颤抖，牙齿咬得"咯嘣、咯嘣"直响。

围观的人群当中，虽然有人知道事情的原委，但他们只是在背后嘀嘀咕咕，没人敢公开站出来说话。努尔哈赤气得浑身颤抖，几乎发疯。

这时候喜春儿好像突然又清醒了，她用双手抚摸着努尔哈赤的脸庞，深情地说："老憨儿哥哥！老憨儿哥哥！我要走了，真舍不得你呀！我喜春儿长到十七岁，跟你这六年多是我最快乐的时光，妹妹我心里头高兴啊！认识你是我今生最大的荣幸，我本来打算与你携手百年，白头到老。可现在不行了！妹妹不能再陪你了，这也许就是我的命啊！"

喜春儿喃喃自语，如泣如诉，喘了口气又接着说道："我这辈子吃也吃过了，喝也喝过了，玩也玩过了，爱也爱过了。北京城里我去过，当皇帝的咱见过。荣华富贵算什么呀？一钱不值！老憨儿哥哥，有你这么喜欢我，妹妹我真的知足了！遗憾的是，我没有与你做成夫妻，没能为你生儿育女。放心吧！这个愿望我一定要实现！下辈子还要给你做妻子。我先走了，老憨儿哥哥！我在奈何桥那边等你！"说着眼含憧憬，脸上竟然绽出了笑容。

努尔哈赤想堵住喜春儿的嘴，"妹妹你说什么呢？你好好的，不会死的！你的伤会很快好起来，哥哥还要与你成亲呢！"

"成亲？成不了了！我累了！该走了！"喜春儿说着声音渐小，胳膊无力地垂了下来，那双好看的眼睛慢慢地闭上了。

努尔哈赤心如刀割，泪如泉涌，他使劲儿摇撼着喜春儿的身体："好妹妹！好妹妹！你别睡呀！你不能走！你还没告诉我，是谁害了你呀？是谁害了你呀？"

喜春儿嘴唇微动，有气无力地说："有仨人要抢我……他们调戏我……是她使坏儿……是酒糟鼻下、下、下的手……"话未说完，脑袋一歪，倒在努尔哈赤的怀里睡熟了，永远地睡去了！

看着心爱的妹妹溘然长逝，努尔哈赤肝肠寸断，痛不欲生。他仰天长啸，悲生雾霭，伏地大哭，哀恸山河。围观之人无不饮泣，个个动容。他如泣如诉，喃喃自语："妹妹呀！妹妹！喜春儿妹妹！自从在科尔沁草原相识，你跟着我整整六年哪！六年多来，你吃了多少苦，受了多少罪！挨过多少别人的欺辱，听过多少别人的责骂！你没穿过一件体面的衣服，没度过一天安生的日子。你跟着我东躲西藏，颠沛流离，再苦再累没有一点儿怨言，担惊受怕没有半句悔话。你陪着我走过了一段最为坎坷的路程，度过了我人生中最灰暗的日子。你给了我多少温暖、体贴、欢欣和快乐呀！没有你，我怎能活得下来、扛得下去？你既是我的恩人，又是我的妹妹，既是我的知音，又是我的伴侣。如今生活刚刚稳定，我俩就要成亲，你却突然走了，让我怎么活呀？"努尔哈赤悲痛已极，万念俱灰，一下子昏倒在马车旁。

眼见得一死一昏，出大事啦！人群中有人吵吵嚷嚷，要跑去找马市中守卫的官兵。纳喇氏闻听情况不妙，如果被官府传去讯问，必然会问出情由，到那时自己难辞其咎，还会牵出尼堪外兰，那麻烦可就大了！一想起努尔哈赤那利剑一样的目光，吓得她不禁打了个寒噤，把一泡尿全撒在了裤裆里。趁着场面混乱、无人注意之机，她带着小鱼儿钻出人群，逃离北门口，到城里花钱雇了辆马车，连夜跑回老营去了。到家后她谎称与努尔哈赤走散了，塔克世也未深加追问。

纳喇氏主仆二人刚走不大会儿，马市里负责守卫的官兵就到了，一个百户长模样的将官带着十个军卒，把马车周围控制了起来。那将官见喜春儿已经死亡，便命一名军卒唤醒努尔哈赤，他想问话。可是努尔哈赤由于悲伤过度，已经完全昏过去了。那军卒连喊带推，最后连脚都用上了，努尔哈赤还是没有苏醒。那将官有些为难，想说不管吧，又是职责所系；就这样拉回官衙吧，还怕承担责任，粘在手上；询问围观的百姓吧，又都没人吱声。一时左右为难，不知如何是好。

就在此时，忽听人群外有人高喊："出什么事了？让开！让开！我去看看！"话音未落，如同海水落潮，人们"哗"地让出一条通道，一位四十多岁的中年男人走了进来。人群中即刻有人说道："阿弥陀佛！这下好了！佟善人来了！这青年有救了！"

那将官抬头一看，果然不假，立刻转忧为喜，眉开眼笑，"佟老爷！您来了？那太好了！我正愁着呢！您看这儿一死一昏，又没事主，该咋办哪？您就给咱出个主意吧！"

那来人身穿紫锻长衫，脚踏鹿皮软靴，头戴貂绒暖帽，腰系缀玉绸巾，七尺多高的个儿，黑里透红的脸膛，一副慈眉善目，五绺秀美长髯，眼光和善，态度真诚。他带着两个随从，一前两后，围绕着马车转了一圈，又试了试努尔哈赤的鼻息，然后说道："怎么办？还能怎么办？赶紧救人呗！这位小将军，你赶快现场勘验，具质画押，让观众们出个证明。我要尽快把他们拉到城里，找郎中医治，先把人救醒再说。如果办案需要传唤，你再随时通知我！"说罢一伸手，赏给那将官一锭小银，"拿去喝杯茶吧！也怪辛苦的。"

那将官乐得脱身，喜出望外，高兴得连连拱手道谢："有佟老爷接手过去，那我们就放心了！"然后带领着他的士兵，美滋滋地走了。佟老爷随即命随从赶快伸手，把喜春儿和努尔哈赤抬上马车，飞奔而去。围观的人们瞬间散开，无不对佟老爷赞不绝口。

原来这位佟老爷姓佟名占文，是这抚顺关城里一等一的富户，家里头开着酒馆、茶肆、客店、钱庄、货栈、马场和铁工坊等许多买卖。佟老爷家大业大，但是富而不骄，人品极好。他常常与人消灾，为人解难，救济孤寡弱小，帮助贫苦百姓。街坊邻居们谁若是有个天灾病业或者为难着窄的事，找他借俩钱或赊点儿东西啥的，他从来都有求必应，并不追还。谁家的孩子无钱读书或者缺钱种地，他必会伸出援助之手。当地的军政官员和一些有头有脸的人物，到他开的酒店里喝顿酒、吃个饭，他从来不要钱，到逢年过节等一些特殊的日子，还会有额外的"孝敬"。因此他在抚顺关的地面上，私官两面都很有人脉，人们都称他为"佟善人"。

且说这位佟老爷回到府邸，立即派人请来了最好的郎中。经过一番紧急的救治，努尔哈赤终于从昏迷中苏醒过来。他睁开眼的第一句话，既不问身在何处，也不问救他何人，而是焦急万分地脱口而出："我的妹妹呢？她在哪里？你们看见她了吗？"

说罢挣扎着就要起来。

佟老爷在一旁闻听此言，急忙上前劝道："我说这位壮士，请你不要着急！你的妹妹已经去世了，她就停放在后花园里，有人照看着就可以了，你还是先休息一下，养养神吧！"

努尔哈赤一听，眼泪"唰"地就下来了，随即"腾"地坐起，翻身下炕，一边往外走一边着急地说："不行！不行！那怎么行？我必须去陪伴我的妹妹！不然我怎么能安下心来？"佟老爷见状，只好带着随从在前边引路。一行人走出厅堂，穿过后花园，来到月亮门外的一个小院。那随从打开了厢房的一扇木门，屋内浓烈的鲜花和水果的香味立即弥散开来。

这间厢房看起来是个寄存农具的地方，如今却摆满了各种鲜花和水果，像一个经营时鲜花果的小店。在鲜花和水果的中间，停放着一张临时搭起的木床，木床上铺着厚厚的白色的被褥，喜春儿就躺在那白色的被褥之上。她的身上盖着青色的被单，穿着崭新的衣服，头发自然披散开来，胳膊很自然地放在身侧，她面色红润，神态安详，两眼微闭，似睡非睡，小巧的嘴唇紧紧地抿着，脸上洋溢着幸福的微笑，还是往常她休息时的样子，像做着一个甜美的梦。

努尔哈赤蹑手蹑脚地走过去，轻轻地跪在她的床前，生怕惊醒了妹妹。他紧贴着她的脸颊，抚摸着她的玉手，发现她的胸腔已经不再起伏，她的鼻孔已经没有了呼吸。他的妹妹真的去世了，永远地离开了！巨大的悲哀瞬间再次袭来，令他哽咽连声，泪如泉涌。他的眼前一黑，金花乱飞，一下子就昏倒在喜春儿的灵床之前。

努尔哈赤再次醒来，已经是三天以后的事了。短短的三十几个时辰过去，他仿佛变成了另外一个人。只见他脸色苍白，眼窝深陷，嘴唇青紫，精神萎靡，胡须和头发一齐疯长，像是一个刚出监牢的囚犯。他迷迷糊糊地躺在炕上，时而清醒，时而糊涂，听得见有人在说话，看不清人影在哪里。六七天过去了，他每天只能喝进一些清水，他觉得胸腔里像有烈火在燃烧。他每天都会做许多的梦，但他一个也记不住，做完之后很快就忘了。

一日傍晚在蒙眬之中，他先是梦到了科尔沁草原，见到了佟妈妈，佟妈妈坐在敖包之旁，好像在放牧着许多牛羊。接着又梦到了多吉活佛，活佛伫立在高高的雪山之上，山坡上跪伏着许多信众，旁边盛开着圣洁的雪莲花。最后他梦见了黑老太婆，那位几次救他性命的女菩萨。他一看见黑老太婆就哭了，诉说了自己悲惨的遭遇，告诉她喜春儿已经去世了！他没有照顾好自己的妹妹，现在他生不如死。

那位黑老太婆微笑着对他说道："努尔哈赤，你不要自责了！也不要太悲哀。人生在世，苦难无边。万般是命，岂能由己？喜春儿本是我座前的弟子空月，她来到人间十有七年，是为了伴你度过那段艰难的岁月，如今使命已经完成，她也该回到闾山去了。实话告诉你，你们只有兄妹之缘，却没有夫妻之分，所以她的离去，你也不必悲伤。她的去世是为了唤起你的良知，增加你举事的勇气。她的遗体你不必担心，还记得我赠你的那锭大银吗？如今它已化为一块碧玉，镇在她的胸口，以保她的肉身如同生日。你可以安葬她，也可以常去看她，她该来的时候会来，该走的时候会走，她的心灵仍然会帮助你。大业将兴，山雨欲来，我会派虎痴前去找你，助你一臂之力。阿弥陀佛，请好自为之。”说罢转身就走，瞬间消失在彩云里。

黑老太婆虽然走了，喜春儿却来到了他的床前。她忽闪着秋水一般的大眼睛看着他，香躯紧紧地靠着他的身体。她的手像春风一样温暖和绵软，轻轻地拂去他额头上的汗珠。她的话像山泉一样甘甜和清澈，句句都滴落在他的心里。他觉得胸口那儿凉爽多了，头脑也似乎极为清醒。他忘情地抓住喜春儿的手，摇晃着说："妹妹！妹妹！你可回来了！哥都急疯了！你到哪儿去了？"

努尔哈赤激动得连声高喊，"呼"的一下坐了起来，一个急劲儿就醒了。他揉揉眼睛一看，哪有什么喜春儿呀？可是自己的身边分明坐着一位姑娘，那姑娘温热的躯体紧紧地挨着他，模样和身段儿与喜春儿有些相像，只是年纪要小一点儿，自己现在还拉着人家的手呢！他不觉脸一红，脱口问道："你是谁呀？怎么这样像我的妹妹？"

那姑娘抽出玉手，爽快地回答："我叫小青儿！是父亲让我过来照顾你的，你醒了，太好了！你都昏迷了七八天了！"说着眼圈一红，扭过身去。

门帘一挑，佟老爷闻声走了进来，关切地问道："这位壮士，你家住哪里，姓甚名谁？如今你清醒过来，我们要商量处置后事，然后好把你送回去呀！"

努尔哈赤这一次不但真醒了，而且彻底明白了！回想起梦中黑老太婆的那一番话，他这才知道，自己和喜春儿为啥阴差阳错，几次都没有结成夫妻，看来真的是有缘无分哪！他虽然仍旧觉得有些惆怅，但明白必须要面对现实。听了佟老爷的问话，他略一踌躇，起身答道："我姓赫，名仁，字长生，家住铁岭山村，离沈阳卫不远。这次到抚顺关马市来，是置买一些成亲用的东西，不想妹妹就出了意外。谢谢佟老爷一家出手相救，如此大恩，终生不忘，以后定当重报！"

佟老爷有些不解地问道："他既然是你的妹妹，你们怎么还要成亲呢？这不对吧？在伦理上说不过去呀，请问她姓什么、叫什么呀？怎么就突然惨遭不幸？"

努尔哈赤略一转念，觉得喜春儿已经去世了，如果再说假话报假名就是对死者的不敬了。何况她们母女均已不在，也不会牵出什么纠葛。于是他便直言相告："她不是我的亲妹妹，她姓佟，名叫喜春儿，我们俩是在科尔沁草原认识的，她是我的救命恩人！"

"这位壮士！不！长生贤侄，你等等！你说这位姑娘姓佟？他叫喜春儿？那么她的妈妈呢？你见过吗？”佟老爷打断了努尔哈赤的话，急着问道。

“我俩在科尔沁草原遭到王府的迫害，佟妈妈为了救我们身受重伤，在海棠山岫云寺去世了！我和妹妹把她葬在了那里。”回忆起那段遭遇，努尔哈赤的心情特别难过，他从头至尾把整个过程讲了一遍，末了悲伤地说，“她们娘俩本来是去投奔喜春儿的舅舅，可是舅舅搬走了，没有人知道他的去向。娘儿俩没有盘缠，无法回家，因此便流落在科尔沁草原，靠打些短工、放牧牛羊度日，日子过得十分艰难。没想到时隔几年，却双双去世了！都是因为我呀！是我连累了她们哪！”努尔哈赤捶胸顿足，哀伤至极。

“哎呀！可怜我的妹妹，可怜我的外甥女呀！怎么会是这样？这都怨我呀！”佟老爷闻听努尔哈赤的这一番话，一下子跌坐在屋地之上，刹那间昏迷过去。这回轮到努尔哈赤糊涂了！他不知道自己说错了哪句话，急忙和小青儿连喊带叫又掐人中，佟老爷才“啊”的一声，苏醒过来，但已经是满脸泪水。

喝过小青儿端过来的一碗热茶，又稳当了好大一会儿，佟老爷的神色才恢复正常。望着两个一脸疑惑的孩子，佟老爷长叹一声说道：“长生贤侄，你在这儿日昏迷之时，嘴里一直喊着喜春儿的名字，我的心里就有些纳闷儿。及至给喜春儿换衣服的时候，我发现她的手腕上戴了只银手镯，上面有山东琅玡周家银铺的字号。我认得那是母亲的东西，是在妹妹出嫁的时候，我的母亲送给她的。那是一对纯银的手镯，工艺特别好。当时我就怀疑喜春儿是妹妹的女儿，但是由于十多年了，我离家的时候她才五六岁，女大十八变呀！再加上她突遭不幸，我还不敢认定是她。现在看起来是确凿无疑了！可怜的妹妹！命好苦啊！都怪我！当初我回老家之时，把父亲、母亲两位老人接来了，听说她去了大草原，我就到科尔沁去找她。邻居们说这娘俩下落不明，以后我就没有再去找。现在这娘儿俩都去世了，我怎么对得起自己的父母啊！”说着以头触地，悲痛欲绝。

听完佟老爷的一番话，努尔哈赤全明白了！原来佟老爷是喜春儿的亲舅舅，小青儿是喜春儿的亲表妹。于是他立即伸手入怀，取出珍藏在内衣中的银手镯，双手捧着递给佟老爷说：“这是当年佟妈妈送给我的，希望我和喜春儿结成连理，永不分离。如今喜春儿已经去世了，我留着它已经失去意义。它本来就是佟家的东西，虽然只是一件银首饰，却是佟家的传世之宝，就奉还给您老人家吧！”

看着佟老爷含着眼泪接过银手镯，努尔哈赤才又接着说道：“舅舅您老人家也不必太过悲伤，人生有命，万事随缘。佟妈妈一生积善，喜春儿慧根很深，娘儿俩都是有佛缘的人啊！”他把梦中黑老太婆的话说了一遍，佟家父女听完之后感觉十分惊奇，对努尔哈赤的来历产生了浓厚的兴趣。

佟老爷随后接着说道：“你这样讲我也就释然了！我们家从曾祖父起就辈辈信佛，

相信万事万物皆有根源，善恶有报，因果循环哪！”

努尔哈赤也是好奇，随后问道：“舅舅当年在科尔沁草原居住，曾经多次往开原一带贩马，后来怎么就突然搬走，又来到抚顺关的呢？让佟妈妈母女扑了个空？”

佟老爷听罢感慨良多，他接过小青儿递过来的一杯香茶，一边慢慢地喝着，一边讲起了他的故事：

“隆庆三年（1570）春天，我离开山东老家，来到科尔沁草原，放过牛马，也趸过食盐，卖过砖茶，也倒过皮货。虽然说终日奔波，但是仍获利甚微，日子过得相当清苦。有一年秋天我带着一个伴当，在乌兰浩特卖完两驮砖茶，想回到辽阳进货。我们俩走到突泉以南，天气炎热，又饥又渴，于是便想坐下来休息，喝点儿水再吃点儿东西。

“我把水囊打开掏出干粮，正准备吃喝，忽听身后传来一阵阵呻吟之声。我回头一看，原来在大树后草丛中，歪倒着一位年迈的老婆婆。那老婆婆说她去呼伦贝尔看儿子，走在半路上摔断了腿。看样子她已经有好几天没吃东西了，饿得脸如白纸，有气无力，腿上的伤口已经化脓，有好几只绿头苍蝇围着她嗡嗡乱飞，身上散发出一股难闻的气味。

“那老婆婆见我回过头来，立即呻吟着说道：‘好心的过路之人，遇到了就是缘分！救救我吧！给点儿吃的！我快要饿死了！’我见那老婆婆实在可怜，毫不犹豫地把水囊和干粮递给了她。在她边吃边喝的时候，我又拿出随身携带的草药，给那老婆婆包扎伤口。那老婆婆吃饱喝足之后，精神立马好了许多。她两眼望着我缓缓地说：‘你这个年轻人心眼儿不错，我老婆子谢谢你了！不过我不是得寸进尺，我是在跟你商量。我这条腿是走不了了，你能不能把马让给我，护送我到呼伦贝尔去呢？’

“我那个伴当一听就急了！他说你这个老婆婆可真是不知足，你吃也吃了喝也喝了，怎么还要骑我们的马呢？再说了，我俩要去辽阳，你却要去漠北，这也不顺道啊！这不是南辕北辙吗？不行！不行！绝对不行！

“那老婆婆看了他一眼，仍然不紧不慢地说：‘年轻人，别急躁，不要把话说得太死嘛！我是吃了他的干粮，喝了他的水，可他如果不帮助我，我走不出这大草原，不还得让狼吃了吗？那样还不如不救我呢！’

“我望着那老婆婆满脸的皱纹，干瘪的双眼，觉得她实在太可怜了，怎忍心把她丢在草原上？于是我说服了我的伴当，把她扶上了我那匹马，我们掉转方向朝北边走去。

“没承想到刚走出十几里路，那老婆婆又呻吟起来。我问她怎么回事，她说骑在马背上有些颠簸，那条伤腿疼得厉害，马她是骑不了了，跟我商量能不能背她。我一想也是，反正已经决定送她了，那就背着吧！仗着我那时年轻力壮，背起老太婆向北就走。一连走了十几日，累得我骨痛筋麻，眼瞅着就要倒下了！

“一天下午，我们来到了一片沙丘跟前，我实在是走不动了！那老婆婆对我说：‘你背着我走了一个来月了，干粮吃光了，水也喝没了，钱都花完了，伴当也跑了，连这匹马都饿瘦了。这里离呼伦贝尔还远着呢！我怕是到不了那个地方了！年轻人，你骑着马先走吧！千万别搭上你的性命！’

“我说杀人杀个死，救人救个活，既然我们都到这儿了，怎么能半途而废呢？我一定要把你老人家送到地方，否则我绝不先走！老婆婆见我态度坚决，微微露出笑容。于是我们休息了一下，找一些草根和草叶来吃，又继续往前走。

“我们又往北前行了一百多里，来到了一片小树林里。老婆婆由于年岁大了，精力有限，已经饿得皮包骨头，实在支撑不住了，处于半清醒半昏迷状态。弥留之际，她拽着我的手对我说：‘年轻人，我不行了！呼伦贝尔我去不了了，儿子我也见不到了！我没有别的愿望了，只要临死前喝上口肉汤，就知足了！’说完即刻瘫软在地上了。

“我听完她的话一阵心酸，按说她老人家的要求并不过分，可是在这茫茫大漠荒原，百里没有人烟，到哪里去找肉呢？只能杀马了！可是别说杀马，就是割下它身上一块肉，它也会立即轰然倒塌。如果没有这匹马，我们全都得死在大漠里。假如我死了，我的老父老母皆年过七旬，他们可怎么活呀？于是我决定不能杀马。好了！我有办法了！我的腿不是挺肥的吗？我为自己的发现而窃喜。我背对着那位老婆婆的脸，毫不犹豫地撸开大腿，举起了短刀，割下了半个拳头大的一块肉，捡些干柴，熬了满满的一砂锅肉汤。

“我把肉汤端给那位老婆婆，诚挚地说：‘老人家，您的儿子不在身边，我就是您的儿子！儿子是娘身上的肉，娘要什么都得给！这碗肉汤您喝了吧！我不能让你老人家失望！’老婆婆听了我的话忽地坐起，捧着砂锅半晌无语，然后站起来对我说：‘年轻人，你心地如金，善大于天，如此德行，必有好报！’说着抬腿就走，健步如飞。

“也不知走了多长时间，反正我一点儿也没觉得累。老人家领着我打开了一个山洞，山洞里有满满的好几大箱珠宝，原来这里是元顺帝妥懽帖睦尔藏宝的一个地方。老婆婆帮助我装好珠宝，还陪着我走了很长一段路，然后就突然消失了。我自己带着这批珠宝，居然平安地回到家里，那匹马健壮如初，我的大腿也连疤痕都没留。我的心中充满疑惑，她到底是什么人呢？为什么要送给我这些财宝呢？我百思不得其解。为了安全起见，科尔沁草原我不能待了，于是我带着家人搬到开原，不久又从开原搬到抚顺关。这边认识我的人比较少，于是我在这里做起了生意，十多年来一帆风顺，可以说日进斗金。到现在我也不知是怎么回事，想起来简直就像一场梦啊！”

亲情拉近了彼此之间的距离，交流增加了相互之间的了解。佟老爷的经历曲折离奇，又那样神秘，让两个年轻人听得如醉如痴，也让努尔哈赤似乎明白了一点儿什么。他朦朦胧胧地觉得，佟老爷遇到的那位老婆婆，怎么和救过自己的女菩萨有些相似？难道真的是她？可她又是为什么呢？

佟老爷讲完了他的故事，喝下一杯凉茶，然后用征询的口吻对努尔哈赤说道：“人死不能复生，入土方可安息。我们就选择个吉日良辰，把我的外甥女喜春儿葬了吧！你看怎么样？”努尔哈赤眼含热泪，点头应允。

次日，佟老爷领着努尔哈赤，骑着快马踏勘了许多地方，最后把位置选在了界凡山。那里山水相依，绿荫环抱，聚气向阳，风水极好。下葬之日，努尔哈赤亲自掘坑挖土，砌筑墓穴，亲自雕刻墓碑，上书“亲妹喜春儿之墓”七个大字。葬礼结束之后，他在那里一直守过头七，与喜春儿说了许多的话，然后才恋恋不舍地离开。

埋葬完喜春儿之后，努尔哈赤的心情一直十分忧郁。一日饭后，佟老爷问他今后有何打算。努尔哈赤忧伤地说：“家中已无挂念之人了，我的一颗心都在这里。如今妹妹独卧山林湖畔，她是多么冷清和寂寞呀！我要在这里守候几年，常陪她说说话，所以我哪里都不能去了！”

佟老爷闻之感动地说：“长生真是个有情有义之人，我的外甥女眼光没错，不枉和你相知相爱一场。这样也好！你就在我这里住些时日。店内后花园宁静幽雅，你可以在那里读书休息，有什么需要做的事情，和小青儿说一声就可以了！她可是喜春儿的亲表妹呀！”说完一笑，意味深长。

自此努尔哈赤便在佟家住了下来，居室虽然不大，但是干净清雅，窗外香风阵阵，院里百花盛开。佟老爷的书斋里有许多古籍，也有不少现代文人的作品。他每天除了去界凡山看望喜春儿，回来便关在小屋里读书。他年幼时师从徐哑巴学过四书五经，尤爱阅读史书，对汉代司马迁所作的《史记》特别喜欢，对三国时期的那段历史尤其感兴趣。阅读之余，在晚上和清晨，他也悄悄地习练武功。一天早晨还没到卯时，他就穿好衣服起来了。他练完了拳脚练器械，练完了器械练轻功。一会儿飞檐走壁，穿房越脊，鸦雀无声，一会儿跃上林梢，踏足花丛，宛若轻风。那矫健的身姿和高超的技艺，被早起诵经的小青儿看个正着。她悄悄地唤来了佟老爷，爷儿俩观看多时，不由得频频点头，暗暗称奇。

一日过晌，努尔哈赤正在屋内读书，忽然前院吵吵嚷嚷，喊声震天。他刚把房门打开，想出去看个究竟，小青儿就气喘吁吁地跑了进来，一边跑一边着急地说道：“长生哥哥！你快去看看吧！前院来了几个野蛮的兀狄哈（野人女真），用完了酒饭不给钱，还在那儿砸场子呢！”

努尔哈赤闻之一惊，急忙随着小青儿跑到前院，只见厅堂里箱斜柜倒，桌椅板凳全被掀翻，十几个大酒瓮被打坏了，酒气熏得人有些窒息，几桌吃饭的客人吓得跑到了门外。院子里站着六个凶神恶煞的中年大汉，一个个表情冷漠，面带狞笑，抱着双胛立在大杨树下。地面上横七竖八躺着十几个店中的伙计，他们均疼得哎哟吼叫，满地翻滚，像是一群行将被宰的肥猪。

努尔哈赤已来到佟家多日，他知道这些伙计都是练过的，虽然不见得有什么独特的功夫，但是也有一些看家的本事，如今十几个人被打成这样，说明来的这六个人绝不简单。于是他上前拱手一礼，然后和气地说道："列位兄弟少安毋躁！俗话说平安立命，和气生财。小店公平待客，生意通达四海，势大从不压客，向来童叟无欺，不知哪些地方做得不周，招致各位如此动怒？还请说来听听。"

"听什么听啊？大爷我不想听！"一个瘦高个的兀狄哈抢过来说道，"我们哥儿六个，到这里来吃顿饭，那是瞧起你们了！你们佟老爷不是有钱吗？怎么还在乎这点儿酒饭钱？你们也不打听打听，我们哥儿六个吃饭花过钱吗？再说了，我们身上也不带钱哪！"说完一抽鼻子一挤咕眼，六个人一阵哈哈大笑。

努尔哈赤闻之一笑，仍然不紧不慢地说："这位兄弟此言差矣！岂不闻店门朝东开，喜迎宾客来，只求衣食暖，不为发大财。俗话说杀人偿命，欠债还钱，自古天经地义。大家都是江湖中人，吃饭哪有不给钱的道理？何况不给钱也就罢了，怎么还出手伤人，砸人家的场子呢？是不是有点儿做过了呀？"

话音未落，那个为首的兀狄哈一阵冷笑，走了过来。这家伙生得短粗矮胖，满脸横肉，宽肩膀，粗脖根，棒槌胳膊小短腿，大嘴叉子一咧如公鸭在叫："哎呀我说！你算个什么东西？也来叭叭叭说个没完？吃饭不给钱怎么啦？我不是没钱吗？那也不能不吃饭哪？打人怎么了？那能怨我吗？他们找我要钱还气势汹汹出口不逊，我能不打他吗？你说我能受他这个气吗？"说完似是漫不经心的一跺脚，脚下的那块花岗岩地砖立刻裂成几半。

这时候小青儿插嘴说道："长生哥哥，事情不是这样的，他们说谎！如果光吃饭不给钱也就罢了，就算我们做个施舍也没什么，父亲早就交代过。可他们纯粹是没事找事，专门到我们这里来挑衅的。他们非要我陪着喝酒，还一个个污言秽语，动手动脚，烦死人了！"

努尔哈赤见这个人身手不凡，出此举动必有来历，因此仍然和气地说："既然各位没有带钱，那就算了吧！言语举动有点儿过头儿，权当开个玩笑。就请各位赶路，在下就不送了！小青儿妹妹，我们快请郎中来，赶紧治伤，再张罗收拾房间吧！"佟老爷不在家，他想息事宁人，求个平安。

可是那六个人不依不饶："算了？算了怎么能行呢？你们开店是干什么的呀？

不就是供人吃供人喝陪人玩的吗？小丫头片子！让你陪陪我们怎么了？那是瞧得起你！别不知好歹！”一个三十来岁的大个子兀狄哈走上前来，伸手拉住小青儿拽着就走。

努尔哈赤最见不得欺负女人，而且这个女人还是喜春儿的表妹。他不禁仇恨满腔，怒火万丈，顺手捡起了一块儿碎碗碴，照准那家伙的胳膊“嗖”地飞去，只听“妈呀”一声，那块碗碴如把利刃，准准当当地扎在那家伙的胳膊之上，疼得他立即松开小青儿，甩着左胳膊跳着脚地号叫。

眼看着自己的伙伴被伤了，那五个兀狄哈勃然大怒，站在前边的一高一矮两个家伙率先冲了过来。其中的一位黑大个子极其凶猛，一伸手拔掉院内的旗杆，瞅准努尔哈赤搂头就打。另一个小白胖子手腕一抖，一根长鞭如毒蛇吐芯子，“唰”的一下就飞了过来，直奔努尔哈赤的脚踝，显然是与黑大个紧密配合，攻击努尔哈赤的下盘。吓得小青儿“妈呀”一声，慌忙躲在了一排酱缸的后面。

努尔哈赤不慌不忙，他一个旱地拔葱，“嗖”地飞起，然后又是一个鹞子翻身，轻轻地落在那两个家伙的身后，随即双手一扬，两粒石子带着强大的功力，“唰”地飞出，“啪嚓”一声，几乎同时打在二人的后背之上。那两个家伙均弄了个狗抢屎，抢得鼻青脸肿，疼得哀声不绝。

转眼之间被打倒了三位兄弟，那位为首的兀狄哈气急败坏，嗷嗷的怪叫着冲了上来。他们三个人呈扇面形状，伸拳拽腿，向努尔哈赤展开攻击。那拳头如暴雨冰雹般砸落，那飞腿似狂飙利箭般袭来，看得小青儿和店里的伙计们眼花缭乱，胆战心惊，害怕努尔哈赤这回是要出事了！

可是努尔哈赤自己一点儿也没有害怕。他运用巧妙的轻功和奇异的身法，游走于三个武艺高超的莽汉中间，既像轻风，又像鬼魂。一会儿矮下身来，如同在地皮上行走，一阵阵扫蹚腿频频出击，踢得那三个家伙东倒西歪，叫苦不迭；一会儿跳出圈外，好像在观看三个人表演，一颗颗小石子不断飞出，打得那三个家伙满身大包，鲜血直流。待等那三个家伙气喘如牛，动作缓慢下来之后，努尔哈赤飞身跳起，在三个人的头顶上一掠而过。那三个家伙只觉得颈上一麻，瞬间瘫倒在院中。努尔哈赤一视同仁，将另外三个家伙也点了麻穴，并排扔在院子的中间。那六个家伙龇牙咧嘴，难受万分，心里明白身子却动弹不得，像是六个刚刚完成的雕塑。

这六个家伙在阳光下晒了半天，一个个红光满面，舌燥口干，像是六只被扔在地上的蛤蟆。直到太阳落山以后，佟老爷回来问明情由，才给他们解开麻穴，并且置酒款待。酒桌之上，这六个人才道出缘由，讲出真话。原来他们早就听说佟老爷富甲一方，为人善良。便想委身投靠，寻条出路，但不知内里究竟如何，于是就借故找碴儿，意在试探，没想到佟老爷不在家，竟然遇到了努尔哈赤这样一位高手，不免有些尴尬。

佟老爷听说六人是有名的“长白六虎”，江湖上人人皆知的人物，不禁心中大喜。他端起酒碗高兴地说：“佟某有何德能？得到列位青睐？今日有幸到此，让我蓬荜生辉。如若不嫌此地狭小，就请留下来共享富贵，不知列位尊意若何？”那六虎一听高兴至极，一齐站起来表示感谢。

此时努尔哈赤起身敬酒，他有些不好意思地说：“六位仁兄前来投靠，小弟却是不知。适才出手鲁莽，如有伤害之处，还请各位见谅。”

那大虎接过来红头涨脸地说：“此事怎能怪你？是我等做法拙劣，出言不当，才造成这场误会。我等见你武功卓绝，当为天下奇才，如若不弃，愿与你结成生死兄弟，也好向你学习些武艺。我们不拘年龄大小，一律尊你为兄，你看如何？”努尔哈赤正想拒绝，佟老爷却已替他答应下来，他也只好默许。从此，“长白六虎”跟着他鞍前马后，忠心耿耿，都成了他帐下的猛将。

一日去界凡山祭扫归来，佟老爷对努尔哈赤说道：“客店的二掌柜范老先生因有急事，到沈阳卫省亲去了。小青儿自己恐怕忙不过来，你就帮着照看一下吧！”努尔哈赤在佟家居住多日，正想着如何报答呢！于是便一口应承下来。自此他起早贪黑，兢兢业业，既细心又扎实，既周到又勤奋，把前台的业务打理得井井有条，客店的生意蒸蒸日上。小青儿见他既文武双全，又重情重义，不觉看在眼里、喜在心上，悄悄地向父亲吐露了自己的心事。佟老爷见努尔哈赤身强体壮，为人老实，又好学上进，正直诚恳，也想招他为婿。爷儿俩心有灵犀，不谋而合，虽然没有对外说明，却早被一个人看在眼里，这个人就是客店里的二掌柜范老先生。

中秋之夜，金风送爽。东天上的一轮皓月洒下银辉，花园里的朵朵金菊放出异香。小青儿端来一些月饼、水果和饮品，努尔哈赤和范老先生便坐在凉亭里闲聊赏月。三杯过后，胸口微热，酒入愁肠，惹动情怀。努尔哈赤端起酒杯感慨地说：“天有阴晴，月有圆缺，人生多舛，圆满何难？去年的今日，妹妹还在和我共同赏月，如今她却已经离开了人间，让我何其伤感？想我二十年来历尽苦难，颠沛流离，亲人们纷纷离我而去，而自己竟然一事无成，被迫寄人篱下，客居他乡。天下之大，无以为家，人生百年，何时出头啊？！”说着不禁潸然泪下。

范老先生也端起酒杯，走过来说：“人来尘世，如度苦海，当逆水行舟，奋发进取，方能到达生命的彼岸，做个对国家和民族有用的人。古人讲‘穷则独善其身，富则兼济天下’，就是这个道理。我观贤侄文武全才，绝非等闲之辈，何不在此成家，先安其身，等待良机，再图立业？此事无论是对现在还是未来，都是上上之策也！”

努尔哈赤诧异地说：“此话怎讲？何为良策？学生愚钝，实不明白，还请先生教我！”

范老先生略抿一口杯中之酒，微笑着说："佟老爷家大业大，富可敌国。虽说他膝下已有一儿五女，但是一个儿子早亡，四个女儿出嫁，如今家中只有这个小青儿，却是佟老爷的掌上明珠，早就想找个上门的女婿，来帮她支撑这份家业。贤侄若能入赘为婿，眼下既可安身，将来又能借力，岂非两全其美，何乐而不为呢？”

这位范老先生饱读诗书，博学多识，乃宋代大文人范仲淹的后裔，其六世祖范岳曾任湖北云梦县丞，后在洪武年间获罪，被贬到辽东指挥使司沈阳卫，便在此处定居下来。范老先生这一支脉一直住在抚顺关，是这一带有名的书香门第，祖辈皆靠开学馆度日。他本人中了秀才以后，就再也没有参加科考，而是回家当了一名教书先生。后来佟老爷慕其才学和人品，几次登门拜访，才把他请出来帮助料理生意。他目光远大，足智多谋，极受佟老爷的尊重。佟老爷无论大事小情，都愿意找他商量。因此努尔哈赤来后不久，便对他有所了解，与他成了很要好的朋友。

听范老先生如此推心置腹，努尔哈赤感激地点了点头，但他随后为难地说："妹妹突然遇难，我已万念俱灰。何况她现在尸骨未寒，我怎么就可以迎娶新人呢？”

“贤侄此言差矣！喜春儿只是你的妹妹，并不是你的妻子，就是现在她还活着，你们也未必就能成亲。如今她虽然去世了，但也会希望她的哥哥过得好。你若是迎娶了小青儿，她在天上看着也会高兴的，这才是至亲之人的情怀呀！”范老先生微笑着说。

努尔哈赤豁然开朗，点了点头，“先生说得在理，学生心悦诚服。但这谈婚论嫁是两家的事情，你我虽有此心，岂非一厢情愿？”

范老先生手捻长须，微微一笑："老朽胸有成竹，不须贤侄担心。你就准备做你的新郎官吧！剩下的事情就交给我了！”

次日范老先生与佟家父女一说，二人欣然同意。老先生这才正式做媒，并承担起喜事的所有事务。成亲之前，努尔哈赤借口出门会友，悄悄地回了一趟建州老营，把即将成亲的事情禀告了爷爷和父亲。塔克世这时候耳边听了纳喇氏太多的谗言，对这个大儿子早就失去了信心，因此带搭不理，也没有来参加婚礼的意思。爷爷觉昌安听说他入赘为婿，也有些不太高兴，但是也没反对。努尔哈赤忐忑而去，郁郁而归。

成亲的前两日，努尔哈赤带着小青儿来到界凡山，去祭拜他的妹妹喜春儿。两个人摆好供品，燃起香烛，跟喜春儿说了好多知心的话。努尔哈赤含着热泪，把与小青儿成亲的事情告诉了她，并双双给她磕头。微风吹来，松涛低语，那香烛居然爆出了十几朵火花，好像是喜春儿在为他们道喜，努尔哈赤和小青儿都难过地哭了。

婚礼虽然办得简单朴素，但是婚后却极为和谐。小青儿不但模样长得俊，而且还极为温柔体贴，对努尔哈赤照顾得十分周到。佟老爷则把他当成了自己的儿子，婚后第三天，就把管理马场、粮栈和铁工坊的重责交给了他。小青儿则继续管理佟家的茶肆、客店和酒家。一家人和和美美，其乐融融，转眼就是三年，努尔哈赤已经是两个孩子的父亲了，他的生意和家庭生活都蒸蒸日上。

第十六回

跨神驹老憨掘宝物　遵密信成梁破王城

一日上午，努尔哈赤料理完粮栈的事务，刚刚回到家里，就见马场的一个伙计呼哧带喘地跑了进来，着急地说："少掌柜，您快去看看吧！马场那边出事了！"努尔哈赤心中一惊，忙问出了什么事。那伙计上气不接下气地说："昨天不是刚从科尔沁进来一批好马吗？今天一大早，马伕们便挨个地进行调教。其中有一匹大黑马烈性得很，已连续摔伤了七、八个人了！十几个马夫一齐上手都抓不住它。目前它正在满场奔跑，已经拽翻了拴马桩，撞倒了驯马棚，怕是要跑出院子去呢！"

努尔哈赤闻听此言，急忙带着"长白六虎"赶了过去。到了马场一看，只见院子中间的那两棵大杨树下，雄赳赳地站着一匹大黑马。那匹马摇鬃摆尾，咴咴长啸，前蹄刨地，尘土飞扬，弄得偌大的一个院子，像是一个充满硝烟的战场。十几个捋袖子挽裤腿的马夫，一个个满头大汗，愁眉苦脸，远远地呆立着手足无措。七八个摔伤的家伙鼻青脸肿，嗨哟吼叫地倒在地上，如同那匹大黑马的战利品。

努尔哈赤远远地望着那匹大黑马，只见它前裆特宽，后座奇大，细腰长颈，四柱粗壮，脑袋又高又大，鬃毛又多又长，飘散的尾巴竟然高高翘起，足足超过六尺。模样长得有点儿奇怪，那气势不同于寻常的良骥。它站在那里威风凛凛，像是一头发怒的雄狮。看样子应当是一匹好马，但不知它的脚力如何。努尔哈赤叫过那几个旁观的马夫，刚想再问点儿什么，却见身后的"长白六虎""唰"地蹿出，呈扇面形状包抄过去。跑在前面的四虎身轻体健，步法灵活，他趁着那匹大黑马一愣神的当口，身子一纵"嗖"地飞起，转眼间像只大鹰一样，稳稳当当地落在马背之上，看样子这家伙有些功夫。

那匹大黑马见有人敢于贸然骑它，不禁勃然大怒。它立即抖开长鬃，撒开四蹄，像箭一样蹿了出去。四虎双手抓住那黑马的长鬃，两腿夹住那黑马的肚子，把身体紧紧地贴在马背之上，心想往哪里跑？往哪里跑也是我骑你！你还能骑我咋的？你孙猴子再厉害，还能逃出如来佛的手心？他正在扬扬得意之时，没承想那匹大黑马跑着跑着，忽然"嘎"的一下收住前蹄，将后半身高高翘起，身子像要竖起来一样。巨大的惯性使四虎的身体收势不住，整个人如同一柄巨大的软锤，"啪"的一下子甩了出去，狠狠地摔在土地之上。那匹大黑马前走几步，分开四蹄，又在四虎的身体之上，倒好像真的把四虎给骑上了，弄得四虎哭笑不得，直喊叫疼。

努尔哈赤见了大吃一惊，心想这是一匹什么马呀？怎么这般厉害？刚想发话令众人捕捉，那边“五虎”不干了！二虎和三虎救起受伤的四虎，瘦小的六虎一伸手拽住黑马的缰绳，借助着奔跑的惯性，一骗腿就蹿了上去。他身轻似燕，灵巧之极，在马背上一会儿正骑，一会儿反骑，一会儿藏在马肚子底下，一会儿贴在马脖子旁边，随心所欲，优美至极。那匹大黑马采取前倾、后蹲、抖身、疾驰等各种手段，也没有办法把六虎摔下来，众人不禁为六虎的高超技艺而拍手叫好！不想掌声未落，就出事了！原来就在六虎把身体挂在马脖子的右边，伸手向大家做着鬼脸的时候，那匹大黑马“唰”的一声，身体紧贴着一棵大杨树飞了过去，旁伸的树枝树叶被刮得“咔咔”直响。六虎若非躲得及时，不被撞成肉饼才怪！遗憾的是他慌不择路，“啪嚓”一声，一下子摔在大杨树旁的臭水坑里，“咕嘟、咕嘟”喝了好几口臭水不说，身上还爬满了不少长尾巴大蛆，像是一只从粪缸里钻出来的癞蛤蟆，逗得众人捧腹大笑。

三虎见状沉不住气了！仗着他有一身的蛮力，迎着那匹大黑马就走了过去。那匹大黑马并不躲闪，瞪着一双黑亮的大眼睛直瞅着他，似乎想看看这个五大三粗的家伙，到底要搞什么名堂。三虎一见更来气了，一伸手就揪住了那匹黑马的双耳，用足了力气使劲儿往下按，企图让这匹马抬不起头来，然后再顺势把它摔倒。他想我举过千斤大鼎，斗过狼熊虎豹，两拳头打死过一头大犍牛，你这匹小黑马算个什么东西？没想到正在他憋得满脸通红、嘟嘟放屁的时候，那匹大黑马突然大叫一声，如同虎啸，吓得他稍一愣神，被那匹大黑马“唰”地顶起，又“嗖”地甩落在马棚之上。众人只听“啪嚓”“扑通”两声，马棚被砸塌了，三虎跌落在地面之上，疼得龇牙咧嘴，也不知伤到哪儿了。

大虎看了怒不可遏，气堵咽喉。连匹战马都降不住，还是什么“长白六虎”，那不得让人笑掉大牙吗？他歪过头来一使眼色，带领着二虎、五虎就扑了过去。三个人抖开套马杆，一齐往那匹大黑马的身上招呼，心想你再厉害的烈马，最终还不都得被牧人套住？你能狂到哪里去？没想到这三个人的套马杆还没落下，那匹大黑马竟然像猛虎一般飞身而起，长长的马尾如一柄巨大的拂尘，“啪！啪！啪！”先后抽在三人的身上。大虎、二虎和五虎只觉得身上一麻，衣服不知怎么就被抽成了碎片。三个人赤身露体地站在那里，一时显得极为尴尬，套马杆也不知扔到哪里去了！再看那匹大黑马，倒像是没事一样，高兴地打着响鼻儿，在院子里踱起步来。

“此马虽长相怪异，但是却步法神奇，当是一匹难得的良骥呀！”努尔哈赤眼瞅着在很短的时间之内，那匹大黑马竟然连败六虎，仍然气定神闲，实在是了不得呀！他从小就跟着徐哑巴饲养战马，深得高人真传。到广宁卫以后，他又驯养了一段军马，可以说对良马的脾性是相当熟悉了。他见过西域的汗血宝马，也骑过河套的宝马良驹，知道什么是极品的坐骑，懂得什么叫天下的神骏，但他从来没见过体态如此怪戾的战马。强烈的好奇心让他快步向前走去，他决心要弄个明明白白。

然而奇怪的是，当努尔哈赤来到那匹大黑马的身边，伸手拉住缰绳的时候，那匹大黑马不但没叫没闹，而且驯服得像只绵羊。它把头拱在努尔哈赤的怀里，忽闪着黑亮的大眼睛望着他，一副含情脉脉的样子，忸怩得像个待嫁的大姑娘，让众人看了皆莫名其妙。

努尔哈赤围着那匹大黑马转了几圈，觉得它的目光有些熟悉，似乎在哪里见过，但他实在想不起来。他抚摸着黑马的鬃毛，搂着它的脖子，感到它的气味仿佛也曾闻过，这令他心中生疑。那匹大黑马亲昵地蹭着他的头发，吻着他的面颊，用舌头舔着他的脖颈，弄得他痒痒的、麻麻的，十分舒服。这让他忽然想起在海棠山的日子，那五只老虎和他之间那一段深厚的友情。可是这大黑马和老虎有什么关系呢？努尔哈赤疑虑更深、大惑不解。一人一马在大树下耳鬓厮磨，如同一对久别重逢的情侣，让众人暗暗称奇。

努尔哈赤与大黑马亲热了好大一会儿，这才飞身上马，在院子里慢遛起来。努尔哈赤骑过许多良马，但从来没像今天这样平稳和踏实，一点儿颠簸的感觉都没有，那种状态简直好极了！那匹大黑马由踏步到慢跑，再由慢跑到疾驰，仿佛像飞一样，让努尔哈赤觉得如同在云里雾里。不知不觉之间，那匹大黑马已经跑出院门，向西山那边冲去。众人大吃一惊，生怕努尔哈赤发生意外，于是皆跨上战马追了出去。

大黑马风驰电掣，健步如飞。努尔哈赤只觉得耳边的风呼呼作响，两边的景物"唰唰"地齐往后倒，简直如同腾云驾雾一般，他有些身不由己，于是便信马由缰，任其驰骋。不知过了多长时间，也不知究竟跑出多远，那匹大黑马停了下来，它站在一片松林旁的土岗之上，仰天长啸数声，然后便用前蹄刨地，一边刨一边咴咴嘶鸣，不一会儿就刨出了一个很大的土坑。

努尔哈赤感到有些奇怪，便跳下马来拉住缰绳，想把大黑马拴到树上休息。可那匹大黑马脑袋一摆，根本不听使唤，仍然咴咴嘶鸣继续刨地。努尔哈赤自言自语："徐哑巴师父曾经说过，宝马有灵气，良骥晓天机，莫非这土岗之下埋藏着什么东西？"他的话刚刚说完，那匹大黑马即频频向他点头，又咴咴欢叫，似在肯定。它那点头的动作和眼神，让努尔哈赤再次想起海棠山的大老虎。联想起方才吻颈的场景和黑老太婆说过的话，他忽然明白了："难道你是虎痴？是你来了吗？我说咋这么面熟呢！"

那匹大黑马朝他亲热地点了点头，似在回答。努尔哈赤立即用同老虎们沟通的方法与它交流，那匹大黑马不但完全明白，而且告诉他一个多年的秘密。

努尔哈赤这才知道，这片土岗下埋藏着一件稀世珍宝。于是他用腰刀砍下一根树木，把它削成一把木锹，在大黑马刨过的土坑里深挖起来，大约又挖了三尺多深，他发现掘到了一个木匣，那木匣有六尺多长，一尺来宽，努尔哈赤小心地清除周边的泥土，把那个木匣抱了出来。

那木匣保存完好，一点儿也没有腐烂，很显然是用优质的松木打造，表面涂着厚厚的牛血，在阳光下显得厚重结实。努尔哈赤细心拂去上面的土屑和杂物，用腰刀撬开那木匣的封盖，看见木匣之中装有一物，外边裹着厚厚的油纸。努尔哈赤剥开第三层油纸，不觉眼前一亮：那是一柄油光锃亮的六棱竹节钢鞭，不但一点儿没有生锈，而且就像刚刚出炉淬过火的样子，在阳光下发出奇异的光彩。努尔哈赤小心地取出来，细细地观察，只见那钢鞭上下左右铸有九条飞龙，手柄上刻有“日月阴阳九龙神鞭”八个大字。旁边还有“奉旨为大金皇帝御制”，“天辅元年（1116）秋”等两排小字，小字的下边是辽阳麻记烘炉的火号。

“哎呀！原来这是大金王朝留下的东西！是太祖完颜阿骨打用过的神鞭！手柄之处已磨得发白发亮，显然尚有太祖皇帝的手迹，真是稀世之物啊！不知后来流落到何处，又被何人埋在了这里，真是不可思议！今日落在我的手里，这难道不是天意吗？”努尔哈赤托起钢鞭，跪下身来，遥望着蓝天拜了九拜，然后持鞭在手，舞了一回，自觉长短正好，轻重适宜，得心应手，酣畅淋漓，好像专为他打造的一般。这时他想起黑老太婆和丹增活佛说过的话，以及虎痴化为黑马，助他获得神鞭等事，方知机缘皆由天定，万事绝非偶然，一切皆按照它的规律行事啊！自己绝不能辜负上天的期待和百姓的厚望。

努尔哈赤收起钢鞭，骑上黑马，缓缓地跑下这片小山坡。此时北风呼啸，乌云翻滚，东南方向电闪雷鸣，眼瞅着一场暴风雨就要来了！他骑着大黑马一阵疾驰，不一会儿就跑回了城里，刚刚迈进家门，那如利剑一般的雨点，就乒乒乓乓地打下来了！一个前堂的伙计跑过来报告：“少掌柜的，不好啦！东南建州那边出大事了！。官兵血洗了古勒山，右卫的指挥使战死了，就连左卫的老少两位大人，也同时遇难了！”

努尔哈赤一听，脑袋立时“嗡”的一下，顿觉天旋地转，站立不稳，胸口发热，喉咙发咸，“噗”的一大口鲜血吐出，“扑通”一声，倒在地上昏了过去。

这究竟是怎么了？建州女真到底发生了什么事呢？

原来自打在建州老营与努尔哈赤见过面，两个人谈崩之后，王杲的大儿子、朝廷册封的建州右卫都督佥事阿台，这三年来可没闲着。他和弟弟阿亥带领着建州右卫的族人，着实干了几件惊天动地的大事，令朝廷和辽东百姓皆为之侧目。

万历七年（1579）秋天，阿台和阿亥从漠北回来以后，立即在古勒山安营扎寨，招兵买马，竖起了复仇重建的大旗。族人们见老都督的两个儿子胸怀大志，精神抖撒，像是能干成一番大事的样子，于是纷纷奔走相告，陆续从外地搬了回来，古勒山城很快聚集起上万人。阿台和阿亥取出父亲王杲密藏在山城中的财富，开始积草屯粮，大兴土木。兄弟俩首先带领族人维修古勒山城，志在打造铜墙铁壁。他们不但修好了城墙上全部坍塌的缺口，重建了所有被烧毁的房屋，而且还砍光了城外三百步以内的树木，沿着城墙根二十步开外，挖起了一丈多深的堑壕，并在里面安放了铁栅，注满了水。这样不论是土炮还是战车，就很难靠到城墙跟前了。

与此同时，兄弟俩还亲自勘测，在古勒山城的斜对面，扒倒翻建了沙济新城。该城东西长一百丈，南北宽六十丈，城墙高约三丈，城上修有垛口和箭楼，城内建有兵营和仓廪。古勒山城平时驻有八千人马，沙济城驻有三千人马，两城遥遥相望，互相呼应，成掎角之势，就像一把巨大的铁锁一样，封住了苏克素浒河上的渡口。阿台派五百名士兵常驻在这里，让过往的客商们插翅难飞。

两城全部竣工以后，阿台学习王杲的做法，在苏克素浒河上设卡收捐。别看苏克素浒河渡口不大，但这里是通往抚顺关马市的必经之路，不仅海西女真的哈达、乌拉、叶赫和辉发四部若到马市贸易，必须从此通过，就是建州五部和长白山三部如想入关，除了此地亦别无他途。当年王杲因此发了横财，从而兵强马壮，称霸辽东。如今阿台兄弟故技重演，老调重弹，立即引起了女真各部的强烈反对。海西四部的大人们以王台为首，一齐到广宁卫李成梁那里去告状，要求官兵拆除关卡，制裁阿台。

李成梁对阿台、阿亥的所有举动均一目了然，清清楚楚，他也觉得阿台和阿亥兄弟俩有点儿过了，似乎带点儿向他挑衅的味道。听了四部大人们的告发之后，他不动声色，未置可否。他知道阿台、阿亥非常恨他，恨不得置他于死地。如果贸然发兵去斩草除根，对他来说未必就是一件好事。于是他修书一封，派专人进京面呈首辅张居正，想听听这位恩师的意见。

张居正很快就回信了，他在信中写道："治国之道，在施仁政，仁政之要，在于安民。我朝自洪武以来，对辽东异族数次围剿，已诛杀反叛者数万人之多，但边疆安宁了吗？非也！窃以为安民之法，在于稳定，在于发展农耕，做活贸易，在于收拢人心。所以对于辽东异族，未到不得已时不可轻易用兵，当以全力安抚为主。尤其是对于建州右卫，朝廷才诛杀了王杲六年，如再大动干戈，势必引起民变，辽东今后恐无宁日矣！为今之策，当观其动态，悉心疏导，避免滋生冲突，分化瓦解为好。扬汤止沸不如釜底抽薪哪！千里之外，不晓边情，只言片语，未必周全，尚请汝器自酌。万历九年（1581）春月于京华。"

李成梁捧着张居正的书信阅读数遍，立即心领神会。他即刻派出心腹数人到女真各部游说，意在孤立阿台、阿亥兄弟。同时命次子李如柏代他巡察古勒山城，对阿台、阿亥提出警告，希望他们悬崖勒马，见好就收，不要忘乎所以。

然而阿台和阿亥是一对粗人，他们把朝廷的姑息看成了软弱，认为李成梁不能也不敢对他们怎么样。何况守着黄金水道，大把的银子天天进来，他们又怎能收得住手？怪就怪海西四部这些大人，你们跑到广宁去乱嘞嘞什么呀？他们把怨气全撒在这些人的身上了，决心让这些人知道厉害。

一日酒饭之后，阿台和阿亥留下几个兄弟讨论眼前的局势。阿亥的酒有点儿喝多了，于是他首先抢着说道："王台这个老王八犊子！当年出卖了咱们的父亲，杀死了咱的三弟，害得咱们家破人亡，流落他乡，我早就想杀了他了。暂时留他是因为我们目前还没有这个实力。没承想他还人模狗样的，领着一帮人去告发我们！古语说私不举官不究，他若不去广宁卫瞎叭叭，李成梁怎么能管这种事？他是不是活得有点儿太滋润了？我们是不是得收拾收拾他了？"

阿台闻言也恨得咬牙切齿，他一扬脖喝下一碗浓茶，似乎有些无奈地说："我何尝不想杀了他呀？这个老王八犊子！但是以我们目前的兵力，还不是他们哈达部的对手。何况我们一旦出兵，李成梁必然出面干预，到那个时候我们黄鼠狼没抓住，还得弄的一手骚，不值当啊！收拾收拾他是应该，但是怎么个收拾法呢？哎！报仇也难啊！真不容易！"

"不就是要王台的命吗？有什么难的呀？我们不能强攻，还不能智取吗？"阿台的话音刚落，一位小兄弟就接了过来。众人抬头一看，原来说话者是王杲生前帐下大将，来力红的儿子来广蟲。

来广蟲今年十七八岁，是个典型的毛头小伙子，别看他年纪不大，却有一肚子的鬼主意。当年来力红遇难的时候，他才九岁。母子俩被明军追杀，无奈逃进了长白山，躲进了一座道观里。那道观的观主见他聪明伶俐，便收他做了个小徒弟。他每日跟着师傅煽风点火，炼丹熬药，一待就是五年多。虽然是身在道观，但他一天也没忘记给父亲报仇，始终留心打听建州右卫的消息。直到前年秋天，听说阿台和阿亥兄弟俩从漠北回来了，他便立即离开道观，回到了古勒山，成了阿台兄弟俩的一个好帮手。

听来广蟲如此一说，阿台不禁随口问道："听蟲子方才所言，好像你已经胸有成竹，说出来我们商量一下怎么样？"

来广蟲脸上微微一红，不紧不慢地说道："据小弟所知，王台这个老东西，阴险狡诈，见利忘义，两面三刀，狠毒无比，是个色厉内荏的势利小人。他手下有战将百员，精兵两万，父子俩皆会用兵打仗，实力是海西四部之中最强的。如果是死打硬拼，我们肯定不是他的对手。而且他的身边常跟着十几个保镖，个个武艺出众，身手不凡，所以想杀他确实很难。"

见阿台的脸色有些不悦，来广骉这才话锋一转，接着说道："不过每个人都有弱点，王台也不例外。他这个人平生有两大软肋，一是特别迷信，二是极怕毒蛇。我们就对准他的这两个软肋下手，事情就十拿九稳。"

众人听了皆有些糊涂，阿亥急不可待地说："咋下手啊？你快说呀！都快急死我了！"

来广骉仍然一字一句地说："大人只须依我所言，命族人都去捕捉活蛇。如果捕到了一千条以上，剩下的事情就交给我了，我保证你心想事成。"

阿台听完一笑说道："这有何难？河道两侧，树林之中，金银没有，蟒蛇多多！别说你要一千条了，你要一万条，我也保证五天之内拿到！你就瞧好吧！"

阿台随后一声令下，族人们立即动起手来。大家虽然不知道抓蛇干什么，但是既然大人有令，同时抓蛇又有酬劳，何乐而不为呢？八千多人进山，起早贪黑忙活不到三天，就抓获各种毒蛇两千多条，全装在一条条牛皮口袋里。阿台大喜，吩咐来广骉等一干兄弟，悄悄地做好了出发的准备。

第四天夜晚三更以后，乌云遮月，北风来袭，坐落在哈达河北岸的哈达老城（在今辽宁省开原市东南城子附近）正在熟睡中。除了城墙的四角上还亮着灯光，表明有人守护之外，偌大的城池内一片宁静。那高大的敌楼在黑暗中耸立，就像蹲在河边的一只怪兽。

来广骉带领着他的骑兵小队，马蹄上裹着棉布，人脸上戴着面纱，行走时一点动静也没有，神不知鬼不觉，如一群幽灵一样，悄悄地来到了哈达城的门外。他们在一片小树林边停了下来，按照白天观察好的位置，通过城墙底部留下的排水涵道，把两千多条毒蛇全部放进哈达城里，然后又立即堵上涵道，趁着夜色骑着快马溜走了。

这两千多条毒蛇被囚禁了两天了，一个个又饥又渴，怒火冲天，这回可获得自由了，岂能善罢甘休？它们充分发挥自己善于爬行的优势，争先恐后地涌进老城，迅速地钻到各个角落里。它们可不管你是什么建州部、哈达部的，它们只认得吃！它们逮着活物就咬，见到食物就吞，疯狂地折腾了小半宿，以发泄心中的怨气。这下子哈达城可就遭了殃了！弄得家家惊慌，人人害怕，一时鸡飞狗跳，人喊马嘶。城中仅有的几家药店，一大早就挤满了买药的人，那几个郎中更是忙得后半宿都没睡觉。

王台住的地方在老城的北面，建有一座独立的小院。小院的四周修有围墙，围墙的里面是一栋三层的小楼，像是一座城中之城，王台带领着他的妻妾和侍卫们住在这里。来广骉他们白天来踩点的时候，早就观察好了，哈达城下有八处泄水的涵道，其中有一处离王台住的小院最近，于是他们便把所有的毒蛇全通过这个涵道放进了城里。这些毒蛇身手矫健，惯会钻洞爬高，十几丈高的大树都攀得上去，王台的小院就更不在话下了！何况他还是“近水楼台先得月”，那些进来的毒蛇最先到达了他的住所。

那天晚上王台喝了几碗鹿鞭泡的药酒，睡觉时药性发作，心血来潮，连续驾驭了两名小妾。因此他前半宿龙腾虎跃，一劲儿忙乎，根本就没睡。三更以后他忙累了，左拥右抱睡得正香，突然间“妈呀”一声惨叫，吓得他激灵一下子坐了起来，不知道发生了什么事。及至揉揉眼睛一看，只见左边的小妾已经滚到炕下去了，白花花的一片在地上呻吟，而右边的那个小妾脑袋朝外睡得很沉，不时发出轻微的鼾声。

外间的两名侍女闻声惊起，端着油灯走了进来，还没等她们走到炕边，一名侍女就吓得“妈呀”一声大叫，把油灯摔在了屋地上。

王台以为是他的小妾睡觉时打把式，摔到地下弄疼了哪儿了，而那两个侍女发现地下有人躺着，才吓了一跳。于是他厉声斥责：“叫什么叫啊？真是个废物！不就是人摔地下去了吗？有什么大惊小怪的，赶快把灯点着！”

走在后边的那个侍女不知何事，忙回外间又燃起了一根蜡烛。借助于蜡烛那明亮的光线，这回三个人都看清了，躺在地上的那名小妾，那鲜红色的肚兜上正蜷曲着一条大蛇。那条蛇的头部紧贴着小妾的香腮，而小妾已经吓得昏了过去。

王台平生最怕蛇了！见了这种爬行动物他就落荒而逃。平时看到一条小蛇他就瑟瑟发抖，今天这条大家伙足有五六尺长，他的头发瞬间竖起，舌头马上就不好使了，浑身起了一层米粒大的鸡皮疙瘩。他的身体抖成一团，不由自主地向后靠去。他的脊背挨到了后墙，右边的脚丫儿把炕上那小妾踹醒了。那小妾伸手一摸，又是“妈呀”一声惨叫。王台侧目一看，原来那小妾的怀里正搂着一条大蛇，她的手方才摸到了蛇头之上。

王台这回真的吓傻了！他干嘎巴嘴，已经说不出话来了！就在他回过头来的一刹那，一条大蛇“啪”地从屋顶上跳了下来，一下子盘在他的脖子上。他翻了几下白眼，就什么都不知道了。

眼瞅着酋长大人昏过去了，屋地下的两名侍女吓得失声叫喊，转身就跑。她们跑下小楼，跑出小院，找到了王台的次子、少城主虎尔罕。虎尔罕这个人人如其名，生得五大三粗，又虎又憨，虽然脑袋不是特别聪明，但有一宗长处，就是生死不怕！蛇又算什么呀？他跑到小楼上，“嗖、嗖、嗖、嗖”一连抓了十多条大蛇，全都扔到墙外头去了，像甩出去一堆乱绳头。清除了小楼上的毒蛇之后，他又派人找来郎中，救醒了王台。此时哈达老城已经完全乱了套了！毒蛇们肆无忌惮，到处乱窜，已经咬伤了一百多人。士兵和百姓们人人自危，个个手里头拎根大棒子，随时做好搏斗的准备。虎尔罕又承担起稳定人心的重责，在大街小巷里到处奔走。

一连三天，蛇患泛滥，哈达老城内乱成了一锅粥，百姓们纷纷往城外跑，士兵们亦无心坚守岗位了。王台被救醒以后，始终脸色煞白，有气无力，头脑虽然清醒，但是手脚都不听使唤，什么东西也吃不下去，大小便全屙在了裤裆里。虎尔罕问郎中说，我父亲没被毒蛇咬伤，为什么成了这副模样？那郎中告诉他说，大人这是被吓丢魂儿了，吓破胆了，恐怕一时半会儿都难以恢复过来。虎尔罕兄弟们皆焦虑万分。

到第五天头上，王台情绪稍好了一些，正在端着大碗喝肉粥，忽听墙外有打板之声，隐约之间，好像有人喊着“抽帖算卦，请神驱邪，降妖除怪，保人平安”，从此地经过。王台从小极信鬼神，忙令人出去察看，是何方高人光临老城，速请进府来他要讨教。

不一会儿，两名侍卫领着一位道士走了进来。王台举目一看，见这位道士头戴云冠，身披鹤氅，脚穿麻鞋，腰系丝绦。左肩扛一长幡，右手执一拂尘，面白而长，二目如电，两耳大而有轮，五绺长髯飘飘，有卓然出世之姿，具超凡脱俗之相。但是看起来年龄不大，也就三十多岁的样子。

那道士进门之后，打了个问讯，随后即在八仙桌旁坐下。王台略一颔首，算是打了招呼。随后忧心忡忡地说道：“小城地处偏僻，并非交通要道，四方过路之人，多不由此经过，敢问道长乃何方仙师，怎么会绕道光临老城？”

那道士微微一笑，随后说道：“大人所言甚是，实乃凡尘智者。贫道在千山五龙观出家，要到牡丹峰莲花观去参加法会。昨日去清河白云观寻访道友，见这里黑雾漫漫，阴气森森，远远望去，竟如一冠盖笼罩在天空之上，疑似此地有妖孽作乱，伤害生灵，故而前来察看。方才来的路上，见城中行人皆手持长棍，面带忧容，不知何故，还请大人直言相告。”

王台听罢长叹一声：“不瞒道长说，小城发生了一件怪事。四天之前的一个夜晚，不知从哪里来了一大群毒蛇，遮天盖地，数以万计，突然侵入城中，向熟睡中的人们发起攻击。三天多来，已有数百名兵民受伤，就连我的两个爱妾也未能幸免，目前正在救治之中，惭愧呀！惭愧！”

“哎哟！怪不得！怪不得！原来如此！”那道长手捻长须，微微一笑，“这就对了！众多爬虫群聚于此，生成毒雾那是必然。长此下去，街市荒废，人畜难耐，十室九空，此城恐沦为荒丘野冢，成为毒虫盘踞之地矣！”

王台一听又惊又惧，忧心地说：“此城乃我哈达老营，族人多年聚居于此。如果此城不能居住，必然动摇我部根基。群蛇能来，也必能去。但不知它们因何而来，又用何法能驱之而去，还请道长赐教。”

那道长手摇拂尘，看着王台说道："群蛇从四面八方而来，又成群结队而去，虽属鲜见，但古已有之，并不新奇。它们这种群聚之行不外乎两种情况：一是举行某种庆祝活动，二是奉召而来集体复仇。听方才大人所言，此地的现象似乎属于第二种。那么贫道斗胆敢问大人，是您何时冲撞了它们？或是您的家人对它们造成了伤害？"

王台闻之诧异地说："没有啊！没有。我对毒蛇向来惧怕，见了唯恐避之不及，哪里还敢伤害他们？此事却是没有。"

"怎么没有？你忘了吧？"这时候虎尔罕接过来说，"前些日子咱们去广宁卫见李总兵，回来的路上经过辽河，在河滩上不是碰到了一条蛇吗？当时你说什么来着？你想想？"

"哎呀呀！你看我这脑子，这几天都有点儿吓糊涂了！"经过虎尔罕这么一提醒，王台想起来了！那天他带领着海西四部的酋长们渡过辽河，还未上马，就见那十几匹草地良驹咴咴怪叫，惊恐万分，好像极其害怕的样子，有两匹已经吓得瘫倒在地上。几位酋长手执马鞭四下观看，没有发现什么呀？能把战马吓成这个样子的，只有狼熊虎豹！可这辽河边上视野开阔，并没有这些猛兽的影子，它们也不可能在这里出没。

王台正在疑惑，忽然有一名士兵颤声叫道："大人快看，那是什么？莫不是一条小蛇？"王台循其指向望去，果见在他前面一丈多远的草地之上，正盘坐着一条小蛇。那条小蛇充其量不足三尺，但它的头却是昂起有二尺多高，银色的鳞片在夕阳中闪烁着白光，小小的躯体在绿草内翩翩起舞，它那红色的芯子时而收缩时而吐出，三角形的小脑袋不断地摇摆，像是打着节拍。随着清凉的晚风吹过，有阵阵异香弥散开来。他的那匹战马摇摇晃晃，吓得差点儿倒在地上，幸亏有两名士兵紧紧拉住。

"啊！原来是它！是它把战马吓成这个样子！"王台心中一惊，本能地倒退数步，失声高喊："打跑它！打跑它！赶快打跑它！"几名士兵闻言向前，"啪、啪、啪、啪、啪"一阵马鞭，一齐劈头盖脸地向那条小蛇抽去。转眼之间，那条小蛇就不见了。众人上马前行，根本也没拿它当回事。

王台一边拍着脑袋，一边从头到尾把这件事情说了一遍。那道长听完之后恍然大悟："这就对了，我说嘛！万事皆有因果，何来无根之仇？大人您下令打跑的那条小蛇，想必是它已经受伤了！它并没有伤害您，您为什么下令攻击它？您知道伤害的是谁吗？"

工台疑惑地说："不知道啊！我怎么知道？我是因为害怕，才下令打跑它的，也没想诚心伤害它呀！"

那道长脸色突变，叹口气说："大人恕贫道直言，这回您可闯下大祸了！爬虫不分大小，只看道行高低。那小蛇虽身长不过三尺，但头却能扬起二尺多高，说明它已得身外之功，具备腾挪过顶之力，其修行时限至少有数百年之上。如果它是银白色，那么就是蛇中之王，是它脱过千次皮之后，才永远驻有的荣光。如果您看到的确实是条白蛇，那么它就是辽河边上有名的万花教主。如今您伤害了它，恐怕就不是袭击人畜的事了！您的性命也令人担忧啊！”

那道长如此一说，吓得王台几乎背过气去。他赶紧又施一礼，着急地说：“唉呀呀呀！原来如此，我说咋突然来了这么多条蛇呢？到底应该怎么办哪？尚请仙师救我！花多少银钱我不在乎，只要能请走这些蛇仙，能够驱灾免祸就行啊！”

那道长沉吟良久，摇摇头说：“群蛇此举，只为复仇，岂是花钱能够摆平了的？此事疙瘩从哪儿结下，尚需从哪儿解开，方能化解仇怨，永葆平安。离此地南行不足百里，有一小山曰蛇盘山，山中有一古洞曰蛇仙洞，此乃万花教主常来常往之所。大人可去蛇仙洞上香祈祷，诉说衷曲，求得蛇仙的宽恕，此事或可以得到化解，不知大人可否愿意？”

“愿意！愿意！当然愿意！不知何时起身为宜？此事宜早不宜迟啊！”王台对那道长的话深信不疑。

那道长低下头来掐指一算：“明天就是吉日！需备下香烛供品，轻车简从，于午时之前到达方可。否则一过正晌，那教主去游水和小憩也未可知。”王台依道长所言，一概应允，并请他为之引路。那道长踌躇再三，然后应允，当晚就留宿在老城之中。

王台的第四子孟格布禄有些担心，他对父亲说道：“群蛇突至，实属异常，但说去拜蛇仙，未免有些离奇。况且此地远在百里之外，身边又不带太多的人马，您的安全如何保证？尚请思之虑之，谨慎为好。”

“此地近在咫尺，在我辖区之内。”王台听后不以为然地说，“我乃大明朝龙虎将军，威名赫赫，四方咸服。出行祭祀，有何惧哉？况且此地离开原卫、铁岭卫也都不远，我儿不必担心！你有些多虑了。”

“不是我多虑了，是您太大意了！王杲当年被捉在我部，他的儿子们一直耿耿于怀，怎会不寻机来报复您？父亲可一定要当心啊！”孟格布禄仍然忧虑地说。

“阿台和阿亥这两个小王八羔子！一对完蛋的货！癞蛤蟆尥蹶子，它能蹦多高啊？若不是李总兵直劲儿拦着，我早就发兵灭了他了！”王台对孟格布禄的劝告不以为然。

次日天还没亮，王台便带着虎尔罕和二十名士兵出发了。由于那道长对这一带极为熟悉，因此巳时刚过，一行人就到达了蛇盘山。蛇盘山虽然不高不大，但是森林茂密，道路曲折，树枝上，石缝中，草丛里，溪水旁，各式各样的小蛇随处可见。王台一行战战兢兢，万分小心，在那道长的引领下来到了蛇仙洞。

这蛇仙洞其实就是个普通的山洞，悬挂在树木葱茏的半山腰上，洞口之上有一排水帘垂下，洞口的前边摆着一排香案，香案之上有许多大大小小的香炉。因为传说这里常有蛇仙往来，所以便成了一个极其神秘的地方。当地的官员和百姓们为了求个平安，也有人常来这里祭拜。

按照那位道长的指点，王台心情忐忑地磕头、上香、礼拜、祈祷，摆上带来的猪、牛、羊等许多供品，请求蛇仙对他宽恕，一边诉说一边流泪，态度极其虔诚。虎尔罕和那二十名士兵在旁边陪着，由于走得又饥又渴，便到大树下的一个小摊上买茶喝。那大碗的凉茶可能由于是山泉所煮，因此喝起来极为香甜。虎尔罕和士兵们每个人都喝了好几碗，不一会儿就晕晕乎乎地靠着树干睡着了。

且说王台跪在那里叨叨咕咕，说了好一阵子求情的话，正要抬头站起，忽听蛇仙洞中一声响亮，一个瓮声瓮气的声音随后传来："王台老贼！别来无恙？你看看我是谁呀？"

王台听后吓得一激灵，觉得这声音极为熟悉，是人是神呢？他偷眼观看，不禁又是一惊：原来在那水帘之后山洞之中，隐约盘着一条巨蟒。那巨蟒通身银白，鳞片闪光，眼睛有鸡蛋一般大小，蜷曲着的身体比磨盘还大。王台吓得战战兢兢，不能自制，把一泡尿全撒在了裤裆里。

这时又听那瓮声瓮气的声音继续说道："你我相邻，本为骨肉，情同一体，唇亡齿寒。我在遇难之时投奔于你，你却为自保出卖了我！无情无义，不如禽兽！阴狠毒辣，天理难容！你去死吧！黑白无常在等着你呢！！！"

"啊！原来你是王杲？你怎么成了蛇仙？"王台大叫一声，一腔鲜血全部吐出，瞬间吓死在蛇仙洞前。他的身体向前一倾，碰倒了左前边的供桌，一个硕大的猪头"啪嚓"一声掉了下来，砸在他的脑袋之上。

那道士带着十几个壮汉，此时不知从何处钻了出来。他试了一下王台的鼻息，确信已经死亡，然后率领着一行人马高高兴兴地走了。

虎尔罕和他的二十个士兵，睡到太阳偏西了才苏醒，那道长和卖茶水的小摊都不见了，只有那些战马可能由于吃饱喝足，在高兴地打着响鼻儿。父亲王台吐血而死，身上并无伤痕，四肢完好无损，只是脸色青白，五官扭曲，一双眼睛瞪得大大的，好像极为恐惧的样子，这令他百思不得其解。

辽东女真哈达部酋长、朝廷龙虎将军王台离奇死亡，很快被辽东总兵官李成梁得知。他找来尼堪外兰询问究竟，那家伙竟然一无所知，被骂了个狗血喷头，吓得灰溜溜地夹着尾巴逃走了。

李成梁虽然崇信道教，但他绝不相信群蛇复仇、蛇仙夺命一类的鬼话，他知道王台一定是被人谋杀了，而这个罪魁祸首，十有八九就是阿台。但阿台是个粗莽的汉子啊！是谁帮助了这个家伙，设计并实施了这一周密的计划呢？他越想越感到情况复杂，担心辽东局势失控，不免有些忧心忡忡。

宿夫人察觉到丈夫的忧虑，有一天晚上对李成梁说道："王台突然死亡，定是他人谋害，依为妻看来不是别人，百分之百是阿台干的！这家伙为报当年王杲之仇，才做出了此等极端之事。他刚回来的头两年，修个城池、挖条壕沟什么的，说是恢复祖业，保护部族安宁，倒也无可厚非。可他接着招兵买马、积草屯粮，就有点儿野心勃勃、图谋不轨了！至于说他独霸黄金水道，派兵设卡收捐，不仅在辽东女真内部犯了众怒，也压根儿没把大明朝的法律条文放在眼里，他是有点儿无法无天了！"

宿夫人说到这里停顿了一会儿，她观察了一下丈夫的脸色之后，才又接着说道："张大人当初不同意动他，是考虑他复职不久，恐怕影响辽东的稳定。如今他又谋杀朝廷命官，闹得女真内部人心惶惶，是不是胡作得有点儿过分了呀！如果任其下去，恐怕后患无穷，大人将无法向朝廷交代呀。"

李成梁赞许地点了点头："夫人说得极是，是该敲打敲打他了。否则他就会越发得意忘形，得寸进尺。说不定哪天就把天给捅破了！到时候就难以收拾了！"于是他着手调兵遣将，做好了随时出击的准备。

广宁卫这边磨刀霍霍，古勒山那边却喜气洋洋。自从来广蟲扮作道长设计谋杀了王台之后，阿台和阿亥一直处于极度的亢奋之中。他们在祭奠了父亲的陵墓之后，就始终在城中饮酒作乐。消停了几天见官兵那边没什么动静，胆子越发大了起来，他们开始筹划新的行动了。

为了进一步壮大实力，拥有更多的牛羊和战马，万历十年（1582）五月，阿台和阿亥亲率骑兵一千多人，从静远堡和榆林堡（均在今沈阳市北）开始，沿着浑河两岸的村寨进行抢劫。守边的官兵出来制止，被他们射死一人，活捉九人。李成梁闻报大怒，命沈阳卫三千铁骑火速出击，将正在实施抢劫的阿台部人马迅速击溃，当场斩首和抓获五百多人，阿台和阿亥仓皇逃跑。

有了这场不大不小的挫折，阿台和阿亥老实了半年多。听听官兵并没有继续追剿的意思，他们的贪欲又膨胀起来。万历十一年（1583）正月，二人率五百铁骑突袭抚顺关马市，抢走了许多武器和甲胄，然后呼啸而去。

阿台和阿亥并不知道，这回他们的祸可闯大了！死神正以最快的速度向二人走来。原来前几番李成梁迟迟没有动手，主要是顾及内阁首辅张居正的态度，因为张居正曾经修书给他，让他尽量维护辽东的稳定。万历十年（1582）六月张居正病逝，万历皇帝开始亲政，他立即任命申时行为内阁首相，同时把他儿时的玩伴、太监张诚找了回来，重用为贴身秉笔太监。张诚当年是被张居正和冯保赶出宫去的，如今张居正死了，冯宝变成了他唯一的死对头。张诚伙同太监张鲸，联名控告冯保贪赃枉法，收受贿赂，家中财产超过皇上。万历皇帝闻之大怒，即刻下令免去冯保的掌印太监一职，发配到南京安置，并派锦衣卫前去抄家。这次抄家，万历皇帝得到金银一百万两，各种珠宝无数，乐得他一连高兴了许多天，开始琢磨再从别人身上下手。于是已故首辅张居正和与其关系亲密的那些大臣，便成了他下一步的目标，弄得朝野上下的官员们人人自危，惶惶不可终日。

消息传到辽东，李成梁惊恐万状。张居正和冯保本是他在朝中的两座靠山。十几年来，他哪些地方做得不妥，全靠二人在皇上面前替他开脱。如今二人相继倒台了，这对他无异于晴天霹雳。他深知“城门失火，殃及池鱼”的道理，自己难免会受到牵连。多年来皇上对自己虽然一直恩宠有加，但自己同申时行和张诚却无任何往来。一想起申时行那捉摸不定的眼神和张诚那副阴毒的面孔，他就发根竖起、脊背发凉，仿佛抓他的锦衣卫就在奔赴辽东的路上。

一日上午，李成梁正在大厅内焦急地徘徊，忽有侍卫来报，说京城有信使到了，吓得他一屁股坐在靠椅之上，冷汗直冒，脸色煞白，半晌说不出话来。那侍卫见状重复了一句：“是京城杨大人的公子造访。”他这才“啊”的一声明白过来，急令快请。

来人是吏部尚书杨博的次子杨柳，他是借着到山西省亲的机会，特意绕道来到辽东，受父亲之托，专门给李成梁送信来的。书信送到，杨柳恐外人生疑，只喝了一碗茶就走了，并嘱咐李成梁，书信看过之后立即烧掉。

李成梁敏感到问题的严重性，他小心翼翼地拆开书信，只见杨博在信中写道：“汝器仁兄台鉴：京城一别，已历二年，每思相聚之日，心中想念不已。兄台在辽东忠心依旧，而朝中已是风云骤起。先是首辅大人病故，继而太监冯保被抄。如今皇上已经亲政，群小纷纷当权，弹劾奏章不断，朝中流言四起。已有消息传出，皇上近日正在查办张大人贪贿一案，并准备马上抄家。大人生前之门生故旧，据说都在查办之列。兄台虽是战功卓著，威镇辽东，皇上一直倚重，多年甚是恩宠，但兄台与张大人来往之密切，与冯保相交之深厚，朝野上下无不尽知。近日已有多名京官上书，言汝杀良冒功、勒索民财、贿赂权贵和纵容反叛等事，幸而被我留中未发。但张诚等人屡进谗言，皇上早晚也会知晓。目前九边已换五帅，辽东行辕是否易主，也未可知。望兄台审时度势，速思良策，再建奇勋，以固荣宠。书不尽言，相见有日。寥寥数言，兄弟之谊，顿首再拜，顺致春祺。万历十一年二月杨博敬上。”

李成梁关上房门，将这封书信看了数遍，不禁对杨博心存感激，陡生敬意。十几年来他数次进京，给不少京官送过厚礼，看来只有这位杨博还算有点儿良心。他把书信交给宿夫人观看，夫妻二人密谋良久，决定两策齐出。一是由宿夫人悄悄进京，携重礼密见李太后，请这位贪财的老太婆从中相助。二是由李成梁亲写奏章，禀报辽东军情，表明效忠之意，同时立即调兵遣将，准备出发平叛。他长叹一声冷笑着说道："阿台呀阿台！不是我跟你们父子过不去，是你们父子生不逢时，咎由自取！当年朝廷要抓'反王'，恰好你父亲跳出来滋事，我那是身不由己、奉旨擒敌呀！如今朝中风云突变，朝野上下，人人自危，我不得不抓住你邀功请赏，保住自身哪！对不起了！我本不想杀你，谁让你胡作非为瞎造来着？到阴曹地府诉冤去吧！"

万历十一年（1583）二月，李成梁出动三万大军围剿建州右卫，出发之前，他先派人通知女真各部，命他们带兵前来助战。觉昌安和塔克世得令以后，一方面积极调集人马，一方面派礼敦去给阿台送信。但遗憾的是，李成梁的铁骑已经到了，早已将古勒山城团团围住，礼敦的书信没有送到，阿台想跑都来不及了。

李成梁策马来到古勒山下，微微冷笑。他命参将齐得雨率铁骑和女真各部人马，在古勒山城一里外扎下营寨，暂时围而不打。又命参将谢得功率五千步兵五百台弩车，在古勒山城西小树林中设下埋伏，如果城中有人出来只管放箭。再命次子李如柏率领其余人马，首先攻打沙济城。

沙济城城小墙低，只有阿亥带领三千人马在此守卫。明军一阵土炮之后，沙济城上硝烟弥漫，燃起大火。阿亥带人跑上城墙，组织救火，城中传来一阵阵混乱的呼喊之声。此时阿台正站在古勒山城的箭楼之下，见沙济城中起火，知道阿亥有难，急令来广鼐率人马出西门前去增援。不料三千人马刚跑出西门不远，突然小树林中一阵呐喊，明军的五百台弩车同时开动，一时箭如飞蝗，遮天盖地，古勒山的人马被立即射回。阿台急了，亲率人马冲出数次，仍然无济于事，白白丢下五百多具尸体。

且说沙济城这边待土炮攻击之后，李如柏立即率军发起攻击。一万五千多明军抬着云梯蜂拥而上，阿亥率人抵挡不住，明军迅速地攻上城头。阿亥和十几名将领被乱箭射死，余者全部跪地投降。

拿下沙济城以后，李成梁把人马全部集中到古勒山下。这里由于有沟壑阻拦，土炮无法推到城下，明军也不能抵近放箭。又由于城墙周围树木被砍光，进攻的明军全部暴露在阳光之下，倒成了城上士兵的靶子。李如柏奉命率军进攻数次，均无法越过沟壑到达城下，却被射死射伤一千多人。

李成梁见状微微冷笑，并不着急。他下令暂时停止进攻，让人把女真各部的酋长都招呼到南门军前。他要杀鸡儆猴，让这些家伙亲眼看着，他是怎样除掉阿台的，使他们心有余悸，想起来就害怕，从此不敢再图谋不轨。

这时候参将齐得雨来到跟前，附耳说道："觉昌安和塔克世不在军中，有人说他们趁方才西门混乱之机，到城内劝降去了，不知真假。"

李成梁听罢冷冷地说道："谁让他们去的？真是自作多情！说不定想里勾外连坏我大事！擅自行动者斩！一会儿冲进城中，一锅烩了他们也好！吓死这帮心存异志的家伙！这样十年之内，辽东女真就没有人敢再挑头闹事了！"齐得雨点头奉命而去，李成梁随后命尼堪外兰喊话劝降。

尼堪外兰自打上次在广宁卫挨了一顿臭骂，就像抽掉了脊梁的癞皮狗，一直抬不起头来。看见李成梁就如同老鼠见了猫一样，吓得连话都不敢说了。如今听见让他去喊话劝降，自以为立功的时候到了，急忙接过铁皮话筒，纵马向前，来到沟壑边上大声喊道："阿台小侄儿你听着，我是你表叔尼堪外兰啊！沙济城破了，阿亥死了！现在你也被包围了，没有啥出路了！别硬扛啦！快投降吧！兴许有条活路。"

城上的阿台听了勃然大怒："尼堪外兰，你这条老骚狗，顶风能臭十里，还有脸在我跟前摇唇鼓舌？当年若不是你从中挑唆，我的父亲怎么会惨遭毒手？我早就想剥了你的狗皮蒙面鼓，割下你的狗鞭喂王八了！你看箭吧！老王八蛋！"说罢拈弓搭箭，"嗖"地射去，"嘭"的一声，正中尼堪外兰的左肩，尼堪外兰"啪嚓"一声，翻身落马，连滚带爬跑回去了。

阿台怒火未消，还在跳脚大骂。这时他身后的塔克世过来劝道："尼堪外兰虽是走狗一条，但他的话不无道理。如今明军大兵压境，你确实没有别的出路了，你不为别人着想，难道不为我的两个侄女着想吗？她们才多大呀？"

看见阿台仍在踌躇，觉昌安接过来说："这三年多来我没少劝你，你却一意孤行，执意不听，方酿成今日之祸！你父亲的下场难道就忘了吗？记住我说的话，留得青山在，不怕没柴烧，开门投降吧！否则就来不及了！"

阿台脑袋一晃，仍然愤愤地说："二位前辈说得虽有道理，但我为了报仇雪恨，才活到今天！让我去投降，还不如让我去死！我的山城虽非铜墙铁壁，但也今非昔比。两万精兵同仇敌忾，城中粮草够用两年，看李成梁能把我怎么样？三个月攻不下我的城池，皇上就得砍他的脑袋！看谁耗得过谁？"

来广骉这时过来劝道："两位老人冒死进城，还是听他们一句劝吧！长此下去，我们肯定不是明军的对手！"

城上的几个人还在议论，城下却有人说话了。李成梁骑着高头大马，隔着三百步远，高声喝道："阿台小儿，不知天高地厚！螳臂当车，纯属自取灭亡！开门投降，留你全尸。再敢反抗，身首异处。我现在倒数九个数，如不投降，立即杀你！"李成梁功力深厚，声若洪钟，震得敌楼上的窗户纸嗡嗡回响，听得城头上的将士们毛骨悚然。

"九，八，七，六，五，四，三，"李成梁在马上喊到"三"，突然大喝一声，如同炸雷，"还不动手，更待何时？！"城上的阿台闻之一愣，身后的两名侍卫一齐上手，"啪、啪”两刀，阿台的身体立即被砍成三段，鲜血蹿出去一丈多远。觉昌安、塔克世和来广蟲等人还没看明白怎么回事，就被一群杀手围在了中间。一名侍卫拎起阿台的头颅高声叫喊：“阿台死了！快投降吧！投降免死！反抗必杀！”边喊边带人打开城门，放下吊桥，大队明军一拥而入。

觉昌安、塔克世在来广蟲等人的掩护下且战且走，刚刚跑下城墙不远，明军参将齐得雨就率一队骑兵迎面杀来。塔克世紧跑几步上前说道：“我们是来劝降的，不是城中的人马，快放我们过去，我们要见总兵大人。”

齐得雨闻听长枪一摆，笑着说道：“我们认识，指挥使大人！您快过去吧！总兵大人在等着你们！”塔克世闻之拱手道谢，搀扶着父亲觉昌安快步走过。还没等他们走出十几步远，齐得雨一使眼色，十几名骑兵一齐放箭，二人立即倒在血泊之中，尸体被战马践踏得面目全非。

原来还是在阿台刚从漠北回来的时候，李成梁就花重金收买了古勒山城的两名女真人，让他们混进阿台的队伍里当内应。这两个人表面上忠诚老实，作战勇敢，又都有一身好武艺，慢慢地取得了阿台的信任，当上了他身边的侍卫。后来这两个人又秘密发展了几十名同伙，成了李成梁安插在古勒山城中的一把尖刀。李成梁率军围攻，又派尼堪外兰喊话，这一切都是在迷惑阿台，吸引他的注意力，好让这两名内应找准机会下手。用这种办法杀掉阿台，震慑女真各部的酋长们，李成梁的目的达到了！

李成梁再次血洗古勒山城，除掉反贼王杲的儿子阿台，让万历皇帝龙心大悦，立即派钦差赴广宁卫颁旨嘉奖，赏黄金一千两、玉如意一对，并命其世袭锦衣卫指挥使。李成梁喜出望外，高兴异常，令全军欢宴三天，以示庆贺。而此时此刻的建州老营，却笼罩在无比悲愤之中。

第十七回

挟旧恨兴兵除恶狗　报新仇设计斩毒狼

努尔哈赤在小青儿的一再呼唤下苏醒过来，已是满脸泪水。事已至此，他觉得不能再瞒着佟老爷和小青儿，于是坐起来坦白说道：“我不是什么铁岭卫那边的人，也不叫什么赫长生。我是建州左卫的努尔哈赤，一个地地道道的女真人。我的爷爷叫觉昌安，是朝廷册封的都督佥事。我的父亲叫塔克世，是现任建州左卫的都指挥使。我隐瞒了大家这么久，还因为我是王杲的外孙，是朝廷曾经通缉的罪犯。我在这里住下来，也是为了躲避朝廷和官军的迫害，还请各位见谅。”说着他向佟老爷和众人深施一礼。

范老先生恍然大悟：“我说你怎么鼻直口阔、五柱通天、耳大有轮、相貌奇伟，且又武功卓绝、如此深沉呢！原来是王杲的外孙、觉昌安的孙子！这两个人可是咱辽东女真的大英雄啊！贤侄出身将门，而且能屈能伸，必然前程似锦，可亲啊！可敬！”“长白六虎”闻听急忙上前施礼。

努尔哈赤向佟老爷再拜说道：“小婿在此三年，得您视如亲子，晚辈终生不忘！将来必当厚报！我在这里度过了一段甜蜜的日子，我会永远记住抚顺关，记住佟家，记住您老人家待我的好！我努尔哈赤本应尽半子之情，一直陪伴和侍奉您老人家，让您过一个幸福的晚年。可是家中出了这么大的事，我作为父亲的长子，是必须得回去了！小青儿和两个孩子也要跟我走，她们也该回家认祖归宗了，还请您老人家见谅！”说罢让小青儿收拾东西，他急着要走。

佟老爷有些担心地说：“你的祖父和父亲同时被害，其中定有很深的缘由。你回去凡事要三思而行，可千万不能莽撞行事啊！”

努尔哈赤眼含热泪，怒火满腔：“明军害我父、祖，此仇不共戴天！我今生不雪此恨，怎配做个男人？”说罢抽出佩刀，“唰”的一声，将自己颌下的胡须斩下，对天发誓：“此仇不报，不再蓄须！请列位亲人为我做证！”

佟老爷接过胡须，长叹一声，摇了摇头。

范老先生见状上前说道：“贤侄一腔悲愤，老朽深表同情，但君子报仇，十年不晚，急于求成，反遭其害。王杲和阿台父子的教训还不够深刻吗？以建州左卫现在的力量，根本无法与明军对抗，如果非要去做，那就是拿鸡蛋去碰石头啊！”

范老先生说到这里停顿了一下，他观察了一下努尔哈赤的表情，这才接着说道：

“杀父之仇，灭祖之恨，若是不报，枉为人子。仇是必须要报的，恨是一定要雪的，但切记不可与朝廷为敌，不能挑战李成梁的底线。如果你的动静闹得太大了，影响了他当辽东的总兵，他就会全力来剿灭你。因此，你要把报仇雪恨这件事，控制在他们能接受的范围之内，就像当年的鲜卑王慕容廆那样。这叫作打着尊崇朝廷的旗号，来实现你自己心中的梦想，明白了吗？”

“前辈之言如醍醐灌顶！让小侄顿开茅塞，头清眼亮。我知道怎么做了，请您放心吧！”说罢努尔哈赤再次拱手致谢，扶着小青儿，抱着两个孩子登上马车。然后骑上他的大黑马，拿起他的竹节钢鞭，转身就走。“长白六虎”异口同声执意相随，努尔哈赤只好答应了。

努尔哈赤心急如火，归心似箭。十几匹战马、两辆马车一路疾驰，很快就回到了建州老营。来到村头，努尔哈赤飞身下马，远远地就看见城楼上挂起了黑纱，寨门口挑起了白布，家家户户的房前都插上了纸幡，族人们都穿起了孝衣和麻履，地面上一堆堆纸灰随风飘起，空气中弥漫着燃香和供品的气味，整个老营笼罩在悲哀和肃穆的气氛之中。

努尔哈赤领着众人来到老营大院，那里已被临时改成了灵堂。两具厚重的棺木停放在院子正中，周围摆满了白色的纸花和供品，纸花和供品的外边是黑色的幔帐，幔帐的正中悬挂着祖父和父亲的画像，画像的两侧站着几位身穿重孝的人。那是努尔哈赤的几位伯父和叔父，他们正在为死者守灵。

看见努尔哈赤回来了，大伯父礼敦当时就哭了。他拉着努尔哈赤的手抽泣着说：“都怨阿台这孩子，怎么这样一意孤行不听话呀！你说你杀了王台就行了，还袭击什么抚顺关哪？这不是屎壳郎进车道辙，自己找屎（死）吗？李成梁刚刚发兵之时，父亲就让我送信去劝他投降，可是明军很快就把山城给围了，我那封信没送出去呀！父亲急了，非要亲自进城。我明白他不光是担心阿台，他是惦记着他那两个宝贝孙女呀！我那俩闺女是他的掌上明珠啊！”

礼敦说到这里哽咽连声，他拍着努尔哈赤的肩膀歉疚地说：“四弟见父亲执意要去，他不放心，这才陪着他老人家，趁着明军在沙济城那边打炮，古勒山这边出兵救援的当口，悄悄地从西北角的水洞那边爬进城去。究竟进城以后和阿台他们怎么说的，我就不知道了。后来明军攻进山城，我们哥儿几个去寻找父亲，才知道他们遇难了！哎呀！太惨了！老人家和四弟都背中数箭，倒在南门之内。明显是熟人从背后下的黑手，他们是被人谋杀的呀！当时他们的遗体被踩踏得面目全非，我们是凭着所穿的衣服和咱老营的腰牌，才辨认出来的呀！”说罢伏地大哭，几个叔伯亦啼哭不止。

听罢大伯父礼敦的一番哭诉，努尔哈赤怒火冲天，“你们就没有问问明军的官兵，他们为什么杀害了祖父和我的父亲？祖父和父亲都是朝廷的命官，是当今皇上亲自册封的，难道是可以随意杀害的吗？”

二伯父额尔衮这时哽咽着说道：“大哥当时就带着我们去问过了，可明军参将齐得雨说是误杀。他说总兵大人有令，跪地投降的可以免死，携带兵器的格杀勿论。当时父亲和四弟正佩带着腰刀往城外走，明军以为是要逃跑出城，就放箭射死了他们！齐得雨的眼珠瞪得跟牛眼睛一样，硬说不认识他们，谁信哪？”

努尔哈赤一听全明白了！齐得雨是驻守沈阳卫的参将，与父亲和祖父曾多次碰面，怎么会不认识他们？这不纯粹是瞪着眼睛说瞎话吗？可是没有李成梁的允许，齐得雨纵有天大的胆子，他也不敢擅杀朝廷的两位命官哪！不用说了！这一定又是李成梁的阴谋诡计！因为李成梁清楚得很，塔克世是王杲的女婿呀！阿台又娶了礼敦的女儿，觉昌安和王杲是儿女亲家，两家是亲上加亲，有着千丝万缕的联系。他这是借着剿杀阿台的机会，搂草打兔子，想斩草除根哪！这个老奸巨猾的家伙！未免有点儿太狠毒了吧！

“我必须要找他讨个说法！否则我绝不会放过他！”努尔哈赤“腾”地站起，转身往外就走。几位叔伯和“长白六虎”追了出来，要与之同去。努尔哈赤飞身上马，一扬马鞭回头说道：“这是我和他两个人之间的事，你们去了也没用！放心吧！他不敢把我怎么样！”

努尔哈赤快马加鞭，风驰电掣，但是到达广宁卫的时候，还是已经掌灯时分了。他把马匹寄存在客店喂上草料，然后一个人来到总兵行辕。阔别四年，重游旧地，努尔哈赤感慨万千，不由又平添了几多仇恨。他伫立在旗杆下沉思良久，然后才大踏步向门口走去。

守门的侍卫早就换了新人，他们不认识这位又黑又瘦但是英气逼人的青年。努尔哈赤大声说道：“你们快去大堂通报，说是小罕子求见！”

可那四个侍卫面面相觑，有些茫然地叨咕着：“谁是小罕子呀？你要见谁呀？”

“我就是小罕子！我要见李成梁！请速去通报！”努尔哈赤仍然平静地说。

可那几个侍卫纹丝没动，其中一个还傲气地说：“总兵大人是你想见就见的吗？怎么没脱下鞋底子自己照照？什么德行！真是癞蛤蟆想上南天门，不知天高地厚！还敢对总兵大人提名道姓，小心我揪下你的脑袋！”那四名侍卫一边说着，一边伸手连推带打，他们以为来者是个精神失常的疯子。

努尔哈赤轻蔑的一笑：“真是胆大包天！还敢跟我动手？无知鼠辈，自找苦吃！”说着伸开双手，“嗖、嗖”几下，四个侍卫皆被扔出两丈开外，然后大踏步地走了进去。二门的两个侍卫跑过来想伸手拦截，但努尔哈赤已飞步来到大堂门口，大喝一声：“总兵大人在吗？请他速来见我！”十几个侍卫闻言大惊，呼啦一下子就围了上来。一个个舞枪弄刀，就想动手。

“何必大喊大叫啊？我已等候多时了！”李成梁似乎知道努尔哈赤要来，他便装素履，手捋长髯，满面笑容地出现在门口，右手伸出，示意努尔哈赤到屋里叙话。

努尔哈赤左胯边佩戴着腰刀，右手里提着竹节钢鞭，满眼喷火，面似寒冰，旁若无人地昂首跨进帅府大堂。侍卫们担心总兵大人的安危，立即随后跟了进来。李成梁轻轻地摆摆手：“这是我和他两个人的事，你们都下去吧！没有我的允许，谁都不许进来！”说着把侍卫们撵到院心去了，又随手关上了房门。

“胆子不小啊！小罕子！几年不见，有出息呀！竟敢孤身一人，来闯我的总兵辕门，你就不怕我杀了你吗？”李成梁假笑着拎起瓷壶，给努尔哈赤倒茶。

“别假装客气了！我的总兵大人！别人不了解你，我还不知道你吗？装模作样地干什么呀？”努尔哈赤冷笑着说，“我知道你心狠手辣，翻脸无情。可是就凭你那三脚猫的功夫，你以为能杀得了我吗？告诉我，今天又布下了什么天罗地网，使上了什么阴损的绝招？都统统亮出来让我试试！告诉你，我今天来就想杀了你，为我的亲人报仇！明年今日就是你的周年！你就引颈受死吧！”

“我知道你武艺高强，身怀绝技，单打独斗我不是你的对手。”李成梁依旧微笑着说道，“可你只身来到帅府，你以为就能随便出得去吗？我一声令下，你就会被穿成糖葫芦或者剁成肉酱，你信不信？”

“我信！我完全相信！因为你就是个刽子手嘛！有什么坏事干不出来呢？但我不怕死，我死了你也活不成！你的罪证就在我的手上，它足以让你身败名裂。你若是杀了我，我的挚友就会带着密奏赶赴京城。到那时候皇上震怒，是对你祸灭九族啊？还是千刀万剐呀？那就都是你的事了，与我毫无关系。”努尔哈赤淡然一笑。

李成梁依然不温不火：“努尔哈赤！别废话了！你杀不成我，我也不能杀你。我们心照不宣，不是早就说好了吗？还扯那些没用的干什么呀？你就说句痛快话，今晚突然造访，到底为了何事？我可没工夫跟你闲聊，我要睡觉去了！”

“你以为我百里迢迢、风尘仆仆，是来跟你磨牙的吗？真是吊死鬼擦胭粉，死不要脸！你再次血洗古勒山，屠杀数千人，连平民百姓都不放过，是功是孽，天知地知，我根本不想过问，将来阎王爷会找你的，你就准备下油锅遭车裂吧！我只问你，你为什么要杀害我的祖父，为什么杀害我的父亲？他们不是去城里劝降的吗？难道劝降还有死罪吗？今天你必须给我一个说法！”

“你是为这事来的呀？不说了是误杀吗？”李成梁装作恍然大悟的样子，“你的祖父和父亲到军前助战，理应协力攻城，谁让他们去劝降的呀？这不是擅自行动、自作主张吗？这不是公然违抗军令吗？光这一条就是死罪。但我并没有怪罪他们，都是亲戚嘛！十指连心，可以理解。”

说到这里，李成梁停顿了一下，观察了一番努尔哈赤的表情，然后才接着说道：“大军攻破山城，叛贼就在城内。两军厮杀，你死我活，孰民孰匪，真假难辨。所以我下了一道命令，跪地投降者免死，携刀奔跑者格杀。你的祖父和父亲擅自进城，谁知道在城里干了些什么呀？城破之时又携刀逃跑，士兵们不认识误以为是叛贼，所以就放箭伤害了他们，这纯属误会嘛！我还给你个什么说法呀？事情本来就是这样的嘛！”

“真是无耻之极！奸猾透顶，连假话都编得这样缜密！”努尔哈赤讥讽似的说道，“齐得雨是驻守沈阳卫的参将，与我的祖父和父亲多次见面，怎么会不认识他们？分明是奉了你的命令趁机谋杀。你擅自谋害朝廷命官，该当何罪？我要手拉手到朝廷去告你！你敢不敢去？”

“什么叫敢不敢哪？有那个必要吗？我早已上折表奏朝廷，向皇上说明了一切。齐得雨误杀朝廷命官，已被我投入大牢，正在等候朝廷裁决。至于你的祖父和父亲嘛！既然已经死亡，就不追究他们违犯军规的罪责了！我已请求皇上恩准，让你承袭建州左卫都指挥使，这不是一件很好的事吗？我可是做到仁至义尽了呀！”李成梁拍着胸脯正色说道。

“呀呵？这么说来，你谋杀了我的两位亲人，还是我爱新觉罗家族的功臣了？我还得好好谢谢你呗？真是伶牙俐齿！巧舌如簧！”努尔哈赤依然冷冷地说，“李成梁！你给我记住，我是不会放过你的！”

“你不但会放过我，将来你还会感激我的！我说小罕子，你在这里待过四年，你的根底我知道，我的心情你也清楚。你好好想想，你是失去了两位亲人，可这对你有什么坏处吗？他们即或活着，对你又能好到哪里去？你的祖父早已年迈，否则也不会让你的父亲担任指挥使。你的父亲虽然很精明，但是他的心情在谁身上，你还不知道吗？他若是待你像个父亲，你会抛家舍业，入赘到佟家去吗？别以为你躲到哪里我不知道！我若是想抓你，你早就没命了，你还能活到今天吗？谁是辽东的‘反王’你不清楚吗？装什么糊涂啊？”李成梁话语虽轻，但是分量很重，句句敲打着努尔哈赤的心弦。

见努尔哈赤没有吱声，李成梁话锋一转，接着说道：“你父亲去世前春秋正盛，你何时才有出头之日呀？即或哪一天他突然生病，会同意把位置传给你吗？如今士兵们误杀了你的父亲，从另一个角度看来，那不是在帮助你吗？你只有当上了建州左卫的都指挥使，才算在你的家族中站稳了脚跟，才能够谋划以后的事情。我说小罕子，你明白我的苦心吗？话说至此，你若是还想取我的姓命，尽管拿去！我无怨无悔！算我看错了人，我是自作多情。如果你听明白了我说的意思，就赶快回去，全力做好你自个儿的事情。今后如有可能，我还会尽力帮你。这是你我二人之约，也是你我二人的缘分。此事断不可对别人讲，否则你我皆死无葬身之地！”李成梁说完闭上眼睛，静静地坐在靠椅之上。

“好一个你我二人之约！希望你信守诺言，不要反悔！否则人在做，天在看。落花有意，雷电无情啊！”努尔哈赤说罢掉转身躯，走向门口，连夜赶回建州老营去了。

努尔哈赤回到建州老营，没有同家人透漏与李成梁密谈之事，只说李成梁一再解释是误杀，现在已把齐得雨投入大牢，等候朝廷处置。努尔哈赤说他一定要给祖父和父亲报仇，请大家放心。家人听后面面相觑，无可奈何，只好选个吉日良辰，把觉昌安和塔克世埋葬了。墓地是佟老爷和范老先生帮助选的，地点在苏克素浒河畔的桥山（今辽宁省新宾满族自治县永陵镇启运山）脚下。那里峰峦叠翠，绵延起伏，远远望去，形同卧龙，乃八方灵气相聚，为万圣朝宗之所。安葬之时，风和日朗，四方静寂，万里无云。在葬礼结束之后，却突起一声炸雷，有数道彩虹挂起，从山后飞来上千只白鹤在空中翱翔，半日不去，让送葬之人皆暗暗称奇。

安葬好祖父和父亲之后，努尔哈赤亲自收拾好他诞生的老屋，把小青儿母子安置在那里，家人和亲友们都来探望。这时候小鱼儿才告诉他，塔克世遇难之后，纳喇氏只在灵前守候了半天，便以腰酸腿疼为借口，丢下了两岁多的儿子巴雅喇，悄悄地跑回娘家去了。但车夫回来说，她实际上去投靠了尼堪外兰。小鱼儿还说，在抚顺关马市那天，喜春儿姐姐遇难，也是纳喇氏从一旁挑唆的，尼堪外兰才敢下的手，小鱼儿说她当时不敢讲。努尔哈赤闻之大怒：“我当时就觉得是她使的坏！妹妹临终时说坏人是酒糟鼻，我就怀疑是尼堪外兰！这个挨千刀的老骚狗，我非活剥了他不可！”努尔哈赤抽出佩刀，“啪”的一声砍在木桌之上，那木桌立即趴在地上，像一条断了脊梁的狗，吓得小鱼儿立马昏了过去。

由于小青儿怀有六个多月的身孕，行走起来极其不便，长女东果和长子褚英都还年龄太小，也需要有人照顾，因此努尔哈赤虽然心如火焚，急着要给喜春儿妹妹报仇，但也只好强压悲愤，等待时机。

一日上午，努尔哈赤正在院中劈柴，好友额亦都前来看他，还带来了两位身材魁梧的大汉，一个个皆豹头环眼，虎背熊腰，极其雄壮。额亦都告诉他说：“这是有名的辽北双雄，名叫大猛和二猛，是一对孪生兄弟。他们二人皆膂力超人，身怀绝技，每人手使两柄大铁锤，每柄都在百斤以上，在辽北一带尚无敌手，如今都投奔哥哥来了！”

努尔哈赤闻之喜出望外，高兴地说：“我说今天早晨刚刚起来，怎么就有一大群喜鹊呱呱地冲我叫呢？原来是兄弟们大驾光临，令我的小院蓬荜生辉呀！刚好我昨天打了一头野猪和几只山鸡，我们就拿它们下酒吧！”

几个人刚刚坐下不大会儿，三碗酒还没有喝完，就听一阵欢快的马蹄声响，院子里呼啦一下子来了一大群人。努尔哈赤连忙扔下碗筷跑了出去，原来是巴厍尔和安费扬古到了，还带来了十几位兄弟。努尔哈赤喜不自禁，高兴得挨个与兄弟们行抱见礼，然后大笑着说道："三年多前你们说走都走了，今天又说来都来了！这不，额亦都和大猛、二猛才来不到一个时辰，酒还没有喝热，你们就到了！真是太好了！"

额亦都亦笑着说道："这叫什么？这叫心有灵犀，情投意合，亲如骨肉，不约而同嘛！这回来了，我们就不走了！就在这里扎营了！"

小青儿带着两个孩子出来与大家见面，然后张罗着把饭桌摆到院子里来，她热情地招呼着说："灶上烀着两大锅肉呢！你们兄弟就在院子里将就着吃吧！碗筷倒是有，凳子却不够，就坐那些粗木墩吧！对不起呀！"

安费扬古接着说道："缺凳子不要紧，这个任务我来完成，我可是成手的木匠啊！"众人一阵大笑。

努尔哈赤拎起酒坛，给各位兄弟都满上了酒，然后有些诧异地问道："我说安费扬古兄弟，你怎么与巴厍尔大哥到一块儿去了？而且还一起过来了呢？这是怎么一回事呀？"

安费扬古笑着说道："这三年多，你去了抚顺关，当上了佟家的上门女婿，我则去了开原府，在开原马市和科尔沁草原之间做生意。我贩过马、趸过盐，也卖过皮毛和茶砖，后来就在草原上结识了巴厍尔大哥。那次我的商队在路上遇到了劫匪，多亏了巴厍尔大哥出手相救啊！"说着在酒桌上拱手致谢。

"路见不平，拔刀相助，些许小事，何足挂齿？贤弟不可再提了！"几年不见，巴厍尔好像胖了一些，人也精神多了。这次他带来了三辆马车，五十匹好马，还有许多银钱、皮张和草药。他指着身边的三位兄弟对努尔哈赤说："这些东西可不是我拿的，是他们三兄弟带来的。这是大青山龙门寨的三位寨主，有名的"南蒙三杰"。他们可是倾其所有，把家当都带来了！要投奔你干一番大事业呢！"

努尔哈赤闻之感动，一一向三位英雄敬酒，表示谢意。这时候安费扬古端起酒碗，接过来说："兄长此番从抚顺关搬回老营，携家带眷，安居于此，看来是准备不走了，不知今后的日子有何打算？"

努尔哈赤眼望众人，诚恳地说道："大丈夫生来一世，至多不过百年，当纵横天下，为百姓造福，做一番轰轰烈烈的大事业，方不枉是个顶天立地的男子汉！岂可整天守着妻儿老小，蹲在灶坑门口，庸庸碌碌地过一辈子呢？近些时日小青儿身体日渐沉重，我才被迫窝在家里，但我一天也没有忘记恩师的教诲，一刻也没有忘记兄弟们的情谊，一直也没有忘记给祖父、父亲和妹妹报仇！"说着端起酒碗一饮而尽。

额亦都环视众人，接过来问道："那我们下步从哪里入手，如何动作才合适呢？"

安费扬古好像胸有成竹，他咽下一大块儿野猪肉然后说道："古勒山城被屠，明军势头正盛。李成梁老谋深算，诡计多端，辽东女真各部到处都有他的耳目，我们的一举一动，他都清清楚楚。因此眼下谋划不了什么大事，只能暗蓄实力，等待时机。为今之际，我们有一件事可以马上去干，那就是杀掉尼堪外兰，为喜春儿报仇雪恨！这样理由充分，名正言顺！"

"对！杀掉尼堪外兰！这家伙奸淫成性，坏事做绝，已经引起族人的公愤。我们既可以为亲人报仇，又能够为百姓除害，这是顺天应人的好事呀！"额亦都听完后极为赞同。

巴库尔也接过来说："尼堪外兰人品虽臭，但是手眼通天，这家伙讨好官府，投靠明军，与李成梁的关系非同一般。我听说他正私下活动，想当建州左卫的指挥使呢！如果让他得逞，那还得了？我赞成安费扬古兄弟的提议，就从这儿下手，割掉这个毒瘤，我们的下一步才可能有所作为呀！"

"对！太对了！兄弟们说得都对！喜春儿妹妹是他逼死的，我们就以这个理由干死他！喜春儿当过李成梁和宿夫人的干女儿，我们以这个由头动手，让他无话可说，不便干预。"努尔哈赤经过与李成梁的那次密谈，已经心中有数，因此他十分赞同安费扬古的意见。几位要好的兄弟一拍即合，次日便开始在小院周围集合人马，分发兵器，操练队伍，研究方案。努尔哈赤的叔伯们见之讥笑他说："图伦城再小也有三四千人马，何况人家还有明军做后盾。就你这百八十人，还想杀尼堪外兰？做梦呢吧？还是脑袋进水了？"因此一个个躲得远远的，生怕惹上灾祸。只有三弟舒尔哈齐，因为与他关系密切，才毅然决然地参加进来。

听说努尔哈赤要进攻图伦城，除掉尼堪外兰，许多深受其害的人纷纷前来相助。苏克素浒河部萨尔浒城的城主卦喇及其二弟诺米纳、三弟奈喀达，嘉木湖城的城主噶哈善，沾河寨的寨主常书及其弟弟杨舒等人，都表示要出人出马，全力支持。诺米纳还专门赶到建州老营，当着大家的面答应，在出征之日率一千人马攻打西门。这让努尔哈赤的兄弟们极为高兴，大家都充满了必胜的信心。

万事俱备只欠东风了！出征之前，努尔哈赤给李成梁写了一封书信，言明此番攻打图伦，只有为妹妹报仇之意，绝无攻城占地之心，他要向尼堪外兰讨还血债。李成梁阅毕交给宿夫人看了看，然后回了八个字："个人私事，何必问我？"封好派人送来，努尔哈赤看后笑了。

万历十一年（1583）五月十六日清晨，沐浴着满天的霞光，努尔哈赤的骑兵小队站在小树林旁，一个个精神饱满，斗志昂扬，脸上均挂着惬意的微笑，眉宇间充满了胜利的豪情，好像他们不是去进行一场殊死的搏斗，而是要去参加一个盛大的庆典。

努尔哈赤望着这支一百二十六人的队伍，有些激动而又信心百倍地说："我亲爱的弟兄们，从此时此刻开始，我们就将跨上战马，开始一种全新的生活了！我们的前面没有鲜花和盛宴，没有金钱和牛马！我们要穿过一座座刀山，要踏过一片片火海。我们要去迎接血腥和屠杀，要去面对山魈和魔鬼。我们将九死一生，或者会曝尸沙场，你们怕不怕呀？"

"不怕！不怕！不怕！"将士们喊声如雷，声震山林。

"不怕就好！不怕就强！两敌相逢，勇者为胜！你们只要跟着我就行了！我的这匹战马叫作黑虎，我骑着黑虎冲向哪里，你们就跟着杀向哪里。英勇杀敌者有赏，畏缩不前者滚蛋！听明白了吗？"努尔哈赤接着说道。

"明白了！明白了！您放心吧！"将士们异口同声，信心百倍。

努尔哈赤飞身上马，一路疾驰，率领着他的骑兵小队来到图伦城下，远远地就看见尼堪外兰已列好阵势，准备迎敌。努尔哈赤感到奇怪，正待发问，这时候舒尔哈齐从后边气喘吁吁地跑了过来，有些上气不接下气地说："不好啦！坏事了！萨尔浒城的诺米纳非但没有出兵攻打西门，还提前给尼堪外兰送了个口信儿。我去了一趟白跑了！这家伙把人马屯集在咱家的老营附近，想趁火打劫呢！"

"哎呀呀！王八蛋！那我们怎么办？还打吗？"额亦都有些着急地问。

"开弓没有回头箭！怎么不打呀？否则岂不中了恶贼的奸计？"努尔哈赤冷笑一声，镇定自若，"我料诺米纳不敢把老营怎么样！他是在坐山观虎斗，趴桥看水流，想从中捞点儿油水。关键是我们眼前这一仗，我们如果打输了，他会马上带人进攻老营，抢夺财物。若是我们打赢了，他肯定会杀猪没梃杖，蔫退回营。"随即若无其事地率队来到阵前。

这图伦城就坐落在抚顺关附近，离官衙和马市都不远。凭借着地势之利，尼堪外兰自打当上城主以后，就与明军的官兵打得火热，可以自由出入马市进行交易。他在关外低价强买女真各部的特产，然后拿到马市上高价出售，赚了不少昧心的钱财，因此图伦城就修得十分牢固结实。这图伦城虽然不大，但是城墙、垛口、敌楼、堑壕应有尽有，防守也应当算比较严密。城内居住着一万多口人，养着三千多名士兵。尼堪外兰在这里称王称霸，最近正做着荣任建州左卫指挥使的美梦。

努尔哈赤抬头一看，只见南门外堑壕边，足足有两千多人马排成横列，在城下黑压压的一大片。士兵们一个个顶盔贯甲，刀枪闪亮，队伍中一排排彩旗飘扬，极有威势。尼堪外兰一身戎装，骑着高头大马立在门旗之下，左右有数十员战将簇拥，身旁有上百块盾牌压阵，俨然就是这支队伍的主帅。他拈着老鼠须、眯着三角眼嘿嘿冷笑："我说小罕子！你真出息了啊！到你表叔这里作妖来了。你也不撒泡尿照照，老母猪扛掏耙，瞧你那人马刀枪！就你这仨瓜俩枣一百多人，也来跟我对打？那不是拿鸡蛋砸石头吗？我二十人对付你一个，立马全掐死你们！你信不信？念你我都是亲戚的分上，我饶你一命，赶快回家去吧！怎么样？还打吗？"

俗话说，仇人相见，分外眼红，一想起尼堪外兰的种种恶行劣迹，努尔哈赤马鞭一指，不禁破口大骂："你这恬不知耻的骚狗！灭绝人性的豺狼！你勾结贪官兵匪，欺压自己的父老，你强抢良家妇女，祸害自己的姐妹！你害死了我的外祖父，害死了阿亥和阿台，你害死了我的祖父和父亲，你害死了我的喜春儿妹妹，我与你仇深似海，不共戴天！今天我来，就是要替天行道，为民除害！就是要宰狼杀狗，告慰族人！我要剥下你的狗皮做大鼓，剖开你的肚子点天灯！你就瞧好吧！"骂得尼堪外兰脸色煞白，背冒冷汗，浑身哆嗦，几乎吐血，身体突然摇晃了几下，差点儿跌下马来，惊得身边的侍卫连忙将他扶住。

努尔哈赤明白，目前敌众我寡，取胜相当艰难，若想除掉尼堪外兰，必须瓦解他的军心。于是他把目光转向对面的士兵，前行数步，大声说道："图伦城的兄弟们，我们都是建州左卫的族人，同是一个祖宗的子孙，血管里流着同样的热血。我们往日无怨，近日无仇。我绝对不想伤害你们，希望你们也不要黑白不分，为虎作伥，给尼堪外兰卖命！我要杀的是这条老骚狗，与你们这些兄弟无关。请你们马上躲到一边去，我保证你们和家人平安无事，毫发无损！谁若是青红不分，助纣为虐，别怪我翻脸无情，立马砸死！"说罢哇呀呀呀一声怪叫，提着钢鞭冲了上来，直奔尼堪外兰的面门砸去。他身后的那些壮士们个个勇如猛虎，凶若天神，呜嗷一声一齐杀出。

随着黑虎的一声长啸，图伦城的那些战马全蒙了！它们听叫声知道猛虎要来，吓得不是蹿稀就是放屁，大多数浑身发抖几乎瘫倒，惊得那些士兵不知所措，魂飞天外，不少人把兵器扔到地上，马上投降，也有的掉转马头，撒丫子蹽了！尼堪外兰见事不好，急得大喊："快上啊！快上啊！给我顶住！我有重赏！"挥舞着马鞭驱赶着身边的将领。他身边的那些将领看样子都是心腹之人，平时跟着尼堪外兰好处也没少得，瞅那心情是想立功领赏，可他们哪里是努尔哈赤的对手，又哪见过这样的阵势呀？他们的那些大刀长矛往前一迎，就轻而易举地被努尔哈赤磕飞了！有两个家伙不服气，提着大铁棍子冲了上来，两棍对一鞭，想把努尔哈赤缠住。可努尔哈赤是谁呀？连土蛮部的虎狼之师都不是他的对手！何况他又得了宝马神鞭，怎么会把这两个家伙放在眼里？当那两根大铁棍带着风声，从左右两面横扫过来的时候，努尔哈赤不躲不靠，纵马向前，轻舒猿臂，顺势一鞭，只听得"啪、啪"两声闷响，那两根铁棍被打成了四截，像烧火棍一样掉在地上。那两个家伙不约而同在马上栽歪了几下，“噗”的一大口鲜血吐出，又“咕咚、咕咚”两声摔倒在地上，翻白眼了。

再看巴库尔、额亦都、安费扬古、舒尔哈齐和“长白六虎”“辽北双雄”及“南蒙三杰”等一班兄弟，一个个冲进敌阵如虎蹚羊群，取对手性命似砍瓜切菜，杀得图伦城的兵丁们哭爹喊娘，没命地奔逃。两千多人马此时全部屁股冲后，败下阵来。尼堪外兰无奈，只好掉头逃命。可是城门口逃兵太多，已经挤成疙瘩编成辫，进城是不可能了！他只好绕着城墙逃跑。努尔哈赤的那匹大黑马快如疾风，紧追不舍。若不是努尔哈赤想捉活的，尼堪外兰有十个脑袋也早就砸烂了！

尼堪外兰吓得魂飞天外，大脑一片空白。正当他认为肯定被捉、行将就死的时候，西门外小树林中突然冲出一彪人马，一个个头戴面纱，缠住努尔哈赤拼命厮杀，尼堪外兰方乘机逃脱。但他已吓得大小便失禁，把那些东西全留在了裤裆里，一口气跑往萨尔浒城去了。

努尔哈赤率领他的骑兵小队首战告捷，轻取图伦城，这让图伦城的百姓们大感意外，也让他的队伍军心大振。他们进城后立即效仿明太祖朱元璋的做法，开仓济贫，出榜安民，召集城中十老，推选新的城主，让图伦城实行自治，但必须服从建州老营的管辖。努尔哈赤率队在城中住了两个多月，信守承诺，秋毫无犯，受到族人们的一致称赞。许多精壮的后生慕名来投，他的队伍迅速发展到一千多人。

经过数日打探，得知尼堪外兰藏在萨尔浒城。努尔哈赤大怒，正欲出兵追杀，忽有老营的族人前来报告，说朝廷的钦差到了，礼敦大人请他赶快回去。努尔哈赤不知就里，匆忙率队伍回到老营，那钦差已在大堂等候。原来是万历皇帝降下旨意，册封努尔哈赤为建州左卫都指挥使。皇上在圣旨当中，对觉昌安、塔克世的不幸去世表示哀悼，对建州左卫的族人表示慰勉，希望努尔哈赤能够继承前辈遗志，不负朝廷重托。同时赐给他敕书三十道，良马三十匹，铠甲三十副，佩刀三十把。努尔哈赤领旨谢恩，盛情接待了那位钦差，请他给皇上和太后带去了许多礼物，并捎去自己的感恩奏章。那钦差满载而归，高高兴兴地走了。

刚刚送走了朝廷的钦差，老营的家中又传喜讯。小青儿十月怀胎，一朝分娩，又为他生了个大胖小子，这让努尔哈赤高兴万分，许多族人赶来道贺。老萨满以手加额，喜悦地说：“人之一生，重在修德。德高可动天地，德高寿可永恒。然而诸德之中，当推善为德首。持善念而对他人，则身必修。行善事而待众生，则魂必安。怀善心而治天下，则天地和谐，万民欢畅。善字乃为人立世之根本，大德贤人之归宿，故而其写法为美好开头、喜庆结局。大人轻取图伦、刚袭封位，又喜得贵子。此乃三喜临门，天下罕见。此子衔双喜而来，当为大德之人，就叫代善如何呀？”努尔哈赤喜上眉梢，欣然同意，众人亦齐声叫好。

努尔哈赤虽然当上了建州左卫的都指挥使，但这个原来十分强大的部落已经不存在了，他只是个名义上的领袖。原来的建州女真已裂变为建州五部和长白山三部，大家都自立山头，各自为政，谁也管不了谁。就是以老营为核心的苏克素浒河部，各城堡和各村寨也都画地为牢，分疆自治，根本不听老营的招呼。部族一片散沙，究竟如何整治，努尔哈赤胸中无数，心乱如麻。于是他听从安费扬古的建议，决定从追杀尼堪外兰入手，打开被动局面。听说尼堪外兰藏在萨尔浒城，因此他派三弟舒尔哈齐为代表，去找卦喇三兄弟进行交涉。

且说尼堪外兰在图伦城外遭到惨败，差点儿被努尔哈赤一鞭砸死，吓得他心惊肉跳、屁滚尿流，幸亏在城西小树林那里，得到了卦喇手下士兵的援救，他才侥幸捡了一条活命，并一口气跑到萨尔浒城。在萨尔浒城这些日子，他得到了卦喇三兄弟的热情接待，几乎是天天饮酒，夜夜欢歌。诺米纳知道他喜欢哪口，特地从科尔沁找来四个蒙古族姑娘，弄得他昏天黑地，骨痛筋麻。他虽然陷在温柔乡里，但是他明白，卦喇三兄弟看中的是他与李成梁的关系，他们想通过他攀上李成梁这根高枝，在辽东女真中出人头地。果然没过多少日子，诺米纳就摽着他来到广宁卫，要求面见李成梁，有重要军情禀报。

可是这一次不同以往了！不知是李成梁真的没在家，还是有意识躲着不见他，反正他和诺米纳在广宁卫旅馆住了一个多月，硬是没有见到李成梁的面。气得尼堪外兰在总兵府门口大呼小叫："我是图伦城主，我是尼堪外兰！请你们放我进去！我要见总兵大人！"可那些侍卫非但不给他面子，还狠狠地抽了他一顿大嘴巴，打得他嘴斜眼歪、鼻口蹿血。这还不算，有一名侍卫还恨恨地说："你逼死了夫人的干女儿，还有脸在这儿大喊大叫？小心把你投入大牢！"说罢狠狠一脚，把他足足踢出去两丈开外，疼得他好半天都没有爬起来。这回他明白了，他这是彻底被李成梁给抛弃了！联想到努尔哈赤当上了建州左卫的都指挥使，他知道自己在官兵这儿没用了！他们不会再宠信自己、帮助自己了！于是他连滚带爬地跑回建州，希望卦喇三兄弟能够帮他。可是他想错了！诺米纳见他已经没有利用价值，连城门都没让他进。他只好惶惶如丧家之犬，连夜跑到浑河部，到巴尔达城避难去了。

当舒尔哈齐奉命来到萨尔浒城的时候，尼堪外兰已经离开很多天了。望着三兄弟阴阳怪气的样子，舒尔哈齐气愤地说："前番我们攻打图伦城，你们说要出兵相助。可到时候你们非但没有出兵，还给尼堪外兰事先透信，关键时刻又派援兵救走了他，这是何意呀？这不是阳奉阴违吗？"

"什么叫阳奉阴违呀？话不要说得那么难听好不好？当时我们是要出兵来着，还向尼堪外兰下了战书呢！可我看你们兵强马壮，必胜无疑，根本也用不着我们伸手啊？所以人马都派出去了，但是没到场。"卦喇接过话来冷笑说道，"至于说救走尼堪外兰嘛！也没什么！人到难处拉一把，总不能赶尽杀绝嘛！你说是不是呀？"

“真是巧言令色，强词夺理！难道你们不晓得这其中的厉害吗？尼堪外兰阴险毒辣，三番五次害我亲人，我们与他是仇深似海、不共戴天！难道你们不知道吗？为什么还要收留他？为什么不把他交给我们？”舒尔哈齐红头涨脸，怒不可遏。

诺米纳此时笑着说道：“请小兄弟不必动气！气大伤身哪！你说尼堪外兰是图伦的城主，我们也是多年的朋友，他在危难之中前来投奔，我们怎么能落井下石呢？那也不仗义呀？再说了，那时候你大哥还不是建州左卫的都指挥使，我们也不能讨好一家、得罪一家不是？怎么能把他交出去呢？不过这回没事了！自从钦差到来，宣布努尔哈赤为都指挥使，我们就把他赶走了！现在他跑到浑河部去了，你们到那里去追他吧！”

舒尔哈齐悻悻地回到建州老营，把这些话跟兄弟们一学说，大伙儿全气炸了！额亦都首先“腾”地站起来说：“该死的诺米纳！当时我就看这哥儿仨不是什么好东西！阴阳怪气，两面三刀，分明在与咱们作对！咱们应该先灭了它！”

“对！对！灭了他！灭了他！”巴库尔和舒尔哈齐同时喊道，“辽北双雄”“南蒙三杰”和“长白六虎”等人一齐响应。

安费扬古望了一眼努尔哈赤，伸出双手笑着说道：“列位兄弟少安毋躁，我有一言不知妥否。大人现在虽然身为都指挥使，但也不能擅自征伐，影响部落稳定。我们必须出师有名，让李成梁无话可说。依我看来，我们还是以追杀尼堪外兰为主，顺着这条线看事做事，见招拆招，大家看怎么样？”

众人一听，觉得很有道理。努尔哈赤微微颔首，刚想说话，这时候房门一开，有一个士兵进来报告，说萨尔浒城的信使到了。努尔哈赤接过来一看，只见卦喇在信中写道：“大人若追杀尼堪外兰，我们没有一点儿意见。但是如果进攻浑河部，职下却有两点建议。一是浑河部的杭嘉和巴尔达两个村寨，他们与萨尔浒城有些过节，如今尼堪外兰就藏在那里。大人如果打下了这两个地方，尼堪外兰是杀是剐，由您处置，那两个村寨却要归我，因为我早就想收拾他们了。二是听说纳喇氏现在图伦城里，她可是建州有名的美人，如今虽然人到中年，但是风韵犹存。另外小鱼儿蓓蕾初放，蕊嫩花香，正当可人之时。现在她们闲着也是闲着，不如就嫁与我二弟、三弟为妾，两部结为亲戚，岂不甚好？大人如果同意，我部当出兵五百，助您进攻巴尔达城。不知妥否，静候佳音。”

“啪！”努尔哈赤一拍桌子，忽地站起，愤怒地说：“真是嚣张至极！欺人太甚！这三个蟊贼！我非掐死他们不可！”气得他浑身发抖，眼中冒火。

安费扬古拿过书信看了一遍，立即就乐了！他拉着努尔哈赤扶其坐下，然后笑着说道：“大人不必动怒，这回机会来了！卦喇出言放肆，看似咄咄逼人，实则挖下墓坑，自己作死。大人正好借此机会扬威立万，拿回指挥使应有的权利！”说着对努尔哈赤附耳低言数句，努尔哈赤即刻面露喜色，众人皆感到莫名其妙。

次日努尔哈赤亲率五百人马，前往浑河边与萨尔浒城的人马聚齐。卦喇看来很守信用，很早就与两位弟弟带着五百人马在桥边等候。努尔哈赤拱手一礼，然后说道："巴尔达城人多势众，城堡坚固，我们地形不熟，兵力又弱，还是请你们打头阵吧！我们从侧翼援助你们。"

老二诺米纳自以为聪明，他抢着对卦喇耳语道："努尔哈赤诡计多端，不可信他！让我军打头阵，这不是让我们去送死吗？然后他擎现成的，没那么便宜的事！他聪明过人，咱也不是傻帽儿！"

于是卦喇对努尔哈赤说道："大人神威天纵，所向披靡，拿图伦城易如反掌，巴尔达又岂在话下？还是请您打头阵吧！我在后边援助你们。"

努尔哈赤面露难色，他指着自己的队伍对卦喇说道："你看看我的这些人马，哪像个打仗的样子呀？要武器没武器，要战马没战马，怎么冲锋陷阵啊？你既然让我们打头阵，不如把武器、铠甲和战马借给我，我用完了再还给你。等打下巴尔达城以后，我只要尼堪外兰，余下的所有一切都归你，你看怎么样？"

三兄弟细看努尔哈赤的那些人马，差点儿笑出声来。原来努尔哈赤虽然带来了五百人，但是只有一百多人有战马，其余的人不是骑驴，就是骑牛，还有的干脆就是跟着跑来的。再看看他们拿的那些武器，除了梭镖就是木棒，连菜刀和烧火棍都上来了！铠甲和盾牌就更没有了。诺米纳不禁哑然失笑："就这套人马刀枪，还去打巴尔达，纯粹就是扯犊子！不过看他们上次攻打图伦那劲头儿，还真敢打敢拼不怕死！把装备借给他们，让他们去卖命，咱们擎现成的，我看这买卖做得值！纳喇氏那娘儿们我早就惦上了！让他们去拼吧！拼赢了东西和美人还不都是咱们的？"

奈喀达一听也乐了："听说小鱼儿刚开苞，正是来劲儿的时候！答应他们吧！我看行！"

卦喇见两个兄弟都同意了，于是纵马向前大声说道："我说指挥使大人，我的战马、武器和铠甲可以借给你，但是你说话可要算数！打下了巴尔达把东西给我！特别是那俩美人儿，立马就得送过来！"

努尔哈赤淡然一笑，"那是一定的，你就放心吧！只要打下了巴尔达城，那俩美人儿立马送过来！两位兄弟就等着销魂吧！"

诺米纳闻听此言心花怒放，眼睛乐得眯成了一条线，好像那美人儿已到跟前。他急不可待地跳下马来，命令士兵们脱下铠甲，交出战马和武器。士兵们皆感到莫名其妙，不可理喻，但是军令如山，不敢不从，于是纷纷行动起来。

不大一会儿的工夫，装备交接完毕。萨尔浒城的士兵们站在河边，一个个满脸茫然，两手空空，哆哆嗦嗦地立在冷风之中，像是一群可怜巴巴的绵羊。而努尔哈赤的战士们跨上战马，手擎长刀，盔明甲亮，斗志昂扬，如同一队凯旋的勇士，他们跟着指挥使大人挺着胸脯，昂起头来，雄赳赳、气昂昂地从萨尔浒城的队伍面前走过。

卦喇和他的两个兄弟站在路旁，眼看着努尔哈赤的队伍向巴尔达城方向开去，不禁喜上眉梢，心花怒放。他喃喃自语又像是对两个弟弟说道："努尔哈赤呀努尔哈赤！你算个什么东西？还不是被我玩得团团转？你还当什么指挥使，纯粹是个笨猪！早晚我得把你玩死！"说罢一阵哈哈大笑，两位弟弟也跟着一起狂笑起来。

然而笑声未落，就听一人高声喝道："死到临头，高兴也对！还不动手，更待何时？"随后声落人到，"长白六虎"奉命俩人打一个，立即将卦喇兄弟三人砍成肉泥。

萨尔浒城的士兵们一见惊呼，刚想要跑，努尔哈赤勒转马头高声喝道："不动者活，乱跑者杀！城主有罪，与尔等无关！"待骚动稳定下来之后，他这才一字一句地高声说道："卦喇兄弟狼心狗肺，杀我族人抢我牛马。擅自兴兵攻打别的村寨，严重扰乱我部社会安宁，实属罪大恶极，死有余辜！本使今奉朝廷之命，铲除败类，清算罪行。如今首恶已死，胁从一概不究，汝等回家安居乐业去吧！"说罢右手一挥，士兵们一哄而散。

努尔哈赤率军来到巴尔达城，尼堪外兰闻风而逃，城主喀尔泰出城致歉，表示归顺。努尔哈赤未伤一兵一卒，轻取萨尔浒城和巴尔达城，至此军心大振。

第十八回

练精兵勇攀风雪岭　擒理岱鏖战兆嘉城

努尔哈赤除掉卦喇三兄弟以后，率领他的五百名将士开进萨尔浒城。进城以后，立即贴出告示，出榜安民，打开粮仓，救济贫民。他嘱咐三弟舒尔哈齐，按照攻取图伦城的做法，让萨尔浒人推选出新的城主，由他们自己管理自己。他在萨尔浒城驻军三天，除了封存卦喇三兄弟的财产，未动城内居民一分一毫，未伤损城内设施一草一木，连士兵的口粮和战马的草料，都是出发时随军带来的。临走时也未留下一兵一卒在此镇守，这让城中的萨尔浒人极为信服。

临行之前，他给李成梁写了一封书信，言明卦喇三兄弟无事生非，欺负弱小，擅自出兵攻打巴尔达城，纵兵抢劫百姓财物，破坏周边部落的稳定，现已被擒拿归案，就地正法。其所敛不义之财，理当上交国家，以资军费。随即他命将士们把卦喇三兄弟的金银财宝装上马车，派遣三弟舒尔哈齐为使，亲自带队押送到广宁卫，当面上交给李成梁。

此时恰巧朝中有变，万历皇帝下诏查抄了张居正的府邸，法办了张居正的弟弟、子侄及亲近大臣，李成梁唯恐牵连到自己，正在满心焦虑，度日如年，琢磨着怎样去巴结朝中的权贵，以求平安自保呢！这工夫努尔哈赤送来的这批财宝到了，简直是解人危难、雪中送炭哪！乐得他愁云顿消，喜上眉梢，拿着这封书信看了好几遍，喃喃自语道："知我者小罕子也！看来我没有白白疼他呀！"他抑制不住内心的喜悦，马上挥笔写下十二个大字："左卫内部事务，汝可自行裁处。"作为回信封好，请舒尔哈齐带回。

舒尔哈齐见已完成任务，欲待告辞，李成梁又百般挽留，备下酒宴，频频举杯，盛情款待，其满意之情溢于言表。舒尔哈齐前脚刚走，他后脚就匆忙跑进后院，招呼宿夫人和次子如柏，命他们带上这批金银财宝，连夜赶到京城，给申时行和张诚等人送礼去了。

且说努尔哈赤率军离开萨尔浒城，回到建州老营稍事休息，便立即召集兄弟们到大堂议事。他开宗明义首先说道："自打在老屋举事以来，蒙各位兄弟竭诚相助，我们以少胜多，轻取图伦，然后又借追杀尼堪外兰这条恶狗，顺手牵羊，拿下萨尔浒和巴尔达两城，可谓旗开得胜，马到成功，军心大振，民心大顺。目前仇人尚未抓到，万事只是开头，不知下步当如何动作，还请众位兄弟各抒己见，献计献策。"

努尔哈赤的话音刚落，额亦都就首先站起来说道："我认为大人原来制定的方案就是对的！我们还是要追杀尼堪外兰！这样做有理、有利、有节、有度，也有机会。官兵不会反对，百姓也都赞成！"

二弟穆尔哈齐接着说道："大哥既是建州左卫的都指挥使，我看还是应当先整肃苏克素浒河内部，把我们自己的根基打牢了，然后再逐步收复左卫原来的部落，这样名正言顺，水到渠成。否则大家都心怀异志，尼堪外兰这条走狗东躲西藏，我们一时半会儿也抓不到啊！"

两个人说得都有些道理，巴厍尔听了微微点头，没有说话，其他的弟兄们也大多颔首示意，表示赞同。但努尔哈赤总觉得好像还缺少点儿什么，于是他把目光停留在安费扬古的身上，希望听听这位贤弟的意见。

安费扬古点头会意，他轻咳了一声站起来说："两位兄弟方才讲得都对，这是上次我们在议论之时，大人早就敲定的方略，今后我们还要按照这个方向走。但是万物有轻重，事情分缓急。眼下我们的队伍已经发展到两千多人了，以后要经历各种艰苦卓绝的战斗。古人讲士不修难以为官，军不治无以为胜。要保证我们不断取得新的胜利，以实现我们的宏图伟业，就必须整顿我们的队伍，把他们打造成一支战无不胜的铁军，这才是我们的当务之急呀！"

众人闻之皆眼前一亮，努尔哈赤连忙问道："贤弟所言明白透彻，此事实乃当务之急。但不知应当如何操作，还请贤弟详细道来。"

安费扬古好像胸有成竹，他喝下一碗浓茶，清了清嗓子又继续说道："大人您一定还记得吧？小的时候我们跟随徐哑巴师父学艺，为了打猎、放马和练武的时候方便，他不是把我们这些小伙伴编成了好几个小队吗？每一小队十个人，叫作一牛录（满语'大箭'的意思），每一牛录设一额真（满语'主'的意思），牛录额真就是大箭主，实际就是这个小队的队长。这样活动起来就方便多了，也有利于师父进行管理。"

安费扬古说到这里喘了口气，他见努尔哈赤频频点头，这才接着说道："当年金太祖完颜阿骨打带兵创业，在打下宁江州（今吉林省扶余市东石城子）之后，立即按照军师宗翰的建议，对所属军队进行了整编。当时是以三百户为一谋克，十谋克为一猛安。谋克就是百户长，猛安就是千户长。谋克的下边再按照古代的什伍制度，任命伍长和什长，形成若干作战小分队。猛安谋克既是生产和渔猎组织，又是行军作战的单位，在大金帝国的创立过程中，发挥了极为重要的作用，为后来的许多军事专家所称道。"

安费扬古见大家听得极为认真，这才话锋一转，切入主题："如今我们都是大金王朝的后人，完全可以参照这种组织形式，去整编我们现在的军队。我们可以以三百户为一牛录，每一牛录设一位牛录额真。牛录的下边也按照古代的什伍制度，每五户编为一伍，任命伍长。每十户编为一什，任命什长。每百户编为一达旦（满语‘窝棚’之意，相当于连），达旦就是百户长。每三个达旦编为一牛录，统领三百人左右的队伍。牛录额真由大人您直接任命，是这一支军队的主将，完全听命于您的指挥。我们平日组织这支人马进行生产和训练，战时就带领他们去行军和打仗。这些人上马为军，下马为民，完全掌握在您的手里。只有这样，我们才能应付各种复杂的情况，担负起连续作战的任务，也才能实现大人您心中的宏图伟业。”

众人听罢拍手叫好，一齐投来赞誉的目光。努尔哈赤心中大喜，立即高兴地说：“贤弟所言，千真万确！既是高瞻远瞩的深谋伟略，又是切实可行的有力措施，真乃汉初之张子房也！看来你跟着徐哑巴师父那几年，是真没白学呀！我们可都就饭吃了，忘了十之八九。太好了！说得太好了！我们就按照你说的办。这件事就由你牵头，由舒尔哈齐和额亦都二人帮助你，赶快把我们的族人和军队统一组织起来，这样才能形成真正的拳头啊！巴库尔大哥以及额亦都、安费扬古、穆尔哈齐、舒尔哈齐、雅尔哈齐和大猛、二猛八位兄弟，你们就都做个牛录额真，当一回军中的主将。‘南蒙三杰’你们轻功甚好，武艺出众，又行事谨慎，就烦你们做个开路先锋，为大军打探消息，提供情报。‘长白六虎’你们跟随我多年，情意深重，忠心耿耿，就委屈你们来做中军的侍卫。嘉木湖寨、沾河寨和瑚济寨的三位寨主，委托你们统领部众，镇守老营。让我们齐心协力，共同把这支队伍带好，怎么样？”安费扬古、额亦都和巴库尔首先同意，众人亦一致赞同。

会议开得群情振奋，斗志昂扬。努尔哈赤心中高兴，刚刚下令摆酒庆贺，此时房门一开，佟老爷带着范老先生，风尘仆仆地走了进来。原来他们听说努尔哈赤带兵除害，连战连捷，因此特意从抚顺关赶来，给新任的指挥使大人道贺来了！他们赶来了十多挂马车，带来了许多银钱、粮食、布匹和兵器，感动得努尔哈赤热泪盈眶，也让在场的众人激动万分。

舒尔哈齐高兴地说：“我们刚刚议论完队伍整编的事，您就送来了这么多急需的装备和物资，佟老爷，您这是锦上添花呀！这回我们就如虎添翼了！”说罢立即与穆尔哈齐、雅尔哈齐一起，张罗着找人卸车、运货，还与三位寨主精心策划，组织老营的族人们迅速缝制了一批军装。巴库尔则带着“南蒙三杰”，为队伍细心选择了一批良马。

半个月以后的一日清晨，晨曦微露，东天挂彩，喜鹊喳喳，祥云缭绕。装备崭新的一支队伍，整齐地集合在老营大院的门前。一面面战旗轻吻着晨风，欢快地摆动。一列列铁骑面向着朝阳，威武又雄壮。一匹匹战马沐浴着霞光，如同生龙活虎。一个个战士手擎着刀枪，好似下凡的天神，分明胸怀壮志，格外英姿飒爽。

再看那队伍前列、帅旗两边，八名牛录额真神采奕奕，盔明甲亮，人人武艺高强，个个身怀绝技，好比下山的猛虎，威震一方。六个中军侍卫携刀佩剑，目光炯炯，伺立军旗两侧，围在主帅身边，直如捧月的明星，心无旁骛。努尔哈赤坐骑黑马，肩披绿袍，身穿铁甲，脚蹬马靴，头戴镶金宝盔，手执玉柄马鞭，目光远眺，神采飞扬，真是威风凛凛，相貌堂堂，实乃人中之龙。族人们看了之后，无不啧啧称奇。

在众目睽睽之下，努尔哈赤纵马前行数步，然后转过身来，对着他的这支队伍大声说道："装备再好，一张毛皮！知道为谁打仗，方能所向披靡！国若无法，一盘散沙。军中无纪，必败无疑！我们为了平民百姓而战，就不能去侵犯他们的利益！我们为父老姐妹而死，祖祖辈辈会永远牢记！现在我宣布三条军纪，将士们必须人人遵守。请记住'奸人妻女者杀！抢人财物者杀！临战退缩者杀！'有酒有肉咱们共同分享，得到了财物咱们论功行赏！谁若是怕死，现在就出列，请马上回家种地，我不会怪罪于你。否则你违犯了我的军纪，那就不论是谁，定斩不饶！你们说能做到吗？"

"能做到！能做到！能做到！""违犯军纪，定斩不饶！""违犯军纪，定斩不饶！"两千多人异口同声，壮志震撼九霄，山林为之回响。老营的人们看了无不满心欢喜，交口称赞。

努尔哈赤委托安费扬古和额亦都负责训练这支队伍，指示他们一定要严格要求，带出一支能征善战的铁军。因此，二人除了安排正常的队列操演、突袭练习、马上拼杀、徒手搏斗和开弓放箭等科目之外，还别出心裁地穿插了一些特殊的训练内容。比如有一次二人布置骑兵小队演练追击敌人，队伍疾驰到一片小树林边，前面突然燃起大火，一时硝烟弥漫，烈焰飞腾，但二人并没有下达停止前进的命令。一名带队的什长稍微迟疑了一下，这支队伍马上就停了下来，安费扬古立即下令将这名什长斩首。

还有一次，将士们在苏克素浒河边上进行队列操练，前排的士兵已经走进水塘里，淤泥陷到齐腰深以上，再往前走会立即死亡。带队的那名达旦（百户长）没有接到命令，却擅自让队伍停了下来，二人当即以违抗军令罪将其斩首示众。

安费扬古和额亦都对将士们的要求近乎苛刻，对自己的约束也非常严格，要求将士们做到的，他们自己往往身先士卒。比如在负重翻越高山，徒步飞过沟壑，只身勇斗群敌，受伤不下战场等许多方面，他们都是士兵的表率。他们来得早，去得晚，不怕苦和累，耐心做示范，付出的辛苦和汗水要比士兵们多得多，受到将士们普遍的尊重和钦佩。二人带兵虽然非常严格，但是对士兵们也是关怀备至。他们除了与士兵们在一起摸爬滚打，还与士兵们食则同桌，寝则同席。哪个士兵受伤或者得病了，他们都主动帮助找医找药。谁家里有了急难之事，他们总会毫不犹豫地出手相助，资助点儿钱物什么的，那是常有的事。因此，士兵们都十分爱戴他俩，把他们视为自己的兄长。一时官兵和谐，兵强马壮。

老营的族人们见努尔哈赤既得到朝廷的认可、官兵的支持，又受到众兄弟的拥护和将士们的喜爱，因此对他和他的队伍逐渐看好，对他所开创的事业也充满了期待，对他手下那些大将亦格外青睐。他们感到这些人豪侠仗义，一身正气，是一群能干大事的英雄好汉，因而纷纷与之结好。努尔哈赤的五叔塔察篇古，主动把自己的爱女秋霜儿许配给了巴库尔。而额亦都则娶了他三伯的女儿参娃。二伯额尔衮不甘落后，干脆招赘安费扬古做了上门女婿。堂妹冬雪儿嫁了个文武双全的丈夫，乐得整天合不拢嘴。

努尔哈赤手下的几位牛录额真，包括他的三个弟弟，穆尔哈齐、舒尔哈齐和雅尔哈齐，都陆续迎娶了自己心仪的女人，过起了惬意的小日子。唯独剩下努尔哈赤，这位建州左卫的都指挥使大人，尽管媒婆们已经踢破了门槛，他仍然心不在焉，无动于衷。后来有些村寨的酋长和城主为了寻求支持和保护，干脆自己找上门来，住着就不走了。比如瑚济寨的城主索哈那，沙济城的城主旺吉努，嘉木湖的城主噶哈善，萨尔浒城的城主穆通阿等人，执意要与之联姻，非要把女儿嫁给他不可，弄得努尔哈赤极为焦躁和尴尬。

万般无奈之中，努尔哈赤找来了他的至近兄弟诉苦水：“我平生最钟情的女人是喜春儿，她跟了我六年多，与我的灵魂都连在一起了！后来她不幸去世了！我在抚顺关避难之时才娶的小青儿，如今她已生了二男一女，与我十分恩爱，我怎么能忍心再娶别的女人呢？我的心能装下她们吗？如果我真的那样做，不就成了无情无义之人了吗？”

安费扬古闻之说道：“大人此言差矣！这些部落主动联姻，目的是为了寻求保护，以图今后更好地生存。大人迎娶她们是为了稳定大局，拓展我们的事业。这纯粹是一种政治交易，和男女之间的什么情啊爱呀是两回事。如果您拒绝与他们联姻，那不是将他们推向反面，使他们有可能成为我们的敌人吗？这对您的事业是极大的不利呀！”

巴库尔随即也接着劝道：“联姻求和，古已有之，此乃大业所需，非英雄之所愿也！只要后院不起火，大人有何不可为之？依我之见，这样的事情，你问问小青儿，岂不甚好？”

努尔哈赤听了二人之言，觉得有些道理，于是在一天晚上欢愉之后，他对小青儿说了这件事。小青儿搂着他的脖子说道：“我知道你是个有情有义的男人，一颗心都在喜春儿姐姐的身上。每当我们俩欢愉之时，或者你在熟睡的时候，经常喊着她的名字。但我一点都不嫉妒，反而感到十分自豪。我愿意做喜春儿姐姐的替身，甘心为你做任何事，只要你心情高兴快乐就好！俗话说，兄弟如手足，妻子如衣服。人没有了手足无法行走和做事，但增加了衣服却可以美观和御寒。我知道无论你娶了多少女人，就等于多加了几件衣服。而我呢？则永远是你穿在里边的最贴心最贴肉的那件，是谁都无法代替的呀！对吗？我的夫君？”

努尔哈赤一把搂过小青儿，十分感动地说：“你哪是我的衣服啊？你是我的心肝！你如此温柔贤惠，善解人意，不愧为我的结发妻子！也不愧是我的红颜知己！我们已经有了三个孩子了，在我的心中，谁都无法代替你！”说着与小青儿紧紧地抱在一起，如同在广宁军马场那间破旧的草棚里，拥吻着他的喜春儿，努尔哈赤的心陶醉了！

不久，努尔哈赤先后迎娶了富察氏、钮钴禄氏、兆佳氏和伊尔根觉罗氏四位女人。小青儿待她们如同自己的亲妹妹，一家人相处得其乐融融。

正当努尔哈赤家庭稳定、部落稳定、民心稳定、军心稳定，他的事业稳中向好的时候，老营外边的天下并不稳定。具体地说，辽东女真的酋长们并不服气，许多人磨刀霍霍，虎视眈眈，准备向复兴中的建州左卫发动进攻。他们容不得有人异军突起，出人头地，他们要掐死这棵正在崛起的参苗。

尼堪外兰从巴尔达城逃跑以后，就近投奔了浑河部的兆嘉城。兆嘉城的城主叫作理岱，当年理岱率兵攻打瑚济寨的时候，尼堪外兰曾经派人为之引路。理岱被瑚济寨、沾河寨和嘉木湖寨的三部联军打败之后，几陷绝境，又是尼堪外兰暗中出兵接应，才让他侥幸逃脱，因此理岱对尼堪外兰心存感激。尽管是在落难之时只身来投，并且还冒着得罪努尔哈赤的风险，理岱还是满腔热情，以礼相待，每日里一日三餐好酒好肉，夜晚还安排美女相伴，因为他知道尼堪外兰得意这口。尼堪外兰也就乐不思蜀，在这里隐藏起来。

一日席间，尼堪外兰酒酣耳热，谈兴顿生。于是他微笑着对理岱说道：“城主兵强马壮，丰衣足食，内得族人拥戴，外受友邻好评，真乃天下豪杰，当世英雄，不知今后有何打算？难道就在这弹丸之地蜗居此生，岂不遗憾？”

理岱一扬手把碗中酒喝干，笑着说道：“今朝有酒今朝醉，明日愁来明日愁，过一天算一天吧！想那么多干什么呀？你看如今辽东这局势，李成梁老谋深算，各部落分崩离析，谁出头他就掐谁的尖，古勒山的惨剧才过去几天哪？所以扫清自己门前雪，莫与他人论短长。白天我有酒有肉，夜晚有美女相陪，就知足了！还图什么呀？”

尼堪外兰给理岱又添上酒，然后摇摇头说道：“贤弟此言差矣！愚兄不敢苟同。岂不闻人无远虑，必有近忧？害人之心不可有，防人之心不可无？如今努尔哈赤异军突起，咄咄逼人，内受族人拥戴，外得官兵支持，目前已连下图伦、萨尔浒两城，几乎统一了苏克素浒河部，前些日子不是又慑服了巴尔达城吗？现在噶哈善成了他的妹夫，我听说他近日联合了瑚济寨、沾河寨和萨尔浒城几家的人马，正准备向您发动进攻呢！难道说您一点儿消息都不知道吗？”

“努尔哈赤要进攻我？这怎么可能呢？”理岱满腹狐疑地说，“我与他往日无怨近日无仇，他为什么对我用兵？再说了，这么大的动静，我怎么一点儿也没听说呢？”

“没听说？也难怪！你白日蒙天黑地，晚上扯仨拽俩，能听着啥呀？我敢保证不出十日，他们的联军就会打到这里！不是努尔哈赤出兵打你，是噶哈善找你算账！你夺了人家原来的老婆，他会轻易放过你吗？像这种恼人的话谁会对你说呀？也就是我呗！都多少年的老朋友了，我忍不住啊！我不能眼瞅着你吃亏呀！”尼堪外兰摇唇鼓舌，抓住机会煽风点火。

果不其然，理岱不一会儿就上套了！他这个人虽然身手灵活，武艺不错，但是脑袋里却好像缺根弦儿，反应有点儿愚钝。听了尼堪外兰的话，他焦急地说：“真要进攻我呀？那你说怎么办？还请大人教我！”

“怎么办？还能怎么办？俗话说兵来将挡,水来土屯啊！早作准备，未雨绸缪哇！噶哈善的联军虽说有数千人马，但是大人您不也可以组织联军吗？你们兆嘉城把着浑河的水道，这附近的巴尔达城、鹅尔浑城和扎库木城，不都得听您的吗？”尼堪外兰接着说道，“他们是远道而来，人疲马乏，而您是守家在地，以逸待劳，你还怕他们吗？何况你坐拥山河两险，不仅城池坚固，还有精兵猛将，那帮人哪是您的对手？就是努尔哈赤亲自前来，他也得败在您的脚下呀！”

“你说这话我爱听！我理岱自从出道以来，若论单打独斗，还真没有谁是我的对手！听说努尔哈赤是条汉子，我早就想会会他了！那好！就按你说的办，组织五部联军，跟他们大干一场！”理岱昨晚没有睡好，中午酒又有点儿过量，听了几句奉承话脑袋就热了！即刻派人请临近的四位城主过来议事，尼堪外兰心中暗喜。

俗话说，世上没有不透风的墙，何况这么大的动静呢？兆嘉城这边紧锣密鼓地积极备战，很快就被建州老营知道了。一日上午，努尔哈赤和几位兄弟正在议事，“南蒙三杰”急匆匆地跑进来说：“启禀大人！尼堪外兰隐藏在浑河部的兆嘉城，鼓动五部联军与咱对抗，正准备开仗呢！”

此时妹夫噶哈善正坐在努尔哈赤的身边，听后立即接过来说：“理岱这厮虽然武艺高强，但是四肢发达头脑简单，他一定是受了尼堪外兰的蛊惑，才贸然做此拙劣之事。五年前他率兵入侵苏克素浒河部，我们与他打过交道，互相之间有所了解，他这个人本质上还不坏。我想先去会会他，劝他放弃对抗的行为，主动交出尼堪外兰，这样可以免动干戈，岂不甚好？”

噶哈善为人老实，忠诚善良，像他的名字那样厚道坦荡，努尔哈赤十分信任他。自从老屋起兵以来，他一直协助舒尔哈齐，办理这支军队的庶务，既勤勉又可靠，深受众人的赞许。听他这么一说，努尔哈赤认为也无不可，先礼后兵嘛！这对双方都有好处。于是他同意噶哈善前往兆嘉城，但是提醒他不能在那里喝酒。无论是否谈拢都要速去速回，以防夜长梦多，旁生变故。噶哈善闻之一一应允，只带随身侍卫三人前往。

噶哈善来到城里说明来意，心存良善，面带真诚，一丁点儿也没有挟隙寻仇的意思，更没有发兵攻城的打算，这让理岱疑虑顿消，前嫌尽释。两个人谈得十分投机，理岱一再留他吃酒，并把自己的妻妾请出来与他见面。噶哈善推辞不过，也是为了拉近感情，完成使命，因此便勉强坐了下来。两个人你谦我让，酒还没有喝过五杯，就见噶哈善突然大叫一声，脑袋一歪，一大口鲜血“哇”地吐出，随即倒地而死。理岱大惊失色，不知何故，当时就吓傻了！

原来尼堪外兰生怕二人谈拢，那自己的这番图谋就白费了！于是在二人饮酒之时，暗地指使纳喇氏的弟弟萨木占前去敬酒。萨木占趁二人交谈正酣之机暗下毒药，当时就毒死了噶哈善。这样理岱就跳进黄河也洗不清了！他不想打也得打，因为努尔哈赤绝不会放过他！想到自己的这一杰作，尼堪外兰差点儿笑出声来。

且说噶哈善的三名侍卫慌慌张张地跑回建州老营，向努尔哈赤哭诉了事情的经过，在场的兄弟们立刻就炸了！一个个义愤填膺，怒火万丈，纷纷要求出兵讨贼。努尔哈赤气得一拍桌子：“理岱蟊贼，狂妄至极！真是和尚打伞，无法无天！他也太不把我们放在眼里了！竟敢毒死我的妹夫，这不是公然向咱挑战吗？这还了得？岂能容他？！来人哪！传令下去，兵发兆嘉，活捉理岱，抽筋扒皮，报仇雪恨！”

“兵发兆嘉！活捉理岱！抽筋扒皮！报仇雪恨！”将士们同仇敌忾，飞身上马，一路上呼喊着雄壮的号子，向浑河部的兆嘉城突飞猛进。时值隆冬，天降大雪，北风呼啸，山路崎岖。队伍行至半路已十分疲惫，许多人面露畏难之色。安费扬古乘机劝道：“讨伐恶贼，天经地义！但天象突变，道路难行。我军即或到达那里，也已成为疲惫之师，恐怕急切之间难以取胜。不如暂且退兵，我们改日再来！”

安费扬古不仅是努尔哈赤的发小儿，还是他的密友，起兵以来一直是他的左膀右臂，所献之策思虑缜密，因之无不言听计从。但此番努尔哈赤摇了摇头，坚定地说：“带兵打仗，军令如山！一言既出，岂可反悔？须知志可增而不可堕，劲可鼓而不可泄。天象陡变，人马难行，固然对我方不利，但对方也会因此放松警惕，反而是我们偷袭成功的良机。我们在老营大张旗鼓而来，怎能够杀猪丢梃杖蔫退？那不是伤害族人之心、被外人耻笑吗？我们今后还怎么带兵？严令全军，继续前进！你们看着我的战马，我走到哪里，你们就跟到哪里。有退缩者，立斩不饶！”说完拉着黑虎，领头攀爬前进。将士们闻言皆为之一振，人人奋勇向前。

努尔哈赤率领着他的队伍穿冰河、过雪岭、攀巉岩、越丛林，于凌晨时分到达兆嘉城下，稍事休息之后，立即发起进攻。这支精锐之师如同神兵天降，令守城的将士们目瞪口呆。好在理岱精于部署，早有准备。他从小妾的身边爬起来之后，匆忙带人上城守卫。一阵急促的鼓声响过之后，五部联军的数千人马迅速登上城墙，其反应之快，令努尔哈赤十分震惊。

舒尔哈齐隐在大树之后，对城头上高声喝道："理岱蟊贼，窝藏恶狗，竟敢狼狈为奸，毒害我部使者，实属罪大恶极，理应碎尸万段！今大军到此，给你出路，交出恶狗，留汝全尸！否则城破之时，让你灰飞烟灭！"

理岱在城头上听了之后，冷笑数声，亦高声回答："努尔哈赤！你好大的口气呀！这里不是建州老营，容不得你横行霸道！告诉你，噶哈善不是我害的！查清了我会告诉你，请不要血口喷人！念你远道而来，又是悲愤满腔，权且放你一回，我们下次再战。否则我五部联军一齐动手，定会杀你个片甲不留！"

不等努尔哈赤说话，额亦都早已按捺不住满腔的怒火，"嗖"的一步蹿出，抢先回答："理岱小儿！臭不要脸！敢做不敢当，纯属屎壳郎！今天你不交出尼堪外兰，我让你全家顷刻玩完！"说罢一蹦老高，跳脚大骂。

理岱隐在垛口旁边怒不可遏，这么多年来还没有人敢如此羞辱于他！他要教训一下这个大嗓门儿的家伙！于是他拈弓搭箭，"嗖"的一箭射去。但由于夜色朦胧，视线模糊，再加上额亦都连蹦带跳，手舞足蹈，这一箭竟然没有射中他，反而越过他"扑哧"一声，穿在了长白三虎的胸膛之上，三虎一声没吭，翻身落马。

努尔哈赤一见勃然大怒，马鞭一挥，大虎率领着其余的四虎"唰"的一下就蹿了出去。五个人共同抱起一根粗大的树桩，想用它撞开城墙上的大门，不料才冲到城墙跟前，城头上一声呐喊，刹那间箭如飞蝗，滚木礌石亦一齐砸下。大虎、二虎和四虎虽然中箭，但无生命危险。而五虎和六虎就没有那么幸运了！他们同时被一根巨大的滚木砸中，大叫一声，命丧黄泉。转眼之间，长白六虎仅剩下兄弟三人了，而且都身带箭伤。

安费扬古见状急了，率领着将士们冒死猛冲，终于到达城墙根下，但由于长途跋涉未带云梯，将士们只能搭人梯向上攀爬。三丈多高的城墙，士兵们往往爬到半道就摔了下来。有两次可算爬到离垛口不远了，却被城墙上劈头盖脑一阵冰水浇了下来。士兵们一个个全成了落汤鸡，理岱则率领着部下一阵阵哈哈大笑。

冲上去的士兵们非死即伤，最轻的也被冻成了冰棍，安费扬古有些束手无策，努尔哈赤也非常焦急。将士们虽然如癞蛤蟆上蒸锅，里外都是气，但是却干鼓肚使不上劲儿。额亦都在一边踱来踱去，忖不住了！他迅速甩掉外衣，露出臂膀，抱起一根粗大的滚木作为盾牌，“噌、噌、噌”几步蹿到城下，随即竖起滚木，向着城上爬去。额亦都虽然生得虎背熊腰，往人前一站像尊铁塔，但他从小就跟徐哑巴师父练过轻功，身手及其矫健，动作非常灵活。他沿着那根巨大的滚木，就像一只山中的狸猫，眼瞅着即将爬上城头。

城上的守军看见慌了，急忙用滚木砸他，用礌石打他，均被他挥舞两臂横扒拉竖挡推了出去。眼见再有几步就登上了城头，被闻声赶来的理岱顺手一箭，射中额亦都的左臂。由于距离太近，那支箭的力道极猛，“嘭”的一声穿透左臂，把那只胳膊钉在了滚木之上。理岱见了哈哈大笑。“好小子！有本事！这回我看你还往哪爬？”说着顺手搭上另一支箭，眼看着额亦都嘿嘿冷笑，引而未发，好像猫戏老鼠。

额亦都见之勃然大怒，心说小狼崽子你敢戏弄我？戏弄我的人都不得好死！看你爷爷我怎么收拾你！想到这里他突然大喝一声：“呔！还给你！”一狠心用右手拔出那枝羽箭，箭头的倒须上还带着一大块皮肉，“啪”的一下向理岱甩了过去。那支箭挟血连肉还带着强大的功力，“啪”的一声，扎在了理岱的肩膀之上，竟然把他的肌肉射穿！吓得他大惊失色，魂飞天外，手一哆嗦，连弓带箭全扔在地上了！

理岱从小在长白山莲花观学艺，出道三十多年来，在辽东这块土地上从未遇见过敌手，更没碰到过这样的虎将，难道说是天神下凡了？就在他稍一愣神，伸手去拔箭头的一刹那，额亦都趁机纵身一跃，已如一只大鹰一样，凌空飞上城头，顺手绰起两个守城士兵的身体当作武器，向垛口边的理岱猛扑过去。理岱身边的两名侍卫举刀来迎，被额亦都手中的人肉软锤“啪啪”两下打倒，他们手中的钢刀全插进其同伙的肚子里。额亦都可能不愿意玩死的，喜欢玩活的，他扔下那两个已被扎死的士兵，又绰起这两名侍卫向理岱砸去。周围的士兵们过来帮忙，被额亦都伸开双臂，一扫一片，纷纷打倒在地。那两柄人肉软锤带着风声，眼瞅着就要落在理岱的身上。理岱哪见过这样的打法？吓得他魂飞魄散，腿肚子转筋，急忙掉头向城下跑去。守城的士兵见城主跑了，不知是谁喊了一声：“城主都跑了！赶快逃命啊！”一个个小脑瓜一晃，撒丫子就蹽，简直比兔子跑得还快。

且说努尔哈赤见额亦都冲上城头，心中大喜，立即挥军攻了上去。他与“南蒙三杰”一起，飞身跃上城头，迅速打开大门。安费扬古率领着后边的将士们，如潮水般一拥而入，迅速地占领了中间的阵地。他们高喊着：“城被破了！抓理岱呀！杀毒狼啊！捉骚狗啊！”一时声威大振。两侧的五部联军乃其他部落的将士，这时见兆嘉城这边先败了，随即拔旗走人，一哄而散。谁给别人真卖命啊？那不是傻子吗？

额亦都挥舞着他的人肉软锤横冲直撞，冲在头里，他嗷嗷怪叫，胡须奓起，两眼血红，声如炸雷，撵着那帮逃兵追打，简直像猛虎在追赶着羊群。吓得守城的士兵扯开嗓子叫喊：“可不好了！天神来了！赶快跑啊！要没命啊！”一个个只恨爹娘少给生了两条腿，人人舍命地奔逃。关键是他们知道，后边那个凶神一般的家伙总换锤呀！给谁逮住不够呛啊？不光是命给整没了，那尸首还要得了吗？

理岱虽然受伤，但他身轻似燕，健步如飞，很快就甩开了大队的逃兵，率先跑回了他的府邸。他明白大势已去，此城必失，急命妻妾们收拾金银细软，准备偕家人出逃。没想到他的行踪，早就被“南蒙三杰”给盯上了！兄弟三人施展轻功，紧紧跟随。理岱匆忙之间收拾好东西，刚刚走出屋子还没有跨出大门，就被“南蒙三杰”围在了院心。

理岱轻功高超，身怀绝技。虽然城池将破，自己被围，但他仍然不慌不忙，叮嘱妻妾们在大门外等他，随之与“南蒙三杰”激战在一起。他腾挪闪跳，拳脚并用，翩若惊鸿，矫若游龙，像只泥鳅一样游走于三人之间，偶尔还伸出双掌，拍打一下对方的额头或后背，虽非戏弄，却是提醒。他想玩一会儿猫捉老鼠的游戏，警告一下这三个难缠的家伙，然后再把他们一一打瘫。

没想到“南蒙三杰”也不寻常，他们在大青山圆觉寺待过五年，跟随老喇嘛查桑顿珠学过不少真功夫。三个人配合默契，形同一体，进退有序，招法精奇，把理岱缠得心焦气躁，黏得头脑发烦。他们虽然一时还无法抓住理岱，但理岱似乎已经无法脱身。

僵持之中，理岱急了！他怕努尔哈赤的大队人马如果到来，那他可真的就走不了了！于是他伸手入怀，掏出一把铁莲子，手一扬，身子一转，呈两个扇面抛出，瞬间全打在三人的肩胛之上。“南蒙三杰”没料到理岱使出如此阴招，猝不及防，不约而同地哼了一声，同时倒在地上。

理岱拍拍手冷笑一声，刚想脱身，不料一人如从天而降，横在门口。理岱急着想跑，忙伸出左手虚晃一拳，右手随即飞出，变掌为爪，恶狠狠地向来人的心口抓去。在攻击来人上身的同时，他的右脚又如闪电一般，照准来人的小腹猛踢过去。这一招虽然简洁明了，却快如疾风。理岱本想趁那来人闪身之机，瞅空逃跑。不料那来人的身躯横在正中，纹丝没动，只伸出两手轻轻拨弄了几下，就把理岱的招数全部化解。

理岱不禁心中一惊，方知对方是个高人，顿时兴趣大增，斗志猛涨。他使出平生所学与之周旋，一会儿蹿房越脊，如同神鼠，一会儿飞上树梢，像只苍鹰，一会儿狠如豺狼，招招直奔对方要害，一会儿毒似巨蟒，必欲置其死地而后快。然而两人打斗了数十个回合，尽管他已累得气喘吁吁，额头冒汗，却始终伤不到对方一根毫毛，甚至可以说看不着对方的影子。那个人快若轻风，疾如闪电，似有似无，时隐时现，只是周旋，并不还手。

理岱招法用绝，气急败坏，为了尽快脱身，他又故技重演。趁着对手躲他飞脚的工夫，掏出一把铁莲子顺手撒了出去。那把铁莲子呈扇面形展开攻击，理岱坚信那人必着上无疑！没承想那来人如鬼魂一般，不知怎么竟然绕到了他的身后。他只觉得颈上轻轻一麻，随即“扑通”一声瘫倒在地上。但他的那把铁莲子并没有白扔，几乎全落在门口他的那几名妻妾身上，那几个婆娘立即哎哟吼叫倒在门外。

理岱被那来人点开麻穴，随即又五花大绑地将他押进大堂。此时“南蒙三杰”已被救醒，额亦都也满身是血地走了进来。安费扬古和舒尔哈齐率领着将士们肃清残敌，又细细地搜索了全城，唯独没有找到尼堪外兰，这家伙趁混乱之机又跑了！二人走进大堂向努尔哈赤报告。

努尔哈赤端坐在虎皮交椅之上，对跪在大堂中央的理岱厉声喝道：“大胆理岱！狼心狗肺！竟敢勾结骚狗，下毒害我亲人！如今又对抗天兵，杀我战将，罪大恶极！死有余辜！快说，尼堪外兰跑到哪里去了？你为什么要毒死噶哈善？”

理岱闻言抬头一看，方知说话者即是与他过招之人，这个人必是努尔哈赤无疑了！于是他强忍着腿痛站起来说：“我早就听说努尔哈赤是个大英雄，识见高远，武功卓绝。今日见面一交手，您的功夫我佩服！您确实是辽东女真第一条好汉，我根本就不是您的对手！但您的识见我却不敢恭维，您也是个四肢发达、头脑简单的家伙，这一点令我非常失望！”

理岱说到此处，见努尔哈赤虽然面有愠色，然而并未发作，这才挺起胸膛继续说道：“俗话说有仇当雪，知恩图报。尼堪外兰是你的仇人不假，这一点我也知道。但他当年曾经帮助过我，危难时刻救过我的性命，算是我的恩人。你说恩人落难了前来投靠，我能把他赶出去吗？我能把他交给你吗？那我还是个人吗？他在这里住了几天，我怎么就叫勾结骚狗了呢？”

见努尔哈赤仍然没有吱声，理岱昂起头来斩钉截铁地说：“至于说噶哈善大人中毒身亡，我也很悲痛，但这绝不是我干的！是纳喇氏的弟弟萨木占所为，他投完毒以后就跑了，生怕我问罪于他。大人您贵为建州左卫的都指挥使，堂堂的朝廷四品官员，您不问青红皂白就贸然发兵攻城，这不是以强凌弱挟私泄愤吗？您伤了几个弟兄就受不了了，大发雷霆，那我守城的士兵呢？他们死了谁负责呀？所有枉死之人皆汝之过也！你还咋呼什么呀？”说罢昂首挺胸，视死如归。

额亦都一听就炸了：“你与老骚狗同流合污，毒死了指挥使大人的妹夫，又打死打伤了我们这么多兄弟，还敢颠倒是非、强词夺理？来人哪！给我拉出去，剐了他！”

“拉出去！剐了他！拉出去！剐了他！”“南蒙三杰”咬牙切齿，异口同声，院内外的将士们亦齐声呐喊，吼声如雷。

理岱轻蔑地冷笑数声，然后说道：“要杀要剐，随你的便！瞎咋呼什么呢？真是个大草包！”

额亦都飞步向前，举刀欲砍，被努尔哈赤伸手止住。他爱惜理岱一身武功，像条好汉，立即把后院的厨役招来询问。有数人证实，毒害噶哈善之事确非理岱所为，实乃尼堪外兰与萨木占二人密谋下的毒手。他们是想以此绑架理岱，使其被迫与努尔哈赤对抗。

努尔哈赤弄清了事情的原委，立即站起身来走到理岱身边，亲自为他解开绑绳，然后执其手诚恳地说：“适才我情况不明，就对你严加斥骂，这都是我的过错！我向你赔礼道歉，还请城主见谅！”说罢低下头来，深施一礼，慌得理岱不知所措，连忙还礼。

努尔哈赤拉理岱入席，然后端起酒杯说道：“此战互有损伤，可以既往不咎。但是阵亡的将士是无辜的，我们必须要厚加抚恤，这一点请你放心。值此国家用人之际，我们女真族更应该精诚团结，以便抱团求存，共谋发展。城主一身武艺，为人正直，何不报效国家，为民出力？怎可偏居一隅而虚度年华，岂非人生憾事？”言语之间极为真诚。

理岱见努尔哈赤武功卓绝，早已佩服得五体投地。现今又见他态度诚恳，语言谦恭，心中十分感动，遂俯地下拜曰：“大人胸襟，蓝天沧海，令在下钦佩之至！如蒙不弃，愿意相随，即使肝脑涂地，亦当在所不惜。”

努尔哈赤闻之大喜，他亲手扶起理岱，高兴地说：“城主深明大义，实乃部族之福！就劳烦你依然统率本部兵马，为我建州左卫的牛录额真，在浑河东一带镇守，逐步招抚其他各部，但切不可以轻易用兵。”理岱叩头应允，当日尽欢而散。

三天之后的一日上午，理岱撒出的探马回来报告，说尼堪外兰可能藏在马尔墩寨，努尔哈赤当即命安费扬古和理岱率兵出击。理岱轻车熟路，带人夜袭，亲手射死了萨木占，并俘获了纳喇氏。纳喇氏见到努尔哈赤以后，打滚撒泼，寻死觅活，不吃不喝，似同疯癫，后来她撞死在塔克世的墓前。

安费扬古带兵搜遍马尔墩寨及其附近的山林，仍然没有发现尼堪外兰的踪影。努尔哈赤无奈，率兵返回老营。此战虽获大胜，但他损失了三员虎将，心里怎么也高兴不起来。尼堪外兰到底逃到哪里去了呢？难道他钻天入地了吗？急于复仇的情绪搅得努尔哈赤心神不宁。

第十九回

投叶赫图谋除对手　靠官兵设计灭双枭

攻取了浑河部的兆嘉城，收降了名将理岱，除掉了尼堪外兰的帮凶萨木占，还意外地抓获了背主投敌的纳喇氏，努尔哈赤的这次出师可谓大获全胜，载誉而归。回到建州老营之后，他首先带着全体将领，去看望阵亡将士的家属，给他们送去金银、布匹和牛马，帮助他们安排生产和生活。接着又请来十几位高僧，在苏克素浒河边举办水陆道场，为阵亡的将士们超度，希望他们早升天界。然后他又亲自挖坑填土，把他们葬在离老营不远的桥山（今辽宁省新宾满族自治县永陵镇启运山）脚下，让他们的英灵如同千年的苍松翠柏，永远陪伴着绿水青山，守护着建州老营。

祭奠完阵亡将士之后，努尔哈赤下令大摆筵席，宴请本次出征的各位将领，对安费扬古、舒尔哈齐、穆尔哈齐、雅尔哈齐、巴库尔、“南蒙三杰”、大虎、二虎和四虎等人论功行赏，分别赐予金帛和财物。对在此战中英勇无畏、立下大功的额亦都，努尔哈赤把他让到首席，与他行抱见礼，赐予他建州女真“厄姆巴图鲁（第一勇士）”荣誉称号，赏给他铁甲一副、锦袍一领、玉带一根、白银五百两，将他树立为全军效仿之楷模。席间，努尔哈赤亲自给他斟酒，为他切肉，帮他穿上锦袍，系好玉带，感动得额亦都连连叩首，热泪盈眶。努尔哈赤百感交集，与众将开怀畅饮，众人皆大醉而归。

此后一连数日，努尔哈赤心情忧郁，沉醉不起。每当他看到妹妹那张挂满泪痕的脸，他就痛心疾首，歉疚不已。他觉得若不是自己轻率决策，让噶哈善去兆嘉城搞什么劝降，也许自己的妹夫就不会死！都是尼堪外兰这个坏种干的好事！这家伙欠下的血债实在太多了！而至今却仍然得意扬扬，逍遥法外。想至此处，努尔哈赤恨得牙根痒痒，从炕上“腾”地跳下来，急令“南蒙三杰”外出打探。他愤怒地说：“尼堪外兰这条恶狗！一天不抓住我就寝食不安！哪怕这家伙跑到天涯海角，变成了乌龟王八蛋，我也要打把鱼叉把他扎上来！让他碎尸万段！”

然而尼堪外兰并不好抓，他实在是太狡猾了！说他是烂泥塘里的臭泥鳅，那是一点儿也不假！这家伙那日在兆嘉城里，指使纳喇氏弟弟萨木占在酒中下毒害死噶哈善之后，知道自己此行已经大功告成，再待下去就有害无益了，说不定还有生命危险，于是便悄悄地溜走了！他料到努尔哈赤一定会火冒三丈，兴兵复仇，而理岱是哑巴吃黄连，有苦难言，浑身是嘴也说不清楚，必然会被迫迎战。反正浑河部的五部联军已经都来了，就让他们跟着努尔哈赤使劲去吧！这些家伙一个个看似鬼精鬼灵，还不都是我手中的玩物？慢慢的别着急，我都玩死你们！想至此处，尼堪外兰坐在马上嘿嘿直笑，简直就乐颠馅儿了！

溜出兆嘉老城，钻进茫茫林海，下步到哪里去呢？尼堪外兰着实犯了难。广宁卫是不能去了！李成梁根本指不上了！这个狼心狗肺的家伙，自己给了他多少财宝？送去了多少女人？给他搜集了多少情报？为了讨好他又得罪了多少人？如今他看见自己没用了，就一脚踢开了不理不睬，真是一条喂不饱的狗！每想至此，他就十分心酸和难过。

附近的那些村寨也不能去了！那些酋长们一个个胆小如鼠，见风使舵，如今连理岱都归顺了努尔哈赤，谁还敢收留自己呀？再说了，去他们那里也不安全啊！他们谁敢得罪努尔哈赤呀？谁又是人家的对手啊？一想起努尔哈赤那张黑如镔铁的脸和那阴冷的目光，他就吓得浑身哆嗦，牙齿打战。万一让这小子抓住了，我的妈呀！那还了得？尼堪外兰感到脊背冰凉，他不敢再想下去。

思来想去，尼堪外兰觉得，眼下若想平安，必须得找一个较大的部落，贴上一位强大的靠山。而此时此刻在辽东女真当中，这样的部落只有两家，一家是哈达部，一家是叶赫部。哈达部在前些年还行，在所有的部落中是最强大的，其酋长王台曾被朝廷封为龙虎将军，盛极一时，但是自从王台死后，哈达部就乱了套了。长子虎尔罕虽然继承了王台的封位，但是其异母弟康古六和孟格布禄心中不服，兄弟三人明争暗斗刀光剑影。自己若贸然前去投靠，势必被卷入旋涡之中，说不定会被一方出卖，那可就惨透了！所以现在别无选择，只能去投奔叶赫了！一想起那两个贝勒阴阳怪气的样子，尼堪外兰不由得心里直打鼓。哎！是死是活也得闯一回了！他无可奈何地摇了摇头。

叶赫是海西女真其中的一部，也是目前最强大的一部。在海西女真四部当中，哈达部因为居住在哈达岭这座大山附近而得名，其余那三部全都是因为靠近某一条河流而被称谓。叶赫部就是因为生活在叶赫河流域而得名。

叶赫部东邻辉发，南接哈达，西南临近开原，西边挨着蒙古，北部则与乌拉部较近。叶赫部的先祖星根达尔汉原是个蒙古人，姓土默特氏，15世纪初期，从锡林郭勒草原来到海西。他凭借武力消灭了在那里居住的纳喇部女真人，占据了那里的土地和人口，与之相融日久，便改称为纳喇氏，并随从了女真人的风俗习惯和语言。

公元16世纪初期，星根达尔汉的第四世孙褚孔格率部南迁，起初在开原以北一带游牧，后来才在叶赫河流城定居。叶赫部的族人迁到这里之后，就与毗邻的哈达部不太和睦。明朝当时赏给两部共九百道敕书，两家常为争夺敕书的多少而争斗。

在一次争斗之中，叶赫部贝勒褚孔格被哈达人乱箭射死，两部由此结下了世仇。褚孔格的儿子太杵继位以后，由于生性软弱，才能平庸，叶赫部一直受哈达部欺侮，太杵暗气暗憋，终于被活活气死。太杵的两个儿子清佳努和扬吉努继任贝勒之后，仇恨满腔，励精图治，暗蓄实力，立志复仇，叶赫才逐渐强大起来。

叶赫部的治所在叶赫古城，叶赫古城分为东西两座，东城位于叶赫河的南岸，西城位于叶赫河的北岸。两城皆修建在山峦之上，居高临下扼守要津，如龙盘虎踞，蔚为壮观。且山清水秀，草木葱茏，霞光笼罩，紫气升腾。山林里常闻虎啸猿啼，传弥久花香。天空中偶有鸾鸣凤舞，留数道彩虹。当年曾有一位风水大师说过，此地青山抹黛，山环绕水，阳光虽足而阴气更盛，后世当有数位女贵人出现而名震华夏。他说得准与不准，我们不得而知，但叶赫部当时佳丽无数、美女如云却是真的，许多人因此而慕名前往。尼堪外兰边走边心旌摇动，想入非非。

清佳努和扬吉努兄弟二人不仅极为强悍，而且都很有胆略。哈达部王台在世的时候，因为得到朝廷的支持，本部落军事力量又强大，因此兄弟二人俯首帖耳，规规矩矩，表面上态度极为谦恭，暗地里却在积蓄实力，磨刀霍霍。王台死后，虎尔罕兄弟三人明争暗斗，互相残杀，不久虎尔罕抑郁而死，其子歹商继位。康古六和孟格布禄恼羞成怒，起兵作乱。清佳努和扬吉努认为时机已到，一方面支持康古六和孟格布禄，挑拨他们与歹商的关系，另一方面突然出兵，袭击了哈达部所属的十几个村寨，抢走了大批的人口、财产和牛马，开始实施他们的复仇计划。

尼堪外兰虽是图伦城主，但他对哈达和叶赫之间的这些恩怨清清楚楚。他知道清佳努和扬吉努是孟格布禄的亲舅舅，自然会帮助他们的外甥进攻歹商，夺取哈达部的最高权力。他也知道王台的女儿嫁给了索长阿的儿子，索长阿是觉昌安的三哥，是努尔哈赤的伯祖父，王台的女儿是努尔哈赤的堂伯母，努尔哈赤等于是歹商的表兄。因此，歹商一定会向努尔哈赤求援，建州左卫也一定会帮助歹商，与孟格布禄一决高下。而努尔哈赤呢？现下又是李成梁面前的红人，一定会撺掇李成梁扶持歹商，打压孟格布禄，这对叶赫来说是十分不利的。尼堪外兰决心抓住这一点，诱使这二位贝勒上钩。

尼堪外兰风尘仆仆，直接来到叶赫西城。他知道兄弟二人虽说同为贝勒，各居一城，但是清佳努更为狡猾，在重大事情上往往具有决断的权力。他在贝勒府门前徘徊良久，足足等了一个多时辰，负责通报的侍卫才放他进去。

进了府邸正堂，正好扬吉努也在。兄弟二人好像在商议什么事情，屋子里弥漫着浓重的烟雾。尼堪外兰一进门，一股浓烟忽地飘出，呛得他立马打了一个喷嚏，连鼻涕带眼泪全出来了。透过朦胧的烟雾，他看见兄弟二人隔着一张方桌并排而坐，一个个跷着二郎腿似笑非笑，面带嘲讽，像一对盛气凌人、玩世不恭的阔少。

尼堪外兰进屋以后，首先撣撣双袖拱手施礼，然后满面笑容地打个问讯，“多日不见，甚是想念！两位大人一向可好？图伦城主尼堪外兰这厢有礼了！”

那清佳努眼睛望着屋顶，用手指抠着鼻孔，连眼皮都没撩。倒是扬吉努给点儿面子，阴阳怪气地接过来说道：“哎哟哟！这是哪阵邪风啊？咋把你从狗窝里吹出来了呢？我说刚才咋闻着一股骚臭味儿呢？原来是城主大人到了！哎呀！不对！叫城主大人不对了！我才想起来，你的图伦城早就丢了呀！该叫你什么呢？叫漏网之鱼，还是叫丧家之犬？”

尼堪外兰与叶赫部这两个贝勒相识多年，互有往来。过去只要二人到抚顺关办事，连来带去一应的接待事项，全由他给安排。不但酒喝好喽，肉吃足喽，烟抽透喽，连陪睡的女人都给预备够喽！这两个家伙爱玩蒙古女人，尼堪外兰每次都给他们安排十几个。临走的时候，还一定要给带点儿东西。如今自己百里迢迢，辛辛苦苦前来拜访，这两个家伙可倒好，非但连个座位都不让，还盛气凌人，出言不逊。真是狗眼看人低呀！不是当年围着我甜哥蜜姐、低三下四的时候了！为了让我在李成梁面前说好话，连自己的老婆都让我睡了，装什么人啊！尼堪外兰一怒之下，转身想走，但他咬咬牙咽下一口唾沫，还是忍住了！

于是尼堪外兰强颜作笑，假装没当回事，他自己找了个座位坐了下来，随即开玩笑似的说道：“我听说龙离开大海也是龙，虎离开深山也是虎，家鸡偶尔飞上天空，它也不是凤，耗子把窝修得再漂亮，它养的也是喂猫的货！丢了图伦城怎么了？丢了图伦城我也叫城主，咱的朋友照样满天下！不像有些人是鼠目寸光，做井底之蛙！自己大难临头了，还浑然不知！我今天来到这里，是念着旧日友情特来相告。既然两位大人如此繁忙，那在下就告辞了！”说着转身往外就走。

眼见得尼堪外兰即将走出厅堂，清佳努急忙站起来说：“莫着急！请留步！我的城主大人！二年不见，你咋还长脾气了呢？二弟不过是跟你开个玩笑，你咋还当真了呢？方才你说什么来着？怎么就叫大难临头了呢？你说谁呢呀？”

“说谁呢？说你呢呗！说你俩呢呗！可怜叶赫这些无辜的百姓了！都要跟着遭殃喽！”尼堪外兰没有停步，依然往外走，像是十分惋惜的样子。

清佳努歪过头来使个眼色，扬吉努急忙上前一把拽住：“我说城主大人，请您少安毋躁！坐下来把话说清楚，什么叫大难临头啊？此话怎讲？”他拉着尼堪外兰坐在主宾席上，顺手倒上一碗参茶。

尼堪外兰还真是渴了！他捧着茶壶连喝三碗，这才抹抹嘴唇慢悠悠地说：“你们夺取了哈达部十几个村寨，现在整个辽东都传疯了！歹商真刀真枪地斗不过你们，已经向他的表兄努尔哈赤求援了！建州左卫的人马正在集结，估计最近就要兵发叶赫。到时候他们表兄表弟一联手，你们就准备打仗吧！至于谁输谁赢，还用我说吗？”

清佳努听后心中一惊，即刻冒出一身冷汗。他知道哈达部与建州卫有姻亲关系，努尔哈赤是歹商的表兄。据说这家伙武功卓绝，无人能敌，手下精兵猛将，个个如狼似虎。更可怕的是这个人与李成梁的关系微妙，如今正在得势之时。如果他与歹商联起手来，情况确实不妙，自己的外甥孟格布禄肯定斗不过他们！那么自己借力打力，企图统一女真的梦想，就彻底破灭了！想至此他站起身来，装好一锅罂粟壳烟，又点燃了之后递给尼堪外兰说道："如此说来，事关重大！城主远道而来，必是胸有成竹，还请不吝赐教！"

尼堪外兰接过罂粟壳烟，不失时机地猛吸一口，让那好闻的烟雾在口腔里停留了好大一会儿，眯着眼睛享受这种瞬间的快感，然后才长出一口气，将烟雾从两个鼻孔中喷射出来。他舒服得连打了三个喷嚏，这才似乎有些不情愿地说道："歹商年少无谋，不足为虑。明军事不关己，却也不必担心。只有这个努尔哈赤啊！出身将门，素有大志，文武双全，又得民心，乃是我辽东女真之翘楚，关东大地之豪杰！他若是带兵来到这里，恐怕你们是有法请神，没法送神哪！到时候别说什么哈达了，连叶赫都得被他灭喽！"

"啊？有这么厉害？我就不信了！听说过努尔哈赤是文武双全，胆略过人，但他一人浑身是铁，能打多少钉啊？我倒真想会会他，看他有没有三头六臂！我的五千铁骑也不是吃素的！"扬吉努身材高大，膂力过人，武艺出众，身手不凡，听了之后有些不服气地说道。

"会什么呀？你没会过，还没听说过吗？他在十几岁的时候，就一个人打死过十头大犍牛！据说连李成梁都不是他的对手！理岱的功夫不错吧？在咱辽东女真之中，也算是一条好汉，但他那点儿招数，在努尔哈赤面前就像个孩子！萨尔浒城三兄弟武艺够高吧？在努尔哈赤面前连一个回合都没有走上，脑袋就整丢了！我带两千名骑兵跟他对过阵，结果被他带一百多人打败了！败得很惨！败得落花流水！另外，不只是他一个人厉害呀！他手下的额亦都、巴库尔、安费扬古、'辽北双雄'、'南蒙三杰'以及'长白六虎'等，个顶个如狼似虎，勇不可当！你会什么会呀？不是自讨苦吃吗？黄鼠狼怕尿碱，啥皮子啥熟法儿！对付这样的人物，你得用别的办法呀！"尼堪外兰诡秘地说。

"那可用什么办法呀？这么远的路，也不方便呀！再说了，人家是正经的朝廷命官，出了事恐怕不好办哪！"扬吉努有些担心地说。

"俗话说明枪好躲，暗箭难防。关王爷威震华夏，还不是败在了吕蒙的手上？"尼堪外兰嘿嘿一笑，用右手掌做了一个斜劈的动作，"我们做得神不知鬼不觉，朝廷又能有什么办法？他们找谁去呀？"

扬吉努还是有点儿懵懂，清佳努却彻底听明白了，他会意地说："好！好！太好了！这个办法好！这样既能化解眼前的难题，又为咱们的将来除掉了一个对手！真是太好了！要说做这种事，我这里倒有一个合适的人选。此人不但轻功高超，而且善使暗器，二十步之内用飞刀取人性命如同探囊取物！是关东地区江湖上一等一的高手，人称‘鬼见愁’。恐怕努尔哈赤见了他，也会发愁啊！”

“既然已经决定，那就事不宜迟！否则人家大军先到，那就黄花菜都凉了！”尼堪外兰见清佳努已经上套，顺势又加了一把火。

三个人密谋停当，两贝勒心花怒放，好像他们已经大功告成一样，二人的态度来了个一百八十度的大转弯。他们盛情招待尼堪外兰，把他当成最尊贵的嘉宾。当晚三人推杯换盏，喝得半醉方归。酒饭以后，清佳努还不忘找来四位叶赫部的美女连唱歌带跳舞，既按摩又陪宿，乐得尼堪外兰左拥右抱，一天一夜都没有休息，路上的疲劳和心中的烦恼，全抛到九霄云外去了！

一日春潮初至，乍暖还寒。忙累了一天的努尔哈赤，晚饭时又和几位兄弟喝了点儿酒，便感到有些疲惫，饭后不久就睡下了。三更时分，北风骤起，刮得院外的松林直劲儿怒吼，连巡更的梆子声都听不见了。旋风拍打着纸糊的窗棂，发出一阵阵沉重的叹息，弄得屋里的人们心内发烦。努尔哈赤被吵醒以后，感到有点儿口渴，于是他没有惊动身边的妻子，自己披上衣服到外屋去喝水。

努尔哈赤刚刚拎起水壶找着茶碗，那碗凉茶还没有倒完，突然透过耳畔那些嘈杂的声响，他似乎听到了一种异样的声音。凭着多年来自己苦练的功夫，他感到窗外好像有动静，极像一个人在悄悄地行走。于是他轻轻地放下水碗，刚想转过身来到门边细听，忽然从窗外“嗖、嗖、嗖、嗖”打进数把飞刀，那飞刀划破窗纸，直奔他的后心扎去。

努尔哈赤一惊，本能地迅速倒地，装作被飞刀击中的样子，嘴里发出轻微的呻吟声。这时他倒在地上朝窗外瞧看，发现被划破的那片窗纸外边，好像有一个人影在晃动，于是他旋风一般地打开房门，又如闪电一般地蹿了出去，轻轻地落在山墙旁边的烟囱之后。借助于微弱的星光，他看见一个黑影“嗖”地从窗台前跃起，又如风一样飞到牛圈那边去了。努尔哈赤双脚点地，腾空而起，如同一只巨大的苍鹰“唰”地落在那黑影的身后，那黑影脚蹬牛圈的栅栏，刚想逃跑，却被努尔哈赤伸出右手食指，轻轻一点，立即“啪嚓”一声瘫倒在牛圈之中，惊得几头大犍牛立即哞哞地大叫起来。

闻声惊醒的富察氏提着灯笼走了过来，不一会儿，院外巡更的侍卫们也到了。当值的牛录额真安费扬古见状，立即带领众人把那刺客押进堂屋。到屋内点上油灯一看，那刺客竟然是一个二十多岁的青年，生得白白净净，眉清目秀，细腰窄臂，一表人才。在众人的怒视之下，他没有一点儿惊慌和恐惧，倒好像有些害羞和腼腆，像是一个出阁不久的大姑娘，脸上居然飞起两片红云。

努尔哈赤伸出手指给他解开了麻穴，又递给他一碗刚倒的茶水，那刺客感激地点了点头，接过茶水一饮而尽，然后他便闭着眼睛倒在地上，咬紧牙关一句话也不说了。侍卫们见盘问无果，便纷纷抽出刀来，架在他的脖子上，一个个皆怒目而视，想立马就剁了他。

努尔哈赤伸手示意，拦住了众人，然后从北墙上取下飞刀，仔细看了看，似乎已经明白了十之八九。他摆了摆手对侍卫们说："你们都下去吧！没事了！这是什么刺客呀？分明就是个偷牛的人！方才他就是从牛圈那边过来的，怕被我抓住，才被迫使用了暗器。哎！他也是无奈呀！"

安费扬古见状也会意地说道："这个人一定是有什么急难之事，才做出此等无奈之举！大人您还是放了他吧！谁活着都不易呀！"

待侍卫们走出去之后，努尔哈赤关上房门，双手扶起那位刺客，拿起那把飞刀对他说道："这位壮士，你是从叶赫来的吧？这把飞刀上有塞北龙家的火号。我小的时候，曾跟随徐哑巴师父去过龙家，师父是龙家大掌柜的挚友。哎呀！一晃十多年过去了，他老人家可好？"

那刺客一听"扑通"跪倒，含着眼泪说道："多谢您的不杀之恩！但我真的不知道如何报答！实不相瞒，我是叶赫西城龙家的老三，叫作义苏。我也知道徐亚发师父是家父的好友，后来你们建州左卫还在我们家打造过不少兵器。对于您，指挥使大人！我也是久闻大名，仰慕得很！这次我受清佳努大人派遣，是专门来取您性命的！没想到您武功如此高超，而且大仁大义，真是让我惭愧之至！您就杀了我吧！否则我回去也活不成了！"

"啊？怎么会这样？"努尔哈赤与安费扬古对望了一眼，有些不解地问道："我已经说你是偷牛的了，放了你不就完了吗？你可以马上回家，怎么就活不成了呢？"

那刺客长叹一声，恨恨地说，"清佳努心如蛇蝎，阴险毒辣。这次他派我来行刺您，就事先把家父和两个哥哥接走了，美其名曰请他们赴宴，实际就是关起来做人质。我如果完不成任务就这样回去，非但自己活不成，他们三人也必死无疑，因为清佳努一定会杀人灭口，不留痕迹。假如您现在杀了我，我虽然没有完成任务，但也算为此捐躯了，家父和哥哥也许能够活下来！"说着饮泣连声，哽咽不止。

"啊！原来是这样啊！"努尔哈赤和安费扬古几乎同时说出一样的话。努尔哈赤扶起义苏，与安费扬古耳语数句，然后说道："壮士不必担心！我有办法救你！连同你的家人一起接到建州来，今后就在这里共谋大业！"说着低声告诉义苏，下一步只须如此如此，便可平安无事。那义苏方转忧为喜，感激地点了点头，脸上绽出放心的笑容。

两天以后，暮霭蒙蒙。踏着清凉的晚风，义苏回到叶赫西城。当着两位贝勒大人的面，他“啪嚓”一声，把一个牛皮袋子扔在地上，似是有些疲倦地说：“回禀两位大人！那个人被我除掉了！这是他的人头，请二位过目吧！”说完就势坐在木椅之上，不一会儿竟鼾声响起，沉沉睡去。

清佳努闻听心中一喜，急命侍卫打开牛皮袋子，一股强烈的血腥味扑面而来，几乎呛了他一个倒仰。他和扬吉努近前观看，见那颗人头硕大黑瘦，五官棱角分明，其面目轮廓酷似努尔哈赤。说是吧？又有些叫不太准。说不是吧？还真有七八分像。清佳努和扬吉努兄弟二人倒背着双手，围着那颗人头来回转圈，徘徊了好大一会儿，还是认定不了。他们二人虽然都见过努尔哈赤，但一是相互之间不太熟悉，二是这颗人头须发凌乱，沾满血污，在灯光之下模模糊糊，实在是看不太清楚。无奈之中，二人派侍卫去请尼堪外兰，请他帮助辨认。

尼堪外兰这几天可忙得不得了喽！他前些日子颠沛流离，一直没得消停，这下子可算进入温柔乡了，乐得他如同牛到菜园子、饿狗遇见稀屎，高兴得头都不抬了，没日没夜地腻在四个叶赫美女的身上。这四个叶赫美女正当妙龄，一个个如狼似虎，激情若火，她们时而组团冲锋，时而轮番上阵，缠磨得尼堪外兰精疲力尽，骨痛筋麻，几乎都有点走相了。

闻听两位贝勒大人召唤，尼堪外兰不敢怠慢。他摇摇晃晃地来到厅堂就座，命人用温水反复将那颗人头进行冲洗，然后端起油灯仔细观察，感觉从五官上看就是努尔哈赤。因为努尔哈赤的两眉之间有颗红痣，这是别人所不具备的。可是这颗人头好像稍微大了一点儿，难道是人死之后皮肉肿胀的缘故？尼堪外兰也有些吃不准。

清佳努、扬吉努和尼堪外兰三人还在犹豫，这时候一名侍卫风尘仆仆地走了进来。他对清佳努附耳低言数句，然后转身走了出去。

清佳努立即眉开眼笑，拍手击掌：“好啊！好啊！太好了！大功告成了！努尔哈赤完蛋了！建州左卫垮台了！哈达部也没救了！今后整个辽东女真，都是我们叶赫的了！我清佳努将一统天下！哈、哈、哈、哈、哈、哈、哈、哈！”清佳努手舞足蹈，似同疯癫，弄得扬吉努和尼堪外兰莫名其妙。

原来清佳努在派出义苏去当刺客，又扣押了他的家人之后，还多了一个心眼，悄悄地派出两名侍卫，尾随着义苏来到建州老营，隐藏在暗处打探消息。义苏去行刺的次日上午，他们就发现努尔哈赤的住处已挂出白花、黑纱，老营的人们出出进进，皆穿孝服、着麻履，一个个面带哀容，悲伤不已。由此二人断定，义苏行刺成功，努尔哈赤确已死亡，于是急匆匆地赶回来报信。

扬吉努和尼堪外兰听后大喜！两个人立即与清佳努抱在一起，又喊又叫，又蹦又跳，乐得如同三个十几岁的孩子。对于尼堪外兰来说，这一消息等于搬掉了他心中的巨石，让他干净痛快地吃了颗定心丸！他可以不必东躲西藏四处逃命，而继续回去当他的图伦城主，过那种不是皇上却胜似皇上的日子！对于这两位贝勒来说，他们搬掉了眼前的障碍，等于清除了心中的隐患，今后就可以在辽东女真傲里夺尊、唯我独大，就可以无所顾忌、为所欲为了！三个人虽然各有心事，但皆高兴万分，一直闹腾到半夜方睡。

次日清晨，清佳努、扬吉努两位贝勒升帐，宣布了两件大事：一是立即下令，放回义苏的家人，并赏给义苏白银五百两、美女两名，以示表彰，留在贝勒府中听用；二是立即起兵五千，分两路突袭哈达部。两个贝勒亲自出马，各领一队，不到三天的时间，就占领了哈达部十几座村寨。歹商闻报以后大惊失色，又听说努尔哈赤已经遇难，万般无奈之中，只好亲自跑到广宁卫，向辽东巡抚李松大人求救。

歹商慌慌张张地来到巡抚衙门，发现建州左卫的舒尔哈齐和义苏也在。原来他们是来密告叶赫二贝勒胆大妄为，设计谋杀朝廷命官之罪的。歹商见舒尔哈齐脸上并无悲戚之色，详细问之，方知努尔哈赤根本没死。巡抚李松当堂询问了义苏和舒尔哈齐，又认真听取了歹商的报告，感到证据确凿，情况属实，事态严重，牵涉大局，自己不便擅自做主，于是亲自来到总兵辕门，与总兵官李成梁共同商议。

原来这一切都是努尔哈赤和安费扬古设计的，其目的是一步一步地把叶赫二贝勒引入陷坑。他先是命人在监牢中提出一个面目酷似自己的死刑犯，征得其本人同意，并答应厚待其家属，连夜将其人头割下交与义苏，让他带回叶赫去邀功请赏。接着命舒尔哈齐带着马车混进叶赫西城，悄悄地接出义苏的家人，将他们安置在建州老营。同时在老屋假办丧事，布置现场，用以迷惑叶赫的眼线。因为安费扬古早已料到，清佳努虽然派出刺客，但他心中并不托底，一定会暗中派人监视。如此安排假戏真做，清佳努和扬吉努果然上当。

这三件事情办妥以后，安费扬古又出一招，让歹商和舒尔哈齐同时到广宁去告状，告诉他们特意绕开李成梁，直接找李松，把破坏辽东稳定意在图谋不轨的罪名给叶赫捎上，将两位大人的火都点起来，借助于军政两家之手，把叶赫二贝勒逼上死路。安费扬古笑着说道：“来而不往非礼也！他们不是想除掉大人吗？我们就回赠叶赫一份厚礼，让官兵去除掉他们吧！”

努尔哈赤仍然有些疑虑：“难道官兵会听我们的话吗？如果他们没有动作呢？我们该怎么办？”

安费扬古仍旧笑着说道：“李松巡抚辽东三年，没有任何政绩可言，必会急于立功，以图调回京城。此事如果去找李成梁，那家伙老谋深算，洞察秋毫，定会识破我们的妙计，轻易不能顺从我们的安排。可是李松就不一样了！他一定会抓住这件事大做文章，狠出重拳。碍于同僚的面子，李成梁他也会睁只眼闭只眼，全力支持的！放心吧！大人！您就擎等着好消息吧！”

明万历十一年（1583）十二月十九日，辽东巡抚李松以增发二百道敕书为由，请叶赫部二贝勒到开原马市见面。接到巡抚衙门的公函以后，清佳努心中有些疑惑。他对扬吉努忧心地说：“朝廷发放敕书，过去倒是常有，可从来没给过这么多，也没让我部到开原去领过，此事好像有些蹊跷。”

扬吉努闻听毫不在意地说：“有什么蹊跷啊？多给点儿还不好吗？让我们到开原领取还有啥说道？我们正好逛逛马市嘛！我已经有一年多没去了！”

清佳努仍然犹疑地说：“我这两天眼睛直跳，怕不是什么好的兆头啊！”

扬吉努接过来说：“哪只眼睛跳啊？左眼还是右眼？”

清佳努忧郁地说：“俩眼睛都跳！已经两三天了！严重时像擂鼓一样，不知道究竟怎么回事！”

“我眼睛也跳！一会儿左眼睛跳，一会儿右眼睛跳，换班折腾我。我听说左眼跳财，右眼跳祸，说明咱俩都有点儿财命，但也会伴随着危险。那咱俩还去不去呀？”扬吉努听后询问道。

“去呀！怎么能不去呢？巡抚大人相召，不去也不行啊！不过咱们俩得长个心眼儿，加点儿小心，多带点儿人马过去，到时候精神点儿，见情况不好就撒丫子呀！”清佳努看着弟弟，叮嘱道。

次日上午巳时刚过，清佳努和扬吉努带着两千多名骑兵，得意扬扬地来到了开原马市。开原马市比抚顺马市还要宏大，方圆数百里之内的女真人、蒙古人和汉民们都来此交易。这天正逢马市的集日，大墙内外人山人海，嘈杂的喊声如惊涛骇浪。明军的官兵们全副武装，守在四个大门口维持秩序。因此马市显得忙而不乱，呈现出一派繁荣兴旺的景象。

两位贝勒把人马带到门口，守门的明军千户热情地迎了上来，一拱手向二人施礼：“大人一路辛苦！快请下马小憩。我奉巡抚大人之命，在此恭候多时了！两位大人可先饮茶休息，稍后我带你们进去。”说着把二人让进东门口的一间瓦房，那里是守门士兵们交割换岗的地方，随后那千户就出去了。

过了大约一盏茶的工夫，那千户推开门进来说道：“巡抚大人已经到了，敕书也已封好，现在就请两位大人过去。不过巡抚大人说了，由于马市内过于拥挤，两千多人马都带进去恐怕不太合适。两位大人可带三百名士兵进去，余下的就在这东门外树林中休息，我们这里有大碗的茶水进行招待，两位尽管放心！”

清佳努和扬吉努听了以后，觉得人家巡抚大人说得也在理。两千多人马涌进马市，的确会给交易带来混乱。何况带三百名侍卫进去，一般的情况也能应付得了。再加上马市内有数万之众，如此人多眼杂，料他巡抚李松，堂堂朝廷二品大员，也不会做出什么越格之事。于是兄弟二人交换了一下眼色，便跟随那明军千户走了进去。

清佳努命长子布斋率大队骑兵等候在门外，自己和扬吉努带领三百名侍卫进了东门。他们跟随那位明军千户左拐右拐，在马市的人流中穿空儿行走。约摸一袋烟的工夫，他们走进了马市紧西侧的一座庙宇。清佳努抬头一看，见牌匾上写着“汉寿亭侯庙”五个烫金大字。庙宇的四面有一人半高的围墙，围墙的上边装有铁网，四周修有角楼。庙宇的格局为两进院子，坐西朝东，正中修有威武雄壮的城楼。城楼翘脊飞檐，红墙黄瓦，地面由巨石铺就，石阶错落。城楼前有四棵千年古松，如虬龙盘踞，昭示尊严。院两侧栽两行长白翠柏，似天兵列队，彰显威仪。院子里香风阵阵，天空中祥云缭绕，除巡抚大人的那顶八抬大轿，四周连一个人影也没有。

那位明军千户来到城楼跟前，在巡抚大人的那顶轿子旁边停下脚步，说了句：“请二位大人稍候，容末将进去通禀！”随后一转身就不见了。兄弟二人有些诧异，刚想说点儿什么，这时候忽然听得“咣当”一声巨响，庙门被人从外边给关上了！紧接着城楼上一阵呐喊，数十面旗帜“唰”地插上城头。正中那面“奉诏巡抚辽东”的大旗之下，巡抚李松一身戎装，高声喝道：“叶赫反贼！胆大包天！竟敢兴兵作乱，谋杀朝廷命官！今奉皇上旨意，将其就地正法！来人哪！给我万箭齐发！将他们通通射死！”

话音未落，忽见城楼上、大墙外，数千名弓箭手忽地站起，上万支利箭如一阵飓风，全招呼在院内这三百多人的身上了！可怜这些人四面受敌，无遮无挡，一个个全被穿了个透心凉，变成了血葫芦！清佳努刚喊出一句：“李松狗官！不得好死！”随后便倒在了血泊之中。扬吉努气冲斗牛，暴跳如雷。他挥舞着双刀左遮又挡，企图冲进城楼，但是没有成功。愤怒至极的他扛起巡抚的八抬大轿来回奔跑，差点儿撞开庙门，最后终因流血过多而死。但是他双目圆睁不闭，身躯屹立不倒，吓得明军的官兵们不敢正视。

与此同时，在开原马市的东门外，叶赫部的一千多名骑兵还在树下休息。李成梁部下的两名参将佟得金和佟得银，带领着五千多名铁甲骑兵如同从天而降，突然将叶赫部的人马包围了！许多人还没来得及骑上战马，就到阎王爷那儿报到去了！只有清佳努的长子布斋，由于武功绝伦，明军拦挡不住，他砸死数人之后，带领着几十名骑兵逃走了。

巡抚李松下令收兵回营，旋即与李成梁联名具奏叶赫二贝勒谋反之事，目前已被剿灭云云，并随同奏章带去许多人参、鹿茸等辽东特产。李松还亲自带人来到叶赫部，查抄了清佳努和扬吉努的老巢，将查获的两千多两黄金、五万多两白银以及一些珍贵珠宝，派心腹之人直接送到了京城。万历皇帝大喜，下诏对李松和李成梁大加褒奖。不久，李松就如愿以偿，被调回京城去了。

第二十回

联建州二酋许童女　取翁城三虎换双雄

开原马市这一场劫难，无异于飞来横祸，简直是灭顶之灾，令叶赫部元气大伤，几乎瘫痪。不仅两位老贝勒当场毙命，府中金银财宝被洗劫一空，而且还被抢走了许多美女娇娘，令族人在精神上遭受到沉重打击，许多人闻之色变，噤若寒蝉，有的已开始携儿带女，迁往他乡。族中十老见情况不妙，召集五十个大小部落的酋长们聚会，共同拥戴清佳努的儿子布斋和扬吉努的儿子纳林布禄为新贝勒，期望他们能够引领族人光复祖业，走向新生。

前面我们已经说过，清佳努的儿子布斋勇武绝伦，膂力超群。他身高九尺，膀阔腰圆，能顿喝十斤烈酒，吃下一升米饭。十四五岁的时候，他就曾举过千斤大鼎，拽住过四挂奔跑的马车。长成以后，能横推八匹马，倒拽九条牛，拉开五百斤以上的硬弓如同儿戏，二十几个硬汉一拥而上，都不是他的对手。他骑一条五色杂花大犍牛，手使一根一百六十斤重的浑铁狼牙大棒，上阵时声若炸雷，猛如天神，一搂一片，所向无敌。那日在开原马市东门之外，队伍突然被官兵包围，大多数同伴被杀死。布斋却赤手空拳，接连砸死官军二十几员战将，吓得佟得金、佟得银二兄弟不敢上前。布斋趁机夺过一匹战马，率领几十名部下跑回西城。回到家以后一直傻吃茶睡，唉声叹气，意冷心灰，一筹莫展。

而他的堂弟纳林布禄却不一样了！纳林布禄虽然比布斋小一岁，但是精灵古怪，一点就透，鬼主意要比布斋多得多，是个工于心计又很有城府的人物。这家伙生得清瘦高挑，白白净净，不仅眉清目秀，鼻直口方，而且举止优雅，风度翩翩。二人虽然从小一起长大，但是兴趣爱好截然不同。布斋从小喜欢舞刀弄枪，争强斗狠。纳林布禄却偏好舞文弄墨，吟诗作画，有时也摆弄一下乐器。本来在开原马市那天，他原打算跟随父亲去来着，但因为头天晚上酒喝高了，夜间又连玩了三名美女，早晨出发时才没有起来，被扬吉努狠狠地骂了一顿，没想到却因此躲过一劫，让他闹了一个后怕。

布斋和纳林布禄被推举为贝勒之后，两人便召集酋长们议事。布斋自以为他是兄长，因而站起来首先说道："咱们部落遭难了！俩老贝勒都遇害了！钱也被抢光了，人也让抢跑了！哈达对咱像瞪眼虎似的，官兵瞅咱跟黑眼鸡似的！往下该咋办哪？大伙儿都说说吧！"

“怎么办？还能怎么办？官兵是凶手！哈达是祸根！尼堪外兰是坏种！努尔哈赤是帮凶！他们没有一个好东西！都应该挫骨扬灰！碎尸万段！咱们应该一步一步地具体实施，一个一个地把他们全部消灭掉！”纳林布禄的弟弟金台石少年气盛，首先站起来说道。

“少贝勒之言恐怕不妥！”大萨满罕布接过来说，“这些人确实是我们的仇人，也应该把他们统统杀掉！但这不仅现在办不到，将来也是做不到的！大家都想想看，且不说官兵了，人家朝廷是座大山，咱也就是一块石头，人家随时都能砸碎咱们，咱们却拿他们无可奈何，只能依附和顺从。就是努尔哈赤这个人，咱们现下也惹不起！他现在拥有建州女真的大部，又是辽东总兵李成梁的红人，本人骁勇异常，手下精兵猛将，咱们斗得过他吗？跟他对着干，那不是自取灭亡吗？”

罕布说到这里有意识地停顿了一下，他见两位贝勒和酋长们都在静听，这才喝口水接着说道：“尼堪外兰是个坏种，而且坏得头顶生疮、脚底流脓！若不是他来摇唇鼓舌，进行挑唆，两位贝勒怎会上当受骗，落得如此下场？他是想借咱叶赫的宝刀，去报他自己的私仇，两位老贝勒不知中了哪份邪魔，竟然上了他的道儿！这下可倒好，咱们出大事了，他到哪儿去了？他吃够了咱的山珍海味，玩够了咱的美女娇娘，早蹽杆子了！这样的人委实该杀！是他害了我们叶赫部。但他还用我们去杀吗？有人去杀他！他早晚得死在人家手上！大家说这个人是谁呀？”

“是努尔哈赤！是努尔哈赤！”在场的酋长们异口同声，连布斋和纳林布禄都同时喊了出来。

“对了！这就对了！所以现在咱们不能对抗朝廷，那是自取灭亡，有仇有恨只能记在心里。咱们也不能与努尔哈赤为敌，留着他可以除掉尼堪外兰！那么咱们怎么办呢？咱们主要的仇人还是哈达，确切一点儿说就是哈达部的歹商，而且他一直就在咱们的身边，时刻在窥伺时机，以求一逞！咱们必须用主要的精力去对付他！从根源上说，老贝勒不就是死在他的手上了吗？他若是不去告状，李松能发兵吗？”大萨满罕布总结道。

“好！说得太好了！我完全赞同！我再补充一点，我们现下不仅不能杀努尔哈赤，我们还要与他修好。这样他就不会偏袒哈达跟我们作对，也不会在官兵那里说我们的坏话。只要他在旁边保持中立，我们就有机会对付歹商！我们的部落才会迅速地恢复起来！”纳林布禄眉毛一扬，站起来说道。

酋长们听后频频点头，一致赞同。布斋见状“啪”的一拍桌子，大声说道：“我的脑袋里没有那些弯弯道，也弄不清该先对付谁。但我相信大萨满的话，他可是咱们这里神的使者。就照他说的意思办吧！”言罢宣布散会，留下大萨满罕布和纳林布禄，到内室商量如何具体准备去了。

且说努尔哈赤不费一兵一卒，就取得了意想不到的胜利，不但随心如愿地除掉了暗杀自己的仇人，而且还意外地得到了龙家铁铺的全套人马，今后军营中打造兵器、铠甲什么的就方便多了，高兴得他一连几天都睡不好觉，一直处在极度的亢奋之中。

昨天晚上在睡下之后，他迷迷糊糊地做了一个奇怪的梦。梦中他好像来到了萨尔浒的山上，听见好像有人在喊他。他顺着声音传来的方向，飘飘悠悠地来到了界凡山。他落到一片小树林边睁眼一看，大树下站着一位冰清玉洁的美人儿。那美人儿一袭白衣，杏眼桃腮，秀发如瀑，风姿俊雅，正在抿着嘴向他微笑。他仔细端详那不是别人，原来是他的妹妹喜春儿！他激动得飞步走上前去，一把抱住喜春儿的双肩，在她那红润的脸蛋儿上一阵狂吻。喜春儿显然也十分激动，极其热情地迎合着他，双手在他那结实的脊背上游走，主动把自己的香舌送到他的嘴里，任从他尽情地吸吮。

他们拥抱良久，情不自禁地倒在草地上。喜春儿脱去她的外罩和内衣，露出胸前坚挺的乳峰和红润的奶头。那白皙的身体躺在绿草之上，像是一块洁白的美玉。那迷离的目光和火红的两腮，如同长白山里刚开的罂粟，散发着温馨的芳香而又令人神往。努尔哈赤感到一阵眩晕，他再也无法控制自己的情感，嘴里含糊不清地喊着，“妹妹、妹妹！我可想死你了！”然后不顾一切地扑了上去。该做的他们都做了，他们觉得两个人鏖战了很久。她感到了他像山一般的强大，他也体会到了她如水一样的温柔。

风停雨住，月光朗朗。她依偎在他的胸膛之上，喃喃地告诉他：“亲爱的老憨儿哥哥，我好想你呀！想得我食不甘味，寝不能眠，想得我在青岩寺上无所事事，什么事都干不下去。我的脑海里整天整夜都是你！一时一刻都无法忘怀，就像得了一场大病一样。师父见我这个样子，就摸着我的头说：‘可怜的孩子！我的徒儿！难得你对他一片痴情，足以能够感天动地！也是你在世间情缘未了，那么你就转世投胎去吧！也许能够助他成就大业，但是你们却没有姻缘。去吧！我的孩子！走一遭能让你名垂千古，却也会留下终生的惆怅！’师父说罢微微一笑，手中杨柳枝轻轻一拂，我便忽忽悠悠地离开了医巫闾山，来到叶赫河畔，投生在西城一位贝勒之家，如今已经两年多了！他们给我取了个名字叫东哥，我是叶赫部的一位小公主。几年不见了，很是想念，今晚我是偷偷地跑出来看你的！今后我还会常来看你，也会实实在在地帮助你！好了，工夫不小了，我也该走了！”说完喜春儿在努尔哈赤的脸上重重地吻了一口，风一样就不见了。急得努尔哈赤连声大叫，“妹妹！妹妹！你去哪儿了？等等我呀！”一个急劲儿从梦中惊醒，睁眼一看，身边哪有什么喜春儿呀？躺在他胸膛上的，是妻子富察氏那一丝不挂的玉体。而他自己呢？竟然也什么都没穿。

他不由得一阵苦笑，这都哪跟哪、谁跟谁呀？

虽然只是做了一个甜蜜的梦，但是努尔哈赤却感到神清气爽。他相信梦中喜春儿说的话都是真的，她一定会帮助自己，说不定近日就会有好事来临。于是早饭以后，他便召集弟兄们来他的老屋议事，好好商量一下今后的打算。

没想到刚刚坐下不大会儿，就有侍卫进来报告，说叶赫部的两位新贝勒到了，还带来了七八个人和两大车礼物。众人一听皆大感意外，努尔哈赤却喜笑颜开，立即起身出去迎接，好像他早就知道这件事情一样。

努尔哈赤刚刚走出房门，叶赫部的客人们就已经来到了院外。布斋大步流星地走在前面，离老远就亮起了大嗓门儿："哎呀我说，尊贵的指挥使大人！你都当上这么大的官了，手下还有那么多的人马，怎么还住这样的草屋啊？是不是有点儿寒碜了呀？这可与你的身份不相符哇！"

纳林布禄赶紧接过来说道："真神不露相，圣人多隐居。指挥使大人胸怀大志，眼观天下，故而才不拘小节，因陋就简，实乃当世之豪杰呀！"

努尔哈赤跨前一步，赶紧拱手施礼，然后摇了摇头，像是不好意思地笑着说道："哎呀！让您见笑了！我们这里穷乡僻壤，哪比得上你们那里的鱼米之乡啊！族人们缺衣少食，都在艰难度日，我哪有能力盖什么楼堂殿宇，修什么锦绣华屋啊！什么时候能够赶上叶赫就好了！真是让人羡慕、叫人眼馋哪！"众人听了皆哈哈一笑。

努尔哈赤把客人让到屋内，在一张长方形的木桌旁坐下，边招呼富察氏给客人倒茶，边笑着说道："二位大人乃是叶赫部的新任贝勒，我们建州左卫最为尊贵的客人，我们理应在老营的大厅里接待，到这里来就有点儿委屈大家了！不过这样也好，倒是显出些家庭的气氛。只是地方窄巴了一点儿，列位就请将就着坐吧！"

纳林布禄也笑着说道："我们未经过大人的允许，就直接闯到您的家里来了，算不算不速之客呀？不过我们可是诚心诚意，是专门过来和您交朋友、结亲戚，当成一家人处的呀！大人您看！"他指着一位小姑娘笑着说道："这就是舍妹孟古哲哲，她可是先来认门的呀！"

众人这才注意到，在七八位客人当中，有一位十岁左右的小姑娘，一直文文静静地靠在纳林布禄的身边。这孩子戴着一顶白色兔毛的绒帽，帽子的正前边缀着一块绿色的翡翠，明亮得像那只小兔的眼睛。帽子的两侧各插着三根美丽的鸟翎，又使她像只振翅欲飞的小鸟。她的上身着一件白色的貂绒短袭，下身穿一件湖绿色的缎面棉袍，脚蹬一双乳白色的高腰鹿皮靴，腰间系着蓝色的绸带。一张小圆脸白里透红，像是大山里含苞待放的花蕾。那双大眼睛忽闪忽闪的，透出稚气而又聪颖的目光，好像在同谁说话。这孩子美丽、恬静又优雅，让屋里的所有人都眼前一亮。

努尔哈赤见了心中一动，不觉有些发呆，联想到昨天晚上的梦境，他不免有些莫名的冲动，眼睛一直盯着那孩子没有挪开，而那孩子也始终眼珠不错地看着他，一点儿也没有害羞和回避的意思。

这时候巴库尔在一旁低声说道："大人您注意到了没有？这孩子怎么这么面熟呢？她怎么有点儿像喜春儿呢？只是小了一点儿！怪事！"

"我也觉得有点儿像，"努尔哈赤回过神来说道，"不过不可能啊！喜春儿才去世几年啊？这孩子却得有十多岁了！哎！天下相似的人多了去了，难道都有什么渊源吗？算了，不说她了！"

于是努尔哈赤提高了声音含笑说道："列位贵宾远道而来，一是确实有失远迎，二是没有美食招待，惭愧得很！大伙儿既然到家里来了，咱们就用这新烀好的狍子肉、野猪肉下酒，怎么样？"

说话这工夫，富察氏已经把肉端上来了。她一边给客人分发碗筷，一边笑盈盈地说道："菜虽然就这两样，但是烀着两大锅呢！大伙儿管够吃！酒呢？是老营上等的'烧刀子'，二十年以上的陈酿呢！"说着就搬上来十几坛老酒，还不忘给孟古哲哲单盛一碗肉。

努尔哈赤端起酒碗，目视客人，笑而言曰："列位远道而来，在下先干为敬。"随即一饮而尽，抿抿嘴唇接着说道："如此风尘仆仆，不知有何见教？"

布斋一口气连喝两碗，这才清清嗓子然后说道："我等此番前来，就是为了俩事。一是前些日子义苏来刺杀大人，虽然乃家父所派，却是尼堪外兰之谋，都是那老骚狗出的坏主意！他是想借叶赫部之手，实现自己的罪恶目的！家父和叔父都上当受骗了，还闹了个身败名裂。如今尼堪外兰早已逃跑了！他可把我们害惨了！我们若是抓住他，非扒了他的狗皮不可！"

没等布斋的话全部说完，纳林布禄即抢过来说："我和兄长此番前来，就是想和贵部永结盟好，共同对付我们的仇敌。过去我们两家并无怨恨，都是尼堪外兰从中挑拨所致。如今两位前辈已经去世，就让我等重新做起。半年前家父不是说过，要把妹妹嫁给您吗？我这就把她给带来了，请您过目。"

纳林布禄此言一出，众人皆有些惊诧。努尔哈赤乍一听也有些发蒙。后来他终于想起来了，那是万历十一年（1583）秋天的事。那次清佳努和扬吉努到抚顺关办事，回来时顺便到建州老营做客。恰好赶上朝廷的钦差到了，宣布册封努尔哈赤为建州左卫的都指挥使。努尔哈赤一时高兴，就陪着客人多喝了几碗。那天扬吉努酒喝高了，舌头有点儿发硬，临走时语无伦次地说："我、我、我就看、看你是、是个英、英雄豪杰！年轻、轻的就、就当、当了这么大、大的官，赶明儿个我、我把闺、闺女嫁、嫁给你、你！"说完摇摇晃晃，连马都上不去了。

努尔哈赤当时听了，只当是个玩笑，过后就忘了。扬吉努回到叶赫以后，也一直未提这件事，估计他是酒后失言。但当时纳林布禄也在场，扬吉努虽然死了，如今他却旧话重提，还把人给领来了！这是不是有点儿戏剧性啊？难道他们有什么目的？有目的也不能拿孩子做交易呀！她才多大呀！自己娶了她岂非暴殄天物？

于是在众目睽睽之下，努尔哈赤端起酒碗，郑重地说道："多谢两位贝勒的美意！但在下确实愧不敢当！老贝勒当年虽有此言，但只是酒后开个玩笑，怎么能够当真呢？何况我现在的妻妾已经不少了，怎么还能纳妾呢？孟古哲哲还是个十岁的孩子，我看这件事还是算了吧！"

努尔哈赤话说至此放下酒碗，话锋一转："至于说修好嘛！没有任何问题！我努尔哈赤历来与人为善、肝胆相照。别人给我一两银，我会送他十两金。既然两位贝勒大人登门拜访，过去的事情就一笔勾销！让我们两家结成友好邻邦，和睦相处。两位今后有什么急难之事，尽管说来便是。只要是能够做到的，我努尔哈赤在所不辞！"

布斋和纳林布禄听罢此言，一齐站起来鼓掌致谢。纳林布禄接过来说："难得大人一片坦诚，我们的心里有底了！今后有您的全力相助，叶赫一定会兴旺发达！不过这联姻之事，乃是家父遗命。大人如果执意拒绝，那舍妹不是白来了吗？传出去不太好听啊！"

努尔哈赤依然摇头，没有同意。这时安费扬古在一旁说道："两位贝勒远道而来，难得他们一片赤诚，这种实在的精神令人敬佩。指挥使大人直言相告，虽是婉拒确也让人信服，我们不能违背他的意愿。我看不如这样，指挥使大人的公子褚英，如今已经五岁了，生得聪明伶俐，极为可爱。按照我们女真人发妻大些的传统，何不让褚英娶了孟古哲哲，成就这样一对金童玉女，岂不是两全其美的一件好事？现在双方可以把婚约定下来，过几年再让他们成亲。这难道不是天作之合，任谁都羡慕的一段人间佳话吗？"

众人一听皆频频点头，努尔哈赤亦微笑赞许。布斋和纳林布禄交换了一下眼色，认为安费扬古说得很有道理，于是也微笑点头表示默许。他们二人认为这样联姻，同样可以达到目的，也许时效会更长一些。就在双方端起酒碗，即将把这件事情敲定下来的时候，那位小姑娘孟古哲哲站起来说话了！

她歪着小脑袋一本正经地说："自古以来男婚女嫁，莫非父母之命媒妁之言。既然家父当年说过，要把我许配给您，尊贵的指挥使大人，那我就是您未婚的妻子了！家父的话一言九鼎，女儿只有服从的份儿，您当时不也是没有拒绝吗？那口头的婚约虽是无字，却是铿锵有声，它回荡在天地之间，牢记在有情人的心上，岂能够约了不算？再者说了，我也是叶赫部的一位公主，要嫁就嫁个大英雄，帮他干大事业，岂能嫁给一个小孩子？带着他玩呢？那样绝对不行！"

孟古哲哲的话句句在理，掷地有声，宛如燕转莺啼，又似珠落玉盘，节奏明晰，清脆悦耳，像是一首好听的歌，众人听罢皆心生喜爱，暗暗称奇，努尔哈赤也十分高兴。其实他非常喜欢这位长相酷似喜春儿的小姑娘，说不定再过几年，她就是一个活脱脱的喜春儿呀！对往事的那种深深的怀念，勾起了他心中柔软的情愫。于是他用公用筷夹起一块很大的狍蹄筋，直接送到孟古哲哲的碗里，像是半开玩笑似的说道："人小眼光远，年幼心气高。你说的话句句都在理，我还真的无法辩驳。小姑娘，那你快快长大吧！我们后会有期！"

孟古哲哲端起酒碗，望着努尔哈赤说道："这可是您说的，尊贵的指挥使大人！大家可都听见了，您说的话可要算数！再过几年，您就带着大红轿子来接我！方才姐姐给我倒满了酒，但我一直都没喝，我知道女孩子是不应该喝酒的。可是今天这碗酒，我一定要喝，它有着特殊的意义呀！"说着端起酒碗走到努尔哈赤的身边，大大方方地与努尔哈赤的酒碗一碰，然后一饮而尽。众人见了无不称赞，顿时掌声一片。安费扬古不禁脱口而出："叶赫部的女子不让须眉，真是巾帼英雄啊！令人肃然起敬，了不得呀！"

送走叶赫部的客人之后，老营的弟兄们余兴未尽，大家围拢在努尔哈赤的身边，又边吃边喝议论起来。巴库尔刚说出一句："叶赫部的目的是达到了，可是我们的目的没有达到啊！我们还没有抓住尼堪外兰呢！"这时门外的侍卫就进来了："禀报大人，齐吉答城的阿江派人送来书信，请您过目。"随即递上一封用松油封好、插有三根鸡毛的信，转身走了出去。

努尔哈赤小心地拆开信封，见里边有一封用桦树皮写成的密信。阿江在信中说："尊贵的指挥使大人，别来无恙，自老营一别，已历二载，心中十分想念，常思眷顾之情。今有一急事相告，表兄尼堪外兰逃来我处，一晃儿已两月有余。目前他正与家兄阿海策划一个大阴谋，想在苏克素浒河的水中投毒，暗害建州老营的族人，请大人心中有数，严加防范。书不尽言，后会有期。阿江谨致，万历十二年十月。"

努尔哈赤看完书信一声没吭，只是二目圆睁，面色如铁，像是怒不可遏的样子。众人把书信拿过来一一传看，不禁勃然大怒。额亦都首先跳起来喊道："尼堪外兰这个老混蛋！真是坏透腔了！咋想出这个损招来呢？真是气死人也！"

安费扬古接过来说："他昨天挑唆那个，今天煽动这个，馊招不行了又使损招，刺杀不成功又想下毒，真是奇坏无比，丧尽天良！此人一日不除，建州女真寝食难安哪！"

"岂止丧尽天良！简直丧心病狂！"努尔哈赤"啪"的一拍桌子，愤怒地说，"你和我努尔哈赤有仇直接对我来也就罢了！怎么还要暗害我的族人？他们伤着你了还是惹着你了？这不是人间禽兽又是什么？要我说连禽兽都不如！如果再抓不住他，真不定闹出什么惊天动地的大事来！来人哪！传我命令，发兵五百，拿下齐吉答城，活捉尼堪外兰！”

“拿下齐吉答城！活捉尼堪外兰！”将士们同仇敌忾，吼声如雷。

这齐吉答城属于栋鄂部，也是建州女真的一部分，位置在今天辽宁省桓仁满族自治县桓仁镇的三道河子村，是个规模不算太大的小城，但是设施完备，易守难攻。加上阿海、阿江兄弟皆武艺高强，善于带兵，因而在周边地区小有名气。

努尔哈赤率领五百铁骑赶到之后，已经黄昏。凛冽的北风吹得城头上的旌旗哗哗作响，夕阳给雄伟的城楼抹上一层橘黄色。城主阿海一身戎装，立于门旗之下高声喝道：“尊贵的指挥使大人，你老人家别来无恙，身体可好？我听说你东征西讨，抢了不少地盘了，也够累了吧？今天又携兵带将，披坚执锐，到我这小城有何贵干哪？该不是来叙旧的吧？”

努尔哈赤与阿海有过一面之缘，二人曾在抚顺关喝过一次酒。这家伙人如其名，酒量奇大，一口气喝下几十碗烈酒，竟然一点儿也没醉，骑上马若无其事地走了，所以努尔哈赤对他的印象特别深刻。此时见阿海明知故问，他即刻纵马向前答道：“我当然不是来叙旧的，也不是来喝酒的！我既没有那样的闲情逸致，也没有城主大人超凡的酒量。我是来要人的！听说尼堪外兰逃到你们这里来了，你也知道我和他仇深似海，不共戴天。请你把他交出来，我要向他讨还血债！”

“哎？哎？哎？大人此言差矣！尼堪外兰在我这儿呢不假，我也知道你们俩有仇，但他是我的表兄啊！我们之间有血缘关系，怎么能把他交给你呢？这不太妥当吧？那我不成了不仁不义之辈了吗？岂不被江湖之人所耻笑？恕我难以从命，还请大人见谅！”阿海装作十分为难地说。

“什么？你还敢不交人？”额亦都在马上嗷嗷怪叫，“大爷我马上就踏平了你！就你这锅台大的一旮地方，撒泡尿就能冲了你，还敢跟我们放横？！”

“放横怎么了？你谁呀？你个黑炭头、卷毛兽！长得跟个驴似的，咋呼啥呀？”阿海立即反唇相讥，破口大骂，“这里不是你们建州老营，跑这里来拔什么高蹦儿？小心我一箭穿死你！”

额亦都一听勃然大怒，还没等努尔哈赤发话，立即就带着人马冲了上去。他想接近城墙，靠近城门，然后撞开城门冲进去。没承想城上发一声喊，滚木礌石一齐砸了下来，立即就伤了七八个弟兄。额亦都带人连冲几次，皆因矢石如雨，无法靠近。除了增加伤亡以外，没有任何效果。

阿海在城上哈哈大笑：“就你们这两下子，还想攻进我的城池？做梦去吧！今天老子心情好，我就陪你们玩玩！否则的话，我把你们全部弄死！”说完又是一阵狂笑，城头上的士兵也跟着吵吵嚷嚷，一齐起哄。

额亦都气得一蹦老高，几欲再冲，被努尔哈赤伸手制止。

这时候放出去的骑兵游动哨回来报告，说正东方向四五里处，有一队骑兵正在疾驰而来，大约也得有四五百号人马，估计现下离城池已经不远了！努尔哈赤分析，这一定是栋鄂部酋长屯朱鲁巴颜派来的援兵。如果援兵到达，自己的队伍将遭受内外夹击，那后果将不堪设想。他抬头看看天色，乌云密布，北风嗖嗖，转眼间已下起鹅毛大雪，于是果断地挥挥手，宣布立即退兵。

次日上午，在返回老营的路上，将士们一个个气愤满腔，怒火万丈。额亦都一边走一边骂骂咧咧："黄鼠狼子没拿住，还弄得两手骚，这仗打得真窝囊！咱老营的队伍自打成立以来，哪受过这个气呀？""南蒙三杰""辽北双雄"和其他将士们也跟着吵吵嚷嚷、咋咋呼呼。因此当风住雪停，队伍路过翁科洛城的时候，将士们嗷的一声就不走了，一致要求拿下翁科洛城，出出胸中这口恶气。

巴库尔不太赞成攻打翁科洛城，他对众将摇摇头说："贸然攻击，此事不妥！古来出师最忌无理，我们为什么打人家呀？何况尼堪外兰也不在这里呀？"

安费扬古也不同意攻打翁科洛城，他对努尔哈赤忧虑地说："翁科洛城地形独特，易守难攻，急切之间难以取胜。何况城中有两名神箭手，一个叫鄂尔果尼，一个叫科洛。二人是一对表兄弟，曾师从于长白山白云道长，其箭法高超名扬天下，连栋鄂部的酋长都拿他们无可奈何。这里是个小小的独立王国，我们现在情况不明，还是先不要去碰他们吧！"

努尔哈赤本来也不想打这一仗，他觉得事先没有准备，仗一定会打不好，可是见将士们群情激奋，斗志昂扬，觉着又不可冷了众人的心。再加上方才听安费扬古一讲，说两个神箭手如何如何厉害，立即勾起了他心中不服的劲头儿。他倒真想会会这两个人，到底他们有多厉害。于是他不听巴库尔和安费扬古之劝，果断地下达了进攻的命令。

不料这次他的决策是真的错了！而且大错而特错！原来翁科洛这座小城是真不好攻！它坐落在如今的辽宁省桓仁满族自治县西北不远，城墙就着山势，就修建在一片漫山坡上。城楼居高临下，极其雄伟。城墙的外边还沿着山沟，修有三道用木栅围成的鹿砦。由于此时已进入冬季，刚刚降过大雪，漫山一片洁白，城下无遮无挡，人马全部暴露在敌人眼皮底下，这就给进攻的将士们带来了极大的危险。

因为刚刚降过大雪，再加上坡陡路滑，将士们无法骑马进攻。又由于两侧地形不熟，他们只能从中间靠步行突破，这就给防守的一方造成了极大的优势。巴库尔、额亦都和长白三虎带领着将士们刚刚冲进第一道鹿砦，离城墙根足足还有二百来步，就被一阵密集的箭雨射了回来，跑在前头的大虎、二虎和四虎均中箭身亡，鲜血立即染红了洁白的雪地。巴库尔虽然没有生命危险，但他的左臂也中了两箭，箭头钻进皮肉从侧面穿出，被他一狠心拔了出来。队伍打了一个卷毛，又撤回到第一道鹿砦之后。

城头上见状一阵哈哈大笑，鄂尔果尼高声喝道："都说建州老营的人马兵精将猛，战无不胜，原来是一帮草包！就你们这点儿能耐，还敢到这儿来撒野？真是自不量力！"

另一个神箭手科洛则冷笑一声，大声说道："上啊！怎么不上了？上来一个我让你死一个，上来两个我让你死一双！你们就等着往回收尸吧！"

山下的将士们闻听大怒，他们在额亦都的率领下，一次又一次地发动进攻，虽然冲过了两道鹿砦，但是仍然无法到达城下，还白白地伤亡了二十几位弟兄。

眼瞅着自己的将士们非死即伤，不断倒下，努尔哈赤怒火冲天。他自从在海棠山学艺以来，还从未遇到过真正的对手，从打在老营起兵作战，也一直没有打过败仗，难道今天就窝在这里，输给这两个什么神箭手吗？不行！绝对不行！努尔哈赤的倔劲儿上来了，突然大喝一声，如狮吼虎啸，"唰"的一个箭步从马上蹿出，"嗖、嗖、嗖、嗖"，如雪山飞狐，"噌、噌、噌、噌"又像云中飞燕，转眼间就成功越过了三道鹿砦，一瞬间就来到了城墙根儿下。他收腹运气一个空翻，如同一只巨大的苍鹰，突然附在墙壁之上。在山上山下人们的惊愕之中，他又像一只灵巧的壁虎，"哧、哧、哧、哧"迅速地向城上爬去。

城上的守军这下子慌了！他们见此人功夫如此高超，如果让他爬上了城头，那还了得？不得要了大家的命啊？于是他们一边向城墙上放箭，一边用滚木礌石去砸。不想那来人敏似狸猫，快如闪电，眼瞅着还有一两步远，就将登上城头，而那些利箭和滚木礌石，竟然一点儿也没有伤到他。

隐在堞口旁边的鄂尔果尼心中大惊，微微一愣。下山这么多年来，他还从来没遇见过这样的高手。难道此人就是努尔哈赤？师父曾经对他说过，学成以后不可伤害两个人，一个是辽东总兵李成梁，另一个就是努尔哈赤。至于说不伤害李成梁，他明白因为李成梁是师伯慈云道长的挚友，师父带他去过医巫闾山三清观，也去拜访过李成梁，两人早就认识。要说为什么不能伤害努尔哈赤，师傅和师伯都未说明，他也不敢多问。今天爬上城头的人如果真的是努尔哈赤，那他该怎么办呢？

就在鄂尔果尼立于堞口旁愣神的时候，一名士兵突然大叫一声："大人不好了！敌人上来了！"鄂尔果尼抬头一看，果见那人如苍鹰一般从天而降，一只脚已经登上城头。他不禁浑身一颤手一抖，搭在弦上的那只利箭"嗖"地飞出，"嘭"的一声，正中努尔哈赤的左肩。努尔哈赤微微一愣，动作稍微慢了一点儿，隐在另一侧的科洛又是一箭。那支箭快如流星，转眼间就到了！努尔哈赤躲闪不及，"扑哧"一声被射中了脖颈。由于距离太近，那只利箭力道又足，竟然将努尔哈赤的脖颈射穿。鲜血“噗”的一声就蹿了出来，不但染红了努尔哈赤的左胸，而且还迷混了他的左眼。一群守城的士兵呼啦一下子就围了上来，刀枪一齐往努尔哈赤的身上招呼，眼见努尔哈赤的性命危在旦夕。

就在这千钧一发的时刻，忽然城头上红光一闪，不知是什么人从城楼顶上飞身而下。紧接着只听“啪、啪”两声清脆的鞭响，那些士兵突然感到好像来了一阵飓风，手中的刀枪叉棍等各种武器，全被一股大力卷去，瞬间“噼里啪啦”落在地上。士兵们还没有缓过神来，那来人就顺手抓起努尔哈赤，“唰”地飞到城下去了！

一切都发生得太突然了！让两名神箭手都有些措手不及。本来即使二人跑到城下，他们也有机会放箭，而且绝对会箭无虚发。但是鄂尔果尼不想那样做了，先头儿那一箭他已经后悔了，而科洛那支箭之所以没放，是因为他坚信那人必死无疑，何须画蛇添足、多此一举？

开始中箭之时，努尔哈赤尚且清醒，待等到落地之后，他就什么都不知道了。那来人把他救下之后一直送到山下军前，亲自交给了安费扬古，然后一声未吭，又像阵风一样消失了。安费扬古只看清她是个女人，是个身材清瘦、蒙着面纱的女人。

一晃五个多月过去了，转眼间冰雪消融，春暖花开，满山遍野一派生机勃勃，到处是一片祥和兴旺的景象。从寒冬里走出来的翁科洛城，也许早就把那件事情忘记了。但是建州老营的人们没有忘，努尔哈赤更是刻骨铭心。那次战役让他明白了一个道理，任何一时的冲动都会酿成大错，甚至会白白送掉许多兄弟的性命。同时也让他懂得了人上有人，山外有山，世上的奇人高手多的是，自己那点儿功夫又算什么呀？他为自己的轻率决策而捶胸顿足，痛悔不已。因此在他回到老营清醒之后，就立即参加了大虎、二虎和四虎的葬礼，并暗自交代安费扬古，悄悄地派出人去，想办法混进翁科洛城，摸清那里的底细，安插一些人员作为内应。

在一个月黑风高的夜晚，翁科洛城的军民们还在酣睡，建州老营的勇士们却已经来到了城下。“南蒙三杰”带着十几名内应冲上城头，杀死了守门的兵士，迅速地打开城门，放下吊桥。安费扬古和额亦都率领着将士们一拥而入，在内应的带领下，他们迅速地包围了酋长的宅第，将睡梦中的鄂尔果尼和科洛捉获。

额亦都一见他们俩，“嗖、嗖”两脚将二人踢倒，然后立即破口大骂：“你们这俩混蛋！你们射死了我多少弟兄？还差点儿要了指挥使大人的命！真是瞎了你们的狗眼！我这就先给你俩胳膊剁去，看你们还射不射？”说着举起大砍刀“唰”地劈来，那闪着寒光的刀锋眼瞅着就要落在科洛的肩上。

“且慢动手！不可莽撞！”随着一声断喝，努尔哈赤大踏步走了进来。额亦都手中那把大砍刀挥至半路，被迫突然拐弯，“啪嚓”一声砍在靠椅之上，立即将那把红松靠椅劈成两半，大刀砍入地下足有一尺多深，刀柄还在微微地颤抖，吓得鄂尔果尼和科洛即刻冒出一身冷汗。

“杀了他！杀了他！为兄弟们报仇！为兄弟们报仇！”将士们围在旁边，还在呐喊，额亦都又一次举起了大刀。

努尔哈赤喝退了呐喊的将士，又夺下了额亦都手中的大刀，然后双手扶起二人，诚恳地说道：“双方交战，你死我活，二将英勇杀敌，请问何罪之有？何况那次进攻，本是我的过错，我是不会怪罪你们的！”说罢拉起二人之手，让到酒席之上落座。二人感激不尽，立即跪下磕头，请求宽恕。

鄂尔果尼首先说道：“我等今日被捉，已知必死无疑。谁想到大人胸襟广阔，堪比蓝天沧海。我鄂尔果尼佩服你是个大英雄，今后有生之日，必效犬马之劳！”

科洛在一旁接着说道：“感谢不杀之恩，定当以死相报！”说着一再叩头。

努尔哈赤再次扶起二人，亲自给他们倒满酒，然后笑着说道：“不用谢了！今后我们就是一家人了！我任命你俩为牛录额真，给我带着人马守住此城，随时听候老营的召唤！”说完与二人酒碗相碰，一饮而尽。

放下酒碗，努尔哈赤接着问道：“不知上次救我之人，二位可曾认识？她是你们这边的人吗？”

鄂尔果尼立即诧异地说：“不是呀！我俩还以为是大人您帐下的人呢！闹了一个后怕！那人的动作也太快了！非鬼即神！我只看着好像披了一件红斗篷。红光一闪，就不见了。”

“她是披了一件红斗篷，到底是谁呢？”努尔哈赤若有所思。

“大人我这里有一个建议，不知当讲不当讲？”科洛在一旁接着说道。

“那好啊！我们已经是一家人了！有话但讲无妨，何必拘礼？”努尔哈赤爽朗地说道。

“我俩已经商量好了，趁着那边还不知道此城已破，可以借机会混进齐吉答城。”科洛随即说道，“大人再派队伍在外边接应，我们里应外合，可以一举将此城拿下，还可以顺便捉到尼堪外兰。”

“太好了！这个主意太好了！”努尔哈赤高兴得双手击掌，连声叫好。他立即命二人火速前往，并派安费扬古率军在城外配合。

鄂尔果尼和科洛当晚到达齐吉答城，表面上说是去拜访阿海，暗地里却和阿江取得了联系。阿海这个嗜酒如命的家伙，晚饭时对二人盛情招待，一再劝酒。二人心中有事，亦主动出击，轮番回敬。阿海一口气喝了二十几坛好酒，很快烂醉如泥。二人和阿江乘机举事，先将阿海五花大绑，捆成了待宰的肥猪。但阿海仍然酒醉未醒，嘴里头一边“吧唧”着，一边含糊不清地说道：“再来、来、来一、一坛，我、我、我怕、怕、怕你？喝、喝、喝、喝……”一歪头又睡了。科洛一刀将其头颅砍下，阿海到那边又灌酒去了。

鄂尔果尼和科洛赶到城上，打开城门，迎接安费扬古率兵进入，占领城内重要地点。阿江则带着手下人马，去后院擒拿尼堪外兰。没承想扑到后院以后，尼堪外兰住所内空无一人，连炕上的被褥都没有展开，显然他并没有在这里过夜，那么他跑到哪里去了呢？阿江急忙下令四处搜查，命士兵们务必找到他的下落。

尼堪外兰能藏到哪儿呢？他确实还没有离开齐吉答城，也没有走出这个院子呀！阿江心中有些纳闷儿，急得他在院子里一个劲儿徘徊。

阿江想得没错，尼堪外兰确实没走，目前他还在齐吉答城，而且就在这个院子里。原来自从他来到齐吉答城以后，就和阿海的小妾水兰儿勾搭上了。水兰儿刚刚二十多岁，生得白白胖胖，皮肤细嫩，小模样虽然长得不算俊俏，但那双斜眼却十分撩人。走起路来花枝乱颤，两瓣肥大的屁股夸张地扭动，极其性感。当年阿海把她从青楼里赎出来的时候，看中的就是她这一身上好的白肉。而她呢？痴迷的是阿海那用不完的力气。没承想新鲜劲儿过了以后，阿海的精力就不再往她的身上用了，这家伙迷恋的是喝酒，十天里倒有八九天睡如死猪，一推一哽哽，啥活儿也干不了！这让激情如火的水兰儿大失所望。

尼堪外兰来了以后，一眼便看上了这个风骚女。而水兰儿那斜眼轻轻一瞄，也看准了这是个馋嘴的狼猫。于是两人眉目传情，一拍即合，在一个风雪大作的夜晚，由尼堪外兰填补了阿海的空白。尼堪外兰这条老骚狗经验丰富，花样繁多，有时穷追猛打，有时欲擒故纵，把个水兰儿玩弄得风生水起，如醉如痴，简直就像丢了魂，两人没日没夜地滚在一起，鏖战不停。好在阿海成天忙于喝酒，对这种事并不介意，因此二人倒也平安无事。

昨天晚上阿海在前厅招待客人的时候，尼堪外兰就通过侍女的嘴，打听到是鄂尔果尼和科洛来了。对于翁科洛城两位城主的突然造访，尼堪外兰虽然感到有些意外，很想从求安考虑早点儿溜走，但是当水兰儿的斜眼一瞟，到窗外来勾引他的时候，他就实在抵御不了那身白肉的诱惑，终于又跟着水兰儿来到了她的小屋。

三更天以后，当二人鏖战良久、云雨几度、相拥相抱着睡得正香的时候，像狼狗一样警觉的尼堪外兰，突然听到前边有动静。他拿开水兰儿肥藕般鲜嫩的左手，悄悄地爬起来从门缝一看，不由得大吃一惊！他看见阿海被四个人抬着扔到了院里，他明白出事了！自己必须要赶快逃跑，否则小命休矣！

尼堪外兰哆里哆嗦地跑回水兰儿的小屋，慌慌张张地穿好衣服，临走时还不忘在水兰儿的屁股上拍了一下，“对不起了！谢谢你陪我玩了这么久！我得走了！白肉再好吃，我也不能不要命啊！好好睡吧！后会有期。”说罢悄悄地推开小屋的房门，发现阿江手下的士兵们正在搜查。他急中生智，急忙隐藏在茅厕里。待士兵们离开以后，他便轻车熟路，从城墙边的狗洞里钻了出去，趁着夜色再一次逃走了。

安费扬古率军住进齐吉答城，连续几天也没有搜到尼堪外兰，便失望地回到老营去了。阿江被努尔哈赤任用为牛录额真，继续在齐吉答城做他的城主。至此，努尔哈赤的势力扩展到婆猪江（今浑江）一线，实力大增，威望日隆。

第二十一回
追恶狗两击界凡城　逮骚狐单闯鹅尔浑

安费扬古率军回到老营不久，阿江就亲自带人前来报告，说破城的那天夜晚，有族人发现，有个身穿蓝棉袍，外罩青马甲的男人从狗洞中钻出，先是藏匿在小树林中的柴垛里，天亮时又到附近的村子里买了匹好马，然后就打马向西边奔去了。

同来的那位卖马的老乡描绘，那人中等身材，脊背微驼，长得有点儿獐头鼠目，脸上有个硕大的酒糟鼻子。安费扬古一听，肯定是尼堪外兰无疑！他后悔当时粗心大意了，怎么眼睛只盯着城内，没到附近的村子里搜一搜啊？

另一位同来的商贩报告，说前几日到界凡城去买鲜鱼，碰巧看到了尼堪外兰，当时尼堪外兰带着七八个士兵，抢了两大筐鲜鱼扬长而去。安费扬古听罢大喜，随即带上阿江向努尔哈赤禀报。努尔哈赤命厚赏阿江和两位老乡，次日便带轻骑数人去界凡城附近侦察。

这界凡城又名界藩城，坐落在今天抚顺市铁背山的山坡上，西边不远就是苏克素浒河与浑河的汇流之处。该城三面环水，一面靠山，地势险要，城池雄伟，居高抚远，威震四方，而且草木葱茏，风光秀丽。该城早些年是建州右卫的界凡寨，是王杲和阿台常来休憩和玩乐的场所，两人都曾对此地有过修缮。如今界凡城周长九里有余，墙高三丈还多。城墙的周围怪石嶙峋，地形奇特，森林茂密，溪流纵横，修有多处密堡和暗道，极其易守难攻。界凡城现下属于哲陈部一个较为强大的城堡，城主讷申是尼堪外兰的儿女亲家。所以，尼堪外兰在危难之时逃到这里，就是最正常不过的事了。

时值万历十三年（1585）二月，严冬虽已逝去，但阳春尚未到来。崎岖的山路曲折而又湿滑，背阴之处犹见冰雪。茂密的森林还未伸枝长叶，北风吹来寒意犹浓。偌大的山林还真有些藏不住人，因此努尔哈赤一行人还未到达界凡城下，就被城外的暗哨发现了，他们急忙飞跑入城，向城主讷申报告。

城主讷申打着饱嗝，伸着懒腰，带搭不理地听取了暗哨的报告，然后又披上斗篷，不慌不忙地走上城楼。他登高远眺，手搭凉棚一望，见努尔哈赤只带着二十几个士兵，正站在树林边比比画画，东张西望。过了一会儿，他们把马拴在树林里，一行人还在鬼鬼祟祟地往上爬。

讷申览罢不由怒火中烧，微微冷笑："努尔哈赤真是胆大包天，欺人太甚！只带这么几个人就敢闯我的界凡山？分明是没把我们放在眼里！这不是屎壳郎进车道辙，自己找屎吗？”他一伸手拉过旁边的尼堪外兰，继续冷笑着说道：“亲家公你就放心地在这儿待着，待我出城去会会他！看他有没有三头六臂，能把我讷申怎么样？”

“喂哎！不可轻敌呀！”尼堪外兰提醒他说，“别看努尔哈赤带的人少，但那个家伙胆大心细，诡计多端，又武艺高强，英勇善战，连理岱和阿海这样的名将，都不是他的对手，你可千万要当心哪！”

“放心吧！亲家公！我不像你！你就像惊弓的兔子、漏网的鱼，让人家给吓破胆了！”讷申歪着头瞥了尼堪外兰一眼，然后扬起头来接着说道，“别人怕他，我不怕他！我不跟他争强斗狠，我跟他俩斗智！他不是武艺高强、诡计多端吗？你看我怎么收拾他？”

讷申说罢传令下去，命手下大将巴穆尼率三百士兵出城迎敌，嘱咐他不必对阵接战，只管带人放箭，将努尔哈赤轰跑就好，然后只需如此如此，巴穆尼遵命带人而去。讷申随后点起三百人马，悄悄地从城南暗道中钻出，绕到努尔哈赤的回路上设伏去了。

且说努尔哈赤和安费扬古二人，刚带着二十几个士兵钻进树林，想对界凡城进行抵近侦察，以便确定进攻的路线。没想到离城墙还有老远，城中的守军就出动了！谁也没见城门打开，数百名守军士兵就像从地底下钻出来的，突然出现在他们的面前。还没等他们醒过神来，一阵猛烈的箭雨就遮天盖地倾泻而下，立时有四五个士兵应声倒下，临死时连一句话都没得工夫说。努尔哈赤挥鞭拨打雕翎，感到不妙，无奈带人向林中撤退。

努尔哈赤带着将士们钻出树林，骑上战马，城中的守军也吵吵嚷嚷，追了过来。他们仗着人多势众，并不隐藏，时而抵近放箭，时而尾追不舍，像群绿头苍蝇一样缠着不放。努尔哈赤心中气恼，便拈弓搭箭，连发数箭，跑在前头的十几个士兵立即中箭倒地。巴穆尼见努尔哈赤箭法厉害，己方伤亡惨重，下令不再紧追，但是仍然不即不离地跟在后面，像是一群遇到猛虎，但不忍心离去的恶狼。

安费扬古边往回走边感到纳闷儿：“按照常理出牌，城中的守军只要击退来敌，就会撤回城内，以防发生变故。而今天这帮家伙却咬住不放，紧追不舍，难道这里边有什么阴谋诡计？”他脑袋一转，突感不妙，急忙对前边的努尔哈赤大声喊道：“大人且慢走，不必太着急！前边怕是有埋伏啊！”

努尔哈赤闻之一怔，“吁”的一声勒住马缰，那匹黑虎龙驹一阵响鼻儿，在原地打了几个踅儿方才站住，奔跑中的队伍也立即停了下来。努尔哈赤四下张望，认得这个地方叫太兰岗，已经离界凡城有好几里路了。他对这一带比较熟悉，因为喜春儿的墓地离此不远，他每次来祭奠喜春儿妹妹，都必须通过这个地方。这个太兰岗名不虚传，不但有一道卧龙一样的山岗，山岗上生长着茂密的森林，林中有许多奇花异草，而且还因为每到夏秋季节，满山遍野都盛开着野生的兰花，那香气能飘到十里开外，令许多游人闻风而来。

努尔哈赤细心观察了一会儿，见这道山岗后虽可藏兵，但现在林不响，鸟不飞，头顶上有白云朵朵，静如飘絮，空气中觉轻风徐徐，似有似无，整个山林中一片安谧，不像是有什么凶险的样子。于是他让安费扬古率领多数人跟在后面，自己只带五名侍卫走在前头，两拨人马拉开距离，以便发生情况时互相策应。没有伏兵权当有，小心驶得万年船嘛！他想。

没承想这回还真让努尔哈赤猜着了！他的小心不算多余。原来在努尔哈赤到来之前，讷申已经带着他的三百名士兵抵达这里，并且做好了伪装和埋伏。他隐身在一棵粗大的松树之后，清楚地看到努尔哈赤飞奔而来，接着又停在了那里，这让他心中暗喜。他早已同巴穆尼两下约好，双方的行动以锣声为号。他这边的锣声一响，就说明这边的伏兵已经接敌了，巴穆尼再带着追兵赶快冲上来。他计划运用这个有利地形两面夹击，就自己这六百多号人马，对付努尔哈赤那边二十多人，还不是老太婆擤鼻涕手拿把掐？想到他将亲自杀死努尔哈赤，鲸吞整个建州左卫，当上这辽东女真最大的首领，成为这长白山中的无冕之王，他的心中就一阵狂喜。听说努尔哈赤有六七个老婆，个个美如天仙，还有个亲妹妹年轻守寡，也是个绝代佳人。到时候都归我了！嘿嘿！那可就老鹞鹰打喷嚏——一翻身就美上天了！想至此处，他差点儿憋不住笑出声来。

谁知他没有笑出声来，不知手下哪个乌龟王八蛋屁没憋住，竟放出声来了！按理说人若过百，形形色色，这么多士兵谁若是打个喷嚏放个屁啥的，能算个什么事呀？可恨的是这个家伙不知吃错了什么东西，肚子里的气体居然憋得那么足，或者是他心中害怕一劲儿想憋又憋不住的缘故，反正这个大屁“嘭”的一声破门而出，放得贼长贼响，还外带拐弯！三百多名埋伏的士兵无一例外，都听到了这一不同寻常的声响。

如果仅仅是这家伙放个响屁倒好说，事情坏就坏在打锣的那个士兵的身上了！那个家伙左手提着铜锣，右手拎着木槌，紧张得额头冒汗，手直哆嗦，瞪大了眼睛就等着城主大人发令。突然听到凭空里一声响屁，他误以为是城主大人发令了！右手一抡，“嘡、嘡、嘡、嘡”就猛敲起来。他这一敲锣不要紧，这可就是行动的命令啊！三百多名士兵本来就箭在弦上，这会儿“唰、唰、唰、唰”全放出去了！一刹那箭如飞蝗，遮天盖地，放了好大一会儿才停下来。因为城主大人吩咐过了，每人放出十支利箭，谁敢怠慢？

讷申一看，完喽！这回是厨师拍屁股——坏菜了！弓箭这玩意儿它射程有限哪！

就自己手下那帮士兵的水平，顶多射出去一百多步远，连人家努尔哈赤的汗毛都碰不着，还把人家给提醒了，这不等于通风报信吗？他原本计划这通利箭射出去，努尔哈赤防不胜防，不死也得受重伤啊！到时候自己只管走上前去，割下他的人头就行了！这下子可倒好，瞎子点灯白费蜡了！他恨死那个放屁的士兵了！你说你啥时候放屁不行，怎么偏偏就憋在这个时候放，而且还放得那么响，这不是成心捣乱吗？等仗打完了我把你查出来，非找根木头橛子把你那屁眼儿塞上不可！我叫你放？我憋死你！

再者说了，打锣的那个犊子也绝不是什么好东西！纯粹是个废物！你说你是脑袋让驴踢了？还是耳朵里进水了？怎么能听到个屁响就打锣呢？难道我说的话就是放屁，屁响就是军令吗？你个浑球败类！

讷申呆立在大树之后，恼怒得如同蒸锅里的癞蛤蟆，里里外外都是气儿！现在计划毁掉了一半，突袭的优势整没了！但是敌寡我众，兵力悬殊，我们仍然可以以多胜少，达到目的。“我三十人，你一个，我就不信弄不死你！”于是他大吼一声，忽地站起，“还愣着干什么呀？都给我往上冲啊！杀死努尔哈赤，赏白银一千两！”说着挥舞双刀，驱赶着士兵们冲了出去。

方才前边树林中锣声一响，努尔哈赤心中一惊，就知道中埋伏了！不由得出了一身冷汗。可奇怪的是，那些利箭竟然一支都没有往自己身上射，纷纷“扑哧、扑哧”地落在前边不远的地方，像是隔条小道下了一阵冰雹，不一会儿就停了，让他和侍卫们皆莫名其妙。

可是与此同时，大概是后边的追兵已经听到了锣声，立即嗷嗷怪叫着猛冲过来，离安费扬古的队伍已经不远了！这回他仿佛弄明白了，这是想前后夹击，将他生擒活捉呀！若不然方才那一阵箭雨，自己恐怕在劫难逃啊！跟老子玩这出，想得倒美！难道我只是吃干饭的吗？看你们谁能捉住我？！他想。

努尔哈赤这个念头还没有想完，就听前边的树林中一声大叫，瞬间呼啦一下子冲出来好几百号人马。他们一个个着黄衣，穿黄裤，头上扎着黄头巾，脚上蹬着黄毡鞋，像是一群从花果山上下来的猴子，蹦蹦跳跳、舞刀弄枪地冲了过来。他们虽然咋呼得挺响，蹦跶得挺欢，但是前进的速度很慢，显然是贪生怕死，不敢上前。努尔哈赤感到好笑，这样的队伍还想打胜仗？真是奇了怪了！他的目光越过前边这些可悲的家伙，落在后边督阵的那位头领的身上。只见那人身穿青衣青裤，头裹青色头巾，脚蹬青色皮靴，手舞青色双刀，正在咋咋呼呼，吵吵嚷嚷，像是驱赶着羊群的牧人。

努尔哈赤定睛一看，好家伙！这不是讷申吗？尼堪外兰的亲家公！说是亲家公，倒不如说是亲姑爷！尼堪外兰的二女儿嫁过来不久，就让这个老家伙给忙乎了！这个老掏粑在建州女真声名狼藉，臭不可闻！还人模狗样地咋呼啥呀？也不嫌砢碜！我今天抓不着尼堪外兰，就拿你开刀吧！反正你们俩也是王八炖乌龟，死活都是一个味！

想至此时，努尔哈赤怒吼一声，直如晴天霹雳，震得眼前的松林哗哗作响，周围的群山争相回应，吓得界凡城的士兵们皆一尥蹦儿，不约而同地站在那儿了。趁这工夫，努尔哈赤的双脚一磕马的肚带，坐下那匹黑虎龙驹“唰”的一声，腾空而起，像一道黑色的闪电，又像一条黑色的神龙，“嗖”地越过前头这些士兵，“噌”地向后边的讷申扑去。努尔哈赤高高地举起那把九龙神鞭，瞧准讷申的脑袋就砸了下去。

讷申一见吓得魂飞魄散，本能地架起双刀伸臂去迎。没想到他的那两把十六斤重的钢刀，碰到努尔哈赤的钢鞭根本就不堪一击！被砸得粉身碎骨不说，飞起的铁片竟如数枚金镖，瞬间把前边十几个士兵打翻在地，疼得在地上翻身打滚，鬼哭狼嚎。

再看城主讷申，那就更惨了！努尔哈赤的那把神鞭砸碎了他的双刀，带着强大的功力，直接落在讷申的脑袋之上。“噗”的一声，讷申的脑袋被打没了，只有些红白之物流了下来，与那截无头死尸一齐落在地上。

“哎呀呀！不好了！城主大人被打死了！我们大伙儿快逃命吧！”方才还咋咋呼呼、舞刀弄枪的那些士兵，这会儿“噼里啪啦”，扔下武器，撒丫子就蹽。别看他们进攻时畏首畏尾，慢如乌龟，此时却争先恐后，没命地奔逃，一个个比兔子跑得还快！努尔哈赤手下的侍卫们见了，一个个笑得前仰后合，差点儿跌下马来。

再说巴穆尼带领着他的三百名士兵，正在尾随着安费扬古的人马，不紧不慢地进行追击，忽地听到“噔、噔、噔、噔”一阵密集的锣响，明白城主大人已经发起了攻击，于是便“嗷”的一声，率队冲了上去。谁知刚刚跑出不远，未听见前边有喊杀之声，却看见满山的败兵溃逃而来，也没有城主讷申的踪影。巴穆尼感到莫名其妙，一时不知如何是好。

就在巴穆尼站在那儿愣神的工夫，前边的锣声又响了！原来是讷申手下那个打锣的士兵在将功补过。他知道自己前一通锣打错了，肯定罪责难逃，说不定小命难保。这回见伏兵失败，讷申已死，他便想鸣锣提醒巴穆尼，希望他们赶快撤军。

然而巴穆尼却理解错了！他一听锣声又响，说明城主大人还在，意在催他进攻。于是他不敢怠慢，一马当先就冲了上去，后边的士兵也紧紧跟了上来。

巴穆尼这回可真上当了！上了他们自家人的当了！就在他快马加鞭，追得正来劲儿的时候，突然一阵疾风迎面而来，一支利箭“唰”的一声掠过头顶，一下子掀掉了他的头巾。那块青色的头巾落在地上，像是他被砍掉的脑袋。他摸了一把暴露在阳光之下的癞痢头，吓得倒吸一口凉气，立即掉转马头，带着队伍跑回城中去了。

“留你一命！下次不饶！”不知是谁的喊声在山林中回荡，惊得巴穆尼一连数日昼夜难眠。

此番侦察界凡城虽未成功，却歪打正着除掉了讷申，让努尔哈赤高兴万分。他命令安费扬古留下人马，多布暗哨，严密监视界凡城中的动静，一定要防止尼堪外兰再次潜逃。

当年四月，春暖花开，满山一片新绿，遍野蜂飞蝶舞。报仇心切的努尔哈赤，经过两个月的充分准备，再次率军攻打界凡城。然而当出征的队伍行至中途的时候，却突然下起了瓢泼大雨。山间的激流奔腾而下，许多道路被冲断。苏克素浒河与浑河一夜之间河水暴涨，已明显不利于行军作战。

安费扬古忧虑地说：“天气不利，来日方长，应当立即撤军，我们改日再来，亦不误报仇雪恨之大事也！”众将亦一致赞同。

努尔哈赤觉得安费扬古说得很有道理，于是他命队伍停止前进重新部署。他首先对安费扬古说道：“汝可立即带主力返回建州老营，休息待命，等待时机，再图进取。我自己暂时还不想回去。气候不利，敌必松弛，正好借此机会去勘察地形，以便确定进攻路线。”安费扬古见努尔哈赤决心已下，执意要去，只好留下巴库尔和“南蒙三杰”，请他们务必得保证指挥使大人的安全，随后又派八十名将士同往，这才一步三回头地率兵离去。

安费扬古率主力部队撤退之后，努尔哈赤即刻带领这支小队向界凡城进发。没想到他们刚刚赶到浑河边上，就突然遭遇了大股的敌军，看样子能有数百号人马。努尔哈赤一见，迅速地跳下战马，把队伍带到小树林中隐蔽起来。

原来自打讷申死后，巴穆尼又成了惊弓之鸟，界凡城内民心散乱，军心不振，几乎人人惶惶不可终日。尼堪外兰见情形不妙，本来想再次早点儿溜走，以免将来遭遇不测。不料城外有人监视，贸然出城风险太大，一时难以脱身；再加上讷申一死，他的二女儿如丧考妣，整天哭哭啼啼像个泪人，他也不便马上离开；还有一个原因让他没有待够，那就是他有点儿放不下小六儿。这个女主人身边的小丫头，虽然没有什么动人的容貌，但是却和女主人一样风骚。尼堪外兰没来几天，两个人就黏糊上了，而且关系发展得极快，几乎到了如胶似漆的程度。暂时走不开，他便与大将巴穆尼一起，扶持讷申的儿子讷萨尼出头主事，联合周边村寨组成五部联军，共同在浑河沿线巡逻设防。

当努尔哈赤带着队伍发现敌军的时候，对面的人马也发现了他们。碰巧这天讷申的儿子讷萨尼不知怎么心血来潮，非要亲自带领队伍到河边巡逻。临出来时，尼堪外兰的二女儿秋葵哭着挽留：“父亲刚刚遭遇不幸，如今不论城中家里，你都是唯一的顶梁柱了。你若是有个三长两短，我可怎么活呀？”

“怎么活？你说怎么活？没谁都能活！父亲死了，我们不是活得好好的吗？我若是在战场上死了，你的父亲不是来了吗？再者说了，就凭你这身白肉和小脸蛋，到哪儿还能没人要吗？不过我临走前得玩你两把，不然真出了事就亏大了！”讷萨尼说着两眼放光，脱衣解带就往上扑。

秋葵转啼为笑伸手一推，“需要你的时候睡如死猪，打都不醒。人家不想要的时候却口出浪言，你这是裤衩子冒青烟——出的是哪股邪火呢？算了吧！男人出门做这种事会阴气缠身，是最不吉利的呀！”

“我管吉利不吉利呢？！我先好受一会儿再说吧！”讷萨尼说完亲自动手，扒光了秋葵身上的衣服，在她的身上解恨似的闹扯了半个多时辰，才心满意足地走了。弄得秋葵有些莫名其妙：“从打讷申那老东西死了以后，这个熊玩意儿咋就突然硬实了呢？难道当上了城主就变样吗？”

讷萨尼就是这样一个说奸不奸、说傻不傻的家伙，脑袋里好像缺根弦，因此族人们把他的名字叫为“大傻帽儿”。讷申在世的时候，他整天吃喝玩乐，啥都不管，连自己的妻子都让别人睡。讷申死后，他倒来能耐了，一肚子馊主意，谁的话都不听。所以当努尔哈赤的队伍在河边一露头，巴穆尼紧张得大叫一声：“努尔哈赤来了！我们赶快逃吧！”立即就遭到了他的一顿臭骂。

“慌什么慌啊？不就那儿猫叼俩人吗？瞅给你吓得那个熊样！好像耗子见了猫似的！真是没出息的玩意儿！我这里有千八百号人马，还怕他个毬啊？告诉我！哪个是努尔哈赤？我正想找他报仇呢！他倒送上门来了！真是冤家路窄！”讷萨尼瞪起牛眼恨恨地说。

巴穆尼被骂得红头涨脸，哆里哆嗦地说：“就是方才那个骑黑马的，领头走在前面的人！那家伙箭法如神，大人您可千万要当心哪！”

“我当心个屁！两军交战勇者为胜！你再扰乱军心我先剁了你！给我上，抓活的！我要剥了他的皮！”讷萨尼恶狠狠地说。

突然遭遇对方这么多的人马，这是努尔哈赤绝对没有想到的。眼见得浑河边上空空荡荡，无遮无挡。他们目前掩身的这个小沙丘的右边，那是一槽汹涌澎湃的河水，奔腾咆哮，惊天动地，别说是人和马了，连根羽毛也别想漂过去。左边呢？是一道陡峭直立的山崖，根本没有攀爬的可能。只有前边不远的地方，生长着一些半人高的小矮树，隐藏个兔子什么的还差不多。

于是努尔哈赤把巴库尔叫到身边，镇静地对他说：“目前敌众我寡，兵力悬殊，相持下去，情况危急！说不定会有全军覆没的危险。老营的弟兄们跟了我三年了，那可是咱们的无价之宝，说什么也不能跟他们死打硬拼！我看不如这样，我和‘南蒙三杰’留下来掩护，仁兄带领着其他的兄弟们先走。”

巴库尔听后连连摇头，着急地说：“你是建州左卫的都指挥使，数万老营族人的主心骨，怎么能以身涉险呢？这却万万不行！还是让我留下来吧！”

努尔哈赤紧紧握住巴库尔的双手，眼睛里似乎已经噙满了泪水，“谢谢你！我的生死兄弟！我最尊敬的大哥！愚弟知道你武艺超群，功夫一点儿也不比我差！但是对方想抓的人是我，只有我才能黏住他们！这个地方缺少隐蔽物，人多了也站不开，有我们四个人就足够了！放心吧！前边河滩面窄，对方人再多也无法展开。左边是山崖，右边是河水，他们无法迂回到我们的身后。只要弓箭够多，我让他们有来无回！你就瞧好吧！”

巴库尔相信努尔哈赤的功夫，也知道“南蒙三杰”箭法精绝。于是他命令士兵们留下所有的羽箭，带着大多数兄弟撤走了。

看着前边的人马掉头撤走，正在领头冲锋的讷萨尼大喊一声：“努尔哈赤逃跑了！你们赶快给我追呀！抓住活的赏金千两！杀死他的赏银三千哪！”五部联军的那些士兵们不知厉害，闻听城主出了这么高的赏钱，嗷的一声就冲了上来，一个个争先恐后，两眼血红，好像一群输光了血本的赌徒。

这帮家伙极其有可能前半生没做好事，他们的报应马上就到了！等待他们的不是什么黄金和白银，而是突然光临的死神。努尔哈赤带着“南蒙三杰”，隐身在一片沙丘之后，隔着眼前那片稀疏的小矮树，他们发现敌人距离不超过一百步了，于是突然之间一齐放箭。四个神箭手一阵忙乎，瞬间有几十支利箭从沙丘后飞出，冲在前头的十几个士兵，立即横躺竖卧地倒在沙滩之上，像是河水从上游冲来的木桩。

巴穆尼跟在人群之后，谨慎地奔跑，见前边有人中箭了，他一把将身边的讷萨尼摁倒，惊慌地说：“大人快卧倒！再跑有危险！前边的那个沙丘的后面，肯定藏着努尔哈赤！别人的箭法哪有这么准哪？肯定是他！”

“他什么他呀？你不告诉我骑黑马的那个人才是努尔哈赤吗？刚才我眼见他已经走了呀！怎么还会在前面？”讷萨尼把巴库尔当成了努尔哈赤，因而并不在意地说，“赶快给我冲上去！杀死这几个小蟊贼！到前边去追努尔哈赤呀！除了给金又给银，再加大烟和女人！冲啊！”重赏之下必有勇夫，何况又加了大烟和女人，这两样都是好东西呀！他身后的士兵们发一声喊，又舞枪弄刀地冲了上去。

然而这帮人还真是笨得可悲、傻得透腔啊！他们也没好好想想，给你多少金银财宝，你得有命花呀？送你多么漂亮的女人，你得活着才能用啊？！可叹他们带着这种美好的憧憬，跑出去不过一鼓肚儿的工夫，便永远地倒在沙滩上了，成了这浑河岸边的游魂野鬼。

连续两波进攻遭到失败，令讷萨尼怒火万丈！现在他已经看清楚了，前边的沙丘后面也就四个人，因为他们的战马就拴在那边不远的地方。难道就让这四个人拦挡住大军的进攻？让努尔哈赤轻松地跑掉？传出去岂不被人笑掉大牙？今后自己这新城主还怎么当？想到这里，他不顾巴穆尼的一再劝阻，“腾”地从沙滩上一跃而起，又“噌、噌”两步跨上战马，大喝一声：“给我杀呀！”就一马当先冲了上去。他身后的将士们见城主大人都上去了，咱们还等啥呀？天塌大家死，过河有矬子，有当官的打头，咱怕啥呀？说不定还能侥幸立功啊！那可就大大地赚喽！随即呼啦一下子都跟了上去。

“南蒙三杰”一看这态势，心中都有点儿慌了！哥仨寻思着，你就是箭发得再多、再快、再凶、再准，四个人也难以挡住这数百号人马呀！一时皆有些惊慌失措，不知如何是好。

努尔哈赤看出了三人内心的慌张，他若无其事地轻轻一笑：“三位贤弟切莫担心！他们肯定冲不上来，打蛇打七寸，擒贼先擒王！你们哥仨全射那个打头的家伙，剩下的全都交给我了！”说完他放下手中的弓箭，顺手捡起沙滩上的鹅卵石，待敌人进至五六十步，突然间手一扬，那鹅卵石便带着强大的功力飞了出去。他的双手交替着一起一落，那些鹅卵石便如漫天突降的冰雹，噼里啪啦地砸在那些士兵的身上，打得他们皮开肉绽，一个个均翻身落马。跑在前头的中弹倒地，停止不前，跑在后边的收势不住，自相践踏。一时间沙滩上人喊马嘶，乱成一团。

再说冲在前头的讷萨尼，跑出去不远便身中三箭。他摇晃了几下，强撑着没有倒下，战马继续向前奔跑。不料这时候一块鹅卵石凌空飞来，“噗”的一声打在他的额头之上。不知是由于距离太近，还是那块鹅卵石的功力太大，那块石头竟然从前边钻进他的脑袋，从他的后脑勺飞了出来，还居然打伤了他身后的士兵，讷萨尼只觉得眼前一黑，便一声不吭地摔在沙滩上了。

巴穆尼一见城主阵亡，吓得脸色煞白，魂飞天外。他明白再这样打下去，不仅抓不到努尔哈赤，还会造成更大的伤亡，甚至可能搭上自己的性命！如今老少两个城主全死了，城中再也没有主事的人。自己何不趁此机会乘势而上？那么今后的界凡城就全是自己的了！一想起秋葵那白嫩的肉体和妩媚的眼神，巴穆尼就浑身颤抖两眼放光。想到此他果断地一挥右手，下令停止进攻，只管向前边放箭。

努尔哈赤见状一下子全明白了！他也不想在这里纠缠下去了，那样只能凶多吉少。自己今天虽获小胜，但是毕竟敌人太多，还是见好就收为妙。于是他带领着“南蒙三杰”交替掩护，飞身跨上战马，安全地撤回老营去了。

巴穆尼带着讷萨尼的尸首回到界凡城，一进内室就给秋葵跪下了。他哽咽着说：“小人不才，末将无能啊！老城主去世不久，新城主又阵亡了！如今城内人心浮动，城外强敌虎视眈眈，不知夫人下步有何打算？”说着假装伸手抹泪，以手掌遮住自己的脸庞，从指缝中偷看秋葵的眼色。

然而秋葵是谁呀？她可是尼堪外兰的女儿，玩弄过几个男人的老手！对于巴穆尼的这点儿小伎俩，她又何尝不知？她虽然并不喜欢自己的丈夫，但是可以把他作为自己的招牌，使她稳稳地坐住少奶奶的位置。她也不留恋自己的公爹，那个占有了她十几年的老灰耙，却可以从他那里享受欢愉，得到她想要的一切好处，从而让她在界凡城要风得风，要雨得雨，高高在上，风光无限。

对于巴穆尼来说，这个身强力壮的家伙只是她的一个玩物。她知道巴穆尼一直在暗恋着她，悄悄地送过她许多金银珠宝。作为回报，她也让他亲过脸蛋，摸过双乳，仅此而已，她可不想跟这个癞痢头有什么真事。一想到那个葫芦瓢一样锃光瓦亮的脑壳，如果趴在自己的胸脯之上，她就恶心得想吐。

不过如今情势变了！自己的两个男人相继阵亡，界凡城再无可依靠之人了！这个癞痢头现下手握重兵，自己怎么可以得罪他呢？于是秋葵轻移莲步，慢抬玉手，上前扶起巴穆尼，微笑着说道："战场之上，你死我活，转眼就见胜败，倏忽天上人间。两位城主相继阵亡，那是他们自己的命，将军何必自责？快请坐下来说话。"说着两只玉手轻轻抚摸，一双媚眼含情脉脉，那红润的嘴唇轻轻嚅动，粉嫩的香腮竟飞起两片红云。逗引得巴穆尼不能自制，一伸手抱住秋葵张嘴就吻，忙乱中还不忘喃喃地说："尊贵的夫人哪！我可喜欢你了！我是时时刻刻都想着你，恨不得马上就得到你呀！"说着抱起秋葵的身体，急不可耐地向床边走去。

不料窗外的两声轻咳，打断了这对男女的好事。尼堪外兰今天不知何故，竟然不敲门就走了进来，这令二人皆有些尴尬。巴穆尼低着头搭讪了一句，便红着脸溜走了。秋葵则若无其事地坐在床上，似笑非笑地看着她的父亲。

尼堪外兰注视着衣衫不整的秋葵，有些不悦地说："少城主刚刚死去，他的尸首还停在院子里，你现在就做这种事，是不是有点儿着急了呀？你就不怕人家笑话？"

"笑话什么呀？这还不是跟你学的？当年我娘正在重病之中，你不是一下子领家来三四个窑姐儿，把我娘活活气死了吗？我这也是没办法，你没看他那猴急的样子，我不应酬一下行吗？他现下可是手握重兵的人啊！"秋葵听后脸不红不白地说。

尼堪外兰听后忧郁地说："咋应酬也不行啊！这个葫芦瓢根本就不是那块料！他当上了城主也没用，压根儿就不是努尔哈赤的对手！说不定哪天就得把我给卖喽！界凡城我是不能再待了！可叹辽东之大，竟然没有我的立足之地呀！"说罢长吁短叹，唉声不止。

秋葵见状凑上前来，小声说道："如果您现在没处去了，我倒有一个地方可以藏身，保您平安无事。"

尼堪外兰眼睛一亮，急忙问道："什么地方？你快说呀！"

秋葵答道："鹅尔浑城啊！那个地方距这里不远，离抚顺关也近，交通方便得很！"

尼堪外兰一听就泄气了："那个破地方弱而且小，能藏得住人吗？何况咱也不认识人家，人家能保护咱吗？算了吧！那不是往火坑里跳吗？"

"那可不是！"秋葵接着自信地说，"那个地方可靠得很！可以说比界凡城还要可靠！那是女儿最信得过的地方！"

尼堪外兰诧异地说："此话怎讲？难道说与你有什么特殊的关系吗？"

"这你就说对了！我的父亲大人！"秋葵一屁股坐在尼堪外兰的腿上，搂着他的脖子撒娇似的说道，"你还记得阿鳌吗？"

尼堪外兰忍不住亲了一下他的女儿，不屑一顾地说："记得！记得！怎么不记得？那不是我宝贝女儿的小情郎吗？曾经与你青梅竹马、两小无猜。小模样长得倒是白白净净，只可惜好吃懒做、油嘴滑舌，文不成，武不就，就是一个浪荡公子，不知咋的竟然把你给迷住了！当年若不是我硬给你们搅黄喽，后来你能嫁个城主？过上今天的好日子？"

"拉倒吧！别说了！都是你干的好事！我嫁了个城主的儿子倒不假，竟然成了人家爷儿俩的玩物！你还腆个脸说？"秋葵伸出右手的食指，对着尼堪外兰的酒糟鼻狠狠地戳了两下，"人家阿鳌怎么了？现在也是鹅尔浑城的总管，一人之下、众人之上呢！"

"阿鳌出息了？不可能啊！"尼堪外兰有些意外地说。

秋葵接过来有些自豪地说："怎么不可能了？不瞒你说，我们俩一直都没断。没和讷萨尼成亲之前，我就已经是他的人了！后来我嫁到界凡城，他也悄悄地跟着搬到这里，在市面上做些小生意，我们俩经常偷偷地约会。一个偶然的机会，他结识了当时鹅尔浑城的城主，两人谈得很投机，就逐渐成了好朋友。八年前他离开界凡城，受邀到城主府上当管家。去年城主因病去世，因为儿子才九岁，就把家中和城里的事情全都托付给了他，他就成了鹅尔浑城的总管。前不久他又和城主的遗孀好上了，成了那里的实权人物，他可是没有虚名的城主啊！"

"啊！那可太好了！"尼堪外兰高兴得两眼放光，"事不宜迟！夜长梦多。为了防止发生意外，我们马上就投奔他去！"秋葵一听也完全赞成，立即动手收拾金银细软。爷儿俩说干就干，当晚就在家中摆下酒席，邀请巴穆尼前来赴宴。席间，尼堪外兰假意答应他与秋葵的婚事，乐得这个葫芦瓢脑壳忘乎所以，不一会儿就喝得酩酊大醉。秋葵命侍女把巴穆尼抬到她的床上，借以掩人耳目。

二更以后，月上东天，夜深人静。尼堪外兰和秋葵悄悄地爬起来，爷儿俩带上出城的腰牌，赶着一辆四挂马车，顺利地混出城去，转眼就消失在夜幕中。

心爱的女人突然光临，乐得鹅尔浑城的总管阿鳌合不拢嘴。他悄悄地把马车带到一处隐秘的宅院，将尼堪外兰父女安顿下来，然后立即置酒相待，显得极为真诚和热情，这让秋葵的心里乐开了花。

三杯美酒过后，爷儿仨话渐多。尼堪外兰端起酒杯，有点儿不好意思地说："当年之事多有得罪，还请贤侄见谅！如今我背井离乡来到此处，这就给您添麻烦了！老朽先致谢意！"说完手一扬，把酒干了。

阿鳌闻之爽朗地说："老大人哪里话来？您当初也是为了秋葵好嘛！小侄完全能够理解。冲着我和秋葵的情分，怎么说您都是我的亲人！如今您在危难之中奔我来了，侄儿一定全力相助，请您老人家放心！"

尼堪外兰不禁心生感激，连连举杯敬酒，随后说起几年来逃难的经历，末了他有些感慨地说："为了我这一条薄命，多少英雄豪杰为之献身啊！努尔哈赤这个凶狠的家伙，确实是不太好对付啊！"

阿鳌深情地望了秋葵一眼，又端起酒杯与尼堪外兰撞了一下，像是胸有成竹地说道："古人讲上兵伐谋，成败靠的是智慧。像您过去那样光逃不行，咱们得动脑子，想办法。请容我好好地筹划一番，您老人家就瞧好吧！"说完与那父女二人低言数句，尼堪外兰的脸上渐渐露出了笑容。

再说界凡城那边，次日早晨巴穆尼一觉醒来，发现尼堪外兰父女俩不见踪影，才明白自己上当了！当即吓出了一身冷汗。他害怕努尔哈赤兴兵问罪，冲他要人，于是匆忙来到建州老营，当面向努尔哈赤和众将谢罪，并表示愿意率族人归附。努尔哈赤见其主动来投，不但没加责备，反而好言抚慰，令其在老营帐下为将，随时听候调遣。另派穆尔哈齐到界凡城担任城主，注意打听尼堪外兰父女的去向，一有消息马上前来报告。

穆尔哈齐果然不负重托，事情很快就有了眉目。次年（1586）七月，他派人从界凡城送来密信，说有细作传来可靠消息，尼堪外兰父女俩均藏在鹅尔浑城，目前已派人严密监视起来。

努尔哈赤览信后有些惊讶，他不明白尼堪外兰为什么竟敢藏在那里。因为鹅尔浑城不强也不大，充其量就是个大村屯。说它不强，是它没有完整的城池，也没有像样的武器装备，士兵也只有几百人。说它不大，全城也就一千多户人家，人员的流动性还很大。那座小城坐落在浑河边上，显得很不起眼，防卫松弛甚至可以说是随意出入。

如何去抓捕尼堪外兰呢？努尔哈赤还真有些拿不定主意。此时巴库尔箭伤复发，回到家乡找蒙医调理去了。安费扬古因父亲去世，正在家中守孝。"南蒙三杰"和"辽北双雄"今早才走，被他打发去草原贩马去了。他只好把在家的兄弟们召集起来，研究对策。

额亦都性情火爆直人快语，他的大嗓门儿首先响了："还商量个啥呀？有啥商量的呀？我看还是大军出动，先把那个小鳖地方围起来！然后再关起门来捉狗，堵住笼子抓鸡，那多把握呀？没个跑！"

"你说的那个办法不行！怎么没个跑了？以往我们哪回不是大军出动？哪回把他抓住了？人马一多，惊天动地，难免事先就走漏了消息，那个老骚狗鼻子灵着呢！闻着风就蹽了！这样的教训还少吗？"舒尔哈齐接过来说。

额亦都听了有些不服地说："尼堪外兰跑了不假，但我们还得了不少地盘呢！怎么成了教训了呢？"

舒尔哈齐还想说点儿什么进行反驳，努尔哈赤用眼色制止了他。这时候一直不爱说话的雅尔哈齐吱声了："两位哥哥说得都有些道理，我们可以取其所长，合而为一。鹅尔浑城与我们无怨无仇，城堡又小，他们不能也不敢与我们老营为敌，因此不必派兵攻打。那个地方离抚顺关实在太近，明军的兵营就在城外树林的西边，人马过多势必引起官兵的反感。如果他们出面干预，那事情就麻烦了！恐怕会因此鸡飞蛋打，所以大兵压境不太可行！"

说到此处，雅尔哈齐见额亦都似乎有些反感，于是话锋一转，急忙说道："那么应该怎么办呢？我想是否这样，二哥不是已经在派人监视了吗？我们可以派出一支精干的骑兵小队，直插过去。一方面控制住四面的城门，防止尼堪外兰闻风逃跑，一方面到城主那里进行交涉，由我们派兵去密宅抓人。这样既可以避免不必要的冲突，又能够圆满完成抓捕的任务，你们看怎么样？"

"好！好！太好了！四弟思虑得十分周全，就按你说的意思办！"努尔哈赤为四弟的进步高兴万分，接着说道："抓住这条老狗，是我多年的心愿！这次我要亲自带队，三弟、四弟和额亦都贤弟，你们都随我同往，带上一百人就够了！我们马上出发！"说完转身出屋，飞身上马。这支一百多人的骑兵小队，像箭一般往鹅尔浑城方向奔去。

申时刚到，这支小队伍就抵达了鹅尔浑城。他们顾不得旅途的疲劳和周身的汗水，立即按照临行前的安排，分赴各个岗位。舒尔哈齐与城中的密探取得了联系，急忙带人去监视那座密宅。雅尔哈齐则分拨人马看守四门，防止尼堪外兰逃跑。努尔哈赤则带上额亦都，直奔鹅尔浑城主的府上。他要先礼后兵，拜访一下这位辽东女真年龄最小的城主。

令人奇怪的是，那位小城主可能知道有人来访，早早地就在客厅里等候了。所以当侍卫进门刚一通报，他立即就迎了出来，而且极为热情地说："建州老营，蜚声四海，久闻大名，如雷贯耳。指挥使大人光临寒舍，真是令小城蓬荜生辉呀！"言语之间口齿伶俐，说话的声音清脆悦耳，让努尔哈赤顿觉新奇。

二人到客厅落座之后，努尔哈赤立即说明来意："城主不必客套，我是来抓人的！听说尼堪外兰逃来此处，我要将他抓捕归案，交由朝廷处置，尚请城主全力相助！"他说话直来直去，并不拐弯抹角。

那位小城主惊讶地说："有这等事？我怎么不知？建州左卫是咱邻居，大人与我同气连枝，如果他来此地，大人但抓无妨！在下定当竭尽全力，请您放心！"

"如此说来，就多谢了！"努尔哈赤心中焦急，起身想走。这时一直站在窗边的额亦都突然大声喊道："大人快看，那出城的人莫不是老骚狗？"

努尔哈赤闻声一惊，疾步走到窗边一看，果然一人獐头鼠目，弯腰驼背，身穿一件青长袍，外罩一件蓝马甲，头上戴顶瓜皮小帽，脚上蹬双黑色软靴，正在骑着一匹铁青马，出西门向城外走去，一边走还一边回头回脑地四下张望，那个硕大的酒糟鼻在阳光下红得发亮，极为乍眼。

"不是他是谁呀？正是老骚狗！别让他跑喽！咱们快追呀！"努尔哈赤说着一个箭步蹿出屋子，纵身一跳飞下城楼，一个空翻跃上黑马，"啪"的一鞭凌空炸响，然后像阵疾风一般，朝尼堪外兰的背影猛扑过去。

第二十二回

抖神威英雄出陷阱　施妙策豺狗入牢笼

且说努尔哈赤见尼堪外兰出城要跑，急忙飞身跳下城楼，骑马便追。额亦都见状也立即跟了出来，叫上门口的五名侍卫，尾随着努尔哈赤向西奔去。但是由于努尔哈赤的黑虎龙驹速度太快，额亦都等人怎么着急也追不上。转眼之间，两拨人马就拉开了很长的一段距离。

那位方才出城跑在前头的尼堪外兰，好像知道后边有人追他，因而一边频频回头张望，一边打马向西狂奔，又一边催促身后的两名随从："快跟上！快跟上！就要到了！"三匹快马翻蹄亮掌，撒欢儿似的奔跑，带起一道黄龙般的沙尘，眼瞅着即将钻入小树林。

努尔哈赤报仇心切，急如火焚，很不得肋生双翅，一把就掐住这条老骚狗！他知道尼堪外兰如果钻入树林，就极有可能再次逃脱，那么这次行动又将枉费心机、前功尽弃了！于是他紧紧盯住尼堪外兰的背影，边追赶边大呼曰："尼堪外兰！你给我站住！下马就擒吧！我给你留全尸！否则我可就放箭了！我把你穿成糖葫芦！"

可是说归说，喊归喊，努尔哈赤不过是想吓唬吓唬这条老狗，他可不想马上射死这个老家伙，他还要抓条活狗回去祭祖呢！然而前边那仨人的想法就不一样了！那两个随从为了掩护主人逃跑，交替着不断地回头放箭。那些利箭快如疾风，力道迅猛，箭箭不离努尔哈赤的脑袋和前胸，能看得出是两个道中高手。他们虽然没有射中努尔哈赤，却大大地影响了他的速度，耽误了他极其宝贵的时间，气得努尔哈赤须发奓起，仰天长啸，如同猛虎一般扑了上去。眼见得距离尼堪外兰只有十几步之遥了，他准备悄悄地摸出一块鹅卵石，想首先打伤那匹铁青马，然后再将尼堪外兰生擒活捉。

就在努尔哈赤全神贯注，盯着尼堪外兰，他的右手已经摸出鹅卵石，准备马上击发的时候，忽然他觉得坐下一沉，随着"哗啦啦啦啦"一声巨响，一股呛人的灰尘冲天而起，眼前即刻黄澄澄一片，什么东西也看不清了！他连人带马掉进了陷马坑里，一些木棒、树枝和柴草等等乱七八糟的东西，一齐向他的身上砸来。他即刻心中一片空白，不知道究竟发生了什么。

这时候就听见坑沿上边有人嘿嘿冷笑："哎哟哟！抓住喽！抓住喽！我挖好陷阱擒猛虎，咱设下香饵钓蛟龙。怎么样？这回努尔哈赤跑不了喽！您该放心了吧？"这声音并不耳熟，但是听起来年龄不大。

另一个声音气急败坏："放什么心哪？快埋上啊！一会儿后边就来人了，还臭美啥呀？赶快弄死他呀！快呀！快呀！"这声音如同破锣，努尔哈赤听出是尼堪外兰。

"王八蛋！竟然暗算老子，真是罪该万死！"努尔哈赤一时气冲斗牛，怒火万丈，"尼堪外兰！看我取你！"说着"嘿"的大吼一声，如同炸雷震响。与此同时，他的双腿夹紧马肚，以钢鞭拄定坑壁，想借助于战马的力量腾空跳起。

那战马是谁呀？是一般的战马吗？它可是从海棠山来的黑虎龙驹呀！它立即明白了主人的心意，于是迅速屈起身躯，弓下后腿，"咴"的一声大叫，如同虎啸龙吟，奋力从坑底向上跃出。刹那间人借马力，马助人威，一人一马配合默契，哗啦啦一声响亮，居然从陷阱中一跃而出，稳稳地落在草地之上，吓得坑边上的人们呆若木鸡，一时不知所措。

努尔哈赤立马坑前，一眼就看清了坑边上站着十几个人，一个个皆手拿锹镐等工具，看那样子是准备填土。为首的两个人衣着相似，他仔细观之，竟然是两个尼堪外兰！其中一个就是他方才追赶的那个家伙，身着青色长袍，外罩蓝色马甲，头戴瓜皮小帽，脚蹬黑色软靴，手拿一根小马鞭，坐骑一匹铁青马，显得稍微年轻一点儿、文静一点儿。另一个则身穿蓝色长袍，外罩青色马甲，头戴貂皮软帽，脚蹬鹿皮软靴，手里握着一把腰刀，坐骑一匹大白马，显得稍微老成一点儿、凶狠一点儿。两个人都是老鼠眼、扫帚眉、争风耳、酒糟鼻，实在看不出谁是真谁是假。真的假的没有一个好东西！合起伙来欺骗我，竟然想置我于死地，真是狼心狗肺！蛇蝎心肠！大爷我今天就送你们一起上西天吧！想到这里，努尔哈赤纵马向前，举起九龙神鞭向二人狠狠地砸去。

此时那两个尼堪外兰全吓蒙了！他们不约而同地一起喊出："快放箭哪！快放箭！"说着拨转马头，转身就跑，但是已经来不及了！努尔哈赤的那把九龙神鞭张牙舞爪，带着风声，已经搂头砸了下来。那个稍显年轻的尼堪外兰因为离得较近，不幸首先遇难了！他的身体从上到下，被钢鞭劈成了两半，"啪嚓"一声，像两扇猪肉般折下马来，鲜血"噗"地喷出去老远，繁星般落在草地之上，像一朵朵刚开的红花。

刹那之间，努尔哈赤落下的钢鞭再次举起，照准另一个尼堪外兰的后背砸去！他觉得这家伙像是真的，这次绝对不能让他再次跑掉！遗憾的是，这时候数十支利箭到了！它们不约而同地向毫无防备的努尔哈赤飞来，又恶狠狠地向他的身上穿去，努尔哈赤大叫一声，浑身一抖，一大口鲜血，"噗"地喷出，立时头昏目眩，翻身落马。

埋伏在小树林中的数十名士兵见状嗷地蹿出，争先恐后地冲向前来，他们要按计划割下努尔哈赤的首级，到总管大人那里去邀功请赏。须知三千两白银可不是一个小数目啊！因此一个个欣喜若狂，蜂拥而上，不料他们却根本上不去前！原来努尔哈赤的那匹黑虎龙驹见主人倒在地上，流血不止，又见那帮人冲上前来，大概明白了他们不怀好意，于是连撒欢儿带尥蹶子，护持着主人转圈狂奔，眼睛瞪着那帮家伙“咴咴”长啸，谁若上前来它就踢谁，转眼之间已经踢倒了好几个人，弄得那帮士兵有些无可奈何。

此时尼堪外兰在圈外急得直跳脚，他扯开破锣一样的嗓子拼命地喊：“射死它呀！射死它！射死这匹黑马！赶快把努尔哈赤的头颅割下来呀！赏三千两白银啊！快呀！快呀！”

那帮士兵这才恍然大悟，急忙一个个拈弓搭箭，欲待击发。可是他们这回却晚喽！就差这么一丁点儿的工夫，他们失去了领取赏银的机会，并且差点儿丢掉性命。原来就在他们举臂待发的当口，突然眼前红光一闪，一个红衣人如道火光，“唰”的一声从天而降。士兵们稍一愣神儿，还没弄明白是怎么回事，就耳听得，“啪、啪、啪、啪”一阵爆响，那位红衣人的长鞭如阵飓风，不仅将他们手中的弓箭全部击落，而且还抽得他们皮开肉绽，遍体鳞伤，一个个疼得翻身打滚，鬼哭狼嚎。尼堪外兰见了大惊失色，目瞪口呆。

这工夫额亦都带着五名侍卫赶到了，看见努尔哈赤已经倒在地上，有些士兵还在跳跳钻钻，舞枪弄刀，不禁气冲云天，怒火万丈！他大吼一声冲上前来，“啪、啪、啪、啪”一顿大棒，打得那帮士兵脑浆迸裂，骨断筋折，一齐到阴曹地府领赏去了！惜乎哉？悲乎哉？贪欲害死人也！

尼堪外兰见势不妙，掉转马头拼命奔逃，额亦都抬头看见，顾不得努尔哈赤的死活了，先抓住这个老骚狗再说！于是他大吼一声，打马紧追。额亦都连喊带叫，吼声如雷，挟仇带恨，快如闪电。尼堪外兰魂飞魄散，胆战心惊，抖如筛糠，惶同魍鬼。吓得他臭屁嘟嘟，尿液横流，料知此番必死无疑。

眼瞅着仅剩下十几步远了，额亦都不由心中狂喜！他要亲手活捉这条老骚狗，为指挥使大人报仇！谁知钻出小树林往左一拐弯，明军的兵营就到了。尼堪外兰轻车熟路，“唰”的一下提缰越栅，一转眼的工夫就不见了。额亦都飞马追到门前，亦跳过栅栏想进去搜查，却被突然涌出的明军士兵拦住了。

额亦都“吁”的一声勒住战马，怒气冲冲厉声质问：“杀人罪犯逃进兵营，请速放我进去追赶！你们为什么拦着我？”

“哪里来的杀人罪犯？我们未见有人进去！这里是军事重地，岂容你胡闯乱来？请你赶快走开！否则就不客气了！”那群士兵横眉立目，吵吵嚷嚷，一齐端着长枪驱赶着额亦都，看样子伸手要打。

气得额亦都暴跳如雷：“我明明看见尼堪外兰跑进去了，难道你们都眼瞎吗？你们庇护杀人凶犯，就不怕吃挂落挨千刀吗？放我过去！不然我砸死你们！”

“哎呀呀？哪儿来的黑炭头啊？长得驴樗似的，还敢出口不逊，跑到这儿来撒野？给我拿下！揍死他！”一个明军小头目一摆手，士兵们嗷的一声就围了上来。额亦都见了微微一笑，抡起大铁棒就想下手，眼瞅着一场恶战即将发生。

“放下武器！都给我住手！”随着一声断喝，一位明军千户走了出来。他向额亦都拱手施礼，然后说道：“这位壮士，不可鲁莽，兵营重地，擅闯者杀！汝若想进兵营搜查，须持总兵大人手令，或是巡抚大人允许，否则你是进不来的。对不起，请回吧！”说罢命士兵拦起鹿砦，严阵以待。额亦都见状无可奈何，只好悻悻而去。

额亦都没有如愿抓住尼堪外兰，这才想起努尔哈赤不知是死是活，急忙心如火焚地往回赶。当他赶到那片小树林旁边的时候，发现那位红衣人已将努尔哈赤救起。只是努尔哈赤面色煞白，两眼紧闭，呼吸时而急促，时而微弱，身上的箭头虽已拔出，但是仍然昏迷不醒。急得额亦都捶胸顿足，泪如雨下：“都是我无能啊！都是我废物！我若是早到一会儿，大人怎么会这样啊？”他抱着一棵大松树跳脚号哭，直欲撞死，几名侍卫一齐动手都拉不住。幸亏舒尔哈齐和雅尔哈齐同时赶来，劝住了他：“兄长受此重伤，谁都悲痛欲绝！但是哭有何用？得赶快救人哪？”额亦都这才如梦方醒，止住哭泣。他们伙同那位红衣人一起，急忙将努尔哈赤送到抚顺关。

佟老爷见努尔哈赤伤成这样，不由得大吃一惊，急忙找来最好的郎中入府诊治，那郎中检视完努尔哈赤的伤势，不禁长长地吁了一口气：“佟老爷请放心！指挥使大人无事！他虽然中了三十多支利箭，几乎是遍体鳞伤，伤口够多够密，但由于他身披连环铁甲，箭头伤之不深，因此并没有致命的伤害。特别是他受伤以后，立即就得到了及时的处置，流血当时就止住了！口腔里又安放了九转金丹，早已稳住中宫，镇住了经络，致使五脏如常，六腑不乱。这位红衣人可是位世外的神医呀！是她救了指挥使大人一命！”

众人这才注意到站在努尔哈赤身边的红衣人，这个人穿着风衣，带着面纱，面对众人询问的目光，她只是微微颔首，一句话都不说。大家只看清她是个女人，是个身材娇巧玲珑，但是两臂奇长的女人，弄不明白她是什么来路，为什么出手搭救他们的指挥使大人。

那郎中给努尔哈赤身上伤口换过了药，又亲自熬制了一些汤剂，给努尔哈赤喂过一碗，详细地叮嘱一番就走了。临出院门时他对佟老爷说：“像指挥使大人这样的伤势，在下悬壶济世三十多年，还从来没有见过。中了三十多箭竟然平安无事，这简直就是个奇迹呀！若非有神灵保佑，定然得奇人相助，那位红衣女子绝不寻常！指挥使大人得她及时救治，方才又服用过我配的药物，再加上他身体强健，绝非常人可比，过不了几天就会好起来的，佟老爷尽管放心。”

虽如此说，佟老爷还是放心不下。努尔哈赤一连昏迷了三天三夜，佟老爷和众将在旁边守候三天三夜。尤其是那位红衣女人，三天三夜一直都没有合眼，始终拉着努尔哈赤的手，坐在努尔哈赤的床边，满脸极其关切的神情。小青儿从老营赶来看望她的丈夫，试图从同为女人的角度与之沟通，仍然无济于事。直到第四天早上太阳升起，有数百只喜鹊突然飞来，在院中的大杨树上叫个不停，努尔哈赤大概被这种吉祥的鸟叫吵醒了，她的脸上才露出了笑容。

从死神那里匆匆赶回来的努尔哈赤，虽然觉得周身酸痛，伤口奇痒，但是他的精神却非常饱满，头脑特别清晰。他见大家都围坐在自己的身边，一个个皆面容憔悴，却闪动着喜悦的泪花，不禁十分感动。他微笑着一一向大家颌首问好，表示感谢。当他的目光停留在那位红衣女人身上之时，不由自主地愣怔了一下。他觉得这个女人太面熟了，究竟在哪里见过她呢？

那位红衣女人见努尔哈赤注视着她，立即明白了他的意思。于是她用双手比画着自我介绍：“老憨儿哥哥！你不认识我了吗？我是哑姑啊！来自海棠山的哑姑，你想起来了吗？”说着用右手摘下面纱，原来是一个又黑又瘦，但是眉眼分明的女人，年龄也就二十来岁的样子。

努尔哈赤仔细端详她的脸庞，忽悠一下子想起来了！这不是海棠山的哑姑吗？虽说一晃十年过去了，她也长成了大姑娘，但是她的眉眼轮廓一点儿都没变，特别是两眉中间的那颗红痣，几乎和自己的一模一样，让他永远无法忘怀。

还记得当年在海棠山学艺之时，哑姑才八岁。听师父多吉活佛说，哑姑是他在雪原上捡回来的一个女婴，来的时候只有几个月大，又黑又瘦，气息奄奄。是师父精心把她养大，后来又教她诵经礼佛，习文练武。哑姑虽然从小不会说话，但她聪明过人，又有毅力，习文练武均极为刻苦。待努尔哈赤来到海棠山那年，她的轻功已经十分高超，常与努尔哈赤进行切磋。日子长了，她称他为师哥，他叫她为师妹。她有时在后院帮厨，曾经和喜春儿住在一起，三个人成了非常要好的朋友。努尔哈赤和喜春儿下山那天，师父多吉活佛带着她去日喀则了，所以没能够在分别时见上面，她还为此难受了好些天。

一晃儿十年过去了，师妹长成了大姑娘，但她不在师父的身边，到辽东来干什么呢？努尔哈赤想不明白，就用手势比画着问她。

“是师父派我来保护你的！上次在翁科洛城，我不是救过你一次吗？你都忘了吗？其实我都来了二年多了，一直在暗中帮助你。”哑姑一边用手比画着，与努尔哈赤进行交流，一边从怀中取出一封信，双手捧着交给努尔哈赤，那神情极为真诚和庄重。

努尔哈赤接过来一看，那是师父多吉活佛的亲笔书信。透过活佛那熟悉的笔迹，他仿佛看到了那张平静淡然而又慈祥无比的脸。师父好像就站在他的床前向他微笑，那温暖而柔软的手掌正抚摸着他的额头。他突然委屈得像个孩子，眼睛里瞬间就溢满了泪花。他知道师父亲自来信，一定有重大的事情告诉他，因此他没有当众拆看，而是小心地揣进怀里，贴身藏好。

努尔哈赤藏好书信，这才微笑着向大家介绍："这是我的小师妹哑姑，是我在海棠山学艺之时认识的，是我和喜春儿最好的朋友。她可是多吉活佛的得意高足，是辽东地区的一流高手，赫赫有名的雪原女侠呀！"众人这才"啊"的一声恍然大悟，纷纷走上前来与哑姑见礼。小青儿亲昵地拉起哑姑的手，领着她到后院吃饭休息去了。

大家见努尔哈赤红光满面，精神很好，遂纷纷说起近几天来发生的一些事情。舒尔哈齐首先说道："尼堪外兰这条恶狗也太狡猾了！我说他怎么敢藏在鹅尔浑城呢？原来他的二女儿秋葵，也就是界凡城讷申的那位儿媳妇，与鹅尔浑城的总管阿鳌是老相好。阿鳌这家伙诡计多端，奸诈狡猾，比他那假老丈人尼堪外兰还恶毒百倍！"

见众人听后有些惊讶，舒尔哈齐接着说道："大哥昏迷这几天，我又专门去了一趟鹅尔浑城，进一步排查了一下那里的情况。据那位小城主斋萨讲，事情的整个过程都是阿鳌精心设计的。他让侍女小六儿穿上尼堪外兰的衣服，在密室的屋子里出出进进，使咱们的眼线误认为尼堪外兰一直待在家里。他安排小城主专门迎候大哥光临，又命一心腹之人假扮成尼堪外兰的模样，悄悄从西门溜出去，故意让咱们的人看见，好引诱咱们去追。"

说到这里，舒尔哈齐望了额亦都一眼，这才继续说道："其实那天额亦都大哥不在二楼上看见，咱们留在西门附近的侍卫也发现了，肯定也要上去报告。阿鳌那家伙精明得很！他知道大哥性如烈火，必会领头去追，他还知道大哥的战马奔跑如飞，别人肯定都追不上。他这才在小树林旁边挖好了陷阱，布下了伏兵，专门等候大哥到来，企图趁这工夫将大哥乱箭射死，然后立即悄悄埋掉。他以为这样做会神不知鬼不觉，官府和别人均无从查找。真是诡诈之极！恶毒之甚！现在我一回想起来还头皮发紧，脊背发凉！简直太恐怖了！太可怕了！"

额亦都急不可待地接过来说："尼堪外兰那老骚狗又跑了！跑到明军的兵营里去了！我本来想冲进去抓他，可是明军千户不让，说如果没有总兵的手令或巡抚的指派，谁都不能进去，否则军法从事！这不是欺负人吗？尼堪外兰怎么就能随便进呢？真是奇了怪了！"

"那奇怪什么呀？一点儿都不奇怪！"雅尔哈齐抢过话来说，"尼堪外兰在当图伦城主的时候，就与抚顺关的明军勾结，靠低价收购强行交易聚敛了许多黑钱，明军的官兵们没少得到好处。他这次在鹅尔浑城待了这么久，此地离兵营又这么近，他能不与明军的官兵们有往来吗？说不定他的钱财早给那帮家伙攮上了！再者说了，阿鳌那小子如此奸滑，能不给自己留后路吗？我估计连巡抚大人那边，也早就打通了！”

佟老爷听后插话说道：“尼堪外兰是众所周知的恶狗，是破坏稳定的罪魁。指挥使大人带兵抓他是天经地义，分内之责！往小了说是替部落清理门户，剪除败类。往大了说是为国除奸，保境安民。而他伙同阿鳌设下毒计，谋杀朝廷命官，这不是图谋叛逆的弥天大罪吗？官兵和巡抚即或收了一些赃钱，他们就敢颠倒黑白，窝藏罪犯吗？他们就不怕受到牵连，丢掉脑袋吗？”

努尔哈赤听了之后忽地坐起，他这才恍然大悟地说：“事情原来是这样啊！我说怎么追着追着就掉进了陷坑，跳出陷坑之后又伏兵四起，箭如飞蝗，事情怎么会这样巧啊？敢情是人家早就算计好了，我这次是上了一个大当啊！险些丢掉自己的性命，教训真是太深刻了！”

痛悔之余，努尔哈赤又环视众人，接着说道：“这件事情太复杂了！牵扯到私官两方面许多的人，我感到头绪有点儿乱。怎么样才能既除掉恶贼，报仇雪恨，又能够平平安安，无碍大局呢？各位都有什么良策呀？”

兄弟们闻言你看看我，我看看你，皆相视一笑，摇了摇头，一时拿不出什么好的办法，场面似乎有点儿冷了下来，佟老爷把目光投向了范老先生。

范老先生坐在一旁听罢多时，又沉思良久，这时站起来说道：“其实佟老爷方才已经把题点破，我们现在就主打这张牌。为今之计，我看不如这样，咱们就两手准备，先礼后兵。一方面派人再去鹅尔浑城，寻找证人，提供证据，把尼堪外兰和阿鳌通同犯罪、谋害大人一案坐实，并形成案卷，上报到广宁卫；另一方面则派人去兵营索要尼堪外兰，看明军的官兵怎么应对，暗中监视他们的动向，防止尼堪外兰再次逃跑。倘若他们痛痛快快地把尼堪外兰交给我们，那就还才罢了！如其不然，我们就带着证据去趟广宁卫，连同他们一齐告上，看顾养谦和李成梁怎么说？他们二人如果再敢护短，包庇罪犯，我们就去京城面君，到时候皇上震怒，他二人的脑袋不掉了才怪！”说完朝佟老爷会意地点了点头。

众人听后频频点头，一致赞同，努尔哈赤高兴地说：“老先生思虑周全，此计可行，我看就按您说的意思办。就烦三弟舒尔哈齐再去一趟鹅尔浑城，寻找相关人员取证画押，提供证据，把这个案件坐实，同时再把尼堪外兰几年来的罪证搜集一下，形成诉卷备用；请四弟雅尔哈齐陪同那位小城主斋萨，去明军的兵营当面要人，就说尼堪外兰畏罪潜逃，带有命案在身，有可靠线索证明藏在兵营，必须回到鹅尔浑城配合调查。”兄弟二人皆应声领命而去。努尔哈赤遂一边在佟家养伤，一边等候各方面的消息。

且说鹅尔浑城总管阿鳌自以为计划周密，万无一失，定可以将努尔哈赤一举除掉，而且还做得神不知鬼不觉。没承想那努尔哈赤神勇过人，竟然从一丈多深的陷马坑里一跃而出。幸亏他早有准备，才将其乱箭穿身。他坚信努尔哈赤必死无疑，便带着秋葵在兵营中饮酒作乐。原来他在此地经营多年，没少给兵营里送钱送物，与明军将领们的关系极好，处得跟一家人一样。计划启动之前，为了保险起见，他还通过游击将军崔明进引见，给新任辽东巡抚顾养谦送去了一份厚礼，期望这位父母官能在关键时刻法外开恩，破格相助。

没想到阿鳌的美梦一一破灭了！就在他同秋葵这对野鸳鸯颠鸾倒凤、饮酒作乐的时候，一连串不利的消息接踵而来。先是有眼线报告，说努尔哈赤虽受重伤，但是没死，他被一红衣女子救下之后，已送到抚顺关佟家疗伤，目前正在逐渐痊愈；接着听说小六儿被舒尔哈齐带走了，没等用刑就全招了，已将密谋全盘拖出，气得阿鳌总管差点儿晕过去；还没等他回过神来，游击将军崔明进又派人送来消息，说小城主斋萨受努尔哈赤指使，到兵营这边要人来了，态度极其强硬。声言如果不交出尼堪外兰，咱们就在辽东巡抚衙门的大堂上见。

阿鳌闻之一阵苦笑，他掐了一把秋葵的脸蛋说道：“真是黄鼠狼没拿住，还弄得两手臊啊！也怨我狗拿耗子，多管闲事，自作自受，咎由自取！我的小美人儿，都是为了你这个好看的脸蛋，看起来这回连老本都要搭上了！你父亲必死无疑，我俩也凶多吉少！收拾一下，赶快逃命吧！我料兵营里也藏不住了！”二人想趁着夜色悄悄溜走，不料刚一走出营门，即被雅尔哈齐布下的暗哨擒获。

再说辽东巡抚顾养谦接到崔明进的密报，急得在居室里徘徊了半天，还是有点儿拿不定主意，他感到这件事好比劁猪割耳朵，两头难受。说不交出尼堪外兰吧？小城主斋萨盯得很紧，几乎一天一趟，而且义正词严，态度越来越强硬，很显然是背后有人指使。而这个背后的主儿不是别人，肯定就是努尔哈赤。他来辽东之前，首辅大人申时行就告诉他说，努尔哈赤是个文武双全又城府极深的人物，如果与这个人的关系处理不好，他将在辽东难以立足，看来此言不虚。

但是如果交出了尼堪外兰呢？他又觉得对不住这位酒糟鼻子老城主。还记得自己奉旨巡抚辽东，第一个到家里看望他的不是别人，正是这位尼堪外兰。当时这位红鼻子老头儿带来了十大块狗头金，因此他的印象特别深刻。如今人家落难了，自己应该怎么办呢？不帮一把也不对呀？

顾养谦在踌躇之中，他又想起了一件事。前些日子鹅尔浑城的总管阿鳌前来拜访，言语之中也求他庇护尼堪外兰，自己虽然含糊其词，但是也算答应了啊！阿鳌似乎很满意，临走时说留下一箱干果。结果人走后打开一看，竟然是三千两白银！假如尼堪外兰落入敌手，那么下场可想而知。那个大红鼻子在临死之前，会不会把自己供出来呀？那可就黑泥鳅沾上了红松油，跳进浑河也洗不清了！皇上若是知道了这件事，能够饶过自己吗？他后悔得直拍大腿，不如当初把这些金银给皇上送去了，那多把握，那多有底呀！现在后悔也来不及了！他心里想着，嘴里就说了出来。

“怎么来不及呀？真是干啥都是笨货！”小妾周氏斜瞄他一眼，扑哧一笑接着说道，“人在李成梁的兵营里，你着的什么急呀？放不放有你什么事呀？再者说了，给皇上多送去俩钱不就完了吗？兴许还能升官发财呢！”

顾养谦听后眼前一亮，高兴异常，伸手在周氏的肥臀上掐了一把，“你真是我的女诸葛哟！这倒真是个好主意！你等着，别臭美！看我晚上怎么收拾你！”说着更衣备轿，急匆匆地奔总兵府去了。

没想到李成梁比他还狡猾，几句话就把难题又推给了他。他刚一进总兵府的大门，李成梁就大笑着迎了出来：“哎呀！我的巡抚大人！我正想去拜访您呢！你怎么就亲自来了呢？您有什么事情要办，打发个人来吱一声，在下不就过去了吗？怎么敢劳烦您登门赐教？末将可是跟皇上都表奏过了，大小事项都听您的哟！”说着挽起顾养谦的左手，肩并着肩走进大堂，样子极其谦恭和亲热。

顾养谦刚刚落座，端起茶杯一口水还没有喝完，李成梁就“啪”的一声，把一本案卷放在了他的桌前，像是极其随便地说道：“这是建州左卫递上来的诉状，不知道怎么阴差阳错就投到了我这里，我一看封皮，才知道是呈报给巡抚衙门的。您来了正好，就此过目，要不然我正准备派人送过去呢！”

顾养谦见这本诉状似乎很厚，卷口还用蜜蜡封着，有些不解其意。他小心地打开案卷，只见卷首用极其工整的楷书写道：“辽东总兵府请转呈奉旨巡抚辽东顾养谦大人台鉴：查尼堪外兰者，不惟女真恶狗，实乃国之蠹贼。虽为图伦城主，但却素怀异志，偷偷勾结残元，为其提供粮秣。多年来各城寨内部之骚乱，大半皆由此人煽动，意在激起民变，积怨天朝；数十起各部落相互之事端，莫不俱是此人挑拨，企图坐观狮虎之斗，伺机做大自己。今辽东女真妇孺皆知，此人所到之处必乱，无一不是破坏稳定。此人所谋之事俱毒，几乎全是颠覆边陲。其罪恶行径罄竹难书，然桩桩件件，却铁证如山。此人实乃女真之祸首，辽东之反王。若及早除之，则国之万幸。倘姑息不杀，则辽东何安？此人原为左卫所辖，故全体族人皆痛心疾首。恳请巡抚大人明鉴，热盼辽东早现青天。建州左卫边民顿首。万历十四年秋日。所有证据条文附后。”顾养谦一连看了数遍，又翻阅了一下后边的证据条文，脸色铁青，一言未发。他把案卷递给李成梁，希望听听这位总兵大人的意见。李成梁一目十行，瞬间览毕，有些词句虽未完全记住，但大概意思已经了然于胸。其中“反王”二字尤其乍眼，仿佛如利箭一般钻入他的五脏六腑，让他的心里感到一阵阵刺痛。

回想起他任辽东总兵官不久，皇上就把捉拿“反王”的重任交给了他。十几年来，这件事折磨得他食不甘味、寝不安眠。他打了那么多的胜仗，立下了那么多的战功，残元势力已经被他赶到漠北，然而就是因为没有抓到“反王”，皇上每每在褒奖之余，总是要声色俱厉地说上几句，这让他时常胆战心惊，仿佛有把利剑就悬在他的头上。偏偏朝中那些心怀叵测的势利小人，总爱拿这个由头在皇上面前说事，使他想起来就心有余悸。

在李成梁的内心深处，他当然知道谁是“反王”，但他不能说，也不想说，他永远也不想捅破这层窗户纸，否则他就会犯下欺君之罪而满门抄斩，命丧黄泉。他明白尼堪外兰就是一条恶狗，准确地说，是一条断了脊梁的癞皮狗。当初利用他是为了刺探消息，让他当眼线。现在尼堪外兰已变得臭不可闻，再留下他已经没有任何价值了！杀了他反而有利无弊。

李成梁反复细心地揣摩，努尔哈赤在诉状之中，说尼堪外兰是辽东的“反王”，除了撇清自己，栽赃别人，一定还有特别的深意。如果能把这件事情坐实，那可就太好了！不仅能卸掉自己心头上的一块巨石，还可以为朝廷立下大功。他相信努尔哈赤绝对不会随意乱说，一定会有继续跟进的策略，说不定已经胸有成竹了！于是他微笑着对顾养谦说道：“诉状览毕，内情尽知。恕成梁冒昧，多问一句，不知大人想如何处治呀？这件事情实在是非同小可呀！”

顾养谦并不在意地说：“一个小小的图伦城主，怎么就成了辽东的‘反王’了？这是不是有点儿捕风捉影，夸大其词呀？大人您在辽东多年，您觉得这可能吗？”

李成梁却正色说道：“家鸡上天，能成仙鸟，泥鳅入海，可变蛟龙。尼堪外兰是不是‘反王’，在下不敢断言。不过他煽风点火、挑动内乱却是真的！隋朝末年有个李密，不是也凭着三寸不烂之舌，曾当过一路反王吗？我想诉状中既然说了，怕是绝非空穴来风，一定有它必要的证据。再者说了，这个话题太大了，可以捅到天上去！我可不想蹚这汪浑水，大人您就看着办吧！”

顾养谦沉思良久，权衡再三，终于咬咬牙下定了决心：“那好吧！就按照大人您的意思办！图伦城原归建州左卫管辖，尼堪外兰就交由努尔哈赤处置。我们两家一齐申报朝廷，放人的事情由我去具体安排。”说完即匆匆回到府衙，马上下达了两道命令，一是请抚顺关守将崔明进速来府衙议事，二是责成小妾周氏连夜进京，通过李太后向万历皇帝送上厚礼。

且说崔明进在得到顾养谦的授意之后，立即马不停蹄地返回抚顺关。他一进明军的兵营，马上下令把尼堪外兰从被窝里拽了出来，绑得如同待宰的肥猪一样扔上马车。崔明进皮笑肉不笑地说：“对不住了！我的城主大人！末将也是奉命行事，您在兵营里待不住了！换个地方享福去吧！”

尼堪外兰一见破口大骂：“崔明进！你个狼心狗肺、禽兽不如的东西！你收了我多少钱物？睡了我多少女人？怎么就翻脸无情？下此狠手？你要把我送到哪里去？巡抚大人知道了会饶过你吗？你就不怕他砍了你的狗头？”

崔明进闻之一阵冷笑：“别自作多情了！我的城主大人！你以为别人都像你呀？收俩破钱就贪赃枉法？告诉你吧！你和阿鳌送给巡抚大人的那点儿东西，他老人家早就转交给皇上，变成国家的库银了！像你这种女真民族的败类，危害国家的反王，谁能救得了你呀？连皇上都要你的人头呢！”

尼堪外兰一听，立即像霜打的茄子一样，彻底蔫了！脑袋一耷拉就插在了裤裆里，再也抬不起来了！

尼堪外兰被押解到建州老营，族人们闻听一片欢腾，大家纷纷奔走相告，涌上街头，争先一睹这个民族败类、女真恶贼的可耻下场。人们呼喊着“背祖求荣，罪该万死！残害族人，死有余辜！”等口号，挥拳怒吼，义愤填膺。人们你一口唾沫，他一口浓痰，像一支支飞镖、利箭吐向尼堪外兰，竟然把他唾成了一条出水的泥鳅。若不是押解的将士们横扒拉竖挡，他早就被愤怒的族人们撕成了碎片。

押解的队伍来到老营大院，这种愤怒的情绪达到了高潮。数十位阵亡将士的家属聚集在一起，失声痛哭，流泪控诉。一大群被其残害女儿的母亲撕心裂肺，骂不绝声。上千名将士齐刷刷跪了一地，请求将尼堪外兰千刀万剐，用这条恶狗的污血，来磨亮他们的战刀，祭奠同伴的亡灵。

额亦都则裸着上身，吼声如雷，像一个刚出道的萨满那样大喊大叫：“苍天哪！大地呀！善恶有报难回避呀！苦战三年追恶狗，直到今天才如意呀！‘长白六虎’各兄弟呀！阵亡家属莫哭泣呀！哥哥今天剥恶狗，要给大家出口气呀！”说着摇摇摆摆，走上前来，捋胳膊挽袖子，右手拎着一把牛耳尖刀，左手提着一个大号的血盆，声言要剥下尼堪外兰的狗皮，做成一面狗皮大鼓，想起来就揍他一顿！眼瞅着就走到了法桩的跟前。吓得尼堪外兰魂飞魄散，眼珠子一翻，脖子一歪，把一大泡屎尿全屙在了裤裆里。

第二十三回

设奇谋恶狗成叛逆　纳良言老营奠王基

且说额亦都右手提着尖刀，左手拎着血盆，几步就走到尼堪外兰的跟前，在众人的欢呼声中，他把血盆“啪嚓”一声扔在地上，左手薅住尼堪外兰的头发，右手的尖刀在尼堪外兰的酒糟鼻上碚了碚，正准备从下颌开始动刀剥皮，忽听一声断喝：“将军住手！不要着急！暂且留他性命，改日再杀不迟！大人请你到老屋议事！”

额亦都扭头一看，见是师兄安费扬古，于是不满地问道：“怎么？这条骚狗就不宰了吗？我还等着用狗皮鞔大鼓呢！”

“不是不宰，是暂且不宰！”安费扬古笑着解释，“大人说商议完了再宰，放心吧！有你动刀的时候！”说罢拍拍额亦都的肩膀，命人将尼堪外兰押入大牢，严加看管，与阿鳌和秋葵关在一起。

额亦都随着安费扬古走进老屋，一进门见老营的将领们都在，脸子一沉气呼呼地说：“那条老骚狗害了咱们那么多人，不是说好了要杀的吗？怎么突然就变卦了呢？有什么商量的呀？商量不也是杀吗？哪怕再稍微晚一会儿，那张狗皮就让我剥下来了！哎呀！真是太遗憾了！”他后悔得直拍大腿，一屁股坐在努尔哈赤的身边，端起一碗参茶就搁了下去。

努尔哈赤拍了拍额亦都的肩膀，笑而言曰：“贤弟勿急，你听我说。我原来也想立即就杀了他，将他的身体两刀三段，用以祭奠喜春儿妹妹，外祖父全家和我的父、祖，然后再将其碎尸万段，撒到桥山顶上去喂老鹰。但是自从我阅读了师父的来信，心里头一直在想，觉得这件事情并不简单，其中真的有很大的说道。所以请大家来商量一下，看一看到底应该如何处置。”说着顺手把桌上的那封书信递给了额亦都，显然别人都已经看过。

额亦都拿起那封书信，仔细阅读。只见多吉活佛在信中写道：“努尔哈赤，我的爱徒！我俩一别十年，心中时刻想念。每当回忆起在海棠山的岁月，你的面容就会浮现在我的眼前，令我心潮起伏，感慨万千！与你相处那一段的朝朝暮暮，是我出家为僧以来最美好的时光！如今我虽身在雪域高原，但一颗心仍然想着辽东，无一时不在关注着你的事业，无一刻不在惦记着你的安宁。你从闾山避难到逃离广宁，从入赘佟家到兴兵举事，从攻取图伦到追杀恶狗，从统一建州左卫到攻取周边诸城，你的每一步为师都清清楚楚，历历在目。短短几年，你的事业做得风生水起，蒸蒸日上，为师感到高兴、快慰并为你自豪！

“努尔哈赤，我的爱徒！当你读到这封书信的时候，我料你应当是突遭劫难并死里逃生，而且不久就将捉到尼堪外兰了。毋庸置疑，尼堪外兰是你的仇家，他曾经害死了你生命中最亲、最近的人，你觉得对他千刀万剐都不解恨。但是你想过没有，他也从反面帮助过你呀！假如不是他害死了你的父、祖，你能含恨起兵吗？也许你仍旧在帮助佟家做生意，过你的太平日子！假如你不是打着报仇雪恨的旗号，乡亲们能够同情你吗？也许你至今都无法拉起一支队伍！假如你不是出于个人恩怨，带着人马到处追杀尼堪外兰，朝廷能够谅解你吗？官兵能够容许你吗？也许你早就被扼杀在摇篮之中了，同阿台、阿亥的命运没有两样！因此，从某种意义上来说，是尼堪外兰这个仇人，使你成为今天的努尔哈赤，也造就了你现在的辉煌。

“尼堪外兰被抓以后虽将必死，但以什么样的名义杀他，让他有一个啥样的死法，这里面却大有文章。不同的处置方法，它产生的作用是不一样的。如果仅仅是为了报私仇、除恶狗，那么充其量也就是遂夙愿、出口气，对你未来的事业没有任何的裨益。假如你除掉的是一个‘反王’呢？那效果就截然不同了！那就是为民除害，为国分忧了！皇上为此会去掉心病，朝廷对你会进行嘉奖，你的声望会大大提高。更为重要的是，你过去几年所做的一切，全都变得名正言顺。你夺取的那些城堡和村寨，全都变得合理合法。你的一系列追杀行动，不再是报私仇、雪家恨，而是为民讨逆、为国除奸，你是在替天行道，给皇上做事啊！因此，妥善处置尼堪外兰，对你和你的事业来说，有着不可估量的价值。

“身在万里之外，难免孤陋寡闻。常闻晨钟暮鼓，也许一孔之见。只言片语，未见周全，如何处置，尚请自酌。事到关键之时，自有高人助你。建州老营钟灵毓秀，辽水两岸贤人众多，你可以多听听他们的灼见，自然耳聪目明，豁然开朗。

“哑姑随我多年，一直待在辽东，她的品格、身世和武功，你是知道的。为师就派她给你当个侍卫，一为保证你的生命安全，二来助你成就未来的事业，其个中奥妙将来自知，独特作用无可替代，此时不便赘述。

“另外，为师送你的那幅《九州山川地理图》，望随身携带，时而观之，自会让你胸襟开阔、目光远大。切记时刻想着国家，勿忘为民造福，如此方能得民心、成大业、克强敌、赢天下，否则必将身败名裂，功败垂成。为师至嘱，请思虑之，切切！”

额亦都一连看了数遍，然后把书信还给了努尔哈赤，用右手摸着后脑勺说：“大人的师父也太厉害了！他咋啥事都知道啊？真不愧是当世的活佛呀！他说的还真是那么回事！看来怎么杀尼堪外兰这条恶狗，这里头还真有猫腻呀！如果我真的剥下他的狗皮，那可能就坏了大事呀！”说着憨厚地笑了笑，黑脸变得通红。

“当然有猫腻了！”佟老爷接过话茬儿，“前些天大人在抚顺关疗伤，活佛这封书信我就看过了。所以当范老先生为老营代写诉状的时候，就给尼堪外兰安上了‘反王’的罪名，顾养谦果然不敢徇私枉法，才答应把他放了出来，交给我们，看来这服药好使得很！”

佟老爷说至此处停顿了一下，见众人皆在倾耳静听，这才接着说道：“多吉活佛高瞻远瞩，他提出的这个问题干系重大，寓意深远。大家不妨想一想，当今皇上最忧心的是什么？是他的江山不稳定啊！多年以来，残元势力和辽东异族，一直是朝廷的两块心病。残元势力这杯苦酒，是他们朱明王朝自己酿造的，所以只能世世代代自己喝下去。”

见众人似乎有些懵懂，佟老爷接着说道：“当年徐达北伐打到幽州，曾经派专人请示洪武皇帝，问是否将元顺帝彻底消灭。当时朱元璋不知出于何种考虑，竟然回信说算了吧！我们夺取了他的江山，就留他一条狗命，将他赶到漠北就可以了，我们可以划疆而治嘛！结果留下了历史的隐患。二百多年来，残元势力一直在骚扰明朝的边境，甚至曾经俘获皇帝，打到北京。近二十年来，由于戚继光和李成梁的有力打击，残元势力已经衰落了，今后恐再难成气候，朝廷的这份担心基本上消除了！”

“那么剩下的那份担心呢？”佟老爷望着努尔哈赤的脸庞，似乎含有深意地说，“就是我们辽东的异族，具体说就是我们辽东的女真人了！特别是隆庆年间，司天监奏报说辽东出了‘反王’，皇上就更加放心不下了，可以说这是朝廷最关心的问题。如今我们抓获了尼堪外兰，按照丹增活佛的说法，就是擒住了辽东的‘反王’，你想想这是什么效果？那不是治好了皇上的心病，解除了他的后顾之忧吗？这无疑对我们的族人来说是个解脱，等于卸掉了心上的一块千斤巨石呀！”

“可是，尼堪外兰是不是‘反王’，也不是我们说了算的呀！看过师父的书信我就开始琢磨，师父为什么要那样说呢？他的根据是什么呢？如其所言，怎么才能让朝野上下都相信呢？特别是让皇上深信不疑呢？这个难题可怎么解决呀？”努尔哈赤听完佟老爷的话，一边点头一边忧虑地说。

“这个问题我来解决！”门帘一挑，一位年轻的道长未经通报，竟然如阵风一样走了进来，随身还带来一股清新的香气。众人抬头一望，只见那道长二十多岁的年纪，中等偏上的身材，眉清目秀的脸庞，五绺漂亮的胡须。灰色道袍宽大而整洁，显得既潇洒又飘逸，白色拂尘玉柄戴银丝，看着既淡雅又高洁。一顶峨冠，前有绿色翡翠装饰，两只麻履，旁边用蓝色布条缚牢。话语传来，清新爽朗，干脆中有自信，顾盼之间，星光闪烁，洒脱里见精神。“好个出家之人！看着就精明干练！”佟老爷不由高声喝彩。

那道长刚一进门，范老先生就忙起身迎上前去：“天一道长，你怎么来了？稀客呀稀客！快请坐下相见！”

那道长拉过范老先生的手，首先向众人深施一礼，然后面对努尔哈赤微笑说道：“大人一向可好？您还认得我吗？”

努尔哈赤起身还礼，把那道长让到自己的身边坐下，有些迟疑地说：“模样倒是面熟，好像在哪里见过，但是一时真想不起来了，还请道长见谅！”

“哎呀呀！管我叫什么道长啊？真是羞煞我了！我是来广骉，小骉子呀！我们还在一起玩过呢！难道你真的不认识我了？”那道长连连摆手，笑着说道。

“哎呀！原来是小骉子！一晃儿都十多年过去了！那时候你才多大呀？如今你长得这么高大英伟，还穿上了道家这身装束，我还真有些认不得了！”努尔哈赤有些不好意思地说，“这么一位神采飘逸的道长，怎么看也不像当年那个淘得没边的小骉子呀！大家说是不是呀？”

“是呀！”安费扬谷也笑着说道，“五年前群蛇大闹哈达老城，蛇盘山蛇仙显灵吓死王台，都是你的杰作吧？将门虎子，你真不愧为来力红将军的后代！”

天一道长闻听此言，似乎想起了那段往事，不由伤感地说：“是呀！是我干的！确切地说是阿台领着我们干的！我只不过出了些主意。可惜后来阿台不听我的劝告，一意孤行，直劲儿与官兵作对，才酿成了屠城灭族之祸呀！”说着眼里噙满了泪花。

努尔哈赤随后问道：“城破以后，一片狼藉。我从抚顺关赶过来之后，四处派人打听你们的消息，结果音信全无。当时我就相信你肯定还活着，将来必有相见之日。这些年你都到哪里去了呀？怎么一点儿消息都没有呢？”

“那天我身中数箭，可谓九死一生啊！”天一道长感慨地说，“我逃过明军的搜捕钻进山林以后，幸亏有一位好心的猎人救了我。我在山洞里养好伤以后，为了躲避官兵的追杀，就去了医巫闾山的三清观，投奔我的师伯慈云道长，这才安下身来，一晃就是五年了呀！”

“小骉子！刚才你一进屋就夸下海口，说能解决什么难题来着？别扯闲嗑儿了，快说呀！这都急死我了！”额亦都直人快语，众人听了一阵大笑。

天一道长也大笑着说：“不就是认定尼堪外兰是‘反王’吗？有什么难的呀？小菜一碟，易如反掌！说明白点儿，朝廷凭什么认定辽东有‘反王’？不就是听了司天监的奏报嘛！说什么夜观天象，有外星侵入紫微宫中，煞气很重，等等。我们现在就禀告天庭，这边杀掉了尼堪外兰，那边的天象就立即调整，外星不再侵入，煞气完全消除。司天监观测后上朝奏报，皇上能不信吗？再加上指挥使大人和总兵官李成梁同上奏章，将案卷呈皇上御览。证据确凿，天象昭昭，如此吻合，君臣共睹，尼堪外兰不是‘反王’，又是什么？”

众人听罢一齐鼓掌，连喊妙极。额亦都闻声却大嚷着说："连天上的星星都能挪动，真的假的呀？我咋觉得有点儿玄乎呢？"

努尔哈赤听后也感到有些不太托底，他低声对身旁的天一道长说道："我说骉子兄弟，你有什么神机妙法呀？能告诉我吗？须知这件事情非同小可，弄不好可是欺君之罪呀！"

天一道长收起笑容，对努尔哈赤附耳低言曰："千真万确，一点儿不假。此事是师伯慈云道长交代我来办的，这套功法是他一生的心血，演练数次，百试不爽。半月之前他去了江西龙虎山，应第五十代天师张国祥之邀，祭拜道教祖庭去了。临走之前，他交给我一张亲写的神符密咒，再三嘱咐我，只要您把它缝在帽子之内就可以了，天象中便不会再有'反王'的征兆。另外，他还赠送您一幅成祖皇帝的御影，您最好一直把它戴在胸前，皇上便不会再怀疑您的忠心。"

努尔哈赤闻之释然，他也附耳低言说道："你说的这两件事容易得很！我的帽子是常年要戴的，把符咒绷在里边就可以了。至于那个皇影嘛！我的肚兜上刚好有个口袋，是小青儿给我缝的，正好把它放在里面。那么李成梁那边呢？司天监那边呢？不会看出什么破绽吧？他们怎么会按照我们的意思写奏章呢？这可能吗？"

"怎么不可能啊？"天一道长依旧低声说道："大人您忘了吗？李成梁是师伯的挚友，他们无话不谈。至于司天监高仪，他可是师伯的徒孙，完全没有问题。这两件事情就交给我，您就放心吧！"说罢立即起身告辞，连口水都没喝。

努尔哈赤知他肩负重任，故而行色匆匆，因此未加挽留，一直把他送到院外。天一道长把一个包袱交给了努尔哈赤，然后两人洒泪而别。

回到老屋之内，努尔哈赤满面春光，喜上眉梢。他环视着众人说道："列位兄弟，现在看来，我们处置尼堪外兰，就不能光想着报仇雪恨，进而草率从事了！我们要按照活佛的意思、朝廷的律法，精心走好这招妙棋。就劳烦范老先生代为行文，向朝廷奏报除掉'反王'一事。同时请辽东镇守三司（巡抚衙门、总兵府和镇守太监府）皆派员过来监斩，共同处理尼堪外兰和阿鳌一案。此事就交给额亦都贤弟去办，大家有什么异议吗？"

"没有！没有！没有！"众人异口同声地说。

努尔哈赤以手势暗示大家安静一下，刚想宣布上菜倒酒，范老先生急忙摆摆手站起来说："启禀大人！酒饭稍后！老朽尚有一言进之。我们抓获了辽东的'反王'，朝野皆会刮目相看，何不抓住良机乘势而上，做大做强老营的事业呢？当年曹孟德挟天子而令诸侯，如愿打下了北半部中国，最终在三国的博弈中赢得了天下。前燕王朝的奠基者慕容廆，也是因为拥戴西晋王朝，得到了晋武帝司马炎的支持，才最后建立了政权，进而雄踞关东。为今之计，我们也必须尊崇朝廷，奉守国法，效忠皇上，甘当顺民，方能悄悄做大老营的事业，这是我们今后一个较长时期而必须采取的策略。否则，董山、王杲、阿台阿亥和清佳努、扬吉努等人的遭遇，就是我们今后的下场！这一点大家必须要明白。”

见努尔哈赤听得十分专注，众人也在频频点头，范老先生喝下一口参茶，接着说道：“今后我们必须恪守三条准则，一是勤进京，常纳贡，取悦皇上，结交重臣。人和物都要到位，每两三年就应该觐见一次。二是献美女，布眼线，打通关节，知晓上情。大家想一想，皇上和大臣们需要的是什么？无非就是权力、金钱和美女。权力我们给不了，但我们关东的特产名扬天下，女真族的少女当世无双，为什么不能献到宫里去、送给大臣家？当不上妃子和夫人，做个侍女也行啊！这些人长期住在京城，肩负着大人赋予的使命，就是我们的千里眼和顺风耳，今后朝廷有什么风吹草动，我们不就都知道了吗？三是结边帅，和督抚，交好官兵，暗蓄实力。封疆大吏们想的是什么？是辖区稳定，是升官发财，是封妻荫子，是耀祖光宗。我们不妨就迎合他们、结交他们、尊重他们，甚至假意讨好他们，让他们为我们说话，这样我们的事情就好办多了！皇上远在千里之外，他知道什么呀？还不是听信这些官员的奏报？我们喂饱了这些歪嘴和尚，让他们主动为咱摇旗呐喊，那我们的事业就成功了！”

众人闻之欣喜异常，努尔哈赤更是高兴万分。他亲自起身为范老先生倒上一碗参茶，由衷地说道：“老先生博古通今，高瞻远瞩，真乃楚之范增、汉之张良也！所陈之策皆深谋远虑，实为老营发展所必需，真是让我受益匪浅！”

范老先生的一番高论，引发了在场之人的一阵热议，老屋的气氛一下子活跃起来。老先生刚坐下不大会儿，舒尔哈齐就站起来说：“我们老营的这些房舍，还是父亲的曾祖父福满都督在世的时候修建的，以后虽经多次修缮，但现在均已经陈旧不堪，有的根本就无法使用了。就说我们坐的这几间老屋吧！算来也有三十多年了！几年前我们刚刚举事的时候可以因陋就简，但现在是明显的不适应了！现下我们的摊子越铺越大，往来的客人越来越多，急需要建立一座新城了！不知大家意下如何？”

“对呀！对呀！太对了！老房子不行了，是应该修建了！要叫我说呀！咱既然建一回，就建一座王城！”“这个提议太好了！我赞成修建王城！它合民心，提士气呀！”“要建就快点儿建，争取一年就拿下来！”众人七嘴八舌，议论纷纷。

见努尔哈赤频频点头，那眼神似在鼓励大家各抒己见，安费扬古拍拍双手，站起来说：“范老先生和舒尔哈齐说得太好了！我举双手赞成。我这里也有一个提议，憋在心里很久了，今天就一吐为快。回想我们在老屋起兵，转眼已经四年了！虽然我们一直严明军纪，坚持刻苦训练，也打了不少的胜仗，攻取了一些村寨，但是暴露出来的问题太多了！比如装备太差，军粮不足，武器陈旧，缺乏战马，攻则一窝蜂，退则顺汤跑，等等，它让我们为此付出了沉重的代价，许多士兵无辜地献出了宝贵的生命。”

安费扬古说到这里，眼睛有些湿润了，他用手背擦了一下眼角继续说道："为了保卫我们的家园，迎接更为残酷的战斗，我们必须打造一支无坚不摧的队伍，一支百战百胜的铁军，这不仅是我们的立身之本，而且是我们发展的必需。今后若干年内，我们都应该奉行一个宗旨，即平时藏兵于百姓之中，以防止别人生妒和朝廷生忌；战时则群聚于统帅身旁，招之即来且战之能胜。眼下最主要的是壮大牛录，扩充兵员，打造兵器，缝制铠甲，购进和训练战马，建成一支万人以上的铁骑。如此虽非高枕无忧，却也可以应付自如了！”众人闻之皆齐声叫好，努尔哈赤向其投去敬佩的目光。

安费扬古的话音刚落，穆尔哈齐立即接过来说："修建王城很重要，打造铁军最重要。但我认为，发展经济更重要！我在界凡城待过三年，体会很深。由于大人制定的助耕政策好，既给种子又给耕牛，还帮助农户修建圈舍，族人们的生产热情特别高。粮食和畜禽越来越多，部落也就越来越富裕，使得许多外地的人们便纷纷慕名而来。三年来我们未动一刀一枪，凭空就增加了一千多户六千多人，还有两万多头牛马。邻近哲陈部的五六个村寨，自觉自动地就归到我们这边来了！部落之间的博弈靠什么？最终都是军力和经济力的对比。如果没有强大的经济实力做支撑，军力即或强盛一时，但也绝对不会持久。因此我说，如果把界凡城的做法推广开来，那效果会怎么样？说不定会称雄辽东啊！”

佟老爷听了首先赞道："这个主张太好了！应当立即采纳。我再补充一点，过去我们做买卖，都是老营派人拿着敕书，带着族人们去马场交易。一家一户单打独斗，帮头小，货源少，在交易中总是吃亏，好东西卖不到好价钱，买东西却要花高价。今后我们可以由老营统一收购、统一销售、统一采买、统一结算，这样我们就成了马场里最大的客户，在买和卖中都占主动，那利润就会增加许多倍呀！”

众人听罢又纷纷叫好，一个个皆摩拳擦掌，跃跃欲试，都想说个三言两语，为老营的未来献计献策，连一向沉默寡言的巴库尔都坐不住了，他望了一眼努尔哈赤，红着脸说道："面对强敌我不怕死，临阵冲锋我不落后！但是要论说话，我是拙嘴笨腮，真说不好！除了方才大家说的以外，还有一条非常重要，那就是要广交盟友，壮大我们的阵营。说句文词叫什么来着？外交策略吧？俗话说，一个篱笆三个桩，一个好汉三个帮。江湖上朋友多，你做事情就有人帮助。老营打造得再强大，也需要有人支持你、援助你！”

说到这里，巴库尔红着脸腼腆一笑，“我的老家在科尔沁，那里有不少故旧和发小。他们虽非贵族富户，却人多势众，兵强马壮。我琢磨着，咱们老营能不能跟他们交个朋友，到时候一旦有事，就会用得着啊！”范老先生听后立即竖起大拇指赞道：“此乃远见卓识也！是我老营未来发展所必需矣！”

努尔哈赤聆听着弟兄们的发言，不禁喜出望外。他原本想着今天的聚会，就是议论一下处置尼堪外兰的事，没想到竟然引出了这么多的话题，涉及到老营未来建设的方方面面，而且条条经过深思熟虑，句句都是金玉良言，这让他听了极为感动，也由此对大家肃然起敬。

他情不自禁地站起身来，恭恭敬敬地给每个人倒上一碗参茶，端起茶碗由衷地说道：“以水代酒，古来就有。恕我箭伤未愈，就用这碗参茶，向大家表示深深的敬意！难怪师父多吉活佛在书信中说，建州老营人才济济，贤人猛士众多，今天我才彻底体会到了！同为老营弟兄中的一员，我还是朝廷册封的都指挥使，看事情，想问题，研究策略，谋划全局，跟各位相比真是差远了！实在是自愧不如、歉疚得很！请受我努尔哈赤一拜！”说着深施一礼。

众人闻听此言皆十分感动，不约而同地均起身还礼。努尔哈赤示意大家坐下，然后眉毛一扬，接着说道：“既然大家出了这么多的好主意，我看今天索性就趁热打铁，把它们一一落实下来，大家看怎么样？”

见众人皆点头赞许，努尔哈赤先把目光投向范老先生：“您老人家提出来的未来三策，其实早就应该办了！朝廷封了我一个建州左卫的都指挥使，次年我就应当进京谢恩。要求安，先办官嘛！可是这几年由于追杀尼堪外兰，战事不断，意外迭出，我的心里老是觉着不干净，就一直没有成行。这次看来是非去不可了！不能一拖再拖了！可是我的箭伤又没痊愈，一到阴天时或者晚上就痛痒的得很！无可奈何，只能麻烦三弟替我走一趟了！这一次多带点儿咱们的特产过去，除了皇上和太后，有些重臣也要打点一下。”

“还有，”他望着舒尔哈齐继续说道：“老先生提出来的献美女、布眼线一事，至关重要。也请你着手选人，抓紧调教，这次进京时也作为礼物献上。说句到家的话，这是咱们的一条生命线哪！一定要妥善安排好！告诉孩子们，她们都是咱女真人的勇士，是咱建州老营的功臣哪！”

“至于修建王城这件事，我看就拜托您老人家吧！”他向佟老爷先行一礼，然后说道：“您老人家门路广、熟人多，又具有一定的建筑经验，组织施工队伍和筹集原材料也容易一些，是工程总监最好的人选了。我们是应该建个新城了，找个风水大师好好察一察、测一测，这可涉及咱们的千秋万代呀！但是对外绝对不能称为王城。图纸可以按照王城设计，立即着手。人手不够，老营的将士们皆可以参与施工，力争在一年之内拿下来。”

见佟老爷信心百倍、频频点头，努尔哈赤话锋一转，望着安费扬古说道："说到招兵买马，打造铁军，缝制铠甲，屯积粮草，没有比贤弟更在行的人了！几年来的经历证明，你就是咱老营的诸葛亮和周公瑾！这件大事就烦你抓起来，具体问题咱再商量。就眼下来说，打造一万名精锐的骑兵队伍势在必行。但必须如你所说，'藏兵于百姓之中，屯粮于山野之末'，既防他人嫉妒，又防朝廷生疑，真是神机妙策！

"发展农耕，鼓励畜养，做活贸易，富民强邦，自古以来就是王者之道，也是我们造福族人所必需，就请二弟穆尔哈齐多用点心思，先拿出个初步的实施办法来，哪天我们再全盘计议。现下我们的地盘大了，土地资源很多，应该充分地利用起来。建议先普查一下各村寨的人口，考虑一下'计丁授田'，人皆有份，然后再把界凡城的做法推广开来，效果肯定不错！一个国家，一个部族，是不是很强大，最终还是要看经济实力。打仗也好，博弈也罢，最终拼的都是钱。二弟的见解一针见血，引人深思，发人深省啊！"努尔哈赤深有感慨地说。

话说至此，努尔哈赤走到巴库尔的身边，动情地说："兄长与我，生死相依。自从闾山相识，转眼已过十年！真舍不得让你走啊！只想与你朝夕相处，永远待在一起！但是你提出的建议太好了！又不能不忍痛让你暂且离开。我们现在急需与蒙古人结盟，借以壮大自己的力量。科尔沁草原是你的故乡，也是我曾经待过的地方。也许那个地方与我们有缘，所以，亲爱的仁兄，我的大哥！你就先回到那里去吧！不要与任何残元势力沾边，也不要依赖什么王公贵族，要紧紧依靠中下层最大多数的牧民，在那里拉起一支我们的队伍，相信你一定会马到成功！

"另外告诉'南蒙三杰'，请他们哥仨也回到南蒙去，在那里积蓄力量，等待时机。你们最近就起程吧！到时候我到河边去送你！"努尔哈赤未及说完，已经眼噙热泪，与巴库尔紧紧地抱在一起，众人见了皆极为感动。

几路人马，几条战线，大家按照努尔哈赤的部署，雷厉风行，紧锣密鼓，很快就硕果纷呈，捷报频传。经过努尔哈赤亲自斡旋，辽东镇守三司（巡抚衙门、总兵府和镇守太监府）联合在建州老营召开公判大会。依照大明朝的律法，"反王"尼堪外兰被处以腰斩，在辽东女真四百零八座村寨悬首示众。鹅尔浑城的总管阿鳌助纣为虐，罪恶昭彰，被处以绞刑致死，得以保留全尸。尼堪外兰的女儿秋葵不守妇道，有伤风化，又参与谋逆，罪不容赦，被流放到陇西凉州服役。公判之日，晴空万里。数万名女真人欢欣鼓舞，好像在庆祝一个盛大的节日。

与此同时，舒尔哈齐一行赴京朝贡亦进展顺利。他们按照努尔哈赤的叮嘱，先送礼物后上朝，效果出人意料的好。万历皇帝起初看了李成梁和努尔哈赤的奏表，心中尚且有些怀疑，不太相信"反王"被诛是真的。及至司天监高仪奏报，说微臣昨晚夜观天象，见紫微宫中外星已除，煞气已去，现在帝星异常明亮云云。再加上以申时行为首的一班重臣，由于事先已收到礼物，此时纷纷站出来说话，盛赞李成梁之功、努尔哈赤之德，万历皇帝遂深信不疑，龙心大悦。

万历皇帝走下御座，颇有感慨地说道："处江湖之远而能忧其君，居荒僻之所而能忧其国，顺乎民意而能铲除败类，效忠朝廷而能擒获'反王'，此真我朝之勋臣也！不愧为老英雄猛哥帖木儿的后代。如今箭伤未愈虽未上朝，但朕已看见其耿耿忠心！有此等贤臣良将驻守边陲，朕将来对辽东何忧虑也？对努尔哈赤应予重赏！"

万历皇帝回到御座，随之立即下旨："给建州左卫都指挥使努尔哈赤记大功一次，赏黄金千两，赐敕书八百道，着令总领建州女真全部事务，继续驻守辽东边陲，为国家再立新功！

"辽东总兵官李成梁功勋素著，指挥有方，在擒获'反王'过程中有独到贡献，着令加为太傅领兵部尚书衔，仍实任辽东总兵官，以彰其功。"万历皇帝接着说道。

舒尔哈齐闻言连忙叩头："臣舒尔哈齐代兄长谢皇上隆恩，祝吾皇万岁！万岁！万万岁！"

万历皇帝见其天庭饱满，地阁方圆，身材魁伟，声音洪亮，虽是北地人物，却不输南方干才，看着文质彬彬，似乎胸藏锦绣，不禁心中一喜，顺口说道："汝虽是代兄进京，却给朕带来喜讯，当是有为有福之人，朕就封你为建州左卫的指挥佥事，与你兄一起驻守边陲，为国家效力！"说完又赐予他锦袍、钑花玉带和盔甲等物，使他立即成了建州女真的第二号人物，这让舒尔哈齐喜出望外。

舒尔哈齐此行在京城盘桓数日，早晚奔走于王公大臣们的府第之间，除送去金银珠宝和关东特产以外，他还随行带去了三十名妙龄少女。这些妙龄少女皆经小青儿和富察氏精挑细选，一个个均生得身材高挑，皮肤白嫩，眉清目秀，楚楚动人，全是女真部落万里挑一的美女。她们牢记着指挥使大人和家乡父老的嘱托，肩负着复兴部族的使命，被分别送进后宫或者大臣们的府第，成了皇宫的侍女或是大臣们的小妾。那些王公大臣们见了人参、鹿茸等关东特产之时，还一个个假意推辞，装模作样，及至见了这些如花似玉的美人儿，却无一不眉开眼笑，垂涎欲滴，有的甚至抓耳挠腮，不能自制，弄得舒尔哈齐险些笑出声来。

进京朝贡这边如愿以偿，王城修建那边也是一帆风顺。佟老爷带人精心组织，昼夜兼程，工程进度是出人意料的好。经过六个月的紧张施工，一座崭新的王城在费阿拉拔地而起。"费阿拉"一词，在满语中是"旧岗"的意思。这道"旧岗"依山傍水，地形独特。它紧靠呼兰哈达（满语意为"烟筒山"），临近嘉哈河（今二道河）与硕里加河（今首里口河）水，东面、西面和南面皆为崖壁，只有西北方向可以向外拓展。当年董山做建州左卫首领之时，曾有位风水大师对他说过，此地当有王者兴起，因之他便在此安营扎寨，居住下来，故而后人称其为"虎城"或者"老营"。

新的王城就修建在呼兰哈达之下，总的格局分为内外两城，内城之中还有栅城。外城周长十里，内城周长四里。外城墙底宽六尺，顶宽二尺，墙高一丈五尺，全用巨石和木椽分层砌就，极其牢固，不易攀爬。外城的城头上并无堞口，但墙的上面修有掩体，便于士兵防守。内城亦用石块砌成，但城墙之上留有垛口，且中间修有敌楼，四周建有角楼。内城和外城皆留有四门，可以互相贯通，又能自成体系。内城之中用巨木围之，称为栅城。栅城是城中之城，是王城的核心部位，是努尔哈赤行使权利和居住的地方，有鼓楼、神殿、厅堂、馆舍和楼宇等等，一座座翘脊飞檐，雕梁画柱，错落有致，金碧辉煌。

此外，在栅城和内城之间、内城和外城之间以及外城的周围，还修建了许多营房和民舍。根据佟老爷和范老先生的提议，努尔哈赤和他的妻妾、子女们住栅城，栅城和内城之间住牛录额真、住侍卫，内城和外城之间住军队、住工匠，外城的周围住百姓、圈牛马。城内城外加在一起，能容纳一万多户、五六万人。在当时的辽东女真各部落之中，应该算是规模最大的一座王城，比哈达老城和叶赫部的东西二城，都要宏大和雄伟得多。

万历十五年（1587）的中秋佳节，修建工程圆满结束，老营的军民等全部搬进新居。努尔哈赤率领诸位牛录额真和所属部落的酋长共三百多人，兴致勃勃地巡视了这一伟大的工程，并就此举行隆重的庆典。届时日上东天，光芒万丈，彩霞织锦，苍鹰高翔。辉煌的大殿沐浴着灿烂的阳光，凉爽的秋风送来花果的醇香。努尔哈赤立身于楼台之上，有些陶醉了！他望着身后连绵的群山，俯视着脚下玉带般的河水，一种从未有过的冲天豪情油然而生："天辽地广，江山如画！美好家园，谁主沉浮？"

"我们！我们！我们！"众人吼声如雷，气冲云天。

吼声刚落，安费扬古趁机说道："天下须有主人，王城当有王者。大人辖区百里，麾下十万之众，又威名素著，大得人心，何不顺乎民意，就此称王？也好凝聚八方之愿，促我大业早成？"

额亦都在旁闻之，立即带头高呼："顺乎民意，就此称王！顺乎民意，就此称王！"呼喊之声在山林中回荡。

努尔哈赤连忙摆手："不可呀不可！绝对不可！想当年明太祖起兵之时，方国珍、陈友谅和张士诚等人相继称王，唯独他听取朱升的建议，'高筑墙、广积粮、缓称王'，最终赢得了天下。我们此时张扬过早，他人必忌之，朝廷必疑之，实乃有百害而无一利也！"

众将闻之不再言语，这时范老先生接过来说："大人韬光养晦，实乃远见卓识，此为王霸之业所必需也！然军心需提振，民意不可拂，凡事皆应审时度势，顺其自然。依老朽看来，对外仍沿用朝廷旧制，还是建州左卫的都指挥使，对内何妨自中称王，做我们女真人实际上的领袖？这对于凝聚人心大有利也！”

努尔哈赤虽觉有理，但他仍在迟疑。额亦都见状不由分说，“嗷”的一声纵身跳起，使个眼色，与安费扬古等人一拥而上，把努尔哈赤推坐在大殿正中的靠椅之上，然后“扑通”一声跪下，率领着三百多人一齐高呼：“汗王在上，请受微臣一拜！”紧接着三拜九叩，呼声不止。引得一群白鹤“唰”地飞来，在大殿之中低旋数圈飞走了。

努尔哈赤苦笑一声：“你们这是赶着鸭子上架，把我放在山火上面烤啊！是福是祸，谁能料得？”

众人叩头已毕，谁也没有吱声。这时一群喜鹊突然飞来，“呼啦”一声落在城头之上，叽叽喳喳地叫个不停。众人见之，不约而同地全笑了。